SPAN
FIC
LAV

Y0-CKM-327

AUG 0 9 2017

DATE DUE

DEC 05 2017			
	DEC 19 2017		

Library Store #47-0108 Peel Off Pressure Sensitive

Primera edición: Julio 2017
Revisión: 18.7.17

Autor y Editor: Jorge Alejandro Lavera (Argentina)
Diseño de Cubierta: http://www.maquetacionlibros.com/
Imagen de portada modificada a partir de un original de Depositphotos, utilizada con licencia.

ISBN: 9781521805589

© 2017 Jorge Alejandro Lavera.

Quedan prohibidos, dentro de los límites establecidos en la ley y bajo los apercibimientos legalmente previstos, la reproducción total o parcial de esta obra por cualquier medio y procedimiento, ya sea electrónico o mecánico, el tratamiento informático, el alquiler o cualquier otra forma de cesión de la obra sin la autorización previa y por escrito del autor de la misma.

Queda hecho el depósito que marca la ley 11.723.

INFO ABOUT RIGHTS
1 706132 597546
www.safecreative.org/work

CUSTODIOS
de la Tierra

Jorge Alejandro Lavera

Primera Parte

COMENZAR

Rho, 20 de Noviembre de 2027, 9:00

Hubiera sido adecuado algo más dramático, tal vez bajar una gran palanca o presionar un botón rojo en un panel sofisticado. Sin embargo, al presionar "Comenzar" con su mouse, iba a lograr el mismo efecto.

Tenía tres pantallas en su escritorio, llenas de ventanas con gráficos e indicadores. En la de la izquierda, un navegador le mostraba la noticia que acababa de leer y que le hizo tomar la decisión de lanzar el programa que venía guardando hace tiempo. Miró la pantalla del medio. Lo que necesitaba era sencillo, así que lo programó él mismo. Una larga lista de nombres, ubicaciones, números de teléfono y correos electrónicos. Al presionar "Comenzar", se iniciaría el envío de un simple mensaje a cada persona de esa lista. Su mano dirigió el puntero del mouse y lo colocó sobre el botón, pero todavía no lo presionó.

Parecía tan poca cosa para iniciar una acción que cambiaría el mundo para siempre...

RAQUEL

Buenos Aires, 13 de Noviembre de 2013, 8:00

Raquel Navarro era ingeniera electrónica y doctora en bioquímica.

Hacía diez años que lideraba en absoluto secreto el equipo de investigación en nanotecnología, específicamente en el área de interacción biológica. Su equipo estaba conformado por los mejores científicos de las áreas de biología, química, medicina, ingeniería, computación y materiales.

Lo que buscaban era desarrollar unos pequeños robots que pudieran meterse en el torrente sanguíneo e interactuar con las células del cuerpo.

Los primeros nanites eran electrónicos, y eran demasiado grandes. Si bien podían hacer algunas cosas, estaban muy limitados en autonomía y capacidad.

Su proyecto había avanzado muchísimo, y desde hacía un tiempo habían comenzado a trabajar y probar nanites programables electrónico-biológicos. En esta generación los robots eran tan pequeños que los fabricaban con un montaje molecular. Los nanites eran armados molécula por molécula, y por su tamaño podían meterse en cualquier célula de un organismo, como si fueran un virus. Una vez en la célula, podían modificarla, ya sea agregándole o quitándole cosas, incluso modificando su ADN. Por supuesto, mucho de ésto aún era sólo teoría. En la práctica, las pruebas en unos pocos ratones habían provocado resultados... en general lamentables. Sin embargo, la empresa que la financiaba desde hacía años nunca la había maltratado.

Hoy estaba descansando en su casa, y aunque se moría de ganas de ir a su laboratorio, tenía que guardar reposo porque aún no se recuperaba de la cesárea que tuvo hacía diez días exactos. Le dolía mucho cada vez que se movía. Así y todo, ya se levantaba, y podía usar la computadora durante varias horas. Por videoconferencia, estaba en contacto permanente con su laboratorio.

Sonó el timbre. Raquel se molestó. Moverse era doloroso, y no esperaba a nadie. ¿Sería el correo? No estaba esperando ningún envío. Aguardó un momento, si era alguna publicidad tal vez se fueran. Sin embargo, luego de unos minutos, volvió a sonar el timbre.

Se incorporó despacio, y dolorida fue hasta la puerta. Vio por la mirilla a una persona alta y corpulenta, de cabello claro con tonos grises y abundante barba enrulada, que vestía traje y llevaba un maletín.

—¿Sí? —preguntó Raquel.

—¿La doctora Raquel Navarro? —dijo el hombre ante la puerta.

Raquel abrió la puerta, y dijo —Sí, soy yo —y esperó.

El hombre extendió su mano y le dijo —Mucho gusto, mi nombre es Tzedek Zetos. Tengo los resultados de los análisis de ADN que pidió hace una semana.

Raquel se sorprendió.

—¿Ya? —Además, el hombre no parecía un cadete —. ¿Hubo algún problema? ¿Son malas noticias?

"Oh no", pensó Raquel, tal vez lo que se temía era cierto, y por delicadeza vinieron a decírselo en persona.

Tzedek extendió una mano tranquilizadora.

—Al contrario, quédese tranquila por favor. Es que vi su petición y quería conocerla en persona. Al fin y al cabo, hace años que trabaja para mí, y nunca nos conocimos —viendo la cara de desconcierto de Raquel, agregó —. Soy el dueño de Nanobiotec Corp.

Raquel abrió la boca y se quedó congelada. Nanobiotec era la empresa que financiaba su sueldo, su laboratorio y sus investigaciones, desde hacía años.

Tzedek se rió.

—¿Puedo pasar?

Raquel trató de salir de su estupefacción, y al final lo logró. Con un gesto hizo pasar a Tzedek, quien entró y se quedó de pie.

—¿Está su marido? —preguntó Tzedek.

—En este momento no, está en su trabajo, señor... ¿Zetos? —dijo Raquel.

—Por favor, todos me conocen como Tzedek. Con semejante nombre ni haría falta un apellido, ¿no cree? —dijo sonriendo. A continuación sacó unos sobres con papeles de su maletín, que apoyó en una mesa.

—Aquí están los resultados que solicitó. Entiendo que estaba preocupada por su hija, ¿es verdad?

Raquel puso cara de vergüenza. —Hmm, sí, un poco.

—De hecho, pidió verificación de paternidad. ¿Temió que no fuera hija de su esposo? —dijo Tzedek, mirándola con agudeza.

Raquel se puso roja. —¡No! Si insinúa que no estoy segura de quién es el padre, claro que no. Lo que sucede es que tenía miedo de que la hubieran cambiado en el Hospital.

Tzedek levantó las cejas. —Ah, ¿y eso por qué?

—Bueno... más que nada por los ojos, tanto Juan Carlos, mi marido, como yo, tenemos ojos café oscuro, igual que sepamos todos en mi familia y en la suya, y Sofía nació con unos ojos verdes muy claros, con tonos amarillos, muy inusual. Parecidos a los suyos, de hecho —dijo Raquel sintiendo un escalofrío.

—Bueno, puede dejar de preocuparse. Sofía es sin duda hija genética de ustedes dos. Vea, acá están los marcadores —dijo Tzedek, enseñándole los papeles.

Raquel se relajó y sonrió.

—Bueno, al menos tengo el certificado para probarlo cuando la gente me mire con suspicacia.

Tzedek se rió.

—Por cierto, yo que usted prestaría atención al desarrollo de esta niña. Poca gente pide exámenes de ADN, y me tomé la libertad de pedir para ustedes uno completo en vez del habitual más barato, a mi cargo, por supuesto. Los tres son muy sanos y no vemos ningún problema genético.

Raquel se quedó asombrada otra vez. —Señor Tzedek, no sé cómo agradecerle, no sé por qué se tomó tanta molestia...

Tzedek la detuvo con un gesto de la mano.

—No tiene idea de qué valioso es su trabajo para nosotros. Vamos siguiendo sus avances todo el tiempo, y conocemos su capacidad y la de su equipo. Y ahora, no la molesto más, sólo quería conocerla y darle estas buenas noticias.

Comprendiendo que Tzedek se despedía, Raquel le agradeció y lo acompañó hasta la puerta, donde lo saludó.

—Raquel, cualquier cosa que necesite, cualquier problema que tenga, no dude ni un minuto en venir a pedirme ayuda. Lo que sea, cuente conmigo —dijo Tzedek, saliendo. Raquel vio que subía a un auto que estaba esperándolo, y por un momento le pareció que sonreía. De repente la miró, se puso serio y la saludó con la mano.

Raquel lo saludó a su vez, y cuando entró estuvo un rato mirando las carpetas de análisis que había traído el Sr. Tzedek. Todo se veía bien.

ENCAPUCHADO

Caracas, 23 de Junio de 2014, 2:35

El hombre paseaba por la ciudad, de noche, como era su costumbre. A pesar del calor, llevaba una campera liviana con capucha, la cual llevaba sobre su cabeza de manera que apenas se veía su cara. Pasando por la entrada de un baldío, escuchó forcejeos, gritos, algún que otro ladrido, y el llanto de un bebé. Miró hacia todos lados, y no había ningún policía a la vista. En realidad, no había nadie a la vista. Se acercó.

—Oiga, amigo, siga con lo suyo —dijo un tipo que estaba parado en la entrada del baldío. Sus pantalones estaban manchados con sangre, así que era evidente que de lo que fuera, ya había participado.

—Oh, pero es que me gustaría participar —dijo el encapuchado, aún acercándose.

El hombre gruñó y con disgusto mostró una pistola que tenía en la mano. El encapuchado pudo ver ahora todo el panorama. En un rincón del terreno, tirada desnuda sobre el piso lleno de basura y vidrios, había una mujer. Un tipo le sujetaba los brazos, y le pegaba en la cabeza cada vez que trataba de resistirse o si gritaba. El otro delincuente estaba desnudo violándola, montado sobre ella. Todo estaba manchado de sangre. Vio restos de ropa rota tirados alrededor del lugar. A unos metros, había un par de motocicletas, y un cochecito de bebé, con un bebé llorando, y un perrito atado al mismo, tirado en el piso, gimiendo y ladrando cada tanto. Se veía que lo habían pateado o lastimado de alguna manera. Solo estaban esos tres hombres. Las casas de los alrededores estaban, por supuesto, herméticamente cerradas.

—¿Que no entiende, amigo? Es una fiesta privada. Pero ya que ha llegado a visitarnos, puede pagarnos el peaje —dijo el malhechor apuntando el arma al pecho del encapuchado.

El hombre que sujetaba los brazos de la mujer se distrajo, y ella aprovechó para soltar una mano, con la que clavó las uñas en el rostro del degenerado que tenía encima. Le hundió el pulgar en el ojo, y apretó con todas sus fuerzas mientras el hombre lanzaba un alarido salvaje.

El tipo que le apuntaba dio vuelta la cabeza. En esa fracción de segundo, el encapuchado sacó la pistola que tenía en el bolsillo, le apuntó a los genitales y disparó dos veces. El hombre gritó y apretó el gatillo, pero su disparo salió desviado. Se agarró los genitales gritando y llorando, mientras caía al piso.

El encapuchado se acercó y le sacó el arma de la mano. Los otros dos hombres se habían detenido asustados. El que sujetaba a la mujer se había incorporado y estaba tratando de alcanzar su arma, pero se le patinaba por la sangre que tenía en la mano. El intruso de capucha apuntó, y una vez más le disparó dos veces con precisión en los genitales. La sangre salpicó al otro tipo quien recién entonces salió de encima de la mujer y se quedó congelado mirándolo.

El encapuchado lo miró y le preguntó, —¿lo disfrutaste? —y lo miró fijamente a los ojos. El hombre desnudo se agarró la cabeza, y el extraño entonces dijo —Ya veo —y le disparó dos tiros rápidos a los genitales a quemarropa. El tipo se derrumbó al piso gritando, y el hombre de la capucha le dijo —¿Por qué crees que mereces una ambulancia? Aunque sería interesante ver cómo seguiría tu vida si sobrevives. Hmm, pensándolo bien, no creo que sea nada interesante. Pero no te preocupes, en un rato vendrá la policía —Miró alrededor, las calles seguían vacías y las casas cerradas, y dijo —O tal vez no.

La mujer estaba llorando, a duras penas había podido encogerse y ponerse en posición fetal. Estaba bañada en sangre, propia y de los otros. No podía moverse por el dolor, su cuerpo estaba lleno de moretones y cortaduras, además de la sangre que le salía de entre las piernas, por adelante y por detrás. Levantó de a poco la cabeza y lo miró con desesperación por un ojo entrecerrado. El otro ojo lo tenía cerrado por un hematoma.

—No querrás vivir con esos recuerdos, créeme —dijo, y le disparó a la cabeza. Se acercó al cochecito de bebé y, sin titubear, disparó su arma una vez más. El llanto se cortó en seco. —Simios —masculló, meneando la cabeza, y suspiró.

Se agachó a acariciar al perro. —Pobrecito —dijo, y lo desató.

Se fijó que no se hubiera manchado con sangre, miró el matadero delante suyo y miró alrededor para verificar que no hubiera nadie. Entonces, se fue caminando con tranquilidad, dejando los gemidos en la distancia.

Se sacó la capucha, revelando un rostro guapo, de cabello castaño cortado prolijamente, sin barba, y ojos azul cielo.

Pasó la noche en el hotel, y al día siguiente pagó la cuenta, y manejando su auto deportivo dentro de los límites de velocidad, se fue de la ciudad.

Sería uno más de los tantos crímenes sin resolver que sumaban las estadísticas. Para su sorpresa, cuando llegó la policía, uno de los hombres aún estaba vivo. Lamentablemente para la policía, no decía nada coherente (el diablo se metió en mi cabeza, ay Dios mío perdóname) y antes de que pudieran llevarlo, falleció. Hacía un par de semanas que todas las noches ocurría un caso similar, y por alguna que otra descripción de testigos lejanos, ya lo estaban llamando "el ángel de la muerte". Es bello como un ángel, dijo una anciana que declaró ante la policía, pero debido a su edad y a su pésima visión, no pudieron tomar muy en serio su testimonio. Hasta ahora no habían encontrado ningún patrón ni una sola pista para atrapar al asesino. Y nunca la iban a encontrar.

DECISIÓN

Buenos Aires, 24 de Mayo de 2016, 14:15

Tzedek recibió la noticia en su página privada. Tenía un pequeño ejército de gente a la que pagaba para que lea con mucho cuidado y seleccione artículos de los servicios de noticias y sitios científicos más importantes. El trabajo de ellos era buscar notas de interés para él, según una lista de temas que les había provisto, y verificar su veracidad. Contrastarla con todas las fuentes posibles, y asegurarse más allá de toda duda, incluso consultando con los involucrados o mencionados, de que la noticia era cierta y no una especulación o fantasía de las que circulan tanto por internet.

Gracias a este sistema, no recibía una avalancha de noticias todo el tiempo, sino unas pocas cada día. Pero cada una de esas pocas, podía estar tranquilo que eran ciertas y verificables. Como la que estaba leyendo ahora:

NOAA, 23 de Mayo de 2016.

El límite simbólico de 400 ppm (partes por millón) de Dióxido de Carbono (CO_2) fue superado en la estación de medición de la Antártida por primera vez en 4 millones de años. Este límite ya se había superado en el 2013 en el observatorio de Mauna Loa en Hawaii, pero la distancia del Polo Sur con las principales fuentes de emisión de CO_2 en el mundo había retrasado el aumento del mismo en aquella.

Mientras que el CO_2 no dirige directamente la temperatura global, es un factor importante en el aumento de la misma.

"La parte más alejada del hemisferio sur era el último lugar en la Tierra donde el CO_2 aún no había llegado a esa marca," comentó Pieter Tans, el científico jefe de la red de referencia Global de Gas de efecto Invernadero (NOAA's Global Greenhouse Gas Reference Network). "Los niveles globales de CO_2 no volverán a valores por debajo de 400 ppm en el curso de nuestras vidas, y probablemente por mucho tiempo después"...

Rápidamente leyó los títulos de los artículos que tenía para leer.

"2015 fue el año más cálido desde que hay registros, y los primeros meses de 2016 ya los superaron"

"La temperatura de la superficie del océano supera los records históricos"

"El Ártico 8 grados por encima del promedio en Abril"

"Confirman 17 grados de temperatura en la base Esperanza de la

Antártida"
"Los niveles oceánicos a su mayor altura desde que hay registros"
"36 años consecutivos de reducción de glaciares"
"Ola de calor mortal y sequía extensa en el hemisferio norte"

Tzedek se iba poniendo colorado mientras leía la lista. Cuando llegó al final, dio un fuerte golpe en el escritorio. Una taza con lápices pegó un salto y cayó al piso.

Sintió ruidos afuera, unos golpecitos en la puerta y a la secretaria preguntando —¿Está todo bien, señor Tzedek?

¡Claro que no! Todo está mal, eso es lo que está. Maldita sea. —Todo bien, Violeta, nada más se me cayó algo. Siga con lo suyo.

En la tercera pantalla marcó las imágenes de las cámaras de seguridad, y aumentó la que mostraba la puerta de su oficina desde afuera. Vio a Violeta escuchando por un momento, y luego se encogió de hombros y volvió a su escritorio.

Su secretaria no estaba acostumbrada a su furia. Si tan sólo supiera de lo que era capaz, de lo que había hecho en el pasado, no hubiera preguntado si estaba todo bien. Se hubiera ido corriendo a su casa.

Apoyó sus codos en el escritorio, y su cabeza en sus manos, agarrándose los cabellos y la frente.

—Puffff —bufó. Apoyó su mano a la derecha de su escritorio, lo cual abrió una consola más arriba en el mismo. Pulsó un botón en la consola y se trabó la puerta. No con llave sino con un sistema de seguridad digno de una caja fuerte. Otro botón y se polarizaron las ventanas blindadas que daban a la hermosa vista desde su octavo piso, el último de su edificio. Ahora era imposible ver nada desde afuera. Y finalmente pulsó una intrincada clave y se abrió un gran panel en la pared de la izquierda. Del espacio que estaba ahora a la vista, se deslizó hacia afuera un escritorio completo con tres pantallas más, pero en vez de tres pantallas de computadora, estas eran tres enormes pantallas de un metro y medio cada una.

Se levantó mientras movía su silla para estar frente al nuevo escritorio, y se sentó ante el mismo. Apoyó su mano en un espacio sin marcar a la derecha del escritorio, y las pantallas se iluminaron. Una serie de símbolos se iluminaron en la superficie del escritorio, y las pantallas se llenaron de símbolos parecidos. Presionó varias secuencias de símbolos a gran velocidad, en el escritorio y en las pantallas, lo cual cambiaba y mostraba nuevas secuencias de datos.

Un mapa de todo el mundo apareció en el monitor de la derecha, usando la proyección de Goode, mientras que en el centro apareció la Tierra como si fuera vista desde el espacio. De nuevo presionó algunos símbolos, y se iluminaron una docena de puntos rojos en ambas imágenes. Al lado de cada punto, apareció una etiqueta con un nombre. Los puntos estaban desparramados por todo el mundo, y no había dos cercanos entre sí.

Buscó en Europa, y apuntó con el dedo al punto en España. El globo terráqueo se fue a la pantalla de la izquierda, mientras en la del centro aparecía una ventana de video, vacía, con un mensaje debajo en los mismos símbolos extraños. Pasaron unos minutos, y el punto que había señalado se puso azul y se iluminó el video. Tzedek se sentó, se reclinó, y cerró los ojos. De repente, estaba en una habitación blanca, de pie enfrente de una mujer.

—Padre —dijo Althaea, excepto que lo que se escuchó fue "πατέρας".
—Hija, realmente me gustaría que vinieras aquí conmigo —siguieron hablando en griego antiguo—. El tiempo ha llegado. Ya lo discutimos varias veces, y no se puede esperar más.
—¿Ya mismo? ¿Podemos esperar cinco minutos, al menos?
—No seas impertinente. Sabes que esto llevará años, pero tendríamos que haberlo hecho hace décadas. Ahora, el daño está extendido y ya es irreversible por siglos.
Althaea suspiró. —Padre, ¿puedo hacerte cambiar de idea?
—Ya lo postergamos una y otra vez. Mira las noticias, o sal a la calle e interactúa, o mejor aún... entra en internet y verás un muestrario de la estupidez humana en todo su esplendor, Althaea. Esto ya no tiene arreglo. La imbecilidad humana supera cualquier esfuerzo positivo. Si se mataran entre ellos, sería triste pero nada para preocuparse, pero bien sabes que están destruyendo el planeta. *Nuestro* planeta, Althaea. Me convenciste de esperar que implementáramos internet, con la esperanza de que iban a usarla para mejorarse a sí mismos... Darles la oportunidad de almacenar y acceder a todo el conocimiento de la especie, ¿quién desperdiciaría esa oportunidad de aumentar su saber?, me dijiste... ¿Hace falta que te muestre alguna red social?
Bajando la vista, Althaea dijo —Tienes razón, padre, es más fuerte que ellos, y la verdad es que lo siento. ¿Cómo piensas hacerlo?
—Sólo se me ocurre una manera de resolver el problema sin destruir el planeta y lo sabes...
—Ya lo intentamos antes y fallamos, padre.
—Sabes bien que nuestra tecnología se había deteriorado por ser tan antigua, ahora podemos usar la nueva tecnología que logramos que

desarrollen ellos... y usarla a favor nuestro.

Althaea suspiró otra vez. —Como tu mandes, padre. ¿Qué debo hacer?

—Contáctate con los demás. Cuéntales lo que discutimos ya varias veces. Primero que nada, debemos asegurar mis experimentos.

—Así lo haré —dijo Althaea con mirada triste.

—Contáctame cuando hayas hablado con todos —dijo Tzedek, y con un gesto interrumpió la conexión.

Althaea se quedó mirando el espacio vacío.

—Hasta pronto, padre.

Tzedek se incorporó y se paseó por la habitación. Se mesó la barba, un hábito que tenía cuando se ponía nervioso. Se detuvo de repente al darse cuenta de ello. Tal vez debería cortársela.

Se dirigió a la consola y se comunicó con el CERN.

—¿Cuánto estimas que falta? —, dijo Tzedek una vez que tuvo en pantalla al técnico que era su contacto.

—En el último ensayo llegamos a 14 TeV, para los 200 MTeV faltan décadas, y muchas modificaciones, suponiendo que vaya todo bien y no haya accidentes ni sabotajes, y suponiendo que sea posible.

—¿Y a nivel local?

—Eso funciona perfecto, no podemos hacer demasiadas pruebas, pero incluso transferimos más animales y llegaron sin problemas. Esto va a revolucionar el mundo —dijo el técnico.

—No lo hará. Nadie va a transportar un paquete de un lugar a otro del mundo si tiene que pagar el equivalente a meses de consumo eléctrico de una central nuclear —dijo Tzedek. Aunque sabía que estaba mintiendo. Los militares matarían por un equipo así. ¿Poder transportar tropas, soldados, pertrechos, lo que sea de un lado al otro del mundo, instantáneamente? El sueño de cualquier general, y también de cualquier demente terrorista. Esto era como una navaja afilada. Pocas aplicaciones, y la mayoría de ellas peligrosas.

—Tal vez encontremos cómo consumir menos energía —dijo el técnico.

—Tal vez. Pero la teoría dice que no —dijo Tzedek, y cortó. Se paseó otra vez por la habitación. Esto más o menos confirmaba lo que sabía, así que no había peligro. Por un lado se decepcionó, pero al mismo tiempo sintió un gran alivio. Estaban muy lejos aún de poder crear un portal interestelar.

NIÑA

Buenos Aires, 29 de Febrero de 2018, 8:05

—¿Mamá? Tengo un poco de miedo, los otros niños son muy grandes —dijo Sofía.

Sofía tenía un cuerpo más grande que otros niños de su misma edad, pero aún así con sus apenas cuatro años, comparada con los niños de seis años de primer grado, era muy pequeña. El tamaño físico con seguridad lo heredó de sus padres, ya que ambos eran mucho más grandes que la media. Sin embargo, algo raro pasaba con su inteligencia. Raquel, su madre, decía medio en broma que Sofía heredó la inteligencia de ambos multiplicada, en vez de sumada, porque la chiquita hablaba oraciones de corrido a los seis meses, y dibujaba las letras a los tres años.

—No te preocupes, linda —dijo Raquel, aunque no pudo evitar hacerlo un poco ella misma. Supuso que la nena captaba su preocupación y se contagiaba sus nervios.

—Hagamos una cosa —le dijo Raquel —, te dejaré con tus nuevos amigos y tu maestra, a ver cómo te va. Y te dejaré este celular, sólo tienes que marcar este número, y sonará mi llamador. Y si eso pasa, vendré a sacarte de inmediato. Estaré aquí afuera esperándote.

Sofía miró el celular y el número, y se lo guardó en el bolsillo. Sabía como usar el aparato, así como sabía utilizar cualquier cosa electrónica que no necesitara que lea mucho texto. Le bastaba con que tuviera iconos y números, dominaba y le encantaban los números.

Sofía le dio un beso a su mamá, y siguió al aula a los otros niños.

Sus padres estaban manejando el tema de la inserción escolar con el asesoramiento de una psicopedagoga y de una psicóloga. Se informaron sobre los niños especiales y las dificultades que podían tener, y trataban de evitar que Sofía tuviera los problemas evitables, como por ejemplo exigirle demasiado o ponerla en cursos muy avanzados para ella, no académicamente, sino socialmente.

Uno de los varones la empujó sin querer, y le gritó —¡Tonta, mira por dónde vas!

Sofía lo miró con sus increíbles ojos verde claro, que se le pusieron redondos como platos, e hizo un rulito con la punta de su largo cabello castaño.

El niño la miró y suspiró. —Soy Leo, ¿querés un caramelo?

—Claro, soy Sofía —dijo la nena, y le sonrió. El nene se puso colorado y le dio el caramelo. Otro nene que estaba cerca también le ofreció unas galletitas.

Más tarde, cuando la maestra trataba de enseñarles sumas a los demás niños, Sofía se entretenía dibujando. No estaba segura de porqué, pero le parecía que esa debía ser la manera más eficiente de sostener un peso considerable haciendo una estructura con palillos y masa. En cuanto tuviera la oportunidad debía probar esto.

La maestra le llamó la atención una vez, esperando sin duda atraparla distraída, y le preguntó por el resultado de una suma que estaban haciendo. Sofía le dio la respuesta correcta sin siquiera mirar, y la maestra no volvió a llamarla.

Esto de la "primaria" iba a ser fácil, pensó Sofía. Todavía no entendía por qué debía perder el tiempo así, cuando en su casa casi siempre podía hacer lo que realmente le gustaba, pero aquí todos eran muy fáciles de manipular, a diferencia de sus padres.

TRAGEDIA

Buenos Aires, 28 de Octubre de 2021, 14:00

—Doctora... ¿Raquel Navarro? —dijo la enfermera.

Raquel asintió lentamente con la cabeza. Estaba en la cama del Hospital, en una habitación de terapia intensiva. A su lado estaba sentado su marido, Juan Carlos.

—Firme aquí, por favor. Es el formulario final para autorizar la donación de órganos.

Raquel miró las hojas, tomó el bolígrafo con dificultad, y firmó en la última.

—Gracias —dijo la enfermera, y se dirigió a Juan Carlos. —¿Podría acompañarme un momento?

En el pasillo la enfermera le dijo a Juan Carlos, —Será mejor que hable con su mujer para... despedirse de su hija. Sólo le quedan unas horas. La medicación está al máximo.

Juan Carlos asintió, y le agradeció a la enfermera. Cuando volvió a la habitación, miró un momento a su mujer, que estaba con los ojos cerrados. Su cara estaba cadavérica, una sonda entraba por su nariz para llevarle comida al estómago y una mascarilla le daba oxígeno, una vía en el brazo la hidrataba y le suministraba los analgésicos más fuertes que había, y tenía distintos monitores conectados.

Juan Carlos estaba demacrado también, pero por el cansancio. Horas despierto junto a su mujer, haciendo trámites, atendiendo a su hijita Sofía de casi ocho años, trabajando... Hacía semanas que se venían preparando para ésto, desde que supieron que los tratamientos no estaban dando resultado. En ese momento la hija estaba en su casa, sola. Por lo menos podía dejarla sola y quedarse tranquilo, ya que la niña era muy responsable y capaz de cuidarse a sí misma. Se sentó junto a Raquel y le acarició la cabeza calva con suavidad, sin despertarla. Pensar que hacía tan sólo seis meses, tenía una melena de cabello castaño (el mismo castaño de su propio cabello) que le llegaba a la cintura. Después del nacimiento de Sofía, Raquel fue desmejorando muy despacio. Tanto que no les llamó la atención. Lo atribuyeron a la falta de sueño, al mayor estrés, a cualquier cosa menos al verdadero culpable. Cuando empezó a mostrar los síntomas más serios, ya era tarde. Todo había sido tan rápido que aún le costaba creerlo.

Sintió vibrar su celular. Juan Carlos vio que era una llamada de Pedro, su medio hermano por parte del padre, y lo atendió.

En ese momento notó un perfume peculiar, y vio que había entrado una doctora muy alta, quien estaba mirando y hablando en voz baja con su mujer, pero se distrajo con la llamada otra vez.

Después de los saludos de rigor, Pedro le dijo:

—Papá está mal... Ya no acepta la comida, el doctor dice que le están fallando los órganos y no le quedan muchas horas.

—Papá tiene noventa años... La última vez que lo vi no sabía quién era yo. Disculpame pero Raquel... Es Inminente su fallecimiento, dicen que no pasa de hoy, y tengo que ir a buscar a mi hija —dijo Juan Carlos, con un nudo en la garganta.

—Juan Carlos, es papá... Vos existís gracias a él, no podés no venir.

—Raquel me necesita ahora, y es la familia que elegí, no la que me tocó sin pedirla. No voy a abandonar a mi mujer justo ahora cuando está por morir. Y mi hija es una niña que me necesita ahora más que nunca. Y espero que lo entiendas.

—Papá se acordó de vos hoy. Me preguntó dónde estabas. Venite que en unas horas no vas a poder verlo más y te vas a arrepentir.

—¿De veras? ¿Está despierto, me podés pasar?

Juan Carlos escuchó como Pedro tapó el teléfono, pero aún así escuchó que decía —Papá, Juan Carlos te quiere hablar —y luego escuchó la respuesta con claridad —¿Quién?

Después de algunas frases más que no pudo entender, trató de llamar la atención de su hermano en el teléfono. —Pedro... ¡Pedro!

Por fin escuchó que Pedro lo atendía, y antes de que pudiera decir nada más, le dijo —Si mi mujer fallece mientras estoy viendo a papá, yo nunca me lo perdonaría. Eso sí que sería algo de lo que me arrepentiría todo el resto de mi vida. Lo siento pero no.

—Siempre el mismo egoísta vos.

—Pedro... —dijo Juan Carlos. Estaba enojado, indignado con la estupidez de su hermano, pero ni valía la pena dedicarle más tiempo. Notó que la doctora que había entrado antes se había retirado. —Adiós —dijo Juan Carlos, y cortó, sabiendo que con eso probablemente no volvería a hablar con su hermano en varios años, si acaso alguna vez más. Su hermano no iba a perdonarlo, y él no podía empatizar con la falta de entendimiento de su hermano. ¿Cómo esperaba que abandonara a su mujer para ir a la muerte de su padre?

Juan Carlos fue a su casa rápido, y volvió con su hija. En el camino, le explicó que ya era la hora, y que por fin mamá iba a dejar de sufrir.

Cuando estuvo al lado de Raquel, Sofía no se asustó, sino que tomó su mano y le dio un beso en la frente. Raquel apenas sonrió, aunque en seguida hizo un gesto de dolor. Juan Carlos miró a Sofía, tan chiquita y tan madura al mismo tiempo, no pudo resistir más y se puso a llorar.

En ese momento alguien tocó a la puerta, y un cura entró en la habitación. Dirigiéndose a Juan Carlos, le dijo —Que Dios te bendiga, en esta hora de dolor, vengo a administrar los ritos finales a su mujer.

—Sus servicios no serán necesarios, no somos católicos —dijo Juan Carlos, un poco molesto por la interrupción.

El cura levantó las manos y dijo —También hay un rabino en el Hospital, si necesita un consuelo espiritual que yo no pueda ofrecerle.

Ahora decididamente molesto, Juan Carlos dijo —¿Consuelo espiritual? Retírese padre, por favor. Mi mujer está por morir y no necesitamos consuelo espiritual de ninguna clase.

Un ligero rubor subió a las mejillas del cura, y dijo —Ya veo, bueno, espero que cuando muy pronto conozca a su creador, al menos pueda reconocer que debió creer en él cuando tuvo la oportunidad.

—¿Está loco? ¡Fuera! —, gritó Juan Carlos ahora sí perdiendo la paciencia. —¡Guárdese sus amenazas místicas! Desgraciado, váyase antes de que lo saque a las patadas —siguió gritando, mientras se ponía de pie y se iba encima del cura. Juan Carlos media un metro noventa, y era corpulento, así que el cura se retiró rápidamente. Juan Carlos cerró la puerta de un portazo tras él, casi golpeándolo con ella.

—Papá... —dijo Sofía con lágrimas en los ojos. —¿Y si el cura tiene razón?

—Si existiera un dios que creó todo, hija, también creó el cáncer de páncreas que está matando a mamá, y también creó el dolor que está sufriendo. Eso nunca te lo va a admitir un cura, o en todo caso te dirá que "todo tiene un motivo", o que "los caminos del señor son misteriosos". Lo cierto es que no tiene excusa. Si existiera un dios que controla todo, en mi opinión sería un degenerado enfermo, observando todo el mal en el mundo sin hacer nada, pero no te preocupes, no existe. Son sólo mitos para que la gente no tema a la muerte.

Sofía frunció los labios, pero no dijo nada más.

Raquel ahora estaba consciente, y miraba a Juan Carlos. Miró a Sofía, y Sofía se acercó a ella.

—No me gusta el olor —dijo Sofía.

—Sofía, estoy seguro que a mamá tampoco le agrada, no seas antipática con ella.

Una lágrima se deslizó desde el ojo de Raquel, y trató de mover la mano. De a poco la llevó a la cara, y Juan Carlos se apuró a su lado.

—¿Quieres hablar? —le preguntó. Raquel asintió e inspiró hondo, seguido por un quejido de dolor. Se miraron a los ojos.

Juan Carlos fue del otro lado, mientras Sofía se sentaba al lado suyo otra vez. Cuando Raquel pudo relajarse un poco, le levantó la mascarilla.

—Hija... —dijo con dificultad Raquel. —Te amo... Los amo... Y papá... tiene razón. Yo ya... quiero... dejar de sufrir. Portate... bien... con papá... —y cerró los ojos.

Un monitor comenzó a dar una alarma, y luego otro, Juan Carlos le puso la mascarilla en seguida, pero Raquel dejó de respirar.

Una enfermera entró corriendo, vio los monitores, y miró a Juan Carlos, quien hizo un gesto con la cabeza, y fue del otro lado con su hija. La enfermera se fue corriendo, y Juan Carlos dijo —Ven, Sofía, se van a llevar a mamá para la ablación.

La enfermera volvió a entrar, con una camilla y dos camilleros, que pasaron el cuerpo muerto de Raquel a una camilla, y se la llevaron corriendo. La enfermera se demoró un momento para decirles —Mis condolencias, tomen el tiempo que quieran, y cuando estén listos pasen por la recepción, por favor.

Juan Carlos abrazó a Sofía, quien se puso a llorar, y él también hizo lo mismo. Juan Carlos no pudo evitar preguntarse cómo iba a hacer para criar él solo a una niña de siete años.

—¿Estás seguro que mamá no estará en el cielo? Cuando murió la mamá de una amiga en la escuela, me dijo que su mamá estaba mejor porque ahora estaba en el cielo, y la miraba desde ahí.

Juan Carlos sintió otra vez esa furia que tenía reprimida y trató de controlarse. —Sofía... hija, mamá está mejor, porque ya no sufre más. A veces es mejor morir que sufrir sin sentido. Y de alguna manera, seguirá viva en nuestros recuerdos. Cuando recuerdes a mamá, el amor que te daba, las cosas buenas y las malas, su talento y su fallas, ella estará viva en tu mente.

En ese momento hubiera dado todo lo que tenía y lo que no también, para estar abrazado con su esposa y su hija, en vez de sólo con su hija. Y por eso se abrazó a ella con más fuerza, mientras se le caían las lágrimas.

—Papá...

—¿Qué, hija?

—¿Qué es lablación?

Juan Carlos se quedó estupefacto un segundo, y luego no pudo evitar sonreír ante la confusión de su hija.

—Es ablación, y quiere decir que como mamá ya no los usa, le van a sacar algunos órganos que aún sirven, como por ejemplo los ojos o los riñones, y los van a usar para salvar la vida de otras personas, que se enfermaron y no tienen bien esos órganos.

Sofía puso la boca como una gran O. —¿Quiere decir que hay gente que usa partes de personas muertas?

—Sí, pero esos órganos que usan, no están muertos todavía. Mama murió porque su cerebro, lo que sería "ella", murió, pero partes de su cuerpo aún pueden salvar otras vidas. Pero para hacer eso tienen que sacárselos en seguida, antes que se mueran también.

—Entiendo —dijo Sofía —. Entonces en realidad, parte de mamá todavía está viva... ¿Y no podemos ver a las personas que tendrán las partes de mamá?

—A mí me alcanza saber que hasta en su muerte salvó otras vidas, pero si es importante para ti averiguaré si es posible.

Sofía suspiró, y lo abrazó de nuevo. —Voy a extrañarla mucho.

—Claro que sí. También yo.

—¿Vas a casarte de nuevo? Algunas de mis amigas y en las películas a veces cuando muere una mamá, el papá consigue otra.

Juan Carlos la miró y supuso que Sofía estaba celosa.

—Una mamá no es algo que se compra en el supermercado, Sofía. Aunque no creo que lo entiendas ahora, no creo que pueda enamorarme otra vez. Al menos, no por ahora —dijo Juan Carlos, y comenzaron a recoger las cosas de Raquel que habían quedado en la habitación.

Su celular vibró. Lo miró, y vio que había entrado un mensaje de su medio hermano. Era un mensaje largo, y a vista rápida vio que incluía palabras como "falleció", "egoísta", "desgraciado" e "hijo de puta". Ni se molestó en leerlo, lo archivó y apagó el celular. Todavía quedaban muchos trámites por delante, pensó Juan Carlos y recordando a su padre y a su esposa, suspiró. Ahora estaba solo y tenía una hija. Como primera medida, debía arreglar las cosas para poder trabajar en su casa.

REUNIÓN

Buenos Aires, 29 de Octubre de 2021, 14:00

Tzedek miraba la pantalla mientras de a poco los puntos del mapa iban cambiando de rojo a azul. En poco menos de diez minutos todos menos uno se habían puesto azules, hasta que el punto de Althaea cambió a azul también. Tzedek hizo un gesto, y las tres pantallas se dividieron en cuatro cada una, mostrando cada cuadrante a una persona distinta, e incluso se podía ver a sí mismo en el primer cuadrante. Todos y cada uno de ellos tenían una instalación similar y podían a su vez verlo, y a todos los demás. Finalmente, se sentó, cerró los ojos, y se encontró en una habitación blanca rodeado de todos los demás.

—Gracias por acudir —dijo Tzedek, en griego antiguo.
—Sabes que no tenemos mucha alternativa, así que ahórrate las hipocresías y vamos al grano, que tengo mucho que hacer —dijo Halius.
—Halius, por favor, ¿podemos siquiera tener un minuto sin una de tus estúpidas peleas? —dijo Damaris.
—Puedes llamarlo hipocresía si quieres, de mi parte el sentimiento es sincero y lo sabes, Halius. No es una llamada de cortesía, los he reunido porque deben prepararse y no quiero repetir lo mismo diez veces. Ya lo hemos discutido antes, y el tiempo ha llegado.
—Por favor, Tzedek, ¿cuántas veces hemos pasado por ésto? No funcionó antes, no veo por qué va a funcionar ahora —dijo Nikaia.
—Si no recuerdo mal fue Nogah quien me aseguró que ayudarlos a desarrollar la tecnología no iba a terminar en un desastre. Y sin embargo aquí estamos, pero esta vez no es un continente el que peligra sino todo el planeta. ¿Es que debo recordarles después de tantos años cuál es nuestro objetivo?
—Tzedek, muchos de ellos son tan inteligentes y sensibles como nosotros, a pesar de sus limitaciones. ¿Vamos a tirar todo eso a la basura? —dijo Nogah.
—Mi intención es dejar indemnes a los que valen la pena. Sabemos cómo hacerlo. Y si mi plan se lleva a cabo, tendremos más que suficiente tiempo para hacerlo. Sabes que están destruyendo nuestro planeta. Y los avances que van logrando ya no justifican lo que vamos perdiendo.
Los otros se miraron entre sí.
—Lo vienen destruyendo de manera violenta desde hace más de doscientos años, ¿por qué actuar justo ahora? Dices que no estamos ni cerca de los objetivos, pero las energías renovables, los aceleradores de partículas, la ingeniería genética y la exploración del espacio están

convergiendo justo hacia donde queremos —dijo Halius.

—Es cierto, pero bien sabes que son unos pocos miles de descendientes nuestros contra miles de millones de... parásitos. El planeta no tiene tantos años. Es más, si estuvieron viendo los estudios del clima, habrán notado que ya superamos varios umbrales irreversibles, y aún cuando actuemos ya mismo, ya es tarde para revertir la mayor parte del cambio climático y la contaminación de las aguas, sólo podemos aspirar a salvar lo mejor y tratar de no perder lo que logramos hasta ahora. Nuestro planeta será muy distinto en los próximos años, y deberemos buscar lugares especiales para poder sobrevivir —dijo Tzedek.

—Pero padre, están haciendo grandes esfuerzos, ¿qué pasa con los autos eléctricos, los paneles solares, los motores eólicos, y todo ese progreso?

—¿De qué diablos sirven unos miles de autos eléctricos ante cientos de millones de quemadores de petróleo? —gritó Tzedek, haciendo un gesto hacia Althaea. Su mano atravesó el brazo de ella —. Sí, es cierto, algunos humanos tienen conciencia, y esos son justo los que necesitamos salvar. Los demás, son lastre, un cáncer para el planeta y para nosotros.

—¿Y cómo vamos a hacerlo, concretamente? —dijo Ponteus.

—En la computadora tienen los planes completos y la parte que le toca a cada uno.

—Eso lo vimos. Te das cuenta que la logística de mantener estas ciudades en secreto, sobre todo cuando comiencen a poblarse, será casi imposible. ¿Qué pasa si nos arrojan un misil? —dijo Niobe. Marsan la miró con disimulo y apretó los labios.

—Sabes que tenemos tecnología, dinero y recursos para hacer todo lo que queramos y más, Niobe. Ustedes no son idiotas, hagan lo que les pido, esta vez tiene que salir bien. Es una orden, ahora procedan.

Todos inclinaron la cabeza, diciendo —Sí, Tzedek —al unísono.

Tzedek hizo un gesto, la habitación se disolvió y se apagaron todas las pantallas. Se quedó un rato mirando las pantallas vacías. Tenía confianza en que estaba haciendo lo correcto, pero tantas cosas podían salir mal, que un escalofrío le recorrió la espalda.

Se obligó a recordarse a sí mismo que lo más importante era su misión, y que todo lo demás era secundario.

CORRUPCIÓN

Buenos Aires, 2 de Enero de 2026, 14:00

Como todo el mundo, Juan Carlos había usado los servicios web y los programas de las agencias del gobierno, y le daban ganas de llorar cada vez que lo hacía. Sabiendo que él podía hacerlo mucho mejor, hacía unos meses había aplicado para ofrecer sus servicios al gobierno. Le habían solicitado antecedentes, garantías, programas de demostración, y muchas otras cosas, hasta que al final lo habían llamado para una entrevista personal a la que estaba yendo ahora.

—Deje su celular aquí —le indicó una secretaria antes de hacerlo pasar a la oficina del encargado del área de sistemas, Miguel Martinez.

Miguel era joven, lo hizo sentar y lo tuvo un rato esperando mientras revisaba aparatosamente unos papeles. Además, estaba fumando, lo cual estaba prohibido en dependencias del gobierno. Juan Carlos estaba seguro que estaba actuando a propósito, para ponerlo nervioso. Lo malo es que lo estaba logrando.
—Bueno, usted sabe, usted propone hacer un sistema empleando a menos gente, y tardando menos tiempo. Eso no beneficia a nadie —dijo Miguel.
—¿Es en serio? Beneficia al Estado, que va a pagar menos dinero para tener un producto de mejor calidad en menos tiempo —dijo Juan Carlos.
—El Estado somos todos. Si tenemos que despedir a cientos de empleados del área de sistemas, el Estado se perjudica porque ellos son parte del Estado. Tenemos más familias sin trabajo, de mal humor, y que no nos van a votar.
—Podríamos enseñarles a trabajar en el sistema nuevo...
—¿Enseñarles? —interrumpió Miguel con una risa sarcástica—. Se nota que usted nunca trabajó con empleados públicos. —comentó, revisando los papeles— No, lo que debemos hacer aquí es incorporar a sus hombres como un equipo externo. Por supuesto debemos discutir la garantía, el mantenimiento que darán, y nuestra parte.
—¿Nuestra parte?
—Claro... El "retorno", amigo. ¿O por qué cree que debería elegir su trabajo en vez de cualquiera de los otros cientos de proveedores que hay?
—Porque como demostramos, nuestro producto es mejor.
—Eso está muy bien, pero la gente tiene que usar los sistemas obligatoriamente. Si son excelentes o una porquería es lo mismo, si se quejan nada más habrá más oportunidad para contratar gente para el área

de quejas. Y Globalixte, nuestro proveedor actual, nos deja un 50% de lo que cobra para repartir entre todos los involucrados —dijo Miguel con un guiño.

Juan Carlos se quedó con la boca abierta. —¿Qué? ¿50%? Si saco eso de lo que cobro ni cubro mis costos.

—Ah, entonces ha calculado mal su precio. No es mi culpa si presentó una oferta tan barata.

Juan Carlos se quedó frío.

—Además, veo que planea usar un lenguaje de desarrollo poco conocido para el trabajo —dijo Miguel negando con la cabeza—. Tiene que ser en un lenguaje reconocido de Microsoft.

—En lenguajes de Microsoft es imposible hacer el trabajo en el tiempo presupuestado, esto es un generador de código que es mucho más eficiente y confiable.

—Microsoft nos aporta millones de pesos en soporte y productos gratis... sin mencionar la ayuda monetaria "personal". No podemos darnos el lujo de dejarlos de lado. Hagamos una cosa, piénselo y vuelva a presentar la oferta. Tenga en cuenta los valores que le dije, y vamos para adelante —dijo Miguel poniéndose de pie.

Juan Carlos comprendió que lo estaba echando, así que se puso de pie. Miguel no le ofreció la mano, así que él tampoco lo hizo y al salir de la oficina retiró su celular. Se dio cuenta entonces que lo habrían retenido no para evitar interrupciones, sino para evitar posibles grabaciones ocultas.

Cuando llegó a su casa, Sofía estaba esperando y ya había preparado una merienda. Juan Carlos dejó sus cosas, se sentó y tomó su taza, pensativo. Miró a su hija, y vio que lo miraba, así que le sonrió.

—Hola, hija.

—Hola, ya me estaba preguntando si me había vuelto invisible o qué. ¿Qué pasó? —dijo Sofía.

—Pasó que tuve un duro choque con la realidad. Pensé que podía hacer una diferencia, pero me pusieron en mi lugar.

—¿No les gustó tu sistema?

—Eso sí, pero el lugar es, como me temía, un nido de ratas. Jamás me dejarían implementar mi sistema ahí. Quieren que lo haga en un lenguaje ineficiente, con gente que no sabe el trabajo, y en esas condiciones no es posible. Se van a robar millones del presupuesto gracias a eso, y aunque me toque otro tanto, me van a echar la culpa cuando las cosas no salgan como especifiqué en el diseño, por culpa de ellos, por supuesto. Por otro lado, es muchísimo dinero.

—El dinero lo necesitamos... ¿Estás seguro que es tan malo como piensas?

—Mirá, la única forma de saber de verdad es meterse en eso, pero como indicios tengo los sistemas que están andando ahora, que son malísimos, y la experiencia de la entrevista. El tipo era tan corrupto que parecía una broma. Lamentablemente no lo es —dijo Juan Carlos pensativo.

—¿Y no crees que podrías cambiar algo una vez que estés ahí trabajando con la gente?

—Nunca me van a dejar hablar con la gente, en eso fue bastante claro en cuanto sugerí que podía mejorarlos con entrenamiento. No, y estaba pensando que estoy seguro que les sacan una tajada a los sueldos de esos pobres diablos también, por algo tienen tantos haciendo tan poco. Es más, es muy posible que muchos de ellos sólo cobren un sueldo para darle su parte a los tipos estos, y no tengan ni idea de sistemas. La única forma de cambiar eso sería desde adentro y con poder absoluto. Un proveedor nunca va a poder cambiar nada, no sé quién tendría que ser.

—¿No sería ese el Jefe de Sistemas con el que hablaste?

—Tal vez, pero ¿Cómo saber hasta dónde llega la corrupción? Supongamos que yo fuera el jefe de sistemas, echara a quien hay que echar y cambiara lo que hay que cambiar. Además de que con seguridad tendría que enfrentarme a las amenazas y juicios de los sindicatos, a la prensa y a sabotajes internos, ¿qué pasa si después viene el jefe de la AFIP y me dice que estoy loco y me obliga a deshacer todo? O peor, me despide, y deshace todo de cualquier manera.

—Papá, no pueden ser todos corruptos.

—¿No pueden? Cualquiera con dos dedos de frente sabe que no hacen falta cinco mil empleados para hacer y mantener unos programas y unas páginas web. Así que el jefe de la repartición tiene que saber lo que pasa. Es casi obvio que recibe su tajada, y si no es un inoperante. Y el jefe regional lo mismo. Y lo mismo el Jefe Central, y así hasta llegar al Ministro de Economía. Pero el ministro de economía debe tener cosas más graves que ocuparse que de la corrupción en las agencias de la AFIP. Y además, ¿cómo lo solucionaría? Tendría que echarlos y mandarlos a juzgar, pero la justicia está igual de corrupta, sin contar con que un juicio por corrupción ni siquiera llega hasta la etapa de acusación antes de un par de años, y si está todo probado, cosa que nunca ocurre, un veredicto puede llevar una década. Y será apelado, y la apelación puede darle favorable, dado que los protagonistas ya estarán en otros cargos, con otros amigos, en otro gobierno.

—Ya estás logrando deprimirme, papá. ¿No se puede hacer nada, entonces?

—Hace unos años, antes que nacieras, estuve en un partido político chico, sabes. Pensé que podía cambiar las cosas desde adentro. Incluso logramos votos suficientes para un lugar en la legislatura. Fue una verdadera desilusión.

Sofía se quedó con la boca abierta. —¿Cómo es que nunca me contaste de eso?

Juan Carlos se quedó pensando un momento. —Es que lo considero como un fracaso personal, sabes. Era joven, pero no estúpido, aunque sí muy inocente. Tenía ideales, y pensé que podía mejorar el sistema. Es imposible. Casi todos están metidos, y los que no lo están, son funcionales a los otros. La gente con conciencia tal vez robe menos, o disminuya las actividades ilegales por un tiempo cuando hay cambios de gobierno y todo eso, pero en definitiva, se apoyan unos a otros, colaboran y se protegen entre todos, porque es una máquina muy eficiente para robar dinero. Mucho, mucho dinero. Y la democracia es un sistema que funciona bien cuando la gente es culta e informada. Cuando lo que votan son unos ignorantes que lo único que hacen es elegir a la cara más bonita, al que le hace promesas más interesantes o directamente venden su voto... es una payasada, no llega al poder el mejor candidato sino el que tenga mejores publicistas, en definitiva, el que tenga más dinero. La democracia hoy en día es un concurso de popularidad, nada más.

—¿Y a quién no le gusta tener mucho dinero?

—Para la gente normal no es el dinero, sabes, sino lo que puedes obtener con él. Fíjate nosotros, no necesitamos tanto dinero... Con tan solo un poco más estaríamos muy bien. Y vamos a pensar otra forma de obtenerlo. Los políticos, en cambio... no importa cuantos millones roben, siempre robarán más.

—Entonces ¿queda descartado lo del gobierno?

—Sí, si tenía dudas, tus preguntas me hicieron enfrentarme con ellas. No vale la pena ensuciarse así, Sofía.

—Si vos lo decís... —dijo Sofía, dubitativa.

Juan Carlos terminó su café, y lo dejó en la pileta de la cocina. —¿Qué te parece si vamos a pasear al parque un rato?

—¿En serio? Bueno, sí, claro... —dijo Sofía, sorprendida.

—Necesito tomar aire, y tenemos que celebrar que no nos metimos en ese nido de ratas. Vamos a tomar un helado —dijo Juan Carlos sonriendo.

LAS CIUDADES

Rho, 2 de Enero de 2026, 6:10

Tzedek miró todo a su alrededor desde el piso panorámico en la Torre en el centro de la ciudad. Un verdadero espectáculo a la luz del amanecer. La parte construida de la ciudad ocupaba un cuadrado de ocho kilómetros de lado, con calles cada cien metros, y todo alrededor estaba rodeada por un muro a un kilómetro de distancia de las últimas edificaciones. Ubicada cerca del Rio Negro en Argentina, la ciudad estaba en una zona fértil y protegida, a la vez que fuera del paso.

Las consolas de monitoreo mostraron un rápido aumento en la generación total de energía, a medida que el Sol iba iluminando las calles. Los sistemas de riego se activaron para los terrenos de las tres mil seiscientas manzanas que albergarían a más de catorce mil familias.

La construcción de la ciudad costó fortunas. No sólo por las tecnologías tope utilizadas, sino también por los sobornos a funcionarios y los pagos extras a los constructores y ensambladores para que guarden discreción. Algunos ingenieros y constructores extremadamente competentes, fueron pagados con un lugar en la ciudad.

La ciudad estaba lista. Sólo faltaba la gente.

Y eso se debía solucionar de inmediato. Los habitantes de Rho serían gente a las que les gustara el orden y la autoridad, el tener las cosas resueltas y justas para todos por igual.

Tzedek abandonó el piso panorámico, y se dirigió al centro de comunicaciones en el piso debajo. Era hora de hablar con los demás. Desde la computadora, envió un mensaje a todos para reunirse en diez minutos.

Alfa, 2 de Enero de 2026, 12:50 (Hora local)

Halius recibió el mensaje y llamó a Nikaia, Marsan y Musa para que estén listos para la reunión.

Miró el plano de la ciudad en la pared de su centro de comando. No había un lindo punto panorámico como en las ciudades Rho y Delta, porque Tzedek le encargó hacer la ciudad comuno-anárquica, por lo tanto no había ningún elemento obvio de poder central o por encima de los demás, pero la inmensa pantalla plana con una imagen aérea satelital en tiempo real de la ciudad, compensaba bien la carencia. La ciudad se veía emarañada y desorganizada, con numerosas callejas, manzanas desparejas, diagonales y terrenos de todo tipo y tamaño. Si no supiera el orden subyacente, Halius diría que era un completo caos. Sonrió para si mismo, satisfecho con el trabajo realizado. El clima y la ubicación en las cercanías de Sudáfrica ayudaban a mejorar su humor, a pesar de la chatura de la ciudad.

Los elementos de confort de las casas y la ciudad eran lo último en tecnología, los mismos que en las ciudades Rho y Delta. La principal diferencia sería que los habitantes serían identificados principalmente por sus características biométricas, porque no podía contar con que llevaran las credenciales y no las perdieran... Los habitantes de Alfa serían anarquistas y rebeldes, artistas y bohemios, gente valiosa y productiva pero despistada y resistente a la autoridad, que por eso mismo no congeniarían bien en las otras ciudades. Había que guiarlos sin pretender cambiarlos.

Habían terminado la construcción casi cuatro meses antes de los seis años que Tzedek le había dado de plazo. Nada mal. Recordó la época de los esclavos, y pensó que ni con esclavos lo hubiera hecho más rápido. El capitalismo era un sistema extorsivo fantástico.

No pudo evitar sonreír otra vez.

Delta, 2 de Enero de 2026, 19:50 (Hora local)

Ponteus miró junto con Apolo, Harmonia y Niobe, la extensión de ciudad Delta ante ellos. La ciudad, ubicada en una zona remota de Australia, se distribuía en varios círculos concéntricos de terrenos, y la atravesaban calles como los radios de una rueda.

Estaban en el gran salón de reuniones cuando Ponteus recibió el mensaje de Tzedek. Se los comunicó, y se dirigieron al centro de supervisión en el tope del monumental edificio circular.

Delta sería para los que necesitaban sentir que su voto valía. De hecho, con los medios electrónicos y de validación biométrica que había en la ciudad, todo se iba a someter a votación, excepto los mandamientos principales. Claro que la última palabra la tendría Ponteus, y también se encargaría de vetar cualquier decisión que fuera contra los intereses y objetivos de su grupo, pero nadie tenía por qué saber eso. En todo caso, en gran parte de los aspectos funcionales de la ciudad, contaría la voluntad de la mayoría. Y al ser un sistema de voto directo, no habría políticos. Por lo que en esta ciudad tendrían gran importancia los comunicadores.

Se dispusieron para comunicarse, y al minuto exacto, entraron todos en conferencia.

PLANES

Rho, 2 de Enero de 2026, 6:20

—Primero que nada, déjenme felicitarlos por lo realizado. Buen trabajo —comenzó Tzedek.

—Gracias, Tzedek —dijeron todos.

—Tenemos que poblar las ciudades —dijo Tzedek—. Tenemos la oportunidad única de elegir con quién comenzar una nueva civilización.

—Esto que haces es una dictadura discriminativa.

—Te has encariñado mucho con los humanos, Althaea, hasta piensas como ellos. ¿Debo recordarte por qué estamos aquí y qué son ellos para nosotros? ¿Lo recuerdas, o necesitas un repaso?

—Pero Tzedek, son inteligentes, tienen sentimientos.

—También los otros homínidos son inteligentes, y los mismos humanos los matan en experimentos crueles y también por diversión o imprudencia. Pero debería agregar, no todos los humanos son inteligentes. En algunos casos, la única diferencia con los otros primates es nada más el pelo. Aquí tenemos un caso claro de selección natural desventajosa. Los más sensibles reconocen que el planeta tiene problemas, entonces restringen su reproducción. Los más descuidados y desaprensivos, en cambio, tienen más hijos de lo que pueden mantener. Y así, el genoma promedio de esta especie se conforma por humanos cada vez menos inteligentes, más descuidados y desaprensivos. Los más inteligentes se auto-extinguen.

—Pues, todos deben tener las mismas chances y ya. Hagamos un sorteo, y que sean seleccionados quienes ganen, por azar —dijo Nogah.

Tzedek lo miró como si hubiera pisado algo sucio. —A veces me pregunto si no eres un poco idiota, o algo. Lo que dices es absurdo, no vamos a desperdiciar una oportunidad como ésta de poder hacer que colaboren con nosotros los mejores elementos de la humanidad. ¿Un sorteo? ¿Así traemos aquí a un violador, a un pederasta, o a un sociópata que haga fracasar todo? Tenemos miles de millones para elegir unos pocos miles, no van a alcanzar los lugares para salvar lo mejor de lo mejor, ¿y quieres hacer un maldito sorteo? —dijo Tzedek ya gritando. Nogah bajó la cabeza avergonzado y no dijo nada.

—¿Cómo sabes que no salvarás de todos modos a alguno de esos que dijiste? —preguntó Marsan.

—Si lo dejamos al azar podemos estar seguros que alguno entrará, si hacemos nuestra propia selección al menos si llega a entrar alguno será por un error de nuestra parte. Ya cometimos demasiados errores en el pasado por tenerles cariño, o piedad, a estas criaturas, deberíamos aprender de nuestros errores.

—¿Entonces? ¿Estás proponiendo qué, exactamente? —dijo Halius.

—Un filtro, para empezar. Les acabo de enviar los planes para esta etapa a sus computadoras, véanlos. Primero seleccionaremos humanos específicamente por las capacidades que necesitamos. Granjeros, agricultores, científicos, ingenieros, maestros, técnicos, médicos, paramédicos, enfermeros, algunos pocos jueces y legisladores, policías, bomberos... Los podemos invitar nosotros, y les ofrecemos una vida paga... Casa, terreno, bienes, tecnología de punta, alimentos, un lugar con seguridad total y vida tranquila, todo pago a cambio de trabajo. Estoy seguro que muchos se tentarán, y antes de invitarlos los analizaremos para descartar los problemáticos. Ninguno con antecedentes penales o denuncias, ninguno con enfermedades genéticas incurables, ninguno con IQ debajo de 120, y cualquier otro criterio que se les ocurra para ajustar el número a los mejores de los mejores.

—La gente con esas condiciones son unos pusilánimes, Tzedek —dijo Marsan.

—No necesariamente, tal vez muchos estén ablandados por la civilización, pero también podemos tener en cuenta el estado físico en la selección. Si alguien tiene un conocimiento específico que es irreemplazable, por ejemplo, un neurocirujano, eso puede superar otros parámetros de descalificación.

—¿Y vamos a volver a tener miles de millones de humanos en un par de siglos otra vez? ¿Para qué tanto trabajo? —dijo Ponteus.

—Eso puede formar parte de la selección, hermano. Gente que no esté dominada por el impulso sexual, y además les podemos poner anticonceptivos en el agua y la comida y sólo autorizar nacimientos por mérito... Me gusta esa última idea, que sólo puedan tener hijos quienes sean los que más aporten al bien común.

—Eso es horrible e inhumano —dijo Althaea.

—Inhumano, de acuerdo, ¿o de repente te transformaste en Homo Sapiens y me perdí el informe? Si hay algo "humano" es reproducirse como un virus sin preocuparse de qué hacer con los hijos... terminando en agresiones y guerras por recursos insuficientes, espacio vital, alimentos, lo que sea. "Inhumano" es un elogio, Althaea. En cuanto a horrible, un padre a veces tiene que hacer cosas antipáticas para proteger a sus hijos. Si podemos partir de humanos que ya sean simpatizantes de este tipo de pensamiento y actuar, mejor que mejor. Los que queden afuera, también tendrán una chance. Ah, y me olvidaba, si alguno de los seleccionados tiene familia, alguien que dependa de él o ella, también será admitido, pero sólo si los familiares pasan los filtros genéticos y psicológicos.

—¿Y si no los pasan? —dijo Althaea.

—Pues, salvo que sea un elemento crítico que sea único, y no creo que haya muchos que lo sean, le diremos que no cumplió los requisitos de la selección... No hay necesidad de desarmar familias y tener personas resentidas en el nuevo grupo —dijo Tzedek —. Una vez que tengamos aquí instalados y viviendo a nuestros candidatos indispensables, podemos buscar el resto entre la población general, con un criterio más amplio. Desde ya podemos descartar, al igual que en el otro grupo, a todos los que tengan taras para crear una nueva sociedad. Nada de fanáticos religiosos, ni gente con antecedentes violentos o criminales, ni pastores o sacerdotes de ningún culto. Tampoco bancarios, políticos ni abogados, no hay lugar ni necesidad para ellos en la nueva sociedad, además de los pocos jueces y legisladores que seleccionemos nosotros en el primer grupo, salvo que estén dispuestos y puedan hacer otro trabajo que sea útil. Muchas profesiones relacionadas con la supervivencia serán necesarias, otras profesiones se volverán inútiles.

—¿Y qué pasa con los historiadores, los periodistas, la gente famosa?

—La fama no sirve para nada aquí, salvo que esté en alguno de los grupos que nombré antes. Los maestros seleccionados pueden hacer también de historiadores, y ¿Cuántas noticias crees que habrá en nuestras ciudades con gente seleccionada por su no violencia ni antecedentes? Con un periodista o dos por ciudad sobra.

—¿Alguna limitación demográfica? —dijo Ponteus.

—Obviamente los menores serán admitidos si sus padres son seleccionados, pero podemos descartar que eso suceda más que en algunos casos de profesionales de máxima capacidad. Tampoco tiene sentido seleccionar a alguien que esté por morirse en unos pocos años, con la misma salvedad, si no podemos curarlo. Y hay que tener en cuenta la distribución de mujeres y hombres, si bien nos ocuparemos que el sexo no sea dominante en estos candidatos, tampoco buscamos problemas de celos o crímenes pasionales por tener gente frustrada sexualmente.

—¿También convendría rescatar algunas obras de arte y tener libros impresos? ¿Por las dudas que el mundo y la infraestructura se vaya al infierno antes de lo que prevemos? —dijo Musa.

—Hmmm, no veo problema con eso. Estamos adquiriendo libros electrónicos para las bibliotecas virtuales, y recuerden que vamos a tener nuestra intranet conectando a las tres ciudades. Estamos copiando todo el contenido accesible de internet, y también todo el contenido pago de gran importancia, como por ejemplo los artículos científicos de Nature o Lancet. También los planos y manuales de toda obra electrónica o de ingeniería, y de las máquinas para construirlas. La idea es no perder ni una coma de lo que se ha logrado y poder reconstruir cualquier cosa que sea destruida.

—Supongamos que logramos todo eso, y la gente comienza a venir aquí. ¿Qué pasará a medida que el resto del mundo se entere de lo que pasa? ¿Y qué haremos si comienza a venir gente a "golpear a la puerta", digamos, para averiguar qué está pasando o cómo son las ciudades? ¿Qué pasaría con nuestra pequeña utopía entonces?

—Las ciudades son "privadas". Nadie entra si no es con autorización, como en cualquier barrio cerrado de los países anfitriones. Y podemos poner una cláusula de "no revelación" para todos los ciudadanos, por un tiempo limitado, el cuál será suficiente para trasladarlos y que lleguen seguros.

—¿Y qué pasa con la gente capaz pero aislada, que vive en la montaña o no tiene medios para tener internet o lo que sea? —dijo Ponteus.

—En principio es difícil que esa gente cubra nuestros parámetros, pero haremos el mejor esfuerzo para llegar a todo el mundo. Usaremos primero el contacto directo para buscar a los habitantes que sabemos que necesitamos, ya sea por internet o correo, pero para la selección más general de último momento, usaremos la TV, diarios, correo, e incuso mensajeros a pie si hace falta.

—¿Cuánto tiempo tenemos? —dijo Nogah

—Pongamos un plazo de 5 años. Tiempo suficiente para encontrar y seleccionar a la gente, convencerla de que se mude, ver cómo funcionan en las ciudades... y preparar lo demás.

—Y por "lo demás", ¿te refieres al virus y su distribución?

—Exacto. Procedan a discreción y sin perder el tiempo. Quiero empezar a llenar las ciudades. Y asegúrense de que todo quede creíble, no quiero perder gente porque se crea que todo esto es una estafa piramidal. Y al final de los 5 años, ejecutaremos el operativo. Y no lo demoraremos ni un día.

Pasaron unos días y Nogah le informó a Tzedek que tenían las listas como para ir comenzando. A su vez, le mostró el sistema desde donde podía monitorear el progreso. Tzedek le dio la autorización para comenzar.

Se envió un mensaje a cientos de miles de personas seleccionadas. La mayoría lo recibió por internet, algunos por correo físico.

Tzedek miró el servidor, en la pantalla podía ver las estadísticas. Hasta ahora, cero en todos los indicadores.

Al conectarse a la pagina del servidor, cada persona era identificada por sus datos con mayor seguridad que los sistemas de votación electoral. En los lugares donde no había internet, se enviaron agentes con computadoras y teléfonos satelitales, para recibir las aplicaciones de los que habían sido contactados por correo. Contactaron a guardaparques, astrónomos, exploradores, y mucha gente en zonas remotas.

El primer examen era descifrar un mensaje personalizado, lo cual lo llevaría a una página donde comenzaría el examen de verdad. El mensaje tenía un cifrado distinto para cada persona, y una vez que se había descifrado, ya no servía para nadie más.

La pantalla de estadísticas comenzó a mostrar números distintos de cero. Personas de todo el mundo se estaban conectando, pero descifraban el mensaje apenas unos pocos. El sistema también ponderaba el tiempo de resolución en forma de puntaje, cuanto más rápido mejor. Eso permitiría una primera clasificación antes incluso de la primera entrevista.

Primero decenas, luego cientos de personas fueron llegando a las nuevas ciudades.

CORAZÓN

Buenos Aires, 6 de Noviembre de 2027, 18:40

Sofía estaba trabajando en una estructura compleja en su escritorio, mientras modelaba al mismo tiempo en la computadora.
—Estás obsesionada con ese proyecto —dijo Juan Carlos.
—No sé porqué, pero siento que casi lo tengo.
—¿Estás segura que esto no está ya inventado?
—Muy segura. Mira, los filamentos individuales son muy débiles. Sin embargo la totalidad de la estructura soporta más de cien kilos de peso —dijo Sofía, apoyando una pila de libros encima de la estructura, la cuál ni se movió.
Juan Carlos apoyó la mano sobre la pila, y pudo ver como los nodos de la estructura se resentían, pero no cedían.
—Pues es muy impresionante, se ve totalmente endeble. ¿Qué es lo que no te satisface?
—La redundancia. Pienso que hay una manera de que no suceda ésto —dijo Sofía, quitando un sólo filamento de un costado. Toda la estructura se vino abajo de golpe, y saltaron filamentos y las bolillas que hacían de nodos hacia todos lados.
—Se ve impresionante, pero ¿Qué utilidad tendría?
—No estoy segura, ¿Importa? Es mi proyecto. Si hiciéramos un puente con esta estructura, es como si en vez de vigas de metal usáramos listones de madera balsa y tendría la misma resistencia y capacidad. O si aplicáramos la estructura a un cristal, sería prácticamente indestructible. ¿Puedo ir a lo de Marisol a estudiar?
Juan Carlos estaba contento que Sofía socializara con alguien, ya que ella varias veces le contó el desagrado que le causaban en general sus compañeros de estudio, aunque no le gustara mucho Marisol en particular.
—Sí, claro. Nos vemos para la cena. Ten cuidado.

Los padres de Marisol estaban separados, y ella vivía con su madre, pero la mamá de Marisol trabajaba en un Hospital y muchas veces estaba de guardia y la dejaba sola por muchas horas seguidas. Esta era una de esas ocasiones en que tenían la casa para ellas solas.
Sofía y Marisol habían estado estudiando un rato, luego vieron una película, y luego hicieron lo que venían haciendo desde hacía unas semanas.

—¿Le dirás a tu papá? —dijo Marisol, apoyada en un codo en la cama, mirando a Sofía.

—No necesita saberlo, por ahora.

—¿Es muy cerrado, te parece que te va a hacer un escándalo, o algo?

—Para nada cerrado, lo que tiene es que, aunque ya tengo catorce, me ve como a una nena. Y probablemente papá encuentre la manera de meterte en problemas.

—Entiendo... Bueno, si tu lo dices, será mejor así —dijo Marisol—. ¿Quieres un chocolate?

—Seguro —dijo Sofía, y Marisol mordió un pequeño pedazo y se lo dio en la boca con la suya.

Un rato después, Sofía comenzó a recoger sus cosas. —Tengo que irme, sino papá se va a enojar.

Marisol suspiró. —Mi mamá viene mañana, y no sé cuándo tendrá la próxima guardia a la tarde. ¿Tu papá nunca te deja sola en la casa?

—Papá trabaja en casa, sabes —dijo Sofía, arreglándose el pelo mirándose en el espejo. Sus pecas en la cara se notaban más cuando estaba más acalorada que de costumbre, como ahora.

—Uhm, eso es terrible, ¿no?

—No, no creas. Es muy bueno conmigo. ¿Sabes? Creo que le daría un ataque si supiera que estoy contigo, pero sólo porque tengo catorce años y vos diecinueve. Si no fuera por eso creo que hasta podríamos ir a casa y a él no le molestaría.

—¿Y no te parece decirle? ¿O al menos insinuarle?

—¿Tu le dijiste a tu madre? ¿O a tu padre? —dijo Sofía.

—¿Estás loca? Mi papá me metería en un internado de monjas, luego de someterme a un exorcismo y a terapia. Y mi mamá creo que lloraría un par de años, más de una vez me contó su sueño de tener un nieto en brazos. Pufff, como si eso fuera a pasar.

—Que mal —dijo Sofía, terminando de meter todo en la mochila—. La verdad es que no tengo ni idea de cómo reaccionaría mi padre, nunca hablamos de esas cosas. Sabes, si papá llega a salir en algún momento de día, te aviso, ¿de acuerdo?

—Genial, dale —dijo Marisol, y la abrazó y le dio un beso profundo. —Te quiero, sabes, sos más que una amiga para mi. Sos mi corazón.

—Y vos sos una dulce —dijo Sofía riendo—. Nos vemos en la facu.

EL MENSAJE

Buenos Aires, 7 de Noviembre de 2027, 6:40

De: Administración Ciudad Rho Argentina
Para: Juan Carlos Navarro

Estimado Juan:

Estamos buscando gente muy especial. ¿Qué le parecería vivir en una ciudad nueva, moderna, con todos los lujos de los últimos avances científicos? En su propia casa para usted y su familia, generación de energía por paneles solares en cada casa, huertas individuales y comunitarias, sólo autos de conducción automática, estricta seguridad, educación privada e individual adaptada a cada persona, y servicios de salud incluidos... Sólo debe hacer lo que sabe hacer, para aplicar para un lugar gratuito en la nueva ciudad. El lugar es limitado y es una oferta generosa, pero sólo los mejores tendrán la oportunidad. ¿Será usted uno de ellos? Todo el mundo puede intentarlo. Deberá inscribirse para asistir a las entrevistas y exámenes, y se le pagará por todo el tiempo que pierda si no es seleccionado.

Nota: Esto no es una cadena, y no desembolsará un peso en todo el proceso. No le pediremos ningún dato personal. Una vez resuelto el primer problema, puede venir a conocernos en persona, o contactarnos como quiera.

Descifre el siguiente mensaje para obtener instrucciones para el siguiente paso.

Su nombre completo está dentro del mensaje. Todas las lineas tienen el mismo criterio de cifrado.

ro.var NalosCaran , JuidovenienB
8e5jjs45jwp00jgjg5b044j0g95a/fcitom/o.cdrhuda.ciwww a eseéctCon

¡Suerte! Esperamos contar con usted. Lo saludamos muy atentamente,
Equipo de pre-selección de Ciudad Rho Argentina.

Juan Carlos estaba en bata tomando un café mientras recorría en la pantalla de su notebook los mensajes nuevos como todas las mañanas, en la mesa del comedor. Miró el mensaje, suspiró, y presionó el botón de SPAM. Qué raro que no había sido filtrado de manera automática por el sistema anti-spam, pensó. El mensaje desapareció. Seguro que era una venta de tiempo compartido, o como le decían ahora, condominios. Vaya estafa que era eso. Terminó de ver los demás mensajes, salió de la computadora, y se vistió.

Escuchó que sonaba el despertador de su hija, y ya le tenía preparado un té cuando apareció con cara de dormida.

—Gracias, papá —dijo Sofía.

—De nada. ¿Algo que deba saber hoy?

Sofía pensó un momento, y luego preguntó —¿Qué día es hoy?

—Jueves.

—Ah, sí. Hmmm nada, papá, mañana tengo un test de matemática, pero hoy tengo sociología, geografía y microeconomía, y ningún examen. ¿Me puedo quedar?

—Ja-ja, sabes que si faltas después tienes que estudiar en casa.

—Pero tengo sueño.

—Eso te pasa por quedarte leyendo hasta las tres de la mañana.

—Pufff, siempre dices que es bueno que lea.

—Y lo es, pero eso no es excusa para faltar a tus obligaciones. No tienes muchas, sólo estudiar, y colaborar con mantener la casa ordenada —dijo Juan Carlos.

Sofía, bajó la cabeza, y cuando la subió tenía los ojos brillantes.

—Extraño a mamá. Ella me hubiera dejado quedar.

—Yo también la extraño, hija. Quedarte acá a llorar no te va a ayudar en nada. Y tu intento de manipulación es vergonzoso por lo bajo. Sabes que mamá te hubiera dicho exactamente lo mismo que yo.

Sofía revoleó los ojos, y se le curvó la comisura de los labios.

—Sí, lo sé. Bueno, no puedes culparme por intentar.

—Pobre tu novio, si alguna vez tienes uno.

—¡¡Papá!! —dijo Sofía, mientras le pegaba un puñetazo en el brazo.

—Lo cual prueba mi punto —dijo Juan Carlos, frotándose el brazo—. Apúrate, no necesitas llegadas tarde.

Sofía desayunó, se vistió y se fue para la universidad, que estaba a siete cuadras. Estaba en segundo año, aunque sólo tenía catorce años. Como había demostrado varias veces desde que entró temprano a la primaria, su inteligencia y su memoria eran tan buenas, que casi no necesitaba estudiar en absoluto, le bastaba escuchar a los maestros o profesores una vez, o ver lo que hacían, para que le quedara grabado. Como consecuencia, le permitían adelantar años si daba las pruebas libre (sin asistir en persona a todas las clases), con lo que había avanzado a un ritmo de casi dos años escolares por año, al menos ya cuatro veces . Asistía a algunas de las clases de las materias que más la aburrían (si no, era imposible hacerla estudiar en casa), y las que le interesaban, como análisis matemático o física, las estudiaba sola en casa y se presentaba a la sede universitaria para dar las pruebas. En esas ya estaba en los últimos niveles de la carrera. Hoy era un día de materias "aburridas", lamentablemente para ella.

Juan Carlos se ubicó en su escritorio de trabajo. Su PC estaba encendida todo el tiempo, con sólo mover el mouse se iluminaron sus dos grandes pantallas. Chequeó con atención el estado de los procesos de servicio en el monitor de la izquierda, así como el estado de los proyectos asignados por cada cliente, mientras daba instrucciones a sus empleados por la pantalla de la derecha.
Uno de sus empleados le preguntó cómo podía hacer para encontrar un problema en el código. Juan Carlos pensó un segundo, y le sugirió que inserte instrucciones de depuración antes y después del posible problema. Sospechó que en realidad, el problema era que ese código ni siquiera se estaba ejecutando, pero debía enseñarle a sus programadores a encontrar los errores por sí mismos. Juan Carlos tenía un don para detectar problemas...
Si le decían qué se esperaba obtener, le bastaba mirar un código fuente para encontrar en seguida la causa más probable por la que no se obtenía lo deseado. A veces inclusive ni siquiera necesitaba mirar el código, por el tipo de error, sabía dónde debía buscarlo. Lamentablemente, no le era fácil describir cómo llegaba a ese resultado. La mayor parte de las veces, ni siquiera lo sabía. Sin saber cómo, de repente "veía" la solución al problema. Lo cual le había permitido montar una pequeña empresa de soluciones informáticas basada en "asesorar" a otros programadores y empresas de programación. Cobraba bien, trabajaba en su casa, y sus clientes estaban contentos, ya que siempre los sacaba de problemas. Y como adicional, podía disfrutar de montones de tiempo libre.
Entregó por transferencia un trabajo terminado a un cliente, y pensó qué hacer a continuación. Recordó el spam que había recibido esa mañana... Era extraño que una estafa o publicidad no solicitada se le cuele en su carpeta de entrada, con los filtros que tenía. Abrió el buscador de Google, e ingresó "ciudad Rho". El buscador le trajo en primer lugar la entrada Rho (Italia) de Wikipedia. No tenía ni idea de que había una ciudad de ese nombre en Italia, pero la que le interesaba no era de Italia. Ingresó "ciudad Rho Argentina", y en la primera entrada estaba la ciudad correcta. Entró a la página, y observó el diseño profesional. La página estaba bien organizada, y tenía fotos de la ciudad, publicidad de los servicios, un mapa de la ciudad, fotos y planos de las casas y los terrenos, información general y la composición del directorio, y muchas otras cosas, pero notó que no había ninguna información de la ubicación de la ciudad, ni ninguna forma de hacer contacto. En la hoja de "Contacto", un mensaje

decía "Nosotros lo contactaremos", lo cual le pareció más que extraño. Bueno, recordó el correo recibido, y tuvo que admitir que parecía cierto. Abrió la carpeta de SPAM, y en seguida encontró el mensaje de Ciudad Rho. Lo marcó como que "no es SPAM", para evitar perderlo, y lo abrió para leerlo otra vez.

Miró con cuidado la primera línea del acertijo.
ro.var NalosCaran , JuidovenienB

Decía que su nombre completo estaba allí. Su nombre era Juan Carlos Navarro. Mirando con atención, vio que efectivamente las letras de su nombre ahí estaban, pero los puntos y los espacios estaban en posiciones extrañas. El texto estaba mezclado de alguna manera. De atrás para adelante no era, era algo más complicado que eso, pero tampoco había sustitución de letras, todas estaban allí a la vista.

Miró las primeras letras, "ro.var". Sólo había una v en su nombre completo, la v en Navarro. Por cierto "var" parecía la parte del medio de su apellido. Notó entonces que si tomaba lo anterior a "var", y lo ponía después, le quedaba "varro.". El final de su apellido, con punto final y todo. Parecería que la línea estaba al revés, pero en vez de por letras, en grupos de a tres letras. Fue tomando los grupos de tres letras, y poniéndolos de atrás para adelante. Obtuvo el mensaje decodificado en seguida.

Bienvenido, Juan Carlos Navarro.
Conéctese a www.ciudadrho.com/cita/fg954j0b04jg50jgwp045jjjs8e5

Copió y pegó la dirección en el navegador, y se abrió una página en blanco, que sólo decía:

Juan Carlos Navarro, preséntese en persona hoy 7 de Noviembre a las 18 horas en Sarmiento 1434, piso 20, oficina 34 para primera entrevista.

Juan Carlos se quedó mirando sorprendido, y mandó a imprimir la pantalla. Buscó en el mapa de Buenos Aires en internet cómo llegar desde su casa, y se sorprendió pensando que tenía ganas de ver de qué se trataba. Aunque no le contaría nada aún a Sofía, tal vez todo fuera nada más una pérdida de tiempo o alguna clase de estafa. Hoy no tenía nada que hacer después del trabajo, asi que no tendría problema en ir a esa hora.

Cuando Sofía llegó de la facultad, le dijo —En un rato tengo que salir a hacer unos trámites.

—¿Ahora? ¿Y cuánto vas tardar?

—No lo sé... supongo que un par de horas, como mucho.

—Bueno... ¿Puedo invitar a una amiga a estudiar?

—Sí, claro... ¿Y por qué nunca invitas a nadie cuando estoy yo? ¿Te avergüenzo?

Sofía revoleó los ojos. —Ay, papá, claro que no. Es que no quiero estar sola.

Juan Carlos la miró y vio que se ponía un poco colorada. —¿Es una amiga, o un amigo?

—Es Marisol, papá.

—Bueno, confío en que eres responsable como para estar sola en casa con una amiga. Yo tengo que irme ya —dijo Juan Carlos mirando a Sofía.

—Gracias, papá —dijo Sofía, buscando el teléfono.

ENTREVISTA

Buenos Aires, 7 de Noviembre de 2027, 17:50

—Bueno, el haberse presentado es un buen primer paso. No se imagina cuántos no se presentan o llegan tarde, lo cual por supuesto resta muchos puntos —dijo la mujer que lo había recibido.

Juan Carlos estaba nervioso. Sabía que era una tontería preguntar, puesto que si fuera una estafa, no se lo iban a decir, pero no pudo evitarlo:
—¿Es verdad lo que ofrecen? ¿Cuál es la trampa?

—Ninguna trampa. O, en todo caso, la trampa es que aún no sabemos si usted puede venir con nosotros. Sólo debe demostrarnos que puede aportar algo importante a la ciudad, y podrá vivir allí. Claro que muchas otras personas harán lo mismo, y las vacantes son limitadas, así que si bien puede ser que apruebe todo, aún así puede quedar afuera. Debe obtener un buen puntaje total.

No dijo nada, rechinó los dientes, pero asintió con la cabeza.

—Debo advertirle que se juzgará su caracter, así que se le harán todo tipo de preguntas personales, muchas de las cuales puede encontrar ofensivas o polémicas. Debe contestarlas de todas maneras.

Una vez más, asintió con la cabeza.

—Firme aquí, por favor. Es el consentimiento para las entrevistas y los exámenes que vendrán luego. Se le harán exámenes de salud y de inteligencia. También hay una cláusula de confidencialidad. No puede revelarle a nadie lo que le preguntaremos aquí ni en qué consiste el proceso, ni absolutamente nada de lo que va a descubrir de ciudad Rho, especial y particularmente su ubicación. En caso de violar ese secreto en particular, enfrentará cargos civiles y penales tan severos que los pagará el resto de su vida. ¿Entiende lo que le acabo de decir?

—Clarísimo. Ni una palabra a nadie —dijo Juan Carlos. Leyó los papeles, no vio nada comprometedor, así que firmó.

—Bien, ¿cuál es su profesión?
—Soy desarrollador de sistemas informáticos.
—¿Qué le gustaría hacer si pudiera hacer lo que quisiera? Cualquier cosa.
—Bueno, me gusta programar. Y me dedico a lo que me gusta. Aunque también me gusta escribir, y enseñar, estudiar, y las ciencias. A veces pienso que me hubiera gustado ser científico, de esos que pueden dedicarse a investigar.

Tomó unas notas y llenó casilleros, y luego preguntó —¿Es usted homosexual?

Evidentemente ésta es la parte que advirtió sería "personal". Contestó que no.

—¿Tiene algo en contra de los homosexuales?

—No.

—¿Le importa que los homosexuales se casen y adopten?

—No.

—¿Qué piensa de la ingeniería genética aplicada a los alimentos?

—Que si no fuera por ella, habría mucha gente que hubiera muerto de hambre.

—¿Y si se pudiera aplicar la ingeniería genética a las personas?

Pensé un poco, —Si no hubiera temas éticos, sería fascinante lo que se podría lograr. Imagínese por ejemplo modificar al ser humano para que pudiera hacer fotosíntesis... Eso resolvería el hambre en el mundo, para siempre, ¿verdad?

Anotó rápidamente y vio una mueca en la comisura de su boca.

—¿Y cómo evitaría que la población se disparara a niveles imposibles?

—Bueno, ya que estamos ingeniería genética, puestos a jugar a ser Dios, qué se yo... Se podría modificar el útero para que fuera eliminado junto con el primer parto. De esa manera nadie podría tener más de un hijo. Preferiría hacer algo al hombre, pero no se me ocurre nada que permita tener sólo un hijo, además de que la que queda embarazada es la mujer. Es decir, cuando la mujer queda embarazada cambian ciertas hormonas, pero el cuerpo del hombre no tiene forma de saber si embarazó a la mujer o no.

Levantó las cejas mientras anotaba... También marcó varias casillas más.

—¿Cree en Dios?

—No, soy ateo.

Alzó las cejas, —¿En serio? ¿En ninguno?

—En serio.

—¿Fantasmas?

—Para creer en fantasmas tendria que creer en el más allá, y para eso hay que creer en dioses.

—¿Cree en fantasmas, sí o no?

—No.

—¿Telequinesis? ¿Telepatía?

—No, y no. No creo en nada paranormal o sobrenatural.

—¿Sabe quién fue Malthus y por qué es conocido?

Le sorprendió el cambio de tema, pero resulta que sí sabía.

—Sí, lo sé. Decía que la población mundial no podía crecer sin límites, y que los mecanismos reguladores del crecimiento son la hambruna, la guerra y la enfermedad.

—Correcto. ¿Y no cree que se equivocó?

—No... Sólo que encontramos formar de combatir esas cosas. Hay mucha gente que muere de hambre, a pesar de las tecnologías que desarrollamos para hacer más alimentos. También muere mucha gente en guerras estúpidas, y la medicina tuvo una época dorada con el descubrimientos de los antibióticos, pero la extensión de la longevidad creó todo una serie de problemas nuevos. Demencia senil, Alzheimer, artitris, cáncer, mucha menos gente llegaba antes a sufrirlos. Estoy seguro que hay demasiada gente en relación a la que puede vivir cómodamente.

—Digamos que usted es el capitán de un barco que se hunde en el medio del mar Artico, sólo le quedan un par de minutos. Sólo queda un pequeño bote para 4 personas, y están usted, su esposa y su hijito, y además una mujer con su hijito bebé, un científico ganador del premio Nobel en física, un abogado, y la Reina de Inglaterra. ¿A quién deja subir al bote?

—¿Me está preguntando a quién salvo y a quién dejo morir?

—Exacto. Y explique su razonamiento.

Juan Carlos pensó un rato, y al final dijo —Si en el bote entran 4 personas, la mujer con el bebé cuentan como una. El bebé al fin y al cabo está con la madre, no ocupa lugar ni casi pesa nada. ¿Son todos sanos y normales? Porque no tendría sentido salvar a alguien gravemente enfermo. El abogado y la Reina se pueden ir al fondo del mar, por lo que valen. Por supuesto querré salvar a mi mujer y mi hijito. Suponiendo que no pueda contar a mi hijo como media persona, eso deja un solo lugar más. ¿Debo elegir entre salvar a un premio Nobel en física o salvarme yo? Con seguridad el Nobel es valioso y tendrá algo que aportar en el futuro, pero yo querría estar con mi familia y sobrevivir, claro. Claro que cuando nos rescataran tendría problemas por haber dejado morir a un Nobel o a la Reina y no haberme "sacrificado" yo, así que no sé, no veo una salida posible. Si dijera no hay futuro ni consecuencias, me salvaría con mi familia y a la mujer con su bebé.

Tomó más notas en la computadora, y levantó las cejas cuando se escuchó un bip. —Bueno —dijo—, hasta aquí ha llegado la entrevista.

—¿Ya?

—Por ahora con ésto es suficiente.

—Uhm... entonces, cómo sigue esto?

—Preséntese mañana aquí mismo pero en la recepción, dé su nombre y le indicarán dónde ir para los exámenes médicos. Venga en ayunas de ocho horas. Tráigase algo de comer para después de los exámenes médicos, porque luego vienen los tests psicológicos y de inteligencia. Nos contactaremos con usted mañana a la tarde con los resultados. Mañana le diremos cuándo y dónde y, si corresponde, qué hacer después. Ah, y aún cuando sea rechazado, podrá quedarse con los resultados de todos los exámenes.

—Bueno, muchas gracias, supongo...
—De nada, Juan Carlos. Por allí está la salida.

Juan Carlos se quedó un poco cortado, pero supuso que la mujer tendría a mucha gente para entrevistar. Cuando salió, notó que ya había otra persona esperando para entrar. Cuando estaba bajando por el ascensor, se dio cuenta de que en ningún momento la mujer se presentó... Y se fue sin saber su nombre.

Cuando volvió a su casa, Juan Carlos fue directo a la cocina a servirse un poco de agua. Mientras bebía fue al comedor, y escuchó unos ruidos en el cuarto de su hija.

—¿Sofía?

La puerta del cuarto de Sofía se abrió, y salió Sofía.

—Hola, papá, estábamos estudiando.

Por la puerta entreabierta Juan Carlos vio a Marisol que estaba de pie arreglándose el cabello.

—¿Y qué estaban estudiando?

—Lengua.

Juan Carlos vio que Marisol se tentaba, y volviendo a mirar a Sofía vio que se había puesto roja como un tomate. Vaya, el subconsciente era un delator poderoso. De repente se acordó de todas las veces que Sofía le había pedido "permiso para estudiar", nunca en su casa, y nunca con chicos. Recordó la entrevista que tuvo hacía apenas un rato. ¿Tiene algo en contra de los homosexuales?, le habían preguntado, y contestó con franqueza. Aunque ahora que era su hija la involucrada, se preguntó si las preguntas fueron meras coincidencias. Porque justo, ¿justo hoy, el mismo día que le preguntaron eso, descubrió esto? O tal vez simplemente hasta ahora ignoró las señales y las preguntas de la entrevista lo pusieron en alerta. O tal vez se estuviera imaginando todo y fuera todo una coincidencia inocente. Por un momento se sintió un degenerado malpensado.

La tentación de acotar algo fue inmensa, pero logró dominarla. Sofía estaba tomando un vaso de agua. Juan Carlos abrió la boca para decir algo, y volvió a cerrarla. ¿Confrontaba a su hija y se arriesgaba a quedar como un estúpido? ¿O lo dejaba pasar?

—Espero que la próxima puedan estudiar algo de la parte de sociales, sobre todo lo último de moral y ética —dijo Juan Carlos, levantando una ceja.

Ahora fue Marisol quien se puso roja como un tomate. Bueno, hasta ahí llegó la posibilidad de coincidencia inocente. Decidió que no podía quedarse con la duda. La intriga lo estaba matando. Y Sofía era su hija. De tan solo catorce años, por más inteligente que fuera.

—¿Ella es tu novia? —le preguntó a Sofía, quien se atragantó y escupió el agua que estaba tragando, rociando toda la cocina.

Durante bastante tiempo había estado preocupado porque Sofía rechazaba a los chicos, y lo atribuyó a que los consideraba tontos. Ahora, sumando dos más dos, comprendió que el motivo era otro. Sofía se recuperó lentamente, y lo miró escandalizada, pero Juan Carlos le sostuvo la mirada.

—¿Y bien? —insistió Juan Carlos.

—Papá, por favor... Me avergüenzas delante de mi amiga.

—Espero que no haya nada de alcohol ni mucho menos de drogas mientras están... estudiando, ¿correcto? —dijo mirando a Marisol.

Ambas lo miraron escandalizadas,

—Claro que no, ¿por quién nos toma? —dijo Marisol, y Juan Carlos las miró frunciendo el ceño.

—No, papá, te juro que no.

Juan Carlos pensó si indagar un poco más, pero al fin y al cabo, pensó que no había daño. Sofía estaba en un lugar seguro, y fuera lo que hicieran al menos no iba a quedar embarazada. Mirando a ambas, dijo —Sofía, sabes que me preocupo por ti y por un lado ya no eres una nena, aunque por otro lado aún lo eres. Y soy tu padre y debo protegerte de gente que pueda... lastimarte.

—No debe preocuparse por Sofía —dijo Marisol, y Juan Carlos la miró.

—Sí debo. Es mi hija. Confío en Sofía pero no veo por qué confiar en ti. Si llego a encontrar que de alguna manera le diste drogas o dañaste como sea a mi hija...

—Por favor, nunca, nunca pasaría algo así —dijo Marisol—. En serio.

Juan Carlos se encogió de hombros. —Eso espero. Recuerda que legalmente, tu eres un adulto y ella una menor. Te podría hacer una denuncia policial y arruinarte la vida por esto —dijo mirando otra vez a ambas—. Ahora será mejor que te vayas, Marisol.

Sofía y Marisol se despidieron rápidamente con un beso en la mejilla y lo miraron contritas, y Marisol tuvo el tino de irse en silencio.

Esa noche, se sentó a la mesa con Sofía, pero no cenó. Sacó las cuentas, y si quería llegar con el ayuno de ocho horas ya no debía comer nada.

—¿Cómo te fue con el trámite? —preguntó Sofía.

Juan Carlos sabía que Sofía estaba tratando de hacerle hablar de otra cosa, para evitar hablar de lo que había pasado a la tarde. Pero estaba bien, el tampoco tenía ánimos de discutir eso ahora.

—Bien. Muy bien, de hecho. Mira, es algo rarísimo, no te iba a contar nada, pero cuanto más lo pienso, más me parece que es todo real. Se tomaron demasiadas molestias para que sea alguna estafa o una broma, aunque... después de los exámenes de mañana te lo confirmo bien.

Sofía había dejado de comer, y lo miraba extrañada. —¿Papá, de qué estás hablando?

—Bueno, la cosa es que me llegó un correo extraño, mira —dijo Juan Carlos, y se lo mostró a Sofía en su celular.

Sofía lo leyó en unos segundos, y frunció el ceño. —¿No es una broma esto?

—No lo parece... encontré una página web de ellos, mírala —dijo, mientras se la mostraba en el navegador—, y además hoy fui a una entrevista preliminar donde me preguntaron de todo, y me hicieron firmar un contrato de no divulgación de información, o sea que no puedo decirte ésto que te estoy diciendo, pero mucho menos a nadie más, o me podrían meter preso o cobrar mucho dinero.

—Tal vez esa sea la estafa

—¿Taparte de demandas por romper una cláusula? Debo decir que es posible, pero se supone que mañana tengo exámenes médicos y psicológicos y de ahí veremos.

—¿No puedo ir contigo?

—Tenés que ir a la facultad.

—Ufa. —protestó.

—De todas maneras, sospecho que con ocho horas de ayuno, no voy a ser la mejor de las compañías mañana.

—Sí, eso es muy probable.

EXÁMENES

Buenos Aires, 8 de Noviembre de 2027, 7:50

Cuando llegó, se presentó en la recepción, le preguntaron su nombre, miraron en una lista, y lo hicieron pasar al fondo del edificio. Notó con sorpresa que parecía un Hospital, muchas salas blancas con camillas y sofisticados aparatos, además de montones de doctores y enfermeras (o al menos, hombres y mujeres en batas médicas).

No llegó a sentarse en los asientos del pasillo, cuando desde una de las salas se asomó un doctor y llamó en voz fuerte, —¡Juan Carlos Navarro!
—Aquí —dijo Juan Carlos, dirigiéndose hacia el doctor, quien lo hizo pasar a la salita, y le dijo —Buen día, soy el doctor Leandro, déjeme ver su documento. ¿Tiene las ocho horas de ayuno?
—Buen día, sí —contestó Juan Carlos.
—Bien, por favor firme aquí, luego siéntese en la camilla y arremánguese.
—Hmm —dijo Juan Carlos—, debo advertirle que me desmayo si me sacan sangre.
—¿Tanto así? —sonrió el doctor.
—Ehmm, sí, pues, me dijeron que es un reflejo vago o de la vena vaga o algo así y me descompenso —dijo Juan Carlos poniéndose colorado. Y luego rojo, mientras firmaba la hoja del análisis.
—Bueno, no se preocupe, es más común de lo que cree, y además, le agradezco el aviso —dijo mirándolo—, desde ya no hace gracia levantar un peso muerto del piso. Acuéstese entonces en la camilla.
—Eso es genial, nunca me descompenso si estoy acostado.
—Entonces no es que se impresiona con la sangre.
—No si estoy acostado.
—Perfecto, apoye los pies aquí así los tiene levantados. Bien.
El doctor le puso una goma para cortar la circulación, lo hizo cerrar y abrir varias veces el puño, y cuando vio bien la vena, tomó una jeringa, se la clavó casi sin que la sienta, y le sacó bastante sangre. Llenó al menos ocho probetas y un portaobjetos con ella. Juan Carlos estaba seguro de que si no estuviera acostado, ahora estaría tirado en el piso, desmayado. Estando acostado, la larga extracción no le molestó en lo más mínimo. El doctor tenía buena mano.
Cuando terminó, se incorporó y el doctor le dijo que se dirigiera de nuevo a la entrada, y se despidieron.

Cuando llegó a la recepción, verificaron otra vez su documento y le indicaron que debía ir al primer piso. Había gente esperando a que llegaran los ascensores, así que buscó con la mirada las escaleras, y por ellas fue rápidamente al primer piso.

Aquí se encontró otra vez con un montón de salas y doctores, aunque recordando lo que le habían dicho el día anterior, éstos debían ser psicólogos. Había una recepción a un lado de los ascensores, donde se anunció. Le tomaron los datos, y lo hicieron sentar en los asientos de la sala de espera.

Apenas llevaba sentado unos cinco minutos, cuando lo llamaron por su nombre. Vio a una persona en bata blanca que le agitaba una mano desde una de las salitas. Se dirigió hacia ella.

—Hola, Juan Carlos. Soy el doctor Martín, y soy psicólogo y psiquiatra. Voy a hacerle una evaluación psicológica y a tomarle los tests de inteligencia como le explicaron ayer. Y sí, todo ésto de la ciudad es de verdad.

—Me estoy dando cuenta, no creo que nadie gastaría tanto dinero para hacer una broma.

—Por cierto no es ninguna broma —dijo Martín—. Venga, siéntese aquí, y comencemos por contarme de usted y su familia. Luego, pasaremos a los exámenes estándar.

Durante las siguientes tres horas, luego de contarle acerca de su hija, y su reciente viudez, y un montón de detalles personales, Juan Carlos estuvo resolviendo series, por tiempo, haciendo dibujos, armando rompecabezas de distintos tipos, y mientras resolvía cada item, Martín iba verificando lo que había hecho en el anterior y tomaba notas en la computadora.

Finalmente, con el cronómetro en mano, Martín tomó una pila de hojas boca abajo, y dijo —Ahora, le voy a mostrar una serie de imágenes, cada una tiene un error. Búsquelo, señálelo y explíquelo.

Dio vuelta la primera hoja, era una foto de un astronauta caminando por la Luna. —Adelante —dijo, pulsando el cronómetro.

—En la foto que se supone es en la Luna, se ve la Luna de fondo.

Martín marcó el tiempo, y miró el cronómetro. —Tres segundos, vaya. ¿No nota nada más? ¿Qué tal la bandera flameando? ¿La foto le parece real o de estudio?

—La foto es real —dijo Juan Carlos—, lo que está trucado con Photoshop es que pusieron la Luna en vez de la Tierra en la vista del cielo. La bandera no está "flameando", en la Luna no hay aire, pero hay gravedad muy baja, si mira aquí, verá que la bandera está sostenida con una varilla muy delgada, y cualquier roce con la bandera, mismo al ponerla, haría que se sacuda armónicamente por un buen rato.

—Bien... la siguiente —dijo Martín, dando vuelta la siguiente hoja y activando el cronómetro.

Juan Carlos vio una hoja con la siguiente secuencia:
1,1,2,3,5,8,13,21,34,55,89,144,233,377,610,987,1597
Encuentre el error en esta pagina.

Juan Carlos lo miró un segundo, y dijo —El error es que página está escrito sin tilde —dijo Juan Carlos.

Martín miró el cronómetro, y preguntó, —¿Verificó siquiera la secuencia?

—No... Tanto usted como el texto me dicen que sólo hay un error, así que cuando vi el error, ya no busqué otro. ¿Debería? Además, reconozco la serie de Fibonacci.

—Dos segundos... No, Juan Carlos, está más que perfecto. Sigamos...

Siguieron así durante media hora. Vieron unas cincuenta hojas. Ese examen llevaba normalmente un par de horas, y Martín se pasó la mano por la cabeza. Martín tomó notas en la computadora, y finalmente le dijo a Juan Carlos, —Muy bien, Juan Carlos, ¿sería tan amable de esperarme en el pasillo?

—Sí, claro —dijo Juan Carlos y fue a sentarse. Martín cerró la puerta.

Juan Carlos vio como entraba y salían personas de los distintos consultorios. Media hora después, Martín abrió la puerta. —Juan Carlos, por favor, si le es posible, me gustaría que pasara a la siguiente entrevista inmediatamente.

Juan Carlos miró la hora, y dijo —Bueno, la verdad es que tengo hambre, pero no tengo problema. Nada más déjeme avisarle a mi hija por la demora.

—Claro, claro —dijo Martín.

Juan Carlos le avisó a Sofía por teléfono que aún le estaban tomando exámenes, y que no se preocupara.

—Es casi el mediodía, iré a buscarte para salir a comer, papá.

—Está bien, nos vemos, ¿tienes la dirección? —dijo Juan Carlos. Sabía que su hija se manejaba perfectamente en cualquier medio de transporte.

—Sí, hasta luego —dijo Sofía y cortó.

Luego, se despidió del doctor Martín y se dirigió al quinto piso, como se le indicó.

POLÍGRAFO

Buenos Aires, 8 de Noviembre de 2027, 13:30

Juan Carlos salió del ascensor, y en una pequeña recepción del quinto piso, le dijeron —Deje aquí los documentos, por favor, se los devolveré cuando se retire —y lo hicieron pasar a una sala de entrevistas.

Apenas entró se paró sorprendido. La puerta se cerró detrás suyo con un ruido de traba.

Delante, había una mesa que le recordaba a las mesas de exámenes de la secundaria. Un escritorio amplio, no con tres sino con cinco personas del otro lado. Tres hombres y dos mujeres, sentados alternadamente. De este lado, una sola silla, dispuesta para él. Además, había dos personas que por los uniformes eran personal de seguridad, a los lados de la habitación, y también una mujer en bata blanca que supuso sería una doctora o enfermera.

Se acercó despacio. La persona del medio era mucho más alta que las demás, de piel más oscura, cabello claro, un extraño verde claro de ojos y una abundante y larga barba enrulada. Además usaba guantes. En la mesa se veía una especie de aparato.

—Siéntese, señor Navarro. Queremos hacerle algunas preguntas más.

—¿Qué está pasando? Q... ¿Qué es eso? —dijo nervioso Juan Carlos.

—Eso es una especie de polígrafo. ¿Sabe lo que es un polígrafo?

—¿Un detector de mentiras? ¿Creen que estuve mintiendo? ¿O haciendo trampa? —preguntó Juan Carlos. Pensó un poco, y se dio cuenta que sus exámenes debían haber dado mejor de lo que pensaba, de lo contrario no estarían haciendo esto.

—Digamos que queremos descartar la posibilidad.

Juan Carlos se sentó sin protestar, y la mujer en seguida le conectó una banda en el brazo, otra en dedo gordo de la mano derecha, y varios electrodos en el pecho y torso, y por último le puso una especie de semicasco que tenía varios contactos que hicieron contacto con puntos de su cráneo. Además, del casco bajó una especie de sensor que no le tapaba la visión, pero podía ver que apuntaba a su ojo.

—Listo, vamos a calibrar —dijo la mujer, yendo a la pantalla de una computadora en otra mesa a la izquierda—. Necesito que conteste dos preguntas con la verdad, dos en las que mienta a propósito, y dos que no sepa la respuesta. Conteste ahora con honestidad, ¿cuál es su nombre completo?

—Juan Carlos Navarro.

—¿Cómo es el nombre de la estrella más cercana a la Tierra?
—Sol —dijo, pensando si era una pregunta capciosa.
—Ahora por favor, mienta. ¿Es el Sol una estrella? ¿Que no es Alfa de Centauro la estrella mas cercana?
—El Sol no es una estrella, Alfa es la estrella más cercana —mintió Juan Carlos.
—¿Cómo es mi nombre?
—No lo sé…
—Sí, lo sabe.
—No, realmente no tengo idea.
—Perfecto. Para terminar, las siguientes dos preguntas se las haré, pero usted no abra la boca. No diga nada, ni haga ningún gesto ni mueva un músculo, ¿está claro?
—Sí, muy claro —dijo Juan Carlos intrigado.
—¿El color de mi bata es blanca?
"Sí, es claro que sí", pensó Juan Carlos.
—Trate de pensar sólo "Sí" o "no".
¿Me está leyendo el pensamiento con ese aparato?, pensó Juan Carlos.
—¿El color de mi bata es blanca? —repitió la mujer.
"Sí", pensó Juan Carlos.
—¿Hay más de veinte personas en la habitación?
"No", pensó Juan Carlos.
—Perfecto, todo listo.

—Señor Navarro, muchas gracias por su paciencia hasta este momento. Necesitamos hacerle unas preguntas más, y luego le explicaremos todo. Por favor, conteste a todo con honestidad. ¿De acuerdo? —dijo el hombre del medio.
—Adelante —dijo Juan Carlos, entre asombrado y cansado. Era bastante claro que si intentaba mentir, lo sabrían.
—¿Usted cree que las mujeres deben tener un lugar igualitario en la sociedad? —preguntó la primera mujer del panel, la segunda persona desde la izquierda.
—Sin duda, soy de la idea que el género es irrelevante en cuanto a la mayoría de las tareas. No me parece importante si es hombre o mujer, sino si es la persona más adecuada para la tarea.
—¿Y qué pasa si la persona es negra? ¿O judía? ¿O china, hindú, mongol, coreana o japonesa? ¿Tendría algún problema con algún grupo humano en especial? —preguntó el primer hombre del panel.
—No que se me ocurra —contestó Juan Carlos—, como con el caso de la mujer, me parece que lo importante es que la persona esté a la altura de lo que tiene que hacer. No veo por qué debería importar su etnia.

La mujer de bata blanca estaba mirando su pantalla de computadora, e hizo un gesto de asentimiento con la cabeza hacia el panel.

—¿Qué piensa sobre el aborto? —preguntó la segunda mujer del panel.

Juan Carlos recordó cuando su mujer quedó embarazada de Sofía. No esperaban concebirla, pero de alguna manera las pastillas de Raquel habían fallado. Discutieron durante casi un mes, sin pelearse, sobre si abortar o no. El estaba dispuesto a ayudarla si esa era su decisión final, pero al final su mujer no pudo hacerlo, y decidieron tenerla. Y les complicó la vida de una manera increíble, pero ahora era la persona que estaba junto a él en su vida, y gracias a eso no estaba solo. Se le hizo un nudo en la garganta.

—Personalmente, pienso que es la mujer la única que puede tener la última palabra sobre el tema y quien debe decidir sobre el mismo. Abortar no es algo que se haga a la ligera, o al menos no debería. Opino que una mujer que no está preparada para ser madre, y está consciente de ello, no debe ser obligada a serlo. Dicho esto, la nueva criatura es un ser humano y tampoco tiene la culpa, pero hay formas de detectar el embarazo casi de inmediato, y no hay excusa para esperar meses antes de tomar una acción. Estoy de acuerdo con que sea legal y tenga apoyo médico la mujer que decida abortar, antes de que el feto crezca y desarrolle cualquier capacidad de dolor. Eso sería hasta antes de los tres meses desde la concepción, por principio, dejaría que la mujer aborte de manera legal sin restricciones hasta el mes y medio máximo, desde la concepción. O sea, dos meses desde la última menstruación... la mujer tuvo ya dos oportunidades para darse cuenta que no le llegó el período. Luego de ese tiempo, sólo dejaría abortar legalmente en caso de peligro de salud de la madre, o inviabilidad del feto.

La mujer de bata blanca seguía mirando su pantalla de computadora, y asentía hacia el panel con cada respuesta que iba dando.

—¿Y qué piensa de la eutanasia? —preguntó el tercer hombre, el último examinador a la derecha.

—Definitivamente a favor... Si una persona está sufriendo una enfermedad irreversible, me parece una tortura horrenda obligarla a seguir viviendo cuando ya no es su voluntad hacerlo. Lo mismo si el cerebro está dañado más allá de cualquier posibilidad de reparación, qué sentido tiene mantenerlo vivo... me parece que son los demás que quieren aferrarse al que está muriendo, y en realidad no se preocupan por si está sufriendo o no, por su egoísmo.

—¿Qué opina de los veganos? —preguntó el hombre del medio.

—¿Los veganos? Bueno... Conozco a unos cuantos, la mayoría son buena gente, pero como en todo grupo algunos se vuelven extremistas. Opino que la filosofía y la dieta es un asunto personal, mientras no esté demostrado que hay un daño concreto, y algunos veganos mienten mucho, dicen como que el humano no es omnívoro y debe comer sólo vegetales porque así es su sistema digestivo, cosa que es mentira. Otros exageran y generalizan, si hay un matadero que maltrata a las vacas, entonces todos lo hacen... Otros hasta prohiben comer miel de abeja, porque dicen que se les hace un daño a las abejas, cuando está demostrado que no es así... Además dicen que su dieta es saludable, si lo fuera no sería necesario tomar suplementos como los de la vitamina B12, que sólo están en cantidades importantes en alimentos de origen animal...

—¿O sea que le parece bien explotar a los animales y comerlos? — interrumpió el hombre frunciendo el ceño.

—Me parece necesario, lo que no quiere decir maltratarlos. Se los puede criar de manera incruenta, por ejemplo vacas en pastizales, gallinas en corrales, no en jaulas... No estoy de acuerdo en hacer sufrir a los animales, y mucho menos matarlos o torturarlos por diversión. Eso me da asco. Lo que no tiene nada que ver con necesitar comerlos, no podemos negar nuestra biología. Además, tampoco digo ser carnívoro, con un poco de carne cada tanto alcanza y sobra en la dieta, si consumimos otros subproductos animales, como huevos, o leche.

La tercera mujer le preguntó, —¿Qué opina del cuidado del medio ambiente?

—Qué no se está haciendo ni remotamente lo mínimo necesario al respecto.

—¿Y para usted, qué sería eso?

—Bueno, hay tantas cosas para hacer... Reservas ecológicas, castigar en serio a emprendimientos que envenenen o destruyan el medio ambiente, leyes que se hagan cumplir... pero el mayor problema medioambiental es la sobrepoblación. Mientras el ser humano siga reproduciéndose exponencialmente, el único resultado posible es la hecatombe. Sobre todo por la desaprensión en cuanto a los recursos consumidos o la contaminación que se genera. Claro que todos los que son conscientes de esto, quieren que sean los demás los que dejen de crecer...

La mujer que le preguntó y los demás se miraron por un momento. El hombre del medio se apoyó con un brazo en el escritorio, mientras se frotó la pera mirándolo pensativamente.

—Sólo un par de preguntas más, Sr. Navarro. ¿Cree en Dios?

Juan Carlos frunció el ceño. ¿Eso no le habían preguntado, ya?

—No.

—¿Puede elaborar? ¿Por qué no?

—Primero, me tendría que aclarar a cuál de los miles de dioses mencionados por el ser humano se refiere. Luego, de por sí no creo en nada que pueda romper las leyes de la naturaleza. Y a Dios, muchos lo definen como un ente eterno fuera del tiempo y del espacio, que puede interactuar a voluntad con nosotros, todopoderoso, omnipresente, omnisciente... No les puedo dar una dimensión de lo absurdo que me parece el concepto, podría estar horas hablando sobre eso. Pero digamos que nada más no creo en nada sobrenatural.

—No hace falta, al menos, no ahora, algún día vamos a tener una charla interesante al respecto. ¿Y no cree en extraterrestres tampoco, supongo?

—Por cierto no es lo mismo, pero en ese caso me reservo la opinión de si "creo" o "no creo". Si hablamos de dioses, nunca se demostró ninguno, pero extraterrestres, serían vida en otros mundos, y tenemos como referencia que existe la vida aquí. Así que salvo que seamos un accidente muy improbable, sería posible que hubiera vida también en otros mundos. Que tal vida logre evolucionar hasta desarrollar una civilización, y que tal civilización sea tecnológica, y que sobrevivan a sí mismos a lo largo del tiempo, ya entra en otra categoría. Y que hayan venido a la Tierra en el pasado, ayudado a construir pirámides o intervenido en el desarrollo humano, me parece un disparate, sin asidero.

El hombre del medio dejó entrever claramente una media sonrisa. Se puso de pie, se acercó a la doctora y a su pantalla de computadora, intercambió en voz baja unas palabras, y dando la vuelta se acercó a Juan Carlos. Juan Carlos tuvo que mirar hacia arriba y no pudo evitar tragar, el hombre era enorme, altísimo. E imponente.

—Bienvenido a ciudad Rho, Juan Carlos. Mi nombre es Tzedek.

VACUNADOS

Buenos Aires, 8 de Noviembre de 2027, 16:30

—Por favor, acompáñeme para un último trámite y lo invito a comer, debe estar hambriento —dijo Tzedek, saliendo de la habitación e indicándole que lo siguiera.

—En realidad me gustaría comunicarme con mi hija, ella tampoco debe haber comido, y me gustaría verla.

—No hay problema, de hecho, ella llegó hace unas horas, y mientras estuvo esperando nos tomamos la libertad de tomarle unos tests también a ella, como los primeros que le tomamos a usted. Por supuesto con su permiso. ¿Habían quedado en comer juntos? Podemos comer todos juntos si no les molesta.

Juan Carlos se quedó con la boca abierta, y luego retomó el paso. —Por mi ningún problema.

Tzedek tomó su teléfono y presionó un botón, escuchó un segundo y luego dijo —Traigan a Sofía Navarro a la sección V110, y avísenle que aquí está su padre. Sí. La estamos esperando —y colgó.

Fueron al área que parecía un hospital, pero esta vez fueron a una habitación que estaba cerrada y en la puerta tenía varios controles biométricos de acceso, y nada más un cartel que decía "V110". Tzedek se sacó el guante, puso la mano en el panel, la puerta se abrió y se volvió a poner el guante. Juan Carlos notó con un sobresalto que la mano tenía seis dedos, pero por delicadeza no dijo nada. Tzedek también se sobresaltó por un momento, mirándolo extrañado, pero en seguida recuperó la compostura.

Dentro de la habitación, que parecía un dispensario médico, estaban un hombre que parecía un secretario o algo así, y una mujer de bata blanca, morena, alta y hermosa. —Por favor, firme aquí y aquí —dijo el hombre. Mientras firmaba, la mujer en delantal blanco le dijo, —Estuvimos viendo su registro de vacunas, y le falta la última de la gripe. Es necesario que se la aplique lo antes posible, y también a su hija. Es gratis. ¿Quiere aplicarse la suya ahora? La tengo aquí mismo.

—Ehh, mucho gusto, doctora. ¿Tiene efectos secundarios fuertes? Tengo mucho trabajo estos días, sabe, y no puedo darme el lujo de quedar en cama...

—No se preocupe, ni apenas un poco de mucosidad. Nada, comparado con la gripe que evita la vacuna. Además, es una vacuna de dosis única, no necesita refuerzo ni volver a aplicarla.

—Adelante, pues —dijo Juan Carlos arremangándose. La doctora preparó una jeringa con una pequeña ampolla que sacó de un paquetito de telgopor que sacó de una heladera clínica, le desinfectó el brazo, y le aplicó la vacuna en el acto. —Listo —dijo la doctora—, ¿cuándo viene su hija?

—Ya debe estar por llegar —dijo Tzedek—, la estaban guiando hacia aquí.

En ese mismo momento se escucharon unos golpes en la puerta. Tzedek la abrió desde dentro con un panel igual al que había afuera.

—¡Sofía! —exclamó Juan Carlos contento.

—¡Papá! ¿Qué está pasando?

El hombre alzó las cejas, dijo —Buenas tardes, ¿su nombre? Permítame el documento —Sofía sacó su cartera, y le dio el documento. Lo tomó, revisó una lista que tenía, y le dijo a la doctora —Adelante...

—Ehh, papá, ¿qué es esto?, sabes que no me gustan los pinchazos...

—Es sólo una vacuna contra la gripe, y la doctora es excelente, no te preocupes.

La doctora saludó a Sofía y la hizo sentar y arremangarse, preparó la vacuna igual que antes, y se la aplicó en seguida. —Ni me dolió —dijo Sofía con una sonrisa de oreja a oreja.

—Viste, es más el miedo por el dolor que te imaginás que lo que te pasa en la realidad —le dijo Juan Carlos.

—Es cierto —dijo Sofía, mirándose la cinta que sujetaba la gasita que le había colocado la doctora. La doctora le sonrió y le guiñó un ojo. Sofía se quedó un momento como congelada mirándola.

—Vayan con Tzedek, acá ya terminamos —dijo la doctora, y le dio un beso a Sofía en la mejilla. Sofía se puso colorada y sintió como si la doctora hubiera visto hasta el fondo de su mente. Juan Carlos la saludó también, rompiendo el hechizo, y Tzedek les dijo, —Ahora podemos ir a comer y charlar un rato. Tengo cosas que contarles. Vengan —y los guió a otro piso.

—Por aquí —los guió Tzedek a través de un amplio comedor donde algunos empleados comían y otros tomaban café, haciendo bastante ruido, y los llevó a una pequeña oficina en un rincón del comedor. Era toda vidriada, pero en cuanto entraron y cerraron la puerta, se escuchó un silencio absoluto.

—Siéntense —los invitó Tzedek. La mesa tenía 6 lugares, Tzedek se sentó en una cabecera, así que Juan Carlos se sentó de un lado y Sofía frente a él, del otro.

—Adelante —hizo un gesto Tzedek al mozo que se paró ante la puerta.

—Buenas tardes, señores, señorita —dijo el mozo—, ¿prefieren comer o sólo una merienda? Hoy el menú es de carne con puré de papas, de beber hay lo que quieran.

—Tengo hambre, si no se ofende nadie, prefiero comer —dijo Juan Carlos.

—Y yo también —dijo Sofía —. ¿Tiene jugo de naranja?

—Sí, tenemos —dijo el mozo.

—Para mí también —dijo Juan Carlos

—Traiga una jarra grande, y tres menúes —dijo Tzedek.

—Estoy muy feliz de haberlos encontrado. Espero no asustarlos ahora, pero para la nueva ciudad que estamos poblando tenemos unos criterios muy exigentes, y fue una sorpresa ver los resultados de sus pruebas, Juan Carlos... Y no menos brillantes los de Sofía —dijo Tzedek guiñándole un ojo, en cuanto se retiró el mozo—. Nuestros especialistas creían que estaba haciendo trampa de alguna manera, por eso la última entrevista, le pido disculpas si fuimos un poco agresivos. Por cierto, quedamos más que convencidos de su sinceridad y capacidad.

Juan Carlos y Sofía se miraron sin saber qué pensar.

—¿Qué tanto hubo para sorprenderse? Sé que Sofía es inteligente, pero no creo que seamos Einstein, ninguno de los dos...

—No tiene ni idea, Juan Carlos, además de una gran inteligencia general, usted tiene una habilidad muy poco común, la de encontrar el origen de los problemas. Su capacidad en ese área está fuera de escala. Y es justo una de las capacidades que necesitamos para el cuerpo de consejeros de la ciudad. Y ni hablemos de Sofía aquí, sus exámenes... No se imagina qué contentos estamos de haberlos encontrado. Estamos muy cerca... de que se cierre la inscripción para la ciudad, y nos preocupaba no haber encontrado a nadie como usted hasta ahora.

Sofía mostró una sonrisa de oreja a oreja, pero el pulso de Juan Carlos se disparó por las nubes. —¿Consejeros? ¿Como en un cargo político? Debe estar bromeando. Yo me llevo bien con las máquinas, no con la gente.

—Usted tiene experiencia en política.

Juan Carlos se preguntó cómo supo eso, y dijo —Si sabe eso, sabrá que esa experiencia fue mala.

—El hecho que se haya metido en eso y haya salido indemne, es lo que me interesa. Vamos a discutirlo y tendrá el tiempo que quiera para pensarlo, en la ciudad Rho podrá tener una casa, un amplio terreno, vecinos selectos, cero crimen, educación especial a la medida de Sofía, comida, y créditos para poder comprar cualquier cosa que se produzca en la ciudad. Si teme dejar lo que tiene aquí, podemos firmar un contrato por 50 años rescindible de su parte cuando quiera y sin ninguna penalidad. Vengan y conozcan el sitio, no se van a arrepentir.

En eso llegó el mozo con un carrito lleno de cosas, abrió la puerta, les sirvió las comidas y bebidas, y se fue en silencio.

—Tengo trabajo y clientes que no puedo abandonar así porque sí, señor

Tzedek.

Tzedek miraba todo el tiempo a Sofía como si estuviera tratando de recordar algo. Sofía no se daba cuenta, pero Juan Carlos se estaba poniendo incómodo. Carraspeó, y Tzedek lo miró de súbito, y por un instante Juan Carlos hubiera jurado que vio un resplandor en sus ojos, pero cuando miró de nuevo eran sus ojos verde amarillentos habituales. Que le hacían recordar a los de Sofía. Se le puso la piel de gallina.

—En la ciudad hay internet y acceso a todo tipo de comunicaciones, mejores incluso que las que paga ahora en su casa, Juan Carlos. Si no les dice nada, sus clientes ni siquiera se entararán de que se ha mudado —dijo Tzedek, como si no hubiera sucedido nada extraño.

—¿No tendré que ir más a la facultad? —preguntó incrédula Sofía.

—No, Sofía, tenemos un convenio especial con el gobierno nacional de Argentina. Es casi como si fuéramos otro país y la ciudad Rho tiene sus propias leyes, que nos permiten asignarte una profesora particular que te guiará en tus estudios en tu casa, o donde prefieras hacerlos, ya sea en la biblioteca central de la ciudad, los salones de estudios compartidos si quieres conocer a otros chicos, en la comodidad de tu cuarto, o donde prefieras, mientras estudies y progreses.

—Pues cuenten conmigo —dijo Sofía, con una sonrisa sincera.

—No sé, tenemos muchas deudas, y las mudanzas son problemáticas —dijo Juan Carlos receloso.

—Juan Carlos —dijo Tzedek mirando su dispositivo—, usted tiene unos diez mil dólares de deudas en tarjetas, otros tres o cuatro mil dólares de contratos pendientes de alquiler y otros a cancelar. Me ofrezco a cancelarle hasta el último centavo de esas deudas, y además todos sus gastos de mudanzas estarán pagos. Y tendrá ropa nueva, por supuesto. No sólo no tendrá que pagar un peso, se podrá sacar de encima el peso de sus deudas y empezar de cero.

Juan Carlos miró a Sofía, y miró alrededor, —¿Es una cámara escondida esto? Sabe el dicho, si es demasiado bueno para ser cierto, por lo general no lo es...

—¿Es usted un millonario excéntrico? —dijo Sofía.

Tzedek sonrió y dijo —Comprendo su escepticismo, y no se preocupen. Saben, piénsenlo todo lo que quieran, el cupo cierra en apenas quince días, pero pondré a su disposición un vehículo de mi compañía, con mapas de ruta e indicaciones para llegar a la ciudad, la cual está cerca del Valle de Rio Negro. Hermoso clima y hermosa zona. Ah, y, sí, soy más que millonario. Y puede que algo excéntrico.

—Oh, no, por favor, no puedo aceptarlo, si nos decidimos, iremos por nuestra cuenta...

—Ni pensarlo, insisto. El vehículo tiene alta tecnología, y viaje como viaje irá tan seguro como si fuera conmigo. Lo cual a usted no le dice nada, pero créame, eso es muy seguro, jajajajaaa —terminó riendo Tzedek, y le dio la mano a Juan Carlos —. Los papeles del vehículo estarán en su guantera, si le hacen falta. Y aún cuando no quiera venir con nosotros, considérelo un regalo por todas las molestias que pasó estos días.

—Yo... sin presión ¿Eh? Lo pensaremos, ¿vale? Y si lo hacemos, no podemos irnos y dejar todo así como así, tendríamos que preparar muchas cosas. ¿Qué tal si lo volvemos a hablar en unos días?

—Un momento... ¿Y qué hay de Marisol? —dijo Sofía.

Ambos la miraron.

—Marisol... es mi amiga. No quiero dejar de verla. ¿No puede ella también ir a la ciudad? Su madre es buena enfermera.

—¿Amiga? Con seguridad en seguida te vas a hacer nuevos amigos en Rho —dijo Tzedek pensativo.

—No quiero dejar de ver a Marisol —dijo Sofía, ahora con el ceño fruncido y los labios apretados.

—No te puedo prometer, pero voy a ver qué se puede hacer. Ahora debo irme, siempre tengo asuntos urgentes que tratar. Por favor, coman un postre —dijo Tzedek mientras se levantaba y los saludaba dándoles la mano. Se retiró mientras el mozo volvió a entrar y les ofrecía los postres.

—¿Qué te parece todo esto? —le preguntó Juan Carlos a Sofía.

—Me iría ya mismo, papá, pero no quiero dejar a Marisol.

—¿Tanto así? Ya quisiera, pero debemos revisar muchas cosas primero. Además, sabes lo que pienso de Marisol. Además, antes de irnos debemos poner las cuentas en orden, revisar los contratos de alquiler y de la universidad, los servicios de salud y muchas otras cosas que hay que dar de baja en persona. No quiero que me vengan a buscar dentro de una década con un juicio porque debo diez años de cuotas de lo que sea.

—¿Es en serio?

—Además, tenemos que ver qué llevaríamos con nosotros, si se supone que allá hay de todo... pero hasta que no estamos ahí en realidad no lo sabremos. Las clases terminan el primero de Diciembre, podemos ir entonces a conocer, faltan unos veinte días. Mientras, veremos qué pasa con Marisol y su madre.

—Veintitrés días, y me iría ahora mismo.

—Sí, bueno, será mejor organizarnos e irnos de vacaciones para esa fecha. Aprovechamos el viaje y visitamos la ciudad. Y si es como dicen, tal vez nos quedemos.

—Ok, papá, es un trato.

Tzedek se enderezó sonriendo en la butaca de su centro de comando en el edificio. El video de la oficina del comedor en vivo era claro y había escuchado todo. Irían. Antes de lo que planeaban. Tuvo mucha suerte en encontrarlos. Por un momento, se le frunció el ceño, pensando en cuánta gente más podría encontrar si seguía buscando. Pero luego se aclaró su gesto, y consideró que ya había esperado hasta el límite. La situación era caótica, si seguía esperando ni siquiera las ciudades estarían a salvo. El día estaba llegando. Debía hacer chequear a la tal Marisol y su familia, y hacerlas vacunar. O tal vez no.

SALVEMOS LA TIERRA

Rho, 20 de Noviembre de 2027, 9:00

Tzedek miró las tres pantallas gigantes. A su lado, estaban Althaea, Nogah y Damaris. En dos de las pantallas, estaba el resto de su equipo. Cerraron los ojos, y se vieron de pie en la habitación blanca.
—¿Están las ciudades listas?
—Las 3 ciudades están listas, Tzedek —dijo Halius.
—¿Están ya vacunados todos los humanos que nos puedan servir?
—Sí, Tzedek, todos los aprobados están vacunados. —dijo Althaea.
—Halius, ¿el virus está listo y distribuido?
—Sí, Tzedek. Todos los paquetes donde tienen que estar, y todas las instrucciones listas para entregar a tu comando —contestó Marsan en vez de Halius.
—¿Y el virus, es seguro?
—Tu viste la demostración —dijo Marsan.
—¿Alguien quiere decir algo antes de proceder?
—Tzedek, te imploro… —dijo Nikaia—. Esperamos tanto tiempo, ¿no podemos esperar más?
—Cada día que pasa aumenta exponencialmente el riesgo de que nos descubran, además, ¿con qué objetivo? ¿Acaso crees que el ser humano va a cambiar su forma de ser? ¿Las naciones van a dejar sus negocios y dejar de destruir el planeta? ¿Acaso crees que en unos pocos años los humanos van a reducir su población por sí mismos? —dijo Tzedek alzando la voz.
Nikaia agachó la cabeza, y no dijo ni una palabra.
—Ya me parecía. Hija, hermanos, colegas… Cada hora que pasa el planeta es destruido de manera irreversible. Es como una termita infestando un mueble de madera. No puedes salvar el mueble y a las termitas. El mueble puede repararse… hasta cierto punto. Si las termitas han avanzado demasiado, el mueble se hará polvo. Y la Tierra está más allá del punto de no retorno, hace años. Ya saben lo que va a pasar. El clima va a volver inhabitable gran parte del mundo. El mar va a tapar muchas ciudades. El clima y los terremotos van a destruir muchas otras. La tecnología se perderá, la religión primitiva prevalecerá, el conocimiento acumulado será despreciado y para peor le echarán la culpa de todo a la ciencia. Será un apocalipsis cruento y en poco tiempo no quedará nada. Haciéndolo a mi manera, el daño al planeta se detendrá muy pronto, el virus reducirá drásticamente la reproducción, la necesidad de tener hijos, y eliminará la violencia y la pasión por destruir. Los humanos serán más felices, y al mismo tiempo dejarán de destruir todo. Para cuando puedan entender qué diablos está pasando, ya no podrán evitarlo. En pocos años

su población irá declinando de manera natrural. Y nosotros construimos una reserva de los mejores seres humanos y las mejores tecnologías descubiertas y exploradas hasta el momento. Y podremos trabajar con los que sean vacunados, que tendrán más recursos y vivirán mejor y más felices que ahora.

—Padre... tiene que haber otra manera. No podemos manipular así a toda una especie —dijo Althaea.

—Ya probamos las otras maneras. Y llegamos a ésto. ¿Tienes alguna alternativa que ofrecer?

Althaea frunció los labios, pero no dijo nada más.

Tzedek interrumpió la conexión mental, pero aún podían verlo por las cámaras y las pantallas.

Se dirigió a su escritorio de trabajo. En la pantalla de la izquierda, un navegador le mostraba la noticia que acababa de leer. Cero hielo en el Ártico este año. Era casi pleno invierno, y no había ni un pequeño iceberg en el Ártico. Y los terremotos habían aumentado un cincuenta por ciento en el último año. El desplazamiento de las masas de agua había desestabilizado la corteza.

Lanzó el programa que venía guardando hace tanto tiempo. Miró la pantalla del medio. Lo que necesitaba era sencillo, así que lo programó él mismo. Una larga lista de nombres, ubicaciones, números de teléfono y correos electrónicos. Al presionar "Comenzar", se iniciaría el envío de un simple mensaje a cada persona de esa lista. Posó la mano sobre la parte derecha del escritorio, donde el sensor escaneó sus seis dedos, y se abrió una nueva ventana en la pantalla. Introdujo un largo código de letras y números. La ventana se cerró, y le permitió acceder al programa y al disparador.

Su mano dirigió el puntero del mouse y lo colocó sobre el botón, pero todavía no lo presionó.

Parecía tan poca cosa para una acción que cambiaría de manera irreversible a toda la humanidad...

Miró hacia la estación de comunicaciones. Todos lo estaban mirando pero nadie dijo nada. Nikaia frunció el ceño. Halius y Marsan sonrieron. Nogah y Ponteus bajaron la cabeza.

Volvió a mirar la pantalla. Respiró hondo, y presionó el botón.

PERFUME

Buenos Aires, 20 de Noviembre de 2027, 9:10

El celular vibró. Dolores lo tomó, lo destrabó y miró su pantalla, y sintió como el corazón se salteaba un latido. Un mensaje de texto, corto:

Proceda, 10:00 AM.

Acababa de llegar al trabajo, y recién se estaba acomodando en su escritorio. Tomó sus cosas, se puso su abrigo y se dirigió rápidamente a la puerta.

Con el ceño fruncido, el jefe le dijo —¿A dónde va? ¿Qué pasó?
—Es una emergencia, ya lo llamo y le explico, es una emergencia familiar —y salió corriendo sin esperar respuesta. Tal vez la despidieran, pero si tenía o no trabajo después de ésto, era irrelevante.

Por cierto que tenía el tiempo justo. Se fue al subterráneo que iba al centro, y mientras esperaba el subte chequeó que tuviera en su maletín lo que necesitaba. No por suerte, sino por ser una persona metódica, había seguido al pie de la letra las instrucciones que había recibido, y tenía siempre en su maletín un delantal de empleado de limpieza doblado con prolijidad, una llave, y el pequeño cilindro sellado de perfume que le habían entregado.

Llegó apenas diez minutos antes de la hora. La Terminal Central de micros era un caos de gente, como siempre. Transportes de todos lados llegaban y se iban cada pocos minutos. Fue al armario de elementos de limpieza, y se aseguró que no había nadie cerca. Usó la llave que tenía en el maletín, que abrió la puerta sin problemas. Se puso el delantal y se guardó el pequeño cilindro en su bolsillo, dejó el maletín en un rincón, y tomó un balde, un trapo, un secador y un cepillo, y cerró la puerta.

Cada pocos segundos se escuchaba una voz por los altoparlantes anunciando el arribo o la partida de tal o cual micro, su compañía y su destino o procedencia.
Con el balde y las cosas de limpieza entró al baño. Había muchas mujeres pero ninguna le dirigió una mirada. Se dirigió al fondo del baño, donde estaba el rociador automático de perfume. Lo desenchufó, lo abrió, y sacó el pequeño cilindro de perfume. Lo tiró en el balde, y del bolsillo sacó el suyo, idéntico en forma y tamaño, pero sin marca ni inscripciones.

Le rompió el sello y lo colocó con cuidado en el aparato, lo cerró, y lo volvió a enchufar. Se encendió una luz verde en el aparato, y escuchó el pfff que indicaba que el rociador había sido activado por primera vez.

Miró alrededor con disimulo, y nadie la estaba mirando. Nadie miraba nunca a la "señora de la limpieza". Volvió al armario de limpieza, dejó las cosas de limpieza, tomó su maletín y salió con tranquilidad.

No le preocupaba mucho lo que había hecho, tal vez se trataba de una cámara escondida o una broma práctica. Lo que en realidad le importaba era la fortuna que le habían depositado en su cuenta, más la promesa de otro tanto cuando hubiera hecho esto.

Cientos de micros llegaron y salieron ese día, a múltiples destinos de ese país y otros limítrofes. Por ese baño pasaron miles de mujeres ese día. Cada una de ellas se contagió de inmediato, y comenzó a su vez a contagiar antes de un par de horas.

El rociador tenía contenido para actuar durante más de veinticuatro horas. Por supuesto Dolores no sabía ni tenía forma de saber que un varón había hecho lo mismo en el baño de varones, y que lo mismo había pasado en muchos baños públicos con rociadores automáticos de perfume.

Para el final del día, por ese pequeño rociador se habían contagiado 25.000 personas de manera directa, y más de 150.000 de manera indirecta.

Dolores pensó en volver al trabajo, pero con el dinero que le depositaron en su cuenta por esta tarea no iba a necesitar trabajar por varios meses. Además, de repente se sentía muy mal.

En el camino a su casa, Dolores contagió a más de dos mil personas en el subterráneo. Cuando llegó, se hizo un té y se recostó en su cama a descansar un poco, y se quedó dormida.

Nunca llegó a tomar el té.

TERRORISTA

Londres, 20 de Noviembre de 2027, 9:12

Basaam Azer estaba en su casa concentrado en las noticias de la TV, cuando escuchó el tono de mensaje entrante en su teléfono. Con fastidio por la interrupción, lo sacó de su bolsillo, lo desbloqueó y lo miró. Tenía un mensaje de texto entrante, pulsó en la aplicación de mensajes y vio el mensaje:

Proceda, 12:00 AM.

Sintió como una gran sonrisa se pegaba en su rostro. El momento había llegado.
Se dirigió a su caja fuerte y pulsó los botones de la combinación digital para abrir la caja; 960525958. Su fecha de nacimiento como año, mes y dia, y los últimos tres dígitos de su número de pasaporte. En la caja se encendió una luz verde y se destrabó. De adentro, sacó una llave.
Se dirigió a su placard, sacó todo lo que había sobre el piso del mismo, y levantó el piso. Debajo había un maletín metálico. El maletín era muy pesado y le costó sacarlo. Lo apoyó sobre la cama, introdujo la llave, la giró y se iluminó un panel en el costado. Allí presionó su dedo pulgar derecho en el espacio correspondiente, esperó a escuchar un bip, y luego presionó los dígitos que estaba esperando el maletín; 859525069, la clave anterior pero al revés. El maletín hizo un fuerte "clack" y se destrabó. Abrió con cuidado la tapa, y allí estaba, el chaleco listo para usar. Su sonrisa ahora le llegó hasta las orejas. Se acarició la barba sin darse cuenta.
Sacó el chaleco y lo desplegó sobre la cama. Al sacarlo del maletín, quedaron a la vista unos diez pequeños cilindros transparentes de un lado y metálicos del otro. Sacó con cuidado cilindro por cilindro, y los fue poniendo a cada uno en su lugar correspondiente dentro de la chaqueta, con el lado transparente hacia afuera como lo habían instruido. Luego, se aseguró que la batería estuviera desconectada, y conectó los electrodos que estaban preparados para cada cilindro. Con mucho cuidado conectó el detonador a la batería. Del maletín sacó lo último que le faltaba, un pequeño control remoto con un solo botón. En el detonador presionó el botón que sabía correspondía a "Test", y se prendió una luz amarilla en el aparato. Pulsó el botón del control remoto, y la luz amarilla comenzó a titilar. Perfecto. Presionó entonces el botón que correspondía a "Armado", se apagó la luz amarilla, y se prendió una luz roja. Por último, conectó el detonador al circuito.
Sacó la llave del maletín ahora vacío, lo cerró, y lo escondió donde

estaba antes. Repuso el piso, volvió a colocar las cosas en su lugar, guardó la llave en la caja, y la cerró. De un vistazo vio que estaba todo en orden. Con seguridad iban a encontrar todo después de los hechos, pero no quería ninguna sorpresa antes de tiempo.

Tomó el chaleco y se lo colocó con cuidado. Por suerte el día estaba soleado pero muy frío, era el fin del otoño pero el invierno estaba mostrando un adelanto. Así que se puso la campera encima, y no despertaría ninguna sospecha.

Se puso el control remoto en el bolsillo derecho de la campera, tomó las llaves de la casa y salió. Cerró la puerta y se guardó las llaves en el bolsillo izquierdo. Salió a la calle Brewer, donde vivía encima de un local de Scoop. Fue caminando, aparentando tranquilidad, por Brewer hasta Whitcomb, y luego unas diez cuadras por Whitcomb hasta que llegó a Pall Mall E. Recién eran las diez y media, y no había nada para tomar por aquí. Si bien estaba tentado, sabía que el éxito de la misión dependía del horario. A las doce habría mucha más gente que ahora. Siguió caminando mezclándose con los turistas, se alejó unas cuadras por la calle Strand y vio un McDonalds. En vez de los colores rojo y amarillo de la cadena de restaurantes, aquí era "verde inglés" y amarillo. Se preguntó si las hamburguesas serían tan desabridas y de mala calidad como toda la comida inglesa, o si serían más del estilo americano. Bueno, por más tentador que fuera, no podía arriesgarse a que alguien sospechara algo, así que siguió de largo.

Caminó, y caminó, en círculos pero asegurándose de no pasar varias veces por el mismo lugar para no llamar la atención. Se fue acercando para que cuando fue siendo las doce menos cinco, llegó otra vez a la plaza Trafalgar. Había policías ubicados estratégicamente, pero ninguno le dedicó una segunda mirada. A esta hora la plaza estaba llena de turistas. Oh, y estaba de tremenda suerte. Había una pequeña orquesta dando un concierto gratuito en la escalinata de la plaza del lado de la Galería Nacional, así que había una multitud que llenaba media plaza. Se metió por el costado pidiendo permiso cuando era posible, y pegando codazos y pisotones cuando era necesario, hasta que llegó justo al medio de la muchedumbre. Eran las doce.

Sus setenta y dos vírgenes lo estaban esperando. Toda su familia estaría orgulloso de él. Tocó su billetera en su bolsillo trasero, donde tenía su pasaporte para asegurarse que supieran después quién era. Inspiró hondo, tomó el control remoto en su mano derecha, y rápidamente se bajó el cierre de la campera y se la sacó. Dos o tres personas alrededor pegaron un grito cuando vieron su chaleco, pero ni siquiera tuvieron tiempo ni de atacarlo ni de huir. En el momento en que la campera estaba cayendo, aún antes de que tocara el piso, Basaam gritó "¡¡Allāhu akbar!!" y presionó el botón, y el detonador mandó la señal a los cilindros. Cada cilindro tenía una carga explosiva arriba, abajo, y en la parte lateral interna, y todos explotaron al mismo tiempo. Cada cilindro explotó hacia afuera enviando una nube de líquido vaporizado hasta más de cincuenta metros de distancia. Mientras tanto, las esquirlas de cada cilindro fueron casi todas hacia adentro, incrustándose en los órganos internos de Basaam. La gente estalló en pánico, y se alejaron en estampida, muriendo varios aplastados por la multitud, pero ninguno por la explosión. Basaam, que cayó al piso con la cara blanca como el papel, miró incrédulamente la sangre que manaba a chorros de sus entrañas, sostenidas sólo por las fibras de lo que quedaba del chaleco. Se suponía que la explosión debería haber volado a todos esos infieles. Y él debería haber quedado volatilizado. Lo habían traicionado. Todo había sido en vano.

La policía llegó corriendo apenas dos minutos después, pero Basaam ya estaba muerto, y ya no quedaba gente cerca de él.

Por cierto, encontraron sus documentos, y la prensa informó del incidente y de su nombre. Junto con los nombres de los otros cincuenta terroristas que ese día detonaron bombas similares a lo largo y ancho de Inglaterra y de muchos otros países.

Los investigadores forenses que estudiaron la escena del crimen, y los policías que interrogaron a los testigos que pudieron detener, descubrieron que la "bomba" vaporizó un líquido que roció a todos los presentes. Primero temieron que fuera un arma neurotóxica o algún tipo de ácido, pero no notaron que nadie hubiera sido perjudicado directamente por la explosión. Y además, en esa plaza abierta, no había forma de retener a la gente que se fue corriendo sin estar preparados para ello por anticipado. Demasiadas salidas, demasiados lugares donde escaparse y esconderse.

A la mañana siguiente, los policías y las agencias de seguridad que estuvieron en el lugar, los bomberos que manipularon la bomba, y más de mil personas que estuvieron cerca de Basaam y sobrevivieron, estaban con una ligera fiebre y estornudos. Un resfrío, pensaron, sin darle importancia, y durante ese día, cada uno contagió inadvertidamente a varios cientos de personas.

Para el final del día, se habían contagiado unas 28.000 personas, y más de la mitad ya tenían síntomas.

BROMA

Bombay, 20 de Noviembre de 2027, 9:15

Baka estaba contento, con lo que le habían pagado para hacer esta broma iba a poder descansar por varios meses.
El tren estaba llegando e iba a pasar por debajo del puente donde estaba. Se apresuró a montar la garrafa como le habían enseñado, contra la baranda, y pasó la pequeña manguera conectada a la base entre el enrejado del puente, de manera que la punta quedaba colgando sobre las vías. Vio que el tren ya estaba casi debajo así que presionó el botón de la garrafa, y vio cómo salía un fino rocío que bajaba para encontrarse con la gente que viajaba en el techo del tren, colgada de las puertas, asomando por las ventanillas. Baka se rió al ver la cara de disgusto de los viajeros al sentir la humedad. Por Brahma, esto era tan gracioso que lo hubiera hecho gratis.

El contenido de la garrafa alcanzó justo para el largo del tren. Cuando verificó que ya no salía más líquido, la abandonó como le habían ordenado, y se fue caminando hasta el mercado más cercano a comprar algo de comida para festejar. Con el dinero que tenía hasta podría comprar los servicios de una mujer si quisiera, pero de repente no se sentía muy bien. Estornudó.

POLÍTICA

Missouri, 20 de Noviembre de 2027, 10:45

Huckabee estaba haciendo campaña en su ciudad, para su segundo período presidencial. Ese malnacido había arruinado el país, y todavía tenía el coraje de pretender seguir gobernando. "Necesito más tiempo", decía en sus discursos, y lo peor es que los borregos descerebrados le daban la razón y pensaban votarlo.

Hoy daba su discurso en un palco frente a una multitud enorme. Sería la ocasión perfecta para salvar al país de esa peste, y de un gran número de sus imbéciles seguidores.

Rambo tenía muchas armas, pero para esta tarea nada de lo que tenía le servía. Oportunamente, un contacto que conocía a un amigo de un amigo, lo ayudó para armarse con lo que le sería útil. Un chaleco bomba, como los de los terroristas. Salvo que él no sería un terrorista, sino el salvador de su patria. Su nombre no era Rambo, por supuesto, pero no podía evitar pensar acerca de sí mismo con ese nombre. Estuvo en la guerra, peleó por su país, y más tarde, primero lo olvidaron, para luego hostilizarlo durante la presidencia de éste energúmeno. Ya estaba viejo para resistir al gobierno, y sin parientes ni pensión ni lugar donde vivir ya no tenía nada que perder. Bueno, ahora las pagarían todas juntas. Su corazón parecía que se le iba a salir del pecho de la excitación.

Estaba rodeado por la multitud y a pocos metros del palco donde Huckabee hablaba entusiasmado, y ya no podía esperar más. Se abrió la campera, y su corazón entró en arritmia. Sintió un dolor agudo y un hormigueo en todo el cuerpo pero sobre todo en la cabeza, mientras todo se oscurecía a su alrededor. Trató de manotear el pulsador, pero de repente, se desplomó. Varios cerca suyo lo vieron y gritaron por ayuda, pero más gritaron cuando vieron lo que se veía debajo de su campera, y huyeron en pánico.

Por suerte había mucho espacio abierto y muy pocos fueron pisoteados. La policía se acercó con cuidado al cuerpo, luego llamaron a los expertos en explosivos, y desarmaron su bomba antes de sacársela y llevar el cuerpo.

Todos los que tocaron el cuerpo, la bomba, o su ropa, se contagiaron.

La multitud se salvó de contagiarse de él. Pero en pocas horas se fueron contagiando de las otras decenas de fuentes de virus que fueron plantadas ese día por todo el país.

Huckabee se contagió en su auto, al tocar la puerta que había tocado su chofer ya enfermo.

MOSQUITOS

Rio de Janeiro, 20 de Noviembre de 2027, 11:17

La avioneta ronroneaba sin esfuerzo. Miró la playa debajo y vio la gente tomando sol en el día caluroso. Siempre era tiempo de playa en Rio.

Dio una larga vuelta y descendió a la altura de fumigación. Enfiló por la punta de la playa, y en el momento justo, abrió el rociador.

Recorrió todo el largo de la playa, kilómetros de playas repletos de decenas de miles de personas. Y mosquitos. Muchos mosquitos que transmitían enfermedades peligrosas, que él con su rociador iba a matar.

Esa mañana cuando lo contrataron para el trabajo se puso contento, le venía muy bien el dinero extra esta temporada, y además odiaba a los mosquitos. Generalmente lo llamaban para fumigar plagas en los campos de cultivo, pero fumigar para matar mosquitos, en especial con un químico inofensivo para la gente, era un placer. Si no fuera que tenía que pagar el combustible y la amortización de la avioneta, lo hubiera hecho gratis. Pero le habían pagado buen dinero por el trabajo, e incluso le trajeron los tanques directo desde la fábrica para que no los tuviera que ir a buscar. Todos los papeles en orden, y el dinero contante y sonante.

Un buen día, sí señor. Para él y para los otros cientos de fumigadores en todo el mundo, contratados para la misma tarea en lugares con poblaciones remotas o aisladas.

SIN PISTAS

Langley, 20 de Noviembre de 2027, 22:25

—Recibimos reportes de "ataques" en todo el mundo, señor. Parece algo cuidadosamente coordinado, pero hasta ahora hubo muy pocas víctimas. En Londres, por ejemplo, hubo un terrorista suicida, pero su explosivo sólo lo mató a él. También hubo reportes extraños de gente o dispositivos exponiendo a multitudes a un líquido, pero no parece tener ningún efecto inmediato. No conseguimos aún ninguna muestra, pero por sus efectos, no es un ácido, ni un neurotóxico. Nos inclinamos más bien por algún tipo de virus, hemos recibido informes de algunas personas que se han enfermado luego de exponerse, pero los síntomas no parecen ser más serios que un resfrío común.

—¿Quién está detrás de ésto? —dijo Mitchel.

—Señor, no tenemos ni idea. El asunto es... si esto es un virus, hemos recibido reportes de atentados en todo el mundo, señor. Entre veinte y cincuenta situaciones en cada país, señor, en todos y cada uno de las ciudades más importantes, en todos los países. Nuestro equipo de inteligencia dice que quienquiera que esté detrás de ésto, si es que es una infección, ha infectado a su propia población también.

—¿Están seguros que es una infección?

—No, pero no encontramos otra cosa que tenga sentido, a menos que haya habido un ataque coordinado a nivel mundial para rociar a la población con agua. Nuestros analistas infieren que estamos ante un ataque bioterrorista, pero hasta ahora no tenemos idea de quién, porqué ni para qué, sólo sabemos cómo.

—No importa lo que cueste, consigan una muestra de lo que sea que usaron y quiero un análisis completo, pero ya.

—Sí, señor.

—Y capitán... quiero a todo el personal activo atento. Todas las vacaciones canceladas, y todo el mundo alerta y listo para lo que sea.

—Sí, señor.

Maldita sea, pensó Mitchel, ¿quién tenía los recursos para organizar algo así? Estudio los reportes, y los de inteligencia tenían razón... Si fueron los chinos, los afganos, los rusos, Daesh, quien quiera que fuera, fueron atacados también. Miró el mapa computarizado, prácticamente todo el mundo estaba en rojo. No tenía sentido.

Pensó qué hacer a continuación.

Se identificó en la computadora, y entró al programa de la agencia. Entró a un menú que nunca pensó que iba a usar. "Evacuación total", submenú "Emergencia viral", en la ventana seleccionó "fuera de control", estado "En investigación". Escribió en su computadora, "Alerta máxima de la CIA. Esto no es una broma. Ocurrió un ataque bioterrorista en todos los centros urbanos y suburbanos del mundo, origen desconocido, efectos desconocidos. Los expuestos de manera directa ya están enfermos aunque no muestren síntomas, los que no, se están contagiando ahora mismo. Acción a tomar inmediata, aislamiento en bunker o ubicación remota. El tiempo es esencial, si no está contagiado lo estará en pocas horas. No arriesgarse."

Seleccionó algunas opciones, copió, pegó, y sin titubear, envió el mensaje, el cual salió dirigido a una lista de funcionarios importantes del gobierno. Presidente, Vice, senadores, legisladores, jueces, y otros peces gordos. Más algunos amigos a los que les debía favores.

La orden estaba dada. Ahora, a explicarle todo al terco del presidente. Siempre queriendo hacer lo que le parecía mejor a él, nunca lo que le recomendaban. Bueno, esta vez debían hacerle entender lo que estaba en juego. De lo contrario, el país estaría acéfalo en unos pocos días.

MUESTRA VIRAL

Langley, 21 de Noviembre de 2027, 7:35

—Señor, conseguimos una muestra intacta. El sujeto que iba a detonarla se murió de infarto antes de poder hacerlo, fue ayer en el mitin político de Huckabee.

¿Y justo ese tenía que morirse?, pensó Mitchel. Trató de poner cara de poker, y dijo —¿Y?¿Con que estamos tratando?

—Señor, me temo que son malas noticias. El líquido no tiene color ni sabor, y es ligeramente perfumado, pero es un concentrado viral. El CDC y USAMRIID están trabajando en conjunto 24 horas corridas para secuenciarlo y analizarlo, pero son muy malas noticias.

—¿Qué tan malas las noticias?

—Todavía no tenemos idea de la tasa de contagio del virus, si es letal o no, o que han querido hacer, pero parece tener raíz en el virus de la gripe. Lo han nombrado temporalmente como H1N10, es una cepa con mayor capacidad de contagio que la gripe A, pero tiene una molécula viral que no terminan de secuenciar y mucho menos entender. Se contagia con extrema facilidad, y contando la cantidad y distribución de los focos donde fue sembrado... Y sin contar todos los lugares donde fue rociado de los cuales no sabemos nada, diría que es imposible contenerlo o tener cualquier semejanza de cuarentena. El virus está en todo el mundo, quien no se contagió de manera directa, se está contagiando en este mismo momento.

—Hay que evacuar.

—Con urgencia, pero señor... los analistas recomiendan separar al presidente, al vicepresidente y la línea sucesoria cada uno para cada refugio, por separado.

—¿Creen que alguno puede haberse ya contagiado?

—¿Alguno? Si me pregunta mi opinión, ya todos se han contagiado, señor.

En la entrada, uno de los guardias estornudó.

Dios, estaban completamente jodidos, pensó el jefe de la CIA.

PROGRESO

Rho, 21 de Noviembre de 2027, 9:00

Tzedek revisaba los informes en sus pantallas. Todo iba bien.

Pensó en los que aún no habían ido a las ciudades. Bueno, pronto tendrían menos motivos para quedarse donde estaban. El retrovirus ya estaba modificando el ADN de los humanos.

Pronto el mundo estaría poblado por miles de millones de primates pacíficos, amables y felices. La última generación comandada por el deseo de reproducirse y de destruir todo desaprensivamente.

Se reclinó satisfecho. Por primera vez en varias décadas se dio el lujo de mirar la vista por la ventana, y no hacer nada. Sólo mirar.

RETROVIRUS

Missouri, 22 de Noviembre de 2027, 15:40

—¡Salud! —dijo Sean, el primero en la fila, al empleado tras el mostrador. Él mismo no se sentía nada bien.

—Muchas gracias, señor —dijo el empleado, que era negro, y siguió sirviendo el café.

Sean se sintió mareado por un momento. Pensó que era extraño que no le molestara en lo más mínimo que un negro lo atendiera. Normalmente hubiera ido a otra fila. En este momento, no podía recordar por qué era que le molestaban tanto los negros.

Tomó su bandeja y se dirigió a una mesa. En el camino vio a una moza limpiando una mesa. Tenía buen cuerpo, sobre todo mirándola de atrás. Ver a una chica linda como esa siempre le incitaba a decirle algo, en general grosero, puesto que el romanticismo o la poesía no eran su fuerte. Qué raro, pensó, esta vez no sintió el impulso de decir nada. Es más, ni siquiera sintió ninguna excitación al mirar el trasero de la chica.

Se consideraba un hombre de "acción directa". Lo cual parecía chocar todo el tiempo con el carácter de otras personas, terminando muchas veces en peleas, que casi siempre ganaba gracias a su fuerza bruta.

Sean estornudó y se limpió con disgusto. Pensó que era casi seguro que el negro le hubiera pegado un resfrío. Y otra vez quedó extrañado con su falta de sentimientos al respecto. Pensando en el asunto, reconoció que en otra oportunidad, ante ese mismo pensamiento, hubiera ido a increpar al negro por haberle contagiado un virus. ¿Y por qué no debería? Era evidente que lo había contagiado.

Sean se levantó de golpe, y se sintió mareado otra vez. ¿Qué estaba por hacer? ¿Por qué se había puesto de pie? Se volvió a sentar. Era por el negro. El negro le había hecho algo, pero no recordaba qué. Comenzó a sentir pánico. ¿Qué le estaba pasando?

—Señor, ¿se encuentra bien? —le preguntó la moza que había visto antes.

¿Acaso se veía tan mal? Su miedo aumentó, y con el mismo, su adrenalina. De repente, comenzó a sentirse muy mal. Le faltaba el aire.

—Jesús, llama a una ambulancia. Ya —dijo la moza.

¿Jesús? ¿A quién le hablaba, al negro? Mirando alrededor, pudo ver que todos lo estaban mirando, y el negro estaba hablando por teléfono. ¿Qué clase de nombre estúpido es ese, Jesús, sobre todo para un negro? Sintió como que le costaba respirar, por la indignación, pensó él. Trató de inspirar más profundamente, y se encontró con que no podía. Ahora sí le dio un completo ataque de pánico.

Trató de inspirar con más fuerza y nada. Trató de expulsar lo poco que tenía, y una bola de moco salió de su garganta y pulmones. Volvió a tratar de inspirar, y no logro entrar ni un poquito de aire.

La gente alrededor estaba gritando y uno o dos se le acercaron para tratar de ayudarlo. —Dios mío, mira —escuchó que decía uno.

Nunca supo que fue lo que estaban mirando. Privadas de oxígeno por completo, sus células murieron. Mucho antes de que llegara la ambulancia, Sean estaba muerto.

Cuando llegó la ambulancia, de todas maneras tuvieron que atender a una persona. Jesús estaba en ese momento en la misma situación, pero aún vivo.

Los médicos vieron el cadáver de Sean, de un color azul cianótico. Y sin perder tiempo, le hicieron una traqueotomía a Jesús. Lamentablemente, el problema de Jesús no estaba sólo en la garganta. Por la vía abierta en la traquea, comenzó a salir moco a chorros.

—Los pulmones están llenos de mucosidad, ¿cómo es posible? ¿De dónde sale ésto? —dijo uno de los paramédicos, asustado.

A pesar de todos sus esfuerzos, un par de minutos después Jesús estaba muerto también. Con la piel negra del mismo color azul cianótico que Sean.

Los médicos tenían guantes y barbijos, y sin embargo uno de ellos estornudó. Se miraron preocupados.

TODOS ENFERMOS

Buenos Aires, 23 de Noviembre de 2027, 8:45

Sofía estaba nerviosa, la gorda nefasta le puso un seis de diez en su examen de Lengua. Lo cual sin duda se debía a que en un par de las preguntas no entendió qué diablos era lo que estaba preguntando. En el momento de la prueba, repasó mentalmente todos los temas de la prueba y ninguno parecía tener ninguna relación con las preguntas. Y ahora que tenía la prueba en la mano, los comentarios de la profesora en rojo en la prueba, realmente no le aclaraban nada. Y sabía que era inútil preguntar, la profesora Renata era una sádica que disfrutaba humillando a los jóvenes, así que ya había aprendido a no contestarle, ni preguntarle nada. Es más, no contaba con ella para nada.

Renata dedicó como siempre los primeros minutos de su clase a entregar las correcciones de las pruebas. Le dolía la espalda y los pies como siempre gracias a su obesidad, pero el maldito resfrío la tenía agotada más de lo habitual.
Estaba corrigiendo la prueba, sentada en su escritorio al frente del aula, e iba llamando a los chicos uno por uno. Para cada uno tenía un repertorio de caras, tics y "comentarios". Tenía la nariz congestionada, al igual que varios de los alumnos.

—¡Juan Cruz! —llamó Renata. Cuando el chico llegó a su escritorio, lo miró con sorna.
—¿Qué? —dijo Juan Cruz. Era uno de los últimos de un largo desfile de aplazos.
—¿Cómo qué? Acá está su examen. Tiene un dos —dijo fuerte para que todos puedan oirla—, y es lamentable que haya escrito algo en sólo una de las cinco preguntas. Todavía le estoy regalando nota, porque además lo que escribió no era nada brillante.
Juan Cruz se puso colorado, y explotó —¿Y qué quiere si no se entiende nada lo que pregunta? Y cuando le decimos que tenemos dudas, nos dice que no preguntemos.
Sofía contuvo el aliento, eso era justo lo que pensaban todos, pero nadie se animaba a enfrentarse a la bruja, por supuesto. Se escucharon resuellos y risas, alguno incluso dijo —Uuuuhhh.
Renata se levantó de golpe, respiró con resuello, y dijo —Jovencito, mantenga el respeto. Ustedes tendrían que saber lo que pregunté, todo fue dado en clase... —y se interrumpió. Por un momento se la vio como confundida, desorientada.

—¿Ah, sí? —contestó Juan Cruz—, ¿cuántos se sacaron diez?

—¡Eso no le importa a usted! —dijo Renata. Estaba bien colorada, y se la oía respirar con fuerza.

—Ya veo, o sea nadie. ¿Alguien se sacó nueve, al menos? ¿U ocho? —dijo mirando a sus compañeros—. ¿Siete?

Nadie dijo nada.

—Vuelva a su banco y estudie bien para la próxima vez —dijo Renata. Ahora su respuesta salió ronca y su respiración era como un ronquido.

—Mi papá dice que si nadie aprueba el examen, la que reprueba es usted, porque quiere decir que no sabe enseñar.

Esta vez fueron varios los que dijeron —Uuuuuhhhhhjujujuu —y se miraron entre sí con espanto.

Sofía se agarró la cabeza. Aunque Juan Cruz tuviera cien por ciento razón, esto probablemente le costaría una suspensión. No tenía ninguna esperanza que la profesora cambiara en nada, y la dirección siempre respaldaba a los profesores.

Renata se puso bordó, y al mismo tiempo trató de articular, mientras procuraba inhalar aire con un ronquido.

—¡Pero cómo, se, atreve, …! —dijo boqueando, y de repente sus labios se pusieron azules. Se desplomó en su silla, y se fue poniendo cada vez más azul. Abría y cerraba la boca como un pez fuera del agua. Varios de los chicos se rieron, por cierto no era una de las profesoras queridas de la facultad.

—Hmm, profesora, ¿se siente bien? —preguntó una de las chicas. Renata trató de decir algo, pero no pudo.

—Yo creo que mejor alguien vaya a pedir ayuda a la directora —dijo Juan Cruz.

—¿Y por qué no vas vos, mamerto? Si está así por tu culpa —le dijo otro de los varones. Hubo varias risas, mezcladas con toses, ante esto, pero de repente Renata se cayó con estrépito sobre el escritorio. Como si se hubiera apoyado a dormir la siesta, si uno se pusiera azul como un Pitufo al dormir la siesta. Se escuchó un ronquido fuerte, casi como un eructo, lo que provocó otro estallido de risas.

—¿Profesora? —preguntó Juan Cruz. La miró por unos segundos, y salió corriendo del aula. Varios de sus compañeros vieron cómo se iba corriendo Juan Cruz, y se acercaron en seguida a la profesora. Una de las chicas la miró de cerca, y como estaba con la cara de plano apoyada contra la mesa, no le podía ver la cara, así que le tocó el costado de la cabeza. Apenas se la tocó se inclinó hacia el costado, y vio que además de estar azul, le caía una especie de baba mezclada con moco de la boca entreabierta y de la nariz. Y por la inmovilidad del moco que le cubría completamente la nariz y la boca, era patente que no respiraba. Saltó hacia atrás con un golpe de pánico, gritando al mismo tiempo. El pánico es contagioso, y de repente, todos estaban gritando, era un caos. Varios chicos trataron de salir al mismo tiempo, abriendo la puerta de golpe hacia afuera y los que estaban más atrás apretaron a los que estaban tratando de pasar por la puerta antes de que pudieran salir, logrando un efecto de tapón que aplastó a varios de los jóvenes. Se escucharon gritos de pánico y de dolor y llantos de los chicos aterrorizados. Varios de los que estaban gritando de pánico comenzaron a ahogarse y ponerse azulados.

Sofía vio el desastre que estaba ocurriendo en la única puerta. Buscó con la mirada a Marisol hasta que la encontró. Estaba aún lejos de la puerta, y forcejeando para tratar de salir. Tomó su mochila y su campera, y miró hacia la izquierda. Destrabó y abrió una de las grandes ventanas que daban al patio, y se movió rápidamente hacia Marisol. La agarró con fuerza del brazo, mientras le decía —Ven conmigo —y la arrastró hasta la ventana, saltando por ahí. El patio estaba a la altura del aula, así que fue fácil. Vio que otros chicos la habían visto y la seguían, y también Marisol, así que comenzó a alejarse.

Se sentía bien, y no pudo evitar notar que la mayoría de sus compañeros no estaban bien. Incluso Marisol estaba agitada y moqueaba. Mientras caminaba a la salida, sacó el celular del bolsillo, y llamó a su padre.

—¿Papá? —dijo cuando escuchó que la atendían.
—¿Sofía? ¿Qué pasa?
—Papá, por favor, quiero ir a casa —le temblaba la voz.
Un silencio de unos segundos, y luego —Pero claro, hija, ¿qué pasó? ¿Te voy a buscar?
—Una profesora se murió en el aula, papá.
—¿Que qué? ¿Es en serio?
—Espera un momento.
Había llegado a la entrada, y la puerta estaba como siempre cerrada. La recepcionista estaba en su lugar, y le dijo —Quiero irme a casa.
—Lo siento, pero no se puede salir fuera del horario sin autorización.
Se escuchaban gritos de la zona de las aulas, y algunos otros chicos estaban llegando a la entrada.
Al mismo tiempo, una ambulancia llegó a la puerta de la facultad.
—Papá, no me dejan salir —dijo en el teléfono.
—¿Estás en la entrada?
—Sí, papá, están entrando médicos de una ambulancia.
—Sofía, si quieres espérame, voy para allá, o si quieres sal en cuanto puedas. No pueden detenerte si te vas —dijo Juan Carlos acalorado, mientras ya estaba buscando las llaves y la billetera.

Los médicos pasaron hacia adentro, y la puerta se cerraba con lentitud. Arrastrando una vez más a Marisol, Sofía se movió con seguridad hacia la puerta, y la abrió antes de que se trabara, saliendo a la calle.

—¡¡Señoritas, no pueden irse!! —gritó la recepcionista.

—¡Marisol, vete a tu casa! —gritó Sofía mientras comenzó a correr, y como dijo su padre, vio que nadie la seguía. Se fue a paso rápido a su casa que estaba a unas pocas cuadras, mientras en el teléfono le decía a su padre, —Papá, ya salí, estoy yendo a casa.

—Bien, nos vemos —dijo, y cortó.

Y se encontraron sin aliento a mitad de camino cinco minutos después, porque Juan Carlos había salido a buscarla y siempre iban por el mismo camino. Se abrazaron y fueron a su casa.

Se encerraron allí y pusieron las noticias. También estuvieron navegando por internet. Los noticieros y sitios de noticias no daban abasto con el material que había disponible. Y las redes sociales como Facebook, quedaron prácticamente inutilizadas, inundadas con mensajes sobre el fin del mundo.

—Esto es ridículo —dijo Juan Carlos mostrándole algunos mensajes apocalípticos a Sofía.

—No lo sé, papá, no te reirías tanto si hubieras visto a mi profesora hoy.

Juan Carlos estuvo esperando tener noticias de la facultad, que lo llamaran por Sofía, pero pasaron las horas y nada. En un momento se decidió y llamó él a la universidad, pero a pesar de sonar varias veces, nadie atendió el teléfono, aún estando en horario de clases.

Sofía le mandó varios Whatsapp a Marisol, y ella le estuvo contestando, comentando lo de la facu. Hacia la noche, sin embargo, Marisol dejó de contestar. El último mensaje decía "Sofi, tengo que descansar, me siento mal. Hablamos mañana."

Sofía le mandó otro mensaje, "Estás sola?"

Un rato después, Sofía recibió la respuesta. "Mamá está en el Hospital, dice que no dan abasto. Me voy a dormir, no te preocupes, nos vemos."

Sofía se tranquilizó un poco, pensó que si estuviera muy enferma Marisol se lo diría.

Cerca de las diez de la noche, sonó el teléfono. Juan Carlos miró su aparato, y atendió sorprendido.

—¿Pedro? —dijo Juan Carlos.

—Juan Carlos. Yo... sólo te molestaba para decirte que lamento que nos hayamos peleado.

—¿Yo me peleé? ¿Así es como lo ves? Por si perdiste la memoria luego de todos estos años, mi esposa estaba muriendo en ese mismo momento —dijo Juan Carlos, y sintió un nudo en la garganta.

—Sí, bueno... —dijo Pedro, y se quedó un momento callado. Juan Carlos pudo escuchar que respiraba con mucho trabajo. —Lamento lo de tu esposa, y espero que algún día puedas perdonarme —dijo Pedro, y cortó.

Juan Carlos miró a Sofía. —Tal vez sí sea el fin del mundo —dijo, con un escalofrío.

CATÁSTROFE

Rho, 24 de Noviembre de 2027, 10:10

Tzedek estaba sentado leyendo los datos que llegaban a sus pantallas. Se pasó la mano por la cabeza.
—¿Pero qué diablos está pasando?
—¿Padre? —dijo Althaea, que estaba trabajando en otro escritorio en el centro de comando de Rho.
—Mira ésto. Ayer hubo unos pocos reportes, y pensé que sería un efecto secundario lamentable. Hoy están llegando miles de reportes. Althaea, el virus está matando a los humanos. Este retrovirus se supone que modifica el ADN para sacarles a los humanos los genes de la violencia y la competencia. Nuestro diseño era para que los humanos se vuelvan mansos y no competitivos, con poco o nulo impulso sexual. Para que vuelvan a ser lo que eran, no para matarlos. Sabíamos que iba a haber efectos secundarios, quizás una pequeña pérdida de la inteligencia entre ellos, pero de ninguna manera debía ser mortal.

Althaea se quedó consternada, —Padre, todo el mundo fue infectado. Es decir, esa era la idea, pero no que mueran todos, ¿no es cierto?

Tzedek se dirigió al centro de comunicaciones, y activó la comunicación con Alfa.

Luego de un minuto, atendió Marsan.

En la pantalla del medio pudo ver a Marsan, y unos instantes después apareció también Halius y luego Musa.

—Halius, tu laboratorio fue el encargado de desarrollar el virus para alterar el ADN de los humanos, y la vacuna. Tuviste tiempo y recursos más que suficientes para prepararlo. Estoy recibiendo reportes de miles de muertes inesperadas causadas por el virus. ¿Qué pasó?

Marsan levantó la cabeza, y luego sin poder evitarlo se tapó la boca con la mano y se escuchó un sonido rítmico. Los hombros de Marsan se sacudían al son del sonido. Por un momento todos lo miraron intrigados. Marsan bajó la mano mostrando su rostro que no podía contener los dientes en la boca de la alegría que mostraba en una sonrisa salvaje.

Tzedek, Halius y Nikaia lo miraron espantados.

—Tu y tus malditos humanos. Todos los inventos que los ayudamos a desarrollar, y todos los descubrimientos que los incitamos a investigar, y siempre los usan para matar y destruir. Esta vez, se resuelve el problema para siempre. —gritó Marsan, ahora con furia.

Tzedek se puso lívido, —¿Qué fue lo que hiciste, Marsan? ¿Cómo osas desafiarme?

—Estoy harto de la basura que pulula en este mundo, si vamos a seguir así, no me importa si me matas. Al menos si no lo haces, estaré en un mundo más limpio —dijo Marsan, levantando altaneramente la cabeza.

—¿Qué hiciste? ¿Qué demonios hiciste? —gritó Tzedek, ahora asustado, algo poco habitual en él.

—Digamos que me ocupé que la peste neumónica parezca un resfrío comparado con ésto. Y la tasa de mortalidad, oh, bien, espero que sea del 100%. No puedo descartar que alguien sobreviva, pero sería extraordinario. El retrovirus es fatal para los humanos. Salvo para quienes estén vacunados, claro, al menos no te engañe con lo de las vacunas —dijo Marsan, riéndose.

Althaea exclamó tapándose la boca —Noooo —incluso Halius y Musa miraban a Marsan con espanto.

Tzedek presionó el puño con furia y lo golpeó sobre la mesa varias veces, y Marsan se derrumbó gritando en agonía. Tzedek se obligó a controlarse, y soltó el puño. Marsan quedó inerte, pero respiraba.

—¿Se puede detener? ¿Y si vacunamos a todos?

—Halius cacheteó a Marsan en el suelo, y lo sacudió. —Contesta —le dijo—, ¿se puede detener?

Marsan se agarró la cabeza, y contestó evidentemente dolorido, pero con su mirada aún triunfante, —No se puede, es imposible. La vacuna sólo funciona antes de enfermarse, el período de incubación es de entre tres y cinco días, y el desenlace ocurre entre unos pocos minutos y hasta cuarenta y ocho horas máximo... El retrovirus altera el ADN, los humanos se vuelven mansos y desinteresados... pero la adrenalina genera una reacción cianótica. Creo que olvidé informarte ese detalle en los preparativos. Salvo que sea un monje tibetano o algo así, cualquier humano que tenga cualquier tipo de reacción que genere adrenalina, disparará la reacción cianótica y muere asfixiado. Calculo que en menos de tres días, no quedará humano en la Tierra salvo los que nosotros ya elegimos. Salvo claro que encuentres algún afortunado que aún no se haya contagiado y le apliques la vacuna. Pero usamos casi todas las dosis, y producirla lleva un par de semanas —dijo riéndose otra vez entre quejidos de dolor.

—Arghhhhhh —gritó Tzedek presionando los puños en un paroxismo de furia. Marsan se arqueó en el suelo, y un líquido espeso de color dorado rojizo le brotó por todos los orificios de la cabeza. —Maldito desgraciado, no puedes hacerme esto, ¡Yo no quería esto! —gritó.

—Tzedek, nuestros elegidos... Tenemos que rescatarlos, si todos los humanos mueren, los nuestros no podrán llegar aquí, y peor, si no todos los humanos mueren, los nuestros estarán en gran peligro —dijo Althaea.

Tzedek trató de controlarse, —Tienes razón, Althaea —Respiró hondo y pensó un momento—. ¿Tenemos cómo contactar a todos los seleccionados ya vacunados, que aún no están en la ciudad?

—Sí, Tzedek, al menos por ahora —dijo Musa, pasando por encima de Marsan que estaba inerte en el suelo. Escribió un momento en la computadora, y dijo —Te acabo de mandar la lista actualizada de todos los vacunados que todavía no llegaron a la ciudad. Si lo que dijo Marsan es cierto y todos van a morir, es predecible que la infraestructura va a colapsar en pocos días más.

Tzedek fue a su pantalla, y abrió la lista. Había decenas de nombres, pero no eran tantos. El problema era que pocos de los nombres eran de ciudades cercanas.

—Maldito sea Marsan.

Probablemente no pudieran traerlos a todos desde muy lejos. Estaba seguro que todo colapsaría en pocas horas, lo que dejaba fuera de la cuestión el transporte aéreo. Y venir desde Centro América hasta el sur podía llevar semanas en auto. Suponiendo que consiguieran bebida, alimentos y combustible durante el viaje.

Abrió la aplicación para enviar mensajes a todos los medios de contacto de cada uno, y pensó qué podía decirles para salvarlos. Tipeó rápidamente: "Ciudad Rho está a salvo, no hay enfermos aquí. Usted fue vacunado contra esta cepa del virus. Es muy peligrosa, y letal. Tenemos infraestructura, alimentos y servicios médicos, venga de inmediato para estar a salvo, no se arriesgue."

Pensó si sería suficiente, pero no se le ocurrió nada más por ahora. Esto era un desastre. Apretó el botón de enviar y la advertencia salió para todos los destinatarios.

Miró el cuerpo de Marsan, y bufó frustrado. Increíble, maldito traidor. Quedaban tan pocos, y tenía que sufrir semejante traición. Y ahora eran uno menos. —Patea el cuerpo de mi parte, Halius, e incinéralo. Sin ceremonia.

—Sí, Tzedek —dijo contrito Halius.

Tzedek cortó las pantallas con un gesto. Comenzó a pasearse ida y vuelta entre los escritorios, pensando. De repente, tomó un monitor y con un grito de furia lo arrancó de la base y lo arrojó al otro lado de la habitación, donde explotó en una lluvia de vidrio y plástico. Le propinó una patada al escritorio, y luego golpeó el mismo con el puño. Una, otra y otra vez. Parecía que no podía detenerse. Golpeaba, golpeaba y golpeaba, mientras no paraba de gritar a todo lo que le daban los pulmones.

—Padre —susurró Althaea desde el otro lado de la habitación, espantada.

La suave voz de su hija pareció interrumpirlo a mitad de un golpe, que fue más suave que los anteriores, y con un esfuerzo de voluntad logró controlarse, dejando de gritar y suspendiendo la mano alzada a la mitad de otro golpe antes de tocar el escritorio. Miró el escritorio, completamente abollado, y los restos del monitor que arrojó y sintió vergüenza de sí mismo. No por lo que había roto, sino por como había sido engañado. Durante siglos Marsan fue ganando lugares en su confianza hasta transformarse en su mano derecha, prácticamente en su consejero. ¿Cómo había sido tan inocente?

Por primera vez en mucho tiempo no tenía ni idea de cómo saldrían las cosas. Y eso era inaceptable.

EL CRUCERO

MSR Grandiosa, 24 de Noviembre de 2027, 11:00

Leora Shapira estaba recorriendo la cubierta superior, tomando aire y mirando el horizonte, libre de obstáculos hasta donde llegaba la vista. Había notado murmullos y algunas miradas de reojo mientras recorría la nave, lo cual la había puesto tensa, pero aún no había recibido ninguna queja ni había podido descubrir cuál era el problema. Había enviado a su segundo oficial a investigar. Mientras tanto, los rayos del sol y la brisa, a pesar del clima fresco, la tranquilizaban. Caminando por la pasarela de la cubierta al borde de la piscina superior, uno casi podía olvidarse de que estaba en un barco de lujo. Era como caminar por un *resort*. Aspiró fuerte, y sintió la combinación del olor del agua de mar que los rodeaba, y el agua de la piscina que estaba una cubierta debajo. El mar estaba muy calmo, y los motores del barco casi ni se escuchaban desde la altura que estaba, apenas se percibían muy suavemente como una vibración constante a través de las suelas de su calzado o en sus manos, si se apoyaba en una baranda. Su uniforme blanco brillaba al sol, que le calentaba el cuerpo, y su pelo estaba recogido prolijamente en un rodete atrás y abajo de su gorra de capitán. No llevaba anillos, aretes, ni ningún tipo de joyería.

Estaba admirando el panorama cuando se le acercó a paso rápido su segundo oficial, Romano Castillo. La mayor parte de la tripulación eran italianos como ella. Aunque la mayoría eran bilingües, hablando italiano y español, o italiano y portugués, ella era una verdadera políglota, hablando también con fluidez inglés, alemán, francés, griego y varios dialectos. Uno de los varios motivos por los que finalmente, luego de muchos años como primer oficial, le habían dado su barco. A pesar de ser mujer. Las capitanas en todas las flotas marítimas eran contadas con los dedos de una mano.

—Capitán, tenemos varios pasajeros que quieren presentar una queja— dijo Romano.
Leora suspiró. Ya le parecía que algo andaba mal.
—¿Qué pasó?
—Dicen que no se pueden comunicar con tierra.
—¿Hay algún problema con el satélite? ¿Probaron de cambiar de frecuencia?
—Ese es el tema, todo parece estar bien, pero desde el puente también estamos teniendo problemas. Primero iba a decirles que no es nuestro problema si hay inconvenientes con los satélites, pero, hmm, capitán, será mejor que vea lo que tiene que mostrar un pasajero, al principio pensé que

era una broma, pero...

Leora suspiró. —¿Qué quiere que vea?

—Vino conmigo, está esperando ahí.

—¿Es en serio Romano?

Romano se acercó a Leora, y le dijo susurrando —Leora, creo que algo grave está pasando en tierra, por favor mira esto.

Leora inspiró hondo, y seguida por Romano, fue hacia la entrada de la escalera de la cubierta, donde los esperaba el pasajero.

Romano se adelantó y dijo —Capitán, el pasajero es Ignacio Iglesias y quiere mostrarle algo importante.

—Mucho gusto capitana, sabe que no me atrevería a molestarla si no me pareciera algo serio, y puede ser que alguien más haya visto cosas como éstas y no creo que un pánico sea bueno, entonces...

Leora levanto la palma de la mano. —Muy bien, ¿de qué se trata esto?

—Mire, capitana, es una conversación de whatsapp que tuve con mi hermano en tierra, está en Buenos Aires, si no entendí mal es nuestro próximo puerto.

Leora tomó el celular, y se puso a leer la conversación.

Dante (10:31): Ignacio, te quería avisar de algo. Estoy enfermo
Ignacio (10:31): Hola, Dante. Que te pasa?
Dante (10:31): Ustedes en el barco están bien?
Ignacio (10:32): Que yo sepa todo bien, el crucero está bueno
Dante (10:33): Ignacio, por ningún motivo deben desembarcar
Ignacio (10:33): Que quiere decir eso? Y yo no manejo el barco
Dante (10:35): La gente esta muriendo
Ignacio (10:35): Que gente?
Dante (10:37): Todos, los hospitales colapsan
Dante (10:37): No hay policia, ni ayuda, es un caos
Dante (10:37): Ignacio, es un virus o algo, dicen que es un atentado, estamos todos enfermos
Ignacio (10:39): Es broma? Debe ser alguna epidemia, pero van a salir bien, vas a ver
Ignacio (10:39): Llamaste a un medico?
Dante (10:39): No hay medicos, no dan abasto
Dante (10:40): Ignacio, miren noticias por internet o algo, es un desastre, es serio
Dante (10:41): Me siento mal, voy a descansar. Despues te escribo, abrazo

Leora trató de ignorar las faltas de ortografía y concentrarse en lo importante. Levantó la cabeza y miró a Ignacio. El hombre parecía serio y preocupado. Miró luego a Romano, también se veía preocupado. Suspiró.

—Señor Castillo, ¿vio las noticias hoy?

—No tuve tiempo. Los pasajeros están realmente insoportables hoy. No lo digo por usted —añadió, mirando a Ignacio, que se había cruzado de brazos.

—Si esto es cierto, debe estar en las noticias. Será mejor que veamos esto, ¿dónde está la TV más cercana?

Romano pensó un momento. —En el bar de la cubierta siete, capitán.

—¿Un bar? ¿No habrá algo más privado?

—Se puede conectar la señal a un monitor en el puente, pero es contra las regulaciones, llevaría un rato y la pantalla es pequeña. También podríamos buscar la TV de algún camarote, pero perderíamos tiempo y de todas maneras creo que ya corrió la voz por el barco, capitán.

Leora soltó un suspiro, exasperada.

—Bien, vamos al bar. ¿Quiere venir, señor Iglesias?

—No me lo perdería por nada.

Bajaron por las escaleras para no esperar los ascensores, y entraron al bar rápidamente. A esa hora de la mañana nunca había mucha gente en los bares, pero las pocas que había, estaban todas alrededor de las dos pantallas del pequeño anfiteatro dentro del bar. Las otras TV estaban apagadas, y fueron hacia la TV del mostrador del bar, donde no había nadie. A Leora aún le sorprendía que a pesar de las casi dos décadas de servicio que tenía el barco, aún tenía olor a nuevo. La dedicación de la tripulación, que revisaba minuciosamente cada detalle para mantener todo limpio y mandar a reparar cada cosa que se rompía, tenía mucho que ver con eso. Los sillones de cuero artificial de colores negro o rojo según la zona, los paneles imitando paredes de piedra, y la iluminación suave, la hacían sentir a gusto en estas zona de la nave, como se esperaba que hiciera sentir a los pasajeros también. Los detalles eran de lujo, muy distinto de cuando sus tareas la llevaban a zonas fuera del alcance de los pasajeros, como por ejemplo los procesadores de reciclado de aguas servidas.

Romano fue corriendo a hablar con el mesero, y volvió con un control remoto, que usó para prender la TV y pasar por los canales. Tuvo que cambiar varias veces de canal hasta que encontró un noticiero, en casi todos los canales estaban pasando películas.

Leora prestó atención y notó la cámara fija mientras el periodista narraba los eventos de las últimas horas.

—*...a los Hospitales. Evite todo lugar público. Si no está enfermo, manténganse aislado. El virus se contagia muy fácilmente, aparentemente* *sobrevive en el aire o en cualquier superficie por horas, se contagia de cualquier manera, ya sea por saliva, sangre, contacto, moco, incluso respirar cerca de un enfermo, la única forma segura de no contagiarse es en un ambiente libre de enfermos y donde no haya sido rociado el virus. Reiteramos, tenemos informes de millones de muertes en todo el mundo, aparentemente es un ataque bioterrorista, pero nadie tiene idea de quién lo ha lanzado ni por qué, el virus ha sido distribuido de múltiples formas en todas las poblaciones importantes, y casi toda la población en todo el mundo se ha contagiado...* —el relator se interrumpió y lanzó un violento estornudo. Se apresuró a limpiarse una bola asquerosa de mocos que le salió de la nariz, y siguió— *... Dios mío, por lo que sabemos hasta ahora el virus parece ser totalmente letal, aún no sabemos de nadie que se haya curado...*

—¿Es en serio esto? ¿Esto es de Buenos Aires?

—Capitán, le sugiero que se comunique con el puerto más cercano —dijo Romano, con cara de pánico.

Leora tuvo un ligero ataque de preocupación, y trató de disimularlo rápidamente. Miró alrededor y vio a varios pasajeros discutiendo y haciendo gestos, algunos bastante acalorados. Este era su quinto crucero, y no quería que fuera el último porque todo se fue al diablo bajo su mando. Ya bastante presión tenía por tener que superar las expectativas de todos. De sus oficiales, de la tripulación, sobre todo de la empresa y los accionistas. Muchos no querían ni hablar de un capitán mujer, pero finalmente su pericia se impuso. El MSR Grandiosa, un crucero no muy nuevo pero con muy buen servicio, quedó bajo su mando hacía cinco años. Y hasta ahora no había decepcionado.

—Romano, ¿están todos bien a bordo? ¿No se reportó nadie enfermo?

—Capitán, ¿qué está pasando? —dijo uno de los pasajeros que se había acercado.

—Espere, por favor, caballero. Es lo que estamos tratando de averiguar —le dijo Romano, y luego a la capitán —No, capitán, nada fuera de lo normal, un muerto por un infarto, algunos mareos, un par de intoxicaciones, algún que otro achaque, pero todo dentro de lo normal y esperable.

—¿Un muerto? ¿Dijo que hay un muerto? —gritó uno de los pasajeros.

—Señores, en todos los viajes suele haber al menos dos o tres muertos. No es algo que vayamos anunciando por los altavoces, pero es normal. Hay mucha gente y son muchos días a bordo.

Leora vio que se habían acercado varias personas ansiosas, así que les dijo —En cuanto sepa algo les prometo que me comunicaré con todos.

Mantuvo su cara inexpresiva ante la gente, como era habitual, y se dirigió al puente, seguida por Romano.

Entraron en el puente, donde estaban su primer oficial, el oficial de comunicaciones y un navegante, que saludaron inmediatamente. Leora se detuvo unos segundos, como hacía siempre, para admirar la extensión del barco desde el único lugar desde donde se podían apreciar sus magníficos trescientos treinta metros de largo por treinta y ocho de ancho, lo que era más de una hectárea por cubierta. Y había dieciocho de ellas. Una pequeña ciudad que transportaba en este momento dos mil novecientos quince pasajeros, con mil trescientos tripulantes para atenderlos a ellos y al barco. Más de cuatro mil doscientas personas en total.

Le ordenó al oficial que la comunique con el puerto de Buenos Aires. El oficial de comunicaciones estuvo manipulando los controles un minuto, y le indicó que estaba listo. Leora se acercó a la consola central, y tomó el micrófono. Chequeó los indicadores, y activó el comunicador.

—L2G, aquí la capitán Leora Shapira a bordo del crucero MSR Grandiosa bajo bandera italiana.

—Aquí el capitán interino Alfredo Martínez en el puerto de Buenos Aires. ¿Dijo crucero?

—Estaba viendo las noticias...

—Capitán, tenemos personal reducido, espero que no esté pensando atracar por aquí.

Leora se quedó con la boca abierta. Cuando se rehizo, dijo —Capitán Martínez, repita su último comentario por favor.

Escuchó un estornudo por el comunicador.

—Dije que todos están enfermos por aquí. Nos falta el cincuenta por ciento del personal, y me temo que no hay personal ni auxiliares como para (se interrumpió con otro estornudo) ayudar con el atraque, ni mucho menos para reaprovisionar el barco. Y la situación parece estar empeorando.

—Capitán, se supone que debemos atracar en Buenos Aires mañana a la tarde. ¿Qué sugiere que hagamos?

—Sugiero que se vuelva por donde vino o siga buscando otro puerto que esté en condiciones, pero dudo mucho que lo encuentre (y se escuchó una larga serie de toses).

—Espero que entienda que su negativa tendrá repercusiones.

—Al diablo. ¿No se da cuenta de lo que está pasando? No creo que quede nadie a quien hacerle juicio.

Leora sintió un acceso de furia, pero trató de calmarse y pensó en la situación. Buenos Aires estaba bajo algún tipo de epidemia. Si era tan mala como parecía, sería peligroso desembarcar, o incluso reaprovisionar. Probablemente Martínez tuviera razón.

—Gracias, capitán Martínez, tendremos en cuenta su consejo.
—Disculpe pero no estamos en condiciones de atender semejante desembarco. ¿No se han enfermado en su barco?
—Hasta ahora no.
—Manténgase lejos de la costa. Tal vez logre mantenerse así.
—Gracias, lo tendré en cuenta —dijo Leora, y cortó.

Leora le ordenó al oficial de comunicaciones que entre en contacto con los puertos más cercanos. Pasaron los minutos y el oficial no conseguía establecer contacto, poniéndose cada vez más nervioso, hasta que se lo escuchó cruzando unas palabras con alguien. Finalmente, se levantó y se acercó a los otros oficiales.

—Capitán, traté de establecer contacto con todos los puertos cercanos, inclusive los que no son aptos para cruceros de este tamaño. No conseguí respuesta de Montevideo, de Rio de Janeiro, ni de ninguno de los puertos intermedios a los que podríamos entrar en emergencia. En cambio, me contestaron desde Mar del Plata. Palabra más o menos dijeron lo mismo que los de Buenos Aires —relató el oficial con tono de histeria.

—Arréglese la corbata, Máximo.

La orden de la capitán lo descolocó un poco, pero la disciplina marítima se impuso y el oficial de comunicaciones se enderezó y se acomodó la corbata y el uniforme, hablando luego en tono más controlado —Disculpe, capitán.

Leora sabía que esta clase de trucos no funcionarían mucho tiempo, pero debía hacerlos mantener el dominio sobre sí mismos por el mayor tiempo posible, antes de recurrir a recursos más explícitos. Si la tripulación se dejaba dominar por el pánico, estaban perdidos.

La capitán solía tratar a todos de usted. Al ser llamado por el nombre, el segundo oficial percibió lo nerviosa que estaba, aunque lo disimulaba perfectamente.

—Romano... Esto no me gusta nada. Bajen los motores a la velocidad mínima. Continúen en curso hacia Buenos Aires, no vamos a entrar en el puerto pero vamos a evaluar la situación desde el río. Si es verdad lo que escuchamos, después vamos a probar en Mar del Plata o en Bahía Blanca, o seguiremos hacia el sur. Martino —dijo dirigiéndose al primer oficial—, ponga en alerta a todo el personal de seguridad y al personal médico. A todos. Quiero guardias dobles en todas las cubiertas. Que los guardias de los sectores perimetrales estén armados. Tienen media hora. Y llame a todos los otros oficiales y a todos los directores. Al jefe de crucero, al director de hotelería, al jefe de ingenieros, al jefe de cocina, a todos los oficiales y a todos los supervisores. Son las once y veinte. Nos vemos en el anfiteatro grande en cuarenta minutos, a las doce en punto, para una reunión de diez minutos. Que no falte nadie. Muévanse.

—Sí, capitán —el primer oficial Giuseppe Martino parecía que quería decir algo más pero se mordió y salió corriendo del puente.

—Máximo, siga intentando comunicarse. Trate de entrar en contacto con todo el mundo. Otros puertos, otros barcos, los militares, radioaficionados si encuentra alguno, quienquiera que responda. Tome notas y averigüe qué es lo que está pasando.

—Sí, capitán.

REFUGIO

Buenos Aires, 24 de Noviembre de 2027, 11:15

Sofía estuvo mirando las noticias. Los Hospitales estaban colapsados. Los servicios de emergencia también, el 911 ya casi ni respondía, el tránsito en la calle era mínimo, había saqueos a comercios, y había gente muerta en las calles. Sofía pensó en verificar si Marisol estaba bien y si había vuelto su mamá, o si necesitaba algo, y estuvo toda la mañana llamándola a su casa, pero no le contestaba. Hacía un rato le había atendido la madre, llorando y tosiendo, y le dijo que Marisol había fallecido. Sofía se quedó anonadada, y se puso a llorar. Sentía miedo, y furia, y frustración. Apenas podía creerlo. ¿Esto era el amor? ¿Para qué amar, para sufrir de semejante manera? Se prometió nunca más volver a amar a nadie. Y todos estaban muriendo.

—Papá, es Marisol... se murió también, y la mamá no suena nada bien. Tengo miedo —logró decir en voz alta.

Yo también, pensó Juan Carlos, pero se suponía que él era el adulto que debía tranquilizarla. Abrió la boca para contestar, cuando vibró su celular. Lo desbloqueó y miró la pantalla, y levantó las cejas.

—Mira —le dijo a Sofía.

"Ciudad Rho está a salvo, no hay enfermos aquí. Usted fue vacunado contra esta cepa del virus. Es muy peligrosa, y letal. Tenemos infraestructura, alimentos y servicios médicos, venga de inmediato para estar a salvo, no se arriesgue."

El celular de Sofía también sonó, lo miró secándose las lágrimas, y dijo —Mira, recibí el mismo mensaje. ¿Dice que estamos vacunados?

Se escucharon disparos en la calle.

—Diablos, si no quiere que nos arriesguemos, será mejor que esperemos un poco aquí. Tenemos agua embotellada para una semana, comida para varios días, y por ahora luz y gas. Afuera nos arriesgamos a quedar en el medio de una trifulca. Al menos mientras tengamos luz y gas, diría que esperemos aquí. La gente enferma está desesperada. Sonará rudo, pero la gente ahí afuera o se va a curar, o sino se va a morir. En cualquiera de los dos casos será menos peligrosa que ahora.

—Espero que tengas razón, papá.

—Claro que la tengo —dijo, aunque pensó, yo también lo espero.

—Sofía, mejor que nos demos un buen baño ahora. Quién sabe si durará el agua y el gas. Vos primero.

—Sí, papá.

Mientras Sofía se bañaba, el celular vibró otra vez. Lo volvió a desbloquear, y miró el mensaje. Esta vez, no era un mensaje general como el anterior, sino específico.

"Juan Carlos Navarro, su vehículo fue estacionado cerca de su domicilio, en Malabia 1650. Patente DA 529 ZX"

Revisó todos los alimentos que tenían. Juntó todos los no perecederos en una pila, y los otros pensó en cocinarlos juntos con los del freezer. Si se cortaba el gas ya no podría hacerlo.

Estaba cocinando lo del freezer en varias fuentes en el horno, cuando escuchó un estruendo afuera. Miró por la ventana hacia la calle, y vio que había muy poco tránsito, pero un auto se había estrellado contra la pared de un edificio. Se abrió la puerta del auto, y salió tambaleando el conductor, pero cayó al lado del auto, inerte.

A unos cuantos metros en la misma vereda, vio otra persona caída en la calle.

Tomó su celular y marcó el 911, pero en unos segundos sólo tuvo la señal de ocupado. Chequeó el teléfono y sí, tenía línea. Volvió a discar, y volvió a dar ocupado. Prendió otra vez la TV, y su canal de noticias favorito estaba en negro. Primero pensó si no sería que no estaba recibiendo señal, pero cambió de canales y varios de películas andaban. Encontró otro de noticias, que consistía en un reportero ante una cámara fija. Prestó atención...

—*...y se aconseja a la población permanecer en sus casas. No se dirija a los Hospitales. Evite todo lugar público. Si no está enfermo, manténganse aislado. El virus se contagia muy fácilmente, aparentemente sobrevive en el aire o en cualquier superficie por horas, se contagia de cualquier manera, ya sea por saliva, sangre, contacto, moco, incluso respirar cerca de un enfermo, la única forma segura de no contagiarse es en un ambiente libre de enfermos y donde no haya sido rociado el virus. Reiteramos, tenemos informes de millones de muertes en todo el mundo, aparentemente es un ataque bioterrorista, pero nadie tiene idea de quién lo ha lanzado ni por qué, el virus ha sido distribuido de múltiples formas en todas las poblaciones importantes, y casi toda la población en todo el mundo se ha contagiado...* —en este punto el relator se interrumpió y lanzó un violento estornudo. Se apresuró a limpiarse una bola de mocos que le salió de la nariz, y siguió— *... Dios mío, por lo que sabemos hasta ahora el virus parece ser totalmente letal, aún no sabemos de nadie que se haya curado. Hay rumores de que alguna persona que no se enfermó aseguraba haber sido* *vacunado...* —el relator miró fuera de cámara, luego siguió—*... pero no conseguimos contactar a esta persona, simplemente desapareció, y la fuente de los rumores lamentablemente ya falleció. También hay rumores de que el disparador de la última etapa del virus es la adrenalina. Mantener la calma y no ceder al miedo o el enojo parece ser fundamental para resistir el virus. En Estados Unidos la Casa Blanca niega tener ninguna relación con el virus...*

Juan Carlos se quedó atónito. ¿Una pandemia provocada? ¿Y de casualidad unas pocas personas fueron vacunadas contra ella? Le resultaba obvio que a esta altura si se hubiera contagiado ya estaría enfermo, y recordó la vacuna contra la gripe que le dieron en el edificio de Tzedek. Imposible que fuera una coincidencia. El acertijo era si sabían que iba a pasar ésto, ¿por qué no avisaron o previnieron al gobierno? ¿O tal vez los gobiernos estaban al tanto? O si no sabían nada, ¿pudiera ser que fuera un arma que "se les escapó" como se especuló con muchas otras enfermedades? ¿O peor... ¿La liberaron a propósito? ¿Pero quién haría semejante atrocidad?

Dejó la TV con el volumen bajo, al fin y al cabo, sólo tenía muchas preguntas y ninguna respuesta.

De algo estaba seguro, no iba a estar viajando a ningún lado en el medio de una pandemia. Si la gente que estaba enferma no estaba enloquecida al ver que no había cura ni ayuda, lo estaría pronto. ¿Y si el virus se volvía mortal con el miedo o el enojo como dijo el periodista? Muy pronto no quedaría nadie.

Sofía apareció vestida y secándose el pelo. Tenía lo ojos hinchados de llorar.

—¿Papá? ¿Pasó algo?

—Además del apocalipsis, nada destacable. Perdón, mal chiste. La cuestión es quién y por qué. Mira las noticias si quieres, ahora me toca limpiarme bien a mí —y se fue a darse un baño.

Después de una buena ducha, quedó con las ideas más claras. Se vistió y salió al comedor, donde Sofía había terminado de acomodar las cosas en pilas.

—Mira, dejé las linternas acá, tienen baterías y las probé a las tres —dijo Sofía. Tenían dos linternas de un LED y una linterna grande de tres LED.

—Bien, hija. Busca y trae también del cajón de la cocina todas las velas, fósforos, y platos para las velas.

Cocinó unas cuantas cosas del freezer, y comieron hasta llenarse. Luego,

Juan Carlos buscó las mejores mochilas que tenían, y las vació del todo. Y un bolso grande, y una valija con rueditas.

—Una mochila y un bulto para cada uno. Comienza a traer aquí lo que vas a poner en cada uno. Comida, bebida, primeros auxilios, luz, fuego, filtros, armas, en la mochila. Ropa, cosas de acampe, calzado extra, y demás cosas útiles al bolso y la valija. Cuando tengamos todo aquí, lo guardamos. No hoy, mañana.

—¿Cuándo nos iremos?

—Esperemos a ver qué pasa. Por ahora es muy peligroso salir, ya viste lo que pasó ahí en la otra cuadra... Si nos atacan o disparan, no habrá policía que nos defienda. Y si no hay policía, mucha gente no verá impedimento para hacer lo que se le venga en gana. Lo cual incluye robar, matar, violar... —dijo Juan Carlos, mirando a Sofía. No pudo evitar un estremecimiento—. Este es nuestro refugio por ahora. Si nos quedamos en silencio y sin llamar la atención no creo que tengamos problema.

La TV eligió ese momento para perder la señal. El locutor que estaba hablando, de repente fue reemplazado por estática. Juan Carlos y Sofía se miraron, Sofía cambió de canal de inmediato, pero estaban todos iguales.

—Bueno, evidentemente perdimos el cable, qué hay con internet?

Sofía se fijó en su portátil, y meneó la cabeza. —No tengo internet en la compu —dijo, miró su celular y probó algo—, pero todavía funciona el 4G del celular. Como dijiste, se cayó el servicio de la compañía de cable.

Juan Carlos miró el reloj y vio que eran casi las 4 de la mañana. —Bueno, vamos a dormir. Mañana sabremos qué debemos hacer —Y apagaron todo y se fueron a descansar.

REUNIÓN DE PERSONAL

MSR Grandiosa, 24 de Noviembre de 2027, 12:00

Una multitud de uniformados estaban en el anfiteatro de la quinta cubierta. La mayoría estaban alrededor del escenario, y muchos estaban parados entre los asientos que ya estaban llenos.

La capitán entró, se ubicó en el centro y comenzó a hablarles.

—Tripulación, buen día — saludó Leora, y carraspeó.

—Buen día, capitán — contestaron casi todos.

—Les comunico que hemos recibido y confirmado noticias muy... perturbadoras desde tierra firme. Hay una epidemia, una pandemia más bien, que parece tener una mortalidad increíble. Todas las ciudades con las que hemos contactado están infectadas. Y los pocos puertos con los que logramos contactarnos nos niegan el amarre y nos aconsejan no acercarnos a tierra. No tienen personal para atendernos. Hasta ahora no hay otros barcos que hayan respondido a nuestras señales. Y quienes nos han respondido desde distintos países nos relatan el mismo panorama. Una enfermedad está diezmando la población. Parece de muy fácil contagio, y por lo que nos han dicho y escuchamos en las noticias, no se sabe de nadie que sobreviva una vez que muestra los síntomas.

Por un segundo hubo un silencio absoluto, como si todos se hubieran olvidado hasta de respirar. Un instante después, se escuchó un batifondo de murmullos, conversaciones y gritos de tripulantes tratando de hacerse oir.

—¡Quiero ir a tierra, tengo parientes en Buenos Aires y no logro comunicarme con ellos! — gritó alguien.

—¿Es el fin del mundo? —dijo un supervisor de cocina, con una nota de histeria en la voz.

—¿Cuándo vamos a bajar? —gritó otro tripulante.

—¡Silencio todos! —Leora esperó a que bajaran el volumen de las conversaciones y comentarios, y continuó— Atengámonos a los hechos que conocemos. Hay una epidemia, la enfermedad parece fatal, y nos recomiendan permanecer en el mar. Estaba prevista una escala en Buenos Aires para mañana, la cual he decidido que no vamos a hacer. Sin embargo, planeo que entremos en el Río de la Plata para evaluar la situación.

Varios tripulantes se miraron y se escucharon murmullos molestos.

—Por si no está del todo claro, el capitán del puerto de Buenos Aires lo dijo bien explícitamente. Si entramos en el puerto, no tienen gente para hacer el amarre. Ahora bien, no sabemos bien qué está pasando, pero si realmente hay una pandemia, bajar del barco probablemente significaría suicidio para quien lo haga. No puedo impedir que los pasajeros del barco bajen, bajo su responsabilidad y sabiendo a lo que se arriesgan, pero el personal de abordo que decida abandonar el barco sin que yo lo ordene lo hará bajo las condiciones de abandono de su puesto y motín. Si todo es tan grave como parece... al final no tendrá mayor importancia, puesto que irán a sus muertes. Sin embargo, si la situación no es tan grave, sepan que los amotinados nunca más trabajarán en ningún barco del mundo, además de enfrentar cargos penales. Desde este momento este barco se encuentra bajo protocolo de emergencia. El personal de seguridad estará armado y autorizado a disparar en caso de desmanes contra el barco o la tripulación. Pensarán que no hay nada escrito para un caso así, pero sí lo hay y seguiré el manual al pie de la letra. Podemos considerarnos en peligro de muerte, por lo tanto a partir de este momento tengo poder absoluto. Seré capitán y también jefe de policía como lo indica el protocolo.

—Mucha gente querrá irse de todos modos —dijo el director de crucero.

—Y podrán irse todos los que quieran. Puesto que no podemos atracar, quienes quieran irse podrán hacerlo en los botes salvavidas. Sólo se bajarán cuando haya grupos de gente para llenar exactamente cada bote. No podrán llevarse equipaje, sólo lo que puedan llevar en la mano. Si alguien no está de acuerdo se queda. Y si alguien crea problemas, en las cubiertas bajas disponemos de algunos celdas para detención forzada. Eso sí, los que abandonen el barco, bajo ninguna circunstancia podrán volver a bordo. Es más, a partir de ahora absolutamente nadie podrá subir al barco.

—Los pasajeros nos harán un escándalo —dijo el jefe de seguridad.

—Le explicarán la situación a la gente en grupos. Sospecho que muchos ya están al tanto. Si la gente se quiere ir, que se vayan, bajo las condiciones que les dije antes. No tenemos posibilidades de atracar, pero no hay problema en que se vayan en los botes salvavidas, pero que quede bien claro que no pueden volver si en tierra se encuentran con el apocalipsis zombie.

—¿Cree que eso es lo que está pasando? —dijo una supervisora asustada.

—¿El apocalipsis zombie? Por Dios, claro que no —dijo Leora riéndose, pero rápidamente se puso seria—. Pero algún tipo de pandemia está en marcha y está afectando gravemente a la gente en tierra. ¿Han pensado lo que podría pasar si entramos a puerto y realmente hay una epidemia fatal como todo parece indicar?

Hubo un silencio general.

—En el mejor de los casos la situación será caótica. Reconozcan que no sabemos exactamente qué pasa, pero por ahora aquí estamos seguros. Más que seguros, tenemos todo tipo de lujos y recursos sin necesidad de repostar, por bastante tiempo. Ah, Marco —dijo dirigiéndose al director de crucero—, dígale a la gente que todo el tiempo extra que debamos estar en el barco será gratuito y tampoco tendrán que pagar los servicios extra.

—Oh, eso callará a muchos.

—Cuento con eso. Y ahora, vayan cada uno a cumplir sus tareas. Hablen con sus subordinados, asegúrense que se entienda bien la situación, y luego van hablando con los pasajeros en grupos. Los que hablen con los pasajeros, lleven gente de seguridad con ustedes todo el tiempo. ¿Preguntas?

—Si algún pasajero se pone incontrolable, ¿lo arrestamos? —dijo le jefe de seguridad.

—Sí. Si se pone violento, hagan lo necesario para dominarlo. Si alguien quiere hablar conmigo, estaré disponible.

—Seguramente algún pasajero preguntará, ¿cuánto tiempo piensa que llevará esto? ¿Qué pasa si no podemos volver a desembarcar? —preguntó una supervisora.

—Eventualmente tendremos que desembarcar, pero lo demoraremos todo lo posible, al menos hasta estar razonablemente seguros de que no corremos peligro. La comida del barco no es eterna, si bien no vamos a tener problemas de agua o comodidades. Si seguimos consumiendo los alimentos a ritmo normal, ¿cuánto durará lo que tenemos a bordo? —dijo Leora dirigiéndose al jefe de cocineros.

—Consumiendo sin reparos, aproximadamente cinco días. Si usamos un poco de cocina creativa y nos salimos del menú, podemos durar una semana. Habría que hacer menos menús de primera clase y oficiales y más menús como para la tripulación de base...

—¿Los pasajeros comiendo lo mismo que la tripulación? No creo que haya muchos dispuestos a comer arroz con sobras —dijo un oficial de cocina.

—Comience con la cocina creativa de inmediato. A partir de ahora toda la tripulación, comenzando conmigo y especialmente los oficiales, hasta el último tripulante, comerán los mismo. Que no se desperdicie nada. Suspenda los platos de lujo que desperdicien comida. ¿Algo más?

—Si no vamos a desembarcar en Buenos Aires, ¿hacia dónde iremos?

—Al sur. Por lo que pudimos enterarnos hasta ahora, la mayoría de las ciudades al norte ya colapsaron. Además...

Leora hizo una pausa. Varios tripulantes la miraron inquisitivamente. Tal vez sería mejor no preocupar de más a la gente.

—Vamos, capitán, ¿qué estaba por decir? Además...

—Además, más al sur hay más zonas con agua potable natural cerca de la costa, y recursos ganaderos y frutales, sobre todo en la zona de Río Negro.

Varios tripulantes se miraron entre ellos y aumentaron los murmullos.

—Recordemos que no somos tres personas en una canoa. El crucero es una ciudad flotante. En el peor de los casos, tal vez nos veamos en la situación de que tengamos que velar por la sobrevivencia de miles de personas. Esperemos que no, pero es mejor que empecemos a anticiparnos. Y ahora, a trabajar.

ANULACIÓN

Langley, 25 de Noviembre de 2027, 8:00

El presidente estaba muerto. El vice, el presidente de la cámara de representantes, el presidente temporal del Senado, el secretario de Estado, el secretario del Tesoro, el secretario de Defensa y el primer juez de la corte, estaban muertos. Los titulares de todas las carteras principales, Justicia, Comercio, Interior, Trabajo, Salud, Agricultura, Servicios Humanos... Todos muertos.

El secretario de Seguridad Nacional estaba vivo, en un bunker con el que tenía contacto pero no tenía información de dónde estaba exactamente. El problema es que aunque estaba vivo, estaba enfermo, junto con todos los ocupantes de su bunker. Igual que aquí donde estaba él. Aún así, por ahora ejercía las funciones de Presidente de la Nación.

Ya no tenía guardias en la entrada de la oficina, pero no le preocupaba demasiado. Primero, porque no creía que quedara mucha gente como para atacarlos. Y segundo, porque estarían muertos en pocas horas de todos modos.

Miró el mapamundi en las pantallas en la pared, los datos actuales teñían todo el mapa de rojo. Eran las zonas afectadas por la enfermedad. Las zonas no afectadas debían verse en verde. Miró con atención pero no vio ni una zona en verde en todo el mundo.

Tipeó en la computadora, y cambió los datos al estado de alimentación de recursos. Energía, gas, agua. La mayor parte del mapa se veía en verde, pero mismo mientras miraba, pequeñas secciones al azar se iban cambiando a rojo. Recibían los datos de manera automática. Todos los sistemas de generación, extracción y distribución tenían roturas y fallas constantes, pero eran reparados de inmediato por personal especializado que trabajaba para las compañías respectivas. Ese personal estaba muerto o muriendo, así que nadie estaba reparando nada. Las plantas de extracción y las usinas seguirían andando en automático hasta que algo las obligara a parar. Lo cual calculó que ocurriría en pocas horas más.

Se agarró la cabeza. Se inyectó otra vez unas fuertes anfetaminas, sustancia ilegal y adictiva, pero por supuesto ya no le preocupaba eso. Lo único que le interesaba era descubrir quién había sido el hijo de puta que había hecho esto, y transformarlo en cenizas, pero lamentablemente se le acababa el tiempo y los agentes. Todos estaban muriendo, y lo mismo pasaba en todo el mundo. Rusia, China, India, Iran, contaban los muertos por millones. No podía dar con el autor intelectual de la hecatombe.

Tipeó otra cosa, y luego de unos segundos, apareció un demacrado y moqueante secretario de Seguridad Nacional.
—Señor Presidente, debemos considerar mandar la orden de anulación permanente a los silos de misiles. Ya sabe que si no reciben el código de anulación temporal cada 24 horas, las computadoras asumirán que estamos todos muertos y dispararán en todas direcciones.
—¡Pues que se vayan al diablo y disparen, si ya no estamos en el planeta, para qué lo queremos! —gritó el Secretario, pero al hacer eso le vino un acceso de tos con flema, y trató de calmarse.
Mitchel era a su manera un ecologista, y frunció el ceño. —Señor presidente, si ve lo que está pasando, debe saber que ya no debemos preocuparnos por si sobrevive nuestro país, sino por si sobrevive la raza humana. Hay algunos cruceros y submarinos nucleares que sabemos que no se han contagiado. La mayoría de esos submarinos son nuestros. En algún momento podrán acercarse a tierra, y tal vez reconstruir y repoblar el mundo. Pero no podrán hacer nada de eso si la tierra es un horno radioactivo inhabitable.
El Secretario enfurruñado golpeó varias veces su mesa. —Mitchel, ¿no tiene ni la más remota idea de quién hizo esto?
—La mayoría de los que distribuyeron el virus no tenía idea de lo que estaba haciendo. Los pocos que parecía que podrían haberlo sabido, murieron en el acto. Y créame, seguimos todas las pistas y extrajimos toda la información que pudimos de cada persona que capturamos, usando todos los medios. Drogas, tortura, extorsión, de todo. Y todo lo que obtuvimos, llevó a callejones sin salida. Nada tiene sentido. Señor, dada la situación, no me sorprendería ver bajar un plato volador en la Casa Blanca. Al menos sería una explicación lógica. Lamentablemente o afortunadamente, según como lo vea, ningún observatorio ni radiotelescopio detecta nada fuera de lo usual, al menos mientras mantuvimos el contacto.
El secretario tosió, y no pudo parar de toser. Tosió cada vez más fuerte, hasta que se quedó sin resuello.
Maldición, pensó Mitchel.
—Mitchel —murmuró el Secretario tratando de recuperar el aliento—, ¿está seguro que no hay más nada que hacer?
—Señor... nuestro mundo ha acabado. El ser humano es ahora una especie en peligro de extinción, si no extinta en pocas horas. Estoy más que seguro —Dijo Mitchel, y sentía cómo su corazón fallaba. No, todavía no, pensó desesperado, pero esa misma desesperación hizo que el proceso se acelerara.

El Secretario ya tenía el maletín estratégico a su lado. Lo abrió, apoyó su mano y acercó su ojo a los escáner, y tipeó varias secuencias. Luego tomó una carpeta, la abrió, sacó una placa de un folio, y la partió. De su interior cayó una tarjeta. Miró con atención, y copió el código en la computadora del maletín.

—Listo —dijo el Secretario casi sin resuello—, el sistema aún contestará de manera automática si cualquier misil se dirige a cualquier parte de nuestro territorio, pero la secuencia de lanzamiento por "hombre muerto" queda anulada. Al menos, el planeta quedará disponible para los extraterrestres, para los simios o para quien sea que sobreviva a esto. ¿Mitchel?

Pero Mitchel ya no respiraba.

Y cinco minutos después, el Secretario tampoco.

CIUDAD A OSCURAS

MSR Grandiosa, 25 de Noviembre de 2027, 23:00

El barco había entrado contra la corriente en el Río de la Plata, siguiendo con cuidado el canal de entrada. A pesar de que intentaron una y otra vez comunicarse con tierra, no había contestado nadie. Desde las nueve de la noche estaban entrando lentamente por el río, siguiendo las guías radiométricas y visuales para navegar por el canal. La costa, totalmente urbanizada, estaba iluminada del lado de Buenos Aires, pero no se veía ningún movimiento. Del lado de Uruguay, no se veía absolutamente nada.

La vista desde el puente, ubicado a dieciocho cubiertas de altura, era como la de cualquier edificio alto de la ciudad.

—Capitán, a esta velocidad estamos a media hora de la entrada del puerto.

—Definitivamente no vamos a entrar al puerto sin una guía y remolque. Ni siquiera sé qué diablos hacemos aquí. Si tenemos que irnos, vamos a tener que salir marcha atrás por el canal, no hay forma de maniobrar un barco de tres cuadras de largo sin asistencia externa. Encallaríamos.

—¿Por qué no? El barco es perfectamente maniobrable.

—Primera vez en Buenos Aires, ¿verdad, Martino?

—Hmm, sí, ¿qué tiene que ver?

—El Rio de la Plata es muy ancho pero muy poco profundo. Un barco de este calado nunca podría remontarlo. El acceso al puerto de Buenos Aires se mantiene accesible porque continuamente hay barcos dragadores que mantiene una serie de canales dentro del río, por donde deben ir los barcos como el nuestro. Si nos desviamos del canal, encallamos. Los canales tienen más de cien metros de ancho, más que suficiente para que maniobre un barco normal, pero nosotros nunca podríamos dar la vuelta con nuestro barco de trescientos metros de largo. Por lo tanto, la única salida es retroceder. ¿Se entendió, o se lo dibujo?

Giuseppe se puso colorado.

—Muy claro, disculpe capitán.

—¿Siguen sin contestar de tierra? —preguntó Leora al oficial de comunicaciones.

—Nada, capitán.

—¿Inmarsat? ¿MF? ¿Ni siquiera VHF?

—Nada de nada, como si no hubiera nadie.

En ese momento, se apagaron las luces de la ciudad.

Leora pudo escuchar la exclamación en todo el barco, incluso en sus oficiales. Un momento estaban cerca de la costa iluminada, al instante siguiente parecía que estaban en el medio de la nada.

—¡Alto total! —gritó Leora.

El oficial de navegación parecía haber quedado alelado. Además de perder toda referencia visual, todos los instrumentos que dependían de contacto con balizas electrónicas en tierra habían quedado en cero.

—¡Tonio! ¡Detenga el barco ahora mismo y baje anclas!—gritó nuevemente Leora.

El navegante pareció salir de su estupor y rápidamente detuvo el barco.

—Disculpe, capitán.

El crucero iba muy despacio, pero de todos modos la diferencia con los motores detenidos fue notoria, y pareció escucharse más claramente el ruido del descenso de las anclas. Luego, el silencio se volvió ominoso. Ni un solo ruido se escuchaba proveniente de la ciudad, que ahora era un gran espacio negro. Sólo se escuchaba el ruido del agua golpeando suavemente contra el costado del barco, y los murmullos de la gente del barco.

—Tonio, ¿funciona el GPS?

El navegador verificó los controles, y contestó —Sí, capitán.

—Giuseppe, apague la iluminación del puente.

—¿Capitán?

—Solo por un momento. Quiero ver mejor si hay alguna luz afuera.

El oficial apagó la iluminación interna, y quedaron sólo los instrumentos dando un resplandor fantasmal. El mismo barco alumbraba todos los alrededores como un faro, pero se veía claramente que toda la ciudad estaba a oscuras. Aquí y allá se veía alguna luz ocasional. Leora adivinó que serían equipos de generación de emergencia. Pero, ¿fueron activados por alguien, o se encendieron automáticamente? Leora salió un momento del puente y miró al cielo. Sólo cuando estaban bien lejos en alta mar el cielo se veía así, nunca cerca de una ciudad. Miles de estrellas y la Vía Láctea claramente visibles, como si estuvieran en un observatorio. No le cupo duda que Buenos Aires no veía un cielo así desde hacía un siglo.

Leora se dio cuenta de que su pulso estaba por las nubes. Trató de calmarse, respiró hondo y contó hasta diez. Si entraba en pánico su tripulación se iba a desbandar. Se aferró a la baranda y vio a la gente mirando y señalando a la costa. Supuso que hablaban del apagón, porque no había nada para ver.

Ahora que sus ojos se habían acostumbrado a la oscuridad, pudo notar un pequeño fuego como a un par de kilómetros de distancia tierra adentro, hacia el norte. Algo se estaba incendiando, y se veían las llamas y el humo, con bastante claridad gracias a la oscuridad general.

Leora escuchó discusiones que se acercaban. Inspiró profundo, y se preparó para los problemas. Bajó una cubierta al espacio de observación, donde había lugar para varias personas sin estar apretados y sin poner en peligro a nadie. A los pocos segundos, aparecieron por la escalera el segundo oficial seguido de un grupo de personas, algunas de las cuales parecían bastante exaltadas. Leora se paró en posición de firmes, pero con el cuerpo mirando hacia un costado, hacia la costa.

—Capitán, mil disculpas, les expliqué la situación a los caballeros, pero no quieren...

—¡Queremos bajarnos del barco ahora! ¡Exigimos que nos dejen bajar! —gritó uno de los hombres que iban a la cabeza del grupo.

—Seguro, pueden hacerlo.

La gente se quedó sorprendida. Incluso Romano quedó un poco descolocado.

—Bien, ya era hora de encontrar alguien razonable. ¿Cuándo se va a acercar el barco al puerto?

—Eso no va a suceder. Ahora, ya que van a salir del barco nadando, ¿quieren nadar así como están, o van a tomar chalecos salvavidas? ¿Desde qué cubierta van a saltar al agua?

El hombre se quedó con la boca como una gran O, y luego se fue poniendo rojo. En el momento exacto en que estaba por ponerse a los gritos, Leora se volvió y lo enfrentó. Leora no era precisamente baja, y con su uniforme impecable parecía aún más imponente.

—Mire a su alrededor, caballero. ¿Usted cree que un barco de tres cuadras de largo, puede acercarse y amarrar en un puerto a oscuras, sin nadie que lo asista desde tierra?

—¡Eso no es mi problema! Tengo parientes en tierra, y quiero bajar inmediatamente a verlos.

—¿Está al tanto de que en tierra hay una epidemia mortal?

—Lo sé y no me importa.

—No quiere morir ahogado, ¿no es así?

—Claro que no.

—Pero no le importa morir de un virus.

—¡No creo que haya ningún virus!

—¿Le parece normal eso? —dijo Leora, señalando hacia la costa.

—Sólo es un apagón.

—Bueno, como anuncié a mi tripulación y estoy seguro que le han comunicado, apenas salga el sol, si aún quiere ir a tierra, dispondremos de botes salvavidas para que desembarquen, usted y todos los que quieran irse.

—¿Y qué tal si tomamos los botes salvavidas nosotros mismos en este momento?

—¿Sabe usted operar el equipo para bajarlos al agua? ¿O acaso tiene las herramientas para cortar los cables de acero, suponiendo que la caída desde quince pisos de altura no los destroce? Como podrá ver con sus propios ojos, ahora es imposible hacerlo. Es imposible navegar con los botes y desembarcar de manera segura en esta oscuridad.

El hombre comenzó a decir algo y se calló. Lo intentó dos o tres veces más, hasta que pareció un pez fuera del agua. Finalmente, gritó —¡Cuando llegue la mañana, todo el mundo abandonará el barco!

—Si ese es el caso, perfecto, son libres de hacerlo.

El hombre que aún estaba colorado, pareció no encontrar nada más para decir, y groseramente se dio vuelta y se fue empujando a los que estaban en su camino. Los demás se fueron yendo lentamente, varios saludaron a la capitán y agradecieron al segundo oficial.

—Capitán, ¿por qué les dijo que era imposible irse ahora? Sabe que con las luces que tenemos en los botes son más que suficientes para un desembarco seguro.

—Quiero darles más tiempo para pensarlo. Además, tal vez de día puedan ver mejor el panorama. Para mí es claro que la ciudad está muerta, pero ellos no lo ven.

—No creo que cambien de idea.

—Yo tampoco... pero quiero tener la conciencia tranquila. Mi obligación moral y legal es proteger a los pasajeros, pero dadas las circunstancias debo pensar en la mayoría, y no puedo arriesgar el bienestar de todos por unos pocos exaltados. Si se quedan y provocan una revuelta, tal vez terminen causando muertes. Si se van y mueren, es su elección.

—Leora... —dijo Romano acercándose y tocando su mano.

—Por Dios, Romano, acá no. Alguien podría vernos —dijo Leora sacando la mano bruscamente.

Romano se enderezó y dijo, haciendo el saludo naval —Sí, capitán.

—Ya habrá tiempo para eso. Hablaremos después del amanecer. Si lo que temo es cierto... Ya tendremos tiempo de sobra para hablar.

PARTIDA

Buenos Aires, 26 de Noviembre de 2027, 6:45

El día anterior Juan Carlos y Sofía habían estado encerrados en su casa todo el día. Por internet en el celular la red seguía funcionando, pero ya casi no se actualizaban los sitios de noticias. Por momentos escucharon disparos durante la mañana, pero desde la tarde no se escuchó ya nada más. A eso de las once de la noche, justo cuando estaban cenando, de repente se quedaron a oscuras. Encendieron las velas, y se asomaron a la terraza. El cielo estaba impresionante, se veía la Vía Láctea con toda claridad. Toda la ciudad estaba a oscuras. Aquí y allá se escuchaban algunos ladridos.

Cuando salió la luz del Sol los despertó. Desayunaron hasta quedar satisfechos, fueron al baño y descubrieron que se había cortado el agua. Acercaron todo a la puerta, y Juan Carlos le dijo a Sofía que iba a buscar el auto y volvía.
—Voy con vos —dijo Sofía.
—Ni hablar, me esperás acá. ¿Qué pasa si todavía hay alguien merodeando y viene y nos roba todo?
—Papá, no seas ridículo. Hay millones de casas para robar, ¿justo van a ir a una ocupada? Y con eso, ¿si vienen y son varios y armados y estoy sola? ¿Y si te sorprenden por la espalda y te matan, qué hago?
Juan Carlos suspiró, —Está bien, pero hacés exactamente lo que te diga. Tampoco quiero que alguien te ponga una pistola en la cabeza y me obligue a hacer cualquier cosa. ¿De acuerdo?
—Bien.
Juan Carlos pensó un momento, y dijo —Llevemos las linternas, por si acaso.
Cada uno tomó en la mano una de las linternas de un LED, y salieron.

—Por todos los diablos —dijo Juan Carlos apenas salieron a la calle. El olor como a cloaca era fuerte y notorio, a pesar de la brisa. Excepto que sabía que no era olor a cloaca sino a muertos. El silencio era espeluznante. Ni un ruido de motor. Ni un sonido de generadores. Ni una voz, nadie gritando, nadie hablando. Prestó atención, y escuchó algunos pájaros. Pero no perros. A unos metros, vio una paloma muerta, pero estaba con las tripas al aire, posiblemente algún depredador se había dado un festín. Miró con atención alrededor, y vio otras en los cables, vivas. Los pájaros solían ser portadores de los distintos tipos de gripes, por lo visto ésta gripe en particular tampoco era fatal para los pájaros.

—Vamos —dijo, y comenzaron a caminar. Prendió el celular, que había apagado para ahorrar energía, y chequeó el mensaje para ver la dirección. Estaba a sólo cuatro cuadras. Y ya no tenía señal en el teléfono. Se le ocurrió que eso debía estar relacionado con el corte de energía, las torres debían haber quedado inoperantes.

Apagó el celular, y fueron caminando despacio. La mayoría de los negocios estaban cerrados con la cortina bajada. Las casas cerradas y también con las persianas bajas. Se preguntó si habría gente sana, aislada en alguna casa. Cuando pasaron por el supermercado chino, la cortina estaba bajada, pero arrancada del riel y destrozada. Miró adentro, estaba oscuro y sólo se veía bien cerca de la entrada, pero vio que estaba todo destrozado, las estanterías vacías, y lo peor, vio al dueño, a quien conocía, tirado en el piso cerca de la entrada. Aunque no parecía que hubiera muerto en el saqueo, sino por la enfermedad. Tal vez hasta hubiera muerto antes del saqueo, era difícil decirlo, pero no iba a entrar a averiguarlo.

El olor era asqueroso, además los persiguió zumbando una nube de moscas, y notaron que estaban por todos lados.
—Qué asco, esto tiene que ser insalubre—dijo Sofía.
Su voz se escuchó como si estuviera gritando en una biblioteca. Ella misma se sobresaltó. Caminaron más rápido, pero en silencio.
—Que linda piba, amigo. ¿Me la presta un rato? —dijo un tipo que hasta hace un segundo estaba fuera de la vista dentro de una entrada a una casa, y ahora estaba a su derecha a menos de dos metros.
Sofía pegó un grito, y a Juan Carlos el corazón le salteó un latido. El sujeto tenía barba de un par de días, el pelo revuelto, los pantalones manchados, y hedor a sucio. Lo que más asustó a Juan Carlos fue los ojos. Si bien la boca sonreía, los ojos irritados y con las pupilas negras por la dilatación, hablaban de que el hombre estaba bien drogado.
Juan Carlos vio que no tenía nada la mano izquierda, pero la derecha estaba fuera de la vista. No pensó. El tipo se había acercado y estaba a la distancia justa. La patada había salido con toda la fuerza de su giro más el envión desde la cadera, y le acertó en pleno estómago. El hombre salió despedido hacia atrás, y al estirar los brazos para tratar de frenarse salió volando un arma desde su mano derecha. Sofía estaba gritando que se fueran y se puso a tirar del brazo de Juan Carlos, quien trató de ir a buscar el arma pero no pudo hacerlo por la insistencia física de Sofía por que se alejaran. El tipo empezó a removerse, así que Juan Carlos le dijo a Sofía, gritando —¡Ya dejame, si no lo desarmo ahora vamos a tener problemas!
—¡No, papá, vámonos, está tirado!
Al final Juan Carlos cedió y tomando a Sofía de la mano, comenzaron a

correr. A los pocos segundos, cuando estaban llegando a la esquina, escucharon un ruido como un petardo, y de repente una pequeña nube de escombros les pegó en la cara, desprendida de la pared al lado de ellos. Juan Carlos miró hacia atrás y vio que el tipo les estaba disparando.

—Maldita sea, Sofía, te dije que teníamos que sacarle el arma —dijo Juan Carlos jadeando.

Siguieron corriendo al menos tres cuadras, hasta llegar al domicilio adonde iban. Mirando en todas direcciones para ver que no los hubieran seguido y que no hubiera más sorpresas, entraron al lugar que estaban buscando.

—Un estacionamiento pago —dijo Juan Carlos. Efectivamente eso era, un garaje de cuatro pisos. La buena noticia es que los portones estaban abiertos. Además, de afuera se veían pocos autos. La mala noticia era que todo estaba muy oscuro. Juan Carlos encendió su linterna, y Sofía lo imitó.

—Comencemos por la planta baja y esperemos tener suerte —dijo Juan Carlos —. La patente era "DA" algo, es una de las nuevas así que no creo que haya muchas. Vos andá por la izquierda, yo voy por la derecha.

La mayoría de las patentes era aún de las "viejas" placas negras de tres letras y tres números, así que fue directamente a buscar los autos de placas blancas. El primero era "BN" algo, siguió de largo. El sexto auto desde la entrada, el segundo de placa blanca, era el "DA 529 ZX". Era una camioneta Ford Ranger de un color rojo intenso, con cúpula en la parte trasera. —¡Sofía, lo encontré! —la llamó.

Sofía vino corriendo, y dijo —Guau, ¡Una camioneta! ¿Vas a poder manejar esto?

—Bueno, nunca manejé nada más que autos, pero mi principal problema siempre fueron los demás. No creo que tengamos problemas con eso ahora. —dijo Juan Carlos yendo al costado de la Ranger. Abrió la puerta del lado del conductor, que estaba sin traba. Alumbró adentro, al mismo tiempo que notó el "olor a nuevo" de la camioneta. Por dentro se veía todo de lujo. La base del asiento le quedaba a la altura de la cintura, parado afuera. La Ranger tenía estribo, así que se subió, y entró. Notó la barra antivuelco, airbags, equipos de TV y música, controles de crucero... sólo dos pedales. Miró la palanca de cambios, y se dio cuenta que era de cambios automáticos. Un velocímetro en el medio del tablero, montones de indicadores digitales a los costados, y un montón de botones en el volante. Leyó los íconos de los botones, y por lo que le parecía, la mayoría eran para controlar el centro de entretenimiento. Los controles de limpiaparabrisas y luces, estaban en la barra satelital a la izquierda del volante. El único problema, es que no estaba la llave. Revisó la guantera, y también estaba cerrada con llave.

—La llave debe estar en la oficina de la entrada. Mierda —dijo Juan Carlos, saliendo.

Fueron hacia la entrada, a la izquierda había una oficina con una ventana por donde se pagaba. Al costado había una puerta metálica. Probó el picaporte, y la puerta no cedió. Por supuesto. Alguien se había llevado la llave a la tumba.

La puerta era de chapa metálica, pero no se veía blindada. Bueno, sólo podía probar una cosa.

—Corrente para acá, Sofía.

Ensayó el movimiento apuntando debajo de la cerradura. No quería lastimarse... sería difícil encontrar un médico si se rompía la pierna, y ya le había quedado doliendo del encuentro de hacía unos minutos. Ya no era joven como cuando practicaba artes marciales. Apuntó una vez, dos veces, y a la tercera lanzó la patada con un grito. El golpe plano dio debajo de la cerradura, la cual fue arrancada de cuajo y la puerta salió volando hacia adentro y rebotó sostenida por las bisagras.

—¡Bien, papá! —gritó Sofía, y Juan Carlos comprobó que no se había lastimado, y empujó la puerta. La cerradura cayó al piso, y rechinó cuando fue empujada por la puerta. Por suerte, no había ningún cadáver dentro de la oficina. Entró alumbrando con la linterna, y apenas entró vio un gran tablero en la pared, con un montón de llaves. Las llaves estaban puestas cada una en el número que correspondía al lugar que ocupaba cada vehículo. Había ocho hileras, con llaves repartidas en todas ellas. Estaba más vacío que lleno, pero eran demasiadas para probar a ciegas. Miró y alumbró bien el tablero, y no vio ninguna indicación de los pisos, aunque sí tenían números los ganchos de las llaves. Empezaban desde uno en la fila de arriba de todo. En la primera fila había repartidas ocho llaves, y diez en la segunda. Salió y miró el garaje, no se veían números en ningún lado, pero contó los autos y había ocho por la derecha y doce por la izquierda. El Ranger era el sexto auto desde la entrada. Pensó que tal vez les dejaran llevarse la llave a algunos autos. Volvió adentro, y tomó la sexta llave de la primera fila. La miró, y era de un Ford. Muy bien, pensó, tendría que haber comenzado por buscarla por la marca. En fin... Se dirigió hacia la camioneta, Sofía tras él. Volvió a subir, y metió la llave principal en el encendido. Un titubeo de un segundo, y la giró. La llave giró, y quedó en la posición de contacto. Toda la cabina y el tablero se iluminaron. "Genial", dijo Sofía. Chequeando los controles vio que el tanque estaba lleno y la batería completamente cargada. Bien, giró la llave y la sacó del contacto de encendido. Miró el llavero, y encontró la llave más pequeña que esperaba. Había otras dos, una sería la de la puerta de la cúpula, pensó. La pequeña, la probó en la guantera, y se abrió.

De la guantera tomó un puñado de papeles. Sacó la llave de la guantera, y volvió a poner la principal en el encendido, para que se prendan las luces de la cabina. Miró los papeles, y encontró varios mapas y algunos documentos. Miró los documentos, y entre ellos estaban los papeles de propiedad del auto, todos a su nombre. De todas maneras no creía que nadie fuera a pedírselos ya nunca más. Tomó entonces los mapas, y vio que eran mapas de ruta. Había mapas detallados para salir de la Ciudad de Buenos Aires, otros mapas para las alternativas de rutas hacia Bahía Blanca, y luego otros mapas desde Bahía Blanca hacia el Oeste. Había dos mapas con distinto grado de detalle de dónde desviarse de la ruta 22. Tenía que pasar de General Roca y desviarse en la ruta 6. Era un viaje de unos mil kilómetros.

Se quedó pensando. No importaba en qué viajara, ningún vehículo podía hacer ese trayecto con un solo tanque. El Ranger andaba a Diesel, lo cual tenía la ventaja de que era el combustible de los camiones, así que todas las estaciones de servicio lo tenían en grandes cantidades. Lo cual no significaba que pudiera acceder al mismo, si la estación no tenía energía.

—Tenemos que llevar una manguera.

—¿Para?

—Para sifonear combustible de algún camión si las estaciones de bombeo no sirven.

—¿Y por qué no llevamos bidones con combustible?

—Primero, porque quitaría espacio para nuestras cosas, segundo, sería muy peligroso en caso de accidente. Y tercero, quiero largarme de aquí lo antes posible.

—La camioneta se ve gastadora, ¿y si llevamos un auto más económico?

—Mira, por un lado, está nueva, lo cual casi nos garantiza que no vamos a tener problemas mecánicos en el camino. Si se nos rompe el vehículo en el medio de la llanura, podemos morirnos de hambre, sed, calor o frío antes de llegar a algún lado. Nada recomendable. Por otra parte, la Ranger puede pasar por vados o lugares inundados en los que un auto quedaría clavado, y si se estira el viaje, podemos dormir en la cabina trasera. Sin contar que si tenemos un accidente, con todas las medidas de seguridad que tiene, es muy probable que no nos hagamos mucho daño. Y además es roja, mi color favorito.

—Está bien, está bien. Yo creo que es roja a propósito.

Y pensó que quizás habían elegido el color a propósito. Le encantaba la camioneta, y nunca se hubiera comprado una así, este modelo costaba una pequeña fortuna. Pero si hubiera tenido mucho dinero, sin duda le hubiera costado encontrar algo mejor que ésto para un viaje largo.

—Sube —le indicó a Sofía, quien subió por la derecha a la cabina. Cerraron las puertas y se pusieron los cintos.

Hacía años había viajado con un amigo que tenía una camioneta Diesel y recordaba algunos detalles, esperaba que todo fuera similar. Bombeó varias veces el acelerador, y le dio al encendido. El motor vibró con suavidad, y arrancó. Escuchó el suave "clack clack clack" típico del motor diesel. Miró el control cerca de su mano izquierda, y prendió las luces, que iluminaron todo el estacionamiento con toda claridad. Soltó el freno de mano, y puso el cambio automático en directo. Presionó el acelerador con mucha suavidad, y la camioneta respondió perfectamente, avanzando muy despacio. Giró para apuntar hacia la salida, y notó que la dirección hidráulica hacía el giro sin ningún esfuerzo para él. La visión desde la altura a la que estaba era perfecta en todas direcciones. Avanzó y sacó el vehículo a la calle con precaución. Los vidrios eran polarizados, cosa que no había notado, pero ahora con la luz del Sol a pleno le vinieron bien. Apagó las luces, y se dirigió hacia su casa. Circuló de contramano. Sofía pareció que le iba a decir algo, pero se calló.

Llegaron en un minuto, no había nadie circulando en la calle y por supuesto no andaban los semáforos. Dejó la camioneta en la puerta de su casa, dejando el freno de mano pero con el motor encendido.
—Vamos a traer las cosas.
Hicieron varios viajes, primero llevaron las mochilas y las valijas. Juan Carlos agarró también la manguera transparente, y con Sofía fueron llevando los paquetes de botellas de agua que tenían. También agarraron mantas, un calentador a garrafa y una cacerola.
—Si quedamos a pie tendríamos que dejar casi todo esto —dijo Sofía.
—Es cierto, esperemos que la camioneta sea tan buena como parece. ¿Se te ocurre algo más para llevar?
Pensaron unos minutos, Sofía dijo —¿Si paramos vamos a dormir en la parte de atrás de la camioneta?
—Sí, es lo más seguro hasta que lleguemos.
—¿Qué tal si llevamos las almohadas, entonces?
—Buena idea —y tomaron también las almohadas.

—¿Todo listo? —dijo Juan Carlos. Chequeó todo otra vez, verificó los espejos, los cinturones, y dijo —Partimos —y arrancó despacio.

SE ACABÓ LA DIVERSIÓN

En algún lugar del mar, 26 de Noviembre de 2027

El militar se reclinó en su camastro, cerró los ojos y se concentró.
—¿Es verdad que nos estamos quedando sin humanos? —pensó, comunicándose instantáneamente con sus congéneres a cientos de kilómetros de distancia.
—Me temo que sí, a este ritmo no quedará ni uno en pocos días.
—No puede ser que desaparezcan todos. Tiene que haber algunos aislados, que no se contagien.
—Seguro... A ver, hay bunkers, y tal vez algún barco... como el tuyo...
—Pero aquí hay muy pocos. Me refiero a millones, no a unas pocas decenas. ¿Qué hacemos con eso? No tiene gracia.
—Sí, es un desastre. ¿Qué vamos a hacer ahora?
—Aburrirnos, aparentemente.
—Justo ahora, no puede ser... Las cosas iban tan bien. Ya ni daba abasto para enterarme de todos los conflictos causados por los humanos —pensó, suspirando.
—Tanto trabajo creando a los humanos, eliminando a la otra especie para que prosperen los nuestros. Y de repente nos quedamos sin nada.
—Hablando de la otra especie, ¿crees que fueron ellos?
—Estoy seguro que sí, los humanos podrían haber logrado algo similar por accidente, pero hubiéramos visto cómo se repartía el virus geográficamente. Esto fue un ataque concertado, y ninguna facción humana se mataría a sí misma.
—¿Y dónde estarán?
—Busquemos sobrevivientes. Donde haya muchos sobrevivientes, probablemente habrá algunos de ellos, quizás para acabar el trabajo.
—Debemos detenerlos.
—¿Les parece que vale la pena?
—Ah, vamos. Los humanos son lo mejor que hicimos en miles de eras. Si hubiera sabido que era tan divertido crear un animal inteligente con las características de una plaga, lo hubiera hecho hace varios millones de años, en el primer planeta que me tocó.
—Está bien. Tu eres el que está en mejor posición para encontrar sobrevivientes.
—Tienes razón, me ocuparé de inmediato del tema. Hasta pronto.
Y sin más abrió los ojos y volvió a sus tareas, con una media sonrisa en la cara.

UN DESEMBARCO

MSR Grandiosa, 26 de Noviembre de 2027, 7:30

Leora apenas había dormido, pero el estrés la mantenía alerta a fuerza de adrenalina. Hacía una hora que estaba mirando hacia la ciudad con los binoculares. Finalmente, desde el puente tomó el micrófono, y activó el sistema de comunicaciones interno. El barco tenía un sistema de anuncios que se escuchaba en toda la nave, incluso en parlantes dentro de todos los camarotes. Una gota de transpiración se le deslizó por la sien, pero se la secó con la manga.

Activó el micrófono y habló con voz clara y fuerte.

—Les habla su capitán Leora Shapira. Como la tripulación les ha explicado ayer, en tierra ocurrió una epidemia de algún tipo y ha causado una mortandad extrema. Pueden mirar hacia la costa para darse cuenta de que no hay ninguna actividad —dijo Leora, e hizo una pausa.

—Observen la ausencia total de movimiento vehicular. Observen también hacia el norte, un incendio que ya podíamos ver anoche. Nadie fue a apagarlo —dijo Leora, y nuevamente hizo una pausa, más larga.

—No hay contactos con nadie en tierra. Las comunicaciones celulares están cortadas. No hay electricidad. Todo lo que vemos indica... que la ciudad ha colapsado. Los botes salvavidas están disponibles para quien quiera bajar a la ciudad, pero recuerden... una vez que se vayan, no pueden volver. Si hay una enfermedad, no podemos arriesgarnos a subirla al barco. Ahora miren alrededor suyo. El barco aún está completamente funcional, y tenemos provisiones y todo tipo de lujos para varios días antes de que debamos abandonarlo. Mi intención es seguir rumbo al sur, hacia tierras más seguras y donde quizás encontremos a alguien. Sabemos por la radio que aquí o más al norte no hay nadie. Y aunque no hubiera nadie tampoco más al sur, tenemos la posibilidad de descender en algún lugar que nos pueda mantener hasta que decidamos qué hacer. Buenos Aires sin energía eléctrica tampoco tendrá gas ni agua corriente. Quienes aún quieran abandonar el barco, los invito a acercarse a la cubierta D, si no saben dónde quedan por favor pregunten al tripulante más cercano. Pueden llevar un equipaje de mano. Para quienes decidan quedarse, la estadía en el barco será completamente gratuita a partir de ahora. Sin embargo, deberán cumplir las reglas del barco y hacer caso a las órdenes de la tripulación, les gusten o no. Quienes decidan permanecer en el barco y provoquen tumultos o no obedezcan las órdenes, serán detenidos. Decidan ahora que quieren hacer. Los botes saldrán en una hora y luego sacaremos el barco nuevamente al mar.

Leora cortó el micrófono.

Salió a la plataforma de observación donde se encontraba anoche, y desde ahí podía escuchar las conversaciones y discusiones que tenían lugar por todos lados. Tomó su celular y puso el cronómetro en cuenta regresiva para una hora. Luego, se reclinó en la baranda y descansó un rato, mientras tomaba aire.

De repente por el rabillo de ojo le pareció notar un movimiento. Tomó los binoculares y buscó cuidadosamente, y sí, finalmente detectó lo que le había llamado la atención. Una camioneta roja, que avanzaba hacia el sur por la autopista, y apenas se veía por momentos entre los edificios. Finalmente, quedó fuera de la vista. Quienquiera que fuera, estaba escapándose de la ciudad.

Se preguntó quién iría ahí y si habría más gente en la ciudad. Si una persona estaba viva, tal vez muchas más lo estuvieran. Tal vez no fuera tan grave como parecía. Aunque ver una sola camioneta en una ciudad de millones de habitantes no le daba realmente esperanzas. Bueno, los que se bajaran aquí lo sabrían pronto.

Una hora después, estaba en el puente discutiendo con el navegante la ruta de salida del río, cuando sonó la alarma de su teléfono. Suspiró y fue hacia la cubierta D.

Cuando llegó, se encontró con una pequeña muchedumbre que estaba allí esperando.

—¿Cuántas personas, Giuseppe?
—Trescientas setenta y cuatro, capitán.
—¿Cuántos tripulantes insisten en que quieren bajarse?
—¿Cómo lo...? Veinticinco, capitán.
—Disponga de tres botes e inicie la evacuación. ¿Hay oficiales entre los desertores?
—No, capitán.
—Reparta a los tripulantes entre los tres botes, pero ningún tripulante de cargos esenciales. Sólo cadetes y tripulantes sin rango. Que los tripulantes se ocupen del manejo de los botes y del desembarco.
—Sí, capitán. Hmm, capitán...
—¿Sí?
—Permiso para acompañar a los evacuados...
Leora se quedó con la boca abierta.
—¿Tiene deseos de morir, Martino? Porque si es así no tengo problema en ponerle un tiro en la cabeza yo misma, en este momento —terminó de decir casi gritando.
Varios pasajeros y tripulantes se dieron vuelta a escuchar la discusión.

Leora vio que había familias entre la gente que quería irse.

—Capitán...

—Capitán nada. Usted ha sido entrenado durante años para el puesto en el que está, y ahora que el barco lo necesita no se va a escapar a la primera oportunidad. Va a cumplir con su deber o será tratado como desertor.

—Capitán, con todo respeto si la compañía ya no existe, no tengo que rendirle cuentas a nadie, ni tengo más probabilidades de progreso. ¿Cuál es el punto?

—¿Le importa más que ya no va a tener un barco que cumplir su deber cuando es el momento? Si eso le sirve de algo lo puedo nombrar payaso en jefe del barco. Le juro que estoy más que tentada de enviarlo a tierra, donde en una semana estará muerto con toda esta gente. Mire la costa. ¿A usted le parece que va a encontrar a montones de sobrevivientes esperándolo con los brazos abiertos?

—¿Y eso qué significa?

—Por Dios, piense un minuto, Martino. En esta ciudad no hay energía, y con seguridad no hay agua corriente ni gas. Lo único que podrá beber será si encuentra agua embotellada. Sólo podrá comer lo que encuentre enlatado. Para cocinar cualquier cosa o hervir agua deberá hacer un fuego con la leña o carbón que encuentre. Y todo eso sin contar que la ciudad está llena de cadáveres tirados ahí mismo donde se murieron. ¿No ve los cuerpos desde aquí? Se ven claramente con los binoculares. Tenga. No, en serio, tómelos y mire hacia la costa.

Martino estaba rojo, medio de furia y medio de vergüenza. Tomó los binoculares y los enfocó a la costa. La recorrió lentamente, y Leora vio como iba cambiando su cara.

—Todos esos cuerpos que está viendo, si no son una fuente de contagio del virus que mató a todos los que están a la vista, lo serán de otra docena de enfermedades. Disentería, cólera, peste, elija la que quiera, si no lo es ya ahora, en unos días esta ciudad será un hervidero de enfermedades mortales.

Martino bajó los binoculares y con la cara blanca se los pasó a la capitán. Miró a los pasajeros, y miró nuevamente a Leora.

—Vamos, tráguese el orgullo y viva unos días más acá. Sé que no quiere morir.

Un montón de pasajeros y tripulantes que estaban por subir a los botes habían escuchado todo el diálogo. Algunos se rieron y miraron con desdén a Martino. En cambio, un poco más de una docena de personas tomaron sus cosas, y disimuladamente se alejaron de los botes para volver al interior del barco. Una linda nena de unos 5 años se acerco a la capitana.

—Cuando sea grande quiero ser capitán de un barco.

Leora miró a la nena y le sonrió. No tenía ni podía tener hijos. Había averiguado para adoptar, pero el que no tuviera pareja estable y que su trabajo la tuviera viajando todo el tiempo la descalificó rápidamente.

—Pues si estudias mucho, mucho, seguramente algún día llegarás a serlo. ¿Cómo te llamas, linda?

—Leonora.

—Pues hasta tienes el nombre ideal, yo soy capitán y me llamo Leora, ¿qué te parece? —dijo, sonriendo y acariciando el cabello y los rulitos color castaño claro de la niña.

Leonora se puso radiante.

—¿Viste, papi? Te dije que algún día podía ser capitán.

Un hombre que estaba cerca con una mujer, puso mala cara.

—¿Cómo se llama tu papi, Leonora?

—Se llama Claudio, capitán.

—Puedes decirme Leora. Ahora ve con ellos que seguramente estarán cansados.

La nena sonrió de oreja a oreja y se fue con su familia.

Leora no expresó nada con la cara, pero los ojos delataron que internamente, estaba sonriendo.

Los botes salvavidas eran blanco y naranja. Tenían una cúpula de lona plastificada que los cerraba completamente, estaban diseñados para poder usarlos por tiempos prolongados en alta mar, incluso en situación de tormenta. Los tripulantes primero bajaron los botes a la altura de abordaje, y abrieron las lonas que tapaban las cúpulas de los tres botes más cercanos. Luego, repartieron los salvavidas a cada persona que iba a irse del barco, controlaban que todo estuviera bien puesto, y los hacían pasar al bote correspondiente. En general cada persona llevaba una mochila o una pequeña valija de mano. Finalmente, quedaron bastante cargados, pero aún con bastante lugar, lejos de su capacidad máxima de ciento cincuenta personas cada uno.

Leora recorrió los botes cuando todos estuvieron a bordo, y en general los tripulantes bajaron la cabeza, aunque algunos la saludaron respetuosamente. Algunos pasajeros la saludaron con una inclinación de cabeza, mientras que otros la miraron con beligerancia. Las lonas que hacían de puerta fueron cerradas, y un tripulante tomó el lugar de piloto en cada bote. Leora hizo una señal, y un operador manipuló los controles de las poleas para bajar los botes. Los fueron bajando suavemente, hasta que quedaron en el agua. Otro tripulante desenganchó las poleas que lo habían bajado desde el mismo. Se encendieron los motores, y comenzaron a alejarse del barco para ir hacia el puerto, buscando algún lugar seguro para desembarcar.

Leora indicó a quienes quedaron a bordo que siguieran con sus tareas, y subió nuevamente al puente.

—Tonio, levante anclas, y marcha atrás a velocidad mínima. Asegúrese de no desviarse del canal.

—Sí, capitán.

El navegante siguió sus instrucciones y se pudo escuchar la vibración de las anclas subiendo, y luego los motores andando muy suavemente. El barco comenzó a moverse muy lentamente hacia atrás, aunque tomó un poco más de velocidad ayudado por la leve corriente del río. A ese ritmo, tardarían varias horas en salir hasta donde pudieran dar la vuelta, pero dada la situación, Leora no veía cuál era el apuro.

PERROS

Buenos Aires, 26 de Noviembre de 2027, 8:10

Tuvieron que salir despacio, y luego avanzar con precaución. Si bien no había nadie circulando, había muchos autos en lugares inesperados. Algunos con la puerta abierta, y otros con cadáveres dentro.

El día ya estaba cálido temprano, así que fueron con las ventanillas abiertas. Avanzando despacio, podían oír el silencio. El único ruido parecía ser el del ronroneo del motor y las ruedas sobre el asfalto.

Se dirigió hacia el sureste, y fue recorriendo las calles de Buenos Aires.

—¿Te parece que debemos buscar sobrevivientes? —preguntó Juan Carlos.

—¿Te parece que podemos cuidarlos si los encontramos? ¿Suspendemos nuestro viaje si no podemos llevar a alguno? ¿Qué pasa si encontramos un bebé?

—¿Un bebé? —Juan Carlos pensó en todos los bebés que si no murieron por la enfermedad, ya debían haber muerto de sed y hambre, y se estremeció—. ¿Si encontramos un bebé no tendríamos que salvarlo?

—Papá, ¿y si encontramos una docena de bebés? ¿Nos olvidamos del viaje y ponemos una guardería? No quiero ser egoísta, pero creo que nos ponemos en peligro si encontramos a alguien.

—De todas maneras no parece que hubiera nadie. Es tétrico.

Dobló hacia el Sur hasta la autopista, y enfiló hacia la rampa de entrada. Subieron, por suerte con precaución, porque a los cincuenta metros, había ocurrido un choque de dos autos, y ambos estaban tapando el camino. Uno de ellos atravesado, bloqueando la rampa por completo.

Juan Carlos se quedó mirando, y no vio manera de vadear. ¿Mover los autos? Se veían incrustados uno en el otro. No veía forma de pasar, ni de moverlos, ni de girar. Pensó un momento, puso marcha atrás y con mucho cuidado volvió hasta la entrada de la rampa, salió a la calle, y fue a la rampa de salida del carril contrario. Subió por la otra rampa, y esta vez no encontró obstáculos. Siguió por la autopista de contramano a no más de cuarenta o cincuenta kilómetros por hora, bajando la velocidad y esquivando cuando era necesario a los pocos autos detenidos. La autopista elevada les daba una gran vista de los alrededores en la ciudad. Juan Carlos notó el humo de un incendio hacia el norte. No había ninguna indicación de que nadie fuera a apagarlo.

Hacia el lado del río, por un segundo pudo ver muy a lo lejos el puerto, y un crucero que debía tener varias cuadras de largo. Por un segundo se preguntó si habría alguien vivo a bordo, y aflojó el pie en el acelerador, pero recordó lo que habían visto hasta ahora y decidió ignorarlo.

Del carril que tendrían que estar circulando, vio que había cada vez más autos, hasta que llegando cerca de un puesto de peajes, vio que del otro lado estaba completamente embotellado, lo mismo que de éste lado pasando el peaje. Bajó la velocidad, y con cuidado enfiló por el carril de emergencias del medio, y cambió de lado de la autopista. Ahora había muchos menos autos, así que fue subiendo la velocidad. Luego de una hora de viaje, recién ahora estaban realmente saliendo de la gran ciudad para entrar en zona de campos y pueblos chicos.

Hacía años que no manejaba, pero su problema habían sido siempre los otros conductores, nunca el control del vehículo. Condujo por cuatro horas más sin parar, y Sofía lo hacia escuchar distintas músicas de su MP3 que había logrado conectar al reproductor de la camioneta. Cuando los carteles en la ruta le indicaron que estaba a menos de 50 km. de Azul, Juan Carlos activó por costumbre el GPS de la camioneta, y con sorpresa descubrió que funcionaba. Esperó unos segundos a que cargara, y vio en el mapa que se acercaban a un lugar llamado "Estancia Los Manantiales", que sonaba bien como para detenerse un rato. Un marcador en la ruta indicaba "RN3 346". O sea, estaban en la Ruta Nacional 3, y desde Buenos Aires habían hecho 346 kilómetros. Habían hecho casi un tercio del viaje. Bajó la velocidad, a la derecha adelante vio unos silos y otras edificaciones, y a la izquierda una entrada marcada por un par de pilares.

—¿Visitamos la estancia?

Sofía lo miró, con cara interrogativa.

—Hay una estancia, según el GPS, justo aquí. Podemos parar y ver que hay...

—Probablemente más muertos, papá, ¿por qué no seguimos?

—Son pasadas la una de la tarde, tengo hambre, sed, estoy cansado, tengo que ir al baño y necesito estirar las piernas. Ahora, ¿lo hacemos en un lugar cualquiera de la ruta, o tratamos aquí a ver si hay alguna instalación usable? Quien te dice, quizas y hasta haya gente, con lo aislado que está.

Sofía puso los ojos en blanco, y Juan Carlos sonrió y dobló hacia la entrada. El portón estaba abierto, así que sin detenerse, entró a baja velocidad. El camino de entrada era largo, pero muy arbolado. La sombra era un alivio luego de la ruta desnuda. —En el peor de los casos, si hay gente y nos echa, podemos descansar a la sombra por aquí.

—Estos terrenos son enormes.

—Por eso se llama "campo", hija —dijo Juan Carlos con sorna.

Siguieron el camino, y llegaron ante varias construcciones bajas. Un galpón, un granero, otro galpón, y lo que parecía una vivienda. Dieron la vuelta siguiendo el camino, el cual terminaba en seguida, pero vieron aún más edificaciones al fondo. Frenó a la sombra de un árbol.

—Bueno, vamos a ver si hay alguien —dijo Juan Carlos, y tocó varias veces la bocina. Apagó el motor, y salieron de la camioneta.

Se estiró poniendo las manos en el bajo de la espalda, inclinándose hacia atrás, y girando la cabeza haciendo fuerza hacia un lado y hacia el otro. Miró los alrededores, pero no vio a nadie más que Sofía, que también estaba estirándose. El aire era increíble, el olor a verde era delicioso, se podía paladear el oxígeno. Juan Carlos se dirigió despacio hacia la casa de la estancia, hasta que llegó a la puerta. Golpeó la puerta, varias veces, pero nadie acudió al llamado. Sofía que lo había seguido, lo miró inquisitivamente. Se encogió de hombros, e intentó el picaporte. La puerta se abrió.

Apenas había abierto la puerta como para comenzar a entrar, lo asaltó el hedor a muerte y descomposición, a heces y orina. —Mierda, mierda y maldita sea —exclamó tapándose la boca, manoteando la puerta para cerrarla, pero se le escapó de la mano y se abrió todavía más. Escuchó un gruñido, y de repente un perro ovejero alemán salió corriendo del lugar, ladrando como loco. Casi se lo lleva por delante al salir, y por suerte se fue corriendo en vez de atacarlos. El hedor que cubrió todo era insoportable, así que otra vez se estiró para tomar la puerta, y al hacerlo pudo ver en el suelo el cadáver, o mejor dicho, lo que quedaba del cadáver de una persona. En algún momento al perro se le había acabado la comida, y sin poder salir, debió alimentarse de lo que pudo. Con los ojos llorando por la peste, consiguió al final manotear la puerta y cerrarla dando un portazo.

—Bueno, ya sabemos por qué no contestan —dijo, y sin poder aguantar más las arcadas, vomitó en un costado.

—Te lo dije —le dijo Sofía, cuando se repuso un poco.

Juan Carlos suspiró. —Mira, allá atrás hay un camión tanque. Apuesto a que es diesel para las máquinas de trabajar el campo que se ven por todos lados, no las van a estar llevando a todas por la ruta hasta la estación de servicio... Además de que no vi ninguna en los últimos doscientos kilómetros. Gastamos casi medio tanque hasta aquí, así que lo que nos queda no nos alcanza para llegar. Pero si lo llenamos acá, probablemente no necesitamos recargar más.

—De acuerdo, vamos a ver —dijo Sofía.

Fueron caminando, y como pensaba era un camión tanque de combustible, y bingo, en el costado tenía un letrero que decía "Diesel Grado 2" y en otra parte, "Azufre 500 ppm". Combustible para camiones, pero también iba bien para autos. Perfecto, si es que tenía combustible adentro.

—Bueno, tenemos que traer la camioneta para probar, pero primero... vamos a descansar un rato.

Encontraron afuera una pileta de lavadero con canilla, de la cual salía agua limpia, y esperaba que potable, con la cual Juan Carlos se enjuagó la boca. Luego usaron la cacerola, la llenaron para hervirla con el calor de la garrafa, separaron agua para beber cuando se enfriara, y con el resto cocinaron fideos que comieron luego con salsa de lata, hasta que quedaron satisfechos. Lavaron luego todo y lo guardaron. Juan Carlos fue al camión tanque. Lo recorrió alrededor, y la única salida de combustible que vio fue una toma de como cinco centímetros de diámetro, pero tenía un adaptador y terminaba en un pico. Excelente, pensó. Volvió a la camioneta, la encendió y la maniobró hasta dejarla con la tapa de la carga de combustible al lado del tanque. Volvió al tanque, dudó un poco, y apuntando la manguera hacia otro lado, abrió un poco la salida de combustible. No pasó nada.

La abrió un poco más, y aún no salió nada. Entonces notó que el pico tenía un gatillo, el cual accionó con cuidado, y de repente se accionó algún dispositivo eléctrico en el tanque y salió un chorro de combustible de color amarillo. Lo soltó asustado y el chorro se cortó. Fue a abrir la tapa de combustible de la camioneta, y encontró que era con llave. Fue a buscar el llavero, la abrió, metió el pico en la boca de combustible, y apretó otra vez el gatillo. Sintió que el combustible pasaba con fuerza. Tardó un rato, hasta que de repente sintió que salía más fuerte el aire de la boca de combustible, y de repente salió para afuera un chorro de combustible. Soltó la manguera con disgusto, y al hacerlo se cortó el chorro.

Sofía había estado dando vueltas por los alrededores, apareció corriendo con una toalla. —Pensé que podías necesitar esto.

—Excelente —dijo Juan Carlos mientras se secaba bien donde se había mojado, y luego el costado de la camioneta, volviendo a poner la tapa con cuidado. Se lavó lo mejor posible en la pileta que tenía agua, y se volvió a secar con la parte limpia de la toalla.

Con aprensión encendió la camioneta, pero la camioneta arrancó bien, y el tanque marcaba lleno.

Estaban por volver a arrancar, cuando escucharon un aullido espeluznante. Seguido por otro que venía de otra dirección. Y otro de unos cientos de metros más allá. Y otro. De repente estaban rodeados de aullidos de perros. A Juan Carlos se le erizaron los pelos de los brazos.

—Sofía, rápido, sube a la camioneta.

Apenas subió, Juan Carlos enfiló hacia la ruta y reanudaron el viaje. Cuando iban hacia la salida, entre los arbustos Juan Carlos vio un par de ojos negros que los seguían con la mirada. Ahora se le erizaron hasta los pelos de la nuca. Sin pensarlo apretó el acelerador, con lo cual tuvo que pegar una frenada al llegar a la primera curva. Trató de calmarse, pero el pensar que miles de años de domesticación de los perros se fueron a la basura en unos pocos días sin humanos cerca, no ayudó a tranquilizarlo.

El camino siguió unos cuantos kilómetros hacia el Sur, antes de enfilar hacia el Oeste. Pasaron por Bahía Blanca, a baja velocidad, encontrándose con el mismo panorama que dejaron en la ciudad de Buenos Aires. Llegaron hasta Rio Colorado, y Juan Carlos decidió detenerse. El clima estaba excelente, y estaba anocheciendo. Se detuvo a un costado de la ruta.

—Pasaremos por aquí la noche. Estamos cerca, pero estoy muy cansado, y el trecho de ruta que viene ahora es mortalmente aburrido. Una línea recta interminable, sin nada para mirar, me quedaría dormido.

—También estoy cansada.

—Dejame decirte algo. La próxima vez que estemos en una situación de peligro, si te digo que hagamos algo, harás eso. ¿Está claro?

Sofía frunció los labios, pero no dijo nada.

—¿Está claro, Sofía?

—Sí, papá —dijo por fin Sofía.

Salieron a estirar las piernas, hicieron sus necesidades un poco más lejos, y luego prepararon la parte de atrás de la camioneta. Pusieron mantas en el piso, acomodaron las almohadas, las bolsas de dormir, y una frazada encima. Comieron una buena cena fría con lo que les quedaba de lo que habían cocinado en su casa, y con las últimas luces del Sol se fueron a acostar.

La camioneta no se enfrió demasiado durante la noche, y a la mañana los despertó la luz del amanecer. Fueron al "baño", guardaron todo, tomaron un buen desayuno, y partieron de nuevo.

Juan Carlos aceleró con entusiasmo por la Ruta Nacional 22, hasta Choele Choel. Tardaron un par de horas en hacer esa parte, por suerte escuchando música y charlando. No había prácticamente nada para ver alrededor y el camino era recto.

—Papá, estuve pensando. Te das cuenta que este virus, que por lo que sabemos mató a todo el mundo... Esta gente a donde estamos yendo, la vacuna que nos dieron... es decir...

—Sí, Sofía, yo también lo pensé, y no sé que concluir. Evidentemente la vacuna está desarrollada para éste virus en particular. Lo que no puedo saber es qué pasó, si el virus es natural o no, porqué no se distribuyó la vacuna masivamente, en fin, la verdad es que no sabemos nada.

—Si la intención era matar a la gente, ¿para qué vacunarnos? Eso es lo que no entiendo.

—Bueno, tal vez no tienen nada que ver con lo que pasó.

—¿De veras? ¿Recibimos una vacuna y unas pocas semanas después muere todo el mundo de ese mismo virus? Papá... —dijo Sofía enojada.

—No sé qué decirte, hija... podemos especular, pero la verdad está adelante. Y quién sabe si la sabremos, pero te puedo asegurar que pienso preguntar.

—Si esto fue intencional, alguien mató a mi... —comenzó a decir Sofía, miró de reojo a Juan Carlos y siguió—, ...amiga, no fue un acto de la naturaleza ni nada por el estilo. Si fue así, alguien tiene que pagar.

Juan Carlos la miró y no dijo nada. Luego de eso, siguieron en silencio.

Cuando llegaron a General Roca, se desviaron al Sur y siguieron las indicaciones de los mapas de la camioneta. La última parte del trayecto fue por angostos caminos de tierra.

REHENES

MSR Grandiosa, 26 de Noviembre de 2027, 14:05

Una vez que salió al mar, Leora hizo girar el barco, y ponerlo en ruta nuevamente hacia el sur, y luego siguiendo a una distancia prudencial de la costa, a una velocidad de dieciocho nudos, o sea a unos treinta y tres kilómetros por hora, su velocidad óptima para lograr el menor consumo de combustible.

La vida en el barco siguió con cierta normalidad. Mucha gente ignoró el tema, y siguió disfrutando de los entretenimientos en las piscinas, teatros, bares y casinos. El director de cruceros siguió las instrucciones de la capitán, y sacó del archivo todo tipo de actividades recreativas para mantener a la gente distraída. Así y todo, mucha gente se la pasaba apoyada en las barandas de las pasarelas que daban a la costa, mirando el panorama que pasaba lentamente. La playa, cuando la había, se veía con claridad, y sobre todo se notaba lo vacía que estaba. No había gente en la playa, ni autos en las rutas, ni barcos en el agua, ni aviones en el cielo. Aunque sí se veían cada tanto cuerpos en la costa.

—Capitán, tenemos una situación urgente.
—¿Qué pasó ahora, Romano?
—En el bar de la cubierta siete, un pasajero está armado y tiene rehenes, y demanda verla.

No terminó de decirlo cuando Leora estaba corriendo hacia la cubierta nueve. El segundo oficial apenas le seguía el paso.
—¿Qué demandas tiene, quienes son los rehenes?
—Una mujer y una niña, aparentemente...

Leora llegó corriendo al bar de la cubierta siete, donde un sujeto estaba atrincherado detrás del bar. Había personal de seguridad en la puerta, pero nadie más en el bar.
—¿Dónde están los de seguridad?
—El tipo ordenó que salgan todos o empezaba a disparar.
—¿Qué clase de arma tiene?
—Una pequeña, pero es real. Ya disparó dos veces, una al techo para que se vayan todos del salón, la otra fue después cuando no había nadie. Ni idea de dónde sacó el arma.
—¿Algo más que deba saber?
—Es uno de los que iba a irse esta mañana y luego se quedó.

Leora se aseguró de estar fuera de la vista, y manoteó su arma reglamentaria, que llevaba encima desde hacía más de veinticuatro horas. Se saco el cinturón utilitario que también servía para portar el arma, y lo tiró al suelo, y luego se calzó el arma en la espalda.

—Romano, si algo me pasa, quiero que salven a la niña, usen la fuerza que sea necesaria, ¿me explico?

—Leora, no hagas locuras.

—Cállate y haz lo que digo. Que estén al menos dos guardias armados aquí a los lados de la entrada, listos para entrar. Y manden a buscar al médico, que venga inmediatamente y espere afuera también.

Romano apretó los labios. Leora respiró hondo por la boca un par de veces, y lentamente entró en el bar. Miró cuidadosamente y apenas vio movimientos detrás de la barra del bar. Leora levantó las manos para que se viera que las tenía vacías, mientras decía —Aquí estoy.

Un hombre levantó la cabeza, y Leora vio que era Claudio, el sujeto que estaba con la nena linda esa mañana.

—Señor Claudio, escuché que quería verme, y aquí estoy... No hacía falta que estuviera armado y disparando.

—Acérquese.

Leora se acercó lentamente hasta que pudo ver detrás de la barra. En el rincón una mujer estaba en el suelo en un charco de sangre, y pudo ver un orificio de bala en la cabeza. Leora sintió que su corazón daba un triple salto. Claudio apuntaba indolentemente el arma a la cabeza de la niña, Leonora, que estaba parada al lado suyo.

—¿Por qué no baja el arma y charlamos?

—¿Por qué no le dice la verdad a mi hija?

Leora se quedó en blanco. —¿La verdad?

—Papá dice que mamá ya está en el cielo, y muy pronto vamos a estar todos juntos con ella. Yo quería ser capitán, pero papá dice que eso es imposible.

—Leonora, claro que podrías ser capitán, ¿por qué no?

Claudio gruñó y apuntó el arma a la capitán, pero luego volvió a apuntar a su hija mientras hablaba.

—¡Basta! No se atreva a mentirle más a mi hija.

—¿Por qué cree que le estoy mintiendo?

—¿Está bromeando? El mundo se acabó. ¿Capitán de qué sería, en qué barco, en qué compañía?

Leora se dio cuenta entonces de que posiblemente tenía razón, pero reaccionó rápidamente.

—El mundo no se acabó, mucha gente murió, pero nosotros estamos vivos y tenemos mucho trabajo por delante. Y estoy segura que vamos a tener que movernos en barco alguna vez en el futuro.

—El día del juicio por fin ha llegado. Hemos sido juzgados por nuestros pecados, y Dios nos ha encontrado culpables. Por eso nos ha dejado atrás, para que nos arrepintamos —dijo Claudio.

Oh, por todos los diablos. Un fanático religioso. O un desquiciado. O las dos cosas, como sea, el asunto pintaba cada vez peor.

—La población fue diezmada por una enfermedad, no por Dios.

—De la misma manera que Dios mandó una inundación cuando vio que todo el mundo era malo, esta vez lo hizo con un virus. Tendríamos que haber bajado del barco, esta mañana.

—¿Y nosotros no seríamos como Noé y su arca? Tal vez su familia estaba destinada a continuar la humanidad.

—Somos pecadores, todos somos pecadores. Sé que he pecado, así que sé que no merecía ser salvado. Entonces no podemos ser los salvados, es un error. Engañé a mi esposa muchas veces, soy un pecador, pero ella era pura, y por eso se ganó el cielo.

—Papi, quiero estar con mami, ¿por qué no se mueve mamá?

—Ahora irás con mamá, hija.

—¡Claudio! Míreme. ¿Por qué no lo piensa bien? Tal vez haya gente en tierra, y nuestra misión sea poblar nuevamente la Tierra.

—Lo he pensado. Mire a mi niña. ¿Sabe cuántos niños pequeños hay en el barco? Apenas una docena, y no llegan al centenar contando hasta los pre-adolescentes. La mayor parte de la gente son viejos.

—Pues aunque sean pocos tendrá bastante compañía, entonces.

—¿Bastante? ¿Qué pasará dentro de treinta años? ¿O dentro de cincuenta? Todos los adultos del barco habrán muerto, y sólo quedarán, ¿cuántos? En el mejor de los casos un centenar de humanos. ¿Mi hija será una máquina de tener hijos, como en los tiempos antiguos? ¿Será forzada a ello por el bien de la humanidad? No creo que ese sea el destino que Dios tenga para ella, y si lo es, creo que es mejor la alternativa. Ahora es pura, e irá con su madre al cielo. Yo, estaré en otro lado, pero no me importa, porque sabré que ellas están salvadas —dijo, apuntando otra vez el arma hacia la niña.

—Claudio, por favor, míreme. Su hija puede crecer y tener una vida feliz.

—Leonora, mi amor, repite conmigo, "Creo en Jesús que es bueno y cuida mi alma".

Leora comenzó a transpirar frío. Tendría que dispararle al tipo. Matar al padre delante de su hija. ¿Cómo se recuperaría esa nena de eso?

—Claudio, no haga esto —dijo Leora, tomando el arma de su espalda, pero manteniéndola oculta—, usted no sabe qué hay en tierra, ¿qué pasa si se equivoca?

—Si me equivoco, iré de todos modos al infierno. Y mi hija de cualquier modo estará salva. Anda, hija, di lo que te dije —dijo, levantando el arma y apuntando hacia la cabeza de la niña.

—Creo en Jesús...

—¡No! ¿Y si es una prueba de Dios para ver su fe? ¡Usted debe tener fe en que Dios sabe lo que hace, si sobrevivió en este barco es por algo!

Leora estaba muy cerca y pudo ver como el dedo en el gatillo se relajaba un segundo. Claudio comenzó a mecer levemente la cabeza y el torso hacia adelante y hacia atrás.

—...que es bueno...

—Hija, te amo.

—...y cuida mi alma. Y yo también te amo, papi. ¿Cuándo se va a levantar mami?

—Ahora mismo —dijo, y Leora apuntó a la cabeza de Claudio en el instante que vio que levantaba nuevamente el arma y comenzaba a tirar del gatillo.

Se escuchó un doble estampido, y del otro lado de la cabeza de Claudio salió un chorro de sangre, mientras en el pecho de Leonora aparecía un punto oscuro. Mientras Claudio cayó sobre el cuerpo de su esposa, Leonora cayó hacia atrás, donde el punto comenzó a expandirse rápidamente. Leora escuchó como los guardias entraban corriendo en el bar.

—¡Noo, mierda! ¡Rápido, médico, botiquín! —gritó Leora a todo pulmón, mientras pegaba un salto para sostener a la niña.

El médico entró corriendo mientras ella abrazaba la cabeza de la niña en el suelo. Leonora la miró llorando.

—Me duele mucho —dijo la niña, apenas en un susurro.

El doctor se agachó rápidamente y desgarró la ropa de la niña. Del pecho salía un raudal de sangre con cada latido del corazón. El doctor la revisó rápidamente, vio que no había orificio de salida, y meneó la cabeza. Leonora estaba cada vez más pálida y le costaba respirar.

—Le dio en el corazón. Ni con un quirófano...

—Está bien, ya no me duele —dijo Leonora sonriéndole a Leora, y su pequeño pecho ya no se movió más.

No, no, no, esto no podía estar pasando. Leora pensó que pudo hacer para evitarlo. ¿Debió entrar y matar al padre apenas lo vio? ¿Podría haber sido más persuasiva? ¿En qué falló? Abrazó más fuerte el cuerpo de la nena y comenzó a mecerla. Escuchó que alguien sollozaba. Tardó unos segundos en darse cuenta de que era ella misma. Trató de controlarse pero no pudo. Esto era su culpa. Debería haber disparado antes.

El doctor le puso una mano al hombro.

—Vimos todo desde afuera, capitán. Nadie podría haberlo hecho mejor. El tipo estaba demente.

Leora se sintió amargada. Posiblemente cientos de millones de niños habían muerto esta semana. ¿Por qué le importaba una criatura más o menos? Porque no podía evitar sentirse directamente responsable, por eso. Sabía que el doctor no tenía ninguna culpa, pero no pudo evitar la respuesta.

—¿De qué le sirve eso a la niña?

El doctor la miró un momento, y buscando en el botiquín le dio una pastilla.

—Le ordeno que se tome esto y descanse un poco.

Leora lo miró y por un momento se sintió indignada.

—¿Cree que no soy capaz de controlarme?

—Nadie sería capaz. Tómela o me obligará a reducirla por la fuerza y ponerle una inyección. Como oficial médico tengo la autoridad para hacerlo. Si la toma voluntariamente y descansa un rato me demostrará que está en uso de sus facultades.

Leora se irguió completamente, aún abrazando a Leonora, y por un momento vio todo rojo. Respiro hondo, trató de controlarse y se dio cuenta de que el doctor tenía razón. Delicadamente dejó el cuerpo de Leonora en el suelo y se puso de pie. Luego, sin discutir, tomó la pastilla, y se la tragó sin agua. Tambaleándose se dirigió a su camarote, donde se duchó, se cambió y se acostó un rato. Nadie la molestó hasta el día siguiente.

INTERCEPTADOS

MSR Grandiosa, 27 de Noviembre de 2027, 7:30

Leora descansó varias horas en su camarote como le ordenó el médico. Luego de eso, ya más controlada, pasó mucho tiempo en el puente. Mantuvo a doce oficiales de comunicaciones en turnos de dos horas cada uno, trabajando de a dos a la vez, tratando de comunicarse con lo que fuera. Todas las comunicaciones eran vía satélite, los cuales afortunadamente seguían funcionando. Inclusive parecían andar mejor que de costumbre, Leora supuso lúgubremente que sería porque estaban atendiendo cada vez menos tráfico de datos.

En una ocasión, uno de los oficiales consiguió contactar con otro crucero. La comunicación no fue muy larga, y fue más bien un llamado desesperado del otro crucero, que estaba en el Mar Mediterráneo, para ver si podían ayudarlos. Según relataron, cinco días antes el crucero había tocado puerto en Francia, y estaba navegando hacia Grecia, pero hace un par de días la gente había comenzado a mostrar síntomas de algo parecido a una gripe, pero anoche habían comenzado a morir en masa. En pocas horas habían perdido a la mitad de la tripulación y los pasajeros, y todos los que quedaban estaban enfermos. Trataron de acercarse a alguna ciudad, en las primeras les prohibieron acercarse bajo amenaza de bombardearlos, aunque la misma gente que los amenazaba sonaba enferma... Finalmente hacía horas que no conseguían respuesta de nadie en tierra. Y temían que si no atracaban en seguida, muy pronto serían un barco fantasma navegando automáticamente por el Mediterráneo.

Algunas horas después, pasaron por Mar del Plata sin parar. En un momento la capitán escuchó un alboroto y vio un montón de gente asomándose por la baranda de varias cubiertas, señalando hacia abajo. También escuchó un ruido sordo de algo que chocaba contra el barco.

Temiendo que alguien estuviera tratando de abordar el barco por la fuerza, se asomó. Ojalá y no lo hubiera hecho, pensó después. Cientos, tal vez miles de cuerpos hinchados y azulados, golpeaban como bolsas de boxeo los costados del barco, a medida que éste se abría paso. Una corriente marina circular los había mantenido cerca de la costa, dando vueltas y vueltas mientras se iban descomponiendo lentamente, y eran devorados por los peces. Si había llegado ahí porque los barrió la marea de la playa, o los trajo algún río, o si fueron arrojados una vez muertos, nunca lo sabrían.

Trató de olvidar lo que había visto, y paseando por las cubiertas, vio más de un rostro verdoso. No hubo muchas conversaciones, pero las pocas que tuvo y la mirada de quienes no dijeron nada, le comunicaron el mismo mensaje: gracias, por mantenernos a bordo. Pues nadie dudaba a esta altura que permaneciendo en el barco hasta ahora, habían salvado su vida. El asunto era cuándo y cómo podrían bajar para estar seguros.

Habían continuado a velocidad constante siguiendo la línea de la costa, y estaban cerca de Bahía Blanca. Era pasada la una de la tarde, cuando la monotonía del viaje se interrumpió abruptamente. Varias alarmas sonaron simultáneamente, entre ellas la de aproximación y la de colisión. Un momento antes no había nada en el horizonte ni en el sonar, así que Leora gritó la orden de alto. Los motores fueron puestos en reversa por un momento, lo que hizo que el barco se frenara muy rápidamente, aunque a costa de bastante ruido y vibraciones.
—Capitán...
—Ya lo vi, Giuseppe.
Todos en el puente, y probablemente la mayoría de los que estaban en el barco del lado de estribor vieron la inmensa nube de burbujas que aparecía en el agua, seguida luego de una mole negra que se iba alzando lentamente.
—¿Es un clase Ohio II?
—Tiene la bandera estadounidense en el costado...
—Rayos... Esperemos que vengan de buen humor.

El submarino clase Ohio II era un submarino nuclear de lanzamiento de misiles nucleares intercontinentales de la clase Trident C6. Bastaba una orden desde Estados Unidos para que el submarino lanzara automáticamente una docena de misiles a la estratósfera, donde se abrirían y un racimo de armas nucleares buscaría su blanco desde cada misil. Decenas de armas de destrucción masiva que daban escalofríos. Con doscientos metros de largo, el submarino era un monstruo impresionante, aunque al lado del MSR Grandiosa, parecía un barquito de juguete. Leora sabía de todas maneras que las proporciones engañaban. El crucero era gigantesco, por más pequeño que pareciera el submarino en comparación, también era una nave formidable. Claro que era una nave de guerra, lo cual significaba que su tripulación estaba compuesta únicamente por militares.

El sistema de comunicaciones dejó escuchar una voz, en inglés, y Leora casi lanza un grito. Hizo un esfuerzo para tranquilizarse, y tomó el micrófono.
—MSR Grandiosa, aquí el capitán Robert Miles, en el USS California, cambio.

—USS California, aquí la capitán Leona Shapira en el MSR Grandiosa. ¿Necesitan asistencia? Cambio.

—Capitán Leora, íbamos a preguntarle lo mismo. ¿Están todos bien a bordo? Cambio.

—Tuvimos mucha suerte de estar recién zarpados en alta mar cuando comenzó la epidemia, y no llegamos a atracar cuando ya se había declarado. No hay nadie enfermo a bordo. ¿Qué tal ustedes? Cambio.

Pasó un momento.

—Todos estamos bien aquí. ¿Podemos vernos en persona? Cambio.

—¿Me cree lo que dije? ¿Así tan fácil?

—Capitán, conocemos su recorrido, y por la información que tenemos, si se hubiera contagiado alguien en su último contacto con tierra, la enfermedad ya los hubiera matado a todos.

—¿Es necesario que nos veamos?

—Si quisiéramos hacerles daño, con un par de torpedos sería suficiente para mandarlos al fondo del mar, y ni sabrían de dónde vino el golpe.

Leora miró a sus oficiales en el puente. Romano se encogió de hombros.

—¿Para qué quieren vernos?

—Digamos que a algunos de mis hombres les gustaría estirar las piernas y personalmente me gustaría charlar con una colega. Acerca del futuro. En privado.

—Muy bien, capitán, prepárese para maniobra de trasbordo. Puede subir a bordo con los hombres que quiera, y si se comporta, hasta lo invito a la piscina. Busque las señales visuales que van a hacerle para alinear su bote, y no vaya a rayar mi barco. Cambio y fuera.

Sus oficiales la miraban con una media sonrisa que evitaban a duras penas.

—¿Y bien? ¿Qué esperan? Vayan y suelten la tabla de transbordo sobre el trasto ese.

ARRIBO

Rho, 27 de Noviembre de 2027, 11:27

La ciudad se veía inaccesible por todos lados, excepto por el camino principal que llegaba hasta el portón de la entrada. Después de tantas horas de viajes, Juan Carlos y Sofía estaban cansados, pero ambos estaban bien despiertos por la excitación de ver su próximo hogar. De hecho, estaban excitados con la perspectiva de ver a alguien vivo.

A medida que se acercaban, más se notaba el tamaño del muro y el de las mismas puertas de entrada.

—Se parece a Jurassic Park —comentó Sofía.

—Justo lo que estaba pensando, nada más espero que no haya dinosaurios tras esa puerta.

Desaceleró para frenar calculadamente a unos quince metros de la entrada. No había nadie a la vista.

—¿Y ahora qué? ¿Tocamos el timbre?

—Pues supongo... excepto que no veo ningún timbre.

Se sacó el cinturón de seguridad, abrió la puerta de la camioneta, y le dijo a Sofía —Espérame aquí, me acercaré a ver si hay un timbre o algo.

—Papá... —dijo Sofía, pero Juan Carlos ya había bajado y se estaba alejando.

Apenas había llegado a avanzar un par de metros, cuando escuchó una voz que decía —Espere donde está, por favor, un representante de la ciudad estará aquí en unos minutos.

Bueno... No se iba a quedar como una estatua, dejando a su hija sola, así que volvió lentamente a la camioneta y volvió a meterse adentro.

—Esperemos.

Pasaron unos diez minutos, cuando se abrió una puerta pequeña dentro del portón principal de la derecha.

"Lógico, no hace falta abrir semejante portón para que pase una persona", pensó. Cuando la puerta estaba abriéndose, notó que la misma era gruesa como la de una caja fuerte, y con seguridad igual de fuerte.

Apenas se abrió la puerta, salió por ella una joven de cabello oscuro, ojos celeste aguamarina y una figura impresionante. Tenía un short negro ajustado, y una especie de musculosa corta de color verde que dejaba el vientre al aire. Juan Carlos sintió que se le cortaba la respiración. Sofía le encajó una trompada en el costado.

—Ay, ¿qué te pasa?

—Pues que si no cambias la cara te van a meter preso por degenerado, antes de firmar la ciudadanía. Cierra la boca. Y no babees.

Juan Carlos se quedó atónito, y luego sonrió. —Ven —le dijo, salió de la camioneta y de pie se enfrentó con la joven que ya estaba llegando a donde estaban ellos detenidos.

—Juan Carlos, Sofía, estoy tan feliz de que hayan llegado, sean bienvenidos. Soy Althaea.

—Ehhh... Bueno, ya sabe quienes somos, hmmm, ¿cómo lo sabe? ¿Althaea? —dijo Juan Carlos

Althaea sonrió y dijo —hay una cámara conectada a una computadora con reconocimiento facial en la entrada, en cuanto estuvieron a menos de quinientos metros el centro sabía que estaban llegando, y me mandó el aviso para pasar a recibirlos.

—Impresionante.

—Antes de entrar debo preguntarles, ¿no tienen armas de fuego?

—Claro que no —dijo Sofía.

Juan Carlos miró a Sofía, y dijo —Sí, tengo una pistola.

—¿Qué? ¡Papá! —gritó Sofía—. Primero, ¿cómo no me dijiste?, y segundo, ¿cómo se lo dices a ella? ¿Ahora nos vamos a quedar sin arma?

—Hija, si lo peor hubiera ocurrido en el camino, no te quería manejando un arma que no tienes idea de cómo manejar, y en cuanto a ahora... Si tienen reconocimiento facial desde quinientos metros de distancia, con seguridad también tienen capacidad de detectar armas ocultas.

—Si quieren pueden llevar el arma consigo, nada más debo saberlo para advertir a la guardia que no los detenga cuando suene el escáner. Aunque debo decirles que probablemente los demorarán al pasar por cualquier control, especialmente si no estamos con ustedes. Lo más práctico sería si dejaran el arma en la guardia de entrada, la pueden retirar luego en cualquier momento.

Juan Carlos titubeó, pero luego abrió su campera, y le enseño la bandolera. Se la desenganchó, la arrolló con cuidado, y se la dio a Althaea. Cuando se acercó a ella, Althaea inspiró con fuerza y dijo —Hmm, hueles muy bien. Es extraño, porque... —y de repente se calló, mirando a Juan Carlos de reojo, como si hubiera hablado sin pensar y se hubiera dado cuenta de repente.

Juan Carlos se quedó con la boca abierta.

La puerta comenzó a abrirse, primero despacio, y luego más rápido. —Por favor, avancen con la camioneta y déjenla estacionada en el espacio marcado a la izquierda.

Volvieron a la camioneta, y Juan Carlos avanzó de a poco. Cuando pasó las puertas, éstas comenzaron a cerrarse de inmediato, y por el espejo notó que Althaea entró caminando detrás de ellos. Hacia la izquierda, había un estacionamiento con unos cuantos autos. A unos pocos metros, notó una entrada al estacionamiento. Se dirigió por allí, y dejó la camioneta lo más cerca posible de la entrada. Apagó todo, y se dirigió a Sofía. —Bueno, que sea lo que sea. Llegamos.

Abrieron las puertas, y Althaea se les acercó. —Tomen las cosas personales que hayan traído. Aunque no necesitarán comida ni bebida, pueden traer la que tengan, lo mismo con la ropa, calzado, electrónicos, y todo lo demás. Pueden dejar la llave en la camioneta o llevársela, es indistinto, aunque les recomiendo dejarla por si hay que moverla. De todas maneras también tendrán un vehículo en la ciudad.

—Bien —dijo Juan Carlos—, dejaré las llaves entonces.

Él y Sofía agarraron sus mochilas, y un bolso cada uno que estaban en el asiento trasero de la camioneta. La cerraron y Juan Carlos no pudo evitar verla ya con nostalgia. Al fin y al cabo, fue su hogar aunque fuera por un par de días.

Althaea sacó un celular del bolsillo, pulsó algunos botones en la pantalla táctil del aparato, y se lo quedó en la mano. En apenas unos segundos, un auto apareció en seguida de una calle lateral, y se detuvo de manera muy silenciosa junto a ellos.

—Vengan conmigo.

Sin discutir, la siguieron dentro del auto. El coche tenía seis asientos enfrentados, no tenía volante ni nada para conducirlo. Entraron al auto, arrojando los bultos de un lado y sentándose los tres del otro, mirando hacia el centro de la ciudad. Althaea en una ventanilla, Sofía en la otra, Juan Carlos en el centro.

Althaea pulsó algunos botones más en el dispositivo, y el auto comenzó a acelerar en dirección contraria a la que venía, hacia el centro. El vehículo tomó por el medio de la ancha calle, y siguió acelerando. El único ruido que se escuchaba eran las ruedas sobre el pavimento.

Althaea rozó casualmente la pierna de Juan Carlos con la suya, y Juan Carlos pudo sentir el rubor que le cubría las mejillas. ¿Qué le estaba pasando? Parecía un adolescente cachondo. Lo cierto es que hasta sentía el olor de Althaea, y la verdad es que le encantaba. No era perfume, se dio cuenta con sorpresa, sino un olor corporal casi imperceptible. La miró y Althaea lo miró a su vez con una mirada casi felina. No le hubiera sorprendido en nada si de repente se hubiera puesto a ronronear.

—¿Es un auto eléctrico? —preguntó Sofía, y Juan Carlos casi pega un grito. Se había puesto "un poco" tenso...

—Por cierto —dijo Althaea sonriendo—, y autocomandado, como habrán visto. En unos minutos llegaremos.

El auto por cierto llevaba ya una velocidad vertiginosa, a pesar de ser silencioso, cuando comenzó a desacelerar, en éste caso sí se escuchó un ruido, mientras cambiaba la dirección del tirón de la inercia.

—¿A qué velocidad llegamos, y por qué hace ruido ahora? —preguntó Sofía.

—Podemos hablar de eso más adelante. Ahora estamos llegando, y tu papá va a tener una entrevista muy importante. ¿Te importará esperar afuera, Sofía? Mi amiga Damaris te puede mostrar algunas cosas interesantes.

—Seguro... —dijo Sofía mirando a su padre.

El auto se detuvo en un minuto, al pie del edificio torre del centro de la ciudad.

Luego de bajar los bultos y dejarlos dentro del edificio, fueron tras Althaea, quien los iba guiando. Cuando llegaron a un ascensor, Damaris estaba esperando ahí mismo. Althaea presionó la placa de la puerta, y le dijo a Juan Carlos señalando a Damaris, mientras se abrían las puertas, —Vamos al último piso, Sofía estará segura con ella.

Damaris le sonrió a Sofía y ella lo hizo a su vez. Juan Carlos miró a Damaris y frunció el ceño. —¿Te conozco? Me resultas familiar.

—Estaré bien, papá —dijo Sofía—. Es la doctora que nos puso las vacunas, ¿te acuerdas?

Juan Carlos levantó las cejas aliviado, —Ah, sí, ahora recuerdo. Bien, recuerdo que tenía buena mano. Ten cuidado, Sofía.

Juan Carlos se metió al ascensor, y Althaea presionó el botón del piso más alto.

REVELACIONES

Rho, 27 de Noviembre de 2027, 12:05

Juan Carlos salió del ascensor y se encontró con una gran oficina, apenas saliendo del ascensor había una recepción, y tras ella una pared con una sola puerta con una luz roja sobre un panel a la derecha de la puerta. Una linda secretaria se puso de pie diciendo —Señorita Althaea —y luego lo saludó, —Bienvenido, señor Juan Carlos —e hizo algo en su escritorio.

Juan Carlos notó, detrás de ella, en grandes letras en relieve en la pared, lo que parecía una lista, pero no pudo leerla porque estaba en caracteres griegos.

—¿Te gusta nuestro decálogo? —dijo Althaea.

—¿Eso es lo que es? No puedo leerlo.

Althaea sonrió y dijo —Fue un trabajo arduo lograrlo. Ningún mesías lo bajó ya armado de ninguna montaña. Ya lo leeremos juntos más adelante.

La luz roja cambió a verde, y la secretaria se levantó y abrió la puerta. Miró hacia adentro, y luego les dijo, mientras entraban —Pasen, por favor. Ah, señorita Althaea, la doctora Raquel la está esperando.

Althaea puso cara de pánico. Lo tomó del brazo y trató de decir algo, pero Juan Carlos miró a la doctora joven que estaba esperando adentro. ¿La doctora Raquel... era su Raquel?

Su corazón le dio un vuelco, y por un momento sintió como un hormigueo en la cabeza. Le había bajado la presión de la impresión. Movió la lengua en su boca completamente seca, y cuando pudo articular algo, consiguió decir —¿Raquel?

La mujer lo miró aún más extrañada, y dijo —Sí, soy Raquel. ¿Te conozco?

Juan Carlos no conseguía articular las palabras. Sí, era su Raquel. Y al mismo tiempo, no lo era. Era una versión más joven de su esposa. Se veía exactamente igual a como era cuando la conoció, hacía tantos años. Raquel no tenía hermanas. ¿Qué estaba sucediendo aquí?

Había muchas cosas en la gran oficina, pero un gran escritorio con varias pantallas en el medio ocupaba un lugar prominente. Althaea le dijo a Raquel que la vería en un rato, y llevó a Juan Carlos hasta una silla cerca de su escritorio. —Siéntate, Juan Carlos —le dijo mientras se sentaba del otro lado, mirando las pantallas.

Mientras se sentaban, Juan Carlos la miró más de cerca, y notó que tenía seis dedos en cada mano. Sintió que se le paraban los pelos de la nuca y se le aceleró el pulso. ¿Cómo no se había dado cuenta antes?

—¿Estás asustado?

Lo iba a negar, pero dijo —Sí.

Luego cayó en la cuenta de algo, y dijo —Althaea, ¿eres pariente de Tzedek?

—Podría decirse. Soy su hija —dijo Althaea sonriendo.

Juan Carlos la miró y no dijo nada, intrigado.

—¿Cómo vas a ser su hija? Si tienen casi la misma edad.

Althaea se agarró la cabeza. Vio que ya no tenía caso seguir ocultando las cosas. Demasiado complicado. Y cuanto más complicado, más probabilidades de problemas.

—Juan Carlos, el que hayas llegado a estar aquí hoy hablando conmigo indica que eres una persona extraordinaria. No vamos a andar con falsas modestias. No eres un prodigio, pero casi. Te conozco.

Juan Carlos la miró extrañado, —¿Cómo?

—Además de las entrevistas que tuviste, sabemos lo que haces, investigamos todos tus trabajos, leímos todo lo que has escrito alguna vez en línea, hablamos con toda la gente que conoces. Tzedek te conoce desde antes de nacer.

—Eso es imposible, si yo soy mayor que él —se rió Juan Carlos.

Althaea ya no abrió la boca, pero Juan Carlos sintió en su cabeza las siguientes palabras, *"No todo es lo que parece. Siento que está listo para saber más de nosotros."*

"¿Qué...?" pensó Juan Carlos. ¿Se estaba volviendo loco?

"Sí, es verdad, me escuchas sin que estemos hablando."

"Telepatía", pensó Juan Carlos, con incredulidad, pero dejándola al mismo tiempo de lado, ante la evidencia contundente. —Pero eso es imposible —dijo en voz alta.

—Claro que es imposible, para los humanos. —dijo Althaea —. Soy yo que leo tu mente, y que te contesto en tu mente. Tú no puedes hacerlo... aún.

—Para los humanos —repitió Juan Carlos, mirando otra vez con atención a Althaea. Tenía el pulso como si hubiera subido diez pisos por escalera corriendo—. ¿Es una broma? ¿Cámara escondida? Por favor, no me digan luego que es todo una broma y que soy un estúpido. Siempre fui muy escéptico, creo que quedaría arruinado si me creyera lo que me dices, y luego resultara ser todo un truco... aunque no veo cómo sería un truco.

"No lo es, y lo has tomado muy bien, aunque no lo creas y dudes de ti mismo."

Juan Carlos se puso aún más nervioso, — ¿Dijiste humanos? ¿Qué son ustedes... invasores de otro mundo? ¿Por eso mataron a todos? ¿Estoy en peligro? ¿Nos van a reemplazar por versiones nuestras más jóvenes, clones? —dijo Juan Carlos pensando en Raquel.

"No corres ningún peligro, al contrario. Cálmate. En ningún lugar del mundo y con nadie vas a estar más seguro que con nosotros."

—Althaea... ¿Estás diciendo, o más bien pensando, o transmitiendo a mi mente, o lo que diablos sea, que no eres humana?

—¿No es bastante obvio?

—Pero... ¿Es en serio? ¿De dónde son? ¿Por qué...? Bueno, eso es bastante obvio, ¿quieren el planeta para ustedes?

Ella lo miró con una sonrisa sardónica, y Juan Carlos de repente se sintió viejo, impactado por su belleza. Por un momento sintió asco de sí mismo. "Además de una belleza, es una jovencita, tendrá, cuánto, ¿veinticinco años? Diablos, soy un degenerado."

Althaea lo miró de una manera que lo hizo sonrojar. "No sé exactamente mi edad. Usamos tantos calendarios distintos desde que nací, incluso ni el día ni el año duraban lo mismo... y antes de eso medíamos el tiempo de manera distinta a ustedes... pero hoy tendría varias decenas de miles de años de los suyos. O sea que en realidad tu serías peor que un crío para mi. Sin contar que eres de otra especie. Y me gustas y no me siento una degenerada."

Juan Carlos se puso rojo como un tomate. —Ese pensamiento era privado. —luego, asimiló lo que dijo Althaea—. ¿Qué dijiste? No puede ser. No puedes tener tantos años, eso sería ser inmortal.

"No somos inmortales. Por cierto si me atropellara un tren o explotara una bomba encima mío, moriría como cualquier otra criatura. Nuestra inmortalidad consiste en no envejecer, y nos curamos muy rápidamente de cualquier herida, y no nos enfermamos. Nuestra tecnología, la que nos queda, es como magia para ustedes. Por ejemplo, ahora mismo podrías tocarme la cara sin problemas, pero si trataras de pegarme un balazo, la bala rebotaría en mi "campo de fuerza" sin llegar a tocarme, como si tuviera un chaleco antibalas."

Juan Carlos se reclinó en el asiento, con la mente en blanco.

—Somos, dijiste.

—Por cierto.

—¿Cuántos son? ¿Y Tzedek es tu padre?

—Hoy, demasiado pocos. Tzedek estaba bastante contento de haberte encontrado.

—¿Y por qué están aquí, se les acabaron los recursos en su planeta, o qué?

Althaea lanzó una carcajada. —Si supieras la ironía de lo que estás diciendo.

Juan Carlos ladeó la cabeza y no pudo evitar un resoplido cansado.

—Nosotros evolucionamos en este mundo, hace unos cinco millones de años. Somos nativos de la Tierra. Nuestra especie desarrolló una civilización avanzada, tecnológica, y prosperamos por millones de años. Nuestro nivel de desarrollo tecnológico, social e intelectual llegó al punto de controlar todo lo que se podía controlar, inclusive el medio ambiente y la mortalidad. Vivíamos en el paraíso. No somos una especie muy agresiva, y trabajamos de manera colaborativa. Canalizábamos nuestros impulsos agresivos con ritos. Nuestra población mundial se mantenía estable alrededor de los diez millones. Sólo moría alguien cuando se cansaba de vivir, o en accidentes muy graves, que trágicamente ocurrían de vez en cuando.Cuando era necesario, creábamos nuevos individuos mediante lo que ustedes estaban empezando a conocer como ingeniería genética, para mantener la población estable."

—¿Cómo es que no quedó nada de todo eso? ¿Porqué nunca encontramos nada?

—Oh, cada tanto alguien se ha topado con algún resto de nuestra civilización. No es que haya quedado mucho, si un edificio de piedra sólida se deshace por la erosión en diez mil años hasta quedar irreconocible, imagina después de un par de millones de años... Además, tuvimos miles de años para hacer desaparecer cualquier resto sospechoso antes de que ustedes desarrollaran la tecnología necesaria para reconocerlos. Así y todo hemos debido "comprar" el silencio de más de una persona que investigó en el lugar errado. O hacerlo quedar como loco. No creerías las verdades que hay detrás de ciertas teorías conspiratorias. Nuestro lugar principal de residencia existía al Oeste de Europa hasta hace unos tres mil años.

Juan Carlos iba de sorpresa en sorpresa. Trató de organizar las mil preguntas que deseaba hacer.

—Entonces... ¿Cómo entramos en escena nosotros? Nosotros los humanos, quiero decir.

—Tenemos cierto parentesco con ustedes, de la misma manera que un gorila tiene parentesco con los chimpancés. Desde hace varios millones de años hubo varias ramas de homínidos inteligentes cohabitando en este mundo, pero se mantenían con una inteligencia primitiva, excepto nosotros, claro. Hace unos ciento cincuenta mil años, tuvimos una gran sorpresa. Un objeto del espacio cayó en una meseta africana. Lejos de nuestras poblaciones, lamentablemente. Sabíamos que existían otros mundos con vida y hasta con civilizaciones tecnológicas. Nuestra tecnología nos permitió detectarlos, pero no nos interesaba la exploración espacial ni la conquista de otros mundos. Disculpa, no te quiero lanzar una conferencia...

—No, por favor, cuéntame —dijo Juan Carlos, cerrando la boca.

No teníamos satélites como los humanos ahora, porque no nos interesaba demasiado la conquista del espacio, como la llaman ustedes. No teníamos la presión de estar destruyendo el planeta y necesitar un lugar para escapar. Así que no le dimos la adecuada importancia a este objeto, que asumimos sería un meteorito.

—¿Y no lo era?

—No, no lo era. Era una pequeña nave espacial, automatizada, cuyo único objetivo aparentemente fue ensamblar un portal apenas aterrizó. Ensambló el portal, lo activó, y comenzaron a llegar por él una verdadera invasión. Unas cuantas criaturas parecidas a grandes bípedos, de unos dos metros de alto, pero que venían con un ejército de máquinas y equipos. Desplegaron sus equipos, muchos de ellos hacia el espacio alrededor de la Tierra, y nos estudiaron rápidamente. No sé cómo pensaban estas criaturas, nunca logramos comunicarnos con ellos. Cuando comenzaron a operar aquí, trataron sin éxito de atacarnos varias veces y de distintas maneras. Al final, hicieron algo que no esperábamos. Tomaron una especie de homínido, la que más se acercaba a lo que necesitaban, y mediante ingeniería genética transformaron a los primates amables y colaborativos que conocíamos, parecidos a los bonobos de hoy en día, en una especie de fieras violentas, egoístas, destructivas y desaprensivas: El homo sapiens.

—Alto, alto. ¿Nos crearon? ¿Nos *crearon*? ¿Cómo sobrevivimos si éramos tan violentos como dices? —dijo Juan Carlos, un poco indignado.

—Les introdujeron genes con la necesidad de reproducirse sin medir las consecuencias, y una inteligencia más avanzada pero egoísta y orientada a encontrar nuevas formas de matar, para conquistar el entorno. Muy pocas especies naturales buscan matar hasta a los propios miembros de su especie por cualquier excusa como hacen ustedes ¿Notaste eso? Hecho eso, los soltaron por distintos lugares, y aparentemente se fueron para dejarlos actuar. Ustedes, los humanos, fueron creados por criaturas de otro mundo para destruirnos.

Juan Carlos estaba mudo. Cuando reaccionó, dijo —Perdón, pero tiene que ser broma, toda la vida diciendo que lo del diseño inteligente era una estupidez, que no había pruebas, y ahora me dices que fuimos diseñados.

—Diseñados para destruir, lamentablemente. Cuando por fin encontramos el portal después de cientos de años de buscarlo, lo destruimos, pero ustedes ya estaban reproduciéndose por todo el mundo. Aunque al principio eran pocos, se fueron reproduciendo exponencialmente, y llegó el momento en que fueron más que nosotros. Nos habíamos recluido en nuestro continente más importante, Atlantis, la para ustedes famosa Atlántida.

Juan Carlos puso cara de no me hagas bromas.

—Sí, existió. Los humanos encontraron e invadieron nuestras tierras una y otra vez, a pesar de nuestras medidas para evitarlo. Hace apenas unos tres mil años creemos que un grupo de humanos lograron infiltrarse en nuestra fuente principal de energía y arruinarla. No sabemos cómo lo lograron, pero lo que hicieron fue comenzar una reacción en cadena en el reactor principal, que destruyó todo el continente, hundiéndolo en el mar. Casi todo el mundo pereció. Mejor dicho, casi todo el mundo atlante.

Althaea estaba seria ahora, pensativa.

—¿Y tu estuviste allí? —preguntó Juan Carlos.

—Estaba lejos, en lo que hoy es África, haciendo investigación. Por eso hoy estoy viva. Casi todos los Atlantes perecieron, quedamos unos pocos cientos. Mientras ustedes con sus instintos codificados genéticamente siguieron reproduciéndose sin control, nosotros perdimos a casi todos los miembros importantes de nuestra especie, la mayor parte de nuestra tecnología, o al menos la forma de seguir fabricándola, y gran parte de nuestros conocimientos. Y lo peor, nuestra especie fue modificada genéticamente hace muchas eras para que las mujeres seamos estériles. Una forma impecable de mantener la población bajo control, pero nos jugó en contra cuando perdimos la tecnología que nos permitía crear nuevos miembros de la especie.

—Pero eso es un espanto, ¿practicaban la eugenesia? ¿Y no podían tener hijos aunque quisieran?

—Así es. Muy poco pudimos rescatar, y lo que pudimos salvar lo atesoramos y mantuvimos en secreto. Desde entonces nos hemos acercado a la humanidad varias veces, tratando de modificar su especie para sacarle las taras que les habían metido los Annunakis. Lamentablemente eso era casi imposible sin destruirlos completamente. Primero con los Egipcios antes de la hecatombe, luego con los griegos, tuvimos una relación estrecha. Los micénicos incluso aprendieron nuestro idioma. Tratamos de guiar y hacer avanzar la humanidad, para que controlen sus impulsos destructivos, pero cometimos errores.

—Los dioses... —dijo en voz baja Juan Carlos.

—Muchos nos consideraron así. Hace unos pocos cientos de años comenzaron a crecer de manera desenfrenada una vez más, y tuvimos que hacer varios esfuerzos por reducir su población. Lo logramos en la edad media con la peste, otra vez a principio del siglo veinte con la gripe, pero luego ustedes mismos se metieron en las guerras, y con la revolución industrial y el desarrollo tecnológico comenzaron no solo a matarse ustedes sino a todo el planeta. Nuestra idea era revertir los cambios genéticos que les habían hecho, para que volvieran a ser los primates pacíficos y controlados que eran originalmente, pero hubo un problema. Somos muy pocos, y un traidor entre nosotros, Marsan, decidió tomar las cosas en sus manos, y vengarse de una vez para siempre. Nosotros no solemos sucumbir a la venganza, pero como te dije antes, no somos perfectos. Lo que pensábamos iba a ser una manera de controlarlos, se convirtió en un exterminio donde sólo quedaron aquellos que habíamos seleccionado expresamente.

—Como nosotros —dijo Juan Carlos, pálido.

—Sí, como ustedes. Humanos seleccionados por su inteligencia extrema, pero además por su carácter pacífico, no agresivo, rebelde, escéptico y moderado sexualmente... Y alguna que otra característica genética. O sea, individuos que podríamos llamar Atlantes con orgullo, en vez de los primates salvajes que crearon los Annunakis.

—¿Y qué hay con Raquel? ¿O esta versión joven de Raquel, es un clon, o qué?

Althaea se puso seria.

—Raquel no es un clon, aunque para ti es como si lo fuera. Es la verdadera Raquel, tu Raquel, pero al morir le aplicamos una variación de la tecnología que nos mantiene a nosotros con vida. Fruto de su propio trabajo de investigación. Y esa tecnología le reparó los órganos y la rejuveneció, lo que permitió reanimarla. Lamentablemente en el proceso perdió partes de su memoria. No las partes que más le interesaban a Tzedek, por suerte, así que siguió trabajando para nosotros. Pero no recuerda haber tenido una familia.

Juan Carlos pensó un momento.

—¿Esperas que crea que ustedes no querían matar a los humanos, sólo modificarnos? ¿Por qué iban a hacer eso, si era mucho más fácil nada más matarnos, y además más rápido?

Althaea suspiró. —Aunque resultó ser así, no somos genocidas. ¿Por qué algunos humanos protegen a algunas especies peligrosas como los tigres, en vez de exterminarlos y ya? Incluso algunos entre ustedes se dan cuenta que no está bien exterminar especies.

Juan Carlos apretó los labios y no dijo una palabra.

—¿Y qué esperan de nosotros?

—Que acepten vivir con nosotros... Tenemos un mundo que arreglar y proteger. Hoy en día quedamos menos de una docena de Atlantes. Y los Annunakis podrían volver.

—Ustedes quieren que seamos su mano de obra. Como los caballos o las mascotas para los humanos, seres de vida breve que se pueden utilizar.

—Comprendo que se debe ver así, pero no, nada más lejos de la realidad. Si quisiéramos esclavos, los hubiéramos arreado y metido en barracas de donde no pudieran escapar, y obligado a hacer lo que quisiéramos por extorsión o violencia. Nos consta que esos métodos dan resultado, fueron usados por los humanos por milenios.

"Lo cierto es que queremos empezar de cero. Y algo más... tu, en particular, me gustas mucho, Juan Carlos. Mental y físicamente. Eso es raro, muy raro. Pero me gustaría que se queden con nosotros. Por voluntad *propia."*

Juan Carlos se quedó con la boca abierta y se puso colorado. —¿No tienes ninguna vergüenza?

—¿A mi edad? Ya no sé lo que es eso. Además, considerando lo poco que viven ustedes, es mejor no perder el tiempo —rió Althaea, luego poniéndose seria —. Mi padre está por entrar.

Juan Carlos se puso aún más colorado. Eso le estaba pasando mucho en este día.

REBELIÓN

Alfa, 27 de Noviembre de 2027, 19:55 (13:55, hora de Rho)

Un sistema de vigilancia había sorprendido a un sujeto saboteando una de las estaciones convertidoras de energía de la ciudad. Una alarma interna les avisó a los Atlantes, y pudieron detenerlo en seguida. Luego de casi una hora de interrogatorio con químicos, pudieron saber que el hombre, que se llamaba Alberto, había sido seleccionado por Marsan, y que el sabotaje había sido planeado por Marsan mismo... Fueron al centro de control para ver los archivos, y revisando su ficha se encontraron con la sorpresa que la selección no fue por las características que buscaban los Atlantes. Este hombre era un ex presidiario, condenado por violación dos veces, por asalto tres veces, y con una lista de denuncias larga como una sábana. Y lo peor es que Marsan ni siquiera se molestó en disimularlo, todo estaba ahí.

—Esto es tremendo —dijo Nikaia. Hicimos todo esto para tomar lo mejor de esta especie, y Marsan nos traicionó también en ésto.

—Quién sabe cuántos individuos de esta clase ha incorporado Marsan a la ciudad —Se lamentó Halius—. Tenemos que chequear todas las fichas...

Se interrumpió ante el ruido de un tumulto que venía de afuera.

Un grupo de como diez personas había entrado en el edificio, y estaban discutiendo a los gritos con los guardias, que trataban de sacarlos.

—¡Queremos ver a Alberto! —gritó uno cuando vio que se asomaba Halius—. ¿Dónde está Marsan? Hace días que no lo vemos.

—Sí, ¡Queremos verlo ahora, y a Alberto! —gritó otro de los sujetos.

—Señores... —comenzó a decir Halius en el marco de la puerta, cuando uno de los hombres sacó un arma que tenía escondida en el cinto en su espalda, le apuntó al pecho y disparó.

Nikaia y los guardias pegaron un grito, y aún mientras Halius caía hacia atrás el sujeto disparó otra vez, y otra vez. La segunda vez se vio una luz que recorría el cuerpo de Halius, y la tercera la luz se hizo más brillante y Halius gritó de dolor. Nikaia se lanzó a cerrar la puerta mientras los guardias sacaban sus armas y trataban de detener al hombre, pero los otros sujetos también estaban sacando armas y comenzando a disparar.

Uno de los hombres se lanzó contra la puerta y la empujó justo cuando estaba por cerrarse. Nikaia gritó, y por un momento sostuvo la posición, pero de repente la puerta comenzó a abrirse otra vez. —Marcos, ayúdame —le gritó Nikaia a uno de los guardias que estaba adentro, quien se lanzó a ayudarla, pero no podían cerrar la puerta. Marcos, el guardia fiel a Nikaia, sacó entonces un arma, apuntó por el espacio abierto de la puerta y disparó. Se escuchó un grito, y luego varios disparos del otro lado. Marcos gritó, disparó un par de veces más, y la puerta cedió de golpe, cerrándose. Nikaia tocó el panel y la puerta se bloqueó. Marcos se desplomó muerto, el último disparo lo había alcanzado en el pecho.

Nikaia lazó una maldición, y sin perder tiempo, activó una alarma que comenzó a sonar en toda la ciudad. Las fuerzas de seguridad no eran muchas, pero estaban bien entrenadas y respondieron de inmediato. El problema es que por lo visto había revueltas en varios lados de la ciudad.

La situación se salía de control, y el caos fue escalando rápidamente, como podían ver en las pantallas.

Nikaia se agachó junto a Halius, quien estaba lastimado pero vivo.

Con el tumulto, las distracciones y el sonido de la alarma general, nadie notó la nueva alarma que sonaba en algunos monitores.

Alguien comenzó a golpear la puerta con un objeto contundente. Por suerte la puerta era blindada, pero el ruido era tremendo.

Varias de las pantallas se activaron. De repente el edificio comenzó a vibrar, se escucharon una voces amplificadas por todos lados (pero con los disturbios y los disparos no se entendía una palabra de lo que decían) y comenzaron a bajarse unas persianas metálicas sobre las puertas y ventanas, así como una especie de mallas metálicas sobre los edificios y objetos de la ciudad.

ALARMA

Rho, 27 de Noviembre de 2027, 14:30

La puerta se abrió en ese momento, y se asomó Tzedek.
—Vamos al centro de comando, quiero que Juan Carlos vea lo que tenemos.

Se detuvo un momento, notando el rubor de Juan Carlos. Miró a Althaea, y se estuvieron mirando un momento. Por lo que sabía ahora, Juan Carlos supuso que estaban hablando mentalmente, y casi podía seguir el diálogo mirando su caras. Althaea cara de determinación, luego de súplica, luego de... cariño, mirando a Juan Carlos. Tzedek, primero cara de enojo, luego de furia, luego de resignación. Vaya, pensó Juan Carlos.

Althaea le hizo un gesto a Juan Carlos, y ambos siguieron a Tzedek. Fueron hasta el piso del centro de comando.

A pesar suyo, Juan Carlos quedó impresionado. Miró alrededor, tanto los equipos como la vista panorámica de la ciudad, mientras seguía a Tzedek a la mesa de reuniones.

—Juan Carlos, nuestra especie está casi extinta. Y la de ustedes, sólo fue creada como un herramienta, modificada genéticamente de una especie que ya existía, y adaptada para lo que hacía falta. Igual que hicieron ustedes con las ovejas, las vacas o los perros pero por manipulación genética directa. La tecnología capaz de salvar nuestra especie, fue destruida junto con Atlantis. Desde entonces nuestro número ha menguado de manera continua sin que haya podido evitarlo. Recién ahora, con nuestra ayuda, los humanos llegaron a desarrollar las tecnologías para poder hacer la manipulación genética necesaria para recuperar nuestra especie.

—¿Y para qué nos necesitan?

—Aunque te parezca difícil de creer, ustedes tienen algunas cualidades que, atemperadas, pueden salvarnos a todos. Somos especies muy distintas. Nos cuesta pensar siquiera en conflictos masivos, ni hablar de entrar en guerras, y es sobre todo por eso que casi fuimos destruidos. Los Annunakis nos analizaron bien. Para defendernos, teníamos que matarlos en masa a ustedes, y por la dificultad para hacer eso es que nos sobrepasaron.

—No entiendo aún para qué nos necesitan —dijo Juan Carlos.

—Aún creados para destruir todo, ustedes son parte de nuestro planeta, tenemos gran parte de nuestro ADN en común. Los Annunakis, son una especie invasora del todo extraña. Algún día van a volver. Y si no hay nadie para detenerlos, van a terminar el trabajo que empezaron hace tantos años. Conquistar el planeta y exprimir sus recursos hasta que no quede nada. Y no queremos regalarles el planeta. Y ustedes, los humanos que quedaron en estas ciudades, son lo más cercanos a nosotros que existe.

—No quisiera ser impertinente, pero ustedes... —comenzó a decir Juan Carlos, cuando una alarma estridente se escuchó en varias de las consolas del centro de comando. Dos o tres pantallas que estaban con protectores de pantalla, se llenaron de datos y gráficos.

Tzedek y Althaea se incorporaron de golpe, mirando las pantallas. —Mierda... —dijo Tzedek en voz baja, preocupado y enojado.

—Althaea, el procedimiento de protección PEM, urgente —dijo Tzedek, tipeando a toda velocidad en una consola, mientras Althaea hacía lo mismo en otra. —¿Listo? Tres, dos, uno, ya —dijo Althaea mientras ambos pulsaban una tecla al mismo tiempo. Como si lo hubieran ensayado docenas de veces, habían pasado menos de quince segundos. Se escuchó una sirena en la ciudad, mientras se veía que todas las casas, todas las máquinas y todos los artefactos a la vista, o bien se cerraban con persianas metálicas, o eran rodeados de una especie de mallas metálicas, o eran guardados de manera automática en lugares dentro de las casas o bajo el suelo. Todo se movía acompasadamente mientras se escuchaba una voz por todos lados diciendo "Esto es una emergencia, no es un ensayo, diríjase urgentemente a su refugio más cercano, reiteramos, esto es una emergencia..." y seguía repitiendo lo mismo. Desde las ventanas pudieron ver algunas pocas personas que se apuraban a sus casas, y apenas entraban se cerraban persianas y mallas metálicas sobre las puertas, techos y alrededores de las casas. Se escuchó y se sintió una vibración intensa en el edificio.

—¿Qué está pasando? —dijo Juan Carlos asustado—. ¿Y dónde está Sofía?

—Me temo que China decidió que si ellos no vivían nadie lo haría, y lanzó unos... cincuenta misiles nucleares a todo el mundo, lo más probable es que haya sucedido de manera automática. El primer lanzamiento fue a las 15:07, hace casi dos minutos, y los sistemas automáticos de Rusia y de Estados Unidos ya lanzaron su contraataque, menos de un minuto después... hay más de doscientos misiles nucleares volando en todas direcciones.

—Sofía está a salvo, estaba viendo casas con Damaris. No te preocupes, Juan Carlos, estará tan a salvo como nosotros.

Mientras Althaea decía esto, unas persianas metálicas comenzaron a bajar sobre las ventanas del piso panorámico.

—¿A salvo? —dijo Juan Carlos—. ¿De una guerra nuclear? ¿Cómo? Althaea y Tzedek se miraron.

LANZAMIENTO

MSR Grandiosa, 27 de Noviembre de 2027, 14:30

Mientras realizaban la larga y complicada maniobra de acople de los dos barcos, que consistía en sujetar el submarino a varios puntos de amarre del barco, y tirar una pasarela desde la salida de carga más cercana a la entrada del submarino. Cuando todo estuvo listo, Leora estaba esperando en la bodega por donde habían sacado la pasarela, en una de las bodegas inferiores, junto con sus segundo oficial y el director de crucero.

El capitán Robert subió rápidamente por la estrecha pasarela, sin demostrar mayor dificultad. Su uniforme blanco estaba tan brillante que superaba incluso al de Leora, y tenía un montón de insignias y medallas. Tenía una barba poblada que hacía pensar en un hombre mayor, pero la cara parecía mucho más joven de lo que debería, para ser un capitán de submarino. Leora vio sus ojos y por un segundo se le cortó la respiración. La barba de unos pocos días lo hacía parecer mayor, pero la tersura de la cara indicaba que Robert no llegaba a treinta años. Los ojos parecían tener la sabiduría del mundo. Leora no pudo indicar el por qué, no pudo precisar el motivo. Arrugas, no vio. Pero tal vez fue la serenidad de la mirada lo que le dijo que esos ojos habían visto muchas más cosas de las que podrían pensarse.

—No hacía falta que se vistiera de gala —dijo Leora, sonriéndole, y le ofreció la mano.

—Esperaba causar una buena impresión como para que deje pasar a mis hombres, capitán —dijo Robert sonriendo a su vez y estrechando su mano.

—Después de lo que venimos viendo, creo que podría haber subido vestido de payaso y hubiera estado igual de contenta de ver vivo a alguien más —dijo Leora ante la risa de Robert. Dios mío, mira los dientes de este hombre, pensó Leora, parece una publicidad de pasta dental.

— ¿Qué sabe acerca de lo que está pasando? —preguntó Leora concentrándose nuevamente.

—De lo que ya pasó, más bien. Sabemos que fue un ataque bioterrorista. Lo que no sabemos es de quién fue. Todo el mundo fue infectado.

—¿Quiere hacer pasar a sus hombres? Así podemos ir a charlar a un lugar más cómodo.

—Seguro que sí. Tengo unos veinte muy ansiosos por pasear un rato. ¿Es posible, o será mucha gente?

—Si no vienen armados, no hay problema.

Robert se asomó por la escotilla de carga. Al flexionarse, Leora pudo ver cómo se marcaba su trasero en los pantalones un poco ajustados, y no pudo evitar una ligera sonrisa. Robert pegó un silbido ensordecedor con las manos en la boca, que sobresaltó a Leora e hizo que se tapara los oídos.

—Creo que me perforó un tímpano, ¿dónde aprendió a silbar así?

El capitán se rió nuevamente.

—Fue hace muchísimo tiempo. Una pareja que tuve.

Leora se sorprendió al darse cuenta de que tuvo una puntada de celos. ¿Qué diablos? Ese hombre era magnético.

En menos de un minuto más de una docena de hombres estaban subiendo por la pasarela a paso rápido, el primero de uniforme blanco, otros dos de uniforme azul con rayas blancas en los hombros, y el resto de uniforme azul oscuro.

—Le presento a mi primer oficial, Lionel Preece, y si nos permite nos acompañaran dos escoltas de seguridad. El resto de los hombres quisieran pasear.

—Bienvenidos a bordo, y acompáñenos a la cubierta principal. El resto de sus hombres puede hablar aquí con el director de crucero para hacer lo que gusten.

—Qué belleza, permítame —dijo Lionel, inclinándose y tomando la mano de Leora para besarla—, ¿me pregunto si estará libre para una cena esta noche?

Leora se sorprendió, no sólo por la falta al protocolo, sino porque de repente sintió como se le erizaban los pelos de la nuca. Instintivamente, dio un paso atrás, mientras los escoltas pasaban a su lado.

—Comandante, ¿se ha vuelto loco? —dijo Robert.

—La capitán no es una cualquiera, oficial —avanzó Romano claramente airado.

—Romano —dijo Leora cuando vio que su oficial se había puesto serio y en posición agresiva—, no necesito que me defiendan, no soy ninguna damisela en peligro. En cuanto a ustedes, caballeros, no hay ofensa, porque entiendo que tal vez hace meses que no ven a una mujer. Capitán, seguramente sus hombres encontrarán a algunas tripulantes más que dispuestas a ofrecer sus servicios para quienes tengan el cerebro entre las piernas, pero debo advertirle que se aleje de los pasajeros, o deberé botarlos del crucero. ¿Nos entendemos?

Romano se había puesto bordó, mientras que Lionel dio un paso atrás y, aparentemente desconcertado, bajó la cabeza. Robert levantó las manos en un gesto conciliador.

—Estoy seguro que todos mis hombres se portarán adecuadamente, ¿no es verdad Lionel? Somos invitados en este barco.

—¡Sí, señor! ¡Y disculpe, capitán Saphira! No sé qué me pasó. Es que hace meses que estamos en el mar... Lo siento, no es excusa, fui un imbécil.

—Hable con el resto de los hombres para asegurarse que entiendan las reglas que acaba de darnos la capitán. Luego, hará cincuenta flexiones de brazos. Y recién después de eso, puede seguirnos.

—¡Sí, señor! —dijo Lionel, y fue a hablar con los otros militares, estuvo gesticulando unos segundos, y luego se arrojó al suelo se puso a hacer rápidamente flexiones de brazos mientras uno de los guardias iba contando, tapándose la boca para que no se le viera la sonrisa.

Subieron a paso rápido por distintos tramos de escalera, hasta que llegaron al punto panorámico debajo del puente.

—¿No creen en los ascensores? —dijo Robert.

—No cuando podemos ir de un lugar a otro en un minuto en vez de en diez. Los ascensores son lentos, para turistas sin apuro.

—¿Y tenemos apuro?

—No pienso quedarme encerrada en un ascensor con un par de marineros cachondos.

Robert lanzó una carcajada.

—No se preocupe, Leora, su virtud está a salvo mientras esté yo a bordo.

Ahora fue Leora quien se rió.

—De alguna manera me resulta difícil creerle —dijo Leora, mientras llegaban a la cubierta del puente.

Los recién llegados se quedaron mirando la vista.

—Impresionante, realmente. ¿Cuánta gente tienen a bordo?

—Entre tripulación y pasajeros, unas tres mil ochocientas.

—¿Es baja temporada? Pensé que iba bastante más gente en estos barcos.

—Bueno, ya desde que salimos no estaba completo, pero además dejamos ir a alguna gente en Buenos Aires.

Robert se puso muy serio.

—¿Atracaron en el puerto?

—No, los bajamos en botes salvavidas. En ningún momento comprometí el aislamiento del barco.

El capitán se relajó.

—¿Y cuáles son sus planes? —dijo Leora.

—Por ahora, estamos intentando contactar con sobrevivientes, y no tuvimos nada de éxito. Los últimos informes de ayer de nuestra inteligencia militar en casa, dijeron que todo esto fue un ataque bioterrorista bien organizado. Parece ser completamente fatal, es decir, que si te contagias, te mueres, y que es terriblemente fácil de contagiar. Peor que un resfrío. Por contacto, por respirar el mismo aire, por apoyarse en una superficie contaminada. Y aunque parezca imposible, el virus puede sobrevivir varias horas a la intemperie, y aún más tiempo en cadáveres.

—¿De ayer? ¿Y qué dicen hoy?

—Hoy ya no dicen nada. Perdimos contacto con todos los puestos de tierra.

—Diablos ¿Usted piensa que esto es el apocalipsis? —dijo Leora muy seria.

—Si no lo es, no se me ocurre nada que se aproxime más. Me imagino que se habrá dado cuenta que aquí, a bordo, tiene poco menos que la última esperanza de que no se extinga la humanidad.

—Vaya esperanza, un montón de turistas gordos y viejos. Aunque sí, por suerte hay muchas familias de gente más joven, muchas con niños incluso, y también son jóvenes la mayoría de los tripulantes, pero será difícil encontrar gente con lo que se necesitará para sobrevivir en el mundo a partir de ahora.

—Veo que estuvo pensando en el asunto.

—Desde hace rato. No creo que podamos habitar ninguna ciudad grande. Además de que habría que sacar los cadáveres, no habría electricidad, agua ni gas, y la mayoría de las casas modernas no son habitables en esas condic...

Una alarma proveniente del submarino la interrumpió en seco. El capitán Robert se puso pálido. Se asomaron a la baranda, desde donde se veía claramente el submarino, y vieron como se abrían dos compuertas en la parte superior del extremo del submarino.

—¿Capitán? —dijo Leora.

—El submarino está preparándose para lanzar.

—¿Para lanzar?

—¡Misiles nucleares! Rápido, capitán, ordene que todos se pongan a cubierto. ¡Rápido!

—¡Misiles nuc...! ¿Por qué no lo detiene? —dijo Leora con un tono de histeria en la voz.

—¡El control de los misiles es remoto! Nosotros sólo llevamos el submarino adonde nos dicen, y hace bastante que nadie nos dice nada. Pero el control de los misiles sigue estando fuera de nuestro control. El submarino puede lanzar los cohetes desde la superficie o bajo el agua, no importa. Así que sólo deben transmitir la orden y salen disparados adonde sea que quieran que vayan. No hay forma de detenerlo.

Leora corrió hacia la escalera y de cinco zancadas alcanzó el puente. Activó el sistema de comunicaciones interno, mientras apretaba el botón de alarma general. Tomó el micrófono y dijo —Atención, todos los pasajeros deben entrar a cubierto inmediatamente, y toda la tripulación debe ayudar y hacer lo mismo. Métanse en lugares sin ventanas, o cierren las escotillas de seguridad, y no salgan hasta que se les avise que es seguro. Repito, todo el mundo debe entrar al interior del barco. Cúbranse los ojos,

no miren hacia afuera, pueden quedar ciegos. Esto es urgente.
Le pasó el micrófono al oficial de comunicaciones de turno y le dijo —Siga repitiendo eso mismo.
Se asomó a la baranda.
De las cámaras abiertas del submarino salía una humareda. Bajó por la escalera en un par de segundos, levantando los pies y deslizándose con los dos brazos por la baranda. Del submarino salieron con gran estruendo un misil intercontinental desde cada cámara. Miró su reloj. Las 15:08. Vio a tripulantes agarrando a algunos pasajeros que se quedaron mirando los misiles subir hacia el cielo. Sintió su corazón latir en su cuello.
—Por el amor de Dios —escuchó decir a uno de sus oficiales.
Hasta ahora el amor de Dios los venía salvando, pero todo esto se parecía cada vez más a un capítulo de la Biblia, de esos donde la ira de Dios sobrepasa a su amor. A uno de los peores, pensó. De esos donde se arrepiente y hace borrón y cuenta nueva.
Por suerte la propulsión de los cohetes era perfectamente vertical, de lo contrario hubieran quedado chamuscados por el chorro de fuego.
En pocos segundos los misiles se perdieron de vista, y las compuertas de las cámaras de despegue del submarino volvieron a cerrarse.
—Rápido, debemos refugiarnos —dijo el capitán Robert.
—Vamos al puente.
—Al puente no, tiene que ser algún lugar sin ventanas.
—Cierto, por aquí entonces —dijo Leora mientras llevaba a todos al bar de la cubierta cinco.
—Más abajo. Necesitamos ir más adentro del barco —dijo Robert.
Leora lo miró, y notó una nota de pánico en sus ojos. Sin perder un segundo, lo llevó por las escaleras y lo hizo bajar a toda velocidad, a veces saltando e incluso usando los pasamanos para deslizarse, durante lo que pareció una eternidad, hasta que llegaron a una cubierta donde lo hizo pasar por una puerta metálica sin adornos, directo a una cocina.
Apenas habían entrado y cerrado la puerta, cuando la gente en las cubiertas superiores pudieron ver una luz blanca enceguecedora que entraba por los ojos de buey sin cubrir, por las rendijas de las puertas y por cualquier lugar que no estuviera herméticamente cerrado. Todos se taparon los ojos, pero así y todo les quedaron sensibles con el fogonazo, y por varios segundos seguían viendo el fantasma de lo que estaban mirando cuando detonó la explosión, que ocurrió a varios kilómetros de distancia.
Por un momento se apagaron todas las luces, y en la oscuridad total Leora pudo ver un suave resplandor en los ojos de Robert. Un instante después, la iluminación de emergencia se encendió, y Leora se preguntó si estaba imaginando cosas por el pánico. Menos de un minuto más tarde, la onda de la explosión nuclear los alcanzó, barriendo con todo lo que estaba

suelto en las cubiertas abiertas del barco. Sillas, pequeñas mesas, toallas, ceniceros, reposeras, y montones de pequeñas cosas salieron volando, mientras el barco se sacudía y se escuchaba un ruido sordo que hizo vibrar todo.

Se mecía, y de repente sintieron un golpe que retumbó en todo el barco. Y pocos segundos después, otra vez.

—Maldita sea, el submarino está golpeando contra el costado del Grandiosa— dijo Robert.

Sintieron otro golpe, y luego un estruendo.

—¿Qué fue eso?

—Si tengo que adivinar, diría que el submarino se soltó, y el ruido fue la pasarela cayendo al mar.

Robert descolgó un equipo de radio de su cinto, y lo accionó.

—Comandante, cambio.

—Capitán, ¿están bien? Tuvimos que alejarnos del barco, cambio.

—Eso supuse que pasó, cambio.

—Estamos rastreando numerosas explosiones con la computadora. La mayoría en el hemisferio norte. Le avisaré cuando terminen, manténganse a cubierto mientras tanto, cambio.

—Explosiones nucleares, ¿alguna fue cerca?, cambio.

—Por lo que indica la computadora, la mayoría de los misiles son de interceptación. Aún no sabemos cuáles llegarán a tierra ni dónde. Ya registramos varias explosiones en la atmósfera alta, algunas bastante cerca, pero a gran altura. Le tendré al tanto, cambio.

—Entendido, cambio y fuera.

—¿Por qué se apagaron las luces del barco? —dijo Giuseppe.

—Un pulso electromagnético... generado por una explosión nuclear.

—¿Y por qué el equipo del submarino todavía funciona?

Robert levantó el radio.

—Equipo militar. Todo está protegido contra pulsos electromagnéticos.

Leora hizo memoria y se quedó callada. En teoría el Grandiosa también estaba protegido, pero no eran pocas las ocasiones en que la compañía había demostrado que si podía ahorrarse dinero salteando algunas cosas costosas, lo haría. Si las medidas de seguridad no estaban bien implementadas, probablemente todos los circuitos de su barco estaban quemados. Esperaba que no fuera el caso, de lo contrario estaban en la lata de sardinas más cara del mundo. El hecho de que se cortó la electricidad no sirvió precisamente para tranquilizarla.

El barco se volvió a sacudir, más suavemente que antes. Se escucharon unos ruidos metálicos. Leora estaba sin comunicaciones internas y sin poder salir del cuarto, así que no podía saber lo que estaba pasando.

—Robert, ¿tienen forma de ver el crucero desde el submarino?

—Sí.
—¿Puede preguntarles si ven algún daño en el barco?
Robert así lo hizo, y la respuesta no fue alentadora.
—Dicen que el costado contra el que golpeó el submarino está abierto al mar.
—Diablos, me temía algo así.
Un daño así en las cubiertas a la altura del mar acortaría dramáticamente el viaje. Leora se cubrió de sudor frío.

BUNKER

Rho, 27 de Noviembre de 2027, 15:00

Durante todo el rato que Tzedek y Althaea estuvieron contándole su historia a Juan Carlos, Sofía estuvo a su vez escuchando el relato de Damaris, que le contó básicamente lo mismo. Damaris era parecida a Althaea, aunque con el cabello más oscuro y los ojos turquesa, de un color que no era celeste ni verde pero era ambos.

—Damaris, dime la verdad. ¿Tzedek es el responsable del virus? ¿Él quería eliminar a todos los humanos, salvando a unos pocos?

—No, Sofía, absolutamente no. Sólo queríamos en alguna medida deshacer los cambios que había sufrido el genoma humano. El resultado debió haber sido una especie más pacífica y benigna, no una matanza. El atlante que supervisaba el laboratorio del virus, Marsan, nos traicionó, lo hizo letal. —dijo Damaris.

Mientras charlaban, Damaris le mostró desde la Torre las casas que tenía la ciudad, y la invitó a ir a ver las más cercanas.

—Tenemos muchas casas vacías aún, ustedes pueden tener la que quieran, y ya que el trabajo de tu papá será en la Torre, si está más cerca es mejor. ¿Quieres ver cómo son las casas?

—¿Y si sale mi papá?

—Estoy segura que tiene para un rato largo, y además le van a decir dónde nos vamos. No te preocupes —dijo Damaris mientras salían, le hizo un gesto a la gente de seguridad, y uno hizo un gesto de asentimiento con la cabeza, y el otro los siguió.

—Todas las casas son parecidas, donde más se notan las diferencias es en la ubicación y la cantidad de habitaciones. Mira, ésta que está cerca tiene 2 dormitorios, vamos a verla..

Entraron en la finca, el camino los llevó hacia la casa, y a los lados había montones de árboles frutales y se veía que el terreno más allá era una huerta. Cuando legaron a la puerta, Damaris posó la mano sobre la placa al costado, una pequeña luz piloto pasó a verde, y se escuchó cómo la puerta se destrabó. —Todas las cerraduras de la ciudad se abren para nosotros, hasta que son programadas para una persona específica. Cuando las programen para ustedes, solo ustedes podrán abrirla, y Tzedek, eso es claro, por si hay una emergencia.

Sofía exclamó —¿Y qué pasó con la privacidad? ¿Qué emergencia podría requerir que Tzedek ande entrando a nuestra casa?

—En la ciudad en la que vivías, al menos los bomberos y la policía podían derribar tu puerta para hacer su trabajo. Aquí al menos tratamos e no romper las cosas si es necesario entrar de urgencia, y por otra parte, las puertas son casi irrompibles —dijo Damaris, con una sonrisa, entrando en la casa.

Sofía la siguió, le encantó el olor a nuevo que tenía todo. Además, había muchísima luz, que entraba por las ventanas panorámicas. Los ambientes eran amplios, pero la casa estaba vacía.

—¿De donde saldrán los muebles, tenemos que comprar... —estaba preguntando Sofía cuando de repente una sirena estridente se escuchó en la ciudad. Escuchó un mensaje a todo volumen, aunque no pudo darse cuenta de dónde salía el sonido, que comenzaba "Esto es una emergencia..." y salió corriendo afuera. Miró hacia la Torre y vio que se iban cerrando todas las puertas y ventanas con persianas metálicas, y el resto del edificio como que se cubría con una especie de malla metálica. Se quedó con la boca abierta al ver que al tope de la Torre, se había abierto el techo y había aparecido lo que parecía un gigantesco cañón de ciencia ficción. Lo que fuera no disparaba balas, y mientras lo miraba al tiempo que se levantaba, giraba y apuntaba hacia el noreste.

—Sofía, ven conmigo, rápido —dijo Damaris mientras la tomaba del brazo y la arrastraba dentro de la casa. El guardia de seguridad ya estaba adentro.

Apenas entraron la puerta de entrada se cerró y bajó una placa metálica sobre la misma. Damaris arrastró corriendo a Sofía y al guardia hacia el centro de la casa, una serie de luces rojas les marcaban el camino. Llegaron a una especie de puerta que se abría en el suelo e iba hacia abajo. Sofía se paró en seco, asustada.

—Es un bunker, no tengas miedo. La alarma significa que en algún lado se han lanzado armas nucleares.

—Dios mío —dijo el guardia.

—Armas nucleares, ¿y vienen hacia acá? —dijo Sofía asustada.

—Esperemos que no, Sofía, la alarma se activa a mano desde la Torre, así que Tzedek debe haber considerado que estamos en peligro. En todo caso, es mejor prevenir que lamentar.

El bunker estaba bien iluminado, y estaban bajando todavía cuando se escuchó como toda la casa y todo lo de alrededor quedó asegurado. En el silencio el cierre de la puerta del bunker sonó como una exclusa de un submarino.

No era demasiado grande, pero había 4 literas, un pequeño inodoro con una cortina alrededor, había botellas de agua, alimentos en lata, y tanques de algo que Sofía supuso sería oxigeno. Había un armario en un extremo.

—¿Para cuánto tiempo podría durar esto? —pregunto Sofía.

—Está preparado para dos semanas para 4 personas, pero la única posibilidad de tener que quedarnos semanas aquí sería si nos cayera un impacto directo. Y que luego no pudiéramos salir por quedar sepultados por escombros. Aunque hay explosivos en la salida diseñados para volar cualquier obstáculo de la entrada.

—¿Escombros? ¿Y cómo saldríamos si afuera cayó una bomba atómica? ¿Qué pasó con la radiación y el fuego? —dijo Sofía cerca del pánico.

—Si ese fuera el caso —dijo Damaris abriendo el armario—, hay trajes que son mejores que los trajes espaciales, son anti fuego y anti radiación, además de herméticos. Podríamos esperar unos días a que se enfríe un poco el terreno, y luego irnos caminando hasta algún lugar seguro, lo cual podemos medir con el contador Geiger que está aquí. ¿Ves? Ahora marca normal —dijo Damaris, probándolo—. Pero además, hay otra salida subterránea para emergencias. Ahora, vamos a calmarnos y a esperar —dijo Damaris con voz tranquilizante y apretando un código y un botón amarillo en un panel en la pared.

—¿Qué es eso? —preguntó el guardia.

—Es un llamado a la Torre, me imagino que deben estar más que ocupados ahora, pero cuando puedan nos contactarán —dijo Damaris, mientras se sentaba en una de las literas a esperar, y los demás hacían lo mismo. Sofía se sentó junto a ella y la abrazó, y el guardia se sentó enfrente.

Damaris sintió el calor del cuerpo de Sofía contra el suyo y no pudo evitar abrazarla a su vez. *"Cálmate, Sofía, estás segura conmigo"*, escuchó Sofía en su cabeza.

—¿Acabas de...? —dijo Sofía, girando y subiendo la cabeza para mirar a Damaris.

"Shhh, sí, me estás escuchando con tu mente. Y yo te escucharé si te concentras en un pensamiento como si hablaras", escuchó en su mente Sofía, quien se incorporó de golpe y se alejó un par de pasos. El guardia la miró sorprendido.

"¿Qué eres? ¿Cómo es esto posible?", pensó Sofía.

"Sentí que estabas por preguntarme algo sobre lo que te conté antes, y no se debe hablar de eso delante de terceros. Especialmente terceros religiosos y curiosos... Es extraño", dijo Damaris mirando a Sofía y luego al guardia con disimulo.

"¿Entonces ustedes los atlantes son telépatas?", pensó Sofía mientras comenzó a caminar de un lado a otro del bunker.

"No, no de manera natural. Que sepamos eso no existe. Nuestro cuerpo está lleno de tecnología microscópica, una de sus funciones nos permite analizar y transmitir datos... En la práctica, cumple la función que los humanos llaman telepatía", explicó mentalmente Damaris.

"Entiendo... ¿Qué diab...? ¿Cómo no me di cuenta antes de que tienes seis dedos?", pensó Sofía, mirando la mano de seis dedos de Damaris, y sintiendo un escalofrío recorrerle la espalda.

"Podemos hacer algunas cosas con la mente, como influir en lo que ven los humanos. No es exactamente que no ven, sino que no miran... Es automático, a menos que permitamos que suceda, como acabo de hacer contigo" —le explicó Damaris.

Sofía se detuvo y abrió la boca para hablar, vio al guardia que la miraba, y la volvió a cerrar.

"O sea que puedes manipularnos y engañarnos con facilidad", pensó Sofía ahora enojada.

"Mira en mi mente" escuchó Sofía, y a continuación sintió como si se abriera una puerta a los pensamientos de Damaris. Fue como entrar en un remolino, que se fue estabilizando y transformándose en imágenes, sonidos, olores, sabores, y sentimientos. Sofía vio imágenes de Tzedek y sintió miedo y respeto, luego vio imágenes de Althaea y sintió amistad, vio a Juan Carlos y sintió indiferencia, y se vio a sí misma, y sintió...

"Sí, me gustas, y quiero ser tu amiga, eso es lo que siento", escuchó Sofía en su cabeza.

"Mientes. Estás tratando de manipularme", pensó Sofía, sentándose junto a ella.

Damaris la estaba mirando a los ojos, y tan sólo acercó su cara a la de ella y le acarició la mejilla. *"No podemos mentir telepáticamente, Sofía. Si escuchas algo en tu mente, puedes estar segura que es verdad. Y si no me crees, haz la prueba."*

El corazón de Sofía parecía que se le iba a salir del pecho. Trató de recuperar la respiración, y disimuladamente miró por el rabillo del ojo al guardia, quien estaba ahora volteado hacia un costado, y tenía mala cara.

"Vaya", pensó Sofía. Su mente era un torbellino. *"Ni sé qué pensar, o sea..."*, y entonces decidió probar lo que le dijo Damaris. *"Tus ojos son horribles..."* pensó, pero por debajo sabía la verdad.

Damaris sonrió. *"Lo ves, puedes intentar mentir, y lo haces bastante bien, pero la mentira es transparente y podemos ver a través de ella. Y más allá de ella, sé que te gusto."*

Sofía recordó a Marisol y soltó involuntariamente un sollozo. El guardia la miró de reojo y pensó con desprecio que estaría asustada. Pero Sofía en realidad estaba angustiada por lo que estaban pensando. *"Extraño a Marisol. Yo... no me dí cuenta de qué tanto la quería hasta que murió, ¿entiendes? Está bien, es verdad que me gustas, pero ¿Qué futuro tenemos? Soy joven, pero me habré muerto de vieja en lo que para ti sería un momento de tu vida."*

"No, Sofía. Tengo miles de recuerdos, no, qué digo miles, cientos de miles, millones de momentos de mi vida que puedo recordar. Y perdí a muchos seres queridos con los años. Algo te puedo decir con seguridad. No me arrepiento de haber amado a nadie. Ni siquiera por un día. Cada

momento es invalorable.", pensó Damaris.

Sofía abrazó a Damaris, ambas en la litera, apoyando su cabeza sobre su hombro, y Damaris apoyó su cabeza sobre la de Sofía, acariciándosela.

DEFENSAS

Delta, 28 de Noviembre de 2027, 4:07 (15:07 del 27 de Noviembre, hora de Rho)

Como es lógico, casi todos estaban durmiendo en Ciudad Delta a las cuatro de la madrugada. Sólo el personal de seguridad y algunos técnicos que preferían trabajar de noche estaban despiertos.

Cuando sonaron las alarmas en el centro de control de Delta, un guardia tomó de inmediato un teléfono y llamó a Ponteus.

Ponteus atendió la llamada dormido, y el guardia le dijo —Señor, disculpe, pero escuche ésto —y le dejó escuchar el sonido de las alarmas. Ponteus abrió los ojos como platos, pegó un salto fuera de la cama y salió corriendo hacia el centro de comando, mientras gritaba —¡Niobe, levantate, es una alerta nuclear, llama a los demás!

Por suerte dormía con piyama, de lo contrario se hubiera presentado desnudo al Centro de Control.

Llegó y entró al centro de comando en menos de un minuto, jadeando. Miró las pantallas, y gritó —¡Diablos!

Entró en su consola y mientras tipeaba vio que entraba Niobe corriendo, y le gritó —Rápido, el procedimiento de PEM.

Niobe tampoco había perdido tiempo en vestirse, y estaba apenas cubierta con una bata ligera. Se lanzó sobre su propia consola, y tipeó el procedimiento.

—¿Listo?

—Listo, uno, dos, tres, ya —dijo Ponteus, y ambos le dieron ejecutar al programa. Habían pasado apenas dos minutos desde el alerta, pero los misiles ya estaba a un tercio de su camino. Toda la ciudad comenzó a cerrarse y cubrirse, igual que Ciudad Rho. Los mensajes se escucharon por todos lados, y las casas que tenían a sus dueños adentro se cerraron y protegieron automáticamente. También el edificio donde estaban, en el que se cubrieron todas las ventanas y entradas con persianas metálicas, y la superficie con una malla metálica. Nadie pudo verlo, pero el edificio vibró cuando el gran cañón apareció en el techo, en su centro exacto. De inmediato el cañón comenzó a cargarse, con múltiples zumbidos que subían de frecuencia muy rápido, como muchas lámparas de flash de cámara de fotos.

Ponteus apoyó su mano en un panel del escritorio, y se activaron las pantallas de la pared, y también se activó el sistema de control del cañón y seguimiento de misiles.

Apolo entró corriendo al centro de control, seguido de cerca por Harmonia. Ambos estaban también en ropa de dormir.

—Múltiples lanzamientos de misiles nucleares, por ahora los primeros desde China, los siguientes de Estados Unidos, Rusia. Unos doscientos en total —informó Niobe leyendo las pantallas.

Se iluminaron las pantallas grandes, donde vieron a Tzedek, Althaea y alguien más.

—Los de Estados Unidos y Rusia, ¿son de represalia o de intercepción? —dijo Apolo.

Niobe miraba las pantallas y estudiaba los datos.

—¿Y bien? —insistió impaciente Apolo.

—Una buena noticia, la mayoría de los de Estados Unidos son de intercepción, al menos la misma cantidad que los de China. La mala noticia es que otros veinte son de represalia. Y los de Rusia son de intercepción también.

Tzedek y Althaea estaban escuchando en la pantalla.

—Los primeros que lleguen cumplirán su función, y los siguientes... —dijo Ponteus.

—...No encontraran misiles para interceptar. ¿Alguna posibilidad de que detonen por cercanía?—terminó Tzedek.

—Tzedek, estoy siguiendo y proyectando con la computadora las trayectorias. Tenemos que cerrar los satélites ahora, o nos quedaremos sin comunicaciones. Son cincuenta y dos los misiles chinos, están todos en curso de colisión con misiles estadounidenses, y los otros son más rápidos pero salieron después. Van a chocar a gran altura. Los misiles rusos apuntan al mismo lugar pero van a llegar poco después, lo más probable es que exploten por la onda expansiva de la explosión nuclear de los otros misiles —dijo Niobe.

—Bien, cierra los satélites, y por si acaso programa los satélites polares para que cambien de órbita dentro de una media hora, en caso que se destruyan los que estamos usando. Estamos preparados para los pulsos electromágnéticos, ¿qué es lo que te preocupa?

—De los misiles que no son de intercepción, hay nueve de Estados Unidos que están apuntando directo a nuestras ciudades. Uno al centro y otros dos en las inmediaciones de cada una. —dijo Niobe.

Todos se quedaron callados por unos segundos.

—¿Cuánto falta para que estén a tiro, Niobe? ¿Y dónde están los de Ciudad Alfa?

—Faltan dos minutos y cuarenta y cinco segundos para el primer impacto —dijo Niobe—. Un minuto para que estén a tiro, y veinte segundos para cada cambio de blanco.

—Activa las defensas automáticas, que disparen en cuanto estén a tiro. ¿Qué pasa con Alfa?

—No se comunicaron y no responden a mi llamado —dijo preocupada

Althaea—. ¿Será falla de comunicaciones?

—¿Por qué se activan las defensas a mano, en vez de automáticamente? —preguntó Juan Carlos.

—No es problema de comunicaciones, tengo respuesta de la computadora, estoy ahora activando acceso remoto, activo cámaras y control de consola —dijo Niobe.

—Porque las defensas incluyen el cañón láser que está programado para destruir cualquier cosa en el aire en un radio de diez kilómetros, Juan Carlos. Por precaución debemos verificar que sea un ataque de verdad y no, por ejemplo, un avión—dijo Althaea.

En las terceras pantallas aparecieron imágenes del centro de control y de Alfa. Se veía gente peleando en una cámara, Halius y Nikaia en el suelo en otra, luces rojas, gritos, disparos.

Tzedek se quedó estupefacto pero sólo por un par de segundos, de inmediato gritó —Althaea, ¿está activo el protocolo PEM de Alfa?

—Dos minutos —avisó Niobe.

—No lo está, voy a activarlo por remoto ya. Niobe, tiene que ser desde ambas ciudades para hacerlo por remoto, inicia protocolo PEM en Alfa, ya lo tengo listo —dijo Althaea.

Niobe tipeó con furia y dijo —Listo, en tres, dos, uno, ya —y ambas tipearon algo y se transmitió la orden a Alfa. Alfa comenzó a proteger sus casas y aparatos.

—No van a llegar a tiempo —dijo Niobe.

—Tzedek, no van a llegar —confirmó desesperada Althaea.

—No podemos hacer nada por ellos —dijo Tzedek, mientras se escuchó un zumbido agudo. En ese momento el zumbido cesó de repente, el láser del cañón se había disparado. El arma nuclear detonó a gran altura. La computadora ya estaba buscando el segundo misil, cuando la luz de la explosión bañó la ciudad y todas las superficies en el exterior lanzaron chispas y rayos hacia el suelo y de un objeto a otro. La luz dentro de los edificios bajó un poco, y luego volvió a su intensidad normal, mientras la llegada de la onda expansiva hacía temblar todo.

El cañón volvió a disparar, y destruyó otro misil. Este otro no iba apuntado hacia ellos, pero como fue destruido más cerca, sus efectos se sintieron más fuerte.

Las pantallas de comunicaciones se apagaron.

—Perdimos contacto con Alfa y con Rho —dijo Niobe.

El cañón disparó otra vez. Un tercer misil había sido dirigido hacia Sudáfrica. Demasiado cerca para dejarlo caer, y ningún misil estaba en curso de intercepción, así que el láser lo seleccionó y le disparó, destruyéndolo a gran altura. Como éste estaba casi en el límite de distancia, los efectos de la explosión apenas si se vieron, pero apenas se sintió nada más que la luz de la explosión.

Los radares y los datos satelitales siguieron trabajando, pero nada más se acercaba hacia ellos o las inmediaciones.

IMPACTOS

Rho, Alfa, Delta, 27 de Noviembre de 2027

Rho, 15:13:
En la primera pantalla Niobe decía —No van a llegar a tiempo.
Althaea verificó los datos de la telemetría, y desesperada confirmó —Tzedek, no van a llegar.
Tzedek se pasó la mano por la cabeza, angustiado, y dijo —No podemos hacer nada por ellos.
Se escuchó un zumbido agudo, seguido por un silencio brusco. El cañón láser se había disparado, destruyendo el misil que iba directo hacia ellos. La explosión nuclear resultante produjo una onda expansiva, un destello de luz, calor, radiación y un pulso electromagnético. El láser tenía potencia como para alcanzar una decena de kilómetros, y había destruido al misil a esa distancia, con lo que los efectos pudieron sentirse pero con mucha suavidad. Un segundo misil iba dirigido a la represa de donde tomaban el agua y la energía, y fue destruido apenas el cañón pudo localizar el blanco. El tiempo que le llevó eso, hizo que el segundo misil estuviera mucho más cerca que el primero.

Alfa, 15:13 (Hora de Rho):
Nikaia por fin dejó a Halius en el suelo. Estaba herido pero respiraba. Se acercó a su consola. Afuera se seguían escuchando golpes, gritos y disparos. Hasta ese momento estaba paralizada por el pánico, pero se forzó a reponerse, cuando vio que se estaban cerrando las ventanas. Afuera se veían unas luces en el cielo formando una aurora increíble, como las auroras boreales, pero en esta ubicación nunca debería ocurrir ese fenómeno.
Verificó sus pantallas y trató de establecer contacto con las otras ciudades. También vio una cantidad de advertencias e indicadores rojos y en alerta.
La pantalla de comunicación con Rho se encendió, la de Delta permaneció apagada.

Rho, 15:14:
—Tzedek, hay múltiples impactos en la atmósfera alta. Toda la atmósfera superior está ionizada y se siguen sumando pulsos electromagnéticos. Los satélites se cerraron de manera automática ante la primera sobrecarga.

Perdimos capacidad de observar el resto del mundo, incluso ... —dijo Althaea.

La pantalla de comunicación con Alfa se encendió, pero se veía con estática e interferencia.

—Tzedek, hay una ... (se cortaba) ... vuelta, Haius ... herido, qué... ... protección? Marsan seleccionó ... —se escuchaba a Nikaia decir, pero todo entrecortado.

—¡Nikaia, el cañón láser, activa el cañón láser!—gritó Tzedek

—... sabotaj ... ... ciona!! —decía Nikaia y de repente se cortó la imagen.

Alfa, 15:14 (Hora de Rho):

—¡Nikaia, el ... ñón láser, activa ... ca ... ser! —escuchó Nikaia que gritaba Tzedek entre la interferencia.

Se escuchó como se agudizaba el zumbido del cañón, pero en vez de descargarse en un disparo, bajó otra vez el tono como si se hubiera desinflado.

—Tzedek, el cañón fue saboteado, tuvimos un sabotaje, ¡¡El cañón no funciona!! —dijo Nikaia. Miró la pantalla. Faltaban cuarenta segundos para el impacto. Miro hacia la pared, ingresó un comando en la consola, y pegó un salto hacia Halius. Lo tomó por debajo de las axilas, y tiró con desesperación. Treinta segundos.

Afuera, de repente se había hecho silencio. Los revoltosos notaron las auroras y los destellos afuera, y las luces rojas adentro guiando a los refugios subterráneos, hacia donde se dirigieron corriendo...

Halius se quejó. Veinte segundos.

—Ayúdame maldita sea, mue-ve-te —gritó Nikaia exhausta. Estaban cerca de la puerta del bunker, que se había abierto en la pared. Halius comenzó a reaccionar y empujó con las piernas, ayudándola a moverse dentro del bunker. Cerraron la puerta con fuerza, mientras se lanzaban a la segunda puerta interna rodando primero por la escalera. Diez segundos. La abrieron, y pasaron al otro lado.

La segunda puerta estaba terminando de cerrarse, cuando el misil que iba dirigido a Alfa, llegó a su destino.

Delta, 15:14 (Hora de Rho):

Niobe verificaba los datos, la sobrecarga causada por los pulsos electromagnéticos había sido absorbida y desviada por las jaulas de Faraday que cubrían cada superficie en toda la Ciudad. La radiación y el calor habían sido intensos por unos segundos, pero los blindajes habían resistido sin problemas. Los cultivos en la periferia de la ciudad que quedaron al aire, los que no se quemaron con seguridad se secarían, y tendrían que hacer cierto trabajo de descontaminación, pero todo lo que estaba dentro de las manzanas de la ciudad estaba cubierto y protegido.

Por seguridad, tendrían que observar por unos días dónde impactaron bombas y las direcciones de los vientos, pero por ahora parecía que habían sobrevivido sin problemas. Anotó mentalmente que debía felicitar a Tzedek por la elección de la ubicación de las Ciudades, y por separarlas en tres. Aunque se preguntó cómo y cuándo se habían convertido en un blanco digno de un misil nuclear intercontinental. Pensó en Alfa y se le hizo un nudo en la garganta.

Rho, 15:15:

—Tzedek...—dijo Althaea, mirando los informes de las pantallas, y se le escapó un sollozo.

—¿Qué? ¿Qué pasó? —dijo Tzedek, rechinando los dientes.

—Es... Alfa, tuvo un impacto directo. Un misil cayó directamente en Alfa.

—Por el amor de Gea —dijo Tzedek, y se tapó la cara con ambas manos. Se quedó así un par de segundos, y bajando las manos dijo —¿Y Delta?

—Pudo defenderse. Su antena de comunicaciones quedó frita, pero en cuanto activen la secundaria deberíamos poder comunicarnos —dijo Althaea.

—¿Estamos fuera de peligro? ¿Todos los misiles llegaron a destino o fueron interceptados? —dijo Tzedek.

Althaea revisó los datos, y dijo —Más de ciento sesenta explotaron por intercepción entre ellos en el borde de la atmósfera, unos cinco interceptamos nosotros con los láser, y unos treinta y cinco llegaron a destino. Treinta de ellos en el hemisferio Norte. Repartidos sobre todo entre Estados Unidos, Europa, China, India y Rusia. Cerca nuestro sólo llegaron a tierra uno sobre el centro de Buenos Aires. Toda la atmósfera está ionizada. Tzedek, creo que no queda ni un lugar fuera de nuestra ciudades que tenga energía eléctrica. El lado de la Tierra a la sombra está oscuro, salvo las zonas en llamas. Los pulsos electromagnéticos quemaron todos los circuitos, todo lo eléctrico y electrónico que aún andaba. Y los últimos dos misiles acaban de caer por Alaska.

—Los misiles que nos apuntaron a nosotros, ¿de dónde vinieron?

—Todos vinieron de Estados Unidos. Sabes, es imposible que nos apuntaran al azar, no hay ningún objetivo militar ni ciudades importantes cerca. Estados Unidos por algún motivo nos tenía en la lista de ciudades a destruir en caso de conflicto —dijo Althaea.

—Probablemente nunca vamos a saber por qué, pero hicieron un gran trabajo. Exterminaron a un tercio de nuestra especie, y a un tercio de la de ellos —dijo Tzedek amargado.

—No sabemos eso con seguridad, Tzedek —dijo Althaea— lo más probable es que Hallius y Nikaia están muertos, pero no vimos a Musa en las pantallas. ¿Qué si ella y otros llegaron a refugiarse en los bunker?

—Tienes razón... bueno, si Musa llegó a refugiarse, tenemos que rescatarla. ¿Habrá alguna manera de restablecer la comunicación? ¿Al menos para no ir hasta allá sin saber si es para nada?

—Hmm, perdón —dijo Juan Carlos que hasta ahora había estado mudo y fuera del paso—, entiendo que acabamos de sobrevivir a una guerra nuclear mundial, pero ¿Habrá alguna posibilidad de que pueda ver a mi hija?

—Una guerra nuclear automatizada, de hecho, pero es lo mismo a todos los fines prácticos. Sofía estaba con Damaris viendo casas, deben estar en un bunker. Althaea, búscala mientras verifico que se pueda levantar la alerta.

—Hmm, creo que ya la encontré —dijo Althaea notando un llamado en una de las pantallas. Pulsó unas teclas y habló en un micrófono, —Damaris, ¿estás ahí?

Alfa:, 15:15 (Hora de Rho):
Musa estaba supervisando unas huertas en la periferia de la ciudad cuando comenzaron los disturbios. Vio a varias personas con armas yendo casa por casa, disparando a quienes no se unían a ellos. Musa se apuró al interior de la casa más cercana, y desde ahí trató de comunicarse con el Centro de Control, pero no obtuvo respuesta. No estaba segura de si no había nadie, o si las comunicaciones no andaban en absoluto. Por la ventana vio que un grupo de gente armada se dirigía a la casa donde estaba ella. Activó el panel de emergencia, y en pocos segundos abrió el bunker de la casa. Se metió y lo cerró apenas entró.

Estuvo un rato tratando de comunicarse con el Centro, pero sin éxito. Un rato después, vio que se activaba la alarma general. Y un poco más tarde, la alarma de ataque nuclear. No entendía por qué o qué era lo que estaba pasando, pero sabía qué hacer. Se aseguró que la puerta estuviera bien cerrada. Verificó las reservas del bunker, y todo estaba en orden. Siguió tratando de comunicarse, lo cual debería haber podido hacer, pero no logró comunicar ni con el Centro ni con nadie más, ni dentro de la Ciudad ni en las otras.

Estaba en eso cuando todo tembló con violencia y se cayó al piso. Polvo de material cayó del techo, y se apagaron las luces. El bunker sin luces era absolutamente negro. Por más que sus pupilas se dilataron al máximo y los nanites activaron la visión infrarroja, no podía ver absolutamente nada. Apenas habían pasado unos diez o quince segundos, que le parecieron horas, se encendieron las tenues luces de emergencia del refugio. Fue al armario sin perder el tiempo, y sacó el contador Geiger-Müller. Lo encendió, y suspiró cuando la aguja apenas se movió de lo normal. El refugio subterráneo estaba bien construido.

Puso la mano sobre el panel para activar la computadora, pero no sucedió nada.

Todo indicaba que habían recibido un impacto directo de algún tipo de bomba. Sólo había una manera de saber.

Abrió otra vez el armario, sacó unos de los trajes naranja, y se lo puso con cuidado. Era ajustable y el diseño era de lo mejor, pero era para humanos, así que le quedaba ajustado. Cuando estuvo segura de que estaba bien colocado y aislado, se calzó un tubo de oxígeno y el casco, dejando el traje hermético. Tomó el contador G-M y otro aparato que estaba en el armario. Moviéndose con dificultad en el traje que parecía de astronauta, se dirigió no hacia la entrada, sino hacia un costado del bunker. Volcó contra la pared una de las literas, y buscó en la pared. Por fin, se abrió una placa, donde encontró y tiró de una manija. Con un bufido, se abrió la rendija de una puerta en el suelo, invisible hasta ese momento, donde estaba la litera. Acercó rápidamente el contador G-M, pero no detectó radiación. Abrió entonces la puerta y bajó por una escalera hasta una pequeña cámara debajo del bunker. Encontró una manija en la pared similar a la de arriba, y la giró hacia abajo. La puerta se cerró herméticamente. Estaba ahora en una cámara de descontaminación. Si necesitara volver, podía hacerlo sin contaminar el interior del pequeño bunker. Fue al otro extremo de la pequeña cámara, y abrió la puerta siguiente. Asomó el contador G-M, y no detectó radiación peligrosa, aunque sí estaba por encima de lo normal. Salió y comenzó a caminar por un largo pasillo, que estaba iluminado por pequeños LEDs en el techo, separados cada metro y medio, llevando el contador G-M delante. Se preguntó quién más habría llegado a refugiarse.

Rho, 15:15:
Damaris, Sofía y el guardia se sobresaltaron cuando una voz se escuchó por un parlante invisible, en el panel donde Damaris había pulsado la tecla amarilla. —Damaris, ¿estás ahí? —escuchó la voz de Althaea.

Damaris se levantó, tocó el botón y dijo —Althaea, qué alegría escucharte. ¿Qué está pasando?

—Damaris, ¿Sofía está contigo?

—Sí, está aquí conmigo, y uno de los guardias.

—Bien, vengan inmediatamente al Centro de Control, todos —ordenó Althaea.
—Ahí vamos.
—Damaris, vengan por los subsuelos. El sistema de protección aún está activado, así que no van a poder ir por arriba.
—Entendido, vamos para allá —dijo Damaris, moviendo ya la litera donde sabía que estaba la salida oculta, buscó el panel y la abrió. Tomó de la mano a Sofía, y bajaron hacia la antecámara y los pasillos subterráneos seguidos por el guardia.

Alfa, 15:30 (Hora de Rho):
Musa siguió adelante hasta que llegó hasta una intersección. Un letrero en la pared indicaba con flechas, hacia la izquierda decía "Evacuación", y hacia la derecha decía "Centro". Lo pensó un momento, y fue hacia la izquierda. Caminó un rato largo. Cada cincuenta o cien metros otro pasillo desembocaba en éste, o se bifurcaba otra vez. Fue siguiendo siempre las indicaciones de "Evacuación". Después de unos quince minutos de caminar, notó que ya no había más pasillos convergentes y el que transitaba seguía recto todo el tiempo. Verificó el indicador de su oxígeno, tenía aún para varias horas. Siguió caminando lo más rápido que podía como durante dos horas, pero el pasillo comenzó a ascender y tuvo que esforzarse más, además de reducir el paso. Vio a lo lejos una puerta. Haciendo un rápido cálculo mental, debía haber salido de la ciudad hacía varios kilómetros. Por fin llegó a la puerta, que tenía aspecto de blindada, y buscó algún panel, pero no encontró ninguno. Tampoco veía ninguna manija. Golpeó la puerta frustrada, y le pareció que se movía un poco. Se apoyó entonces en la puerta, y la misma se abrió hacia afuera. Detrás de la puerta había una cámara bastante grande. Cuando hubo entrado, notó que la puerta se cerró detrás de ella. En la cámara había otra puerta en un costado, ésta con una manija giratoria como si fuera una exclusa y otra puerta como la que acababa de pasar, justo enfrente. Fue a la exclusa, giró el volante, la puerta se abrió y pasó a una escalera corta que subía un piso y llegaba a otra cámara. Verificó y el contador G-M seguía casi normal. Cerró la puerta herméticamente, subió la escalera y fue a la última puerta que estaba a la izquierda. Esta tenía el mismo sistema de exclusa, y además dos barras de metal de lado a lado, con sendos volantes a cada lado. Abrió la exclusa y giró los volantes hasta que se retiraron las barras de los marcos. Por lo visto ésta no podría ser abierta desde afuera, si estaba cerrada. Preparó el contador G-M, y la empujó.
Salió al exterior, y en vez de la luz del sol que disfrutaba antes de correr al refugio, el cielo estaba gris oscuro, con reflejos naranjas. Avanzó unos

metros, y el vio en el contador G-M que la radiación era muy por encima de lo normal, pero tolerable por varias horas sin daños permanentes. La puerta por la que acababa de salir estaba disimulada en la ladera de una pequeña colina, que quedaba a sus espaldas. Notó que el pasto y las plantas de la colina estaban achicharradas. Miró hacia adelante, y otra colina baja le tapaba la vista. Vio un sendero que subía la colina detrás suyo, así que fue por ahí, y subió unos minutos, mirando cada tanto hacia atrás, hasta que vio que había superado la altura de la colina. Se veía una gran humareda pero poco más, así que subió un rato más, hasta que se detuvo y se dio vuelta.

No pudo evitar inhalar en un jadeo y dio un grito ahogado. Ciudad Alfa parecía el cráter de un volcán. Dentro de los límites de la ciudad, todo estaba prendido fuego, incluso la tierra parecía estar incendiada y humeando. De las casas, las huertas, los edificios, hacia las afueras quedaban sólo escombros, pero más hacia el centro no quedaba nada de nada. En el centro, pudo notar que las calles y los edificios se habían vitrificado. Curiosamente, las paredes de la ciudad parecían haber contenido la explosión dentro de los ocho kilómetros de lado de la misma, y pasando la pared el terreno se veía más o menos normal. Verificó el contador G-M otra vez, y si apuntaba el sensor hacia la ciudad, la cuenta subía abruptamente, hacia abajo o en otra dirección, era alta pero normal. La ciudad era un horno atómico.

Pensó qué hacer. Necesitaba información. El bunker de donde salió resistió muy bien, pero estaba más bien cerca del borde de la ciudad. ¿Y Halius y Nikaia? ¿Habrían llegado al bunker del centro? Miró otra vez la pira de escombros vitrificados del centro y se llevó la mano a la boca, que se chocó con el casco. Verificó el oxígeno. Si se alejaba poco más de aquí podría sacarse el traje, suponiendo que no hubieran caído otras bombas en las inmediaciones. Pero no podía irse sin saber si Halius y Nikaia estaban bien. Debía volver hasta el centro y verificarlo. Además, en los bunker internos había bebidas, alimentos y más oxígeno. Y tal vez encontrara a alguien. Sin perder más tiempo, volvió hacia el acceso a la ciudad, y volvió a entrar.

SHOCK

Rho, 27 de Noviembre de 2027, 15:45

Damaris los fue guiando por el laberinto de pasillos subterráneos, aunque por suerte estaban cerca del Centro en primer lugar. Finalmente llegaron a la entrada secundaria al bunker del Centro, y con su palma en los paneles, fue abriendo las puertas de cada cámara, hasta que llegó a la última puerta. Esta no podía abrirla desde dentro.

Presionó el botón amarillo y avisó a Althaea que estaban listos para entrar.

Althaea tipeó los comandos y se abrió la puerta que venía desde el bunker, en una de las paredes de la sala.

—Espere aquí —le ordenó Damaris al guardia, y empujó la puerta, y Sofía le soltó la mano y fue corriendo a abrazar a su padre. Damaris sonrió, pero Tzedek y Althaea estaban con una expresión muy grave, así que dejó de hacerlo y les preguntó —¿Qué pasó?

No llegaron a decir ni una palabra, cuando el guardia que los había acompañado, entró detrás de ella, sacó su arma, un calibre grande, apuntó y disparó a la cabeza a Tzedek, quien salió despedido hacia atrás. Con un movimiento circular, siguió disparando y les dio en el pecho a Juan Carlos, otro disparo a Sofía, otro disparo a Althaea, y antes de que pudiera reaccionar o siguiera gritar, a Damaris. —Lo que se merecen, cerdos —murmuró el guardia sonriendo socarronamente. Se acercó a Damaris y la empujó con el pie, y se sorprendió cuando vio que se quejaba y trataba de incorporarse. Apuntó el arma otra vez, cuando vio algo por el rabillo del ojo. Giró la cabeza para mirar, apuntando su arma al mismo tiempo, y vio que Tzedek estaba apuntándole con algo. Por puro instinto volvió a disparar, y su disparo fue certero y dio en pleno pecho de Tzedek, que salió empujado de nuevo hacia atrás. Volvió a disparar por precaución, ya pensando en vaciarle el cargador, cuando lo que fuera que tenía Tzedek en la mano disparó mientras recibía el tercer impacto, y una onda de choque lo mandó volando contra la pared más cercana. El impacto fue tremendo, se escuchó cómo se le quebraban varios huesos por el golpe. El arma que sostenía salió volando, y el cuerpo cayó inerte, pero vivo, al suelo. No molestaría por un rato.

Tzedek se levantó con dificultad, agarrándose la cabeza, sus nanites completamente agotados, mientras miraba que tanto Althaea como Damaris también se levantaban doloridas. Juan Carlos y Sofía, sin embargo, estaban conscientes pero en un charco de sangre que se iba ampliando. Juan Carlos tenía un agujero en el pecho y su pulso ya estaba bajando, y Sofía también tenía un agujero, pero en un costado, pero para salvarse necesitaría un servicio de emergencia que ya no existía.

—¡NO! —gritó Tzedek, agachándose para revisar a Sofía.

Damaris se acercó a Sofía, y Althaea a Juan Carlos, ambas doloridas y con lágrimas en los ojos. —Padre, rápido, sálvalos —dijo Althaea.

Tzedek los revisó rápidamente, y le dijo a Althaea —Sabes que sólo hay una manera. No están listos para eso.

—Por favor, padre —dijo Althaea llorando.

Damaris también, abrazaba a Sofía y dijo —Por favor, Tzedek.

Tzedek se quedó sorprendido, y dudó por un momento. No se suponía que sucediera así. Sofía era muy joven. Si le inyectaba los nanites ahora, alteraría su desarrollo. Pero en un segundo se decidió. Al diablo, se dijo, no iba a perder cientos de años de experimentos por culpa de un desgraciado.

Se movió rápido hacia su escritorio, presionó su mano en el panel, y tipeó una clave en la consola. Se abrió un compartimiento en la pared. Fue hasta allí, y sacó con dificultad un pequeño cofre de oro. Apoyó el cofre en el escritorio, y al abrirlo, se veían dentro de él varios contenedores cilíndricos de oro, con los extremos redondeados, y otras cosas de oro. Tzedek tomó dos jeringas gruesas del gabinete de primero auxilios. Tomó uno de los contenedores de oro, y al tocarlo una pequeña luz amarilla se encendió en un extremo del mismo. Presionó con el pulgar en ese lugar, y el contenedor se abrió por un extremo con un chasquido. Dentro había una especie de ampolla. Introdujo la jeringa en el mismo, perforó la ampolla, y tirando del émbolo, la llenó de un líquido dorado. Repitió el proceso con la segunda jeringa y otro de los contenedores. Todo el proceso le llevó unos segundos.

Sin esperar, fue a donde yacía Sofía. Estaba entrando en shock, se veía casi tan blanca como Juan Carlos, pero además estaba fría y temblando. Perdía sangre demasiado rápido.

—Sofía —dijo Tzedek, y cuando vio que ella reaccionaba, miró a Damaris, y ella asintió con la cabeza.

Sofía tenía los ojos entrecerrados, y dijo débilmente —Ayuda a papá.

—Tu primero —dijo Tzedek con una mueca, y le inyectó el contenido de la primera jeringa directamente en el centro del pecho.

Sin esperar a ver los resultados, tomó la otra jeringa y se acercó a Juan Carlos. Cuando se agachó junto a él, Juan Carlos le dijo con dificultad —No sé qué estás... por hacer, pero salva a mi hija... primero. Yo ya... no...

—Silencio... Te estamos perdiendo—dijo Tzedek—. Esto te va a doler.

—¿Más que... el balazo? —dijo Juan Carlos levantando una ceja.

—Sí —dijo Tzedek, inyectándole el contenido de la jeringa en el pecho. La jeringa era enorme y contenía una especie de pasta dorada que se veía amenazante. Se veía y sentía como si le estuvieran inyectando oro líquido. Terminó de inyectarlo, y Tzedek se dirigió a una consola y buscó unos momentos. Finalmente, se escuchó que decía —Nogah, ¿puedes venir al Centro? Te necesito urgente.

Pasó un momento y se escuchó —Voy para allá.

Tzedek miró a Damaris y a Althaea, y les dijo —¿Pueden ocuparse ustedes de cuidar a Juan Carlos y Sofía? Será mejor si les explican las novedades de su situación ustedes y no yo. Yo... Debo ocuparme de la basura.

Dicho esto, fue hasta donde estaba el cuerpo del guardia, lo agarró del cuello de su uniforme, y lo arrastró por el piso hacia la salida haciéndolo gritar de dolor.

Tzedek abrió la puerta presionando la placa con la palma de la mano, y salió arrastrando al guardia.

—Tzedek —se escuchó a otra persona que llegaba corriendo.

—Nogah, ven conmigo al cuarto de interrogatorios —dijo Tzedek, mientras se cerraba la puerta.

REPARACIONES A BORDO

MSR Grandiosa, 27 de Noviembre de 2027, 17:30

Cuando desde el submarino les avisaron que ya no había misiles volando ni radiaciones peligrosas en el aire, se animaron a salir al exterior. El espectáculo era, sin embargo, sobrecogedor. Aún en pleno día se podía ver en toda la extensión del cielo una aurora de colores azules y verdes, como si estuvieran cerca del polo norte.

Gran parte de los pasajeros y los tripulantes habían salido a las cubiertas del barco, para observar el cielo.

En un extremo del barco, uno de los botes salvavidas estaba en llamas. Aparentemente había explotado su motor. Una parte de la tripulación ya estaba apagándolo.

Al ver la falla de energía, los oficiales se fueron presentando en el puente, donde Leora finalmente pudo hablar con el jefe de ingenieros.

Leora estuvo discutiendo el problema del pulso electromagnético con él, y el jefe de ingenieros estaba seguro de que el barco en teoría estaba preparado para ese problema, no era que habían dejado de lado.

—Capitán, estoy seguro de que no estamos tan mal como parece. El barco depende completamente de la alimentación eléctrica, no sólo está protegida sino que es redundante. Voy a revisar los mecanismos, tal vez se quemó algún repuesto barato o necesitamos reiniciar algún circuito.

Cuando estaba anocheciendo, de repente las luces volvieron a la vida, ante la exclamación de alegría de todos. El jefe de ingenieros llamó por el circuito de comunicaciones interno a Leora.

—Sí, deme buenas noticias jefe.

—Capitán, era como pensaba. Hay que revisar todo, pero la energía inducida se descargó al casco y el mayor impacto lo absorbieron fusibles especiales y protectores térmicos. Reemplazando los fusibles, reiniciando las térmicas y arreglando un par de circuitos quemados, volvimos a arrancar el generador secundario. Ahora seguiré con la usina principal y los motores.

—¿Cuánto piensa que llevará arreglar todo?

—Todo el personal de mantenimiento está en esto. Para arreglar lo más importante y poner en marcha el generador principal, diría que unas veinticuatro horas. Revisar todo el barco, especialmente los motores y sistemas de guía de los botes salvavidas, probablemente un par de días más.

—Excelente, adelante jefe.

—Sí, capitán.

Apenas cortó con el jefe de ingenieros, sonó el comunicador interno. Atendió nuevamente.

—Habla la capitán.

—Capitán, habla el jefe de servicios médicos. Disculpe que la moleste, nada más quería ponerla al tanto de que tenemos un muerto y dos heridos. Un pasajero se quedó en una de las cubiertas, y aparentemente tenía un marcapasos. Murió al dejar de funcionar. Lo sabré con seguridad cuando haga la autopsia. Otros dos pasajeros se han quedado ciegos, además de las quemaduras de piel. Una pareja, se quedaron mirando la primera explosión sin hacer caso a las órdenes de cubrirse.

Leora se llevó la mano a la cabeza. Una tragedia, pero podría haber sido mucho peor.

—¿Algún otro herido?

—Nada importante, golpes y escoriaciones por los sacudones del barco, aunque todavía no terminamos de revisar todo el barco.

—Muy bien, gracias por el reporte. Téngame al tanto si hay más casos graves —dijo Leora, y cortó.

Bueno, tenían un montón de trabajo para los próximos días.

INTERROGATORIO

Rho, 27 de Noviembre de 2027, 17:50

Tzedek llevaba al guardia del cuello de la camisa, arrastrándolo hacia el cuarto de interrogatorios, en el piso de abajo.
—¿Puedo preguntar qué pasó y quién es éste? —dijo Nogah.
—Puedes.
Mentalmente, le contó todo lo que había pasado en el Centro de Control. —Y en cuanto a quién es, es lo que vamos a averiguar ahora.
—¿En serio llegó a dispararte a la cabeza?
—Directo entre los ojos, además de dos veces en el pecho. Y todavía me duele la cabeza. Maldito desgraciado, si no fuera por el campo de fuerza de los nanites, mi cerebro estaría de empapelado en el Centro. No tuvo ni una duda, entró, nos miró, y comenzó a disparar. Pero lo peor es que le disparó a Althaea y a Damaris, y también a nuestros conejillos humanos. Creo que se salvarán, pero aún no lo sé.
Llegaron al cuarto de interrogatorios, arrojó al hombre sobre una silla que parecía de odontólogo, y cerró la puerta bloqueándola desde el panel. En el cuarto había muchos instrumentos, algunas computadoras, y también un par de armarios.
Nogah enderezó al hombre en la silla, y le ató los pies, las manos, el torso y la cabeza, firmemente. Tzedek corrió un reconocimiento facial desde su celular, y la ficha de la ciudad lo identificó como Norberto Almeida, guardia de seguridad.
Tzedek le inyectó un estimulante. —Con esto nos va a prestar atención.
El sujeto abrió los ojos y gimió de dolor.
—Comencemos por tu nombre.
El hombre apretó los labios.
Tzedek se concentró y trató de leer su mente, pero tuvo que desistir. Estaba cansado, y el hombre estaba determinado a no suministrar información.
—Muy bien, como quieras —dijo Tzedek.
Hizo correr un aparato sobre el cuerpo del hombre, y en una computadora analizó los resultados.
—Huesos quebrados en 12 lugares. Poco, considerando el daño que intentaste hacer.
Estudió un momento la telemetría médica, y miró un mueble con drogas, y escogió tres de ellas. Llenó una jeringa con cada una, tomó la primera, y se la inyectó al guardia.
—Esto, impedirá que te desmayes, sin importar qué pase. Excepto que te mueras, claro, pero hasta eso podemos revertir si es necesario. Así, por

ejemplo, si te hago ésto... —dijo Tzedek, apretando con fuerza donde sabía que tenía un hueso roto—, ...no tendrás el alivio de poder desmayarte como ocurriría normalmente —concluyó.

El hombre gimió y estaba blanco como el papel y cubierto de sudor frío, pero consciente. Volvió a apretar los labios.

—Realmente no me gusta hacer ésto, pero recién tratate de matarme, a mi, a mis invitados, y a mi hija. Y creo que estarías feliz de haberlo logrado, y quiero saber quién te encargó hacerlo, cuándo, cómo entraste a la ciudad, por qué querías matarnos y varias cosas más, pero me molesta hablar con alguien de quien no sé su nombre. Ahora, en esta otra jeringa, tengo otra droga que lo que hace es multiplicar el dolor que sientes por diez. Ten en cuenta que no podrás desmayarte para huir del dolor. Preferiría no usarla, dicen que es insoportable, y de hecho, todos cantan como canarios cuando hace efecto, muchos incluso ruegan que los mate, pero por supuesto no voy a hacer eso.

El hombre volvió a apretar obstinado los labios.

—Muy bien, lo siento pero no me dejas alternativa. Necesito saber lo que sabes, y rápido. ¿Ves la tercera jeringa?

El sujeto la miró, y volvió a mirar a Tzedek.

—Es el antídoto y tiene un sedante. Cuando hayas dicho lo que necesito saber, no antes, las usaré y ya no sentirás dolor y podrás descansar, en una celda, por supuesto.

—¡Pudrete! —gritó el tipo.

Tzedek suspiró, y le inyectó un décimo de la segunda jeringa.

Pasaron unos segundos, y al hombre le comenzaron a caer lágrimas de los ojos. Comenzó con un gemido que trató de controlar, pero se fue transformando en un grito.

—¿Duele, verdad? ¿Qué tal si me dices tu nombre?

El hombre gritaba y gritaba sin poder parar. Tzedek le hizo un gesto a Nogah, quien le inyectó un décimo de la tercera jeringa. Después de unos segundos, el hombre se fue calmando hasta que rompió a llorar.

—¿No querrás repetir eso, no? Ahora, ¿cómo era que te llamabas?

—¡Maldito alien chupacerebros, ya mátame! —grito el hombre.

Tzedek movió la cabeza de un lado a otro.

—No somos aliens, amigo. Alguien te ha mentido. Me gustaría saber quién y qué fue lo que te dio esa idea, pero empecemos por tu nombre. Y entiende, que no te vamos a matar... Y que podemos hacer que esto dure horas, o días—dijo Tzedek, y le hizo un gesto a Nogah.

Nogah tomó la segunda jeringa, y se la clavó al hombre otra vez.

—Esperen —dijo el hombre, con los ojos desorbitados.

—¿Sí? Soy todo oídos.

—Mi nombre es Norberto. Norberto Andrés Almeida —dijo el hombre, con un cierto acento español.

Habían logrado que el hombre comience a hablar. Tzedek ya sabía que coincidían los datos y las imágenes con el hombre que tenían delante. Sin embargo, el archivo decía que él mismo había aprobado su ingreso, y no recordaba haberlo hecho.

—Muy bien, Norberto Almeida, comencemos por el principio. ¿Quién te contrató para trabajar en la ciudad? —dijo Tzedek.

Norberto apretó los labios, pero Nogah hizo un gesto con la jeringa y rápidamente dijo —Un sujeto parecido a ustedes, que se llama Marsan.

SICARIO

Madrid, 20 de Mayo de 2023, 12:30

Norberto miró con desconfianza al tipo alto y moreno que se había sentado a su mesa. Habían quedado en encontrarse en un lugar público, y el restaurant Los Galayos parecía tan bueno como cualquier otro con mesas en la calle. Podría salir corriendo con urgencia si era necesario, y perderse por la Calle Imperial metiéndose en cualquiera de los abundantes comercios de la zona extremadamente comercial. Y mientras tanto, el cochinillo estaba delicioso.

El sujeto se sacó los anteojos oscuros, revelando unos ojos azul cielo muy claros, impresionantes, y dijo —Soy Marsan, mucho gusto.

No le tendió la mano, así que tampoco lo hizo él. —Soy Norberto. Me dijeron que tiene un trabajo para mi.

—Así es, un trabajo muy bien pago, por cierto —dijo Marsan, levantando un maletín que traía consigo y poniéndolo en la mesa, al lado de Norberto—. Sea discreto.

Norberto miró el maletín, lo destrabó y lo entreabrió con cuidado. Dentro pudo ver que estaba lleno de Euros. De los de quinientos. —La gran hostia. ¿A quién hay que matar?

—A cuatro sujetos muy, muy malos. En el maletín hay cinco millones de Euros. Si acepta el trabajo son suyos, y cuando lo termine, recibirá tres maletines más como éste.

Norberto resopló. Bien, la policía no solía hacer trampas con semejante cantidad de dinero. Volvió a entreabrir el maletín, y levantó las pilas de billetes, todas se veían iguales, y llegaban hasta el fondo. No parecía una trampa ni tampoco dinero falso o relleno con diarios. Por otro lado, mirando al sujeto este Marsan, le daba toda la impresión de alguien capaz de matar a otra persona.

—¿Por qué no lo hace usted mismo?

—Lamentablemente, no tengo acceso a donde está esta gente. Pero usted sí puede tenerlo. Será fácil hacerlo pasar por un guardia del lugar. Sólo debe tener la paciencia para esperar a estar junto a estas personas, todas juntas. Si mata a una sola, es muy probable que no tenga ya oportunidad de llegar a las otras.

—¿Y dónde están?

—Esa es la mejor parte. En una ciudad de lujo, en Sudamérica. Sólo debe ir allí a trabajar, tendrá vivienda, salud, alimento y unas comodidades increíbles, mientras espera la oportunidad perfecta. —dijo Marsan—. En el maletín hay un sobre con las fotos y los nombres de su "contrato", y algunos otros datos, como los planos de la ciudad adonde va, lo que se supone que debe decir en la entrevista, y otras cosas.

—¿Y qué impedirá que una vez que esté viviendo cómodamente en la tal ciudad, nada más me quede ahí sin hacer lío y disfrutando del dinero?

—Me lo recomendaron por su integridad profesional. Pero bueno, primero que nada, el dinero no le servirá para nada en esa ciudad. Ahí usan otro sistema para conseguir las cosas. Pero más importante que eso, cuando usted sepa por qué tiene que matar a esta gente, querrá hacerlo.

—¿De veras, eso cree? ¿Qué se supone que hicieron tan terrible estas personas?

—Bueno, primero que nada, no son "personas", son extraterrestres.

Acá Norberto lanzó una carcajada. Marsan continuó como si nada.

—Y segundo, están planeando exterminar a toda la humanidad. Si usted no me cree no me importa. Si los mata ahora tal vez salve a todo el mundo. Pero si espera, verá que tengo razón, cuando todo el mundo comience a morir. Aunque usted seguramente esté a salvo en la ciudad. Ah, le van a ofrecer una vacuna, asegúrese de recibirla.

Norberto aún sonreía cuando se despidió, pero aceptó ver el trabajo y llevarlo a cabo. Terminó de comer tranquilamente y se fue a su casa con el maletín.

Ya en su casa, abrió con cuidado el maletín, con un aparato que tenía verificó que no tenía ningún tipo de micrófono ni transmisor, miró que no tuviera ninguna trampa explosiva ni nada, y por fin lo abrió del todo. El maletín estaba lleno de billetes. Los fue sacando y mirando, y contó cien pilas de billetes. Tomó una de las pilas al azar, y contó que tenía cien billetes, todos de quinientos euros. Haciendo las cuentas daba cinco millones de euros. Una fortuna. Debajo de los billetes notó un sobre. Lo sacó, y encontró primero cuatro fotos de dos mujeres y dos hombres. De alguna manera se parecían algo a Marsan, eran morenos, y todos tenían ojos de tonos claros, muy extraños. Miró debajo de cada uno los nombres, "Tzedek", "Althaea", "Nogah" y "Damaris". Lástima, pensó, las mujeres eran realmente hermosas. No que los tipos no fueran guapos, pero los hombres no eran lo suyo. Se preguntó si podría divertirse un poco con las mujeres antes de matarlas. Algunas veces en el pasado había logrado la colaboración de algunas mujeres, haciéndoles creer que no las iba a matar a cambio de sus "favores". Por supuesto, después de disfrutarlo, siempre hacía su trabajo. Tenía una reputación que proteger.

En las hojas siguientes encontró una serie de exámenes con sus respuestas, y la respuesta a un correo que debía contestar para comenzar el proceso. Recordaba haber visto el correo, había intentado resolverlo y no entendió nada ni pudo deducir ninguna pista. Incluso con la respuesta a la vista le costó entenderla. No se hizo mucho problema, según las instrucciones, sólo debía acceder a una página web con la solución del correo obtenida con lo que decía ahí, y luego presentarse a una entrevista en la cual no importaba lo que dijera, porque Marsan iba a alterar el resultado luego de la misma. Sólo debía avisarle mandando un mensaje a un número de teléfono que dejó en las hojas, que eran de un celular descartable que sería destruido una vez recibido el mensaje. Un tiempo después, Norberto recibiría instrucciones para ir a la ciudad a trabajar, para lo cual iba a tener que mudarse al sur de Argentina. Estuvo unos meses dándole vueltas al asunto, puesto que no le entusiasmaba el irse al otro lado del mundo. Sobre todo porque con el dinero que tenía, no tenía muchos alicientes para hacerlo. Hasta que una mañana recibió un correo, que no necesitó que estuviera firmado (No lo estaba), para saber que era de Marsan. Decía simplemente, —Sepa que si no se decide pronto a entrar en acción, puedo pagarle lo mismo que le pagué a usted para que otra persona se ocupe de usted... y recupere el dinero.

Norberto reconocía una amenaza cuando la veía, y se ocupó de comenzar el proceso de inmediato.

Y así fue como pasó todo, en un año Norberto fue admitido en la ciudad, se le asignó un trabajo de guardia, y desde hacía tres años trabajaba esperando la oportunidad perfecta para el contrato. Su puesto en el área de seguridad le permitía estar cerca de los objetivos, aunque nunca los había visto más que de a uno por vez, o como mucho a dos de ellos juntos, al tal Tzedek y a Althaea. Con el tiempo logró hacer entrar un arma de gran calibre y unas pocas municiones en la ciudad, en un pequeño contenedor a prueba de los detectores de la entrada. Y su trabajo era aburrido pero tenía todo tipo de lujos en la casa que le asignaron, y por cierto aprovechó para vivir cómodamente.

INCERTIDUMBRE

Rho, 27 de Noviembre de 2027, 18:30

Tzedek y Nogah escucharon el relato de Norberto.

—Cuando supe que todo el mundo había muerto hace unos días, supe que todo lo que me dijo Marsan era cierto. Ojalá hubiera actuado antes. Ojalá en algún lado de toda la información que me dio hubiera mencionado el detalle de que ustedes son a prueba de balas—dijo Norberto.

—De hecho, nosotros salvamos a la mayor cantidad de gente posible, de entre los mejores de la humanidad, pero la idea nuestra no era que murieran todos, sino modificar genéticamente a la especie para que fueran más... pacíficos. Fue Marsan quien hizo el virus, quien nos mintió a todos y quien se ocupó de exterminar a toda la humanidad, salvo los vacunados.

—Eso no tiene sentido, ¿por qué iba a decirme que los matara, si pensaba matarnos a todos?

—Hmm, Marsan no tenía acceso a nosotros, sólo a los humanos. También sabía que sólo una crisis mayor haría que estemos todos juntos. Y que estuvieras allí cuando eso pase sólo ocurriría si estuvieras siempre con uno de nosotros, como efectivamente sucedió.

—Almeida estaba asignado a la guardia de Damaris —dijo Nogah.

—Pero no entiendo qué esperaba lograr Marsan matándonos a nosotros —dijo Tzedek.

—Tal vez quería hacerse con el control de la ciudad él mismo —dijo Nogah.

—Viendo lo que hizo con el virus, es claro que estaba enloquecido de odio hacia los humanos, pero además ya estaba a cargo de una ciudad de humanos, junto a los otros, ¿Para qué iba a querer otra ciudad más? No tiene sentido.

—¿No te dio ninguna pista de por qué quería hacer ésto? —dijo Nogah hablándole a Norberto.

—Me dijo que ustedes eran extraterrestres y que iban a matar a todos. Bueno, los he visto con sus manos y aspecto raros y hemos visto que mataron a todos.

—Primero no somos extraterrestres, y segundo tampoco matamos a todos.

Tzedek miró a Nogah, y ambos miraron a Norberto. Se concentraron unos momentos, y Norberto frunció el ceño. Sentía una presión dentro de su cabeza, pero considerando el dolor que tenía en general, no era nada.

Finalmente, Tzedek y Nogah dejaron de mirar al sicario, y Tzedek dijo —Ya sé qué es lo que no tiene sentido... Lo que me molestó desde el principio. ¿Por qué Marsan no le dijo que necesitaría varios disparos para eliminarnos?

Nogah se encogió de hombros, y el prisionero puso cara de confusión.

—Voy a ver a los otros.

—Yo me ocupo de ésto. En el laboratorio siempre necesitan voluntarios para los experimentos con prototipos —dijo Nogah, y Tzedek salió, ante la cara de espanto de Norberto.

INMORTALES

Rho, 27 de Noviembre de 2027, 17:50

Damaris y Althaea arrastraron a Juan Carlos y a Sofía desde donde estaban hasta un costado de la sala de Control, fuera de la vista. Althaea hizo un bollo con unos abrigos y los puso bajo sus cabezas para que estén más confortables.

Juan Carlos era el que estaba sufriendo más, se convulsionaba y quejaba de dolor. Sofía también se quejaba, pero estaba más bien quieta y blanca como el papel. Juan Carlos de repente se curvó hacia atrás, y gritó. Cuando cayó estaba jadeando, pero abrió los ojos y miró alrededor. Miró su herida, que había dejado de sangrar. En eso Sofía lanzó un grito desgarrador, y cuando se relajó, también abrió los ojos.

Althaea miró a Damaris y le dijo —Ve a buscar unos trapos mojados, y ropa para ellos.

Sofía tenía la boca seca, pero protestó, —No, por favor, quédate, Damaris. ¿Por qué no piden ayuda?

—Dadas las circunstancias, en este momento no sabemos en quién confiar, y además no quiero todavía que nadie más sepa lo que pasó recién.

Damaris se acercó más a Sofía y le dio un besito en la mejilla. —Vengo enseguida —le dijo.

Damaris se fue corriendo, y no pasaron más que un par de minutos cuando volvió con una pila de ropa, trapos, una bolsa, y un par de botellas de jugo.

—Agua —dijo Juan Carlos.

Damaris le alcanzó el jugo y le dio la otra botella a Sofía. Juan Carlos bebió directamente del pico de la botella y se la vació. Sofía bebió más despacio, dejándola por la mitad.

Juan Carlos se sentó con dificultad y jadeó, se reclinó en la pared, y se volvió a tocar la herida. Miró alrededor la sangre roja que manchaba todo, y se sobresaltó al ver en su mano un poco de dorado.

—¿Qué pasó? ¿Qué nos inyectaron? ¿Quién era ese demente? ¿Por qué no estamos muertos?

Althaea se sentó en el suelo junto a él, y comenzó a hablar mientras tomaba un trapo húmedo de los que había traído Damaris. Le sacó la remera a Juan Carlos, y le pasó una mano por los pelos del pecho, y luego comenzó a limpiarle la sangre con el trapo.

—No tengo idea de quién era ese monstruo, pero Tzedek y Nogah lo están averiguando ahora mismo. Y estoy segura que lo averiguarán.

Juan Carlos gimió al sentir un dolor agudo en la cabeza, pero se le pasó en seguida.

Althaea siguió —Lo que les inyectamos, explica por qué no están muertos. Verás, te conté que nosotros no somos inmortales porque nuestra especie lo sea, sino porque desarrollamos una tecnología que nos mantiene así. Esa tecnología es lo que les inyectamos a ustedes.

Juan Carlos se quedó rígido. Sofía miró a Althaea y por un momento se olvidó de respirar.

—¿Nanotecnología?

—Exacto, les inyectamos los mismos nanites que nos mantienen con vida a nosotros. El primer par de minutos estuvieron adaptándose a sus cuerpos, luego se dedicaron a reparar el daño. Se autorreplican y alimentan de la misma energía química que ustedes, así que al comer, alimentan a los nanites también. Para un efecto más rápido, les conviene tomar algo azucarado. Por eso les traje los jugos.

Sofía se tocó el costado donde había penetrado la bala, y atrás por donde había salido, y vio que ahora estaban cerrados. Damaris le sacó la remera, y la limpió con un trapo húmedo. —Lo que necesitas es una ducha —dijo Damaris—, pero esto te servirá al menos para llegar a tu casa sin llamar la atención si te cruzas con alguien. A propósito... Nunca pudimos llegar a elegir la casa.

Sofía miró a Damaris a los ojos, y dijo —sospecho que no estaré con papá mucho tiempo de todos modos.

—¿Qué quieres decir con eso exactamente? —dijo Juan Carlos.

—Que me gustaría vivir con Damaris, si ella quiere, claro —dijo sencillamente Sofía.

—Y a mi me encantaría eso, y ya tengo mi vivienda en este edificio, lo mismo que Althaea, así que puedes venir conmigo y tu papá con Althaea.

—¿Mi papá con Althaea? —dijo Sofía con asombro.

Juan Carlos se puso colorado.

—Oye, tu tienes sólo catorce años.

—Y es increíblemente madura para su edad —dijo Damaris, y ahora fue Sofía la que se puso colorada.

Althaea revolvió entre la ropa, y le arrojó una linda remera verde a Sofía, y encontró una remera blanca para Juan Carlos. —¿Te la puedes poner?

Juan Carlos encontró que moverse era más fácil ahora, y se la puso. Trató de pararse, y lo logró.

—Es increíble —dijo Juan Carlos, tocándose la herida del pecho otra vez —. ¿Cómo saben los nanites que es ésto lo que tienen que reparar?

Althaea y Damaris se miraron. *"Es de mala educación hablar en secreto delante de otros."*, pensó, y se asustó cuando vio que las tres se sobresaltaron. —¿Todas escucharon eso? Pensé que sólo Althaea...

"Los nanites nos dan nuestra capacidad de comunicarnos mentalmente,

cuando estamos a corta distancia unos de otros.", escuchó que pensaba Althaea. *"Sólo debemos enfocarnos en a quién queremos transmitir nuestro pensamiento, o todos escuchamos lo de todos, como acaba de pasar. Es más fácil enfocarse hablando en voz alta."*

—Hablar sólo con el pensamiento puede ser muy útil, pero gasta mucha energía, así que después quedamos hambrientos. Pero en fin, creo que aún no hablamos de todo lo que acaban de... adquirir, junto con los nanites —dijo Damaris.

—Para empezar, además de poder hablar telepáticamente, los nanites crean un campo de fuerza superficial alrededor de cada uno. Es invisible —comentó Althaea cuando vio a Juan Carlos mirándose y tocándose el brazo—, pero reacciona con los impactos. Cuanto más grande el impacto, más fuerte reacciona. Ante un balazo, funciona como un chaleco antibalas. Mira —dijo, y se levantó la remera para mostrarle donde le habían disparado recién. Tenía sólo un moretón, que se iba borrando de a poco mientras miraba—. Es doloroso y puede dejarte sin respiración, pero pasa en un momento. El problema es si te disparan muchas veces seguidas. El sistema acumula energía, pero ante un disparo a quemarropa lo libera de golpe. Tres o cuatro disparos pueden agotar el funcionamiento del escudo, con lo cual las balas penetrarían el cuerpo. Menos, si es un calibre grande.

—Ahí comienzan a funcionar otras funciones de los nanites, estos pequeños robots más pequeños que tus células más pequeñas, pueden reparar las células rotas, excitarlas para que se reproduzcan y formen tejido, sellando así un agujero, reponer sangre perdida, pero no pueden reconstruir un cerebro. También pueden eliminar células defectuosas o alteradas, por ejemplo, mutaciones o enfermedades como cualquier cáncer —Dijo Damaris.

—Pero lo más, uhm, importante, es que además de todo eso, los nanites reparan y renuevan los telómeros... ¿Sabes lo que es eso? —dijo Althaea.

—Son los extremos de los cromosomas, que se van acortando con la edad —dijo Sofía.

—Exacto, y tienen un papel importante en el envejecimiento —dijo Althaea.

El pulso de Juan Carlos se disparó.

—Ehhh momento, momento, estás diciendo... que somos inmortales como ustedes?

Damaris y Althaea se miraron.

—Sí, Juan Carlos. Ahora, ambos son inmortales. Inmortales, pero no indestructibles ni invulnerables, recuerden. Nada más ya no estarán aquejados de enfermedades, ni envejecerán más —dijo Damaris.

—¿Me quedaré para siempre de catorce años? —preguntó Sofía espantada.

—No, bueno, espero que no. Deberías seguir desarrollándote hasta aproximadamente los veinticinco años, y tu Juan Carlos, perderás algunos de los indicadores de tu edad actual. Tus cabellos blancos se volverán de su color original, y con seguridad te sentirás menos cansado al final del día. Tu cuerpo volverá a estar más o menos como estaba a los veinticinco años —contestó Althaea.

—Es importante que sepan que no son invulnerables. Sobre todo a los pulsos electromagnéticos. Un PEM no le hace nada a un ser humano, sólo si tiene un marcapasos o algo así puede resultarle peligroso, pero a nosotros nos desactivaría todos los nanites de golpe —dijo Damaris.

—Los nanites no sólo están regenerando todo el cuerpo, todo el tiempo, sino que también muchos de ellos reemplazan y ejecutan funciones vitales, integrados con sus órganos. Si les sacaran sangre ahora, saldría de color dorado. Si todos los nanites murieran de golpe, ustedes morirían también. Si nosotros, con la edad que tenemos, fuéramos afectados por un PEM, quedaríamos reducidas a una especie de pulpa —dijo Althaea, con un estremecimiento.

—Ahora entiendo lo preparada que estaba la ciudad —dijo Juan Carlos.

—Efectivamente, aunque la mayor parte de la protección es para los humanos que viven en ella y la tecnología, lo más importante a proteger de un pulso electromagnético era nosotros mismos. Gracias a los nanites podemos resistir mejor que los humanos casi cualquier cosa, incluyendo bajas o altas temperaturas, radiación o impactos. Lo que no resistimos bien es un PEM o una hambruna. Los nanites necesitan energía, y ellos mismos se ocupan de que no tengamos más que un pequeño porcentaje de grasa de más, así que si no comemos y se acaba esa reserva, podríamos quedarnos sin energía y colapsar el sistema. Y perder la cabeza es fatal, por supuesto.

—Vaya, en tal caso, ¿saldrías a comer conmigo?

Althaea se rió. Damaris estaba guardando la ropa y los trapos manchados de sangre en la bolsa, y Althaea dijo —No es mala idea. Tenemos mucho por delante, y mucho para hacer. Mejor comamos algo primero.

—Antes estaba cansada pero ahora ya no —dijo Sofía—, ustedes, es decir, ahora nosotros, o sea... bueno, ya me entienden, digo, ¿ustedes duermen?

—Sí, pero mucho menos. Con entre dos y cuatro horas por día nos alcanza, y podemos estar tres o cuatro días seguidos sin dormir si hace falta —dijo Damaris.

—¡Excelente! —exclamó Sofía.

Juan Carlos estaba abstraído.

—¿Qué piensas? —dijo Althaea.

—¿No lo sabes? —preguntó Juan Carlos.

—No sin tu permiso. Antes podía acceder a tu mente porque si no, tu no podías acceder a la mía para responderme, pero no desde que tienes los nanites. Así es como funciona ahora —dijo Althaea.

Juan Carlos se sintió decepcionado y aliviado al mismo tiempo.

—Bien, entonces, estaba pensando, ¿esto quiere decir que somos como ustedes ahora? ¿Ya no somos humanos?

—Define "humano", Juan Carlos —dijo Althaea—. Si te refieres a un ejemplar de la especie Homo Sapiens, eso nunca dejarás de serlo. Aunque seas un ejemplar atípico. En realidad, de tu análisis de ADN sabemos que eres un híbrido de humano y atlante, de lo contrario los nanites no hubieran funcionado contigo.

—Sabes a qué me refiero...

—Sólo veo un torbellino en tu mente, así que no, no lo sé. Hmmm, tratando de ver en tu tormenta de preguntas, te diría que no, no podríamos tener hijos de manera natural, o sea, teniendo relaciones, pero eso tampoco ocurre entre los Atlantes. Necesitamos procedimientos artificiales para tenerlos. Podemos usar telepatía sólo hasta un metro o metro y medio de distancia. Sí, me gustas y no me importa quedarme contigo. Hasta que nos cansemos o te aburras o para siempre, me da lo mismo. Aprenderás que los planes "de largo plazo" no siempre son practicables... Las cosas pueden cambiar mucho en un par de milenios. Y como te habrás dado cuenta, no hay mucho lugar para la infidelidad pudiendo leer la mente.

—Eh... ah... Excelente, y Tzedek... —dijo Juan Carlos poniéndose rojo una vez más.

—Tzedek es mi padre biológico. Mi madre está muerta. Tzedek es también nuestro regente. De toda nuestra especie, quiero decir. En sus tiempos, fue un rey de Atlantis. No fue el último, y su reinado fue muy breve, unos cien años nada más, porque fue un reinado entre reinas. Atlantis siempre fue gobernado por reinas salvo situaciones de fuerza mayor.

—O sea, ¿eres la princesa Althaea? —preguntó socarronamente, pero Althaea le dijo —Simplemente Althaea para ti. No tiene mucho sentido usar títulos nobiliarios si no hay un reino que reinar.

—Bueno, Rho se parece bastante a un reino. De hecho, la construcción con límites de paredes y torres en el medio, se parece de alguna manera a un castillo. Salvando las distancias tecnológicas, claro.

Althaea sonrió ampliamente. —¿Sabes quién era yo para los griegos?

Juan Carlos la miró pensativo. —Me dijiste que ustedes influyeron mucho en los griegos, pero, hmm... ¿Estás diciendo lo que sospecho que estás diciendo?

—Yo para los griegos era Atenea. Y mi padre era Zeus, por supuesto. Damaris era Demeter, y así todos los Atlantes. Para los griegos éramos dioses, claro. Imagínate, no envejecíamos, y más de uno trató de matarnos, infructuosamente por supuesto, lo cual reforzó la idea, que no nos ocupamos de desmentir ni de fomentar. Ni falta que hizo, ellos crearon toda una mitología alrededor nuestro. Me gustaron las estatuas y templos que hicieron en mi honor —dijo Althaea sonriendo.

—¿Atenea? ¿La diosa de la sabiduría, la justicia, las artes, la estrategia y qué se yo cuántas cosas más?

—Qué puedo decirte, soy versátil —dijo Althaea aún sonriendo. Luego se puso seria—. En esa época, me enamoré también de otro humano, Aristóteles. Era un genio, incluso para nuestros estándares. Absorbía como una esponja todo lo que le contaba o le sugería, y salía con ideas y desarrollos asombrosos, sobre todo considerando la tecnología de la época. Me hubiera gustado darle la inmortalidad, pero era humano. De todas maneras me dijo que si dejara de temerle a la muerte, perdería el amor por la vida.

—Vaya, qué pérdida, eso sí que es una lástima.

Althaea lo miró, y vio que no estaba bromeando.

—Es verdad. Hubo muchos frutos de uniones entre humanos y atlantes antes de esos tiempos. Uniones genéticas artificiales, claro. La tecnología atlante aún funcionaba, y Tzedek era un entusiasta en tratar de recuperar la especie. Muchas de las leyendas mitológicas griegas tienen cierta base real. Tzedek debe haber creado varios cientos de híbridos, que se mezclaron con la población humana y prosperaron, y también varias decenas de atlantes puros. Lamentablemente en ese caso, sólo unos pocos pudieron sobrevivir.

—¿Por qué?

—Una enfermedad... que afectaba a los nacimientos atlantes. Tzedek trató de mejorarnos, pero la mayoría de los experimentos terminaron mal de todos modos. Por cierto, lamento haberte impuesto, es decir, haberles impuesto a los dos esta transformación.

—Yo estoy más que feliz —interrumpió Sofía.

—Y yo también, Althaea —dijo Juan Carlos.

—Por suerte, mi padre consintió en aplicártelos —dijo Althaea.

—O sea que no debo temer que Tzedek me tire un rayo?

Althaea se rió, captando la referencia. —No, pero yo sería parca con las demostraciones de afecto delante suyo. Que sepa que las hay no es lo mismo que verlo en vivo.

—Te entiendo perfectamente —dijo Juan Carlos, mirando a Sofía, quien estaba de la mano con Damaris, y se puso colorada. —Y por lo que voy viendo, creo que sólo un Atlante pediría disculpas por otorgar la inmortalidad a otro ser.

En ese momento entró Tzedek.

TEORÍAS

Rho, 27 de Noviembre de 2027, 18:40

—No vas a creer esto —dijo Tzedek, dirigiéndose a Althaea—. El tipo es un sicario de Marsan.

—¿Cómo puede ser eso? —dijo Althaea—. ¿Por qué iba a querer Marsan matarnos a nosotros? No tiene sentido.

—Lo mismo discutíamos con Nogah —dijo Tzedek.

—Ehm... —dijo Juan Carlos.

Todos lo miraron.

—Perdón, pero no dijo Tzedek que todo esto es por esa otra especie que vino del espacio para colonizarlos... ¿Cómo les dicen, los Annunakis?

—Así se llamaban a ellos mismos, pero ¿Qué tiene que ver con Marsan y lo que está pasando ahora?

—Buena pregunta ¿Estamos seguros que no hay relación? —dijo Juan Carlos—. Tal vez los Annunakis estén detrás de lo que hizo Marsan.

Varias voces se escucharon protestando la mismo tiempo. —Los Annunakis están muertos —Los expulsamos hace milenios —Eso es ridículo.

Juan Carlos levantó las manos con las palmas hacia adelante.

—Althaea dijo que ustedes destruyeron el portal de los Annunakis, pero ¿Cómo saben que los mataron a todos? ¿Cómo saben que no había muchos de ellos ya desparramados por nuestro mundo?

—¿Cómo podrían haber permanecido ocultos todo este tiempo? —dijo Althaea.

—¿Como ustedes? —dijo Juan Carlos—. ¿Cuántos saben que los dioses del Olimpo son reales y existen hoy en día? En cambio hay numerosas versiones sobre los Annunakis detrás de los gobiernos y manejando los hilos de la humanidad.

— No somos dioses —dijo Damaris.

—¿Las hay? —dijo asombrado Tzedek, al mismo tiempo.

Juan Carlos se llevó la mano a la cabeza. —Evidentemente ustedes no se molestan en leer las teorías de conspiración de los dementes que publican, hmm, publicaban en la red. Tan solo que ahora pienso que tal vez no estaban para nada dementes. Tal vez los Annunakis no dominen el mundo, tampoco, pero si alguno sobrevivió es muy posible que su objetivo siga siendo el mismo que cuando vinieron. Eliminarlos a ustedes, y tomar posesión del planeta.

Tzedek se puso pensativo.

Juan Carlos dijo —Althaea me dijo que Marsan fue un traidor, que buscaba venganza. ¿Y si no fue una locura suya, sino que colaboraba, o de alguna manera fue forzado, o convencido, o engañado o lo que sea, por algún Annunaki? Asumo que tampoco tienen mucha idea de qué tecnología o técnicas de persuasión pudieran tener esos seres. Después de todo, si ni consideraron que existieran, por miles de años... Pero para mí explicaría todo.

—Lo cierto es que una vez que asumimos que ya no estaban, no los buscamos más —dijo Tzedek pensando.

Tzedek y Althaea se miraron. —Tal vez tengas razón. De todas maneras, con o sin Annunakis, hasta donde sabemos el autor intelectual de todo, fue Marsan —dijo Tzedek. —El asunto es, ¿qué hacemos ahora?

—Pensemos un poco. Si existen estos seres, y están detrás de esto... pensemos como ellos. ¿Qué querían? El planeta, pero ustedes estaban en el medio. Y luego, los humanos que ellos mismos habían creado —dijo Juan Carlos—. Pero si estaban detrás de esto, también sabrían lo del retrovirus... Si de alguna manera Marsan estaba con ellos, entonces...

—...entonces, también tendrían la vacuna. Y la habrán usado... —dijo Tzedek.

—... para proteger a lo humanos que quisieran conservar, y para reclutar a los humanos que necesitaran para terminar su trabajo de destruirlos a ustedes.

—Por Gea —dijo Althaea—. Podría haber miles de humanos ahí afuera que saben sobre nosotros y están listos para matarnos.

—Sabemos que había uno aquí. No sabemos si hay más. También sabemos que había algunos en altos cargos en Estados Unidos... Alguien se encargó de agregar nuestras ciudades a la lista de objetivos nucleares, y eso no lo hace una persona aislada —dijo Tzedek.

—La pregunta es... ¿Qué hacemos ahora? —dijo Althaea.

—Lo que sea que hagan, asegúrense de no estar haciendo justo lo que planearían los Annunakis que ustedes hagan —dijo Juan Carlos.

Althaea miró a Tzedek.

—Juan Carlos, tenemos que pensar bien esto, y aprecio tu consejo. Puede que tengas razón, o puede que sea todo una locura de Marsan y nada más. Ya hemos pasado mucho por hoy, vayan a descansar unas horas y luego me gustaría que nos reunamos y discutamos los próximos pasos —dijo Tzedek.

—Me gustaría ir con Damaris —dijo Sofía.

Juan Carlos se quedó sorprendido, pero escuchó en su mente la voz de Althaea *"Déjala, realmente quiere estar con Damaris... y yo quiero estar contigo, ven conmigo"*.

—De ninguna manera. Sofía tiene catorce años, y no se va a ir con nadie más que conmigo —dijo Juan Carlos, mirando a Althaea, y tratando de ocultar su vergüenza.

Tzedek revoleó los ojos, mirando a Althaea, quien bajó la mirada. —Traten de descansar un poco. Sospecho que mañana tendremos un día agotador. Althaea, dales tu departamento para que pasen la noche, y vete tú con Damaris. Yo seguiré con ésto.

Salieron del Centro de Control. Los edificios todavía estaban cerrados.
¿Cuándo se abrirán los edificios? —dijo Juan Carlos.
—Cuando el nivel de radiación electromagnética sea seguro. La red aún está desviando energía de la atmósfera a tierra, sino ya se hubiera levantado —dijo Althaea.
Juan Carlos miró a Sofía, y Althaea lo tomó de la mano. —Vamos a nuestros departamentos —dijo Althaea.
Fueron un par de pisos hacia abajo, y se detuvieron un momento.
—Papá... —comenzó a decir Sofía, mirando a Juan Carlos con cara de cervatillo.
—No.
Sofía frunció los labios, pero se quedó callada. Llegaron al departamento de Althaea y entraron. Damaris se fue a su departamento y Juan Carlos escuchó que le dijo a Althaea que fuera cuando estuviera lista.

Juan Carlos y Sofía admiraron el departamento de Althaea. Se veía grande, y tenía muchas ventanas. Debía tener buena vista, nada más que ahora estaban todas bloqueadas por la protección de la ciudad. Apenas entraron vio una pequeña sala con una mesa y algunas sillas, un sofá, y una pequeña cocina a la vista.
—Nunca usé la cocina, realmente —comentó Althaea—, siempre voy a comer con los demás al comedor del edificio. Vengan —dijo, y le mostró el resto del departamento. Había un baño grande, con bañera, y el dormitorio tenía una cama doble en el medio, mesitas de noche, grandes placares, y una gran pantalla en la pared a los pies de la cama.
—Creo que dormiré en el sofá —dijo Sofía.
—Si quieres, en tal caso me toca la cama —dijo Juan Carlos.
"Es una cama grande para dormir solo", escuchó en su mente a Althaea.
Althaea se acercó a él despacio, y le rozó la mejilla con la mano. Juan Carlos sintió el calor de su magnífico cuerpo cerca suyo, pero se separó un poco.
—Nos vemos mañana, te agradezco que nos prestes tu departamento. Trataremos de no desordenar.
—No se preocupen por eso. En estos cajones hay ropa de cama para Sofía. Hasta mañana —dijo Althaea bajando la mirada, decepcionada. Tomó algunas prendas de unos cajones, y se retiró en silencio.

ESCAPE

Alfa, 27 de Noviembre de 2027, 19:30

A Musa le llevó varias horas recorrer el camino hasta el bunker del Centro de Control. Varias veces se encontró con pasillos desplomados, y tuvo que hacer largos desvíos para poder llegar hasta el centro de la ciudad. A medida que avanzaba, pasó por las entradas de numerosos bunkers, pero su prioridad ahora era encontrar a Halius y a Nikaia.

Luego de lo que pareció una eternidad, llegó a la entrada del bunker central. Siguió los procedimientos manuales de acceso, puesto que la energía estaba cortada y no funcionaban ninguno de los mecanismos computarizados. Con bastante trabajo, logró entrar a la cámara principal del bunker.

Lanzó una exclamación de horror cuando vio a Nikaia y a Halius tirados en el suelo, y restos de un líquido dorado rojizo alrededor. Fue corriendo hacia ellos, y vio que ambos estaban vivos, pero habían sufrido un golpe de un pulso electromagnético. Muy suave, sin duda, o estarían muertos, pero había sido suficiente para destruir a gran parte de sus nanites. Y habían quedado en estado comatoso. Midió la zona con el contador G-M, y la radiación era alta pero no fatal por al menos ocho horas. Se sacó el casco.

Primero, necesitaba ayudarlos a que regeneren sus nanites. Si todos hubieran sido destruídos, estarían muertos, así que algunos les quedaban. Y si les quedaban algunos, se podían reproducir. Buscó en las reservas del bunker. Agua. No, mejor jugo. Tomó dos botellas de jugo azucarado, y fue primero hacia Nikaia, a quien recostó su cabeza en su falda, y con cuidado le hizo tragar una botella del jugo. Luego repitió el procedimiento con Halius, pero apenas logró que trague algo.

Una media hora después, Nikaia abrió los ojos y la miró. Primero no reaccionó, luego sonrió y dijo —Musa.

Musa tomó otra botella de jugo y se la dio para que la siga tomando. Nikaia iba mejorando de manera visible, pero Halius no se despertaba. Musa miró a Nikaia, preocupada, y Nikaia le dijo —Me temo que Halius estaba en mala forma ya antes de recibir el impacto de la bomba. Le habían disparado varias veces a quemarropa, la última creo que le produjo una contusión, y no pude hacer más que arrastrarlo aquí, apenas llegamos. Creo que la puerta interna no había terminado de cerrar cuando impactó el misil. Recibimos una dosis de un poco de todo.

—Le daremos un par de horas, luego tendremos que pensar en irnos. La radiación aquí es alta. Estamos bajo el centro de la explosión —dijo Musa—. Sigue dándole jugo, eso acelerará la recuperación.

Nikaia siguió atendiendo a Halius, turnándose con Musa, hasta que por fin Halius abrió pesadamente los ojos. Vio a Nikaia, después a Musa, y cerró los ojos. Un par de minutos después los volvió a abrir. —¿Estamos en el bunker?

Nikaia lo abrazó, y le acarició la cabeza. —Sí, estamos a salvo, por ahora.

—Hmm, lo último que recuerdo es a un humano disparándome de cerca, varias veces. Maldición, creí que me había llegado la hora.

—¿Recuerdas que había una revuelta?

Halius asintió.

—Bueno, con la distracción de la revuelta, no vimos que hubo un lanzamiento múltiple de misiles nucleares. Desde las otras ciudades activaron nuestras defensas, pero uno de los misiles vino directo a nuestra ciudad, y entre otras cosas el cañón de defensa fue saboteado y no anduvo.

Halius abrió la boca anonadado.

—La ciudad está destruida, la vi desde las colinas. Si queda alguien vivo, es en los bunkers.

—¿Fuiste hasta las colinas? —preguntó Nikaia.

—Sí, por los subterráneos. Hay zonas colapsadas, pero como éste, muchos bunkers parecen estar enteros —dijo Musa.

—Faltaría ver si alguien llegó a refugiarse en ellos. Cuando comenzó la revuelta y sonó la primera alarma, yo me refugié en el más cercano para evitar los disparos. Tal vez otros hicieron lo mismo.

—Es muy posible... Pero no sabemos si los que se refugiaron son amigos o enemigos —dijo Halius.

Nikaia se dirigió a un panel especial en la pared. Sacó un dispositivo de su cinturón, y lo introdujo en una ranura del panel, el cual se iluminó. Introdujo una secuencia de como diez números, y una pequeña sección de la pared se abrió. Sacó su dispositivo, y el panel se apagó. Abrió a mano la sección de la pared, y pudieron ver una serie de armas. Las tomó, y comenzó a repartirlas. —Hay una de onda sónica y un láser para cada uno, y sobran dos. Musa y yo llevaremos una de más cada una —dijo Nikaia, acomodando dos armas en su cinturón, y llevando la tercera en la mano.

Musa se sacó el traje. —Desde aquí hasta la salida los niveles de radiación son tolerables, y nos apuraremos por donde no lo son. Recorrí casi todo el subsuelo para llegar aquí.

—Hay una manera de saber si son amigos o enemigos —dijo Nikaia—, y es leyendo la impresión general de la mente de cada persona apenas entramos al bunker, pero eso consume mucha energía, así que deberemos ir despacio y llevar una buena cantidad de provisiones. El jugo azucarado es lo mejor, pero llevemos las mochilas con barras de todo lo que encuentren dulce.

Prepararon todo como lo habían planeado, tomaron alimentos y bebidas, descansaron un poco más, y partieron.

Hicieron un recorrido en espiral desde el centro, verificando bunker por bunker. Los primeros tres estaban vacíos. En el cuarto, abrieron la puerta y se encontraron con que el techo se había colapsado y había gente, pero estaban muertos. Nikaia y Musa se miraron entristecidas. Halius estaba enfadado. —Vaya porquería.

En el siguiente bunker abrieron la puerta y se sorprendieron al encontrar varias personas dentro. —Oh, por fin, gracias por venir —dijo la primera persona que vieron. Como habían planeado leyeron rápidamente sus mentes y no encontraron ninguna agresión. Les dieron instrucciones para que recojan las mochilas con alimentos y bebidas, y salieran siguiendo los carteles de "Evacuación", y que los esperen a la salida de los subterráneos.

En el siguiente que abrieron, apenas Nikaia comenzó a abrir la puerta, Halius percibió algo y dijo —Espera.

Sacó el arma láser y el arma sónica, y Nikaia y Musa hicieron lo mismo. Abrieron con cuidado la puerta, y no había terminado de abrirse cuando la puerta se abrió de un tirón y un hombre les apuntó con un arma. Halius ya estaba preparado, y con la mano derecha disparó el arma sónica. La onda expansiva lanzó al hombre volando violentamente hacia atrás. Otro hombre les estaban apuntando y fue a dispararles, pero antes de que pudiera presionar el gatillo, tanto Musa como Nikaia le dispararon con el arma láser en la mano, con certera puntería cada una, con resultados grotescos. La mano del hombre explotó y el hombre cayó al suelo gritando, sosteniéndose el muñón cauterizado. Por último quedaba atrás otro hombre, que sostenía a una mujer por atrás, con las manos en la espalda, usándola de escudo, y apuntándole con un arma apoyada en la cabeza. —Váyanse y déjenme ir o ella muere —dijo el sujeto.

—Si ella muere, sigues tu —dijo Halius—. Y si mueves tu arma de cualquier manera excepto para bajarla, será lo último que hagas.

—Por favor, hagan lo que dice —sollozó la mujer.

Nikaia frunció el ceño. Halius y Musa la miraron, y los tres miraron a la mujer por un segundo. —Es una de ellos —dijo Musa.

La mujer inspiró y de repente el hombre la soltó mientras le apuntaba el arma a Halius, y la mujer sacaba a su vez un arma que tenía escondida en la espalda. No llegaron a disparar cuando los tres atlantes ya les habían disparado una combinación de disparos sónicos y láser. Para cuando cayeron al suelo, estaban muertos.

El hombre de la mano amputada no cesaba de gritar. Halius puso cara de disgusto, le apuntó a la cabeza, y al disparar los gritos se cortaron súbitamente.

Musa suspiró. —Si no te molesta, preferiría reponer fuerzas en los pasillos, lejos de ésto.

Estuvieron de acuerdo, y se alejaron unos metros antes de sentarse a comer algo.

—Creo que la próxima vez que nos encontremos con una fuerza enemiga deberíamos tratar de dejar a alguien vivo. Me gustaría poder interrogar a alguien —dijo Nikaia.

—Tienes razón —dijo Halius—, usemos sólo las armas sónicas. Deberían ser suficiente para detener cualquier ataque sin matar de inmediato a los atacantes.

Descansaron un rato, y siguieron la operación de rescate.

A medida que iba avanzando, iba abriendo los bunker que encontraba en el camino. Algunos estaban vacíos, en otros iba encontrando civiles. La mayoría no tenía idea de qué había pasado. Los examinaban rápidamente, y les daban las indicaciones para salir.

Al llegar a cada bunker, abrían con la misma precaución. Al abrir otro de los refugios sorprendieron a un grupo de tres hombres con una mujer. Dos de los hombres estaban sometiendo a la mujer por la fuerza, mientras el tercero manoteó un arma cuando vio que ellos entraban. Las armas sónicas se ocuparon de los hombres de inmediato. Mentalmente, supieron que la mujer estaba con ellos, hasta que decidieron abusar de ella. Decidieron pasar un rato haciendo preguntas en ese lugar.

El interrogatorio no agregó mucho a lo que ya sabían, excepto confirmar que todos habían sido seleccionados y aleccionados por Marsan. Les habían prometido, posiciones de poder, y como descubrió por las malas la mujer, la posesión de todas las mujeres que quisieran. Algunos tenían antecedentes penales y otros no. Cuando terminaron, Halius fue ejecutando uno por uno a los prisioneros traidores.

—Ahora mismo estás pensando en cómo tomarnos por la fuerza y matarnos —le dijo a uno que imploró por su vida—, Lo siento, no podemos dejarte ir —y disparó.

Luego de largas horas, terminaron de recorrer todo el circuito, y fueron a la salida. Cuando por fin salieron al exterior, en las colinas, estaba amaneciendo y se encontraron con el grupo de gente que habían rescatado, tal vez unas trescientos personas, esperándolos. Excepto que no los miraban a ellos, sino hacia un lugar fuera de la vista. Avanzaron un poco, y escucharon ruido de gatillos, y alguien dijo —Suelten sus armas y levanten las manos —detrás de ellos.

Miraron despacio hacia atrás, y se vieron rodeados por media docena de hombres. —Ni lo intenten —dijo uno de ellos, —sabemos cuántas veces disparar para perforar esa coraza de ustedes, y realmente tenemos ganas de hacerlo.

Los Atlantes se miraron impotentes, y de a poco dejaron caer las armas. —Avancen hacia allá —señaló otro de los hombres.

Caminaron despacio bajo la mirada de las personas que rescataron, hasta que tuvieron a la vista lo que ellos estaban mirando.

Un grupo bastante grande de gente, al menos unas doscientas personas, estaba parada mirando hacia el otro grupo, todos los que estaban a la vista, armados. Y delante del grupo, un individuo alto, que puso una gran sonrisa en su rostro cuando los vio. —Vaya, vaya, pero qué conveniente haberlos encontrado —dijo Marsan.

TRASLADO

Alfa, 28 de Noviembre de 2027, 6:30

Halius, Nikaia y Musa se quedaron de una pieza. —Tu estabas muerto —dijo Halius, cuando consiguió articular algo.

—Ah, ya quisieras. Lástima para ti que no me incineraste en persona, el humano al que se lo encargaste, trabajaba para mi, y previendo que podía pasar algo así, le había dejado instrucciones para que me inyectara una dosis de una cierta tecnología que necesitaba en ese momento. Dolió bastante y llevó un tiempo recuperarse de un intento de ejecución directa de Tzedek, pero ya ves, por algo te dijo que me incineres —dijo Marsan, y lanzó una carcajada.

—¿Y toda esta gente? —dijo Nikaia desanimada.

—Mis fieles seleccionados, que sabía quienes eran y me ocupé de rescatar en cuanto terminó el ataque —dijo Marsan—. Por cierto, casi te topas con nosotros la primera vez que saliste, fue afortunado que estuvieras en tu traje, así no nos escuchaste, Musa. De lo contrario hubiera tenido que detenerte, y hubiera tenido que buscar a toda esta gente por mi mismo. Me ahorraste mucho trabajo. Aunque, la verdad sea dicha, superaste mis expectativas al encontrar vivos a Halius y Nikaia. Y ahora, dejemos de perder el tiempo. Comiencen a caminar, hacia allá —dijo, señalando un sendero.

Los hombres armados rodearon a los demás y los arrearon como a un rebaño. Halius, Nikaia y Musa iban al frente, rodeados, y Marsan iba adelante, a distancia segura de ellos.

Luego de un par de horas de caminata, algunos comenzaron a quejarse y el grupo se detuvo. Marsan fue a ver qué pasaba.

—Necesitamos un descanso —dijo uno de los hombres.

Marsan sacó su arma y le disparó a la cabeza. El hombre cayó muerto en el acto. Se escucharon exclamaciones y gritos.

—Bueno, ya está descansando. ¿Alguien más necesita descansar? —dijo Marsan.

Nadie dijo nada, y de a poco reanudaron la marcha.

Luego de otra hora de marcha, Marsan dio muestras de alegría. —Ah, nuestro objetivo está intacto —dijo contento. A la vista, sólo se veía un campo con algunas antenas, unas pocas casas bajas de techo plano, y rodeado por una cerca alta.

—¿Qué es esto? —preguntó Nikaia.

—¿Cómo, Ni Tzedek ni Halius les contaron nada? —dijo Marsan con una sonrisa. —Bueno, antes de revelarles nada, vamos primero a ver si está todo en condiciones.

Se dirigieron a la entrada de la cerca, que estaba abierta, y avanzaron siguiendo a Marsan, quien ignoró los carteles que decían "Proyecto PEEC, PELIGRO, prohibido el paso". A la tercera construcción, se detuvo frente a la entrada. Era pequeña y cuadrada, no tenía ventanas ni otras aperturas, sólo una puerta. Pero la puerta era una placa lisa, no tenía ningún tipo de irregularidad, ni siquiera picaporte. Había una placa a la derecha de la puerta. Marsan apoyó su mano sobre ella, pero no sucedió nada.

—Hmm, ¿nos haces el favor? —dijo apuntando una pistola a Halius.

Halius se cruzó de brazos.

Marsan desvió el arma y le disparó al pecho a Musa, que pegó un grito y cayó hacia atrás.

Halius inspiró y trató de ir a ayudar a Musa, pero los hombres de Marsan lo amenazaron con sus armas.

—Ya ves, podemos hacer ésto por las buenas o por las malas. Espero tu colaboración, y si prefieres no hacerlo, verás morir a cada una de tus amigas y a cada uno de tus humanos, hasta que seas el último que quede. Piénsalo, hay muchos. Será mucha sangre en tus manos —dijo Marsan.

—¿Y cuánta sangre habrá en mis manos si te ayudo? —dijo Halius.

—Quien sabe, pero sí sé la que habrá si no haces ya lo que espero de ti —dijo Marsan apuntando el arma a una de las mujeres que estaba más cerca.

—¡Está bien, espera! —dijo Halius, poniendo la mano en la placa. Pasó un momento, y la puerta comenzó a abrirse hacia un costado.

—Adelante, amigos. Cada persona llevará su escolta. Al menor movimiento sospechoso, alguien pagará —dijo Marsan, mirando a Halius y luego a Musa que se estaba recuperando. Halius asintió bajando un poco la cabeza.

La puerta se abría a un largo pasillo inclinado hacia abajo, iluminado muy ligeramente con pequeños LED cada par de metros. Comenzaron a avanzar y después de unos cuantos metros llegaron a una cámara, que terminaba en la entrada de una escalera ancha que bajaba hacia un lado y un ascensor hacia el otro. Marsan les hizo un gesto hacia la escalera, y con cuidado comenzaron a bajar.

Estuvieron bajando un largo rato. Nikaia perdió la cuenta después de los quince pisos. El aire se volvió un poco más sofocante y con olor cada vez más desagradable. De repente, en una vuelta de la escalera, se toparon con el cadáver de un guardia (a juzgar por el uniforme), tirado en la escalera y evidentemente muerto hacía días. Parecía que había tratado de salir, y lo sorprendió la muerte en la subida. Siguieron bajando, y al fin, llegaron a otra cámara, y salieron de la escalera.

Pasaron por un sector de oficinas, obligando a Halius a abrir varias puertas en el trayecto, y se encontraron otros cuerpos en ellas. El ambiente por suerte estaba climatizado, lo cual había provocado que los cuerpos se estuvieran momificando, en vez de pudrirse del todo, lo cual era tétrico pero menos oloroso. Por fin, al pasar una puerta de acero, se encontraron con una enorme cámara llena de computadoras, aparatos y máquinas. El ambiente era del tamaño de una cancha de fútbol y el techo abovedado estaba al menos a unos treinta metros de altura en la parte más alta. En el medio del lugar, todos las conexiones convergían en una especie de cilindro recubierto por terminales de cables, bobinas y espirales de cobre. El cilindro era muy angosto en relación a su alto, tendría unos tres metros de diámetro, pero menos de medio metro de profundidad. Estaba parado de costado, como una rueda de un auto. Y estaba sujeto en el medio de un gran agujero semiesférico en el medio del espacio, con un tercio del alto del cilindro hundido por debajo del nivel del suelo.

Marsan se dirigió a una consola que estaba detrás de unos paneles de protección, y con evidente conocimiento de los mismos, activó todos los controles. El lugar se activó, se encendieron luces en las computadoras, se escucharon zumbidos de capacitores cargándose, y se sintió una vibración en el suelo.

—Muy bien —dijo Marsan—. Ahora sólo falta que podamos usar esta maravilla. Los indicadores señalan que tenemos energía más que suficiente, sólo falta alinear esta terminal con el otro extremo. Lo cual haremos... así —dijo presionando unos controles, y la vibración aumentó al tiempo que el cilindro giraba sobre sus ejes vertical y horizontal hasta colocarse con cuidado en un determinado ángulo. Se encendieron unas luces amarillas alrededor del cilindro, y de un anillo en el suelo que había girado junto con el anillo, se extendió un camino que pasaba en el aire por sobre el pozo, como un puente, y llegaba hasta el borde del cilindro. Marsan manipuló los comandos de las consolas, murmuró —activando por remoto... —luego de lo cual pasaron un par de minutos, y luego —sincronizando y... ya —Y en ese momento se escuchó una alarma, y las luces se pusieron en verde. La vibración se había vuelto un estruendo, y una luz blanca se vio dentro del cilindro como si se hubiera transformado en una linterna, pero la luz salía sólo hacia el lado donde estaba el puente. El otro lado, extrañamente, se había oscurecido casi como si estuviera a la sombra, a pesar de que estaba bien iluminado.

—Muy bien —dijo Marsan señalando la parte iluminada del cilindro —en el mismo orden en que bajamos, vamos a pasar por ahí. Caminen.

Empezaron a moverse hacia el cilindro, por el puente, y cuando llegaron hasta el borde se detuvieron. Mirando hacia la parte de atrás del cilindro desde afuera, sólo se veía la sala y la oscuridad detrás del cilindro, lo que podía esperarse. En cambio mirando dentro del cilindro, se podía apreciar que la rampa continuaba y se veía otra sala iluminada, como si estuviera cruzando en el mismo lugar de un lado al otro del anillo y nada más.

Marsan se adelantó, y empujó al que estaba delante de todo. Hizo avanzar a dos o tres de sus hombres con armas para que esperen del otro lado, y luego aproximadamente a la mitad de los rehenes pero a ninguno más de sus hombres, y le hizo una señal al resto para que esperen. Tomó a Musa del brazo, y le dijo —Tu irás con ellos. Si nadie los saca de los subsuelos, llamará la atención. No tengo interés en Delta todavía, pero si apenas llegas les avisas lo que sucedió, iré allí con mis hombres y los mataré a todos. Luego de matar a todos los rehenes que quedaron aquí, claro. ¿Hace falta que te lo demuestre? —y apuntó hacia uno de los hombres del grupo de rehenes.

—No, detente. Está bien, no diré nada —dijo Musa. Marsan la empujó, y Musa pasó al otro lado. Señaló a tres más de sus hombres, y los mandó también. Antes de dejarlos pasar, le dijo a sus hombres,—Asegúrense que no se comuniquen con Delta al menos hasta que hayan llegado al centro.

Maniobrando en la consola, el cilindro se apagó, las luces se pusieron otra vez amarillas, y comenzó a girar en otra dirección distinta y en otro ángulo. Después de unos segundos de maniobras, volvió a operar la consola, pasaron un par de minutos, y otra vez se escuchó la alarma y se activó el cilindro. Rápidamente hizo pasar a todos los hombres al otro lado, luego hizo pasar a Halius y a Nikaia, y por último pasó él.

INOCENTES

Rho, 28 de Noviembre de 2027, 7:00

Juan Carlos se despertó de a poco. Por un momento no tenía idea de adonde estaba. Las sábanas de la cama eran suaves, y tenían un perfume que le resultaba familiar. De repente recordó todo, y pasando la mano por el espacio vacío junto a él pensó si había hecho lo correcto. Se levantó, y al mirar a Sofía durmiendo en el sofá, tapada pero toda despatarrada, estuvo seguro de que sí.

Las persianas metálicas comenzaron a levantarse en todas las ventanas al mismo tiempo. La luz comenzó a entrar a raudales en la habitación. Sofía se despertó y se destapó, estaba en camisón. Se asomaron juntos a las ventanas, ya era de día, y la ciudad estaba iluminada por el Sol. Mientras miraban, las persianas de las casas se iban levantando, y las grillas metálicas recogiendo de todas las casas y objetos.

—La computadora debe haber determinado que pasó el riesgo de un pulso electromagnético. Será mejor que vayamos al centro de comando —dijo Juan Carlos.

Ambos salieron hacia el Centro de Control. Apenas salieron, se encontraron con Althaea y Damaris que también acababan de salir. Ambas se veían frescas y arregladas. Por comparación, Juan Carlos y Sofía se veían desarreglados y con los cabellos completamente revueltos. Juan Carlos decidió que no tenía importancia, pero vio que Damaris y Althaea se miraron y ambas sonrieron. Juan Carlos revoleó los ojos. Por fin, llegaron al centro de control, donde los esperaba Tzedek.

—Buenos días... Acabo de grabar y enviar un video para los ciudadanos, explicando brevemente lo que sucedió —dijo Tzedek.

—¿Recuerdas la pantalla en nuestro cuarto? El video será lo primero que verán cuando la enciendan. Como si fuera un servicio de noticias interno —le dijo Althaea a Juan Carlos.

—También estuve en contacto con Delta. Salieron más o menos indemnes como nosotros, así que tienen trabajo por hacer.

—La verdad, desde que llegamos la situación no nos dio un segundo de respiro. Ehmm, no sé que se supone que deba hacer exactamente —dijo Juan Carlos.

—Podemos seguir con lo que discutíamos ayer...

—Es que todo cambió tan rápido, esperaba encontrarme una casa para estar con mi hija, trabajar, qué se yo...

—¿Estás disconforme con los arreglos actuales? —dijo Tzedek, mirando a Althaea y a Juan Carlos.

—Oh, no, no, no, no es eso, es todo lo contrario, todo el tiempo siento como si tuviéramos mucho más de lo que merecemos.

—Tal vez toda tu vida tuviste menos de lo que merecías —dijo Althaea.

—No, no toda mi vida —dijo Juan Carlos, mientras se le hacía un nudo en la garganta.

—Bueno, las cosas cambiaron radicalmente cuando tuvimos que volverte, de alguna manera, uno de nosotros. Y hablando de eso, hay muchas cosas que debes saber. Y lo mejor será que lo sepas de la manera rápida —dijo Tzedek, abriendo un panel y extrayendo una pequeña jeringa neumática.

—¿Otra inyección? ¿Y ahora qué? —dijo Juan Carlos.

—Ahora verás —dijo Tzedek. Se apoyó la jeringa en el brazo, y con un ruido de disparo y succión le absorbió un poco de sangre. Luego, antes de que pudiera siquiera protestar, apoyó la jeringa en el brazo de Juan Carlos y disparó la jeringa.

—¡Hey! —protestó Juan Carlos.

—Siéntate ahí, por favor —dijo Tzedek, y se sentó frente a él—. Ahora, mírame a los ojos, y trata de no pensar en nada salvo en mis ojos.

Juan Carlos miró a los ojos a Tzedek, y por unos segundos no pasó nada, pero de repente comenzó a ver imágenes y más imágenes, cada una asociada con una historia. Imágenes de ciudades antiguas, lugares fantásticos, personas, batallas, políticos, amigos, enemigos, situaciones de peligro, mares, naves, inventos, diagramas, tecnologías asombrosas, y mil cosas más.

—Todo lo que importa de nuestra civilización está guardado en nuestra memoria por los nanites. Son terabytes de datos, que se pueden acceder, copiar y usar a voluntad. Ahora tu también los tienes. Sólo tienes que concentrarte en algo, como harías para recordar un domicilio o dónde dejaste las llaves, y el recuerdo correspondiente aparecerá en todo detalle. Disculpa el método, se puede intercambiar información por mero contacto, pero muy despacio. Esta es la única manera para un gran volumen de datos.

Juan Carlos se había quedado anonadado. Últimamente eso parecía pasarle a menudo.

—Haz la prueba, piensa, por ejemplo, hmmm... en algo relacionado con lo que hablamos ayer.

Juan Carlos pensó "portal", y de repente vio, como si viera una película, el portal que habían descubierto los Atlantes, su composición, y cómo fue destruido. También vio después que los Atlantes tenían su propio proyecto de portal. Un portal espacial, en el cual habían avanzado pero estaban a muchos años de poder hacer andar, y portales locales, que permitían transferir cosas de una lugar de la Tierra a otro. Juan Carlos abrió la boca asombrado, y estaba por decirle algo a Tzedek, cuando otro recuerdo relacionado lo asaltó. Repasó todas las memorias del tema, y no encontró lo que buscaba. —¿Ustedes nunca vieron a un Annunaki, verdad?

—No, pero sabemos cómo eran.

—No según los recuerdos que tengo ahora. Es decir, recogieron testimonios de cómo se veían, pero nadie los *vio* en la realidad, ¿correcto?

Tzedek encogió los hombros, y dijo —¿Por qué íbamos a dudar de lo que sabíamos?

—¿Que porqué...? —Juan Carlos se agarró la cabeza—. Para ser una especie tan antigua y brillante a veces son increíblemente...

—¿Estúpidos? —dijo Tzedek enojado.

—Iba a decir inocentes. Me pusieron un equipo de gente con detectores de mentiras para ver si no los engañaba con mis opiniones, pero algunos humanos en la antigüedad describen a los Annunakis como "seres de dos metros" ¿Y lo aceptan sin más? —dijo Juan Carlos—. Disculpa, Tzedek, no quiero ofenderte, pero no estamos hablando de cómo se veía un paisaje, sino de cómo eran unos seres que buscaban destruirlos a ustedes. ¿No crees posible que se hubieran encargado de que cualquier testimonio que llegara a ustedes fuera intencionalmente engañoso?

—No conoces nuestras técnicas de interrogatorio, bueno, sí las conoces ahora si piensas en ellas, así que sabes que no pueden habernos engañado —dijo Tzedek.

—Los interrogados dijeron lo que sabían, pero ¿Lo que sabían era cierto? Una especie capaz de crear un portal para saltar distancias interestelares, y capaz de alterar especies mediante ingeniería genética, ¿no sería capaz de engañar de alguna manera a los "testigos" para que cuando fueran atrapados dijeran algo falso, aún convencidos de que era cierto?

Tzedek miró a Althaea y a Damaris. —Tengo que admitir que sí, es posible.

—Pero eso cambia todo —dijo Damaris—. Encuentro lógica en lo que dice Juan Carlos, pero entonces, si no sabemos en realidad cómo eran los Annunakis, eso quiere decir que pueden tener un aspecto ordinario.

—O hacerse pasar por humanos, incluso. Y eso explicaría que aún existieran —dijo Tzedek.

—Creados a su imagen y semejanza —dijo Juan Carlos—. Los libros mitológicos como la Biblia tal vez tienen su parte de verdad. Es pura especulación, pero si los Annunakis fueran similares a los humanos, o mejor dicho, los humanos similares a ellos, eso explicaría por qué nunca fueron expuestos.

—También podría ser que nada más no existieran. Pero si han estado escondidos a plena vista durante miles de años, ¿cómo vamos a detectarlos ahora? —dijo Althaea.

—¿Y quién puede saber dónde estarán? —dijo Damaris.

—Tu pensaste que podían estar detrás de lo que hizo Marsan —le dijo Tzedek a Juan Carlos.

—Tiene sentido para mí, pero no conozco desde hace años al tal Marsan, como tú —dijo Juan Carlos.

—Debemos comunicarnos con Alfa. Y tenemos que encontrar alguna manera de determinar si existen aún los Annunakis y en tal caso cómo son —dijo Tzedek.

Una alarma sonó en una de las consolas.

—¿Y ahora qué? —dijo Juan Carlos.

Damaris manipuló las consolas, y dijo —Se acaba de activar el transportador de Alfa.

—¿Están evacuando Alfa? —preguntó Althaea.

—Es posible... ¿Hacia dónde? Comunícame con Delta —dijo Tzedek.

—¿Transportador? —preguntó Juan Carlos, y Tzedek le dio una explicación rápida.

MUSA

Delta, 28 de Noviembre de 2027, 18:40

La instalación subterránea estaba cerrada y sin gente. Sin embargo, de repente comenzaron a encenderse los equipos de la gran cámara de transferencias, y unas luces amarillas avisaron que los aparatos estaban en funcionamiento. El gran cilindro central comenzó a girar, hasta que llegó a una posición determinada. El puente se alineó con un lado del cilindro, y toda la energía del reactor de fusión nuclear de la instalación se volcó en la activación del mecanismo. El cilindro, perfectamente alineado con su par idéntico en Alfa, dobló el espacio y se transformó en uno solo, al mismo tiempo que se encendían las luces verdes para indicar que el equipo estaba listo y se proceda a su uso.

La gente y todo lo que entró de un lado del cilindro en Alfa, salió del otro lado nada más dando un paso.

Un grupo salió por el centro PEEC cercano a Delta, y el otro por el que estaba cerca de Rho.

La gente estaba apretujada en la sala de transportación de Delta. Por alguna razón, era más pequeña que la de Alfa. La máquina transportadora se apagó apenas terminaron de pasar los últimos hombres de Marsan, y al apagarse los equipos de repente quedaron en la oscuridad absoluta.

—¡Enciende la luz o empiezo a matar a todos, perra! —gritó histérico uno de los hombres de Marsan.

—¡Espera, no veo ni dónde estoy! Nadie se mueva, pueden lastimarse. ¿Nadie tiene una linterna o un fósforo aunque sea? —dijo Musa.

Pasó un momento, y se escuchó un click y se encendió un encendedor.

—Sostenlo en alto un momento —dijo Musa, mientras se apuraba entre la gente hacia una de las consolas. Presionó uno de los paneles, y las luces volvieron a la vida. En ese instante en que todos miraron hacia arriba, Musa tomó algo de debajo del escritorio, y lo escondió en su espalda mientras se daba vuelta.

—Debemos salir de aquí —dijo Musa.

—Después de ti —dijo uno de los hombres de Marsan.

Musa se orientó en el lugar, y se dirigió a una de las paredes. Tocó un panel, el cual se iluminó en verde, y se abrió la salida.

—Ustedes vayan primero, nosotros iremos detrás de todo, y recuerden quién tiene las armas —dijo otro de los hombres de Marsan, mientras dos de ellos iban tras Musa y el resto a la retaguardia.

Musa fue abriendo las puertas, hasta que llegaron a la cámara de las escaleras de salida. Musa activó el ascensor.

—El ascensor funciona, ¿están seguros que quieren ir por la escalera? Deben ser más de treinta pisos hasta la superficie —dijo Musa.

Los hombres de Marsan se miraron entre ellos.

—No tengo ganas de subir tanto —dijo uno.

—Tampoco podemos repartirnos para vigilar cada viaje en ascensor —dijo otro.

—No serviremos de mucho si estamos agotados cuando lleguemos arriba —dijo el primero.

—Hagamos una cosa, que ellos vayan por la escalera, y nosotros los esperaremos arriba con la amiga acá. No hace falta que vayamos con ellos, como aliciente, si alguno se queda en el camino, pues se quedará sepultado vivo aquí mismo. Adelante, abre el ascensor.

Mientras Musa abría el ascensor, el hombre de Marsan señaló a los rehenes, y les dijo —Adelante, comiencen a subir.

Las puertas del ascensor se abrieron. Era espacioso, como para diez personas.

Los hombres de Marsan entraron, rodeando a Musa. Musa miró a la gente que iba entrando a la escalera y la iba subiendo, y pulsó una tecla del ascensor. Las puertas se cerraron de manera silenciosa, y se sintió el tirón cuando el ascensor comenzó a subir.

Pasaron los segundos, y los hombres comenzaron a removerse. El ascensor no tenía indicadores, así que se volvía un espacio claustrofóbico. Musa comenzó a caminar de manera casual de un lado a otro, hasta que los hombres no le prestaron más atención, y con disimulo se movió hacia el fondo del ascensor. En el momento en que el ascensor comenzó a frenar, los hombres miraron hacia la puerta. Musa aprovechó la distracción para sacar lo que había escondido bajo su ropa a su espalda. Un arma sónica, que empuñó y sin perder un segundo, disparó a los dos hombres de la izquierda. Salieron volando contra la puerta y se escuchó el ruido de los huesos rotos. Mientras giraba el arma hacia el segundo grupo, los otros hombres reaccionaron asustados. Dos de los hombres sacaron sus armas y comenzaron a apuntarle, mientras ella les apuntaba. Uno de los hombres del medio disparó al mismo tiempo que ella, y mientras el hombre volaba contra la puerta, Musa sintió el impacto en el hombro y cayó hacia atrás contra la pared del ascensor.

Pegó un grito cuando vio que la bala había penetrado. Ya había recibido muchos impactos hoy, y el más crítico el disparo a quemarropa que le propinó el mismo Marsan.

Quedaban dos hombres, y mientras uno estaba sacando su arma, el otro ya le estaba apuntando. Musa hizo un esfuerzo para apuntar su arma y mientras escuchaba otro disparo, disparó desde la cintura porque con la herida del brazo no podía levantarlo más. Justo cuando comenzaban a abrirse las puertas del ascensor, los últimos dos hombres fueron aplastados contra las puertas y los bordes del ascensor. Musa miró su pecho, y se dio cuenta que el disparo que logró hacer el último hombre le pegó justo en el corazón, y había atravesado el escudo. Ya estaba bañada en sangre por el agujero en el hombro, pero ahora la sangre con reflejos dorados caía a chorros, como si fuera un mecanismo descompuesto. —¡Maldición! —gritó. Salió del ascensor pisando a hombres, y los pateó dentro del aparato, mientras apretaba desde afuera el botón de descenso y se quitaba de la puerta para ver como el ascensor se cerraba y se llevaba a los hombres hacia abajo. Si quedaba alguno vivo, no iba a ir a ningún lado con varios huesos rotos y sin poder autorizar la salida del ascensor. Miró su hombro y vio sangre, y aún por debajo de la mano con la que apretaba su pecho vio la sangre que salía a borbotones. Se apoyó en la pared. Si se desmayaba ahora, quedarían todos encerrados. Pero las puertas se cerraban después de que nadie más pasara por ellas, así que no podía dejarlas abiertas. Pensó un momento, y puso su mano en la placa de la puerta. En vez de retirarla, dijo en voz alta, "Centro de Control Delta". La placa comenzó a titilar.

Se recostó contra la pared cercana a la escalera, y se puso a esperar a que llegaran los ex-rehenes. La sangre se le iba por las heridas, su sangre dorada no daba abasto para cerrar los agujeros que le habían producido los balazos. Necesitaba urgente vendajes de presión, y reponer líquidos y alimentos, pero estaba aislada. Los ojos se le volvieron pesados. Sin darse cuenta, perdió el conocimiento.

La gente venía ayudándose unos a otros, y tardaron más de una hora en subir los más de treinta pisos desde la sala de transporte. Cuando llegaron al nivel del suelo, se encontraron con el cuerpo de Musa recostado contra la pared y se apuraron a ver cómo estaba. De los hombres de Marsan no había ni rastros.

El cuerpo de Musa estaba frío, y estaba apoyada en un inmenso charco de sangre dorada. Varias personas recorrieron el escaso espacio buscando una salida. Por desgracia, los controles no respondían. Estaban encerrados e incomunicados.

TZEDEK

Rho, 28 de Noviembre de 2027, 7:40

Luego de que Marsan pasara por el transportador, se dirigió a la consola, desde donde activó la energía del resto del edificio, y a continuación apagó el cilindro. Por un momento la sala se vio oscura comparada con la iluminación del cilindro, pero en pocos momentos los ojos de todos se acostumbraron a la iluminación normal proveniente del techo.

—Bien, vamos a ir nosotros adelante, y el resto de la gente escoltados por los nuestros —dijo Marsan.

Fue obligando a Halius a abrir las puertas, hasta que llegaron a la sala del ascensor y escaleras. Indicó a Halius que activara el ascensor.

—Tenemos que llegar arriba lo antes posible. Voy a llevarme conmigo a estos dos y a ustedes —dijo Marsan, señalando a siete guardias—, Los demás, subirán por la escalera. Si alguien se rezaga, se quedará aquí encerrado para morir de sed y hambre, ¿está claro?

Nadie dijo nada. —Váyanse ya —dijo, señalando la escalera, y la gente comenzó a subir por ella. Había tres hombres de Marsan por cada rehén.

El ascensor abrió sus puertas, y Marsan entró con Halius, Nikaia, y los otros hombres.

Minutos después llegaron a la superficie, donde Marsan obligó a Halius a abrir cada puerta, y con sus hombres fueron trabándolas para que no se volvieran a cerrar. Cuando llegaron a la salida, respiraron el aire fresco, y esperaron a que llegara el resto de la gente.

Casi una hora después, comenzó a salir la gente del interior del edificio.

—Ahora vamos hacia la ciudad. No se preocupen, ya estamos cerca de tener descanso, bebida y comida —dijo Marsan cuando llegaron todos, y los encaminó hacia la ciudad—. Escondan las armas de la vista pero ténganlas listas —les dijo a sus hombres.

Cuando llegaron a las puertas de la ciudad, Halius activó la autorización para entrar, pero no sucedió nada. —Tenemos que esperar a que venga alguien a abrirnos —dijo.

Cuando por fin se abrió la puerta, antes de que terminara de abrirse y saliera la bienvenida, entraron por la fuerza. Una joven estaba por salir para recibirlos, y se vio sorprendida cuando Marsan la tomó del brazo, y le puso una pistola en la cabeza. —Sí, tenemos armas, y no, no vamos a dejarlas. Ahora, acompáñanos al Centro, por favor.

Señaló a cuatro de sus hombres, y les dijo —Ustedes, y ustedes. ¿Ven esa antena ahí arriba? Vayan ahora mismo por ahí, y desmonten la placa de la base y desconecten los cables. No rompan nada, vamos a necesitar rearmarla más tarde.

—Sí, señor —dijeron los hombres y salieron corriendo a desarmar la antena, mientras Marsan y toda la gente enfilaban hacia el centro.

Cuando llegaron a la Torre, Marsan se ocultó detrás de los otros atlantes, y se aseguró que las cámaras los capten con claridad. Luego, entraron al edificio, y distribuyó a sus hombres con eficiencia para que sometan a todo el personal. Fueron avanzando piso por piso, desarmando a la gente y encerrándolos en las secciones donde estaban.

Sus hombres iba abriendo las puertas, usando a Halius cuando era necesario. Cuando abrieron el departamento de Damaris, Marsan vio a Sofía y se puso blanco como el papel. Trastabilló hacia atrás.

—Gea. ¿Cómo?

Sofía se puso de pie y Marsan la pudo mirar mejor y se recuperó un poco.

—No, no eres Gea, pero ¿Qué...?

—Soy Sofía. Me confundes con otra.

—Sí, ya veo. Sólo eres una niña humana. Se quedarán aquí hasta que tengamos control de todo, mejor será que colaboren si no quieren perder su vida.

Dejó el Centro de Control para el final. Cuando pasó por el laboratorio de alta tecnología, obligó una vez a Halius a abrir la puerta. Se encontró con varios técnicos, y con Raquel vistiendo una bata blanca. Señalándola, dijo —Tú, ¿eres la encargada de desarrollar los nanites para los humanos?

—¿Qué está pasando aquí?

—Vendrás conmigo —dijo, apuntándole a la cabeza con su arma. Empujó lejos a la chica que llevaba, y tomó a la doctora de la nuca.

—Todavía no consigo comunicarme con Delta. Un grupo grande de gente viene caminando por la avenida principal, están por entrar al edificio —dijo Althaea.

—¿Es la gente de Alfa? Qué raro que no se comunicaron antes —dijo Tzedek.

Althaea maniobró las cámaras, —Halius y Nikaia están al frente, no son demasiadas personas, pero bastantes considerando que sufrieron un impacto directo. Estarán aquí en un minuto.

Cuando la puerta del Centro de Control se abrió, el primero en entrar fue Halius, con Nikaia a su lado. Una gran sonrisa se pintó en la cara de Tzedek, quién se dirigió hacia la puerta diciendo —¡Estoy tan contento de verlos bien!

Cuando vio que otra persona los empujaba a un costado, y que esa persona era Marsan, la sorpresa no lo dejó reaccionar. Marsan llevaba a Raquel del brazo, y detrás había otras personas. Al mismo tiempo que Tzedek decía incrédulo —¿Marsan? ¿Pero cómo...? —Marsan sacó una escopeta corta que tenía escondida detrás suyo, la levantó y disparó en un solo movimiento, apuntando a la cabeza de Tzedek, desde menos de dos metros de distancia.

Los nanites tenían cierto poder de blindaje, pero sólo podían resistir impactos de cierto calibre e intensidad, y necesitaban un tiempo proporcional al impacto para recuperar su carga. Los de Tzedek, no tuvieron oportunidad de recargarse del todo luego del fallido atentado de Norberto Almeida, puesto que casi no había dormido. Sus nanites se habían descargado hasta el límite deteniendo los disparos del sicario.

Antes de que Tzedek pudiera entender siquiera lo que estaba pasando, su cabeza explotó. Pedazos de cerebro, cráneo y cabellos volaron en todas direcciones, salpicando la pared cercana y el suelo alrededor. El cuerpo de Tzedek cayó al suelo un instante después, formando debajo del cuerpo un lago de sangre dorada.

Marsan arrojó la escopeta al piso mientras sacaba en el acto una pistola de su cintura. Althaea lanzó un grito de puro horror. Juan Carlos también lanzó una exclamación de espanto y por instinto comenzó a moverse hacia adelante, lo mismo que Althaea, pero Marsan tironeó del brazo de Raquel y la movió delante suyo, poniéndole su pistola en la sien.

—Quédense donde están, o habrá más sangre en el suelo —amenazó Marsan.

Juan Carlos y Althaea se clavaron en su sitio. Más gente armada entró al Centro de Control, y se llevaron a Halius y los otros atlantes.

INCOMUNICADOS

Delta, 28 de Noviembre de 2027, 19:30

Niobe estaba operando la consola de control de la ciudad, cuando una señal le llamó la atención.
—Ponteus, mira ésto —dijo Niobe.
—¿Qué estoy viendo?
—Es... parece un llamado de atención, como si quisieran comunicarse, pero no por una consola de comunicaciones. Es extraño... —dijo Niobe, mientras verificaba datos en el sistema. —No es en la ciudad, esto viene de las afueras, como a un par de kilómetros hacia el Oeste. ¿No es ahí donde está el reactor?
—Eso es el centro PEEC —dijo Apolo.
—¿No tenemos cámaras en ese sector? Hmm, no hay imagen, otra cosa extraña —dijo Ponteus, pensando un momento. Alguien estaba tratando de comunicarse desde adentro del complejo. Sólo un atlante podía llegar allí. Al mismo tiempo, un atlante podría acceder a las consolas de comunicaciones, en vez de nada más mandar un llamado. Nadie podría haber llegado hasta allí sin autorización, a menos que hubieran volado con explosivos todas las puertas intermedias desde la entrada, pero en tal caso había sensores que detectarían ese ataque. Quien fuera, llegó de manera pacífica, y eso sólo podía significar un atlante. Concluyó que sólo alguien que se hubiera transportado desde Alfa podría haber mandado esa señal. ¿Estarían malheridos?
—Niobe, comunícate con Rho, pregúntales si saben algo de ésto —dijo Ponteus.
—Respecto a eso... También hubo una llamada de Rho hace unos minutos, pero cuando fui a contestar no tuve respuesta, y ahora... es como si no estuvieran conectados —dijo Niobe.
Ponteus se puso serio y frunció el ceño. Miró a Niobe y a Apolo.
—Apolo, vete urgente hacia el PEEC, y lleva diez guardias armados. Y por favor, ten cuidado. No sé qué está pasando pero no me gusta.

Apolo y el contingente de guardias fueron hasta el PEEC de Delta en dos vehículos autónomos. Llegaron al lugar y Apolo fue abriendo las puertas mientras los guardias se iban ubicando estratégicamente. En el lugar había luz, pero no había señales de vida. Hasta que llegaron a la cámara de descenso. Cuando se abrió la puerta, Apolo se enfrentó con una multitud, el aire viciado, sangre por todos lados, y un cuerpo tapado con abrigos en un rincón.
—Oh, por fin —dijo una de las personas, mientras se acercaba a Apolo.

—Alto ahí —gritó uno de los guardias apuntando con su arma.

—¿Qué pasó aquí? ¿Quién está ahí? —dijo Apolo, señalando el cuerpo.

—Unos hombres hicieron una revuelta en Alfa —dijo la misma persona que habló antes—. Nos amenazaron con armas y nos hicieron venir aquí, matando a quienes se resistían. Creo que ella peleó con los que vinieron aquí, no sé dónde están los demás pero no vinieron con nosotros, y eran muchos.

Apolo se acercó al cuerpo con aprensión, y levantó el abrigo que tapaba la cara. Cuando vio que era Musa, la destapó y la revisó, pero vio que estaba muerta. Bajó la cabeza, se tapó la cara con las manos y luego la levantó en un grito de furia.

Volvió con los hombres y su cara de furia hizo que todos retrocedieran un poco.

—¿Quienes la mataron? —dijo Apolo con voz helada.

—Unos hombres del tal Marsan... creo que pelearon en el ascensor —dijo el sujeto.

—¿Éste ascensor? —dijo Apolo, accionándolo—. ¿Y qué quieres decir con hombres del tal Marsan? ¿Eso decían ser?

—Sí, lo seguían y obedecían en todo —dijo el hombre.

—¿A quién?

—Al tipo ese alto como tu, que dijo llamarse Marsan.

Apolo se quedó en blanco por un momento.

En eso, se abrieron las puertas del ascensor. Uno de los cuerpos cayó hacia afuera.

—Guau, se cargó a los seis tipos armados —dijo otro de los hombres.

Apolo entró en el ascensor, y constató que era verdad, los seis estaban muertos.

Se dirigió corriendo a una consola de comunicaciones, y llamó a Ponteus. —Ponteus, será mejor que te comuniques de inmediato con Rho. Musa está muerta, hay un montón de humanos sobrevivientes de Alfa aquí y dicen que murió defendiendolos de un grupo de hombres armados, a quienes eliminó. Por lo que cuentan los testigos, el resto de los hombres armados habrían ido hacia Rho. Debemos avisarles.

—No podemos comunicarnos con Rho. Me temo que algo está pasando... Envía a esos sobrevivientes hacia la ciudad, yo te estaré enviando hombres de los nuestros para que vayas hacia Rho desde allí —dijo Ponteus.

Apolo pensó si contarle lo de Marsan a Ponteus, pero consideró que no le creería si no se lo decía en persona.

—De acuerdo —dijo Apolo cortando la comunicación. Hizo salir a la gente al exterior, donde estaba anocheciendo, y cuando los hubo contado, con su dispositivo llamó a un número de vehículos suficiente para llevarlos a la ciudad. Tardaron unos minutos, y según llegaban fueron enviando a la gente en grupos de seis a la ciudad. Los vehículos que arribaban traían guardias armados enviados por Ponteus.

Cuando toda la gente fue evacuada hacia Delta, se había juntado un grupo numeroso de guardias entrenados y armados. Aunque no tantos como quisiera, no eran novatos ni gente sin experiencia. Los organizó, les explicó la situación, y los llevó a la sala del transportador.

FUGA

Rho, 29 de Noviembre de 2027, 9:30

Juan Carlos vio como Marsan estaba usando de escudo a Raquel.
Su corazón le dio un vuelco.
Marsan miró a Juan Carlos y lanzó una carcajada.

—Ah, pero que conveniente, ¡Se conocen! Entonces con más razón van a hacer lo que les digo, o su cerebro hará de empapelado junto con el de Tzedek.

—No dispares, haremos lo que digas —dijo Juan Carlos levantando las manos.

—Muy bien —dijo Marsan—, dejen todas las armas, y con las manos en alto van a acompañar a mis hombres hasta el área donde los vamos a encerrar. Luego pensaré si haré un ejemplo de ustedes haciendo un espectáculo de su ejecución, o si los guardaré para nuestra diversión... por un tiempo al menos. Al fin y al cabo, ¿qué crees que será más cruel? Vamos a poder reírnos muchos años de la flamante reina atlante. Aunque fue reina por, cuánto, ¿cinco minutos? —y se rió ruidosamente.

Juan Carlos apretó los labios.

—¿Reina? ¿De qué habla? —Y mirando a Althaea de repente comprendió.

—Ah, vamos, la hija fiel siempre siguiendo los deseos del padre, aunque nunca la tuviera en cuenta. ¿Me vas a decir que no pensabas matar a Tzedek tu misma? —siguió riéndose Marsan.

Althaea lo miró y sus ojos se le llenaron de lágrimas de la furia y la tristeza. Con lo cual Marsan se rió tanto que Juan Carlos tuvo miedo que se le escapara un disparo en la cabeza de Raquel.

—Por favor, deja de apuntarle, podrías tener un accidente. Vamos a colaborar.

—Muy bien, te creo, aunque no daña nada que sepas que al menos intento de escapar o resistir, ella será la primera en morir —dijo Marsan haciendo un gesto a Raquel—. Y ahora, vamos.

Los obligaron a seguirlos, y los llevaron a piso de los departamentos, hasta el departamento de Damaris. —Estarán en buena compañía —dijo Marsan, haciéndolos pasar, y dejándolos encerrados.

Apenas se cerró la puerta, Althaea intentó abrirla con el panel y con el procedimiento de emergencia, pero la puerta estaba bloqueada y trabada desde afuera. —Estamos encerrados.

—¿Sofía, estás bien? —dijo Damaris.

Sofía estaba muy pálida y se había quedado con la boca abierta, mirando a Raquel. —¿Mamá? ¿Eres tu?

Raquel la miró extrañada y no dijo nada. Miró a Juan Carlos, y por un momento se miraron a los ojos. De repente Juan Carlos bajó los hombros y pareció desinflarse por el desánimo.

Sofía saltó a los brazos de Raquel, que estaba rígida, y se puso a llorar.

—¡Pero te vimos morir! Estás más joven. ¡Y más linda! ¿Qué...? —y se interrumpió mirando a Althaea— ¿Le han aplicado los nanites? ¿Pero por qué? ¿Cuándo? ¿Y dónde estuvo todo este tiempo? —y cada vez más indignada— ¿Y cómo no nos dijiste nada?

Althaea se cruzó de brazos, y dijo —Acaban de matar a mi padre.

—¿A Tzedek? ¿Tzedek está muerto? ¿Cómo es posible? —dijo Sofía anonadada.

Una lágrima cayó por la mejilla de Althaea, pero apretó los dientes.

—Debemos salir de aquí.

—¿Y mamá? ¿Qué le pasa? —preguntó Sofía.

—Raquel tiene amnesia total en lo que a nosotros respecta, hija. Althaea tiene razón, tenemos que buscar la forma de salir de aquí.

Althaea presionó su mano en el panel y bufó frustrada.

—No puedo creer que estamos encerrados en nuestro propio complejo.

—Supongo que Marsan les habrá sacado todos los accesos al sistema— dijo Juan Carlos—. Estos sistemas biométricos son increíbles —dijo mientras casi casualmente, ponía la palma en el panel, el cual se iluminó de verde y la puerta se destrabó.

—¿Pero qué dem...? —dijo Juan Carlos, mientras Althaea y Damaris soltaban una exclamación.

Juan Carlos se asomó con cuidado y vio que no había guardias.

—Rápido, tenemos que pensar qué hacer —dijo mientras cerraba la puerta sin trabarla.

—Tenemos que rescatar a Halius y los demás —dijo Althaea.

—Lo que implica que de alguna manera deberemos atrapar a Marsan y sus hombres—dijo Juan Carlos.

—No podemos hacer todo nosotros—dijo Sofía.

—Primero que nada, debemos llegar a un lugar seguro. Aquí pueden venir en cualquier momento —dijo Damaris.

—¿Dónde podemos ir, Althaea? Tenemos que contar con que la ciudad está en manos de Marsan y sus hombres —dijo Juan Carlos.

—No sabemos qué pasó con Delta. Tenemos que tratar de comunicarnos con ellos. Y para eso tenemos que llegar a una consola de comunicaciones —dijo Althaea.

—Bueno, es obvio que hay una en el Centro de Control, lugar al que no podemos ir por el momento. ¿Dónde más hay otra? —dijo Juan Carlos.

—Sólo existe la del Centro de Control. Pero no necesitamos una consola de comunicaciones, sino tener acceso a ella. Y podemos acceder desde cualquier consola con acceso remoto —dijo Damaris.

—En realidad existe otra en la última cámara del centro de evacuación, antes de salir de los túneles de la ciudad, pero es una larga marcha hasta allí, y tal vez sea inútil caminar tanto. Tendríamos que comunicarnos con Delta desde aquí, si podemos contar con su ayuda iremos hacia la salida de la ciudad, sino tendremos que ver qué hacemos desde aquí y será perder el tiempo ir hasta allá —dijo Althaea.

—Bien, ¿y dónde está la consola con acceso remoto más cercana? —dijo Juan Carlos.

—Aquí mismo, todas las consolas privadas de este edificio tienen acceso remoto, pero Marsan podría volver en cualquier momento y separarnos o algo peor. Propongo que nos vayamos de aquí. También hay consolas en algunos de los bunker principales —dijo Althaea.

—¿Y cómo llegamos a los bunker sin que nos vean y hacer sonar todas las alarmas?

—Ven aquí —lo llamó Althaea, y lo guió hasta una pared sin ninguna marca en particular. Apoyó su mano en un lugar de la pared, y no pasó nada. —Dame tu mano —y tomó la mano de Juan Carlos, presionándola con suavidad en el mismo lugar donde se había apoyado ella antes. El panel invisible que estaba en la pared se iluminó de verde, y todo una sección de la pared se deslizó en seguida mientras se abría la puerta de la antecámara del bunker.

—Apoya la mano en el panel de la puerta de entrada para trabarla de nuevo —dijo Damaris.

Juan Carlos fue e hizo eso, y se escuchó el ruido de la puerta al trabarse, y se apagó el panel.

—Vamos, rápido —dijo Damaris, y los hizo meterse a todos en la antecámara—. Juan Carlos, abre la otra puerta, aquí, y luego cierra la entrada —le mostró. Juan Carlos lo hizo, y pudieron pasar a la siguiente cámara, donde había una escalera descendente.

Se apuraron por las escalera, Juan Carlos esperaba a que pasen todos y trababa cada puerta que pasaban, e iba siguiendo a Damaris y Althaea y abriendo cada puerta que les impedía el paso. Cuando llegaron al bunker principal, Althaea le hizo activar un panel distinto, y se activó una pantalla de consola.

—Primero veamos el tema de los accesos —dijo Althaea. Se puso a tipear comandos y consultar los resultados, y levantó las cejas. —Vaya, eso lo explica.

—¿Qué? —dijo Sofía.

—Tzedek programó el sistema para que si algo le pasaba, tanto Juan Carlos como yo tendríamos el máximo nivel de acceso automáticamente, y

Sofía el acceso que tenía yo. Excepto que Marsan me removió del sistema antes de que eso pasara, así que no se asignaron esos accesos, pero como es claro, no te consideraba una amenaza y no lo hizo contigo —dijo Althaea, mirando a Juan Carlos—. Y en el momento que Tzedek fue asesinado, la computadora te asignó acceso completo. A todo.

—¿Y por qué iba a tener yo tu acceso? —dijo Sofía.

—Pues, porque ahora eres la princesa heredera —dijo Althaea.

Sofía y Damaris abrieron la boca y no pudieron decir palabra.

—Tiene sentido —dijo Juan Carlos—. ¿Hay manera de que puedas recuperar tus accesos y los de ellas?

—Espera —dijo Althaea, tipeando una serie de comandos. Se fueron abriendo ventanas en las cuales tipeó más comandos y se cerraron. Por fin dijo —Pon tu mano en el panel, es la autorización final.

—Listo —dijo Juan Carlos, poniendo la mano en el panel. Se encendió otra vez la luz verde, Althaea tipeó algunas cosas más, y dijo —Vamos a probarlo —y a continuación puso ella su mano en el panel, el cual se iluminó otra vez de verde. —Perfecto, ahora vamos a poder ir más rápido. Vámonos de aquí, tal vez vengan a buscarnos.

Salieron a los pasillos subterráneos detrás de Althaea, quien los guió cambiando de dirección varias veces, pasando por varias intersecciones, hasta que llegaron a otro bunker. Entraron y Althaea dijo —Este era el bunker de mi padre. No creo que nos busquen aquí por un rato —mientras activaba la consola. El bunker de Tzedek era más grande que otros que habían visto.

Althaea accedió a la consola de comunicaciones. Estuvo usando distintos comandos por un rato, hasta que al final dijo —Maldición. Puedo acceder al sistema interno, pero no puedo comunicarme de ninguna forma con Delta. Creo que de algún modo sabotearon las comunicaciones.

—Si no podemos comunicarnos, tenemos que ir en persona —dijo Damaris.

—¿Y cómo vamos a llegar a Delta? —dijo Sofía.

—Con el mismo sistema con el que llegaron aquí Marsan y sus hombres —dijo Althaea.

—Vamos a tener que ir por los subterráneos hasta salir de la ciudad, y luego caminar hasta el PEEC —dijo Damaris.

—¿El qué? —dijo Juan Carlos.

—El sistema de transporte del que te contó Tzedek —dijo Althaea.

—Oh. Supongo que ir en un vehículo queda descartado —dijo Juan Carlos.

—Nos detectarían en el acto. Caminando por los túneles y luego desde la salida hasta el centro, pasaremos desapercibidos. Espero —dijo Althaea.

—Antes de salir... —dijo Althaea, tipeando en la consola y presionando luego un panel en la pared. Se abrió una sección disimulada en la pared, y pudieron ver una serie de armas. —... necesitamos armarnos —terminó Althaea, comenzando a repartir las armas. Les dio una de cada tipo a cada uno. Titubeó un segundo ante Sofía, pero también le dio una sónica y una láser. Juan Carlos no dijo nada.

—¿Cómo funciona ésto?

—Esta es un arma láser, sólo apunta y dispara, dispara un pulso láser de energía que puede hacer un agujero en una plancha de metal. Y puede disparar un centenar de esos antes de necesitar recarga, es eléctrica, y tiene una batería de una tecnología especial. Debes apuntar bien con ésta. Esta otra es un arma sónica, genera un pulso vibratorio de muy baja frecuencia de tal intensidad que puede arrojar con violencia cualquier objeto delante de tu mira. También es apuntar y tirar, pero ni siquiera necesitas tener buena puntería, cualquier cosas más o menos delante del arma será afectada. Ten cuidado. No suele ser letal pero puede lastimar seriamente, sobre todo los órganos internos.

—¿Qué es esto? —preguntó Sofía señalando el costado del arma.

—Es un indicador de carga, llena está en verde, si te quedan menos de veinte disparos pasa a amarillo, y si te quedan menos de cinco tiros se pone rojo. Cuando se acaban los tiros se apaga.

Enfundaron todo, salieron y comenzaron a recorrer los pasillos subterráneos siguiendo las indicaciones hacia la salida de la ciudad.

PASAJEROS

MSR Grandiosa, 29 de Noviembre de 2027, 10:00

La mañana había transcurrido sin novedades. Las reparaciones avanzaban mejor de los esperado, mientras la gente a bordo lidiaba con lo sucedido cada quien a su manera. La mayoría pensaba en sí mismos y en sus conocidos en tierra, pero Leora estaba preocupada, planeando para el día después.

Discretamente, después de leer el manifiesto del barco y la lista de pasajeros, Leora hizo que sus oficiales vayan a hablar con ellos, y luego fue teniendo pequeñas entrevistas con cada uno de los que le pareció que tenían oficios o conocimientos que les podían resulta útiles en un futuro cercano.

El hombre joven, de cara rectangular, mandíbula agresiva, pómulos salientes y cabello rubio bien cortado, le sonrió a Leora.

—Entonces, ¿Estaría dispuesto a colaborar en caso que sean necesarios sus servicios cuando lleguemos a tierra?

—Por supuesto. Hice un juramento para ayudar.

—¿Puedo preguntarle cuál es su especialidad?

—Medicina genética y cirugía especializada, pero no creo que pueda hacer mucho de eso sin los equipos apropiados.

—Medicina genét... ¿Qué es eso?

—Es el análisis, prevención y tratamiento de males del genoma de una persona.

Leora se quedó sorprendida.

—¿Existe tal cosa?

El doctor sonrió socarronamente.

—No es muy popular que digamos, principalmente debido a su costo.

—Entiendo —dijo Leora. Debía ser medicina de costo prohibitivo, sólo usada por millonarios —. Bueno, doctor... Mederi Democedes... ¿Mederi es su nombre?, lo veré si necesitamos su ayuda.

—Cuente conmigo, capitán. Lo que sea.

—Muchas gracias... ¿Mederi no quiere decir médico en griego antiguo?

—Tiene buen conocimiento del idioma. En efecto, inventaron la palabra en mi honor —dijo Mederi muy tranquilo.

Leora no pudo evitar resoplar de la risa, pero trató de contenerse cuando vio la seriedad del doctor. Había escuchado del increíble ego de algunos médicos y del complejo de Dios, pero ésto era ridículo.

—Bien, sí, muchas gracias —dijo Leora, dándole la mano, y retirándose a la siguiente entrevista. Mientras caminaba pensó en el joven médico y su arrogancia, y meneó la cabeza. En la ficha que llevaba en la mano, en la columna junto al nombre del doctor, marcó un signo de interrogación.

Revisó su siguiente entrevista. Un técnico industrial de Buenos Aires. Ignacio Iglesias.
Pensó un momento. Ya había conocido a este hombre.
—Capitán, mucho gusto otra vez.
—Sí, lamento lo de su hermano. ¿Asumo que no hubo más noticias?
—No, y no las esperaba —dijo Ignacio bajando la cabeza.
—En su declaración de embarque dice que usted es técnico industrial. ¿Es correcto eso? ¿Qué hace exactamente?
—Sí, es correcto, me dedico a instalar, arreglar, modificar y probar máquinas automáticas para industrias.
—Eso nos sería muy útil cuando bajemos a tierra y busquemos dónde asentarnos. ¿Estaría dispuesto a ayudarnos?
—Será un placer, capitán. No tenía mucho trabajo últimamente, será bueno ser necesitado, para variar.
Estaba por estrecharle la mano, cuando se quedó paralizada al escuchar claramente en su mente un grito que transmitía furia y terror al mismo tiempo, "Noooo", y sintió una puntada de dolor en la cabeza.
—¿Qué dem...? —exclamó Leora tomándose la cabeza.
—¿Qué caraj...? —dijo al mismo tiempo el industrial, tapándose los oídos con ambas manos, y tomándose luego la cabeza, mientras fruncía el ceño —¿Usted escuchó un grito?
—Fuerte y claro, pero...
—Shh, no lo diga. Déjeme pensar que no estoy loco.
—No puede estar loco si ambos escuchamos lo mismo. ¿Un grito?
—Sin duda.
El comunicador de la capitán comenzó a sonar.
—Sí —contestó. Escuchó un momento, puso cara de preocupación, y luego dijo —. Voy para allá.
—Discúlpeme, Ignacio. Nos veremos más tarde.
—Por favor —dijo Ignacio, aún agarrándose la cabeza, y haciendo un gesto de despedida con la otra mano.

Leora fue al puente donde había mucha actividad. Había al menos cuatro oficiales hablando por los teléfonos internos, la mayoría de las personas presentes aún se frotaban la cabeza como si algo los hubiera golpeado, y Robert estaba derrumbado en una silla, sosteniéndose la cabeza con las manos.
—¿Robert? ¿Está bien? —preguntó, tocándolo en el hombro.
Robert levantó la cabeza lentamente, y Leora vio que tenía los ojos

ligeramente inyectados en sangre. Por un momento el reflejo del sol le hizo pensar que veía un reflejo dorado en ellos, pero en seguida pasó.

—Creo que sí, me golpeó más duro que a los demás.

—¿Todos escucharon lo mismo?

—Estamos verificando —dijo, señalando a los oficiales —pero hasta ahora todo indica que sí.

—¿En todo el barco? —preguntó incrédula Leora, pero ya sabía la respuesta.

—En ambos barcos —confirmó Robert.

—Entonces, es definitivo que no lo escuchamos realmente. Es imposible haberlo escuchado en ambos barcos y bajo cubierta al mismo tiempo.

—Pero lo escuchamos. Y muchos tuvieron serios efectos colaterales —dijo Robert, frotándose la frente.

Leora miró a los demás. Nadie decía nada. Se moría por decir lo que pensaba, pero tenía miedo de que se rieran de ella. Hasta a ella le sonaba ridículo. Si no fuera que acababa de sentirlo. En persona.

Robert la miró durante un largo momento, hasta que finalmente habló.

—Crees que fue telepatía.

Leora abrió la boca asombrada, pero no supo qué decir.

—Eso es ridículo, no existe tal cosa —dijo cuando pudo atinar a articular algo.

Robert la miro por un momento, como considerando qué decir.

—Hay experimentos militares, secretos por supuesto, que han demostrado que es posible transmitir y leer el pensamiento usando los equipos adecuados. Lo del secreto ya no tiene mucho sentido, así que te puedo contar que lo he visto funcionar, y es real. El detalle es que se requieren equipos sofisticados y caros para poder transmitir y leer los pensamientos hasta apenas unos decímetros de distancia hacia otra persona sin equipo. Lo que sucedió recién... nunca en mi vida... —y de repente le cambió la cara y se quedó callado.

—Ya has visto esto antes —dijo Leora.

Robert giró los ojos hacia un lado, luego hacia el otro. Miraba sin ver, perdido en sus pensamientos.

—Nada de lo que puedo pensar tiene sentido, y sin embargo... —dijo por fin, meneando la cabeza.

—Sin embargo, pasó.

—Sí —dijo Robert, encogiéndose de hombros —. De todas maneras no podemos hacer nada al respecto.

Leora quería interrogar a Robert, era evidente que sabía algo más, pero de alguna manera se dio cuenta de que no le iba a decir nada. Suspiró, y se dirigió a los oficiales.

—Bueno, sigan ocupándose de la gente, asegúrense que no haya nadie tirado por ahí con un derrame. Revisen los camarotes si no pueden ubicar a alguna persona. Voy a seguir con las entrevistas —dijo, y salió otra vez a ver al siguiente de la lista.

SOFÍA

Rho, 29 de Noviembre de 2027, 10:00

Recorrieron los pasillos por cinco minutos, cuando en un momento en que Althaea se detuvo en una intersección para verificar la dirección, Juan Carlos notó que Sofía no estaba con Damaris.
—¿Dónde está Sofía? —dijo Juan Carlos.
Raquel, Althaea y Damaris miraron alrededor.
—Creí que estaba con Damaris —dijo Althaea.
—Y yo creí que iba con su madre —dijo Damaris.
—Tenemos que volver a buscarla. De inmediato. ¿Alguien recuerda la última vez que la vio fuera del bunker? —dijo Juan Carlos.
—Yo pensé que venía detrás mío, ahí estaba cuando salimos, pero después no presté más atención. Perdón, nunca imaginé que iba a dejar de seguirnos —dijo Damaris.
—¿Pero por qué dejó de seguirnos? ¿Volvió al bunker? ¿A dónde fue? —dijo Raquel.
Desandaron el camino casi corriendo, buscando a Sofía.
Apurados, se olvidaron de tomar precauciones como venían haciendo desde que salieron del bunker. A la segunda intersección, se toparon con ocho hombres armados, que tenían las armas desenfundadas. Los tomaron tan de sorpresa que no pudieron hacer nada, hasta Juan Carlos se dio cuenta que intentar resistirse equivalía a quedar bajo una lluvia de balas. Recordó lo dicho por Althaea, inmortales pero no indestructibles.
Para su desesperación, les sacaron las armas y los obligaron a ir a la salida más cercana, que desembocaba en el edificio del Centro de Control. Rodeados por todos lados, los forzaron a ir hacia la sala de control.

Sofía destrabó la puerta del bunker que daba a la sala de control, y la empujó en silencio tomando un arma en cada mano. De una mirada recorrió el lugar, y pudo ver a dos guardias de costado vigilando cerca de la entrada, y a Marsan de espaldas operando una consola. Sin dudar ni un segundo, disparó hacia los guardias con el arma sónica que tenía en la mano izquierda. Como era un arma de efecto amplio, no era necesario apuntar con precisión. Ambos guardias fueron lanzados con violencia contra la pared. Marsan levantó la vista pero tardó un instante en comprender lo que estaba sucediendo. Cuando comenzó a girar su cabeza, Sofía ya había bajado el arma sónica y le disparó a él. Escuchó el ruido de los huesos rotos por debajo de su grito de dolor al ser comprimido contra el escritorio de la consola.
Sofía avanzó rápidamente. Los guardias estaban tratando de reaccionar.

Ambos estaban manoteando sus armas. Sofía apuntó ahora el láser con su mano derecha, a la cabeza del guardia, y titubeó. El guardia consiguió levantar el arma y le apuntó, entonces Sofía le disparó. El guardia murió en el acto.

Una bala sacó escombros en la pared cerca de su cuerpo. El disparo salió del arma del otro guardia, quien le apuntaba desde el suelo, y Sofía le apuntó a su vez y también lo mató. Recién entonces se enfrentó a Marsan.

Marsan estaba tratando de incorporarse, y estaba levantando un arma láser. Sofía le disparó una vez más con el arma sónica. Fue arrojado hacia atrás en su silla con rueditas, impactando contra la pared de atrás. El arma que había manoteado voló despedida de su mano. Ahí quedó sentado y jadeando.

—Detente, niña, estoy desarmado. Ya, ganaste —dijo Marsan, con mucha dificultad.

—¿Gané? ¿Qué gané? Todos están muertos. Mi novia y mejor amiga. Todos los que conocía. Todo el maldito planeta. ¿Es verdad que tu creaste el virus para matarnos?

—¿De verdad quieres saberlo? ¿Acaso eso hará más fácil tu asesinato? Si me matas no serás mejor que yo, sabes.

—Adelante, quiero saberlo. Pero no hables, piensa. Quiero saber que dices la verdad.

"Claro que sí. Unos crearon el virus según mis especificaciones, otros lo probaron, otros crearon la vacuna, y otros lo distribuyeron. Yo coordiné y supervisé todo. Así que si buscas al último responsable, ese fui yo.", escuchó Sofía a Marsan en su mente, con un tono de orgullo.

"Yo tenía una amiga. La amaba, y por tu culpa está muerta.", pensó Sofía.

"Qué sabrás de amor... ¿Cuánto tiempo estuviste enamorada, un mes, dos? ¿Un año? Yo tenía la pareja perfecta, Sitre, lo fue durante más de 25.000 años. Ni siquiera puedes concebir lo que es eso. Todo para que en un minuto, por un sabotaje de un maldito humano y una orden de Tzedek, la perdí para siempre. Pues esta es mi venganza. Ya no habrá más malditos humanos, ni nadie para guiarlos.", pensó Marsan con furia.

"Pues no pudiste con todos los humanos. Todavía quedamos unos cuantos.", pensó Sofía.

"¿Cuánto crees que durarán los humanos que sobrevivieron? En una generación estarán todos muertos, y por fin, por fin esa especie estará extinta para siempre.", pensó con sorna Marsan.

"¿Mataste a miles de millones de seres y al líder de los atlantes, por venganza? ¿Y te sientes mejor con lo que hiciste?", pensó Sofía.

Marsan dibujó en su rostro una sonrisa mostrando todos los dientes. *"Ya* lo creo. Los humanos sólo existían para destruirnos, creados como títeres a las órdenes de sus amos. Y ahí afuera, en algún lado, escondidos entre ellos, estaban los titireteros. Ahora los invasores estarán expuestos, debemos encontrarlos y destruirlos.".

En ese momento se abrió la puerta y entraron los hombres de Marsan rodeando a Althaea, Juan Carlos, Raquel y Damaris.
—Jefe, mire lo que encontr... —comenzó a decir uno de los hombres que entraba y se quedó mudo cuando vio a los guardias muertos, y un instante después a Sofía apuntando a la cabeza de Marsan.

"*Diles que los liberen o mueres ya*", pensó Sofía hacia Marsan.
"*Me matarás de todas formas, ¿por qué iba a dejarlos ir? Al menos habrá algunos menos de ustedes.*", pensó Marsan.
"*Si los liberas ya, tal vez mi papá te perdone la vida y me impida matarte.*", pensó Sofía.
"*Sí, es muy posible, tu papá sería así de estúpido.*", pensó Marsan.
—Ya, suéltenlos —dijo Sofía en voz alta.
—No, usted baje su arma, o comenzaremos a ejecutar a los prisioneros —dijo uno de los hombres, amartillando el gatillo y apuntando el arma a la cabeza de Juan Carlos.

Sofía pensó a toda velocidad. Si dejaba ir a Marsan, nunca saldrían vivos de ésto. Si lo mataba, tendrían una chance. Ella nunca había asesinado a nadie hasta hoy. Había matado a los guardias, pero estaban armados y listos para matarla. ¿Podría matar a sangre fría a Marsan? ¿Tenía la fuerza para ejecutar a una persona indefensa?

"*Mi papá no cree en dioses ni en la vida después de la muerte. ¿Tu crees? ¿Crees que tu mujer está en el más allá en algún lugar?*", pensó Sofía.
"*Claro que sí. Tu papá es un estúpido. Y algún día estaré otra vez con mi mujer*".
Sofía pensó que matar es malo. Estaba convencida de ello. Y delante suyo tenía nada menos que a un asesino de masas. El último asesino de masas, el verdugo de toda la humanidad. Si lo mataba, no sería mejor que él.
De repente, la asaltó una memoria. El hombre que los había atacado, a ella y a su padre, y que su padre quería desarmar, pero ella insistió en que lo dejaran. Marsan nunca los dejaría en paz. Y nunca dejaría de luchar por lo que creía correcto.
¿Y si Marsan tenía razón?
Sofía sacudió la cabeza.

"Esté donde esté tu mujer, no creo que haya ninguna posibilidad de que ustedes dos vayan a parar al mismo lugar. Los asesinos de masas no van a juntarse con los que fueron víctimas. Nunca jamás volverás a tu mujer.", pensó Sofía. Dejó que el pensamiento fuera procesado por Marsan un momento, y cuando vio que se le iba la sonrisa y se le fruncía el ceño por la preocupación, evoco toda su pérdida, tanto personal como mundial, toda su angustia, dejó fluir todo su odio y disparó.

Durante un instante no pasó nada, mientras Marsan iba poniendo cara de pánico. Sus nanites absorbieron el disparo todo el tiempo que pudieron, pero de repente, donde antes estaba el ceño de Marsan, apareció una mancha. El tiempo pareció pasar más despacio mientras de la mancha comenzó a salir humo y Sofía sintió la fuerza del embate mental de Marsan como si fuera un puñetazo. Puso toda su voluntad en seguir apretando el gatillo, mientras los nanites de Marsan hacían un último esfuerzo por repeler el rayo mortal, y los hombres de Marsan comenzaban a disparar. Sofía sintió que una bala rebotaba en su hombro, pero a pesar del golpe y del dolor no desvió su arma. La cara de Marsan literalmente se derretía delante suyo, y Marsan se incorporó gritando de dolor y tratando de poner las manos delante de su cara mientras ella ajustaba su puntería sin dejar de apretar el gatillo. La luz de su arma se volvió amarilla. Recibió otro disparo, esta vez en la cadera, y gritó de frustración mientras seguía disparándole a la cara a Marsan. Por fin, el rayo penetró las defensas de Marsan y su cabeza se hizo cenizas, dejando un fuerte olor como a plástico y carne quemados que por un momento le hizo dar una arcada, mientras el cuerpo de Marsan caía al suelo.

Parecía que el corazón se le quería salir del pecho. Apuntó las armas hacia los hombres de Marsan. El indicador de carga del láser estaba en rojo. Dos o tres de ellos ya se estaban abalanzando, mientras ella les disparaba con ambas armas. Uno salió despedido hacia atrás, mientras otro era abatido en el acto. Mientras el tercero salía volando de espaldas, Sofía vio que su grupo no se había quedado a esperar el resultado de su encuentro con Marsan. Juan Carlos aprovechó el segundo en el que su guardia desvió la vista hacia ellos, y con la mano derecha hizo un arco de izquierda a derecha golpeando con fuerza la muñeca del hombre. El revolver que sostenía salió volando, y aún no había tocado el suelo cuando Juan Carlos aprovechó el mismo impulso de su movimiento y siguió girando el cuerpo, estirando la pierna izquierda y lanzando una patada de atrás hacia adelante hacia la pierna derecha del hombre. El guardia aún no había terminado de recuperar su equilibrio, y al recibir la patada de lleno, su pierna derecha saltó hacia adelante a la izquierda, y perdió pie cuando la pierna dejó de soportar su peso, desplomándose. Mientras caía, Juan

Carlos lo agarró de la nuca y acompañó su movimiento, impulsándolo para que termine estrellando su cara contra la mesa a su lado. Se escuchó un grito ahogado y el ruido de la nariz rota, y el hombre cayó al suelo desmayado mientras Juan Carlos acompañaba su caída para tomar su arma secundaria.

Damaris y Altahea mientras tanto aprovecharon el mismo instante que Juan Carlos, para atacar a sus respectivos guardias. Damaris aprovechó la distracción para lanzar una patada a los genitales del hombre más cercano, quien pegó un grito y cayó completamente inutilizado. Mientras él caía, se escuchó un disparo y Damaris sintió el doloroso impacto de la bala en el hombro, desde el costado. Mientras gritaba de dolor y giraba para ver quién la atacaba, escuchó un grito de furia y vio a tiempo cómo el hombre que le había disparado era separado de su cabeza por el láser de Sofía. Althaea estaba forcejeando con otro guardia, agarrando con sus dos manos la pistola y manteniéndola apuntada hacia arriba, mientras se iban escapando los disparos uno tras otro. Cuando el revolver hizo un click, dejó de forcejear y le tiró una patada a la pierna izquierda del hombre, haciéndolo caer, y le dio un puñetazo mientras caía. El último guardia le apuntó con su revolver, cuando se escuchó otro disparo y el hombre se desplomó con una bala en la cabeza. Raquel sostenía la pistola, ahora humeante, que le había sacado al guardia que le disparó a Damaris, al que había matado Sofía, quien lanzó un sollozo, y por un momento sólo se escuchó el quejido de los guardias sobrevivientes. —Papá —dijo Sofía y se adelantó para ver cómo estaba Juan Carlos, cuando el primer guardia que había sido empujado por el arma sónica, desde el suelo, disparó la suya. Directo a la cabeza de Juan Carlos. Juan Carlos tenía la energía de los nanites intacta, así que la bala rebotó en su cabeza. El impacto, sin embargo, fue como si hubiera recibido un martillazo. Despedido hacia atrás, cayó al suelo sin conocimiento.

Todas gritaron de espanto. Sofía gritó de terror y furia, —Nooooo—, y al mismo tiempo todos cayeron de rodillas agarrándose la cabeza, y Sofía en un solo movimiento apuntó al hombre y disparó con ambas armas, transformándolo en un cadáver quemado. Su láser se apagó, y lo arrojó al suelo.

Althaea llegó casi al mismo tiempo que Damaris, y comprobó cómo estaba Juan Carlos.

—Estará bien —dijo Althaea por fin—, aunque lo más probable es que tenga una contusión. Debemos llevarlo a descansar para darle tiempo a que se reponga.

Althaea se movió con velocidad y precisión, y de un cajón sacó un paquete de tiras plásticas de sujeción, de las que se usan para sujetar cables. Se movió con cuidado y fue atando las manos a las espaldas de los guardias que estaban vivos.

Althaea fue a una consola, y habló por el sistema de comunicaciones de la ciudad. Enfocó su dispositivo portátil hacia el cuerpo de Marsan, y la imagen del cadáver y sus palabras se vieron y escucharon en toda la ciudad. —Marsan está muerto. Todos sus hombres y guardias en el Centro de Control también. Los hombres de Marsan que quedan en la ciudad, si cesan el ataque y entregan sus armas ahora mismo, se les perdonará la vida. A los que sigan resistiendo, serán ejecutados en el acto. Ya no tiene sentido pelear. Entreguen sus armas y serán perdonados.

CONCEJO

Rho, 29 de Noviembre de 2027, 14:30

Todos los atlantes estaban en la sala del Centro de Control. Althaea cerró la puerta, y se enfrentó con Damaris, Halius, Nikaia, Ponteus, Apolo, Niobe, Nogah y Harmonia.

—Supongo que nos reunimos para hablar sobre la niña —dijo Halius.

—Mi padre me dijo algo importante hace un par de días, algo que no sabía antes. Ustedes saben la afición que tenía a sus experimentos secretos --Althaea no pudo evitar un gesto de dolor al pensar en Tzedek.

—No me digas que Sofía es otro de sus experimentos. Aunque eso le daría más sentido a lo que pasó recién —dijo Ponteus.

—Es sólo una niña humana. Es sólo una niña —dijo Damaris.

—Sofía es un clon de Gea —dijo Althaea.

Varios atlantes hablaron al mismo tiempo.

Althaea levantó las manos.

—No les daré los detalles ahora, pero me dejó bien en claro que esta niña humana es prácticamente atlante. Mejor aún, puesto que no tendría nuestras debilidades. Lo que sea que provocaba la enfermedad de Anagnos, no afecta a los humanos. Por lo que pudo llevar a término a este clon de manera segura y si bien la base es humana, a todos los fines prácticos es un clon de Gea.

—Será todo el clon que quieras, pero no es Gea. Tiene sólo catorce años, por favor. No creo que ni siquiera recuerdes lo que es tener catorce años —dijo Damaris.

—Sospecho que Tzedek planeaba dejarla crecer y prepararla con tiempo. Lamentablemente las circunstancias son otras muy distintas. Tzedek no está más.

—Tu sigues en la línea sucesoria —dijo Halius.

—Yo... no puedo reinar.

Althaea se cubrió los ojos y se puso a llorar. Los demás removieron los pies avergonzados.

Althaea perdió el control por un minuto, y luego se fue rehaciendo de a poco.

—Lo siento... Ya ven que mi control emocional está por demás sobrecargado. Mi padre acaba de morir. El padre que todos los años desde la era de mi madre se encargó de remarcarme que yo no tenía lo necesario para ser reina.

—Eso es una vergüenza, sobre todo porque no es cierto. Te conozco, y estás capacitada para hacerlo —dijo Nikaia.

Althaea pensó por un momento, pero luego meneó la cabeza.

—No, no podría. Me falta firmeza. Y sangre fría. ¿Lo que hizo esta niña? Yo le hubiera perdonado la vida a Marsan. Y viviría lamentándolo. ¿Y ustedes?

Los atlantes se miraron entre ellos otra vez sin decir nada.

—Ni siquiera sabe nada de nuestra cultura. Ni tiene la menor preparación. ¿Cuántos años se preparó Gea para el trono? Cientos —dijo Halius.

—Todo eso es fácil de remediar y lo sabes. Todos los reyes tiene un concejo, nosotros seríamos su concejo. Sólo quedamos nueve atlantes. Nuestra especie está terminada. Aún quedan algunos miles de humanos, pero sin nuestra guía en poco tiempo su especie fallida estará tan terminada como la nuestra. Y el mundo quedará libre para que lo colonice quien quiera.

—No podemos permitir eso.

—Claro que no. Y necesitamos alguien que tome el control y las decisiones que a veces serán desagradables. Esta niña, como le dicen ustedes, no sé si notaron que siempre toma la iniciativa. Está en su temperamento. Nada más tiene catorce años. Pero eso se cura con el tiempo.

Nadie dijo nada.

—¿A favor de preparar y proponer a Sofía Navarro como nuestra reina?

Todos menos Damaris se llevaron la mano abierta al pecho, y la bajaron.

—¿En contra?

Damaris se llevó la mano abierta al pecho, miró alrededor y bufó.

—Damaris, tu sentiste los poderes mentales de esta niña. Si fuera un atlante adulto, creo que nos hubiera cocinado el cerebro a todos. Creo que Althaea tiene razón —dijo Halius.

—Yo la sentí en mi mente a varios kilómetros de distancia. Estaba apenas entrando en la ciudad cuando la escuché tan claro como si me hubiera gritado en el oído. Si me lo contaran no me lo creería —dijo Apolo.

—Además, es nuestra única oportunidad de tener la más ligera esperanza de controlarla. En algún momento va a crecer. No podemos nada más ignorarla y dejarla que desarrolle sus poderes al azar — dijo Ponteus.

Damaris se cruzó de brazos.

—Hablaré con Sofía —dijo Althaea.

—¿Le dirás la verdad? — dijo Damaris.

—Sí.

—¿Toda la verdad?

Althaea miró a Damaris.

—La parte más importante para ella.

NUEVO GOBIERNO

Rho, 29 de Noviembre de 2027, 16:30

Sofía estaba al lado de la cama de Juan Carlos, tomándole la mano. Juan Carlos aún no había recuperado la conciencia, pero sus signos eran estables. Habían pasado varias horas desde la lucha en el Centro de Control, y ahora estaban en una habitación en el Hospital de ciudad. Por lo que pudieron comprobar, no hubo más combates luego del mensaje de Althaea.

Althaea entró en ese momento silenciosamente en la habitación. Se acercó a Juan Carlos por el otro lado, verificó los monitores, y acarició la cabeza de Juan Carlos. Luego, fue al lado de Sofía.

—Sofía, tenemos que hablar.
—¿Podemos hacerlo aquí? No quiero dejar a papá ahora.
—Claro, ningún problema. ¿Recuerdas cuando te desesperaste por tu papá... y proyectaste tu grito en todos nosotros?
—Hmm, sí, lo siento...
—No, no lo sientas. En realidad, te quería hablar porque es algo extraordinario. No tuvimos mucha oportunidad de sentarnos a hablar desde que comenzó todo esto, pero te puedo asegurar que los atlantes, modificados con los nanites, desde tiempos inmemorables pueden mantener conversaciones mentales apenas a unos metros de atlante a atlante, y a una distancia mucho menor, quizás menos de un metro, para proyectarlos en general o a humanos, sin un destinatario en especial. Solo hay un registro histórico de alguien capaz de proyectar sus pensamientos en general hasta grandes distancias —dijo Althaea.
—Lo siento, en el momento no me dí cuenta, yo no quería...
—No entiendes... Tu pensamiento proyectado no nos llegó sólo a nosotros. Llegó a toda la ciudad, y afectó a todos los humanos en Rho. En un momento de furia, proyectaste tu mente a un radio de ocho kilómetros de distancia. Si no hubiéramos sido testigos directos, diría que es una broma. Es casi imposible de creer. No querías hacerlo, pero lo hiciste.
Sofía se quedó con la boca abierta.
—Como te decía, solo hay un registro de algo similar, y es casi una leyenda. Gea, una reina de Atlantis, tuvo una capacidad similar a la tuya. Gobernó el continente por miles de años. Y fue venerada por los atlantes.
—¿Estás diciendo que... qué estás diciendo? —dijo Sofía confundida.
—Tiene que ver con una combinación de genes. En los últimos tiempos de Gea se usaron los recursos que quedaban para crear nuevas

generaciones de atlantes y de híbridos de humanos con atlantes, y luego Tzedek siguió con esos experimentos. Tu tienes en las familias de tus padres larguísimos linajes de genes atlantes. Esos genes se mantienen más o menos latentes a través de cientos de generaciones, pero las relaciones fortuitas de los humanos en la mayoría de los casos los termina diluyendo. En tu caso, sin embargo... Es como si fueras un descendiente directa de la misma Gea —dijo Althaea—. Cuando gritaste por tu padre, no sólo proyectaste tu furia a toda la ciudad. Tu furia tenía un objetivo, que era la persona que estaba tratando de matar a tu padre. Y todas los que en ese momento estaban tratando de matar a alguien más, recibieron un impacto mental mucho más fuerte que la gente que estaba prisionera o que sólo se estaba defendiendo. Cuando se escuchó mi mensaje por el sistema de comunicaciones de la ciudad, ya se estaban recuperando, pero nuestra gente se recuperó antes, y los hombres de Marsan, desmoralizados por un lado por las imágenes de Marsan muerto, y debilitados por el lado de tu ataque mental, se rindieron sin luchar. La pelea terminó prácticamente en ese momento.

—Bueno, ¿no eso es genial?

—Sí, y no. No sé si recordarás, pero los humanos no sabían nada de nosotros. Luego de todo lo que pasó, es como que ya no hay mucho secreto —dijo Althaea—. Estuvimos discutiendo largo rato con todos los demás, y todos menos Damaris están de acuerdo en que sólo hay un camino. Y no nos gusta ponerte en la obligación, pero te invito a que hables con todos. Creemos que lo que pasó estos días, y lo que te pasó a ti, es de alguna manera una señal.

—¿Una señal de qué?

Althaea inspiró, como si no estuviera segura de cómo decirlo, y al final se decidió.

—De que debemos recrear Atlantis, y tu debes ser su reina.

Sofía se rió. Cuando vio que Althaea no se reía, se asustó.

—¿Estás hablando en serio? —preguntó Sofía.

Althaea no dijo nada.

—¿Qué se yo de gobernar nada? Es absurdo. ¿Quién me va a tomar en serio? —protestó Sofía.

—Te puedo asegurar que luego de lo que pasó, todo Rho te toma en serio. Sólo necesitas hablarle a la gente para explicarles con tus palabras. No hace falta que sea ya mismo, puede ser dentro de unos días. Tenemos que explorar cómo usarás tus nuevos poderes para que puedas controlarlos. Y luego, deberías hacer lo mismo en Delta.

—Me van a odiar. Ustedes son atlantes de miles de años. Yo tengo catorce años recién cumplidos. No puedo darle órdenes a nadie, es ridículo, no tengo experiencia, nadie me haría caso...

Althaea suspiró.

—Como te dije, discutimos largo rato con todos los demás. Damaris dijo más o menos lo que acabas de decir. Todos los demás, pero en especial Halius y Ponteus, que estaban a cargo de las otras ciudades, se dan cuenta de la conveniencia de lo que te estoy diciendo. Apolo estaba llegando a la ciudad desde Delta cuando ocurrió la lucha, y la gente de Delta también fue afectada, así que fue otro testimonio más a favor tuyo. Todos quieren hablar contigo, y que... digamos... asumas tu destino. Todos están dispuestos a ayudarte, obedecerte y servir de consejeros. Lo único que necesitas es confianza en ti misma.

Sofía pego un grito cuando Juan Carlos de repente apretó su mano. —Sofía —dijo lentamente Juan Carlos—. Si eso es lo que hace falta para que dejen de tratar de matarme a cada rato, por favor hazlo.

—Oh, papá —dijo Sofía, abrazándolo—. Estaba tan preocupada. ¿Estuviste escuchando?

—Desde hace un rato, aunque primero pensé que estaba soñando. Luego me di cuenta que las voces no estaban en mi cabeza —dijo Juan Carlos—. Aunque lo último que recuerdo es que estábamos luchando...

—Ganamos —dijo Althaea sonriendo, mientras lo abrazaba y le daba un beso—. Sofía, ¿puedes ir a buscar a Raquel?

—Debo poder hacerlo mejor que eso —dijo Sofía. Se concentró un momento, y luego sonrió. Althaea la miró intrigada. Un par de minutos después, apareció Raquel por la puerta. —¿Juan Carlos? —dijo, y se acercó a abrazarlo. Luego miró a Sofía—. ¿Me llamaste?

—¿Dónde estabas? —dijo Althaea.

—En el Centro de Control ¿Por? —dijo Raquel.

Althaea miró a Sofía, que sonreía. —Ya lo ves... Confianza. Ahora, Juan Carlos es el consorte real. Tenemos que hacer las cosas con cuidado para que Sofía tome el mando, si Juan Carlos está de acuerdo.

—¿Estoy de acuerdo, por qué no pueden pasarle el mando y listo? —dijo Juan Carlos.

—Lo haremos... pero primero debo tomar el mando yo. Todavía no lo he tomado oficialmente. Y Sofía aún no está lista, tiene que practicar el control de sus poderes, y luego tiene que estar preparada para hablar con la gente de Rho y con la gente de Delta. Entre una cosa y otra necesitaremos al menos un mes para hacerme reconocer como reina, y otro mes más para que todos conozcan a Sofía, dependiendo de cómo se desarrolle su capacidad.

—¿Es en serio lo de Sofía como reina? La verdad, todo el asunto me parece ridículo. Siempre me enseñaron a creer en la democracia, sabes.

—Hagamos una cosa, Sofía —dijo Althaea—, la gente que más necesita hablar contigo está justo aquí, ¿puedo hacerlos pasar?

Sofía miró a Juan Carlos, quien se encogió de hombros. —Adelante —le dijo Sofía a Althaea.

Althaea salió un minuto, y volvió. Detrás de ella, entraron Damaris, Halius, Nikaia, Ponteus, Apolo, Harmonia, Niobe y Nogah. Por suerte la habitación era grande.

En cuanto entraron, todos inclinaron la cabeza ante Sofía.

—Ah, vamos, no hagan eso —protestó Sofía, pero se movieron incómodos y nada más—. Levanten la cabeza y mírenme a la cara —dijo Sofía con voz perentoria, y todos la miraron. Sofía notó con sorpresa que todos la miraban con la misma expresión: temor. Miró a Damaris y sintió una puntada de dolor, *"¿Tú también me temes?"*, pensó en su dirección, y Damaris se sobresaltó y pudo sentir su vergüenza.

"Es como si fueras otra persona, uno de esos héroes de la antigüedad de los que te contaban a ti en la escuela, disculpa si de repente me siento un poco... sí, atemorizada.", pensó Damaris para ella.

Sofía se adelantó y puso una mano en el hombro de Damaris, quien se puso tensa y luego se fue relajando de a poco. Mirando a todos, Sofía dijo —Sigo siendo yo. No me transformé en la tal Gea y no esperen que salga a reinar tan solo porque pude... —y mientras lo decía pensó en cómo había hecho para comunicarse con todos, y de repente se dio cuenta de que veía a los atlantes como rodeados por un halo verde claro de distintos tonos. En cambio, veía a su padre en uno celeste, y a sí misma rodeada de uno turquesa claro. Cerró los ojos y se concentró, y pudo ver halos en las habitaciones contiguas, luego algunos en habitaciones más lejanas, luego en los edificios cercanos. Se concentró aún más y pudo verlos en todas direcciones, y también hacia arriba en lo que supuso sería la Torre y hacia abajo en lo que adivinó serían subsuelos. Casi todos los halos eran agradables a la vista, aunque algunos eran rojizos y oscuros, algunos de un color enfermizo que le revolvió el estómago. ¿De qué le servía ver esto? ¿Estaba viendo a la gente en Rho? ¿Estaba viendo las *intenciones* de la gente, proyectadas en color? Buscó entre los halos adyacentes, y vio uno de un color feo en una habitación cercana. Se acercó mentalmente, y como que lo "enfocó" de alguna manera. Pensó en saber quién era y el porqué del color feo de su halo, y de repente lo supo todo. Supo que era uno de los hombres seleccionados por Marsan, que estaba herido luego de la lucha, que no se arrepentía de nada, que estaba planeando escapar y que estaba esperando la oportunidad de hacerles daño en cuanto se descuidaran. *"No harás nada de eso, ¿cómo puedes odiar de esa manera?"*, pensó enojada Sofía, cuando de repente sintió que algo la tocaba en el hombro, y se desconectó sorprendida. Se escuchaba un griterío en los pasillos, y el ruido de gente corriendo. Miró otra vez, sólo con sus ojos, y vio a Damaris tocándole el hombro, y a los demás atlantes que se habían alejado un par de pasos y ahora tenían, sin dudas, cara de miedo.

Se seguían escuchando corridas en los pasillos, un doctor entró y le dijo algo rápidamente a Althaea, quien puso cara de preocupación, le contestó algo y el doctor se fue corriendo, sin dejar antes de mirar de reojo a Sofía.

—Bueno, Sofía, si crees que no puedes reinar, te tengo noticias, no es fuerza lo que te falta sino confianza en ti misma —dijo Althaea.

—¿Qué dices? —dijo Sofía.

—Todos acaban de sentirte, fue como si hubieras pasado un sensor por cada persona de los alrededores. Sospecho que de toda la ciudad. Pero además el doctor que entró me acaba de decir que uno de los hombres de Marsan, que estaba en una habitación por medio con nosotros, se volvió loco del pánico. Al menos, estaba sentado tranquilamente bajo vigilancia, y cuando tú te concentraste por un minuto, de repente comenzó a gritar y luego a tratar de golpearse la cabeza contra la pared. Creen que estaba tratando de matarse, cuando por fin pudieron dominarlo y sedarlo —dijo Althaea.

Sofía se quedó con la boca abierta.

—Su majestad, acaba de comprobarlo por usted misma. Nosotros la ayudaremos, y la aconsejaremos, pero necesitamos que reconozca que es su tarea, que acepte su lugar ante nosotros... —dijo Halius.

—¿Y que pasa si no quiero?

—Si no quieres, está bien. Nadie puede obligarte. Pero esa no sería la hija que conozco. La que no cede nunca hasta que termina sus proyectos —dijo Juan Carlos, sorprendiendo a Sofía.

Sofía apretó los labios. Tenía miedo, pero su padre tenía razón. Suspiró, y bajó los hombros. Miró a todos alrededor.

—Estoy acostumbrada a hacer todo sola. No sé si pueda tratar con tanta gente... —comenzó a decir Sofía, y de repente recordó la estructura. Su estructura. Aún no había podido resolver el problema de la redundancia, porque no había pensado en ello, pero la última vez que lo hizo aún era completamente humana. Ahora, con sólo pensarlo se dio cuenta de la solución. Notó que el papel de cada filamento era fundamental, y no había forma de eliminar uno aislado sin que se destruya la fuerza del conjunto. Y de alguna manera, lo mismo pasaba con la gente. No iba a poder llegar muy lejos sola. Ella era sólo un filamento. Todos lo eran. Y si Marsan estaba en lo cierto, aún necesitaban combatir una fuerza temible.

—... pero es necesario. Haré lo que sea necesario —concluyó Sofía.

Althaea sonrió.

DESPEDIDA

Rho, 30 de Noviembre de 2027, 19:30

Todos los atlantes estaba presentes, y también mucha gente de la ciudad. Estaban reunidos en la plaza mayor, a pocos metros del centro.

Dos piras estaban preparadas y sobre ellas estaban envueltos en tela de algodón los restos de Tzedek de un lado, y de Musa del otro.

Althaea se adelantó, y se dirigió a la multitud.

—Con mucho pesar debemos despedirnos de dos buenas personas que han perdido la vida. Musa, sabemos por los testimonios de sus últimos minutos que luchó con valentía para liberar a un grupo de cautivos humanos, a pesar de estar debilitada por las acciones de Marsan. Era una persona amable y considerada. Dedicada y leal. Y Tzedek, mi padre... —Althaea tragó saliva con angustia y continuó—, era una persona fría y calculadora, pero siempre estaba pensando en el bien común. Por más que era su hija biológica, nunca tuvo favoritismos conmigo, y me trató como a una atlante más.

Althaea pensó en su madre, Kyra, a quien no conoció porque había muerto en el parto. De alguna manera Tzedek nunca le reprochó nada, pero tampoco fue afectuoso con ella. Desde pequeña la entregó a otros para que la cuiden, y cuando de pequeña la veía en persona, era para probarla y medir sus capacidades, nunca para jugar o tener un gesto de afecto. Y siempre parecía decepcionarlo. Althaea sentía que era su culpa. Sobre todo cuando tanto tiempo después nació su media hermana Gea y no sólo la madre sobrevivió, sino que fue siempre la mimada de Tzedek.

Althaea sintió un nudo en la garganta, y debió detenerse en su discurso para tratar de controlarse, pero las lágrimas le cayeron por las mejillas.

Bajó la cabeza, y pudo enfocarse de nuevo, pensando en otra persona.

—Hoy no está con nosotros otro atlante que no merece el honor. Marsan causó mucho daño. Un daño incalculable. Tuviera los motivos que tuviera, fueran racionales o dementes, el tratar de exterminar a toda una especie y luego asesinar a sus congéneres, siendo tan pocos los pocos que quedamos, es imperdonable. No tendrá el honor del fuego, sino que ha sido enterrado en las afueras de la ciudad, en un lugar sin marcas para que nadie lo recuerde nunca. En cuanto a Musa y Tzedek... ¿Alguien más quiere decir algunas palabras?

Nikaia se adelantó.

—Musa era mi amiga, lo éramos desde que tengo memoria. A diferencia de otros atlantes, se llevaba muy bien con los humanos, y admiradora de sus obras de arte. Era muy sociable y muy inteligente. Ella y yo... fuimos más que amigas hace mucho tiempo. No es justo.

Y con eso Nikaia se largó a llorar, apoyándose en el hombro de Halius. Althaea siguió hablando.

—Nada de ésto es justo. Sé que nadie llorará a Tzedek, muchas veces era manipulador y despiadado, pero alguien tenía que serlo. Son incontables las cosas que nunca se hubieran hecho si no fuera por la terquedad y la perseverancia de Tzedek. Aquí estamos viviendo su último sueño —dijo señalando alrededor suyo—, una ciudad que fuera la cuna de una nueva Atlantis. Y sé que su sueño no incluía destruir a la humanidad sino separar a lo mejor de ella para avanzar junto a nosotros.

Althaea bajó otra vez la cabeza, y con gran esfuerzo trató de terminar.

—Nuestra especie está casi terminada. La de los humanos, todavía tiene una buena chance. Ahora que saben la verdad de sus orígenes, está en sus manos decidir su futuro, si van a ayudarnos a proteger la Tierra o si van a seguir destruyéndola con su inconsciencia. Tzedek a pesar de que podía parecer frío, siempre creyó en el ser humano. Vamos ahora a honrarlos con la despedida final.

Althaea encendió una antorcha que tenía preparada, y miró a la multitud alrededor de ellos. Todos agacharon la cabeza y nadie dijo nada más.

Se acercó a las piras, e hizo contacto con la antorcha, primero en una y luego la otra. En unos minutos las piras estaban ardiendo con furia.

Althaea pensó en todas las veces que buscó afecto en Tzedec. Siempre tratando de superarse, de hacer las cosas de la manera que complaciera mejor a su padre. Y él sólo encontraba errores en todo lo que hacía. En cambio Gea...

Mientras todos miraban fascinados el fuego que se elevaba varios metros, ante los últimos rayos del Sol de ese día, sólo Juan Carlos notó las lágrimas que caían por el rostro de Althaea. Se acercó a ella, y ella lo abrazó al percibirlo. Sintió el calor de su cuerpo contra ella, y esta vez no la rechazó. Él le acarició la cabeza con suavidad, mientras miraban juntos el fuego.

AMANECER

Rho, 1 de Diciembre de 2027, 6:05

Sofía, Damaris, Althaea, Raquel y Juan Carlos estaban de pie ante las ventanas panorámicas, mirando el amanecer desde el Centro de Control. Desde las explosiones nucleares, los amaneceres y atardeceres se habían vuelto de unos colores increíbles. Sobre todo rojos, pero también naranjas y amarillos que quitaban la respiración. Además de las auroras boreales que ahora no eran sólo boreales, y eran visibles todo el día, sumando tonalidades verdes y azules al espectáculo.

—¿Cómo pasan el tiempo los inmortales cuando no están luchando por su vida? —preguntó Juan Carlos.

—¿Cuando no están en la cama, quieres decir? —sonrió Althaea.

—Ahora que estamos en verano, los días se están acortando. Miren esos colores, parece un paisaje de otro mundo —dijo Juan Carlos, ignorando el anzuelo de Althaea.

—Es otro mundo —dijo Althaea.

—En más de un sentido —dijo Raquel.

Juan Carlos las miró y las abrazó a una con cada brazo. Raquel y Althaea se miraron y se sonrieron. Juan Carlos sospechó que estaban dejándolo afuera en una conversación privada, pero eso no le importaba. Lo que le importaba es que todos fueran felices, y aparentemente lo estaban logrando.

—No, en serio, ¿qué vamos a hacer ahora? —dijo Juan Carlos.

—¿Qué te parece que habría que hacer? Si quieres puedes ser el Rey. Puedes dejar que cada quien haga lo que quiera, o puedes ponerte la corona y guiarnos —dijo Althaea.

—¿Hay una corona? —dijo Juan Carlos.

—Es figurado. Hay una tiara que usó una vez una reina, pero creo que te quedará un poco demasiado femenino. Aunque, podríamos hacer una corona si quieres. ¿Quieres? —dijo Althaea.

—Claro que no, me sentiría ridículo —dijo Juan Carlos.

—Hasta podríamos ponerte una capa como la de los Jedi —dijo Althaea.

Juan Carlos revoleó los ojos, —Ahora sé que estás bromeando.

—Eh, me gusta la idea de una capa como los Jedi —dijo Sofía.

Althaea se rió. —Sí, por lo que te conozco sé que no lo harás, pero se podría hacer si quisieras. Eso es lo importante. Entonces, ¿qué es lo que te parece que habría que hacer?

—Tenemos dos pequeñas ciudades llenas de gente y un mundo vacío de humanos. Excepto que algunos pueden haber sobrevivido. Debió haber gente encerrada en bunkers, o no sé, en submarinos, que estuvo completamente aislada de alguna manera y no se enfermó. Tal vez no sean muchos, pero debe haber alguien más que nosotros. Si vamos a pensar en el largo plazo, tenemos que encontrar a esa gente, contarles lo que sucedió, y ofrecerles que se nos unan. Buscaremos gente entre los nuestros que tengan ganas de viajar y explorar y que sirvan de embajadores, y de guerreros llegado el caso. También tenemos que comenzar a reproducirnos nosotros... —Juan Carlos hizo una pausa mirando a Althaea y a los demás— No me refiero a los humanos, sino a nosotros. Ahora que tenemos la tecnología y los medios, necesitamos reconstruir la especie atlante o una híbrida como nosotros, con lo mejor de cada uno. Tenemos que ver que no se vuelva a repetir una destrucción del planeta como la que estaba ocurriendo. Que aún sigue ocurriendo. Habrá que enseñar a nuestros descendientes y a todos los ciudadanos las leyes de los Atlantes, y a incorporarlas como guía moral. Necesitamos preparar las cosechas, y tenemos que...

—¿Qué tal si por ahora organizamos una celebración de año nuevo para toda la ciudad? Tenemos tiempo —dijo Raquel.

Juan Carlos puso cara de horror. —Jamás podría con semejante cosa.

Las cuatro mujeres se rieron. —Nosotras nos encargaremos. Además, es hora que todos los ciudadanos se conozcan entre sí, y a ti. Haremos una verdadera fiesta por el año 2028 —dijo Althaea.

—No —dijo Juan Carlos—. Que sea una fiesta por el año 1 de la nueva era. La era del ser humano terminó. Tuvimos nuestra oportunidad y lo arruinamos.

—¿Y cómo se llamaría esta nueva era? —dijo Raquel.

Juan Carlos miró a Raquel, y luego a Althaea. —No tengo ni idea... Tal vez podríamos buscar sugerencias o someterlo a votación en la fiesta. Mientras tanto, sólo digámosle nueva era.

Y se quedó pensando en todas las cosas que había que hacer. Pensó en cuántas cosas habían sucedido en tan pocos días de estos últimos dos meses, y pensó en cuánto tiempo tenía por delante. Recordó a Tzedek y todos los miles de años que pasaron los atlantes tratando de mejorar las cosas. Y mientras pensaba en Tzedek, por un segundo algo se agitó en su mente. ¿Un recuerdo? No pudo precisarlo, y lo dejó pasar.

—Lo que sé, es que todo lo que pasó en estos últimos meses, fue simple comparado con lo que nos espera. Los sucesos pasados fueron inevitables, en cambio el futuro que tenemos por delante depende de que no cometamos otra vez los mismos errores.

—Quiero que les repitas eso mismo a la gente en la fiesta. Fue brillante —dijo Althaea.

Juan Carlos bufó y revoleó los ojos. —Otra vez me haces burla.

Althaea le tomó la cara y lo obligó a mirarlo a los ojos. *"Ni siquiera un poquito. Lo dije en serio"*, escuchó Juan Carlos en su mente. Suspiró.

—Todo lo que pasó... Todas las batallas, las muertes, las bombas, no fueron el final. Apenas fueron el comienzo del nuevo mundo —dijo Juan Carlos—. Tenemos que asegurarnos de que no haya sido todo en vano.

—No lo fue. Y no lo será —dijo Althaea—. ¿Sabes que en la sociedad de los atlantes el mayor rango siempre era para una mujer?

—Lo sé, lo tengo en la memoria. Sólo quería ver hasta dónde me dejabas llegar con esto de ser rey.

—El consorte real es el primer consejero de la reina, sabes.

—Puedes quedarte con el puesto. Y ahora, vamos a trabajar. Tenemos demasiado para hacer como para andar perdiendo el tiempo mirando amaneceres —dijo Juan Carlos, pero no se movió.

—Si no nos tomamos un minuto para disfrutar las cosas buenas de la vida, ¿para qué vivimos? —dijo Althaea, y se abrazó a Juan Carlos.

Los cinco se quedaron viendo la salida del Sol hasta que sus rayos inundaron la sala, y recién entonces se separaron y fueron a sus tareas. Había mucho por hacer.

Segunda parte

ATACADO

Rho, 2 de Diciembre de 2027, 4:50

Juan Carlos no podía respirar. Marsan estaba estrangulándolo con las fuerzas de un maniático, y por más que usaba todas sus fuerzas, no conseguía aflojar su apriete ni un poquito. Escuchaba gritos y ráfagas de viento a su alrededor. Trató de separar los brazos de Marsan de su cuello y no pudo. Le pegó en la cabeza y tampoco funcionó. Sentía como estaba perdiendo el conocimiento. Hasta que de repente se despertó con un grito y se quedó sentado en el sofá. Estaba cubierto de sudor frío. Althaea pegó un grito también y saltó de su cama, tomando un arma del costado de la cama y buscando alrededor a qué le tenía que disparar, lista para el combate.

Juan Carlos tardó varios segundos hasta que pudo orientarse nuevamente.

—Lo siento, Althaea, creo que tuve una pesadilla.

—Casi te mato del susto. ¿Estás bien? —dijo Althaea, relajándose lentamente.

—Creo que sí, pero no creo que vuelva a dormirme.

Althaea se rió, pero luego lo miró preocupada. —Bueno, será mejor que desayunemos. Yo tampoco podría dormirme después de despertarme así. Ven, cálmate un poco —le dijo, dejando el arma y abrazándolo.

Juan Carlos se relajó un poco, mientras Althaea le acariciaba los hombros. Ella también estaba tensa, pero logró calmarlo y finalmente se levantaron para desayunar. Vieron que Sofía ya no estaba, lo que era una suerte porque la hubieran despertado también.

Él fue al baño, y se lavó bien la cara, para despejarse de los restos de la pesadilla. Cuando miró el espejo, el corazón le dio otra vez un salto. Le había aparecido un mechón de cabellos blancos en la sien derecha.

—¿Althaea?

Algo en su tono la habrá alarmado, porque vino corriendo.

—¿Qué? —Dijo Althaea, desde el vano de la puerta, con cara de preocupación.

—Mira ésto... —dijo Juan Carlos señalando su sien.

Althaea miró atentamente la sien de Juan Carlos, y se la acarició, frunciendo el ceño.

—¿Te sientes bien?

—Además de impresionado por la pesadilla, bien. ¿Qué crees que es ésto?

—No es normal, es lo único que sé. Será mejor que vayamos a ver a un médico.

Juan Carlos dudó un momento. —¿Te parece necesario? No me siento mal.

—Juan Carlos, no quiero asustarte, pero esto es imposible que suceda si los nanites están funcionando bien. Lo que me lleva a pensar que tus nanites están andando mal. Lo cual deberíamos verificar de inmediato.

—Entiendo. Bien, vamos —contestó Juan Carlos.

PRACTICANDO

Rho, 2 de Diciembre de 2027, 5:20

Sofía estaba sentada cómodamente en un sillón en el departamento de Damaris. Tenía los ojos cerrados, y sin embargo veía más que si los tuviera abiertos.

Damaris y Nikaia estaban sentadas enfrente de ella. Sofía había estado practicando todos los días, y cada día era más perfecto el dominio que tenía sobre sus nuevas habilidades.

Sus nanites funcionaban como un gran sensor que recibía información de todo el espectro electromagnético a distancia. En el caso de los nanites de los otros atlantes, podía ordenarles que le dieran información sobre prácticamente cualquier cosa. Su estado, lo que tenían en memoria, lo que estaban haciendo, el estado del anfitrión, y muchas otras cosas más. Esa información la recibía en forma de datos que podía usar si pensaba en ellos, o en forma visual como un "aura" si no se concentraba demasiado. En el caso de los humanos que no tenían nanites, podía recibir la misma información generada por las células. Si bien muy débil y básica, podía igualmente captarla y "verla" de ser necesario. La sensibilidad de sus nanites y su adaptación a los mismos era asombrosa.

Estaba admirando la información del sistema muscular de Damaris, cuando de repente sintió picazón en la mejilla. Pensó en mover el brazo para rascarse, y al mismo tiempo que levantó su brazo, Damaris levantó el suyo, con una exclamación.

Sofía se sobresaltó y abrió sus ojos, y vio a Damaris mirándola con el brazo en la misma posición que el suyo, y a Nikaia mirándolas a ambas. Damaris bajó y estiró su brazo sin dejar de mirarla.

Involuntariamente, Sofía había transmitido a los nanites y a las células de los músculos del brazo de Damaris, la orden de levantarlo.

—¿Acabas de levantar mi brazo? —dijo Damaris.

—Sólo fue casualidad, eso es imposible —se rió Nikaia.

Sofía se miró el brazo, y se concentró rápidamente en el brazo izquierdo de Nikaia. Pensó en los músculos del antebrazo que necesitaba comprimir para estirar el brazo, y deseó comprimirlos. El brazo de Nikaia se estiró de repente, espasmódicamente. Nikaia abrió la boca y lanzó una exclamación, y trató de doblar el brazo, pero no pudo, y se puso de pie asustada. Sofía se concentró en soltar su control, y de repente Nikaia podía mover el brazo libremente otra vez. Nikaia se agarró el brazo y casi gritó —¡Nunca vuelvas a hacer eso!

—Calmate, necesitaba demostrarte que no era casualidad, y que no era imposible. No me ibas a creer si sólo te lo decía —dijo Sofía.

Damaris hizo una mueca que terminó siendo una media sonrisa. Nikaia la miró con fastidio, y dijo —De todas formas ya debía irme, su majestad.

—Ahora estoy segura que te enojaste. Lo siento, Nikaia, te prometo que no volveré a hacerlo sin tu permiso —dijo Sofía.

Nikaia se desinfló, y dijo —Al menos avísame antes. Ahora en serio, debo irme, con permiso.

Damaris se miró su propio brazo mientras Nikaia salía, y dijo —Es increíble que puedas hacer eso.

—Me resulta cada vez más fácil —dijo Sofía.

—Voy al Centro de Control —dijo Damaris.

Sofía se quedó en blanco y se levantó asustada. Damaris la miró extrañada.

—¿Qué te pasa?

—Algo le pasa a papá.

—¿A Juan Carlos? ¿Qué? —dijo Damaris.

—No lo sé, pero percibo... pánico —dijo Sofía, ya corriendo hacia la puerta.

—Espera, voy contigo —dijo Damaris, y salieron—. ¿Dónde está él?

—Creo que en su cuarto —dijo Sofía, apurándose hacia la escalera.

Fueron casi corriendo atrás de Sofía, que de repente se detuvo, y dejó que la alcanzaran.

—Lo que sea que pasó, creo que ya pasó... Al menos ya no lo capto como antes —dijo Sofía, mientras reanudaba el recorrido, pero caminando lentamente.

Cuando llegaron al piso de abajo, un momento después, se dirigieron hacia el nuevo departamento de Juan Carlos y Althaea, pero justo en ese momento se encontraron con ellos en el pasillo. Se detuvieron apenas se vieron.

—Papá, ¿qué te pasó? —dijo Sofía.

—Sólo una pesadilla, ¿cómo lo supiste? —dijo Juan Carlos.

—¿Una pesadilla? —dijo Sofía incrédula. —¿Qué te pasó en el pelo? —Sofía lo miró con más atención, y se concentró en el modo visual. Se asustó al ver diversas manchas en el aura de Juan Carlos. —Papá, algo te pasa.

—¿Qué quieres decir? —dijo Juan Carlos.

—Algo pasa con tus nanites. Aquí, y aquí. Tenemos que ver a mamá urgente —dijo Sofía.

—Te lo dije —dijo Althaea—. Le dije que teníamos que ver a un médico —les dijo a Sofía y las demás.

Sofía frunció el ceño un momento. —Vamos al centro tecnológico.

—¿A ver a quién, a Raquel? ¿No tendríamos que llamarla primero? —dijo Juan Carlos.

—Acabo de hacerlo —dijo Sofía.

EN EL LABORATORIO

Rho, 2 de Diciembre de 2027, 5:40

Juan Carlos, Sofía y Damaris se encontraron con Raquel en la antesala del laboratorio. Raquel acababa de sacarse el traje de protección. La seguridad del laboratorio era equivalente a la de los laboratorios de alto riesgo biológico, y no era para menos. Estaban todo el tiempo desarrollando y probando prototipos de nanites, que de muchas maneras se comportaban como virus. Una vez en contacto con el torrente sanguíneo, se alimentaban del mismo, se reproducían e interactuaban con las células que encontraban. Bastaría un nanite fallado o mal programado, para matar a una persona. Si bien no eran contagiosos, eran muy fáciles de incorporar, bastaba el contacto de la piel con las planchas de producción de pruebas, o con cualquier superficie contaminada con nanites. Al final del día se incineraba todo, pero mientras tanto, para entrar y salir, había que hacerlo bajo los mismos protocolos que se usaban para tratar con enfermedades incurables como el ébola.

Raquel les sonrió, pero cuando se acercaron y vio a Juan Carlos, inmediatamente puso cara de preocupación.

—Escuché tu llamado, Sofía, me dijiste que algo grave le pasa a Juan Carlos —dijo Raquel, y mirando el mechón de pelos blancos en la sien frunció el ceño —. Los nanites deberían haber reparado eso.

—Sí, mamá, por eso te llamé, es algo muy extraño —dijo Sofía.

—Extraño y nanites no deberían ir nunca en la misma frase —dijo Raquel—. ¿Qué estabas haciendo antes de que sucediera ésto? —le preguntó a Juan Carlos.

—Teniendo una pesadilla. Perdón, más bien, creo que reviviendo un recuerdo de Tzedek como si fuera él mismo. O tal vez fuera una pesadilla de Tzedek, no lo sé realmente.

—¿Dormido, o despierto?

—Dormido. Al menos, eso creo. La pesadilla fue corta pero intensa. Me desperté gritando, y más tarde vi ésto en el espejo —dijo Juan Carlos, señalándose la sien.

—¿Y qué viste exactamente, si se puede saber? —preguntó Damaris.

—A Marsan tratando de matarme —dijo Juan Carlos, y les contó la escena.

—Mamá, veo distintos colores en el campo de nanites de papá —dijo Sofía.

—¿Qué quieres decir?

—Sabes que interpreto la radiación electromagnética de los nanites de manera visual, como si fuera un aura alrededor de los atlantes. O de nosotros. El aura es siempre de un color parejo, pero en papá veo dos colores distintos, en distintas zonas. Uno de los colores es el que tenía antes, el otro es más oscuro.

Raquel tomó dos jeringas y dijo —Entiendo. Indícame dónde lo ves diferente de lo normal.

Sofía le señaló las áreas, una por la cabeza, y otras dos, una en el brazo izquierdo y otra en el pecho. —¿Por aquí? —preguntó Raquel en el área del brazo, y Sofía se la indicó con precisión delimitándola con la mano. Raquel le sacó rápidamente sangre de esa zona—. ¿El otro brazo está normal? —pregunto Raquel, y cuando Sofía le confirmó que sí, le sacó sangre del otro brazo con la otra jeringa. Rápidamente escribió algo en las jeringas, y dijo —Debo analizar esto. Llevará al menos un par de horas, así que les sugiero que esperen en otro lado, esta zona puede ser peligrosa. Yo les aviso en cuanto sepa algo.

—¿Dónde vamos? —dijo Sofía.

—No sé ustedes, pero yo pensaba ir al Centro de Control —dijo Juan Carlos.

—Vamos —dijo Damaris, y salieron los tres hacia allí.

CONFUSIÓN

Rho, 2 de Diciembre de 2027, 6:00

Llegaron al Centro de Control, y Sofía fue con Damaris a una consola, donde estaba aprendiendo rápidamente las operaciones del sistema.

Juan Carlos se relajó un momento en la silla que solía usar Tzedek. Se sentía realmente cansado. Se pasó lentamente la mano por la cabeza, que le dolía un poco.

Trató de relajar un poco los hombros, y cerró los ojos.

Buenos Aires, 8 de Noviembre de 2027, 12:50

El teléfono sonó. Juan Carlos abrió los ojos sobresaltado y atendió. Sólo que no era su teléfono ni era su mano.

—Hable —se escuchó decir.

—Señor, disculpe que lo moleste, me dejó instrucciones de que le avise si había algo fuera de lo normal —escuchó al Doctor Martín.

Miró su reloj, era casi las trece horas. —¿Qué sucede? —dijo Juan Carlos, ahora mirando por un momento el reflejo de su rostro en la pantalla del celular y viendo el conocido rostro de Tzedek. Entonces de repente supo con seguridad que no era una pesadilla, sino que estaba experimentando otro recuerdo de Tzedek.

—Es uno de los candidatos, Juan Carlos Navarro, pasó excelente los exámenes preliminares y de salud, los de compatibilidad ideológica y de filosofía, pero los exámenes de lógica y solución de problemas los pulverizó. Los tiempos están simplemente fuera de escala —dijo Martín.

¿Juan Carlos Navarro? ¿Estaban hablando del ex-marido de Raquel Säuger? Se quedó frío por un momento. Por supuesto recordaba a la hija de Raquel, Sofía, aunque la misma Raquel no la recordaba. Se lo habían informado a ella, pero con su amnesia no pudo hacer ningún tipo de conexión emocional, y decidieron que puesto que su hija y su marido pensaban que había muerto, sería mejor dejarlo así. Raquel trabajaba en su laboratorio de nanotecnología en la ciudad nueva, Rho, tratando de lograr replicar la tecnología atlante para lograr una versión de los nanites que funcionara con humanos, y el trabajo que hacían era genial, estaban cada vez más cerca. Sobre todo desde que no tenían que hacer las cosas a escondidas. Raquel ahora podía analizar y trabajar también con los nanites atlantes como modelo. Y Tzedek había dispuesto a algunas personas para que vigilaran la crianza de Sofía y le dieran una mano al padre cuando fuera necesario, pero no conocía realmente al hombre. Sólo sabía que era un buen híbrido. Nunca hizo falta ayudarlo, realmente, y el hombre no parecía ambicioso ni peligroso.

—Estamos hablando del padre de Sofía Navarro?

Se escuchó que se movían unos papeles, y luego —Sí, el mismo, ¿cómo supo?

—Voy para allá. Que preparen la sala de interrogatorios, ehm, de entrevistas con polígrafo, inmediatamente. Y doctor, busque la manera de que su hija vaya y tome los exámenes también, ahora mismo.

Tzedek tomó un taxi desde su oficina hasta el edificio de entrevistas y exámenes. Cuando estaba entrando, escuchó una voz femenina que decía —Soy Sofía Navarro, vengo a buscar a mi padre.

Miró con curiosidad hacia la dirección de la voz y se quedó helado. Era Gea. Él había conocido en persona a Gea, desde que nació hasta que murió en sus brazos.

Y sin embargo, aquí estaba. Luego de un momento, pudo sobreponerse a la impresión, y apreciar que no era Gea, sino una versión más joven de ella. Como una versión pre-adolescente de Gea. Notó por supuesto las diferencias en las ropas, pero tenía exactamente las mismas facciones, el mismo cabello, el mismo color de ojos exacto. Recordó el experimento que ordenó hacer con Raquel... Ni en sus mayores expectativas esperaba semejante éxito, sobre todo considerando que todas las anteriores habían fallado. Había fracasado tantas veces, que ni se había preocupado por seguir este experimento más de cerca.

—¿Gea? —llamó. Sin embargo, la chica no se dio por aludida. —¿Sofía Navarro? —volvió a probar, dándose cuenta de su error. Esta vez la chica se dio vuelta y lo miró directo a los ojos. Se le cortó la respiración. Recordó cuando su madre le hizo hacer los análisis de ADN sospechando que no era hija suya. Ahora, mirándola de cerca y crecida, le quitaba el aliento. Trató de reponerse rápidamente, obviamente no debía ponerla incómoda, y si llegara a mencionar algo la joven no tendría ni idea de qué le estaba hablando. De hecho, probablemente la espantaría.

—¿Sí? —dijo Sofía, frunciendo el ceño. Se dio cuenta que se había quedado congelado, y le ofreció la mano con una sonrisa sincera.

—Mucho gusto, soy el director de éste instituto. ¿Te contó tu padre qué está haciendo aquí?

—Sí, si no le mintieron, está pasando unos exámenes para ver si podemos vivir y trabajar en una ciudad nueva.

—Exactamente, y en este momento aún tiene para algunas horas, ¿te gustaría tomar tus exámenes también ahora? Así ahorraríamos tiempo y ayudarías a tu papá. Son aquí mismo, no necesitas ir a ningún otro lado.

Sofía se quedó intrigada por un momento, luego miró alrededor. Se dirigió a la recepcionista.

—Disculpe, ¿sabe quién es él? —dijo señalando casi groseramente a Tzedek.

La recepcionista la miró con la expresión en blanco.

—¿Qué quieres decir?

—Que si sabes su nombre. Quién es.

—Ah, claro, es el señor Tzedek, el dueño de todo esto.

Sofía se encogió de hombros, le agradeció, y mirando nuevamente a Tzedek dijo —Sí, ¿por qué no?

—Ese es el espíritu —sonrió Tzedek, y se dirigió a la recepcionista. —Por favor, que le tomen a la joven la batería de exámenes físicos y de segundo nivel, máxima prioridad. Dele las indicaciones, cuando esté terminando seguramente se encontrará conmigo y su padre nuevamente.

—Sí, señor —dijo la recepcionista y comenzó a darle indicaciones a Sofía y a cargar turnos en la computadora.

Tzedek se quedó mirando a la jóven, mientras pensaba "Gea...", y Juan Carlos miraba a su hija a través de los ojos y los sentimientos de Tzedek. Como todos los atlantes, Tzedek no creía en dioses, pero había reverenciado a Gea casi como a una deidad. Verla así, de cerca, viva nuevamente, aún cuando no fuera ella, pero sí era ella... Era como para creer en la reencarnación.

Rho, 2 de Diciembre de 2027, 6:20

—Sofía —gritó Juan Carlos, y se despertó. Completamente confuso, comenzó a balbucear, —No es Gea, eres Sofía, pero eres Gea, ¿cómo es posible? Sofía, hija, ¿eres tú?

—Papá, cálmate, te quedaste dormido y tuviste otra vez un sueño —dijo Sofía, que había corrido a su lado, junto con Althaea.

Mirando alrededor, Juan Carlos finalmente se dio cuenta de que estaban en el Centro de Control.

—No fue un sueño —dijo Juan Carlos. —Son memorias. Muy claras memorias de Tzedek. Es horrible, soy consciente de lo que estoy reviviendo, lo veo y lo hago, lo vivo, como si fuera yo mismo, pero no puedo hacer nada al respecto, sólo ver y hacer las cosas como si fuera una marioneta. Porque no es mi sueño, ni mi memoria, es lo que pasó en ese momento. Pero veo, escucho, hago y siento todo lo que hizo, vio, escuchó y sintió Tzedek. Es como una super realidad virtual, pero al mismo tiempo es como una película, no tengo ningún control ni puedo hacer nada para cambiarla.

—¿Qué fue lo que viste, qué balbuceabas de Gea? —dijo Althaea.

—Vi cuando Tzedek conoció a Sofía, mientras a mí me tomaban los exámenes... Él estaba convencido de que eres una reencarnación de Gea o algo así.

—Nosotros no creemos en reencarnaciones —dijo Althaea—, pero no creo que estuviera demasiado lejos. Yo la conocí en persona, y el parecido es notable, especialmente considerando la diferencia de edad. Pero el parecido no es sólo en el aspecto, cada día la integración de los nanites con Sofía sufre un nuevo cambio, sus poderes, por llamarlos de alguna manera, están desarrollándose a una velocidad increíble, y de muchos de ellos que ya ha mostrado, no se ha oído hablar nunca, salvo justamente en Gea.

—Papá... —dijo Sofía mirando la sien de Juan Carlos. El área de cabello blanco se había extendido. —Nada —dijo, para no preocuparlo. De todas maneras debían esperar a que terminara su análisis Raquel. —¿Qué tal si pensamos en otra cosa?

—¿Como por ejemplo? —dijo Juan Carlos.

—Comencemos a organizar una fiesta de fin de año. Reunámonos en la sala de conferencias para ver quién quiera venir.

—No es mala idea —dijo Juan Carlos.

—Es buena idea, hagámoslo —dijo Althaea.

Sonó el teléfono de Juan Carlos.

—¿Sí? —escuchó un momento— Voy para allá.

Colgó y les dijo —Vengo en unos minutos, Raquel quiere hablar conmigo.

El salón de conferencias era enorme, Althaea y Damaris hablaron con varias personas de la ciudad, y de paso se las presentaron a Sofía. Juan Carlos volvió antes de media hora. Organizaron las cosas para conseguir mesas, sillas, música, bebidas sin alcohol, bocadillos, luces, adornos, y pasar la voz para ir preparando las cosas para fin de año. En una hora había una multitud sacando las sillas del auditorio, armando cosas y trayendo de todo. Todos estaban entusiasmados por la perspectiva de hacer una fiesta. El tiempo pasó volando, pero en un par de horas el salón realmente parecía un salón de fiestas. Todos participaron en los arreglos.

El teléfono de Sofía sonó, y cuando atendió escuchó a Raquel. —¿Sofía, puedes venir? Trae a Althaea.

Sofía se quedó sorprendida, pero vio que todos estaban ocupados con algo, así que dijo —Voy—, y salió discretamente, llevando consigo a Althaea.

TECNOLOGIAS INCOMPATIBLES

Rho, 2 de Diciembre de 2027, 9:30

—Sofía, mira esto —dijo Raquel mostrándole dos pantallas. En ambas se veían muestras de nanites, a través de una imagen computarizada de un microscopio electrónico.

En la de la izquierda estaban algunos nanites y un montón de células sanguíneas. Los nanites se movían todo el tiempo, se acercaban a las células, vibraban visiblemente, y se alejaban de ellas sin hacer nada. Cada tanto, alguno entraba en una célula, desaparecía un rato, y luego salía de ella, pero al salir, la célula se desintegraba.

En la pantalla de la derecha había otra muestra similar. Los nanites de esta otra eran ligeramente más pequeños, se acercaban a las células, entraban en ellas, y salían sin dañarlas.

—En la pantalla de la derecha ves los nanites que les inyectaron a Juan Carlos, a Sofía y a mí. Son los nanites normales de los atlantes, los he visto ya muchas veces para estudiarlos. Los de la pantalla de la izquierda, en cambio, son otra cosa. Mira ésto —dijo Raquel. Manipuló las muestras, y ahora en la pantalla de la izquierda podía verse una muestra nueva. Además de las células sanguíneas, había de las dos clases de nanites. Los nanites se comportaban con las células igual que en las muestras anteriores, pero cuando se encontraban entre sí, se trenzaban en una lucha que invariablemente terminaba con los nanites más grandes destruyendo a los pequeños.

—¿Por qué se portan así? ¿Y de dónde salieron estos otros? —dijo Sofía.

—Lo mismo me pregunté, y estuve hablando con Juan Carlos. Estuvimos repasando todos sus movimientos desde que Tzedek le inyectó los nanites para salvarlo del balazo en el pecho, y finalmente encontramos al culpable del problema —dijo Raquel.

—¿Y quién fue? ¿De dónde salieron estos nanites?

—De Tzedek, claro. En un momento, Tzedek se extrajo sangre y se la aplicó a Juan Carlos para transferirle unas memorias completas. Lo logró, claro, pero no contaba con que sus nanites eran distintos a los normales.

—¿Y eso por qué? —dijo Althaea.

—No lo sé con seguridad, pero una posibilidad es evolución. Los nanites son adaptables, y los de Tzedek tienen decenas de miles de años. En algún punto de las decenas de miles de generaciones de nanites que lo habitaron, tal vez hubo una mutación que sobrevivió porque resultó más óptima para el organismo de Tzedek, y la nueva versión reemplazó a la anterior. Eso significa que estaban mejor adaptados a su ADN, lamentablemente eso significa que no funcionan bien en otros ADN distintos, especialmente en uno tan distinto como un híbrido —dijo Raquel —. Entonces, por un lado tenemos los nanites nuevos que apenas se adaptan al organismo de Juan Carlos, y por otro lado los nanites de Tzedek que no saben que hacer con las células de Juan Carlos, pero al mismo tiempo ven erróneamente a los otros nanites como una amenaza.

—¿Y no podemos desactivar los nanites de Tzedek, aunque se pierdan sus memorias? —dijo Sofía.

—El problema es que cualquier terapia que intente, afectaría a ambos tipos de nanites por igual. Por ahora no tengo manera de hacer nada que afecte sólo a los de un tipo y no a los otros. Si desactivo los de Tzedek, se desactivarían todos —dijo Raquel.

—¿Y no podemos hacer eso?

Raquel levantó ligeramente la cabeza. —Si desactivamos todos los nanites, Juan Carlos moriría, inmediatamente.

—¿Ni siquiera por un momento? Podríamos matar a todos los nanites, y cuando estamos seguros que todos los de Tzedek fueron eliminados, inyectarle una nueva dosis de los originales —dijo Sofía.

—Es buena idea, pero no funcionaria. Los nanites de Juan Carlos ya están integrados a su organismo, y han asumido y regulado muchas de sus funciones corporales. Si dejaran de funcionar todos, aunque fuera por un momento, todos sus órganos colapsarían. Los nuevos nanites nunca tendrían oportunidad de adaptarse y reparar todo ese daño a tiempo —dijo Raquel.

—¿Y no podemos obtener una muestra pura de sus nanites, para volver a inyectárselos ya adaptados? —dijo Sofía.

—Bien pensado, pero mira esto —dijo Raquel, mostrándole nuevamente la pantalla de la derecha—. Esta es una muestra de los nanites de Juan Carlos, después de los mejores filtrados que pudimos hacerles. Son los que vieron al principio, ¿recuerdas?

La pantalla estaba llena de los nanites más grandes.

—Pero, ¿qué pasó? Esos son los de Tzedek.

—Basta que haya un solo nanite de los de Tzedek, para que eventualmente todos los otros sean destruidos. No importa qué tan pura sea la muestra que purifiquemos, hasta ahora no encontré una forma de asegurar un filtrado perfecto. Siempre se escapan algunos. Al fin y al cabo, estamos hablando de algo que es tan pequeño como un virus. No están diseñados para ser manipulados de a uno, sino en masa —dijo Raquel—. Tengo que destruir unos preservando los otros, y todo lo que he intentado hasta ahora tiene efecto en los dos o en ninguno. Ya se me acaban los recursos.

—¿Qué quieres decir con eso? Hay que hacer algo.

—Si tienes más ideas, soy toda oídos —dijo Raquel.

—Si alguien sabe cómo resolver ésto, era Tzedek —dijo Althaea—, pero cada vez que Juan Carlos accede a sus memorias se agrava el problema. Es muy arriesgado intentarlo.

—¿Más arriesgado que no hacer nada? —dijo Sofía.

—De hecho, sí. Si no hacemos nada, los nanites están con actividad baja, y no hay un avance rápido de los de Tzedek. Podría estar así por días antes de que se ponga realmente grave. Pero si lo forzamos a usarlos, al activarlos se comen a los otros nanites, y se multiplican exponencialmente, podría provocar un colapso en horas o minutos. El mayor problema es que no sabemos —dijo Raquel.

—Entonces, ¿la alternativa es buscar a ciegas por días, o saber lo que tenemos que hacer pero sólo tener horas para hacerlo? —dijo Althaea

—No necesariamente. Tal vez las memorias de Tzedek no tengan nada útil sobre cómo resolverlo, y el accederlas no sirva para nada —dijo Raquel—. Y en tal caso, habremos acortado el tiempo de días a horas, inútilmente.

Todos se quedaron callados un momento.

—Creo que Juan Carlos debería opinar sobre el tema —dijo Althaea.

Nadie puso objeción. Lo fueron a buscar al salón, pero la mayoría de la gente ya se había ido. —Debe estar en nuestro departamento —dijo Althaea.

Se pusieron de acuerdo y fueron a su habitación.

Juan Carlos estaba dormitando, pero se despabiló en cuanto las vio. Raquel le explicó la situación, y Althaea las alternativas.

—¿Quieren que piense si quiero arriesgarme a indagar en las memorias por ayuda y tal vez morir enseguida, o esperar a que Raquel haga más pruebas sin garantía de que haya una solución? —dijo Juan Carlos.

—Básicamente, sí. Bien resumido —dijo Althaea.

—Suponiendo que acceda a las memorias, considerando la tasa de crecimiento de los nanites en actividad, ¿cuánto tiempo dirías que tengo antes de un colapso? En el peor de los casos —dijo Juan Carlos mirando a Raquel.

Raquel pensó un momento. —En un caso de uso máximo, con mínima resistencia de los nanites regulares, sería cuestión de unas seis horas. Pero caerías inconsciente mucho antes, me arriesgaría a decir que como mucho tendrías unas cuatro horas útiles.

—Papá, no debes arriesgarte. Al menos, no aún. Deja que Raquel investigue otras opciones, antes de intentar nada.

—¿Tienes opciones para investigar? —le dijo Juan Carlos a Raquel.

—La verdad es que sí, pero cada una es más improbable que funcione que la anterior. Aunque todavía tengo varias para probar con cierta probabilidad de éxito.

—En tal caso, esperaré... por ahora. Me siento un poco mejor, ¿crees que me hará mal participar de la fiesta?

—No, al contrario, probablemente distraerte ayude a evitar el uso de los nanites —dijo Raquel, mirando de cerca los cabellos de la sien de Juan Carlos—. Eso, o dormir.

—No creo que sea tan seguro dormir... Estaba durmiendo cuando tuve el primer episodio —dijo Juan Carlos, mirando la cara de Raquel, que estaba encima suyo. Y de repente le dio un beso en la boca a Raquel.

Raquel pegó un salto hacia atrás. Juan Carlos puso cara de dolor.

—Lo siento, no debí hacer eso —dijo Juan Carlos.

—Es verdad, no debiste, y no vuelvas a intentarlo —dijo Raquel, con un gesto de la mano como deteniéndolo.

Sofía puso cara de dolor también. Althaea se acercó lentamente a Juan Carlos y le besó la cabeza cuando estuvo al lado, y Juan Carlos la abrazó lentamente.

—Trabajaré en ésto lo más rápido que pueda —dijo Raquel.

—Gracias, mamá —dijo Sofía, y esta vez fue Raquel quien puso cara de dolor. Se dio vuelta, y se alejó rápidamente de la habitación.

EXPERIMENTOS

Rho, 2 de Diciembre de 2027, 10:30

Desde hacía un rato que algo le molestaba a Juan Carlos. Un pensamiento, algo que había recordado en las memorias de Tzedek.
Se suponía que no tenía que pensar en eso, pero no podía evitarlo. Algo de lo que recordó, le molestaba profundamente, pero no estaba seguro de qué era.
De repente, recordó el pensamiento de Tzedek que le causó el malestar. Cuando estaba mirando por primera vez a Sofía ya crecida...
"el experimento que ordenó hacer con Raquel..."
¿Experimento? ¿Qué experimento?
De repente, se sintió mareado, y estaba nuevamente en la cabeza de Tzedek. O Tzedek estaba en su cabeza, según el punto de vista.

Buenos Aires, 5 de Febrero de 2012, 9:00

Tzedek estaba mirando un gráfico en la computadora. El gráfico era un árbol genealógico gigantesco, que abarcaba las tres pantallas. El mar de nombres y líneas parecía no tener fin en ninguna dirección, excepto abajo. Concentrado, desplazaba la imagen en todas direcciones, observando líneas de distintos colores que remarcaban linajes. La computadora codificaba los colores según el linaje o combinaciones de linajes que llegaban a cada persona determinada. Tzedek marcaba determinadas personas en la cúspide del esquema, y luego iba siguiendo el desarrollo hasta la base. Muchos linajes desaparecían, otros se cortaban a las pocas generaciones de empezar, algunos se iban diluyendo lentamente, mientras otros llegaban hasta la base.
Lo que estaba viendo era la herencia de experimentos genéticos que se fueron haciendo durante siglos.
Cada veinte o treinta años intervenía en los numerosos experimentos que iba llevando a cabo. Había intervenido decenas de miles de veces en el curso de miles de años, pero sólo unos pocos cientos habían tenido un éxito relativo. Había por lo menos un centenar de genes que necesitaba introducir en el genoma humano, para lograr un sujeto compatible con lo que estaba buscando. Era imposible modificar el ADN de esa manera, de golpe. Así que no le quedó más remedio que ir introduciendo los cambios en los óvulos de las hembras candidatas, de a uno o dos por vez, y luego ir estudiando la progenie y viendo el éxito de cada operación. En los tiempos antiguos, cuando los sujetos tomaban consciencia de las intervenciones, eran atribuidas a seducciones de ángeles o súcubos. En el siglo veinte, se

atribuyeron a extraterrestres y se formó todo un culto a los OVNIs. Finalmente, lograron hacerlo más discretamente en consultorios médicos que no levantaban sospechas.

Filtró la enorme base de datos, seleccionando sólo los candidatos que tenían la mayor cantidad de genes heredados de experimentos anteriores. Observó los resultados. Obtuvo sesenta candidatos, cuarenta mujeres y veinte varones. Las mujeres en general ya tenían más de sesenta de los genes deseados, mientras que los varones, más susceptibles a perderlos, en general promediaban los cincuenta o menos. De repente vio algo que le llamó la atención. Una pareja de candidatos. Esto si que era afortunado.

Rápidamente cotejó los datos de la computadora, y no pudo evitar pararse y volverse a sentar. Se pasó las manos por el cabello, y estiró los brazos hacia arriba con las manos cerradas en puños y una sonrisa en la cara.

Sí, esto era increíble. Tenía una pareja que entre los dos tenían la totalidad de los genes necesarios. Muchas veces estuvo cerca, pero nunca tuvo tanta suerte.

Se levantó nuevamente, e ingresó los códigos para acceder al tesoro de Atlantis. Tomó el cofre, el cual abrió delicadamente, y retiró las cápsulas con nanites originales de Atlantis. Sacó el panel divisor que ocultaba la parte de abajo, y pudo ver la tiara y las pulseras de Gea, y junto a ellas, un espacio vacío y cuatro cápsulas más, en un espacio de ocho. Tomó una de las cápsulas con tanto cuidado como si fuera una bomba. Ahora sólo quedaron tres en el cofre, pero sólo una le serviría para éste tipo de experimento. Ya había usado cuatro, y ahora iba a usar una más. Si esta fracasaba, como las otras, sólo le quedaría una oportunidad más.

Revisó los nombres de los candidatos. Raquel Säuger, Juan Carlos Navarro. Consultó en la computadora y le trajo toda la información disponible sobre ambos. Mucha información.

Guardó la cápsula con cuidado en un estuche especial, y contactó a uno de sus agentes.

—Tengo un trabajo para usted.

—¿De qué se trata?

—Tiene que hablar con Gerardo Dominguez, es ginecólogo. Tiene una paciente, Raquel Säuger. En su próxima revisión, debe implantarle una inyección de una sustancia que le daré.

—Eso será caro.

—No importa lo que cueste. Y la ampolla que le daré, si le pasa algo, será literalmente su cabeza, ¿entiende? La suya, la de él, y la de todos los que tengan algo que ver con su pérdida. Por otro lado, puede decirle que nada le va a pasar a la paciente.

—Va a querer saber qué está haciendo.

—Dígale que son vitaminas. Un antibiótico. Una vacuna. Invente lo que sea, el asunto es que se la inyecte y se olvide del tema.
—¿Y la paciente?
—Es importante que reciba la inyección. No creo que sea necesaria la violencia, pero debe recibirla. ¿Está claro?
—Clarísimo. ¿La tarifa usual?
—Correcto. Adios.
—Lo tendré informado.

Tzedek se frotó las manos satisfecho. Con muchísimo cuidado traspasó el contenido de la cápsula a una ampolla de hospital, de las que se usan para cargar jeringas, la cual retiraría su agente en un rato. El contenido de la ampolla, desarrollado hace miles de años y conservado en estasis en la pequeña cápsula, tenía una mezcla muy específica. El ADN de Gea, y un grupo de nanites con una misión única: modificar el ADN de los óvulos humanos para introducir el de Gea, anular cualquier tipo de anticonceptivo hormonal, anular cualquier tipo de respuesta inmune contra el embrión y el feto, y autodestruirse al lograrse el nacimiento. El resultado sería que los óvulos de la mujer generarían un híbrido de humano y atlante, con ADN de tres personas: El padre y la madre humanos, y Gea. Las características físicas y mentales más importantes de Gea estarían presentes. Por supuesto, para que sobreviviera el bebé debía tener una base de compatibilidad que era lo que venía tratando de lograr desde hacía generaciones. Lo aprendió de mala manera en las cuatro ocasiones anteriores en las que se había precipitado y había intentado recuperar a Gea. Lamentablemente, tres abortos prematuros y un parto malogrado donde murieron la madre y la hija. Esperaba tener mejor suerte esta vez. Esta era ya la penúltima muestra.

No quiso ni pensar en qué pasaría si se quedaba sin muestras. Eso era inimaginable.

Gea. Su propia hija. Necesitaba recuperarla. Y seguiría haciendo todos los experimentos necesarios hasta lograrlo. Y cuando lo lograra, seguiría adelante hasta que llegue el momento de usar una de las dos últimas cápsulas. El futuro del mundo tal vez dependiera de eso.

INGENIERÍA BIOLÓGICA

Atlantis, año 48.950 de la era de Metis.

—¿Metis, estás segura que quieres hacer esto?
—No es que quiero, debo hacerlo. Necesitamos sangre nueva, y qué mejor que nuestro ADN para este experimento.
—Ya sabes que se ha fallado varias veces. No es agradable perder un nuevo miembro de la especie.
—Tzedek, sabes que tenemos mejor ADN que los otros atlantes. Los reyes tienen sus privilegios.
—Así y todo estoy preocupado. ¿Qué pasa si falla el experimento? Sabes bien cuál puede ser el precio.
—Tengo confianza en que no fallará. Yo misma estuve viendo las especificaciones de ingeniería y nuestros linajes. Tenemos lo necesario.
Tzedek suspiró.
—¿Qué hago si algún rey lanza el desafío mientras estás encinta?
—Los desafíos quedan suspendidos por diez meses. Está en la tradición, si alguien se atreve a desafiarme, sólo hazle leer la letra chica. Es una situación tan poco común que nadie lo hace, pero ahí está.
—Así será.
—Médico, puede proceder.

Mederi tomó el embrión y procedió a implantarlo en el vientre de Metis. Le inyectó también una dosis especial de nano organismos que acompañarían el desarrollo del feto, protegiéndolo y modificando lo que fuera necesario para su crecimiento.
La ingeniería atlante podía hacer prácticamente cualquier cosa con la genética, y de hecho fabricaban todo tipo de criaturas, pero para el crecimiento de un nuevo ser, el mejor lugar aún era el vientre de una hembra. Y si la criatura era un atlante, la mejor opción para disminuir los riesgos de perderla era su madre atlante, la donante del óvulo.
Metis debió guardar reposo unos días, y cuando confirmaron que la implantación fue correcta, pudo retomar sus actividades normales.

Todas las semanas se sometía a exámenes de los médicos para confirmar que todo iba como se esperaba y que no aparecía ningún problema ni desvío de lo planificado. A partir del cuarto mes comenzaron a recibir telemetría del nuevo bebé que crecía dentro de Metis. Todo iba aún mejor que lo esperado.
Diez meses duró el embarazo, como todos los embarazos atlantes.
Cuando llegó el día previsto con precisión por los médicos, el día 307 de

ese año, Metis fue preparada para el nacimiento en el centro médico. Una gran consola permitía ver con todo detalle el área a trabajar y los parámetros de los nano organismos involucrados, así como todos los datos de Metis y su hija.

El médico inyectó una dosis de nano organismos médicos, y comenzó a ingresar órdenes en la computadora. Lo hizo con gestos en el holograma que flotaba a un costado de Metis, y también moviendo perillas en el equipo que la rodeaba. Primero, sedó levemente a Metis. Los nano organismos provocaron una reacción química que generó una descarga de sedante que la hicieron dormir. Luego, eliminaron todos los microorganismos peligrosos del área del vientre, y anestesiaron el mismo. Mederi verificó los datos, y comandó a la computadora para que hiciera un corte en el vientre de la madre con el bisturí láser. Con precisión nanométrica, capa tras capa de piel y músculo fueron cortados, hasta que se llegó al saco amniótico. Con delicadeza se cortó el mismo, y retiraron a la beba de su interior mientras un pequeño robot absorbía el líquido. Rápidamente cortaron y anudaron el cordón umbilical, dispusieron del saco amniótico, y el médico activó la rutina de reparación del tejido cortado. Los nano organismos repararon la incisión y fueron cerrándolo hasta que no quedó ningún rastro de que hubiera un corte. Luego, comenzó otra rutina, y la piel y los tejidos que ahora estaban fláccidos después de varios meses de estar bajo tensión, se fueron contrayendo y recuperando. Cuando limpiaron todo, parecía como si nunca hubiera habido una operación.

Tzedek miró orgulloso a su esposa Metis. Ella le sonrió a su vez. Los médicos pusieron en sus brazos a la beba recién nacida, aún manchada con sangre y líquido amniótico, envuelta en una suave tela. Le beba abrió sus ojos, miró a los ojos a su madre, y una ligera sonrisa se dibujó en sus labios. Luego miró lentamente alrededor, y vio a Tzedek, y volvió a sonreír.

Repentinamente, Metis hizo una mueca. Gea soltó un gemido, y Metis tuvo un espasmo de dolor. Mederi separó rápidamente a Gea de Metis, mientras el holograma médico se iba iluminando de naranja en distintas secciones del cuerpo.

—Rápido, pongan a la beba en observación —dijo el médico, y se llevaron a Gea a otra sección médica.

Mientras Gea era entregada a las personas que la iban a cuidar, el médico se concentró en lo que le indicaban los instrumentos.

—¿Mederi? ¿Qué está pasando? —dijo Tzedek.

—Me temo que es la enfermedad de Anagnos.

Tzedek se quedó lívido. La nueva enfermedad, descubierta por la médica

Lalia Anagnos hacía unos pocos cientos de años, estaba haciendo estragos entre las atlantes. Todavía no había acuerdo si la misma era causada por un problema de incompatibilidad entre las últimas tecnologías y la biología básica de los atlantes, o si era un virus fuera de control. En concreto, cada vez más las madres atlantes morían al tener un hijo, muchas veces junto con el bebé, y no encontraban una solución. Ni siquiera una buena explicación. El disparador parecía ser el cambio hormonal que se iniciaba al dar a luz al bebé, pero ninguna terapia hormonal funcionaba. Los nano organismos parecían volverse locos y terminaban destruyendo los órganos internos de la madre, causando su muerte.

Por primera vez en la historia, la cantidad de la población atlante estaba bajando lentamente. Los atlantes seguían muriendo a su ritmo habitual, ya fuera en accidentes, suicidios o combates, pero las mujeres estaban con miedo de incubar nuevos bebés. Pocas querían arriesgarse hasta que se supieran bien las causas y se encontrara la cura a esa dolencia potencialmente mortal.

Metis sabía los riesgos, y de todas formas había accedido al proceso, por amor a Tzedek, y para dar el ejemplo. Participó en el proceso de diseño de Gea, y sabía que era cada vez más inusual que hubiera nuevos atlantes. Más aún atlantes diseñados con tanto cuidado como Gea. Sus genes y los de Tzedek fueron mezclados con cuidado, y además se mejoraron y agregaron todas las mejores características que pudieron crear en la sección de ingeniería genética. Gea sería realmente el mejor espécimen de atlante que hubiera nacido nunca. Si es que vivía, claro.

El médico estuvo trabajando en los instrumentos largo rato, enviando comandos y cambiando la configuración de los nano organismos cada pocos segundos, y dándole a su vez inyecciones de nuevos nano organismos a Metis. El holograma mostraba zonas en naranja, que se volvían verde para inmediatamente aparecer otras zonas en naranja. El médico comenzó a transpirar cuando algunas zonas pasaron a marrón. Si pasaban a rojo era porque el daño era irreversible y se necesitarían órganos artificiales, en caso de que lograra compensar el organismo, claro. Se apuró a compensar los problemas, y luego de largos minutos de lucha, las zonas problemáticas pasaron a amarillo y luego finalmente de a poco todas las zonas del mapeo de Metis fueron cambiando a verde, hasta que todo el holograma quedó de ese color.

—Buen trabajo, Mederi —dijo Tzedek, palmeándolo en el hombro, quien se sobresaltó asustado.

Metis abrió los ojos, y suspiró.

—¿Gea está bien?

Tzedek miró inquisitivamente, y la médica de la otra sección le hizo un gesto de asentimiento.

—Sí, ella no tuvo problemas. La están cuidando.

—Bien —dijo Metis, y cerró los ojos.

El médico se derrumbó en la silla más cercana. Estaba visiblemente agotado. Tzedek sabía que era el mejor del reino. Si no hubiera sido por su velocidad para entender las áreas afectadas e instruir a los nanites para compensar los daños, probablemente hubiera perdido a Metis.

Este problema de la enfermedad de Anagnos estaba fuera de control. La sociedad atlante estaba cada vez más egoísta. Tzedek recordó varias eras anteriores, cuando los atlantes no hubieran tenido problemas en ofrecerse como voluntarios para poder encontrar el motivo de una enfermedad. Hoy en cambio eso era casi imposible, al punto que se habían promulgado leyes para evitar que los experimentos fueran realizados sin el consentimiento de los involucrados. Lo cual por supuesto molestaba profundamente a Tzedek. Su perfil de ingeniero y su curiosidad científica estaban siempre en la búsqueda de soluciones, pero no podía hacer pruebas si no se lo permitían.

Esta vez estuvo demasiado cerca. No sabía qué haría si perdía a Metis.

De repente, Tzedek tuvo una epifanía. Los atlantes por supuesto usaban su tecnología para modificar y mejorar todo tipo de criaturas salvajes para adaptarlas a sus propósitos. Y ahí tenía una fuente inagotable de material que un poco de trabajo podía lograr compatibilizar con el de ellos. Al fin y al cabo los humanos no tenían los derechos ni las protecciones de la ley de los atlantes respecto a la realización de experimentos.

Debía acercarse a los humanos. Y mantener sus verdaderas intenciones en secreto, al fin y al cabo no necesitaba que otros atlantes pusieran objeciones morales y complicaran su trabajo. Había sujetos que hasta pretendían que los humanos tuvieran derechos como los atlantes. Ridículos.

EL DÍA DEL DESAFÍO

Atlantis, año 49.550 de la era de Metis.

A lo largo de las eras, los atlantes habían desarrollado un eficiente sistema de gobierno. La reina, o el rey interino, tenían poder absoluto y la última palabra en todo lo del reino. Existía un concejo formado por los doce reyes y reinas de las regiones de Atlantis. Cada diez años, el concejo podía decidir derrocar y reemplazar a la reina, pero debía ser por unanimidad. Había ocurrido, ocasionalmente. No eran casos dramáticos, generalmente el mismo gobernante admitía que ya no rendía como debería, y aceptaba la remoción sin problemas.

También podía ocurrir que cualquier ciudadano que no estuviera de acuerdo con la manera de gobernar de la reina, y no podía convencer de sus objeciones al concejo, podía desafiarla a combate. De ganar el combate, tomaba el lugar de ésta por un período interino. Este tipo de desafíos era muy inusual, puesto que las reinas eran generalmente las mejores atlantes y las más entrenadas y equipadas para el combate ritual, así que cualquiera que las desafiara sabía que tenía pocas probabilidades de salir vivo.

El combate por el trono era a muerte, pero el gobernante desafiado podía rehuir el combate dimitiendo a su cargo, y asegurar su vida. Cosa que no había sucedido nunca. No había guerras internas en Atlantis. Si un rey quería guerrear con otro, debía hacerlo en persona, arriesgando su propia vida.

Hoy era el día del desafío. Como todas las décadas de su largo reinado, la reina Metis se preparó para el desafío, solo que esta vez vio que alguien estaba efectivamente esperando para desafiarla.

Metis se puso de pie, y con un gesto silenció a la multitud, que estaba mitad enardecida y mitad protestando y abucheando.

—En el día del desafío, declare su nombre y su asunto ante el trono.

—¡Soy el Rey Azaes del tercer reino de Atlantis, y reto a la reina Metis Sartaris a un duelo a muerte por el trono!

Las protestas de la gente se hicieron ensordecedoras. Nuevamente Metis debió hacer un gesto para aplacar el ruido.

—La ley es clara, y el rey Azaes tiene derecho a retarme a duelo...

Tzedek estaba cerca del trono junto con Gea, y se acercó rápidamente a un costado de Metis. En un susurro que nadie pudo oír, le dijo al oído —Metis, no tienes que probar nada. Tu reinado fue uno de los más largos y eficientes de todas las eras. Nadie te recordará mal si te retiras ahora.

—¿Acaso no confías en mí? ¿Crees que Azaes me va a derrotar, esposo?
Tzedek cerró los puños y unió sus manos apretándolas.

—Sé que eres la mejor, pero vi tus entrenamientos y tu misma sabes que no quedaste perfectamente luego del problema que tuviste en el nacimiento de Gea.

—Aún así, sé que soy la mejor. Además, dices que nadie pensará mal, pero sabes que no es verdad. Si rehuso ésto, quedo fuera de la vida política. Y sabes cómo me gusta ésto.

—¿Estás dispuesta a morir por ello?

Metis lo pensó un momento.

—Sí —dijo, sencillamente.

Tzedek inspiró hondo, pareció que iba a decir algo más, y se contuvo.

—Eres la mejor. Ganarás —dijo, besó a Metis en los labios, y se apartó a donde estaba antes.

—¡Acepto el reto! ¡Que se presenten los árbitros!

Los árbitros eran los encargados de vigilar el combate, ver que se cumplan las reglas y declarar al ganador. Por ley debían ser dos, una mujer y un hombre, sin relación de amistad con los reyes. Inmediatamente se presentaron varios candidatos de entre los atlantes que tenían habilitación oficial como árbitros. No era una profesión con mucho trabajo, pero era muy bien pagada, y que había combates no sólo entre reyes sino por muchos motivos. El arbitraje era una parte importante de los ritos de combate. Metis señaló a un hombre, y Azaes lo aceptó, inclinando la cabeza. Luego Azaes eligió a una mujer, a quien Metis aceptó.

Metis entregó su arma electromagnética a su custodio más cercano, y ordenó que revisen al rey Azaes, quien estaba haciendo lo mismo. Metis tomó su largo cabello, y lo recogió en una cola que guardó y trabó dentro de la parte de atrás de su coraza, para sacarlo del medio. Con la mano derecha sacó la única arma que se podía usar en un combate, su espada ritual, del costado izquierdo de su cinto, y se adelantó hasta la plataforma de ceremonias. Azaes hizo lo propio, e inmediatamente fueron rodeados por los guardias que formaron una valla muy amplia para separarlos de la muchedumbre. Los árbitros se quedaron dentro del círculo, pero a distancia prudente de los reyes.

La espada ritual era un arma hermosa, y letal. Una espada de unos setenta centímetros, de doble filo, y de una aleación atlante de acero al carbono, tungsteno y titanio. Estaba diseñada de tal manera que el filo no era detenido por ningún tipo de nano organismos. Liviana y más filosa que una navaja. Las principales diferencias estaban siempre en las empuñaduras. La de Metis era de oro, para darle más peso y por lo tanto más fuerza en el golpe. La de Azaes en cambio era de la misma aleación que la hoja, por lo que era ultraliviana. Su fuerza dependía sólo de sus músculos.

Los árbitros dieron la señal, y Metis y Azaes comenzaron a caminar uno alrededor del otro. Azaes flexionó los músculos tratando de dar un espectáculo, pero Metis no se dejó aminalar. Tomó la espada con las dos manos, a lo que Azaes comenzó a decir sardónico "¿Qué, te faltan músculos para sostener la espada con una sola man..." pero Metis aprovechó el momento de distracción para pegar un salto hacia adelante y blandir la espada contra el cuerpo de Azaes. Tomado totalmente por sorpresa, Azaes apenas llegó a levantar la suya propia y no pudo desviar el golpe de Metis. Se escuchó el ruido del fuerte golpe de espada contra espada, y de la espada pegando contra su cuerpo, y Azaes pegó un grito de dolor, saltando hacia atrás. Ahora se le fue la arrogancia y le vino una oleada de furia. Ahora evaluó su técnica de lucha, y él también tomó la espada con las dos manos. Metis volvió a avanzar y lanzó un golpe desde arriba, si Azaes no hubiera desviado el golpe con su espada, le hubiera partido la cabeza en dos.

Azaes comenzó a transpirar. Esto era mucho más difícil de lo que pensaba. Le habían asegurado que con su maternidad Metis había perdido facultades, pero la mujer que estaba luchando con él no tenía ninguna debilidad.

Al final del arco que hizo para desviar el golpe de Metis, Azaes siguió el movimiento circular y aprovechando que Metis había quedado con la espada baja y fuera de equilibrio, y subió su propia espada metiéndola en el hueco debajo del brazo derecho de Metis. La espada conectó con el cuerpo de Metis, perforando la coraza y llegando hasta la carne. Con el mismo grito de dolor Metis se dio impulso y levantó su espada tajeando la pierna de Azaes, quien gritó de dolor, mientras tironeaba para sacar la espada que aún tenía clavada en Metis. Cuando logró hacerlo, una vez más Metis aprovechó y siguiendo el movimiento anterior con un arco le hundió su espada en el hombro izquierdo varios centímetros. Azaes pegó un grito y su brazo izquierdo quedó colgando inutilizado. Dándose cuenta que se le habían acabado las oportunidades, Azaes levantó su espada con furia, dejando su frente desprotegido. Metis aprovechó la oportunidad y dio un violento golpe a la altura del cuello de Azaes, separándole limpiamente la cabeza del cuerpo. La furia y el impulso que ya llevaba Azaes, llevó su espada a clavarse debajo del mentón de Metis y penetrar hasta su cráneo, y Metis sin poder siquiera gritar, se derrumbó muerta. Desde la muchedumbre se escuchó un grito desagarrador. Tzedek gritaba desesperado, tratando de entrar al círculo, pero no se lo permitieron. Gea también intentaba pasar a los guardias, llorando, pero tampoco la dejaron.

Nunca en la historia de Atlantis dos reyes se habían matado mutuamente en un desafío. Toda la multitud rompió en gritos de consternación, pero por sobre los demás se escuchó un grito interminable de horror. Tzedek intentó entrar al círculo, pero por más que luchó, los guardias se lo impidieron.

Ambos árbitros levantaron una mano para marcar en un gesto el final del combate. Corrieron ambos a chequear los cuerpos, y luego se reunieron rápidamente en el centro. Discutieron un momento, ambos moviendo las manos. La mujer se agarró la cabeza. Finalmente, se acercó a las consolas reales que estaban cerca del trono, con la palma activó las comunicaciones, y se dirigió hacia la gente, carraspeando primero.

—Atención, pueblo de Atlantis. El rey Azaes del tercer reino de Atlantis ha fallecido a manos de la reina Metis, con lo cual su lugar deberá ser tomado por su heredero en la línea de sucesión, el príncipe Ponteus, a menos que rechace su carga. Y la reina Metis de todo Atlantis fue muerta por el rey Azaes. Según la ley, Azaes debería tomar su lugar, pero como Azaes fue muerto por Metis, el siguiente en la línea de sucesión deberá tomar provisionalmente el lugar de ella, hasta que el consejo de reyes haya elegido por votación o por combate a una nueva reina. El consorte real Tzedek será el nuevo rey de Atlantis por un período mínimo, a menos que rechace su carga.

—Príncipe Ponteus, preséntese. Consorte Tzedek, preséntese.

Ponteus se adelantó desde la multitud, pidiendo pasar entre los guardias que mantenían el vallado. Lo dejaron avanzar, y pudo ingresar al círculo. A los pocos segundos dejaron pasar a Tzedek, quien no había dejado de forcejear para entrar al círculo. Se lanzó hacia Metis, ignorando a los árbitros, y se arrojó al suelo, abrazándola y llorando.

Los árbitros detuvieron a los guardias que iban a levantarlo. Con un gesto les indicaron que lo dejen tranquilo.

—Denle un momento, mientras comenzaremos con el príncipe Ponteus.

El árbitro comenzó a recitar la fórmula diplomática para el traspaso de mando por muerte en combate.

—Príncipe Ponteus Gounaris, ¿reconoce que Azaes fue derrotado en combate justo?

—Lo reconozco.

—En tal caso, mañana a la mañana en esta plaza y ante este pueblo, se realizará el traspaso de comando. El cuerpo de su padre será ahora tratado con respeto y recibirá los honores que merece. Por favor preséntese ante el cuerpo diplomático para ponerse al tanto y cumplir los trámites necesarios antes de la ceremonia de coronación.

Ponteus se inclinó respetuosamente ante los árbitros, miró hacia el cuerpo de Azaes e inclinó la cabeza. Luego se quedó de pie fuera del paso.

Tzedek se había incorporado logrando un poco de control sobre sí mismo, pero se veía demacrado. Tenía los ojos hinchados y ojeras bien visibles.

—Consorte Tzedek, ¿reconoce que Metis fue derrotada en combate justo? —dijo el otro árbitro.

Tzedek suspiró y miró nuevamente los cuerpos de los combatientes. Se quedó mirando un largo minuto.

—¿Tzedek?

Tzedek volvió a dirigirse a los árbitros. Cerró los ojos con una máscara de dolor en su rostro. Finalmente los abrió e inclinó levemente la cabeza.

—Lo reconozco. Y quiero aclarar que no tengo pleito ni guardo rencor contra el heredero de Azaes, el nuevo rey del tercer reino, y espero que podamos trabajar juntos por el bien común.

—Tampoco guardo rencor ni tengo pleito contra el nuevo rey de Atlantis —dijo Ponteus, inclinándose ante Tzedek.

—En tal caso, pasado mañana a la mañana, en esta plaza y ante este pueblo, se realizará el traspaso de comando. El cuerpo de su esposa será ahora tratado con respeto y recibirá los honores que merece. Por favor preséntese ante el cuerpo diplomático para ponerse al tanto y cumplir los trámites necesarios antes de la ceremonia de coronación. Pueden retirarse.

Tzedek y Ponteus se retiraron del círculo cada uno por su lado. Apenas salió del círculo, Gea se arrojó a abrazar a Tzedek, llorando.

Un grupo de custodios tomaron las pertenencias de los combatientes, y por último con cuidado llevaron los cuerpos hacia su destino final. La ceremonia de coronación cuando moría el rey anterior, incluía la exhibición respetuosa del cuerpo y su incineración en público.

Ponteus se apuró detrás de Tzedek, y cuando lo alcanzó le tocó el hombro.

Tzedek giró poniéndose tenso, y Gea se separó un paso al costado.

Ponteus se inclinó ante Tzedek. —Lo decía en serio cuando dije que no tengo pleito contigo. No sé qué le agarró a mi padre, pero lamento que haya combatido contra Metis. Era una buena reina y traté de disuadirlo, no quiso escucharme.

Tzedek relajó los hombros, y puso una mano en el hombro de Ponteus.

—Yo también hablaba en serio, no tengo problema contigo a menos que vengas a buscarlos. Tu no tienes la culpa por las acciones de tu padre.

Ponteus se relajó visiblemente, y se inclinó con una rodilla en el piso. —

Te juro lealtad y obedeceré tus órdenes con lo mejor de mi capacidad.
—Acepto tu lealtad, y te la agradezco. Espero contar nuevamente con tu juramento en público pasado mañana.
—Cuente con eso, su majestad.

Sin más, cada uno fue a ver a sus cuerpos diplomáticos para poder disponer y despedirse de los respectivos combatientes.

ENTRENAMIENTO

Atlantis, año 1 del reinado interino de Tzedek.

—Papá, no quiero hacer ésto.
—Gea, hija, algún día serás la reina de Atlantis. Es inevitable. El período legal más corto entre reinos es de cien años, así que esa será la duración de mi reinado. Y quiero darte el trono a ti.
—Papá, ¿cómo voy a manejar los doce reinos? Con todos los problemas que tenemos con los humanos, además.
—Como hago yo, como hizo tu madre, y todos los reyes antes tuyo. Con ayuda.
Gea bufó.
—Si voy a tener tanta ayuda, ¿para qué debo entrenar tanto? Hace meses que estamos con esto.
—Por más ayuda que tengas, hay muchas cosas que una reina debe hacer por sí misma. Una de ellas es defenderse y atacar en combate. Un atlante común puede que nunca tenga un pleito en su vida en el que deba defender su vida, pero tu eres una princesa, y los reyes tienen los combates prácticamente garantizados. En algún momento alguien va a tratar de matarte. Y a menos que pienses que tu vida no vale nada, debes estar más que preparada para ese momento. El combate debe ser parte de ti. Debes moverte sin pensar, reaccionar sin saberlo, y analizar sin distraerte. De eso depende tu vida. Además, ¿de qué te sirve no envejecer si el primer bruto que se te acerque puede dominarte físicamente, violarte y hacerte su esclava? ¿Te imaginas vivir miles de años reducida a ser un juguete sexual?
Gea se lo imaginó y primero puso cara de inquietud, luego de asco, y por último, de horror.
—¿Quién cometería semejante atrocidad?
—Sabes que hay cada vez más humanos. Los mantenemos a raya haciéndoles creer que somos dioses, pero cada tanto aparece alguno especialmente heroico como para pensar que puede vencernos. Y si se juntan entre muchos y te sorprenden, podrían hacerlo. Especialmente si no puedes eliminarlos expeditivamente.
—Entiendo tu punto. ¿Y cuándo voy a combatir de veras?
—Cuando hayas pasado los combates físicos de entrenamiento como corresponde. Mientras tanto, seguirás combatiendo con espadas de entrenamiento, por tu seguridad y la de tu entrenador. Ahora, al trabajo.
El entrenador Alexis Pavilis le entregó una espada de entrenamiento a Gea, como venía haciendo desde hacía semanas, y le presentó la suya. Hizo una reverencia, y se paró en posición de combate.

—¿Cómo estamos de reflejos hoy, princesa?

Gea tomó la espada, y haciendo un giro con el brazo arrojó un golpe hacia el costado de Alexis, quien la interceptó con un grácil movimiento de su propia espada. Sin esperar y aprovechando la fuerza del rebote, Alexis giró la espada y golpeó el hombro de Gea. Gea saltó hacia atrás enojada.

—Punto para Alexis —tomó nota Tzedek.

Gea bufó y volvió a atacar, esta vez tratando de pasar las defensas de Alexis desde los costados. Alexis rechazó cada ataque con facilidad, hasta que avanzó un paso y le pegó a Gea en el mentón con la punta de la espada.

—Punto para Alexis —volvió a decir Tzedek, pero esta vez estaba realmente enojado.

Y Gea también. Sabía que el movimiento que acababa de fallar era el mismo que había costado la vida a su madre. De repente tuvo un acceso de furia, y sintió como si el tiempo se detuviera. Su mente logró por fin sintonizarse con sus nano organismos, y sintió la descarga de adrenalina que agudizó sus sentidos y su fuerza. Con un grito avanzó y comenzó a soltar golpe tras golpe contra Alexis, que por primera vez se vio sobrepasado. Gea lanzaba una finta por la izquierda, y cuando Alexis trataba de interceptarla ya Gea estaba cambiando atacando por el centro, conectando con su pecho. Alexis no había terminado de acusar el golpe cuando Gea le colocó otro bajo el brazo derecho. Alexis gritó de disgusto y por el esfuerzo, y trató de continuar su golpe hacia la cabeza de Gea, pero ella fue más rápida y lo desvió hacia arriba, y con el mismo impulso bajó la espada para que golpee de plano en la cabeza de Alexis, quien pegó un grito de dolor y saltó hacia atrás.

—Tres puntos para Gea —dijo Tzedek, impertérrito.

Gea saltó hacia adelante y le pegó nuevamente a Alexis, en un hombro. Luego, siguió atacando cada vez más salvajemente. Alexis estaba cada vez más sobrepasado hasta que gritó —¡Me rindo!

Sin embargo Gea no se detuvo y luego de varias estocadas finalmente empujó a Alexis y arrojándolo al suelo le apoyó la espada en el cuello.

Tzedek se incorporó.

—Gea, ya es suficiente.

Gea estaba jadeando, y trató de controlarse. Se dio cuenta de que estaba hincada en una rodilla, apretando la espada duramente contra el cuello de Alexis. También se dio cuenta de que Alexis la miraba sorprendido y con los ojos dilatados. Gea retiró lentamente la espada, y con un grito la clavo en el suelo de tierra, al lado de Alexis. La espada se hundió hasta la mitad. Gea inspiró y expiró lentamente por la boca, tratando de bajar su pulso y de remover la sobrecarga de adrenalina que tenía, y lentamente lo fue logrando.

Alexis se incorporó lentamente, y en las zonas donde no tenía armadura se veían claramente los moretones de los golpes de Gea. Frotándose las partes doloridas, se acercó lentamente a Tzedek, y agachando la cabeza dijo —Su majestad, con todo respeto, renuncio.

—¿Tanto así?

—Su majestad, Gea ya necesita como entrenador un luchador profesional. Pero no la deje pelear con espadas de verdad. Nunca. A menos que realmente sea un combate a muerte.

—Muchas gracias, entrenador Alexis.

Haciendo una reverencia, Alexis se retiró del campo, avergonzado.

Tzedek miró a Gea.

—¿Qué?

—Conseguiste dominar tu organismo, ¿verdad? ¿Cuál fue el disparador? ¿Miedo? ¿Furia? ¿Odio?

Gea pensó un momento. —Furia —dijo con seguridad.

—El golpe bajo el mentón, ¿cierto?

—¿Cómo lo supiste?

—Porque me dio furia a mi también. Alexis te estaba provocando para que reaccionaras, y lo logró muy bien. Es una lástima que se haya asustado del resultado.

Gea se quedó pensativa.

—Tal vez logre convencerlo para que vuelva.

—¿De repente crees que aprendiste algo?

—Pensándolo fríamente creo que sí. Lamento haberlo lastimado.

—Sabes que lo que más lastimaste fue su orgullo.

—No es mi culpa si su ego estaba tan alto que se golpeó duro al caer. Aunque debo reconocer que es excelente entrenador.

—Pues ve y díselo. Tal vez no lo convenzas, pero al menos no quedarán rencores.

—Sí, padre, con tu permiso —dijo Gea, y se fue corriendo.

—¡Alexis! —con una carrera de un par de cientos de metros, Gea alcanzó al entrenador.

—¿Princesa? — dijo Alexis sin detenerse. Ambos siguieron caminando.

—Ah, vamos, no renuncies.

—Con todo respeto, princesa, aprecio mucho mi cuello.

—No hace falta que me digas princesa, ya te lo dije varias veces. Dime Gea.

—Como ordene, princesa Gea.

—Sólo Gea —dijo Gea exasperada, revoleando los ojos.

—No soy su consorte para tomarme tal atrevimiento.

—No tengo consorte en este momento.

—¿Eso es una invitación? —dijo Alexis sonriendo.

—No seas pedante —dijo Gea mirando a Alexis. El hombre se veía de veinticinco años como todos los atlantes, pero por su actividad era extraordinariamente musculoso y bien formado. Además de que tenía una posición acomodada, siendo el mejor y más famoso entrenador de Atlantis —. Por favor, necesito seguir entrenando, prometo tratar de controlarme en adelante. Puedes ayudarme con eso.

—Control es precisamente lo que necesitas para ganar una lucha, pero apelar a la furia es necesario para desatar tu potencial completo. Es una situación difícil porque furia y control son enemigos mortales.

—¿Crees que no eres suficientemente bueno para entrenarme?

Alexis frunció los labios. Sabía que Gea estaba tratando de manipularlo, pero no pudo evitar sentir su orgullo herido. Otra vez.

—No creo que nadie lo sea.

—¿Entonces me dejarás librada a mis recursos, para que cualquiera me mate en el primer combate que tenga que enfrentar?

Alexis se detuvo y revoleó los ojos.

—Eso es un golpe realmente bajo, princesa.

—Gea.

—Maldición, princesa Gea, está bien. Pero tenemos que hablar cuidadosamente de cómo controlar esa furia tuya.

Gea pegó un saltito de alegría y abrazó a Alexis.

—¡Gracias, muchas gracias! Entonces nos vemos en tres días como siempre.

Alexis se dejó abrazar sin saber bien cómo responder, y pudo oler el aroma del cabello de Gea y el olor de su transpiración. Ambos estaban sucios y transpirados por la pelea de entrenamiento. Por un momento cerró los ojos y se imaginó cómo sería ser algo más que su entrenador. Hmmmm....

Gea lo soltó, y se despidió con la mano, mientras se alejaba corriendo para volver con su padre. Alexis se quedó mirándola, y tuvo que hacer un esfuerzo de voluntad para poder darse vuelta y seguir camino hacia su casa. Gea era con toda seguridad la siguiente reina de Atlantis. Rayos, debía mantener la cabeza fría o terminaría ejecutado por traición o algún cargo inventado similar. Tzedek era de miedo.

Gea se volvió cuando Alexis ya se alejaba, y se quedo un minuto admirando su trasero. El hombre además de habilidoso e inteligente realmente se veía bien por atrás. Se dio cuenta de que hasta hoy nunca lo había visto como nada más que un entrenador porque de alguna manera le tenía miedo. Pero después de lo de hoy... Vaya... Se le harían largos los tres días.

UNA MEMORIA DE TZEDEK

Rho, 27 de Noviembre de 2027, 11:20

Althaea entró al Centro de Control y se dirigió a Tzedek.
—Juan Carlos Navarro y Sofía Navarro acaban de llegar a la ciudad.
Tzedek sonrió y suspiró. Ya estaba preocupado, pensando en organizar una partida para ir a buscarlos.
—Justo a tiempo. Althaea, ve a recibirlos, y asegúrate de que se sientan bienvenidos. Haz también que Damaris reciba bien a Sofía.
—¿A qué te refieres exactamente?
—Sedúcelo. Quiero a ese hombre bajo tu control. Y que Damaris haga lo mismo con Sofía. Quiero a ese humano y a su hija comprometidos con nuestra causa inmediatamente. Después del fiasco de Marsan, no podemos darnos el lujo de que se vuelvan contra nosotros.
Althaea se quedó inmóvil.
—¿Qué estás esperando?
—¿Esperas que haga de prostituta?
—No, porque no le cobrarás nada por ello.
—Sabes exactamente a qué me refiero.
—¿Sabes quienes son Juan Navarro y su hija?
—¿Asumo que quieres decir además de ser algunos de los humanos seleccionados?
—¿Recuerdas cuando rescataste a Raquel Säuger?
—Por supuesto. Nuestra mejor nanotecnóloga. La mejor del mundo, de hecho.
—Pues debes haber conocido a su marido y su hija.
Althaea se quedó en blanco. ¿Los conocía? Pensó un momento.
—¿Del día que rescatamos a Raquel?
—Ni más ni menos.
Althaea recordó ese día. Estaba concentrada en Raquel y en le procedimiento que debía aplicar a continuación, así que no prestó mucha atención a lo que pasaba en la habitación. Sin embargo recordó que había visto efectivamente a Navarro, aunque estaba ocupado hablando por teléfono o algo. Era un mal momento, y estaba grave, preocupado, y enojado. Todo lo que era lógico, su mujer estaba muriendo y no podía hacer nada al respecto. Recordó que sintió lástima por él, y que también le resultó agradable. Guapo e inteligente, por lo que pudo sondear cuando entró en la habitación. Ella estaba concentrada en lo que debía hacer con Raquel, puesto que tenía el tiempo justo para hacerlo, y realmente no prestó atención a lo que pasaba alrededor.
—¿Y qué hay con la hija?

—Al padre lo necesitamos porque aún tiene poder sobre su hija. Y la hija, lo entenderás cuando la veas, pero para ahorrarte la sorpresa, es el experimento más perfecto que he logrado para recuperar a Gea.

—¿Otro clon de Gea? No me habías dicho nada. ¿Éste salió bien?

—Mejor que bien, es increíble. Un éxito rotundo.

—¿Qué no murieron los experimentos anteriores? ¿Cómo lo perfeccionaste tanto?

—Logré juntar varias líneas de herencia atlante para lograr el resultado óptimo, y lo obtuve con la hija, Sofía, pero no fue tan perfecto ¿Por qué crees que le dio cáncer a Raquel?

—Sí que tienes sangre fría.

—Sólo son humanos, hija.

—¿También Sofía?

Tzedek sonrió.

—Técnicamente, es tu hermanastra.

—¿Y por qué Damaris?

—Porque resulta que conozco sus gustos personales y sé que se interesará inmediatamente. Cómo Navarro contigo. Y ahora apúrate, se deben estar impacientando.

Althaea se enfurruñó.

—No voy a mentirle.

—No lo hagas, ni hará falta, no se le van a ocurrir las preguntas correctas. Tan sólo no des información no solicitada, sólo dile lo indispensable. Además, sabes que lastimarás sus sentimientos si hablas de esto, ya que te preocupan tanto los sentimientos de los humanos. Hablando de eso, si no lo haces, tal vez deba encerrarlo o matarlo y obligar a su hija a colaborar, por la fuerza. Apuesto a que eso no te gustaría tampoco. Por nada del mundo voy a dejar que se me vaya de las manos. Ya sabes para qué la quiero.

Althaea suspiró.

—Lo haré, pero no porque me lo ordenas, sino por el bien de todos, especialmente el de ellos. Además, me gusta el hombre —Se miró la ropa conservadora que llevaba—. Voy a cambiarme.

Tzedek suspiró, relajado. Tenían a la niña. Después de tanto trabajo, no se perdió todo. Ahora, sólo debía esperar a que crezca hasta la edad correcta, inyectarle los nano organismos atlantes y hacer que use las joyas de Gea, y tendrían a Gea de vuelta. Pensó en las dos últimas cápsulas del cofre de oro. Y luego...

Por fin, después de tantos miles de años y tantos fracasos, su proyecto más ambicioso estaba cerca de volverse realidad.

PRÁCTICA DE COMBATE

Atlantis, año 2 del reinado interino de Tzedek.

Gea volvió de su visita al concejo de reyes a tiempo para cambiarse para su entrenamiento de combate.
—¿Algo interesante en el concejo?
—Sabes que nunca pasa nada interesante en el concejo, padre. Si existe una competencia por la mejor forma de perder el tiempo, definitivamente las reuniones del concejo necesitan una medalla por el primer lugar.
—Hasta que no hayas aprendido diplomacia, seguirás yendo a las reuniones. Sabes la teoría, pero no como aplicarla. Y ellos son buenos diplomáticos. Si supieras diplomacia, no hubieras dicho lo que me acabas de decir.
—"Si supieras diplomacia, no hubieras dicho lo que me acabas de decir" — dijo Gea con tono burlón.
Tzedek puso mala cara.
—Oh, disculpa, padre. El concejo de reyes, en su sabiduría, ha estado debatiendo acerca de la importancia de llegar a una decisión compartida por la mayor cantidad posible de votos en vez de por simple mayoría, especialmente cuando son situaciones polémicas, para disminuir luego los reclamos de la gente afectada. Los atlantes vemos con agrado que nuestros regentes busquen llegar a acuerdos que involucren y representen lo mejor posible la voluntad de las mayorías, sin perder de vista las necesidades y derechos de las minorías —recitó Gea amaneradamente.
Tzedek bufó.
—Eso sí sonó como algo que hubiera dicho uno de mis informantes de la corte. Recuerda que a pesar de la mala opinión que tengas de ellos, no hay mejor grupo de diplomáticos en el reino.
—No hay mejor nido de roedores, querrás decir.
—Esos roedores mantienen la paz de doce reinos.
—Y no entiendo cómo lo hacen, si entre ellos sólo están esperando que uno tropiece para devorarlo.
—Y por eso es que debes seguir yendo, porque no lo entiendes. Tal vez deberías asistir a las audiencias públicas también, así entenderías la diferencia entre la política que ve el público y lo que se arregla en privado.
—¿Las audiencias también? ¿Cuándo voy a vivir? Me encantaría vivir mi vida, no la tuya, sabes.
—Tienes abundancia de tiempo. Pero yo no, y mirando tus puntajes de entrenamiento de combate, veo que ya no necesitas que esté presente. Definitivamente has mejorado en ésto. Así que desde hoy irás a combate sin supervisión. Confío en que no dejarás que te lastimen ni lastimarás a

nadie.

—Padre, tus consejos de combate me son muy útiles, ¿es necesario que te ausentes?

Tzedek la miró atentamente para ver si estaba siendo sarcástica, pero vio que era sincera.

—Ya no tengo más consejos para darte, lo que necesitas es práctica y mantenerte en forma. Confío plenamente en que darás lo mejor de ti.

Gea sabía cuando Tzedek daba por terminado un tema, así que no insistió más. Además, se le estaba haciendo tarde.

—Bien, no quiero hacer esperar al entrenador Pavilis, así que debo irme.

—Nos veremos en la cena —dijo Tzedek saludándola con un gesto.

Gea se apuró a cambiarse la toga de aprendiz de servicio público, por la coraza de combate. Se ajustó las piezas de cuero y metal con la rapidez que da la práctica, y cuando terminó de ponerse las botas parecía una guerrera del noveno reino, una de las famosas amazonas. Revisó críticamente su atuendo, y tomó nota mental de que debía reemplazar las hombreras, se veían gastadas. Alexis tenía tendencia a golpearla en los hombros cuando le daba la oportunidad. Tendría que trabajar en eso. Un corte en un hombro podía incapacitarle un brazo.

Corrió hasta el salón de combate. Realmente prefería cuando combatían al aire libre, pero desde que aquel ciudadano idiota se había acercado sin permiso en pleno combate a ver cómo peleaban y casi le arrancan la cabeza sin darse cuenta, Tzedek decidió que debían practicar en un lugar cerrado. Eso sí, el incidente fue la comidilla de las conversaciones del palacio por varias semanas.

Alexis la estaba esperando en el salón. Gea entró y cerró la puerta mientras saludaba.

—Llegas tarde, princesa Gea. ¿Y dónde está Tzedek?

—Por eso llego tarde, Tzedek no va a estar presente.

—Oh —dijo Alexis desilusionado— ¿Debemos suspender la práctica?

—No, al contrario, Tzedek nos dio libertad para que practiquemos sin supervisión, quiere que "practique y me mantenga en forma" según sus propias palabras. Según dijo, ya no es necesario que asista a las prácticas.

—¡Bien! Entonces será mejor que no perdamos más el tiempo.

Gea tomó su cantimplora del cinto, bebió un poco de jugo de frutas, y la dejó en el rincón. Se acercaron al centro del salón, y luego de saludarse, comenzaron el combate.

Gea y Alexis se trenzaron en combate. Las respuestas de Gea eran instantáneas, y Alexis ya no podía acercarse a ella o vulnerar su guardia como solía hacer al principio. Pero Gea tampoco podía pasar las defensas de Alexis, y ganarle rápidamente. Los combates terminaban en empate la mayoría de las veces.

Luego de veinte minutos de intenso combate, ambos estaban cansados, pero Tzedek la obligaba a practicar al menos media hora por día. Gea enganchó la espada de Alexis con la suya propia, y de repente la espada de Alexis voló por el aire. Alexis trastabilló hacia atrás de la sorpresa, y Gea aprovechó y lo empujó con un golpe de espada en el pecho. Alexis cayó aparatosamente de espaldas al suelo, manoteando para tratar de encontrar la espada que había perdido, pero Gea le saltó encima y apoyó su espada contra su cuello, a duras penas separada por los brazos de Alexis que hacían las veces de escudo. Alexis se quedó quieto, su rostro a menos de veinte centímetros del de Gea, ojos azules contra ojos verdes, ambos jadeando y sudando profusamente. Finalmente, Alexis relajó los brazos y el rostro de Gea se acercó al suyo. Pensó en bajar la guardia de Gea para hacerle una zancadilla y sacársela de encima, pero Gea de repente le dio un breve beso en los labios. Los ojos de Alexis se abrieron como los de un cervatillo ante un cazador. ¿Era una trampa? ¿Gea estaba jugando con él? Su corazón redobló su ritmo, con tantas fuerza podía sentirlo latir en sus propios oídos. Si Tzedek se enteraba de ésto podía perder su trabajo, y tal vez su cabeza. Y peor aún, podía afectar su prestigio. Gea seguía mirándolo a pocos centímetros, durante lo que parecieron horas pero debieron ser un par de segundos. Su aroma. Su rostro. Sus ojos. Al diablo, pensó Alexis, y le devolvió suavemente el beso. Esta vez fue un poco más largo, y Gea sonrió. Se incorporó de repente, y señalando la espada que estaba a un par de metros, le dijo —La práctica aún no termina.

—Princesa, creo que ya no le sirvo ni como muñeco de entrenamiento.

—Tonterías, necesito mantenerme en forma y no hay nadie mejor que tu.

—En tal caso... Me gustaría sacarme algo de la cabeza, de lo contrario no voy a poder concentrarme.

—¿Y qué sería eso?

—Princesa, Gea, ¿podemos vernos fuera de aquí? Cuando quieras, tal vez esta noche. Conozco un lugar que pienso puede gustarte...

Gea se rió pero luego se puso seria. Era consciente de que Alexis la atraía, pero tampoco podía negar que ella le había hecho insinuaciones más de una vez. Hacía décadas que no tenía pareja, y este hombre era magnífico, tanto biológicamente como mentalmente. Sabía que todo el tiempo tenía una lupa encima de ella, así que debía andar con cuidado. Cualquier tipo de relación que intentara tener sería despedazada por su padre si no tenía su aprobación inmediata. Pero no se le ocurría ningún motivo por el que su padre pudiera molestarse con Alexis. Era de buena familia, el mejor en lo que hacía, la conocía bien, la respetaba, y era guapísimo. ¿Qué más se podía pedir?

—Esta noche ya me espera mi padre, pero inventaré algo para vernos mañana.

—¿Mañana?

—¿Es muy pronto?

—¿Cuántos siglos faltan hasta mañana? Voy a tener que entrenar todo el tiempo para no volverme loco con la espera.

—Guarda algunas energías para llevarme a pasear.

—En guardia, entonces.

Los últimos minutos del combate fueron los más intensos que entrenaron nunca.

LAS JOYAS DE GEA

Rho, 2 de Diciembre de 2027, 12:30

Althaea y Sofía estaban tratando de despertarlo. Juan Carlos se incorporó de golpe. Tal vez debió hacerle caso a Raquel y dejar en paz el asunto.
Ahora era demasiado tarde. Miró a Althaea y a Sofía y sonrió.
—Oh, hija —dijo Juan Carlos abrazando a Sofía.
—Estoy muy preocupada, papá.
—No te preocupes, Gea, todo va a salir bien.
Sofía se puso tensa, y rompió el abrazo. Miró a su padre a la cara, y lanzó un grito pegando un salto hacia atrás. Ambas pudieron ver que su ojo derecho se había trocado verde claro.

—Juan Carlos está completamente desorientado, pero a medida que pasa el tiempo hay cada vez menos de él y más de Tzedek —dijo Raquel.
—Oh, tu, vaya zorra resultaste —dijo Juan Carlos mirando a Althaea. Estaba completamente asqueado. ¿Cómo podía haber caído así tan fácil? Era obvio que todo fue demasiado rápido.
Althaea se sonrojó.
—¿De qué está hablando? —dijo Sofía.
Althaea suspiró. Miró a Damaris, quien le devolvió la mirada.
—Tzedek nos ordenó seducirlos a ustedes. Pero nuestros sentimientos son sinceros. No somos prostitutas, ni esclavas de Tzedek. Si no nos hubieran gustado de entrada, no hubiéramos acatado las órdenes. Juan Carlos me gustaba, y me gusta. Más que me gusta, lo quiero. En términos humanos puedo decir que lo amo.
—A cuántos les habrás dicho lo mismo —dijo Juan Carlos. Sólo podía repetirse una y otra vez lo idiota que había sido.
—Juan Carlos, para Tzedek todo habrá sido un engaño, pero no lo fue para mí. No te tortures. No te engañé —dijo Althaea tocándolo en el hombro, pero Juan Carlos se corrió para que no lo toque.
Sofía miró a Damaris horrorizada.
"Sofía, sabes que no te mentí.", escuchó Sofía en su mente, mientras Damaris se acercaba a ella.
Sofía la detuvo con un gesto de la mano. —Detente. Luego hablaremos de ésto, ahora tenemos un asunto más urgente que... ustedes —dijo mirando a ambas, y señalando a su padre—, necesito saber cómo arreglar ésto. Por más que busqué no pude encontrar nada que sirva.
—Había una persona que sabía más que nadie como para poder arreglar ésto. Gea, tuvo que enfrentar problemas como éste y peores en su vida.

—Posiblemente haya memorias de Gea almacenadas en sus joyas —dijo Damaris.

—Las joyas de Gea son peligrosas —dijo Althaea, pero se puso dubitativa—. Además, puede que tengan las memorias como puede que no, ya sabes que nadie ha podido usarlas después de Gea.

—Si alguien puede usarlas, es Sofía. ¿Has sabido de alguien más que tuviera los poderes de proyección que tiene ella, después de Gea? —dijo Damaris.

Althaea se quedó en silencio por un momento. Luego admitió —No, realmente.

—No cuesta nada probar —dijo Damaris.

Althaea suspiró. —Para ti tal vez no, pero puede ser peligroso para Sofía. Lo malo es que no veo mejor alternativa. Está bien, vamos. Tenemos que ir al Centro de Control. Juan Carlos, quédate aquí reposando, mientras vemos si podemos averiguar algo para detener ésto.

—Sofía, las joyas... —comenzó a decir Juan Carlos, pero de repente frunció el ceño y no pudo seguir hablando.

—¿Papá?

Juan Carlos inclinó la cabeza, y pudieron ver cómo el cabello literalmente se le iba poniendo blanco a partir de la sien derecha, hacia atrás.

Sofía se tapó la boca para ahogar una exclamación.

—¡Tenemos que hacer algo!

—Temo que nos quedamos sin tiempo —dijo Raquel.

—Sofía, no las uses. No... no... Sí, claro que debes usarlas. Te ayudarán —dijo Juan Carlos, con visible esfuerzo, hasta que finalmente echó la cabeza hacia atrás y dejó de intentarlo.

Esperaron un momento, y como no pudo decir nada más, finalmente lo pusieron cómodo y Althaea, Damaris y Sofía se fueron para el Centro de Control, mientras Raquel se quedaba vigilándolo.

PASEO POR LA CAMPIÑA

Atlantis, año 2 del reinado interino de Tzedek.

Al día siguiente, Alexis pasó por el palacio antes del atardecer. Se anunció y solicitó ver a la princesa Gea, y le ordenaron que espere. Alexis tuvo que respirar hondo, sentía como si el corazón se le fuera a salir por la boca de los nervios. ¿Qué diablos estaba haciendo? Gea lo estaba volviendo loco. Se estaba metiendo en la boca del león. Iban a investigar toda su vida hasta el último detalle, si no lo habían hecho ya. No solo su vida, seguramente también a toda su familia y a todos sus antepasados. No tenía nada que ocultar, pero si se volvía una molestia siempre podían inventar algo, o achacarle alguna falta de algún pariente ignoto. Sabía cómo funcionaban las maquinaciones palaciegas, y no quería ser parte de eso. Pero por otra parte se estaba metiendo con la princesa y nada menos que probable futura reina. Otra vez, ¿qué diablos estaba haciendo? ¿No sería mejor darse un baño de agua fría y olvidarse de tema?

Unos minutos después, Gea apareció vistiendo una toga de gala. Si Alexis estaba nervioso antes, ahora ante la vista de Gea no logró calmarse mucho. Gea llevaba una toga blanca que le llegaba sólo hasta las rodillas, e iba sujeta sobre el hombro izquierdo, dejando al desnudo su hombro y parte de su espalda, de manera que se veía debajo la faja blanca que ceñía su pecho. La toga iba ceñida a la cintura con un cinturón utilitario. ¿Olvidarse de ella? Imposible. Sólo un cadáver podría olvidarse de esta visión.

—Princesa, por un momento me temí que iba a salir Tzedek con unos guardias para expulsarme del reino.

—Mi padre no se mete en mi vida amorosa. Excepto claro que considere que es alguien indigno de una princesa —dijo con un rictus amargo—, así que puedes quedarte tranquilo. Por otra parte, trata de olvidarte de que soy una princesa. Fuera del palacio, me llamarás Gea, o me verás realmente enojada.

—Muy bien. El vestido te queda fantástico. ¿Te das cuenta de que es la primera vez que no te veo vestida de armadura? Y lamento no ser poeta porque reconozco la torpeza de mis palabras, estás preciosa y... no sé bien cómo expresarlo.

—Lo mío no es la poesía, Alexis. Me bastan tus palabras y tu mirada.

—¿Lista para ir, entonces?

—¿Y se puede saber a dónde vamos?

—Primero, quiero darte un pequeño presente.

Le entregó a Gea una pequeña bolsa que llevaba en el cinto.

—¿Qué es esto?

—Algo que pensé podría servirte...

Gea desató el nudo de la bolsita de tela, y dentro encontró un complicado lazo doble de cuero trenzado.

—Hmm, vuelvo a preguntarte, ¿qué es esto?

—En nuestra lucha de ayer, me percaté de que lo mismo que me pasó, te podría haber pasado a ti, así que conseguí este lazo para que usemos ambos. Esta parte se pasa por la muñeca, y esta otra parte se amarra a la empuñadura de la espada, y la tira va por el dorso de la mano para no estorbar el agarre. Aún cuando te peguen directamente en la mano, la espada no va a salir volando, en el peor de los casos quedará suelta, pero luego tu puedes volver a agarrarla si tienes uso de la mano, o tomarla con la otra mano si es necesario. Se pone y se saca muy fácil, con un movimiento de muñeca, ¿ves? Pero no se saldrá accidentalmente. El punto es que no perderás la espada. La diseñe yo mismo.

Gea sonrió apreciativamente, se acercó y le dio un beso.

—Un regalo bien pensado. Muchas gracias, Alexis.

Alexis se puso colorado, pero quedó complacido. Rápidamente cambió de tema.

—¿Vamos?

—¿Adónde?

—Ven conmigo y que sea una sorpresa... Gea —dijo Alexis, ofreciéndole la mano.

Gea titubeó un segundo, y luego tomó su mano y lo acompañó.

Fueron paseando por el camino, de manera que justo pasaron por la colina al final del atardecer. No hizo falta decir nada, ambos se quedaron admirando la puesta del Sol por unos minutos. Luego, Alexis volvió a guiar a Gea por el camino, hasta que llegando a un bosquecito se desviaron por un estrecho sendero.

—Ya sé adonde estamos yendo.

—¿Lo sabes?

—Conozco la zona, por aquí lo único que hay es la Posada del Paseante.

—Espero que sea de tu agrado.

—¿Bromeas? Vine cientos de veces aquí con mis amigos.

Alexis se quedó sorprendido.

—¿Qué, crees que no tengo amigos?

—No, no, es que yo también vine cientos de veces, estaba pensando cómo es que nunca te vi.

—Cuando vengo con mis amigos generalmente llenamos el lugar.

—Oh, entiendo, entonces tiene sentido, sí, algunas veces vinimos, y tuvimos que ir a otro lado porque estaba lleno. Lo cual es raro porque es un lugar grande.

—Esos debían ser los días cuando venía yo —dijo Gea riendo.

La Posada estaba tranquila, había poca gente y pidieron un rincón con vista al exterior. La iluminación interna era suave. En el centro había una pequeña chimenea encendida, y un suave olor a humo de leña perfumaba el ambiente.

Gea y Alexis disfrutaron una cena tranquilos, sentados lado a lado.

—¿Qué piensas hacer más adelante? ¿Te gusta mucho ser entrenador?

—Como sabrás soy muy bueno en eso, y me gusta, pero también estaba pensando en dedicarme a la navegación. Estoy un poco aburrido de hacer siempre lo mismo, y algunos años en el mar serían un desafío. Aunque... últimamente ya no recuerdo bien por qué quería irme.

—Puedo ponerte de capitán de un barco, si eso es lo que quieres. Tengo influencias, sabes.

Alexis se quedó callado.

—Te agradezco, de corazón, pero no es eso lo que quiero. Por un lado, prefiero ganarme las cosas por mis propios méritos. Y por otro lado, prefiero no irme lejos justo ahora.

—¿Qué pasa justo ahora?

—Pasa que me gusta estar contigo. Y eso complica todo.

—¿Por qué tiene que ser complicado?

—Porque eres una princesa, y estoy seguro que algún día serás reina. Y yo soy un cualquiera, no tengo nada que ofrecer.

—No seas idiota, tienes prestigio. Eres el mejor en lo que haces.

—Aún así, estoy seguro que si seguimos adelante, muchos dirán que soy un trepador.

—Pues deberás endurecer tu piel para que los dardos no te afecten. O puedo decretar la pena de muerte para quien hable mal de ti, cuando sea reina.

Alexis se puso serio.

—Efectivamente si quisieras podrías. Me asusta pensar el poder que tendrás.

Gea le pasó un brazo por los hombros, y girando su cabeza le dio un largo beso en la boca.

—Olvídate de todo eso. Ni siquiera sabemos si llegaremos tan lejos. Tan solo relájate, y disfrutemos el ahora.

—Tienes razón, aunque a veces envidio a los humanos. Dicen que bebiendo alcohol se ponen alegres y se olvidan de sus problemas, ¿puedes creerlo?

—Sí, estudié al respecto. Un poco de alcohol les produce eso, demasiado y se vuelven pendencieros, irresponsables y peligrosos. Y muy pocos humanos saben controlarse.

—Pues a veces me gustaría poder desactivar los nano organismos para poder probar un poco de ese famoso alcohol.

—Si los nano organismos lo anulan, es porque es tóxico. No creo que te gustaría ingerir algo tóxico.

—Bueno, a nuestra salud —dijo Alexis, alzando una copa con jugo de uva.

—Igualmente —brindó Gea chocando la copa.

Alexis acompaño a Gea al palacio, y se volvieron a ver en el siguiente entrenamiento. Un día después de cada entrenamiento, salían a pasear, a veces a lugares nuevos, y a veces a los que más les gustaron. Sus salidas se volvieron habituales.

TIARA

Rho, 2 de Diciembre de 2027, 13:00

Althaea sacó el cofre del tesoro atlante, como Tzedek había hecho anteriormente muchas veces.
—¿No es un poco ostentoso? —dijo Sofía.
—No es por ostentación, el oro es de los pocos materiales que puede resistir sin cambios por cientos de miles de años, incluso a la intemperie —dijo Althaea.
—¿Qué es ese grabado? Parece griego. Déjame verlo —dijo Sofía.
Miró atentamente la inscripción en el cofre, "κίνδυνος θανάτου", y en el acto interpretó lo que decía. —Riesgo de morir —dijo Sofía—. No es muy auspicioso.
—Es para los humanos. Recuerda que cualquier contaminación con los nanites puede ser fatal. Y a lo largo de los siglos, varios han intentado robar el cofre, por el oro, muriendo poco después al contaminarse con los nanites. No son compatibles con los humanos —dijo Althaea.
Althaea sacó una bandeja que ocupaba medio cofre y sostenía una hilera de contenedores que Sofía sabía que contenían dosis de los nanites originales de los atlantes, y los apoyó en el escritorio. Luego, removió un panel separador en el cofre, y abajo podía verse una tiara y dos pulseras de oro.
—Estas son la tiara y las pulseras de Gea —dijo Althaea, con reverencia.
—¿Son de oro?
—No, son de una aleación de oro y cerámicos superconductores.
Las joyas no eran muy ornamentadas, pero su diseño era complejo. La tiara formaba un arco de oro interrumpido cada centímetro por líneas de corte verticales, con distinta cantidad de uniones de oro entre segmento y segmento, ubicados a distintas alturas, lo que daba un aspecto de complejidad asimétrica al diseño. En los extremos, hechos para sujetarse sobre las orejas o en el cabello, la tiara no tenía más de un centímetro de alto, en tanto que en la frente llegaba a los tres centímetros. En el centro, tenía un espacio más amplio, y engarzado en el mismo había una enorme esmeralda circular con reflejos amarillos.
Las pulseras estaban hechas de segmentos similares, pero tenía un ancho constante de unos tres centímetros, y estaban abiertas.
—¿Ves estos segmentos? —dijo Althaea, señalando uno de los bloques de aproximadamente un centímetro de ancho que formaban la tiara—. Están hechos con una tecnología que se perdió para nosotros, cada bloque es una computadora molecular impresa a nivel cuántico. Hay tantos billones de circuitos en cada centímetro de este material, que todo el

conjunto tiene más poder computacional que todas las computadoras actuales de la Tierra —Althaea suspiró—. Esto era tecnología super avanzada hasta para nosotros. El secreto de su fabricación se perdió con los antiguos atlantes.

Sofía tomó la tiara de las manos de Althaea. En el momento que la tocó, la tiara se iluminó ligeramente y Sofía sintió que vibraba. Sofía se sobresaltó y ahogó un resuello, pero no la soltó, y dijo —¿Es normal ésto?

—No... Déjame verla —dijo Althaea. Sofía se la pasó, y en cuanto dejó de tocarla, la tiara quedó inerte nuevamente. Todas se miraron. Damaris tomó la tiara de Althaea, y la dio vuelta de varias maneras, pero no pasó nada. Damaris estiró la mano y le alcanzó la tiara a Sofía... apenas la tocó, la tiara comenzó nuevamente a vibrar y brillar ligeramente.

Sofía la miró fascinada. Volvió a ponerla en la caja, donde inmediatamente quedó inerte, y tomó una de las pulseras, que a su vez comenzó a vibrar y se iluminó ligeramente apenas la tocó.

—¿Y qué se supone que hacen, o para qué sirven? —preguntó Sofía.

Althaea y Damaris se miraron. —La verdad es que nadie más que Gea las han podido usar. Otros se las han colocado, y se las tuvieron que sacar casi inmediatamente. El material reaccionó de alguna forma que los enfermó —dijo Althaea—. Gea las usaba todo el tiempo. Sabemos que la ayudaban a gobernar, pero no sabemos exactamente qué es lo que hacía con ellas o cómo las manejaba. Nadie lo supo nunca. Sólo sabemos que tenía poderes increíbles. Incluso para nosotros.

Sofía estaba jugueteando con la pulsera, y se la puso en el brazo, a la altura de la muñeca. La pulsera se cerró de repente con un click audible, y permaneció iluminada, aunque ya no vibraba.

—Vaya —dijo Sofía—, se ve hermosa —dijo mientas tomaba y se colocaba la otra con la otra mano.

—No estoy segura que esto sea buena idea —dijo Damaris.

—Nunca usé ninguna joya, sabes —dijo Sofia, admirando las pulseras. Movía los brazos para un lado y para otro viendo los reflejos de la luz en el oro—. Me siento como la Mujer Maravilla —se rió Sofía.

—¿El personaje del comic? —dijo Damaris.

—Sí, la amazona que tenía unas pulseras y hacía así para parar las balas —dijo Sofía, haciendo un gesto de escudo cruzando un brazo por delante del otro y juntando las pulseras. En el momento en que se tocaron las pulseras, una burbuja apenas visible apareció de la nada alrededor de Sofía.

—Guauuu —dijo Damaris. Sofía se sobresaltó y separó las manos y la burbuja desapareció.

—¿Qué fue eso? —dijo Sofía.

—Probablemente una de las muchas funciones de las pulseras, que no tenemos idea de cómo manejar ni dominar —dijo Althaea, levantando una ceja.

—¿No hay un manual? —dijo Sofía en broma.

—Tal vez. Quizás alguna memoria en algún nanite nos muestre qué se podía hacer y cómo se usaba, pero tal vez la información se haya perdido.

Sofía cruzó los brazos nuevamente, y no pasó nada. Luego descruzó los brazos, puso cara de concentración, y tampoco pasó nada. Volvió a cruzar los brazos, y la burbuja apareció nuevamente. Sofia dijo algo, pero sólo se vio el movimiento de sus labios. Althaea y Damaris se miraron. Damaris tomó un bolígrafo del escritorio, y apoyó su punta contra la burbuja. No hubo ninguna reacción pero no pudo atravesarla. Empujó con todas sus fuerzas, y nada.

—Es como tratar de apretar una pared —dijo Damaris.

Sofía la miró y descruzó los brazos. La burbuja se rompió, y dijo —No te escuché lo que dijiste recién.

—Sí, nosotros tampoco te escuchamos lo que dijiste antes. El campo es tan fuerte que no deja pasar ni siquiera las vibraciones del aire que forman el sonido —dijo Damaris—. Especulando con lo que vi hasta ahora, me arriesgaría a decir que es un campo cientos de veces más fuerte que el campo de superficie generado por los nanites personales.

—Dije que no funciona si sólo cruzo los brazos, o si sólo pienso en el escudo. Se activa si pienso en el escudo y al mismo tiempo cruzo los brazos tocando entre sí las pulseras —dijo Sofía.

—Pues en tal caso qué golpe de suerte que justo quisieras hacer eso. ¿Alguna otra cosa que hiciera esa tal Mujer Maravilla que nos pudiera servir? —dijo Damaris socarronamente.

—No lo creo... También desviaba las balas con las pulseras, pero no le veo el sentido a hacer eso teniendo este escudo. No recuerdo que hiciera otra cosa con ellas —dijo Sofía seriamente. Suspiró, y buscó la manera de abrir una de las pulseras. Luego miró la otra. Las sacudió, las recorrió con las manos, las apretó y hasta dijo —Ábrete.

—¿Qué pasa? —dijo Althaea.

Sofía estaba un poco pálida. —Creo que quieren quedarse conmigo, no se abren.

Damaris tomó uno de los brazos de Sofía y estuvo moviendo y estudiando la pulsera unos minutos. —No veo ni una interrupción en el diseño, es como si siempre hubieran estado cerradas.

—Sabemos que no lo estaban —dijo Althaea.

—Pues es como dijo Sofía, parece que las pulseras tienen otra idea —dijo Damaris.

—Bueno, no entremos en pánico. No creo que me haga ningún daño quedármelas—, dijo Sofía, mientras iba hacia el ventanal para verlas mejor a la luz del Sol. Sin embargo, a medida que se acercaba a la ventana, se le iba acelerando el pulso, y comenzó a sentirse mal. Miró las pulseras y no vio nada raro en ellas. Se apoyó en la ventana, y comenzó a jadear.

—¿Sofia? —dijo Damaris, mientras corría a su lado—. ¿Te sientes mal?

—Sí —dijo Sofía, de nada servía tratar de disimularlo, y se apoyó en Damaris.

—Ven, será mejor que te sientes —dijo Damaris, mientras la acompañaba a la silla que estaba al lado del cofre.

A medida que se acercaba al cofre, Sofía se fue sintiendo mejor. Cuando se sentó apenas unos segundos, ya se sentía perfectamente, como antes.
—Vaya, creo que el mensaje es claro —dijo Sofía. Tomó la tiara, ante lo que tanto Damaris como Althaea protestaron —¡No te la pongas!

Sofía nada más la sostuvo en su mano, mientras se ponía de pie e iba nuevamente hasta la ventana. Esta vez no le pasó nada. Miró a la luz el intrincado diseño de la tiara y cómo hacía juego con las pulseras.

La tiara era liviana como un par de anteojos.

—Tal vez la forma de sacar las pulseras sea con un comando de la tiara.

Sin pensar, se la llevó a la cabeza, y se la puso. A pesar de que parecía rígida, pudo sentir cómo la tiara se adaptaba para seguir cómodamente la forma de su cabeza. Casi pudo sentir que se movía en las uniones de los segmentos. En el momento en que colocó el frente de la tiara en su frente, la tiara se iluminó con un resplandor dorado y un halo de luz verde salió de la esmeralda en todas direcciones. Las pulseras también estaban iluminadas. Y Sofía se derrumbó.

DESCONOCIDOS

Atlantis, año 5 del reinado interino de Tzedek.

Alexis le mostró a Gea el pequeño arbusto lleno de unas pequeñas flores amarillas que había encontrado.
—Son hermosas. ¿Sentiste el perfume? —dijo Gea.
—Claro, por eso las descubrí en primer lugar.
—Gracias por mostrármelas.
—Tu felicidad es mi placer, princesa. Y al revés también.
Gea se rió. —Vamos a la Posada del Paseante, está cerca de aquí.

Había bastante gente en la posada. Su rincón favorito estaba vacío, así que allí se sentaron. Últimamente hablaban de cualquier tema que obligaban a aprender a Gea. Su entrenamiento para el trono era intenso, no solo el físico sino también el mental, y Alexis la ayudaba siempre que podía.
—¿Cómo crees que el sexto reino podría mejorar la producción de higos? Debemos disminuir nuestra dependencia de las importaciones del continente.
—Creo que la capacidad de la tierra para crecer higueras está colmada. Tal vez podríamos hablar con ingeniería para que nos cree una variedad de higos más grandes. Así la misma cantidad de árboles rendirían más.
—Buena idea, Alexis. Mañana voy a consultar...
Un escándalo los interrumpió. Levantaron la vista para ver qué ocurría, y notaron que tres hombres estaban amenazando a la moza de la posada. Uno de ellos sacó un cuchillo y lo apuntó a su cuello.
Alexis ni lo dudó un segundo, se puso de pie arrojando la mesa a un lado, y se dirigió hacia los hombres. Gea se puso de pie también, llevando la mano a su costado, pero recordó que no llevaba la espada. Tampoco Alexis la llevaba. ¿Se habría olvidado? Los atlantes normalmente no iban armados salvo que fuera para un propósito específico, el crimen prácticamente no existía. En el tiempo que titubeó Gea, como sucedió con casi todos los demás presentes, Alexis ya estaba delante de los hombres.
—¿Qué ocurre aquí?
—Vaya, vaya, pero si tenemos a uno de esos afeminados defendiendo el honor de una dama —dijo el hombre que estaba adelante, blandiendo el cuchillo.
Alexis miró al hombre, y rápidamente notó su menor altura y sus manos de cinco dedos, pero eso eran detalles. Lo que más resaltaba era que los tres se veían mayores, pasando los treinta años, lo que automáticamente los descartaba como atlantes. Humanos, del continente al Este del mar. Y

borrachos, por el aliento. Recordó que no tenía su arma encima.

—Guarde el arma antes de que se lastime.

—O tal vez lastime a alguien con ella, ¿qué le parece eso?

El hombre intentó clavarle el cuchillo torpemente, pero con fuerza. Alexis escuchó que Gea lanzaba una exclamación, y se distrajo por un segundo, suficiente para sentir un cuchillazo en el brazo. Sin embargo, los cuchillos humanos no tenían la capacidad de vencer a los nano organismos como las espadas atlantes. El cuchillo penetró apenas un poco, y además apenas lo retiró la herida se cerró rápidamente. A pesar de eso Alexis sintió el dolor de la cuchillada, lo cual lo hizo lanzar un sonido de disgusto. El hombre siguió atacando aún más enojado por su fracaso, hizo dos o tres intentos, en uno de ellos Alexis sintió el filo golpear nuevamente en su brazo, y entonces se movió más rápido de lo que el hombre pudo siquiera ver, y golpeó con la palma de la mano la muñeca del hombre, desviando el golpe de cuchillo. Aprovechando el mismo movimiento, cerró la mano sobre la muñeca, y se la dobló hacia arriba. El hombre pegó un grito de dolor y se vio forzado a soltar el cuchillo. Alexis notó que los otros dos hombres se estaban dando cuenta de que su amigo estaba en problemas y avanzaban a ayudarlo, así que en vez de soltarlo cambió de posición la mano y forzó el movimiento que comenzó a hacer antes, quebrando la muñeca del sujeto. El borracho pegó un alarido, y Alexis lo empujó hacia la derecha, por donde ya estaba llegando otro de los hombres con un cuchillo en la mano. Mientras se movía hacia la izquierda para darle un buen puñetazo al tercer hombre, vio que el que se abalanzaba por la derecha había clavado el cuchillo en el tipo de la muñeca rota. El hombre que recibió el puñetazo se desmayó, y mientras caía, con un simple giro de cintura le pudo dar un codazo en la nuca al tercer hombre, quien se derrumbó como una bolsa de tierra.

—¿Estás bien? —le dijo Alexis a la moza, mientras un par de agentes de seguridad que recién habían llegado sacaban sin ceremonias a los humanos.

—Sí, muchas gracias, estos extraños no dejaban de beber y se portaban cada vez peor. Finalmente cuando les dije que no les serviría más bebida fermentada, trataron de sacármela por la fuerza.

—Me presentaré como testigo, me ocuparé de que los deporten —dijo Alexis.

—Si esto es lo mejor que tiene para ofrecer la humanidad, no quiero imaginar lo que será lo más bajo. Esta política de relaciones con humanos y dejarlos venir aquí nos va a llevar al desastre —dijo la moza.

Gea vio el intercambio y no pudo evitar una punzada de celos. ¿Celos? Alexis ni siquiera era su pareja. Por un momento fantaseó con que Alexis la defendiera como había hecho con la moza. Como si ella lo necesitara, siendo la mejor guerrera del reino, pensó con humor. Pero aún el mejor puede necesitar ayuda. Y definitivamente le molestó ver a Alexis dando ayuda a alguien más. ¿No era eso puro egoísmo? Vaya, sí que estaba celosa. Increíble. ¿Cómo podía sucumbir a un sentimiento tan impropio? Debía hacer algo al respecto.

—Los humanos tienen personas realmente interesantes, el incidente es lamentable pero por unas frutas malas no vamos a tirar toda la cosecha —dijo Gea.

—Princesa Gea —dijo la moza palideciendo—, no fue mi intención criticar las políticas del reino.

—No te preocupes, estás en tu derecho si quieres hacerlo. No te quepa duda de que reportaré este incidente a mi padre. Como primera medida me gustaría saber por qué estos humanos estaban armados en un lugar público. Y tu... No sé si enojarme porque me dejaste sola o porque te arriesgaste con los humanos.

—No podía dejar a una dama en peligro, si bien sus armas no son peligrosas como las nuestras, tienen buen filo y estaban tan borrachos que podían haberla lastimado por pura suerte.

—¿Hay cuartos libres arriba? —le dijo Gea a la moza.

—Sí, princesa.

—Bien, tomaremos uno. Ven conmigo —le dijo a Alexis, tomándolo de la mano.

A Alexis ni se le ocurrió contradecirla.

Subieron al cuarto que le indicó la moza, donde sin perder un momento entraron y Gea trabó la puerta. A pesar del apuro de Gea, ambos admiraron la habitación por un momento, ya que era preciosa. El techo era bajo y había varias ventanas triangulares que dejaban entrar un poco de la luz del día, mientras adentro la suave iluminación artificial creaba un ambiente íntimo. Había una cama para dos, un armario, un par de sillones, una mesita y un par de sillas. Tras una puerta abierta se vislumbraba un baño. La habitación se veía limpia y olía a perfume, gracias a unas flores que estaban en un recipiente sobre la mesa.

—Ven aquí —dijo Gea, tomando a Alexis de la cintura, y besándolo en cuanto estuvo apretada junto a él.

Alexis respondió con entusiasmo, y la tomó a su vez por la nuca, acercándola y acariciándola al mismo tiempo.

Gea se separó y miró a Alexis.

—Estás manchado con sangre. Y me manchaste también a mí —agregó, mirándose.

—Lo siento, mira tu vestido. Se arruinará —dijo Alexis, mortificado.

—No si lo lavamos ahora mismo. Y lo mismo tu ropa —dijo Gea, sacándoselo, y haciendo un gesto a Alexis para que se saque la suya.

Alexis se quedó paralizado por un momento, fascinado con la ropa interior de Gea. La suave tela de color blanco sujeta con un gancho en ambas caderas y anudada en torno a su pecho ocultaba tanto como revelaba e insinuaba. La curva de la cintura invitaba a acariciarla con la mano, mientras que las piernas, musculosas y suaves, hablaban de interminables sesiones de entrenamiento y de la recompensa que encontrarían entre ellas.

Alexis avanzó un paso, y Gea lo detuvo con un gesto, mostrando la palma de la mano derecha.

—Alto ahí, guerrero. Hiedes y estás sucio de sangre. Primero vamos al baño a sacarnos esto.

Alexis bufó de manera aparatosa, haciendo reír a Gea. Con una mano tomó su ropa sucia y con la otra lo arrastró al baño, donde le sacó la ropa sucia con eficiencia. Introdujo la ropa de ambos por el panel correspondiente de la pared, y apoyó su mano en la placa de activación, ordenando un lavado y secado completo. Luego, terminó de sacarse la ropa interior, mientras miraba a Alexis que se había puesto sonrosado, y por el bulto en su ropa interior, no era sólo de vergüenza.

—¿Tan valiente ante unos humanos, pero temes a una mujer? —lo provocó Gea.

Alexis ahora se puso rojo. Vaya, que interesante, pensó Gea. Parece que realmente iba a tener que ayudarlo. Sonrió, y se acercó a Alexis.

—Ven, Alexis —le dijo, mientras con ambas manos lo despojaba de lo que le quedaba de ropa, para ver con claridad la erección que la saludaba. Lo tomó del miembro con la mano, y apretándolo, lo llevó a la zona de baño como si llevara a pasear a una mascota. Sonrió aún más cuando escuchó el gemido de Alexis al sentir su apretón.

Apoyando su palma sobre el panel del baño, ordenó a la computadora una ducha completa. De repente una lluvia tibia los roció desde todos los ángulos. Por arriba, desde abajo y por los cuatro costados, recibieron una lluvia jabonosa que duró apenas unos segundos pero quedaron empapados. Alexis tomó una tela que estaba colgada en la pared, y se frotó las zonas donde la sangre ya se había estado secando y la ducha no alcanzó a removerla. La ducha se activó nuevamente, esta vez sólo de agua tibia, y los fue enjuagando de la suciedad y el jabón. Alexis y Gea aprovecharon y se frotaron uno al otro. Cuando el agua cesó, estaban limpios, y abrazándose, se besaron con pasión. Sin aguantar más, Alexis tomó la pierna de Gea y la levantó para que la apoyara en la saliente del borde del área de baño. Gea colaboró, apoyando allí la pierna e invitándolo al separarlas de manera bien evidente. Alexis se agachó y con suavidad le dio un beso en el pubis primero, y luego fue bajando mientras la tomaba con firmeza por las nalgas. El ciclo de secado se activó, y un aire caliente los sacudió por un momento, sin distraerlos de lo que estaban haciendo. Primero con suaves besitos, y luego usando la lengua de manera cada vez más atrevida, Alexis terminó por excitarla de tal manera que Gea de repente pegó un grito de frustración y lo tironeó del cabello para que se ponga de pie, y sin más miramientos lo agarró con una mano del miembro, al que guió dentro suyo, mientras con la otra lo agarraba de la cadera para acercarlo hacia ella. Estaba tan mojada por dentro que la penetración fue suave y rápida, y apenas se movieron por un minuto cuando ella no pudo soportar más y tuvo un orgasmo violento, apretándolo de tal manera que lo hizo gritar y acabar a su vez. Aún de pie ella siguió moviéndose suavemente con él adentro, durante un rato, hasta que lo dejó salir, y tomando un par de toallones limpios de un pequeño armario del baño lo agarró de la mano para ir a la cama.

Gea activó una vez más una placa en la pared, y la cama, que se veía como un bloque de un material duro apoyado directamente en el piso, pareció ablandarse de repente al mismo tiempo que aumentaba su temperatura a un nivel más confortable para ellos. Gea se arrojó de espaldas a la cama, riendo, mientras al mismo tiempo que caía le hacía una llave con las piernas a Alexis, haciéndolo caer sobre ella. Alexis apoyó bien su pelvis contra la suya, inclinándose para sentir sus pechos contra el suyo, y aprovechando para besarla. Gea transformó la llave cruzando las piernas tras las nalgas de Alexis, casi obligándolo a moverse contra ella. Alexis no pudo evitar responder, excitándose, y en un momento estaban haciendo el amor otra vez. Esta vez estuvieron haciéndolo durante más tiempo, hasta que Gea volvió a acabar con un grito, quedándose inmóvil y disfrutando del orgasmo un rato largo, pero finalmente notó que Alexis no había acabado esta vez, y seguía dentro suyo. Sonriendo, volvió a apretarlo con sus piernas, y sin dejarlo salir, con un potente giro logró que Alexis quedara ahora acostado de espaldas, separando las piernas a tiempo para que no quedaran apretadas debajo de él. Plegó las piernas a los costados, mientras se sentaba a horcajadas de Alexis, quien gimió. Sonriendo otra vez, Gea comenzó a mover su pubis hacia adelante y hacia atrás, logrando una penetración cada vez más fuerte, apoyando sus manos en el pecho de Alexis, quien a su vez la tomaba por las caderas un momento y le acariciaba los pechos al siguiente. Para su asombro Gea notó que se le acercaba otro orgasmo, y como si la hubiera sentido, Alexis la aferró fuertemente por las nalgas mientras ella se agachaba sobre él y se besaban, ahogando el grito mutuo cada uno en la boca del otro, mientras acababan al mismo tiempo.

Se quedaron abrazados en la posición en la que estaban, y tardaron un rato en relajarse un poco. Transpirados, se miraron asombrados. Gea sonrió cuando apretó una vez más las piernas, haciendo gemir otra vez a Alexis, pero antes de que se excitara otra vez lo dejó salir despacio, y no hizo falta que dijera nada. Ambos fueron a darse otra ducha.

La ropa de ambos estaba lista en un panel que se había abierto en la pared, limpia y seca. Luego del baño, se vistieron y verificaron que la ropa estaba perfumada y libre de manchas. Al igual que ellos.

UNA CORONACIÓN

Atlantis, día 1 de la era de Gea.

El salón del palacio real estaba lleno. Y las cámaras transmitían el evento a todo el mundo. La muchedumbre era ruidosa.

Tzedek estaba sentado en el trono real. Lo rodeaban a una discreta distancia varios guardias, y tenía a mano varias pantallas flotantes que estaban constantemente mostrando datos. Las apartó con un gesto, y se puso de pie. Avanzó hasta un área libre que estaba a un par de metros delante del trono, era la plataforma de ceremonias. En el salón se hizo un silencio absoluto.

—Pueblo de Atlantis —dijo Tzedek—. Hoy cumplo apenas cien años como su Rey. La tradición en más de un millón de años de nuestra existencia es que el gobernante sea una reina. Como saben, el fallecimiento de mi esposa, la reina Metis, me dejó en esta posición, que traté de ejecutar como mejor pude. Pero también saben que no es mi intención asumir como mío un cargo que es prestado. Todo este tiempo nuestra hija Gea se ha estado preparando para tomar su lugar como legítima heredera y reina de Atlantis. Y ahora, llegó el momento.

Por el costado del salón se abrió una gran puerta doble, y por ella entraron una doble hilera de guardias apartando a la multitud para abrir paso. En el medio de ellos, venía Gea caminando tranquilamente. Usaba un vestido liviano amarillo que le llegaba desde los hombros hasta las rodillas, de mangas cortas, y con un ancho cinto marrón. Su calzado era de cuero, y tenía el largo pelo recogido en una trenza. Del lado izquierdo del cinto, llevaba una espada corta, y del lado derecho, un arma electromagnética.

A medida que avanzaba majestuosamente, Tzedek no pudo disimular su orgullo. Se las arregló sin embargo para componerse, y cuando finalmente la joven llegó hasta la plataforma, Tzedek se apartó a un costado, se llevó la mano izquierda abierta al corazón y se inclinó ante ella.

—Gea, hija mía. Desde este momento y ante todo Atlantis como testigo, declaro que renuncio a mi mandato para pasártelo a ti.

Apoyó la palma en la parte izquierda de una de las pantallas flotantes cercanas, y con voz clara dijo —Transfiero todo mi reino a Gea Sartaris, hija de Tzedek Zetos y de Metis Sartaris.

Gea se adelantó, y posando la mano a la derecha de la misma pantalla, dijo en voz fuerte y vibrante —Yo, Gea Sartaris, hija de Tzedek Zetos y de Metis Sartaris, acepto el mandato de Atlantis y juro ejercerlo con mi dedicación total y el máximo de mi capacidad.

La pantalla se iluminó de verde, y la multitud estalló en vítores. Alexis estaba a unos pocos metros, y le regaló una gran sonrisa. Tzedek se relajó, retrocedió un paso, se inclinó y dijo —Su majestad.

Gea avanzó, y se sentó en el trono que hacía unos minutos ocupaba Tzedek. Miró las pantallas flotantes a su alrededor, y notó a una persona esperándola en un costado. Gea frunció el ceño ante el ruido que hacía la multitud.

"¡SILENCIO!" escucharon en su mente todas y cada una de las personas del salón. Muchos se agarraron la cabeza, y absolutamente todos guardaron silencio inmediatamente.

—Adelante, Hephestos. Nuestro mejor jefe de ingeniería de toda la historia siempre tendrá audiencia con la Reina —dijo Gea.

Hephestos se llevó la palma al corazón y se inclinó profundamente. —Su majestad —dijo enderezándose—, si me lo permite, quiero presentarle el último y mejor invento de mi mejor equipo de ingeniería.

A continuación, tomó una delicada caja de oro, la cual abrió y se la presentó a Gea.

Gea vio dentro de la caja, y admiró las joyas de oro. Tomó la tiara, y observó el detalle de la construcción. —Sé que nunca haces meros adornos, Hephestos. ¿En qué consiste el uso de este artilugio?

—Su majestad... la tiara, combinada con las pulseras, aumentará miles de veces el alcance y la potencia de sus nano organismos. Tendrá acceso a todo el banco de datos completo de Atlantis con sólo desearlo, podrá protegerse contra ataques y destruir a sus enemigos con solo pensarlo, y le permitirá también controlar cualquier máquina, del tamaño que sea.

—Como siempre, una síntesis de funcionalidad y belleza —dijo Gea, volviendo a poner la tiara en la caja, y tomando las pulseras.

—Sólo una advertencia, su majestad. El equipo se adaptará a su ADN en cuanto tome contacto sostenido con su piel, y la tiara establecerá conexiones físicas con sus nano organismos. Una vez que comience a usarla, no creo que haya forma de dejarla. Es decir, puede hacerse daño tratando de sacársela —dijo Hephestos.

—Entiendo —dijo Gea. Como los nano organismos que poblaban sus cuerpos, esta pieza de tecnología crearía dependencia. Bueno, estaba acostumbrada a depender de la tecnología. Hephestos era realmente el mejor ingeniero que hubiera tenido nunca Atlantis, y estaba en el cargo de ingeniero jefe desde hacía decenas de miles de años. Había piezas históricas que había hecho para otros reyes, que despertaron la admiración de todos, además de haber probado su utilidad.

—Debe ponerse las pulseras primero —dijo Hephestos.

Gea tomó una de las pulseras, la comparó con la otra, y no vio diferencias. Se pasó entonces la pulsera por la muñeca derecha, y la cerró, y luego hizo lo mismo con la otra. No sintió nada especial, pero notó que las pulseras se habían como soldado y se adherían a su piel. Levantó ambos brazos y admiró las pulseras, girando las muñecas. El diseño era hermoso.

—Permítame, su majestad —dijo Hephestos, tomando delicadamente la tiara—. Siéntese bien relajada, por favor.

Gea se acomodó en el trono, y Hephestos se acercó con la tiara, la cual acomodó pasando cuidadosamente los extremos por encima de sus orejas, y bajando la parte frontal de la tiara sobre su frente. La tiara y las pulseras se iluminaron, y la joya brilló iluminando todo a su alrededor, a pesar de estar a plena luz del día. Se escuchó una exclamación unánime de la multitud.

Gea no lo escuchó, sin embargo, porque en el momento en que la tiara tocó su frente, se desmayó.

OTRO NIVEL

Atlantis, día 1 de la era de Gea.

Gea recobró la conciencia lentamente, pero no abrió los ojos. En principio, no necesitaba hacerlo. Podía ver perfectamente todo. A pesar de tener los ojos cerrados, literalmente veía todo a su alrededor. Podía ver la gente, no solo la gente del enorme salón, sino inclusive la gente de la ciudad hasta la distancia que quisiera, con sólo concentrarse en cualquier dirección. Podía ver las computadoras, los circuitos eléctricos, incluso las ondas de comunicaciones en distintos colores que atravesaban el aire.

Finalmente abrió los ojos, y se encontró con Alexis que la miraba ansiosamente. —Gea, ¿te encuentras bien?

Gea podía ver los nano organismos de Alexis. Sentía la velocidad de su corazón, la adrenalina que circulaba por su sangre, y el temor que sentía por ella. Gea sonrió, y con sólo pensarlo redujo la adrenalina y disminuyó el pulso de su compañero. —Estoy excelente, y el artilugio de Hephestos supera todas mis expectativas.

El ingeniero se relajó visiblemente, y sonrió a su vez. Alexis se corrió nuevamente hacia un costado.

Gea se puso de pie, y mirando hacia el gran salón, levantó la cabeza y todos escucharon en su mente: *"Ciudadanos de Atlantis, tenemos mucho por hacer para seguir mejorando la vida de todos. Gracias por venir a mi coronación. Quienes tengan asuntos conmigo, asegúrense de pedir audiencia a mis consejeros, los atenderé en cuanto sea posible."*. La sensación de poder que sentía era increíble.

—Que los reyes de Atlantis se presenten ante mí.

Los guardias dejaron pasar a los doce reyes y reinas de los reinos de Atlantis. Se fueron acomodando en semicírculo a unos metros delante de ella.

Todos se hincaron delante de ella, y con la mano izquierda en el pecho, comenzaron a recitar el juramento de lealtad a la corona.

—Gea Sartaris, hija de Metis Sartaris, juramos ante ti, comandar nuestros reinos de acuerdo a tus deseos, haciendo cumplir las leyes...

Mientras los reyes recitaban el juramento, Gea entornó los ojos y "vio" que uno de ellos tenía problemas. Sus señales eran totalmente distintas, el aura que captaba era de un color oscuro, sus signos estaban alterados.

—Tu —dijo Gea.

Los reyes se fueron interrumpiendo y mirándose unos a los otros, y a ella.

Cuando se dio cuenta de que no sabían de quien hablaba, Gea repitió —

Tu —pero esta vez señalando a Itheus, el rey del sexto reino.

—¿Su majestad? —replicó el atlante, evidentemente nervioso.

—¿Qué estás tramando?

—¿Perdón? ¡No estoy tramando nada! ¡Estoy jurando como todos los reyes, y francamente me ofende la insinuac...

Gea concentró su poder mental para leer la mente de Itheus. El rey opuso resistencia, y si Gea hubiera sido una atlante cualquiera no podría haber pasado las barreras mentales del hombre. Pero Gea usó el nuevo dispositivo que le había confeccionado Hephestos, y uso su poder multiplicado miles de veces para forzar la entrada en la cabeza de Itheus. Fue como abrir una cajita de corcho cerrada con un candado. El candado salió volando, y la cajita se hizo pedazos ante su empuje. El atlante cayó sentado sobre sus talones, los brazos abiertos, la cabeza hacia atrás. Mientras la multitud lanzaba una exclamación, Gea profundizó su exploración de los pensamientos del rey, y pudo encontrar las verdaderas intenciones de traición y deslealtad que ocultaba tras un muro cuidadosamente construido, y que ella había destruido como si fuera de polvo. Itheus comenzó a sacudirse, abrió la boca y un hilo de saliva le cayó por la comisura. Gea siguió presionando y pudo ver el plan para minar su poder en el reino, crear altercados para generar intranquilidad en la población, y convencer al concejo de que debía ser removida. Y también vio la lista de personas que estaban involucradas en la conspiración. Gea se detuvo un momento, dándole tiempo a Itheus para derrumbarse hacia adelante sollozando.

—Mi reina...

Itheus había visto claramente todo lo que había visto Gea. Sabía que no había escapatoria. Sería juzgado por alta traición, y la sentencia era siempre la ejecución. En un acto desesperado tomó su espada, al mismo tiempo que saltaba hacia adelante para clavársela. Contaba con el elemento sorpresa para llegar hasta donde estaba Gea y atacarla antes de que pudiera defenderse. Tal vez no pudiera salvarse él, pero salvaría a la gente con la que conspiraba.

Pobre Itheus... nunca tuvo la menor oportunidad. No había terminado de incorporarse y comenzar a avanzar, cuando Gea tomó control de su cuerpo como si fuera un títere. Trastabilló y se quedó parado con la espada en la mano, en un costado. Gea tranquilamente sacó su espada, y la apuntó hacia la cara de Itheus.

—Este hombre, que estaba jurando lealtad en falso, pretendía derrocarme y alterar la paz de Atlantis para lograr sus fines. Las siguientes personas conspiraban con él para lograr los mismos fines, y serán arrestados y juzgados por traición.

Acto seguido Gea transmitió mentalmente a todos la lista de personas involucradas. No hizo falta decir más, un grupo de guardias salió corriendo para arrestar a los mencionados.

—Todos saben que la pena por traición es la muerte —dijo Gea, y mientras mantenía la espada en alto, Itheus comenzó a avanzar lentamente. Gotas de sudor le caían de las sienes.

—Mi reina, por favor, no... —imploró.

—Vi hasta lo más hondo de tu mente, Itheus, y perdonarte sólo servirá para que me traiciones en el futuro. Tu ambición te ha transformado en alguien indigno de portar una corona.

Itheus llegó hasta donde Gea sostenía la espada, que quedó a la altura de su boca, abrió la boca, y siguió avanzando, lentamente.

Gea no se movió y sostuvo firme su brazo mientras el desesperado atlante se iba ensartando lentamente en la espada. Cuando la espada de Gea llegó a la columna, tuvo un espasmo y soltó su propia espada, y comenzó a sacudirse como un pez en un anzuelo.

Gea sostuvo su brazo firme mientras Itheus se iba desangrando, ensartado en su espada. La muchedumbre murmuraba espantada, y Gea decidió que el escarmiento fuera completo. Se concentró completamente en sus alrededores. Podía ver las ondas y los componentes de cada criatura y cada objeto en cientos de metros a la redonda. De repente se concentró sólo en Itheus delante suyo. Se concentró profundamente en cada nano organismo y cada célula de su cuerpo. Y envió una orden: "desintégrate". De repente todas y cada una de las células de Itheus se deshicieron. En un momento el atlante estaba agonizando clavado en la espada de Gea, y al momento siguiente se transformó en una especie de sopa que cayó al suelo entre Gea y los demás reyes. Hasta sus ropas y su espada se desintegraron, haciéndose polvo.

La gente lanzó un grito de espanto y todos retrocedieron varios pasos. Varios invitados salieron corriendo, alguno incluso se desmayó. Gea hizo un gesto tranquilizador, y mentalmente habló a todos.

"Quien tenga buenas intenciones no tiene nada que temer de mi".

—Que mañana tenga lugar la ceremonia de sucesión del sexto reino. Y ahora —dijo, sentándose en el trono —, sin más interrupciones, terminemos la ceremonia de juramento y luego sigamos con la fiesta. Y limpien eso —dijo señalando los restos de Itheus.

"¿Algún problema?", dirigió Gea su pensamiento hacia Alexis, notando su incomodidad.

"Gea... ¿Era realmente necesario esto? La gente está aterrorizada."

"Por lo que siento, tu también. ¿Acaso crees que sería capaz de hacerte eso?"

"¿Lo harías? Creo que eso es lo que se está preguntando todo el mundo."

"Como dije, no tienen nada que temer quienes no busquen ningún mal. Y sé que tú buscas el bien. Ven aquí."

Alexis se acercó al trono, y se detuvo a la izquierda de Gea. El juramento había terminado, y los reyes, los once que quedaban, estaban expectantes. Gea miró a Alexis.

"Agáchate."

Alexis se agachó hacia ella, y cuando lo tuvo cerca, Gea lo tomó por el hombro, y acercándole la cara a la suya le dio un largo beso. Cuando lo soltó, miró a los demás.

—Alexis Pavilis es mi consorte y mi persona de total confianza. Si él les dice algo, es como si se los dijera yo, y tiene sobre ustedes la misma autoridad que tengo yo. ¿Nos entendemos?

—Sí, su majestad — dijeron todos.

—Otra cosa, desde ahora, la ley de sucesión de los reyes de los doce reinos queda modificada de la siguiente manera: Además de los otros requisitos administrativos y legales, sólo mujeres podrán tomar un trono. A partir de este momento, sólo habrá eras de reinas. Los reyes varones que estén en el trono ahora podrán terminar su reinado de manera natural, pero de ser reemplazados, lo serán según estipula la modificación de la ley que acabo de hacer.

Poniendo su mano sobre una de las pantallas flotantes cercanas, la misma se iluminó de verde.

—La ley queda en efecto. Pueden retirarse —dijo Gea.

DESTINO

MSR Grandiosa, 2 de Diciembre de 2027, 13:00

Habían probado los motores de los salvavidas uno por uno, y en todos hubo que reemplazar unos pequeños fusibles que estaban precisamente para protegerlos del tipo de problema que hubo. Sólo quedó completamente inutilizado el motor que explotó por sobrecarga durante los ataques.

El resto de los circuitos del barco sobrevivió sin problemas, aunque se quemaron casi todos los electrónicos de entretenimientos. Casi todas las TV y los equipos de música quedaron fritos. De todas maneras, cuando llevaron una de las TV que sobrevivió de alguna de las cubiertas inferiores al bar de la cubierta cinco, constataron que ya no había ninguna señal que recibir.

Siguiendo las órdenes de Leora, Tonio comenzó a acelerar lentamente los motores del barco. Hacía unos minutos habían levantado las anclas, y el arranque de los motores había hecho vibrar todo el crucero. Pusieron rumbo a Bahia Blanca y avanzaron lentamente, flanqueados por el submarino. Por suerte para el submarino, en el momento de las explosiones el blindaje lo protegió de la colisión con el crucero, pero por ese mismo motivo el costado del MSR Grandiosa estaba abollado y desgarrado.

El barco siguió navegando lentamente, flanqueado por el submarino. Leora estaba en el puente, cuando recibió un aviso por radio desde el submarino.

—Capitán, tenemos un contacto desde tierra.
—¿Sobrevivientes? ¡Excelente! ¿Les dijeron algo?
—Nada aún, sólo preguntaron sobre nosotros.
—¿Podemos seguir el contacto aquí?
—Precisamente, el capitán Robert esté yendo al puente y estamos transfiriendo las frecuencias a su oficial de comunicaciones.

—¿Capitán Robert? — dijo Leora cuando llegó el capitán al puente.
—Disculpe, capitán. Entablamos contacto con un radio operador de un grupo de gente en tierra, y me dijo que nos iba a comunicar con alguien más importante, me pareció que sería más adecuado que usted hable con ellos, después de todo conoce mejor que nadie la situación de su barco y los recursos que tenemos.

Leora tomó el micrófono.

—Aquí la capitán Leora Shapira a bordo del crucero MSR Grandiosa bajo bandera italiana.

—Aquí ciudad Rho, podemos hablar informalmente.

—¿Ciudad Rho? —Leora pensó un momento, pero no pudo ubicar ninguna ciudad importante con ese nombre — ¿Cómo han sobrevivido a la pandemia?

Hubo una larga pausa. Leora se quedó esperando cada vez más intranquila. ¿Y qué clase de nombre era ese "Rho" para una ciudad argentina?

—¿Hola?

—Será mejor que hable con nuestros dirigentes, espéreme unos minutos por favor.

Leora nunca se sintió tan a la deriva. Parecía un cliché de película de extraterrestres, "lléveme con su lider". ¿Qué diablos estaba pasando? ¿Cuánta gente había ahí en tierra, y por qué tantas evasivas? Miró a Robert para preguntarle qué pensaba, pero vio en su expresión que estaba tan desconcertado como ella.

Se sentaron a esperar que los volvieran a contactar, pero un minuto después sonó el comunicador de Robert.

—¿Qué pasa? —preguntó el capitán.

—Capitán, será mejor que venga. Urgentemente —dijo Lionel.

—Estamos a punto de hablar con alguien en tierra, ¿no puede esperar unos minutos?

—Capitán... Lamento la interrupción pero debo recalcar la urgencia.

Robert miró a Leora, quien lo miró inquisitivamente.

—Cuente con que le contaré todo el diálogo después, si no vuelve a tiempo — dijo Leora.

—Disculpe, volveré lo antes posible —dijo Robert bajando los hombros, y se retiró a su submarino.

CONTACTO

Rho, 2 de Diciembre de 2027, 13:30

Sofía estaba postrada desde que se puso la tiara. Damaris y Althaea fueron inmediatamente a su lado, pero no pudieron despertarla. Finalmente, la acomodaron cuidadosamente y le pusieron un abrigo a modo de almohada debajo de la cabeza.

—Tendríamos que tener un catre en este cuarto, a cada rato alguien termina en el suelo —dijo Althaea.

Damaris la miró enojada, mientras trataba inútilmente de sacarle la tiara. —Por si no te diste cuenta Sofía está desmayada, y la cosa ésta, está adherida a su cabeza.

—Calma, está bien, fue una mala broma. Su temperatura está bien, sus signos vitales también, yo diría que sus nanites y su cerebro están adaptándose a la información y características de la tiara. O al revés. Como sea, en los casos en que otras personas trataron de usarla y fueron heridos, la tiara nunca llegó a conectarse. El hecho que no pueda sacarse indica que son compatibles. Esperemos un rato.

En ese momento Ponteus entró bruscamente.

—Sofía, Althaea, tienen que venir a ver ésto —dijo Ponteus desde la puerta.

—Estamos con una pequeña crisis en este momento, ¿qué es tan urgente? —dijo Althaea.

—Acabamos de entrar en contacto con un submarino nuclear. Está cerca de la costa en Bahía Blanca.

—¿Nos amenazan?

—Al contrario, nos piden ayuda. Pero espera, la ayuda no es sólo para ellos. Dicen que hace unos días tratando de encontrar alguien vivo, encontraron de casualidad un crucero en el Atlántico. Acaban de pasarnos con su capitán.

—¿Un crucero? ¿De cuántas personas estamos hablando?

—Por lo que dicen, unas cuatro mil personas, entre pasajeros y tripulantes. ¿Qué le pasó a Sofía?

—Está adaptándose a la tiara de Gea, esperamos.

—¿Se puso la tiara? —Por un momento pareció que iba a decir algo más, pero apretó los labios y no dijo nada, aunque las miró con clara desaprobación— ¿Y entonces quién va a hablar con ellos?

—Yo lo haré. Transfieran la comunicación a esta sala —dijo Althaea.

Althaea se acercó a la consola de radio, mientras Damaris se quedaba con Sofía. Ponteus trabajó unos segundos en la consola, y luego entablaron comunicación nuevamente.

—Aquí Ponteus, capitán Leora, tengo aquí a nuestra representante, con ella querrá hablar.

—Aquí la capitán Leora... ¿Y bien?

Ponteus le hizo un gesto a Althaea. Ella se quedó pensativa un momento. ¿Qué debían hacer con estos humanos? Que Tzedek no los quería matar, estaba segura, pero tampoco quería dejarlos como eran normalmente. Pero ahora que todos habían muerto, ¿qué daño podían hacer unos pocos humanos?

—Capitán Leora, es un gusto escuchar de sobrevivientes. Me imagino que estarán deseando saber qué está pasando.

—Tiene buena imaginación, hmm, ¿qué cargo tiene usted, dónde están, y en qué situación?

—Mi nombre es Althaea, y digamos que estoy temporalmente a cargo de esta población. Somos una ciudad de varios miles de habitantes, y nos encantará ayudarlos.

—¿Una ciudad? ¿Y se puede saber cómo sobrevivieron?

—Tenemos una vacuna para la enfermedad que mató a todos.

Althaea pudo escuchar como discutían varias personas fuera del micrófono, pero no pudo entender lo que decían.

Un minuto después, finalmente siguió la conversación.

—¿Podremos bajar a tierra para vernos?

—Definitivamente no, capitán. Si hasta ahora no han presentado síntomas, es porque estaban en el mar, aislados. En tierra tanto los cadáveres como varias especies de animales pueden ser portadores del virus. Si bajan sin vacunarse, en poco tiempo todos se habrán enfermado y muerto. Hmm, y si se acerca a la costa, tengan cuidado con las aves.

—Gracias por la advertencia. ¿De qué clase de vacuna estamos hablando?

—Es una vacuna recombinante preventiva. No servirá si ya se enfermaron, por eso es imperativo que no se contagien, pero es cien por ciento segura para evitar enfermarse. Además, que sepamos no hubo ni un solo caso de efectos nocivos al inyectarla.

—Me da miedo preguntar, pero... ¿Podemos acceder a la vacuna? ¿Tienen dosis?

—Bueno, ese es el principal problema. Tenemos unas cuantas dosis congeladas, pero no deben alcanzar el centenar. ¿Me dijeron que tiene varios miles de personas ahí?

—Sí, Althaea, más de cuatro mil personas entre tripulaciones y pasajeros.

Althaea consultó información en la consola de la computadora. La fábrica y el laboratorio de Rho tenían una buena capacidad de producción, pero cada lote de vacunas tardaba un par de semanas en producirse, y la capacidad máxima de producción era de alrededor de un centenar de vacunas por lote.

—Nos llevará un tiempo fabricar las vacunas, ¿cuánto tiempo pueden permanecer en el barco sin recibir nada?

—No mucho más, Althaea. Estábamos cerca del final del viaje cuando nos enteramos de la pandemia, y tenemos las reservas casi agotadas. Nos quedarán un par de días de alimentos, como máximo.

Althaea se revolvió preocupada. Alimentar a más de cuatro mil personas por varios días eran muchísimas provisiones. ¿Cómo iban a hacer? Miró a los demás y vio que estaban pensando lo mismo.

—Necesitamos un poco de tiempo para pensar un plan de acción, capitán.

—¿Habrá posibilidad de que algunos de nosotros recibamos las dosis que tienen, para poder bajar y subir del barco?

—Ningún problema con enviarles las dosis que tenemos, tardan veinticuatro horas en hacer efecto, así que ese es el tiempo mínimo que deben esperar para bajar del barco. El problema es que una vez en tierra, pueden pasar a ser portadores del virus, no se enfermarán, pero si vuelven al barco podrían contagiar a todos los que no estén vacunados. Y me temo que lo mismo podría pasar con los alimentos que les enviemos, salvo que encontremos alguna forma rápida y segura de esterilizarlos. El tema es que un error y...

—Entiendo la situación. ¿Asumo que en su ciudad no hay lugar para varios miles de habitantes más?

—Me temo que no hay lugar físicamente. Sin embargo hay pueblos cercanos que han quedado, hmm, disponibles. Podemos mandarles las dosis que tenemos, y un grupo de su gente puede venir para ir preparando el lugar donde quieran establecerse, si es que piensan hacerlo. Donde quiera que vayan habrá que vaciar el lugar de cadáveres, limpiarlo, reemplazar los transformadores y líneas de tensión quemadas, darle energía, y muchas otras tareas. Seguramente muchos de nuestros pobladores se ofrecerán de voluntarios, pero son ustedes quienes van a vivir ahí, así que será mejor que sean ustedes quienes elijan el lugar y todo.

—De acuerdo, tiene sentido. Dada la situación, entenderá que debemos deliberar un poco para ver quién bajará y qué hacemos. Mientras tanto, ¿cómo nos enviarán las vacunas sin que nos contagiemos al tomarlas?

Althaea pensó por un momento.

—Ponteus, ¿si no recuerdo mal, tenemos un dron?

—Creo que no, pero buscamos los planos y mandamos los comandos a la fábrica. Podemos armar un cuadricóptero. Sólo tenemos que ensamblarlo. Estaría listo en unas horas.

—¿Y tenemos con qué esterilizar cualquier cosa que enviemos al barco?

—Hay barriles de alcohol etílico puro destilado, para uso médico. Podemos rociarlo para desinfectar cualquier cosa. No estará esterilizado, pero debería ser suficiente para matar cualquier resto del virus y mantenerlo así si nadie más lo toca.

Althaea tomó nuevamente la comunicación.

—Capitán Leora, cuando lo hayan decidido dígame por favor cuántas dosis necesitan ahora. Iremos preparando las cosas para entregárselas. Podemos entregarles las dosis de vacunas con un dron, si nos manda sus coordenadas.

—¿Un dron? Excelente, me volveré a comunicar en un rato. Tenemos que discutir el tema.

—Muy bien, nos hablamos —dijo Althaea. Dejó los controles y se dirigió a donde estaba Sofía. Damaris la estaba cuidando.

—¿Cómo está, algún cambio?

—Todavía nada.

Althaea estaba poniéndose nerviosa. ¿Qué sucedería si le pasaba algo a Sofía? Juan Carlos dependía de los conocimientos que ella pudiera traer de la memoria de Gea. Y tenían que ver cómo rescatar a la gente del barco. Sofía seguía sin cambios, así que se retiró a seguir organizando las operaciones de rescate.

¿Qué más podía salir mal?

COMPARTIDA

Rho, 2 de Diciembre de 2027, 14:30

Sofía abrió los ojos...
—¿Damaris? ¿Qué pasó?
—Perdiste el conocimiento cuando te pusiste la tiara. ¿Te sientes bien?
—¿Quién eres tu? ¿Por qué me estás abrazando?
—¿Qué quieres decir?
—¿Qué hago aquí? ¿Dónde está mi bebé?
Sofía se incorporó de golpe, tocándose el vientre. Damaris se apartó y disimuladamente llamó a Althaea.
Sofía estaba examinando su cuerpo, y de repente vio sus manos y pegó un grito.
—¡Qué diablos me hicieron! ¡Exijo respuestas ahora mismo!
Frunció el ceño.
—¿Quién diablos eres tu y cómo controlas mi cuerpo? ¡Déjame en paz ahora!
Sofía se derrumbó en la silla más cercana.
"Estoy viva. ¿Dónde está mi bebé? ¿Qué hago en el cuerpo de un humano?"
"¿Quién eres tu?"
"Soy Gea, por supuesto, reina de Atlantis."
"No eres Gea. No estás viva. Moriste hace muchos miles de años."
"Eso es absurdo. Di la verdad niña."
"Mi nombre es Sofía. Y tu apareciste cuando... me puse la tiara. Estuve viendo memorias de tu vida, pero me puse la tiara para ayudar a mi padre. No para volverte a la vida."
—¿Sofia? ¿Estás bien? —dijo Althaea mientras entraba.
—¿Althaea? ¿No te habías exiliado en África? ¿Adónde estamos, dicho sea de paso? Oh, qué molesto que es esto, ¿podrías dejar de hacer esto? Este es mi cuerpo. Ya quédate quieta, niña. Quédate tú quieta, estás muerta. Soy una reina, una niña no va a venir a...
Althaea, que estaba escuchando con la boca abierta, levantó ambas manos, en un gesto perentorio. Era rápida para pensar, así que dedujo rápidamente lo que había pasado. Aunque le resultaba increíble, era evidente que la tiara guardaba algo más que la mera memoria de Gea.
—¿Gea?
—¿Dónde estamos? ¿Dónde están todos? ¿Alexis? ¿Y papá? Y lo más importante, ¿dónde está mi bebé?
Althaea se agarró la cabeza.
—Trataré de ser sintética, presta atención. Sé que es mucho para

aceptar, pero te moriste antes de que naciera tu bebé. Ella murió contigo. No hubo nacimientos atlantes desde entonces. Eso fue hace miles de años. Tzedek estuvo tratando de clonarte desde entonces, haciendo experimentos con humanos. Atlantis fue destruida. La humanidad fue destruida por un virus hecho por Marsan. Quedan sólo unos miles de humanos y un puñado de atlantes. Marsan mató a Tzedek, y Sofía, la niña en la que estás ahora, mató a Marsan. La memoria de Tzedek se infiltro en un humano y sus personalidades se están mezclando. Sofía se puso la tiara para ver si en tus memorias había algo que nos ayudara a separarlos. Supongo que ahora el problema es doble...

Sofía se puso de pie. Volvió a sentarse. Volvió a pararse.

—¡Diablos, deja de luchar conmigo!

—¡Pues deja de usar mi cuerpo como si fuera tuyo!

Sofía bufó y volvió a sentarse.

Althaea y Damaris miraban el intercambio de Sofia consigo misma. Damaris se tapó la boca y Althaea se pasó la mano por la cabeza.

Sofía se puso colorada, como si estuviera haciendo fuerza.

—¡Ya párate!

—¡No! ¡Primero vas a reconocer que éste es mi cuerpo y tu no eres una invitada!

La esmeralda de la tiara se iluminó. Toda la tiara se iluminó súbitamente, y el cabello de todos en el cuarto se erizó como si estuviera por caer un rayo.

—Gea, por favor... —dijo Althaea.

—¡Soy una reina de Atlantis, y no voy a estar sujeta al capricho de una niña!

—¡Soy la legítima dueña de este cuerpo, y no voy a permitir que nadie me lo robe! ¡Ladrona!

De repente la evidente lucha cesó, y Sofía cayó hacia atrás en la silla. La estática que se estaba juntando en la habitación se disipó.

—Esto es absurdo. Nadie me acusó nunca de robar.

—¿No es exactamente lo que estás tratando de hacer? ¿Usurpar mi cuerpo? Este cuerpo tiene dueño, y ese dueño soy yo.

—Tú te robaste primero la tiara.

—Me invitaron a usarla, no robé nada. Ni siquiera sabía que no me la iba a poder sacar.

—Sólo eres una humana.

—Y tu eres sólo una tiara. Gea murió hace miles de años.

—No seas absurda, estoy aquí, estoy consciente. Soy la reina Gea Sartaris.

—No, no lo eres. Tu reinado terminó cuando moriste. Es decir, tal vez estés aquí, pero ya no eres reina.

Sofía puso cara de desesperación.

—Todo iba tan bien, ¿cómo es posible? ¿Perdí a mi bebé? ¿Y mi padre? ¿Qué quisiste decir con que Marsan lo mató? ¿Y su memoria en un humano? Esto es una pesadilla.

—Calma. Trata de relajarte y te transmitiré todo lo que sé que sucedió desde que... bueno, desde que desapareciste —dijo Althaea.

—Está bien —dijo Sofía, y se sentó relajada. Althaea se le acercó y le puso las manos sobre los hombros. La miró a los ojos, y se mantuvieron así unos minutos. Althaea le transmitió sobre el reinado siguiente, el fin de Atlantis, de cómo se desparramaron los atlantes sobrevivientes, los esfuerzos de los atlantes por pasar desapercibidos, el progreso de la humanidad por las intervenciones atlantes, los experimentos de Tzedek, la destrucción del ecosistema, la intervención de Tzedek, la construcción de las ciudades, el sabotaje de Marsan, los misiles, los sobrevivientes, y la situación actual.

Se separaron, y Althaea estaba transpirando. —Ufff, es como hablar en conferencia. Realmente hay dos personas ahí dentro.

—Pues esta persona necesita que la otra persona se vaya de aquí. ¿Cómo haremos eso?

Sofía se miró las manos.

—Debo decir que coincido con la niña. Me siento tullida en este cuerpo humano.

—"La niña" se llama Sofía. Y según me enteré hace poco, no soy estrictamente humana, como ya te informó Althaea recién.

—Sofía, ¿puedes ver las memorias de Gea? — dijo Althaea.

—Sí. Puedo ver todo, y escucharla pensar. Y ella a mí.

—Pues deben tratar de trabajar juntas, busquen alguna manera de lograr separarse. Piensen en la situación de Juan Carlos, tal vez resolviendo su problema resuelvan el de ustedes. O al revés. Mientras, buscaré a Juan Carlos.

Sofía tomó una botella de jugo y la bebió entera. Se reclinó en la silla con cara inexpresiva pero tensa. Luego de un momento, dijo —Lo intentaremos.

Althaea y Damaris se miraron mientras Sofía se quedaba quieta.

—Yo me quedo con ella —dijo Damaris.

—Bien, voy a traer a Juan Carlos, y trataré de ocuparme de lo del barco —contestó Althaea, y salió.

Sofía comenzó a mover los ojos bajo los párpados.

FUSIÓN

Rho, 2 de Diciembre de 2027, 15:00

Althaea se apuró a llegar adonde estaba Juan Carlos descansando. Su pelo estaba casi completamente blanco, y veía arrugas en su cara relajada. Lo tocó suavemente, hasta que abrió los ojos. Juan Carlos la miró con ambos ojos de color verde claro.

—Juan Carlos, Sofía te necesita.
—Déjame adivinar. ¿La tiara? ¿Trajo de vuelta la personalidad de Gea?
—Sí. ¿Lo sabías?
—Sí, Tzedek lo planeó así. Conocía el diseño de la tiara, y sabía que podía almacenar mucho más que sus memorias. Aunque su plan era que Sofía usara la tiara cuando llegara a la madurez. Si el sujeto entiende la necesidad, se puede lograr una fusión de personalidades, y Sofía sería totalmente compatible. En unos años, no ahora. Traté de decirle que no se la pusiera, pero veo que no sirvió.
—¿Y qué pasa contigo?
—Mi fusión está completa.
—¿Qué quieres decir con eso? —dijo Althaea preocupada.
—Soy Juan Carlos Navarro. Pero también soy Tzedek Zetos.
—¿Tzedek? ¿Estás ahí?
—No estoy esquizofrénico. Sólo tengo las memorias de Tzedek. Pero, ¿qué es uno, una persona, sino una mezcla de temperamento y memorias? Bórrale la memoria a una persona y estás borrando a la persona, tienes que reconstruirla. Y a veces la persona reconstruida es muy distinta a la anterior. En cuanto a nuestros temperamentos, no eran tan distintos.
—Entonces sigues siendo Juan Carlos.
—Soy mucho más que Juan Carlos. Tengo los recuerdos de mil vidas. Miles de profesiones, cientos de miles de años de experiencias. Tzedek se veía joven como tú, como cualquier atlante, pero era un verdadero viejo ladino. Creo que cuando se perdió Atlantis se volvió un poco loco, como todos. Se obsesionó con su proyecto personal. Ignoró señales importantes que en otras eras le hubieran llamado la atención. En Atlantis nunca hubiera caído ante Marsan de manera tan estúpida. Siempre estaba en guardia.
—¿Crees que encontraremos la manera de revertirlo?
—¿Por qué querría revertirlo?
—¡Porque te está matando!
—Ah, sí, eso... Se me ocurre una manera de corregir ese problema. Pero no quiero revertir nada más.
—¿Que no quieres ser Juan Carlos nuevamente?

—Aún soy él.

Althaea estiró la mano para acariciarle la mejilla. Juan Carlos alzó su propia mano, y suavemente apartó la de Althaea.

—Ya no eres mi Juan Carlos.

—Lamento que las cosas hayan salido así.

—¡Tenemos que revertir ésto! Estábamos tan bien, hacía mucho que...

—¿Te enamoraste? ¿De un humano?

—No un mero humano, y lo sabes bien.

Juan Carlos permaneció en silencio.

—Juan Carlos, no quiero perderte. ¿Cómo puedes aceptar que otra persona esté en tu cuerpo?

—Porque soy yo el que sale ganando. Sólo comparto mi cuerpo, una vida, en cambio Tzedek me ha dado miles de vidas de experiencia. ¿Quién rechazaría algo así?

—Estoy segura que mucha gente.

—Bueno, no soy como mucha gente. Deja de pelearme y alégrate por mi.

—No me alegraré hasta que no vea que te cures.

—Ocupémonos de eso, entonces. Tengo que hablar con Gea.

—Con Sofía, querrás decir.

—No, con Gea. Dijiste que Sofía se puso la tiara, ¿no? Pues Gea está ahí, y necesito hablarle.

—Bien, vamos.

—¿Por qué los nervios?

—Veamos, Sofía se puso la tiara y ahora tiene doble personalidad y parece una loca. Mi amante tiene las memorias de mi padre y son uno, y no podré volver a tener relaciones contigo sin pensar que estoy cometiendo incesto, y eso si es que logramos curar tu rechazo a los nanites. Un crucero lleno de gente está acercándose a la ciudad y necesita ayuda, escoltado por un submarino nuclear. ¿Por qué me pondría nerviosa?

—Efectivamente, ¿por qué? Todo esto tiene solución. Tu estabas en África, pero yo fui testigo directo de la desaparición de nuestro hogar y de nuestra cultura de millones de años. Si sobrevivimos a eso, ¿cómo no vamos a arreglar todo esto?

—Es una cuestión de tiempo, Juan Carlos. Algunas cosas llevan siglos, y otras se arruinan para siempre en un segundo.

—Precisamente, veo que me entiendes —dijo Juan Carlos sonriendo.

Althaea hizo una mueca de asombro.

—No me gusta esta mezcla de mi padre contigo. Tu personalidad ha cambiado.

—No lo creo... Nada más no tuvimos tiempo de conocernos bien. Y

ahora, vamos rápido a ver a Gea, o no tendré tiempo de vivir mucho más.
—De acuerdo, vamos.

Llegaron rápidamente al lado de Sofía, que estaba aún reclinada en la silla, soñando.
Juan Carlos se acercó a ella y le susurró.
—Sofía... Gea...
Sofía abrió los ojos de golpe, y mirando a Juan Carlos, comenzó a hablar.
—¡Papá! ¿Quién es? Oh, es tu padre biológico. ¡Papá, tus ojos!
—Shhh, cálmate un minuto. Quiero hablar sólo con Gea.
—¡Pero papá, tenemos que arreglar tu problema con los nanites, estás cada vez p...!
—Silencio. Podemos arreglar todo entre Gea y yo, pero tenemos que comunicarnos.
Sofía frunció los labios pero se calló.
Juan Carlos se sentó junto a Sofía y le tomó la mano derecha, colocándola entre las suyas.
"Gea, primero que nada, debes dejar de luchar contra Sofía. Debo mostrarte lo que pasó la última vez que te vi. ¿Estás lista?"
"¿Papá? ¿Eres tú?"
"Eso no importa ahora, sólo mira..."

EL COLAPSO DE ATLANTIS

Atlantis, año 3550 de la era de Gea.

—Ya casi llega, ¡Espera un segundo, maldición! —gritó Marsan, señalando a Sitre que estaba a menos de cien metros de la entrada a la nave.

—Hay que salir AHORA. ¡Está colapsando! —gritó Tzedek, señalando a su vez el colapso que se expandía desde el centro de la isla hacia ellos y ya casi los alcanzaba, mientras usaba los controles, la nave se cerraba y salía disparada al mismo tiempo. Apenas llegaron a ponerse los arneses de seguridad. Todas las otras naves ya habían salido de distintos puertos y se alejaban a toda marcha.

—¡Nooo! —gritó Marsan. La nave aceleró sus seis motores y tomó altura rápidamente. Sólo quedaba una nave más en el puerto. Pudieron ver cómo el colapso originado en el centro de la ciudad llegaba hasta donde ellos estaban hacía un instante, atrapando a Sitre que aún estaba a más de treinta metros de la puerta. La nave se sacudió y por un momento cayó, para luego retomar la aceleración. Todo el puerto fue engullido por el colapso, mientras fragmentos de mampostería comenzaron a ametrallar la nave.

—Noooo —gritó otra vez Marsan, llorando, pero esta vez se volvió hacia Tzedek, y sólo el poder de años de experiencia en controlar ataques mentales salvó a Tzedek de ser asesinado en el acto. Como no pudo dominarlo mentalmente, Marsan se liberó y le saltó encima, tratando de estrangularlo. Tzedek apenas pudo mantener sus manos apartadas de su cuello, recurriendo a toda su fuerza, pero Marsan tenía una fuerza demencial y terminó cerrando las manos sobre su garganta. Por más que trataba de liberarse no conseguía hacerlo. Comenzó a faltarle el aire, y creyó que Marsan iba a matarlo hasta que Halius y Nikaia se soltaron y sujetaron a Marsan por los brazos para que no pudiera atacarlo más.

Un pedazo de metal golpeó la puerta trasera de la nave y la atravesó. El viento fue arrollador y todos los que no estaban sujetos rodaron por el suelo y se golpearon violentamente. Otros pedazos de materiales comenzaron a entrar por el agujero de la puerta y a agrandarlo. Una pieza metálica se clavó en el hombro de Nikaia, quien gritó y soltó a Marsan. Otro fragmento, con forma de puñal, pegó en la cabecera del asiento donde estaba Tzedek y lo esquivó por centímetros. Y otro pequeño pedazo de metal entró directo en la cabeza de Marsan.

Los pedazos de escombros golpeaban la nave a miles de kilómetros por hora, con la fuerza de la explosión del reactor de antimateria de la isla. Los nanites de los atlantes no eran suficientemente fuertes para detenerlos.

Marsan se derrumbó en el suelo, sangrando profundamente. Inmediatamente comenzaron a asistirlo, igual que a Nikaia y los otros heridos. Les inyectaron nanites de refuerzo, cerraron temporalmente las heridas para evitar el sangrado excesivo, y lo sujetaron fuertemente a uno de los asientos.

—¿Y la princesa Tessa?

—No llegó a salir. Se quiso quedar hasta que salieran los demás, iba a salir en la última nave.

Tzedek miró a Gea que fue la primera a la que entraron a la nave. Estaba bien sujeta a uno de los asientos, y por ahora estaba segura. Prácticamente la habían llevado en brazos, puesto que en su estado de embarazo avanzado no podía correr bien. Todo lo que importaba estaba allí. Se estiró ligeramente y la tomó de la mano.

—¿Dónde está mi esposo? ¿Salió antes como lo ordené? —preguntó Gea.

—Sí, su majestad, evacuó en la nave que salió justo delante nuestro —contestó Ponteus.

La nave se sacudió cuando varios fragmentos más grandes impactaron en la nave. Dos de las grandes turbohélices quedaron despedazadas, mientras otros dos de los motores comenzaron a incendiarse. Ponteus hizo el máximo esfuerzo para sostener el nivel de vuelo, lanzando maldiciones, al mismo tiempo que aceleraba al máximo. Gea le apretó la mano mientras lanzaba una exclamación. La nave finalmente salió de la zona de la explosión, pero estaba fatalmente averiada. Desde la nave pudieron ver como en el centro de la isla, donde antes había una montaña, el terreno y todo lo que estaba alrededor se hundía ahora en un colapso. Fuera de control, el reactor de fisión de materia y antimateria había formado un micro agujero negro, que absorbió toda la isla de miles de kilómetros antes de disipar su energía y deshacerse. Cuando esto sucedió, el lugar donde antes existía la civilización más avanzada del planeta, dejó sólo un agujero que fue reemplazado rápidamente por el agua del océano.

Tzedek, como los demás, miró el desastre y tragó saliva con angustia. Su especie, su civilización completa estaban acabados. Miró alrededor. Sujetó con más fuerza la mano de Gea. No, pensó, todavía estaban vivos. Todavía no los habían acabado. Esto no terminaba aquí.

Ponteus consiguió compensar las fallas de la nave y mantenerla volando hacia el Este, hasta que estuvieron cerca de tierra nuevamente, donde aterrizó bruscamente. La nave se desbarató al golpear contra la tierra. Los motores salieron despedidos, y la carrocería fue machacada. La cabina sobrevivió por su diseño especial para proteger a los ocupantes en caso de impacto, pero toda la electrónica y la fuente de poder fue arrancada. Quedaron yaciendo en una cáscara vacía.

Marsan se despertó de repente. Primero estaba desorientado, hasta que pareció recordar lo sucedido. Con un alarido, intentó nuevamente atacar a Tzedek, pero no pudo hacerlo porque estaba sujeto al asiento con las correas de restricción de movimiento que se usaban para los prisioneros. Lo miraba fijo y gritaba desaforado. Gritaba, y gritaba, y parecía que no iba a parar nunca.

Todos comenzaron a soltarse. Podían ver hacia afuera, y los restos de la nave estaban desparramados por cientos de metros a la redonda. Musa tomó un botiquín de emergencia, y sacó un inyector, que cargó con la sustancia de un envase. Se dirigió a Marsan y le hizo un caricia, mientras le inyectaba un calmante. Lentamente, Marsan fue dejando de gritar, hasta que quedó cabizbajo y sollozando. A medida que Marsan iba dejando de hacer ruido, Tzedek pudo oir ahora un quejido que venía de al lado suyo. Con toda la distracción no había estado prestando atención a Gea, pensando que no lo necesitaba, así que casi entra en pánico cuando la vio llorando y gimiendo. Se soltó a toda prisa y fue a ver qué le pasaba, y vio que estaba mojada entre las piernas y en la panza. Había un montón de líquido, y gran parte del mismo claramente era sangre atlante.

—Papá, me duele —gimió Gea, mirando a Tzedek con cara de pánico.

—Diablos, Musa, Ponteus, pásenme los equipos de asistencia de partos, ecógrafo holográfico, bisturí nanométrico, lo que haya.

Musa se tapó la boca, y un segundo después de Ponteus, que ya estaba revolviendo los equipos, buscaron por todos lados algo para asistir a Gea, contagiándose de la urgencia de Tzedek.

Ponteus tomaba equipos, los probaba, y los arrojaba furiosamente.

—Maldita sea, toda la nave está muerta, los equipos no tienen de dónde tomar energía, Tzedek.

—Ayyy —gritó Gea.

Tzedek desató a Gea y con ayuda de Musa la acostó en el suelo. Sus manos quedaron empapadas en líquido sangriento.

—Lo siento hija, con permiso, debo ver qué pasa —dijo Tzedek, mientras desgarraba la parte de abajo de la toga de Gea, sin esperar respuesta. Al tener el distendido vientre a la vista, lo limpió rápidamente con un pedazo de la toga que acababa de arrancar, y pudo ver un pequeño orificio en un costado de la panza por el que salía abundante sangre.

¿Una metralla de la explosión? No, no, no es posible tal mala suerte, pensó Tzedek.

—Papaaaá, me duele mucho, ¿qué pasa? — dijo Gea llorando.

—¡Un ecógrafo con batería! —gritó Ponteus, arrojándoselo a Tzedek desde la otra punta de lo que quedaba de la nave.

Tzedek lo atajó en el aire, lo abrió, activó y lo colocó sobre el vientre de Gea en un par de segundos. El aparato iluminó un holograma flotando arriba y a un lado, mostrando el interior del cuerpo en colores brillantes. En el holograma podían verse los órganos internos, perforados por un fragmento que había entrado en línea recta, atravesando hígados, riñones, y lo peor de todo, al bebé. Todo estaba en rojo. El ecógrafo identificaba los problemas fatales y los iluminaba de rojo cuando no tenían solución.

Gea vio la imagen del ecógrafo y trató de contener las lágrimas pero no pudo.

—Papá, ¿y el bebé? ¿Está muerto? No puedo sentirlo.

Tzedek se concentró en el bebé. Estaba de costado, y el proyectil había atravesado su espina dorsal y su cabeza y había seguido de largo. Siguió el recorrido del mismo, y halló el punto de salida en un lugar que no había mirado hasta ahora, en la parte baja y hacia atrás de la espalda. Estaba todo manchado de sangre, y ahora pudo sentir el pequeño agujero ahí también. Tzedek frunció el ceño. ¿Por qué no se estaban cerrando las heridas? Buscando rápidamente en la silla de Gea, entre las manchas de sangre encontró un pequeño agujero en el respaldo metálico de la silla, en el cual halló el pequeño proyectil que había quedado incrustado. Lo limpió, lo llevó a la luz, y lo analizó con otro aparato, un escaner que entre otras funciones era espectógrafo. El dispositivo rápidamente confirmó su sospecha. El fragmento era del mismo metal del que estaban hechas las espadas atlantes, el único material capaz de destruir y anular a los nano organismos. Y había atravesado a Gea y a su bebé de lado a lado. Por un segundo Tzedek pensó si alguien le habría disparado a Gea, pero mirando hacia su silla, notó que estaba de costado hacia la puerta, y comprendió que su posición coincidía perfectamente con la posibilidad de haber sido herida por un fragmento de la explosión de los que entraron por la puerta.

Gea lloraba, pero más debilmente. Miró a Tzedek, y él la miró a su vez. Gea notó la desesperación e impotencia de su padre.

"Gea, lo siento" pensó Tzedek, y ella lanzó un grito y se arqueó sobre la espalda, desesperada por haber perdido a su bebé.

En su angustia Gea perdió el control de sus emociones, y su tiara se iluminó con un destello cegador. Una descarga de energía salió de Gea, quemando todos los aparatos que quedaban en la nave.

—Gea, no... —gimió Tzedek, viendo el ecógrafo y los otros instrumentos que quedaban, apagados o humeando. ¿Cómo iban a sacar el bebé ahora?

—Tu lo dijiste, iba a ser la mejor atlante de todas las eras —dijo Gea débilmente, llorando.

—Gea, ¿por qué? No te des por vencida...

Gea sollozaba cada vez más quedamente. Por un momento Tzedek pensó que no le iba a contestar, y le tomó la mano, hasta que escuchó sus pensamientos. Apenas.

"Tu también viste hacia atrás. Ya no hay Atlantis. Ya no tengo bebé. ¡Mi

bebé, papá! ¿Cómo puede haber pasado esto? Ya no soy nada. ¿Para qué seguir?"

—Gea, puedes curarte, y puedes tener otro bebé, déjanos sacar a este, y ordena a tus nano organismos repararte. ¡Hazlo!

Gea no contestó.

—¿Gea?

Gea estaba en silencio, y quieta. De repente, sus brazaletes se abrieron y la tiara se despegó de su frente con un chasquido.

Musa se puso a llorar, hasta Ponteus lanzó una exclamación de angustia. Todos sabían que los dispositivos de Gea estaba diseñados para permanecer con ella toda su vida.

No, no, no, imposible, pensó Tzedek, totalmente desesperado. Abrazó a Gea y le acunó la cabeza llorando. No, no y no. Tanta experiencia, tanto poder y tanto entrenamiento para morir por una estúpida metralla justo cuando ya habían escapado. Toda esa sabiduría perdida. Y lo que más le dolía, dejando de lado que era su hija perfecta, un logro supremo de la ingeniería, es que ella era la que le había tocado el corazón. Después de tantos milenios de vida insensibilizándose ante las pérdidas, un golpe tan bajo. La que siempre lo había tratado con afecto y tratado de colmar sus expectativas, a pesar de lo poco cariñoso que él había sido siempre con sus hijos. No era justo. Por un momento, dejó que su angustia lo dominara, y gritó. Un grito terrible, de angustia, de pérdida. Que se transformó en otra cosa. Un grito de furia absoluta.

Perder a su hija era inaceptable. Y no lo aceptaba.

Su entrenamiento de ingeniero se impuso.

Se movió rápidamente hacia el cofre de oro donde guardaban el equipo especial. Tomó varias de las pequeñas cápsulas de estasis, y un extractor. Apoyó el cofre al lado de Gea, y tomó sus brazaletes y la tiara, y los guardó en el fondo del cofre. Luego fue extrayendo muestras de la sangre de Gea, llenando una cápsula de estasis tras otra, hasta completar media docena, y fue guardando las cápsulas cuidadosamente en el cofre. Finalmente, con un sollozo tomó su espada y suavemente cortó el vientre de Gea, hasta que pudo ver el bebé. Si el bebé hubiera estado vivo, podría haberlo salvado sacándolo así, pero el bebé estaba quieto como Gea. Sabía que lo que estaba haciendo tal vez fuera inútil, pero lo hizo de todos modos. Tomó las dos últimas cápsulas y las llenó con la sangre del bebé, y aún arrodillado junto a Gea, guardó todo en el cofre. Ponteus le puso una mano en el hombro derecho. Tzedek vaciló un segundo, y finalmente aceptó el gesto posando su mano izquierda sobre la mano de Ponteus. No hacían falta palabras.

—Debemos encontrar a los demás —dijo Tzedek.

—No tenemos instrumentos, la nave está inservible. Y estamos cerca de poblaciones humanas, no me cabe duda que en minutos vamos a tener compañía. Si alguien más se salvó, temo que estaremos incomunicados por bastante tiempo, salvo que nos encontremos de casualidad. Estamos aislados —dijo Ponteus.

—Junten las provisiones, y preparen todo para partir. Debemos cremar los restos de Gea, y lo que podamos de la nave. Hagamos la ceremonia de despedida como corresponde.

La extensión del desastre era apabullante. Sin embargo, pusieron manos a la obra y en un par de horas juntaron todos los restos que pudieron, incluyendo todos los aparatos y dispositivos inservibles, y los apilaron contra la nave. Tomaron de ella todo lo que podía servir, y lo cargaron en mochilas en su espalda. Y finalmente, mientras Tzedek esperaba a un costado, llevaron el cuerpo de Gea con su bebé y lo pusieron con cuidado sobre la pila de restos.

Todos se ubicaron alrededor, y Tzedek encendió unas maderas y hojas que habían juntado y habían puesto debajo de la pila, formando entre todo una pira.

El fuego ardió, y por primera vez en decenas de miles de años, Tzedek lloró.

LA PROMESA

Rho, 2 de Diciembre de 2027, 15:30

—Entonces... es cierto. Sólo soy una memoria en una computadora.

—Sí, y no. Eres mucho más que eso. Pero debes entender que ya no eres Gea, la reina de Atlantis. Eres un huesped en el cuerpo de esta niña. Sin ella no existes. Si le haces daño, te dañas a ti misma. Y si tratas de controlarla por la fuerza, la destruirás, y eso sería lo mismo que suicidarte.

Sofía pataleó.

—Papá, ¡No puede ser! ¿Y qué hay de mi bebé?

—Cada cosa a su tiempo. Puedo ayudarte, pero primero debes ayudarme. Éste cuerpo donde estoy ahora está mal sintonizado con los nanites atlantes, debemos corregir eso, y tu puedes hacerlo si te digo cómo. De lo contrario estaré muerto en unas pocas horas, y no podré ayudarte a ti.

—¿Y qué debo hacer?

—Relájate, y dame tus manos otra vez.

Sofía adelantó las manos, y Juan Carlos las tomó entre las suyas.

Tzedek sabía cómo. Y Gea era la herramienta. El problema era que Juan Carlos quería sacar a Tzedek, y Tzedek quería sacar a Juan Carlos.

Lentamente, Juan Carlos fue describiéndole a Gea el problema. Como uno de los mejores ingenieros de la historia, Tzedek sabía exactamente lo que estaba pasando. Con su habilidad para manejar computadoras, Juan Carlos sabía con precisión cuál era la solución.

Los nanites modernos aceptaban órdenes remotas, los de Tzedek no. Debían cambiar el comportamiento de los de Tzedek de manera muy compleja, pero no podían cambiarlos remotamente.

Lo harían localmente. Además, Juan Carlos debía hacer los cambios sin que interfiriera Tzedek en su contra. O Gea.

Juan Carlos se concentró en los cambios moleculares que necesitaban los nanites modernos para incorporarles un nuevo juego de instrucciones. Comenzó a mecerse casi imperceptiblemente hacia adelante y hacia atrás. Su cara cambiaba por momentos, de angustia, a enojo, a angustia nuevamente, y al final a resignación.

—Te lo prometo —dijo de repente en voz alta, y su aspecto pareció relajarse de inmediato. Volvió a concentrarse en lo que debían hacer los nanites, y se lo mostró a Sofía. Sofía mediante la tiara entendió lo que había que hacer, pero de repente rompió el contacto.

—¿Cómo sé que en realidad no estás tratando de matar lo que queda de mi padre?

Juan Carlos se quedó pensando un momento, inseguro acerca de si la que preguntaba era Sofía o Gea. Finalmente dijo —Debes confiar en mi. Acabo de llegar a un arreglo con Tzedek.

Sofía pensó un par de minutos.

—Está bien, ésto sólo cambiará la compatibilidad de los nanites con la parte biológica —dijo, y se concentró enteramente en el cuerpo de Juan Carlos, primero viendo todo su cuerpo, luego sus órganos, sus músculos, sus huesos, luego sus células, su sangre, y finalmente cada molécula de su cuerpo. Cientos de miles de millones de pequeñas unidades de información procesadas en un instante tras otro. Sofía aisló a los nanites modernos, y de acuerdo a lo que le mostró Juan Carlos, les introdujo una serie de instrucciones y les ordenó ejecutar. Los nanites modernos comenzaron a buscar a los de Tzedek, y en vez de evadirlos fueron directamente al choque con ellos. Como si fuera una batalla, cada soldado de Tzedek intentaba exterminar a los mecanismos extraños, pero se encontraba con sus defensas anuladas e invadidos por un enlace que cambiaba parte de su comportamiento. Las nuevas instrucciones básicamente les ordenaban tres cosas. Transmitir las nuevas instrucciones si se topaban con más nanites originales de Tzedek, y abandonar el cuerpo.

Sofía se relajó cuando terminó de hacer las modificaciones, pero se quedó mirando lo que pasaba a nivel molecular, aún cuando Juan Carlos le había soltado las manos. Juan Carlos se puso pálido.

—Rápido, traigan una cápsula de estasis —dijo Juan Carlos.

Althaea corrió y trajo una de las cápsulas vacías del cofre atlante, y siguiendo las instrucciones de Juan Carlos, le clavó una jeringa en el brazo, poniendo la cápsula en el extremo en vez de un émbolo. A los pocos segundos, un líquido espeso y dorado comenzó a brotar por la jeringa para caer a la cápsula.

Pasaron unos minutos hasta que se fue notando que el cambio funcionaba. Sofía volvió a su visión del mundo normal, y se reclinó en la silla a ver a su padre. Juan Carlos también estaba reclinado en su silla, con los ojos cerrados, mientras Althaea seguía sujetando la cápsula. Ya nada caía en ella. Sofía se quedó mirándolos un rato. Lentamente, tan imperceptiblemente que si lo miraba todo el tiempo no podía estar segura de que estaba pasando algo, el cabello de Juan Carlos comenzó a oscurecerse y sus arrugas a borrarse. El proceso era exponencial, por lo que comenzó lentamente, pero a medida que más y más nanites copiaban las instrucciones, más rápido las ejecutaban.

Althaea estuvo todo el tiempo en silencio absoluto, sabía que cualquier interrupción podía ser fatal. Ahora, cuando vio que Sofía se había relajado, finalmente también notó que Juan Carlos estaba mejorando, y su sonrisa fue deslumbrante. Y Sofía la notó.

Juan Carlos abrió los ojos y lentamente miró alrededor. Althaea cerró y selló la cápsula, y retiró la jeringa, la cual arrojó a la basura. Se acercó a Juan Carlos y lo abrazó y le dio un beso. Juan Carlos se puso tenso por un segundo, y luego se relajó y la miró a los ojos. Los ojos de Juan Carlos habían quedado de color verde amarillento.

—¿De veras te encariñaste conmigo?

Althaea bufó.

—Sé que será difícil que me creas después de compartir las memorias de mi padre, y realmente lamento que estén ahí. Créeme que no me hace gracia tener a mi padre mirando sobre tu hombro cada vez que nos toquemos. También debes saber que nunca te mentí, si bien no te conté todo, y que lamento no haberlo hecho. Me gustas— *"Me gustas, y te quiero"*, añadió mentalmente.

El ceño de Juan Carlos estaba fruncido, y se relajó de repente.

—Ahora tenemos que ayudar a Sofía y a Gea. ¿Qué hacemos? ¿Cómo pensaba separarlas Tzedek? —preguntó Althaea.

—Ese es el problema. Tzedek nunca pensó en separarlas. El plan de Tzedek era que Sofía estuviera más madura, lo cual biológicamente la hacía más adaptable a la tiara, para que cuando la usara se viera completamente controlada por ella. El plan de Tzedek era recuperar a Gea... Nunca le importó Sofía como individuo. Sin embargo, estoy seguro que tiene que haber una manera. También pensaba eliminarme a mí, pero ahora está aquí, temporalmente —dijo, alzando la cápsula.

—¡Qué desgraciado ladino! ¡Y pensar que me caía bien! —dijo Sofía.

—Sí, eso suena como mi padre. Cuando vives tantos años, tu perspectiva de lo valioso de la vida cambia. En algunos para mejor, y en otros... ¿Qué quieres decir con temporalmente? —dijo Althaea, suspirando.

—Tu padre me hizo prometerle que en algún momento en el futuro le conseguiría un cuerpo nuevo —contestó Juan Carlos.

—¿Y Tzedek decidió confiar en ti? —preguntó Althaea asombrada —. No lo digo porque no seas de confianza, sino porque ver a mi padre ceder su existencia a la palabra de un humano, es increíble.

—Bueno, tal vez no sea tan desgraciado ni tan ladino, después de todo. Y sabe que haré lo posible por cumplir mi palabra.

—Pues será mejor que piensen algo respecto a mi problema ahora, porque tal vez yo sea sólo un programa con memorias de una persona como dicen ustedes, pero yo me siento real y no quiero desaparecer.

—Al menos, el problema urgente está solucionado. Juan Carlos estaba muriendo. El asunto con Gea y Sofía, no parece estar causando un daño físico inmediato.

—No es urgente, para ti. No tienes idea lo que es estar todo el tiempo luchando con alguien que trata de controlarte a cada descuido.

—Y tu no tienes idea lo que es estar en el cuerpo de una nena malcriada.

Sofía se puso colorada.

—Cálmense, ustedes dos —Althaea suspiró—. Es como ver pelear a dos hermanas.

Sofía abrió la boca enojada y casi no le hubiera sorprendido escuchar dos voces al mismo tiempo, así que alzó ambas manos deteníendola. —Basta. Te entiendo, las entiendo a ambas. Vamos a encontrar una solución, pero ahora deben colaborar. Además, también tenemos otros problemas urgentes. Muchas vidas aún pueden salvarse, si actuamos correctamente.

—¿De qué estás hablando? —dijo Sofía.

—Un crucero lleno de gente está casi a nuestras puertas, en el mar, sobre la desembocadura del río Negro. Miles de personas, pero sin vacunar. Y sólo tenemos un centenar de dosis.

Sofía pensó un momento.

—¿Acaso la fábrica no tiene los equipos para fabricarlas?

—Todo, pero los sintetizadores sólo pueden crear unas cien dosis por vez, y les lleva como dos semanas.

—Pues usen la fábrica para crear más sintetizadores. Se hace todo automático mediante la computadora. Fabriquemos cincuenta sintetizadores, si lo programan ahora en menos de veinticuatro horas estarán listos. Y en dos semanas tendremos cinco mil dosis.

Todos se quedaron mudos un momento.

—Es buena idea —dijo Juan Carlos.

—Excelente idea, ya mismo se lo solicitaré a Raquel, ella puede ocuparse de todo —dijo Althaea— . Aunque, aún tenemos el problema de cómo lograr que se mantengan dos semanas sin bajar a tierra. Según lo que dijeron, sólo les queda alimentos para un par de días.

—¿Cómo van a alcanzarles las vacunas sin que se contagien el proceso? —preguntó Sofía.

—Pensamos usar un dron que tenemos.

—¿Y por qué no usar drones para mandarles alimentos?

—Porque sólo tenemos...

Otra vez se quedaron callados, mientras Sofía los miraba significativamente.

—Ya veo tu punto. Cuando terminemos de fabricar los sintetizadores, podemos fabricar drones. Aún así, el poder transportar alimentos no quiere decir que los tengamos. ¿De dónde sacamos alimentos para miles de personas? —preguntó Althaea.

—Están rodeados de alimentos. Primero que nada, mandémosles redes de pesca, aparejos, anzuelos, líneas... Que saquen todo lo que puedan del mar, eso reducirá bastante lo que tendremos que enviarles. Sospecho que habrá más pesca de que costumbre. Y será mucho más segura que lo que les enviemos desde aquí, que deberemos esterilizar.

—No sé si estoy hablando con Gea o con Sofía, pero realmente tienes buenas ideas.

Sofía se quedó callada un momento.

—Creo que un poco de ambas. Gea tiene la experiencia, y yo el conocimiento de lo que necesitamos y lo que podemos hacer hoy en día. Las ideas fueron un poco de las dos al mismo tiempo.

Althaea y Juan Carlos se miraron.

—Pues me parece grandioso que colaboren en vez de tratar de matarse una a la otra —dijo Juan Carlos.

—No estamos tratando de matarn... Oh, era una broma.

Juan Carlos suspiró.

—El tiempo es crítico para esa gente. Manos a la obra. Ah, y Althaea, será mejor que guardes esa cápsula en el fondo del cofre atlante. Ponle una etiqueta o algo. Tal vez algún día...

ENTREGA ESPECIAL

MSR Grandiosa, 2 de Diciembre de 2027, 18:30

Desde el puente vieron venir el dron con bastante anticipación. El aparato entero, un cuadricóptero con cámara, controlado por remoto, así como su carga, había sido cuidadosamente esterilizado antes de partir. El aparato hizo un aterrizaje impecable en la cubierta superior, donde estaba el puente. Althaea le había advertido a Leora que manejen el paquete con cuidado, las cien ampolletas con la etiqueta V110 eran las únicas dosis de vacuna que quedaban por ahora.

Leora esperó a que bajaran las revoluciones de los pequeños motores del dron, y se acercó a tomar su carga.

Desde que habían hablado con tierra que estaban discutiendo con intensidad acerca de a quienes les aplicarían las vacunas.

Al final, se hizo una selección entre una lista de voluntarios con los que hablaron del tema. Leora y Robert estuvieron entre los elegidos, así como algunos ingenieros, arquitectos, técnicos electricistas, y gente con conocimientos generales de agricultura, cacería... Leora tenía la ocupación de cada pasajero en el manifiesto del barco, y por supuesto sabía de qué era capaz cada tripulante, así que ella fue quien seleccionó primero a la gente, explicándoles la situación y dejando bien claros los riesgos. Les dio hasta la noche para pensarlo.

Leora abrió con cuidado el paquete de vacunas, y se quedó mirándolo. Robert notó que algo le molestaba.

—¿Qué pasa? —preguntó Robert.

—Mira las ampolletas.

—Se ven enteras, ¿qué tienen?

Leora tomó su teléfono portatil y pidió un enlace a tierra. Luego de un momento, obtuvo la comunicación.

—¿Raquel?

—Sí, ¿hubo algún problema? Te estoy viendo en la cámara del dron, así que sabemos que llegó al barco.

—Mira esto, entonces —dijo acercando una de las ampolletas a la cámara— . ¿No dijiste que las ampolletas tenían una etiqueta que decía V110?

—Sí, las vi yo misma cuando las preparaban —Transcurrió un momento— ¿Qué diablos?

—Eso pensé —dijo Leora, mientras se escuchaba gente que hablaba y luego gritos del otro lado de la línea.

—¿Qué sucede? —Preguntó Robert.

—Estas no son las vacunas —dijo Leora.

—¿Qué? ¿Cómo lo sabes?

—Raquel mencionó que las vacunas tienen una etiqueta con el código, éstas tienen una banda azul y no dicen nada.

—Leora, arrójalas por la borda, ahora mismo. Asegúrate que ninguna esté rota o abierta —dijo Raquel por el comunicador.

Leora no dudó un segundo, dejó el comunicador en el suelo, miró con atención el contenido del paquete, lo tomó y corrió con cuidado hasta la cubierta de los suicidas, la más alta desde donde no se caía en otra cubierta inferior al saltar. Con mucho cuidado, tomó impulso y arrojó el paquete, el cual luego de una corta trayectoria parabólica, cayó al mar.

Robert llegó corriendo detrás de ella, justo para ver caer el paquete al agua, y le alcanzó el comunicador a Leora, quien lo tomó y hablo con ella otra vez.

—¿Qué se supone que nos mandaron?

—No estamos seguros, sin analizar los frascos, pero todo indica que alguien los cambió. Y estamos seguros que lo que te llegó no era la vacuna. Si no te hubieras dado cuenta... —dijo Raquel.

—¿Me estás diciendo que alguien en tu ciudad perfecta está tratando de matarnos?

—Precisamente estábamos discutiendo eso. Podría decirse que tenemos un detector de problemas para evitar este tipo de situaciones. El que haya llegado ese paquete hasta ahí...

—Tienen una cucaracha dentro del pastel de carne, ¿eh?

Hubo un momento de silencio.

—Una imagen repulsiva pero exacta. Usando tu analogía, lo peor es que esta cucaracha se ve igual que el resto del relleno.

—¿Cómo podemos confiar en lo que nos envíen desde tierra entonces?

—Te diría que por ahora, no pueden. Ya estamos fabricando los secuenciadores de vacunas, que estarán listos para mañana si no sufrimos más sabotajes, pero estamos investigando cómo pudo pasar ésto. No son tantos los que tuvieron acceso al dron y al paquete. Y no encontramos las vacunas reales, aún las estamos buscando. Me encantaría verlos en persona.

—Pues a nosotros también, si se les ocurre algo al respecto, sólo díganlo —dijo Leora mirando a Robert, quien asintió con énfasis —. Espero que puedan encontrar al saboteador muy pronto. Estamos en contacto — dijo despidiéndose de Raquel.

Después de poco más de una hora, Leora y Robert volvieron a recibir contacto desde tierra.

—Encontramos las vacunas. Lo que quedó de ellas, más bien. Se tomaron el trabajo de machacarlas, pero se ve que estaban apurados y quedaron sólo un par intactas —dijo Raquel.

—¿Un par? ¿Cuántas, exactamente?

—Me temo que fui literal, sólo se salvaron dos.

Leora se quedó sin palabras por un momento.

—Mierda —dijo Robert.

—Justo lo que estaba pensando —dijo Leora.

—Ya mandé el dron otra vez con estas dos dosis. Esta vez supervisé el despegue yo misma. Todavía estamos buscando al responsable del cambio en el envío anterior.

—Gracias, Raquel —Dijo Leora mientras volvían a la cubierta del puente.

El dron llegó como la vez anterior, pero con un paquete mucho más pequeño. Lo abrieron y contenía sólo dos ampollas, esta vez las correctas, según las etiquetas. Leora no estaba muy tranquila sabiendo que probablemente ya habían tratado de matarlos a todos, si el envío anterior fue una remesa del virus original, como parecía.

No hicieron falta muchas discusiones para decidir que ambos capitanes recibirían las dosis y bajarían a tierra lo antes posible para conocer a la gente de la ciudad.

Leora hizo que el doctor los inoculara.

—Si hay algún problema con la vacuna, espero que lo sepamos antes de que se vacune nadie más —dijo Leora.

—La verdad es que espero que no haya ningún problema con la vacuna —dijo Robert.

Bien tarde esa noche, Leora se reunió con Robert.

—¿Cómo estás? —preguntó Robert.

—Tengo un poco de fiebre, pero muy ligera. Me dijeron de tierra que era uno de los indicadores de que la vacuna prendió. ¿Y tu, cómo estás?

Robert dudó antes de contestar.

—Estoy bien. ¿Te dijeron algo de si el hecho de que nos hayamos vacunado, representa algún riesgo para los que aún no se vacunan?

—Sí, sí hablamos de eso, y no, no hay ningún riesgo. El único riesgo es el virus vivo.

—Bien —Robert titubeó un momento —. ¿Ya cenaste?

Leora levantó una ceja.

—La verdad es que aún no. ¿Qué tienes en mente? ¿Invitarme a tu submarino?

—¿A esa lata de sardinas, tal vez a comer raciones del ejército? Suena seductor —dijo Robert, haciendo una mueca—. Hace meses que estamos confinados en el submarino, apreciaría una cena que no salga de un paquete del ejército, así como la buena compañía. Incluso aunque no sea para nada más que charlar un rato.

Leora se rió.

—Mañana todo el barco comentaría cómo ya me llevaste a la cama, ya sea que eso pase, o no. Y no creo que pase. Pero si tienes una urgencia sexual, tenemos montones de tripulantes que estarán encantadas de hacerte el favor.

Robert puso cara de dolor.

—Me ofendes, capitán. ¿Crees que lo único que me interesa es eso? Si te preocupa tu reputación, cenemos en un lugar lleno de público. Sólo quería algo de conversación con una buena comida.

—Bueno, no sé la comida, estamos racionando, así que posiblemente no sea muy buena.

—Cualquier cosa va a ser mejor que las raciones del ejército. Hasta la comida del tercer nivel de tripulantes, que escuché que es terrible.

—¿Eso escuchaste? ¿Y qué más escuchaste en tan poco tiempo? —preguntó Leora mientras hacía un gesto y guiaba al capitán por escaleras y pasillos hasta el bar de oficiales, mientras seguían hablando.

—Bueno, también escuché que las tripulantes hacen favores sexuales a quienes lo necesiten.

—¿De veras?

—Claro, tu me lo dijiste hace dos minutos.

Leora alzó las cejas y se puso seria.

—Al menos me escuchas. Lo cierto es que casi toda la tripulación se acuesta con quien tenga ganas de hacerlo. Es una constante en los viajes de crucero.

—¿Y no hay regulaciones contra eso?

—Sí las hay, y hasta es motivo de despido, pero en la práctica no se aplican salvo que hagan algo realmente estúpido como tener relaciones en la piscina u otros lugares públicos. Mientras sean discretos, se tolera. Es más, muchos pasajeros agradecen el servicio extraoficial, y recomiendan el crucero a sus amigos. Aquí es.

El bar estaba casi lleno. Había una mesa para cuatro en un costado, y hacia allí fueron.

Un mozo apareció de la nada y saludó.

—¿Algo de tomar, o la cena, capitán?

—Dos cenas, por favor.

—Pensé que iba a poder elegir alguna delicadeza del menú de oficiales —dijo Robert frunciendo el ceño.

—Lo siento, Robert, estamos racionando las provisiones y los oficiales debemos dar el ejemplo. Pero si te disgusta, podemos ir a comer las raciones de tu nave —se rió Leora.

—¿Y de beber, agua, jugo, vino? —preguntó el mozo.
—Jugo, por favor. Dos jugos —dijo Robert. Leora levantó una ceja.
—Agua, para mi —dijo Leora.
—Entonces, ¿un jugo y un agua? —preguntó el mozo.
—No, dos jugos y un agua —aclaró Robert.
—Creí que estabas intentando ordenar por mí —se rió Leora.
Robert se llevó la mano al pecho y puso cara de sorprendido.
—Jamás intentaría avanzar de esa manera sobre la soberanía de una dama. Es que necesito un poco de azúcar.
—¿Hipoglucémico?
Robert sonrió pero no contestó.
—¿Qué haremos mañana? —preguntó Robert.
—Si no tienes mejor idea, deberíamos ir a encontrarnos con los de la ciudad, a primera hora.
Robert se encogió de hombros.
—Me parece perfecto —contestó, justo cuando llegaba la comida.

Disfrutaron tranquilamente la cena, y notaron que más de un tripulante les dirigía alguna mirada de soslayo y se sonreían.
—Bueno, ahí va tu reputación. Creo que no importa lo que hagamos ahora, mañana sólo se comentará una cosa —dijo Robert.
—Pues, entonces hagamos que valga la pena —dijo Leora.
—¿Es una invitación? —dijo Robert sonriendo.
—Sí —dijo Leora pestañeando más de lo necesario.
—Pues... muéstrame el camino —dijo Robert sonriendo.

LEORA Y ROBERT

MSR Grandiosa, 2 de Diciembre de 2027, 19:30

—Vaya, hermosa vista —dijo Robert mirando el atardecer por la ventana del camarote, y luego a Leora.

—¿Te gusta? Sólo se ve el mar.

—El mar y el cielo... Mira esos colores. Si tuviera el lujo de tener una ventana en mi camarote, la mayor parte del tiempo no vería nada. Nos la pasamos bajo el agua, es como vivir enterrados en una lata de sardinas.

Leora se sacó la gorra y se soltó el cabello.

—Eso es triste. Y encima sin socializar de manera íntima con nadie. ¿O eres gay? Tienes algunos oficiales muy atractivos.

Robert sonrió mientras miraba por la escotilla.

—Me gustan las mujeres —contestó sin más.

—Demuéstralo —le dijo Leora en el oído, haciéndolo sobresaltar.

—Que gatita silenciosa que eres —dijo Robert, sonriendo y dando vuelta la cara hacia ella.

Acercó despacio su rostro al de ella, tentando su respuesta. Apenas necesitó inclinarse, Leora era casi tan alta como él.

Cuando estaba apenas a un par de centímetros, ella subió un poco su rostro y lo adelantó hasta que sus labios se rozaron.

Ella inhaló, y sus pupilas se dilataron. Sus labios se apartaron ligeramente mientras la lengua de Robert probaba con suavidad el sabor de la boca de Leora. Giraron sus cabezas ligeramente hacia la derecha para acomodarse mejor, y en un momento el suave beso se transformó en un degustar apasionado.

Robert se apartó lentamente de Leora.

—¿No te molesta conocerme de esta manera tan... pronto?

—Toda mi tripulación quiere acostarse conmigo para eventualmente hacerse con mi puesto o para obtener un ascenso —se rió Leora —. Contigo sé que no corro ese riesgo.

Leora verificó que la puerta estuviera trabada, y de un tirón sacó el acolchado de la cama y lo arrojó a un costado. Activó el sistema de parlantes, por el que se escuchaba suavemente el tema "Your love", del grupo The Outfield.

—Qué apropiado —dijo, desabotonándose muy despacio la casaca del uniforme, mirando a Robert.

—Hmmm —contestó él, arrojabando la gorra de capitán a una silla en un rincón y se acercaba a Leora.

—¿Estás segura de ésto? —preguntó cuando estuvo junto a ella, mientras la tomaba por la cintura y bailaba con ella al son de la canción.

—Hablas demasiado —dijo Leora, acariciándole la mejilla y sintiendo la textura de su barba al ras. Se apretó contra su cintura, sintiendo su erección.

Robert inspiró hondo, y con un giro la arrojó sobre la cama cayendo sobre ella.

—Pufff —perdió el aliento Leora, riendo, mientras cruzaba las piernas apretando el trasero de Robert y lo abrazaba para darle otro largo beso.

Cuando pudo librarse, Robert se incorporó, y se sacó la chaqueta y la camisa a toda velocidad, y Leora hacía lo propio. Robert pateó sus zapatos, y se sacó las medias y el pantalón del uniforme, mientras Leora quedaba en su ropa interior de color blanco.

Leora se incorporó nuevamente, y Robert pasó los brazos detrás suyo para desabrocharle el corpiño, mientras ella acariciaba su pecho, delineando con sus dedos la silueta de sus músculos, y sin emitir sonido dijo —¡guaaauuu! —y luego, mirándole bien todo el cuerpo, notó que Robert no tenía ni una marca. Ninguna cicatriz, ni un lunar, ni siquiera un granito. Era como una escultura en mármol, pero tibia.

—¿Cuántos años dijiste que tenías? —Preguntó Leora en voz alta.

Robert la abrazó apretando sus pechos contra el suyo, mientras le decía al oído —Es un secreto.

Mientras Robert le daba ligeros besos en el cuello, bajó las manos por su espalda, hasta que llegó al borde de la bombacha tipo tanga, y las pasó por adentro agarrándole bien el trasero. Sintió como sus pezones se endurecían contra su pecho, y con un gemido ella lo empujó y le bajó el boxer de un tirón, dejando a la vista su miembro listo para la acción. Casi sin poder evitarlo, se agachó para metérselo en la boca, mientras lo agarraba de las caderas le dedicó toda su atención.

Robert gimió, y lo disfrutó por unos segundos, hasta que la tomó por los brazos y pataleando el boxer que le había quedado en los tobillos, la arrojó de espaldas en la cama, sacándole la bombacha en el mismo movimiento. Leora separó bien las piernas, y tomando la invitación Robert comenzó a besarle el muslo, acercándose al pubis hasta que llegó a su entrepierna, donde le devolvió el favor a Leora. Ella lo dejó hacer, disfrutando su pericia, mientras se excitaba más y más, agarrándolo del cabello, hasta que no pudo más y le gritó —¡Ya! —ante lo cual Robert en seguida subió sobre ella y con su ayuda la penetró lentamente hasta que ya no entró más. Leora gimió otra vez y tomándole la cara con las manos, lo besó con mucha pasión mientras comenzó a mover las caderas debajo suyo, incitándolo a moverse él también al mismo ritmo. Lo hicieron así durante unos minutos, cada vez más rápido, hasta que Leora gritó cruzando las piernas otra vez apretando el trasero de Robert, mientras le arañaba la espalda y lo besaba al mismo tiempo, en tanto que Robert acababa dentro de ella con fuerza y gritaba a su vez.

Mientras ella se soltaba relajándose por un momento, él se quedó moviéndose cada vez más lentamente dentro de ella, disfrutando el orgasmo, hasta que cuando estaba a punto de salir, Leora volvió a abrazarlo y trabándolo con las piernas bajo la parte de atrás de las rodillas, hizo un giro con el cuerpo y quedó montada a horcajadas sobre él. El miembro de Robert ya no estaba tan grande como antes, pero sin permitirle salir, Leora comenzó a mover el pubis hacia adelante y hacia atrás presionándolo hacia adentro. Robert gimió, y aprovechó la posición para tomar los pechos de Leora, y acercándose a ellos, comenzó a besarlos lentamente, y Leora se movió con más fuerza, consiguiendo lo que buscaba de Robert. Cuando notó que estaba aún más duro que antes, si eso era posible, se echó hacia atrás y siguió moviéndose, como si estuviera andando a caballo. Luego se dio vuelta, mirando a los pies de Robert. Cuando apoyó las manos en sus piernas, él la tomó por las caderas y luego de permitirle moverse por unos minutos se incorporó de repente, y acabó otra vez dentro suyo. Esta vez Leora no había terminado aún, así que volvió a encararlo y no paró hasta que lo logró a su vez, cuando se acostó sobre Robert, mezclando sus gotas de transpiración, y acomodándose de manera que en minutos se durmieron uno dentro del otro.

Horas después Robert se despertó lentamente, envuelto en el calor de Leora, y notó con sorpresa que aunque flácido, aún estaba dentro de ella, lo cual lo excitó de inmediato. Rozando el costado desnudo de Leora con los dedos, su erección la hizo gemir y despertarse. Lo miró un poco desorientada, y luego con una sonrisa lo apretó con su vagina, lo que lo hizo gemir y responder con un empujón. La tomó de las caderas, y la acompañó en sus movimientos durante un largo rato, antes de probar con ella apoyada en pies y manos y él por detrás, y luego otra vez él arriba. Esta vez Leora dejó de contar luego de haber acabado tres veces, y cuando finalmente ambos quedaron completamente satisfechos, ella manoteó el celular, donde vio que eran más de las tres de la mañana, puso la alarma para las cinco, se limpiaron un poco con una toalla y dejó que Robert la abrazara quedándose ambos dormidos.

La música de una diana del ejército llamando a despertar hizo saltar a Robert de la cama con los ojos desorbitados.
—¿Qué... qué demonios? —se quejó Robert tan desorientado como desnudo.
Leora lo miró sonriendo mientras manoteaba el celular y desconectaba la alarma.

—Soy de sueño pesado y esto me ayuda a despertarme —explicó, con una sonrisa.

—Tendrías que estar muerta para no despertarte con eso —dijo Robert relajándose un poco.

—Hmmm —dijo Leora, mirando significativamente el miembro de Robert.

—Nada de eso, tenemos mucho para hacer y te agradecería si podemos darnos una ducha, o si lo prefieres lo haré en mi barco —dijo Robert levantando una mano.

Leora suspiró acostándose de espaldas nuevamente por un momento, pero un segundo después se incorporó y fue al baño, donde cerró la puerta, y volvió a aparecer luego de un par de minutos.

—¿Quieres ir al baño antes de bañarnos? —le ofreció.

—Por favor —aceptó Robert, pasando junto a ella, y cuando la rozó ella le manoteó el trasero.

Robert con un giro la apretó contra ella, y se besaron otra vez cuando ella le apretó el miembro con la mano, mientras él con una mano la sujetaba del trasero y con la otra le acariciaba el pecho.

—Diablos, se nos hace tarde, seremos la comidilla del barco —dijo Robert, tratando de soltarla.

—Pues apúrate, ya lo somos de todas maneras —dijo Leora, mientras separaba una pierna apoyándola en la cama, y ayudaba a Robert a penetrarla de pie.

Se movieron por un rato disfrutando el momento, hasta que Leora lo hizo salir, y apoyando ambas manos en la cama le ofreció el trasero a Robert, quien la penetró haciéndola gemir, mientras la tomaba por las caderas. Se movieron cada vez más rápido, hasta que Leora no pudo aguantar más y levantó las piernas hacia atrás, dejando que Robert sostuviera su peso mientras gritaba su orgasmo, que fue acompañado una vez más por él. Se quedaron jadeando unos momentos, hasta que Robert salió de ella un poco aturdido.

—Oh, por Dios, cásate conmigo —dijo Leora, jadeando.

Robert la miró asustado, y por un momento no supo qué decir, hasta que vio que Leora se volvía hace él y le sonreía.

—Me alegro que te haya gustado... Hace siglos que no tengo tanto sexo —dijo Robert, y en el acto se mordió el labio como si hubiera dicho algo inadecuado.

—Pues qué bueno que te hayas puesto al día. Ahora sí, vamos a bañarnos —respondió Leora con una sonrisa.

—¿Puedo ir al baño primero? No tuve la oportunidad antes...

Leora se rió y le hizo un gesto con la mano para que pase al baño. Mientras esperaba, se secó nuevamente entre las piernas con la toalla.

"Menos mal que no puedo tener hijos", pensó. Aunque, al mismo tiempo, le dio una punzada de pena. "No me molestaría tener hijos con un tipo tan guapo, pero ¿qué clase de madre sería, todo el tiempo viajando?", pensó, resignándose. Pensó en Leonora, y por un momento le dieron ganas de llorar, pero se acordó de Robert, tras la puerta del baño, y se tragó las lágrimas.

Luego de darse un buen baño caliente juntos, saciados por completo, se vistieron nuevamente, y eran casi las seis de la mañana cuando salieron del camarote. No había nadie a la vista, y Robert le hizo una caricia en la cara a Leora con el dorso de la mano, a lo cual ella sonrió y se acercó para darle un beso ligero. Se separaron cada uno en otra dirección.

LA VERDAD

Rho, 4 de Diciembre de 2027, 7:00

A primera hora de la mañana, miembros de la tripulación prepararon una lancha para que la aborden Leora y Robert. Ellos mismos se armaron mochilas con provisiones, agua y herramientas para emergencias, que llevaron a bordo.
—Me gustaría acompañarlo, capitán —le dijo Lionel.
—Ni hablar, hasta que no estén todos vacunados no podemos arriesgarnos.
El primer oficial apretó lo labios, miró a Leora, luego otra vez a Robert y no dijo nada más.
Leora encendió el motor sin problemas, soltaron la lancha y comenzaron a navegar río arriba a buena velocidad según las instrucciones que les habían enviado desde la ciudad.

Luego de varias horas de viaje, cuando por fin se acercaron al muelle donde se suponía que debían bajar, Robert saltó al mismo y rápidamente ató el cabo que le tiró Leora. Entre ambos amarraron la lancha al pequeño muelle. Tomaron sus mochilas y sus cosas, y comenzaron a caminar hacia la camioneta todo terreno que los estaba esperando a unos cincuenta metros. Había dos personas esperando, delante de la camioneta.

Leora avanzó junto a Robert, hacia las personas que los esperaban. Cuando estaban casi llegando, Leora le dijo a Robert —Se ven amistosos... ¿Robert? —preguntó porque al mirarlo notó que se había frenado en seco. Robert se había quedado con la boca abierta y había palidecido. Levantó un poco una mano y Leora notó que ambas manos le temblaban a simple vista. La mujer al frente del grupo pegó un pequeño grito de excitación, mientras el hombre a su lado claramente inhalaba en sorpresa.
—¿Alexis? ¿Alexis Pavilis? —gritó Althaea.
—¿Althaea? ¿Ponteus? ¡No puedo creerlo, creí...!
Althaea pegó un salto hacia adelante y abrazó a Alexis.
—¡Estás vivo! Pero, ¿cómo...? ¿Dónde estuviste todo este tiempo? —dijo Althaea, mientras se separaba de Alexis sin soltarlo y lo miraba a un paso de distancia.
—Amigo, que bueno es verte. Es increíble —dijo Ponteus, cuando consiguió cerrar la boca.
Leora se había quedado cortada.
—Entonces, ¿Alexis Pavilis? ¿Qué pasó con Robert Miles?
Alexis aún tenía una sonrisa de oreja a oreja estampada en la cara,

cuando pareció recordar dónde y con quién estaba y la sonrisa se le borró de golpe. Miró a Leora, y luego otra vez a los demás. Luego de nuevo a Leora.

—Oh, diablos.

Leora se llevó las manos a la cintura en una postura claramente agresiva.

—¿"Oh, diablos"? ¿Eso es lo que tienes para decir?

Alexis pensó un segundo, si le pedía a Leora que se calme solo lograría el efecto opuesto. Apeló a toda su experiencia, respiró hondo, y decidió qué decirle.

—Leora, voy a contarte todo, y te pido disculpas por no haberte dicho toda la verdad acerca de quién soy. Entenderás las razones cuando te lo explique, si me das la oportunidad.

—¿Conoces a esta gente? —preguntó Lora señalándolos.

—Sí, de hace muchísimo tiempo.

—¿Muchísimo tiempo? ¿De dónde, del jardín de infantes? —dijo cruzándose de brazos.

Alexis apretó los labios mientras Althaea y Ponteus se miraban entre sí.

—¿Qué tal si vamos adentro, nos ponemos cómodos, y toman algo? Creo que tenemos mucho de qué hablar, y aquí está pegando fuerte el sol —dijo Ponteus.

Leora levantó los hombros en gesto de resignación.

—Ya llegamos hasta aquí...

—Todavía falta un buen tramo hasta la ciudad, podemos ir hablando en el camino —dijo Ponteus, invitándolos a entrar a la camioneta.

Se acomodaron Althaea manejando, Ponteus a su derecha, y Robert, ahora Alexis, detrás con Leora.

Leora iba cruzada de brazos, con el ceño fruncido, mirando hacia afuera.

Luego de unos cinco minutos de viaje, viendo que no cambiaba su posición, Alexis se dirigió a ella.

—Leora...

Leora giró su cabeza y lo miró con furia.

—¿Por qué estás tan enojada?

—¡Porque no me gusta que me mientan, por eso!

Alexis suspiró.

—Sólo te mentí en cuanto a mi nombre. Por motivos personales, debo mantener mi identidad en secreto.

Leora alzó las cejas.

—¿Motivos personales? ¡Ja! ¿Acaso eres un espía o algo así?

—En realidad es mucho más complicado que eso.

—Pffff

Alexis se pasó la mano por el cabello.

Ponteus, que lo había estado mirando por el espejo, se giró en su asiento para mirarlo.

—Ya no hay necesidad de mantener el secreto, sabes. En Rho todos saben la verdad, y ella lo sabrá también muy pronto de todos modos, en cuanto lleguemos allí.

—¿Qué verdad? ¿De qué están hablando?

Ponteus miró con seriedad a Leora, luego levantando una ceja miró a Alexis, y al final volvió a mirar el camino, hacia adelante.

Leora miró a Alexis, quien la estaba mirando a los ojos. Por un momento le pareció ver un ligero resplandor en sus ojos, como le había sucedido en el barco, pero tan fugaz que pensó que sería un reflejo. Alexis movió su mano y tomó la de Leora, quien primero se resistió, pero sólo por un momento. Leora cerró los ojos y frunció el ceño. ¿Por qué, oh, por qué le tenía que haber mentido este hombre maravilloso? ¿Qué estaba ocultando?

—Mirame, Leora.

Leora lo miró, y con toda claridad escuchó la voz de Alexis diciendo *"mira mi mano"*. Excepto que estaba mirándolo, y en ningún momento abrió la boca. Leora frunció los ojos. ¿Estaba alucinando? Bajó la mirada hacia la mano de Alexis, y por un instante no notó nada, pero algo le molestaba. De repente se dio cuenta, el corazón le dio un salto y lanzó un grito asustado, muy impropio de ella, mientras rechazaba la mano de Alexis como si se hubiera quemado.

Trató de decir algo, pero le faltaban las palabras. Miró otra vez la mano, luego a Alexis. Por fin consiguió decir algo.

—¿En qué momento te creció un dedo extra?

—Oh, hace mucho tiempo. Desde que nací, para ser exactos.

—Y... ¿Cómo no me di cuenta antes? —por más que pensaba, Leora no podía entender cómo no lo había visto antes. Le había dado la mano. La había tocado, y la había acariciado mientras hacían el amor, por Dios. Mientras tenían el mejor sexo de su vida, mejor dicho.

Escuchó el suspiro de Alexis y se dio cuenta de que había cerrado los ojos, recordando su experiencia con Alexis. Lo cierto es que nadie nunca la había hecho sentir así. Los volvió a abrir, y lo miró esperando respuestas.

—No te habías dado cuenta, porque yo no quería que te dieras cuenta.

Leora bufó.

—Mascalzone, si ha approfittato della mia... —dijo Leora y mientras bajaba la cabeza se la agarraba con las manos.

Alexis le tocó la mejilla, y empujándola con mucha suavidad de la mandíbula, la obligó a levantar la cabeza.

"No, Leora, no me aproveché e ti, y si te he lastimado te pido perdón", escuchó Leora mientras una vez más veía que Alexis no estaba hablando.

"No estoy alucinando", pensó Leora, mientras se le ponía la piel de

gallina.

"*No, Leora.*"

Leora se encogió en el asiento, mirando alternativamente a Alexis, a Ponteus y a Althaea.

Alexis le tomó la mano y Leora, sobresaltada, casi pega un grito.

—No temas. Nada ha cambiado, Leora. Verás, mi nombre es Alexis Pavillis y soy experto en combate y navegación…

Durante los siguientes quince minutos, Alexis le contó sobre Atlantis, sobre su especie, y sobre su vida. Leora se quedó muda todo el tiempo, mientras Alexis contaba, explicaba y gesticulaba.

Primero se negó a creerlo. Imposible, se dijo. Tal vez me dieron algún alucinógeno y estoy imaginando todo… Sin embargo las evidencias estaban delante suyo. Y la historia que le contó Alexis tenía sentido. Si lo estaba inventando, era el cuentista más fantástico que había conocido. Pero los detalles, la coherencia de la historia, sólo un testigo directo sería capaz de narrar algo con tanto detalle, salvo que fuera un cuentista fabuloso, claro. Por otra parte… ¿La Atlántida? ¿Vivir miles de años? Era demasiado para aceptar de manera tan fácil. Pero también estaban los otros presentes, que asentían ante el relato de Robert… es decir, de Alexis.

—…y desde que hay cada vez más controles electrónicos he debido cambiar mi identidad cada veinte años o menos. Por más que me tiño y me dejo la barba, llega un momento que es evidente que no tengo la edad que tendría que tener. Si bien tengo dinero, o más bien, tenía antes de la hecatombe, el hacerme pasar por muerto cada vez y conseguir una nueva identidad falsa en una nueva ubicación consume una gran cantidad de recursos, y nunca me he topado con otros sobrevivientes, hasta ahora —seguía contando Alexis cuando llegaron a las puertas de la ciudad.

Hicieron los trámites de entrada y cambiaron de vehículo para llegar hasta el centro.

Leora estaba muda, tratando de procesar todo lo que le había dicho Alexis. Por un momento tuvo un escalofrío. Por el amor de Dios, había tenido relaciones sexuales con un ser de otra especie. A pesar de que pareciera un dios, no pudo dejar de pensar que había hecho algo malo. Muy malo.

El coche autónomo los llevó a toda velocidad hasta el centro de control, donde subieron hasta el centro de comando. Mientras caminaban, Althaea les iba describiendo los alrededores a Leora y Alexis.

Cuando entraron al centro de control, Juan Carlos y Damaris estaba trabajando en algo en un rincón, y Sofía estaba allí estudiando. Sofía se puso de pie, y Althaea se dio cuenta con sorpresa de que se veía mucho más madura que hacía un par de días. Ya no parecía una niña de catorce años, sino más bien de dieciséis. Su cintura se había estrechado un poco mientras que sus caderas se habían ensanchado un poco, y sus pechos habían crecido bastante. Y hasta se veía más alta.

Sofía se había quedado mirando a Alexis. Por un momento no pasó nada, pero de repente pegó un estridente grito de alegría.

—¡Alexis! —gritó Sofía saltando a los brazos de Alexis, y besándolo en la boca mientras lo abrazaba con fuerza.

Alexis se quedó congelado, y no había llegado a reaccionar cuando Sofía se separó y lo empujó hacia atrás, gritando —Pero qué diablos, ¡Qué asco! —mientras le pegaba una cachetada.

Alexis se quedó con la boca entreabierta y la mirada perdida mientras Sofía seguía su diálogo consigo misma.

—¡Nunca más hagas eso!

—¿De qué estás hablando? ¡Es mi consorte! ¡Mi pareja! —gritó enojada quien era evidentemente la personalidad de Gea dentro del cuerpo de Sofía.

—Pues por si no te enterabas, ¡No me gustan los hombres! ¡Y mucho menos los viejos! —dijo Sofía estremeciéndose.

—Esto es ridículo, es mi consorte, ¡No voy a privarme de tocarlo porque a ti no te gusta! —dijo Gea pataleando.

—Niña... —interrumpió Alexis, mirando la tiara.

—¡No soy una niña! —gritó Sofía, y por una vez, pareció que el grito fue completamente compartido por Gea.

Alexis miró a Althaea en busca de ayuda, y se miraron por un par de segundos, comunicándose. Leora estaba cerca de la puerta, cruzada de brazos.

—Pufff —bufó Alexis —. Podrías haberme advertido en el viaje, Althaea.

—Bueno, estabas ocupado con Leora, y ni sabía si Gea te iba a reconocer o siquiera a recordar.

Los demás se habían ido acercando. Tanto Leora como Juan Carlos y Damaris mostraban cierta hostilidad hacia Alexis.

—Apreciaría que no andes baboseando a mi hija —dijo Juan Carlos.

—Pero si fue ella la que...

—Y espera a que se enfríe la cama antes de saltar a otra —dijo Leora aún cruzada de brazos.

—Leora, no voy a saltar a ninguna otra cama.

—Deja en paz a Sofía —dijo Damaris, pasándole un brazo sobre los hombros, como protegiéndola.

—¡Ya basta! —gritó Alexis, perdiendo la paciencia —¡No me interesa la niña, y de hecho no me interesa nadie más que Leora en este momento!

—Ah, si tuviera mi espada estarías pidiéndome disculpas desde el suelo —dijo Gea, pálida de la furia.

—Niña... Sofía... ¡Gea! No sé qué diablos ha pasado aquí, pero tu no eres mi Gea, aunque te pareces y usas su tiara. Y aunque fueras ella, no te veo hace no sé cuantos miles de años, y en este momento estoy en una relación con otra persona.

—¿Con quién? —dijeron Leora y Sofía al mismo tiempo.

Alexis revoleó los ojos.

—Con Leora, por supuesto. Si ella quiere, claro, luego de todo esto no la culparía si se fuera con su barco para no volver.

Sofía cruzó los brazos mientras Leora los descruzaba, llevaba las manos a la cintura, y fruncía los labios.

—¿Qué, pensaste que sólo te estaba usando, me iba a acostar contigo y luego te iba a desechar como si no valieras nada? ¿O tal vez tu sólo me estabas usando? Me acosté contigo porque me gustas y reconozco una persona digna cuando la veo.

Leora se puso bordó.

—Vaya con la franqueza. ¿Por qué no lo anuncias por los parlantes?

—No sabía que era un secreto, no pretendía ofenderte. ¿Prefieres que lo mantenga en secreto? —bufó Alexis.

—Como si no lo supieran ya todos.

—Sólo lo saben ellos aquí, y es inevitable puesto que leen la mente, como yo, Leora.

—No hace falta leer la mente para ver que entre ustedes dos pasa algo, capitán —dijo Althaea, mirando a Leora.

Leora se puso más bordó si eso era posible.

—Leora, por favor, ¿Por qué te enojas? —imploró Alexis, acercándose.

—Porque... porque... ¡Porque está todo fuera de mi control, por eso! —gritó Leora.

Althaea asintió, mientras Alexis se acercaba aún más a Leora.

—¿Qué quieres decir?

—Soy capitán, Alexis, deberías saberlo. Estoy acostumbrada a dar órdenes y que las cumplan, a saber todo lo que pasa bajo mi dominio, y a saber con precisión lo que va a suceder en las próximas horas. De repente no soy nada.

—Créeme, sé cómo te sientes —dijo Gea.

—Las cosas son más complicadas, pero no han cambiado tanto, Leora. Puedes irte si quieres, y seguir mandando en tu barco, y llevarlo a donde quieras.

—No puedo hacer eso y lo sabes.

—En realidad sí puedes, no lo haces porque sabes que tu responsabilidad te exige buscar la mejor solución para los pasajeros y eso implica desembarcar en un lugar seguro. Aquí puedes tener seguridad, y ayuda. Nadie te obliga, puedes tomarlo o dejarlo.

Leora hizo un pequeño puchero que casi hizo sonreír a Alexis, pero vio que lo estaba pensando.

AL ACECHO

Río Negro, 24 de Diciembre de 2027, 6:00

La alarma lo despertó de inmediato, como todos los días. Encendió la luz, se levantó y fue al baño. Luego fue al cuarto de mantenimiento donde verificó la carga de la batería, y que estuviera funcionando la renovación del aire. Los filtros se veían bien, y el generador eólico estaba generando carga. Aún era temprano para que las celdas solares produjeran electricidad, pero ya pronto lo harían. Fue hacia la cocina, y se tomó un café mientras revisaba la despensa. Hoy no tenía ganas de comer enlatados, así que iría de cacería.

Se vistió con la ropa camuflada, tomó el rifle, y salió del bunker, dejándolo cerrado. El pueblo estaba a unos pocos kilómetros, pero por esta zona no había nada. Por supuesto las veces que había vuelto al pueblo desde que se metió al bunker, lo había hecho con su traje de riesgo biológico. Aún no confiaba en que los cadáveres no fueran contagiosos, así que anduvo arrastrándolos a la cantera donde quedaba fuera del paso. Por lo que podía apreciar, el virus se había disipado del aire y no necesitaba trajes especiales para salir a cazar lejos de las zonas de cadáveres. Se dirigió entonces como siempre hacia el sur, esperando encontrarse con algún ciervo, aunque desde hacía unos días estaban desapareciendo más rápido que en la temporada de caza, y todo debido a los malditos perros.

Hacía apenas dos días casi le cuestan la vida, los desgraciados. Estaba siguiendo el rastro de un ciervo, cuando al llegar al tope de una pequeña colina lo encontró... Su cadáver, más bien, rodeado de una veintena de perros que lo estaban devorando. Despojados de la alimentación provista por el ser humano, los perros estaban involucionando a toda velocidad a sus orígenes ancestrales, volviéndose salvajes y organizándose en manadas como los lobos. Era casi gracioso ver ovejeros alemanes mezclados con doberman, ovejeros belga y perros salchicha, pero cuando lo vieron y comenzaron a correrlo, dejó de ser gracioso. Sobre todo cuando comenzó a dispararles y aún así seguían tratando de alcanzarlo para devorarlo. Gracias a su entrenamiento pudo subir a un árbol y quedar fuera de su alcance, pero aunque mató a los más agresivos desde la comodidad de una horqueta, los demás siguieron hostigándolo. Tuvo que esperar varias horas hasta que decidieron que no valía la pena y en cambio se dedicaron a comerse a sus compañeros. No es que hubieran comido mucho, todos estaban tan flacos que se les veían las costillas. Si había alguno gordito, había pasado a ser el menú del día hacía varios días.

Supuso que su número iría declinando en poco tiempo, a medida que fueran encontrando su nicho ecológico. Mientras tanto, se le había complicado el hallar carne fresca. Luego de caminar un buen rato hacia el sur, llegó a la orilla el río. Comenzó a recorrerla hacia el este, en la esperanza de sorprender a alguna presa que hubiera ido a tomar agua. El agua estaba más limpia, lo que también le daba un indicio de la magnitud del desastre que había ocurrido.

Hacía días que no tenía contacto con nadie por la radio, la mayoría de sus conocidos que se habían refugiado en sus respectivos bunker en todo el mundo ya estaban enfermos cuando lo hicieron, y por lo que pudo deducir murieron encerrados. Otros se refugiaron a tiempo, pero en la última comunicación con uno de ellos, hacía varios días, le informo que iba a buscar más provisiones a la ciudad, y no volvió a contactarlo. Sospechaba que también había muerto. Si fue víctima de animales salvajes o si se contagió del maldito virus, jamás lo sabría. Pero el hecho de que el agua del río venía cada vez más limpia y potable, le indicaba que todas las ciudades desde donde estaba hasta las vertientes en las montañas, habían dejado de verter sus desechos al río. Lo que significaba que casi con seguridad todos habían muerto.

Aún no se animaba a tomar agua del río, sin embargo. Hacía apenas una semana, había visto pasar un cuerpo flotando. Si el agua estaba contaminada con el virus, podía enfermarse y morir sólo por tomarla. Su filtro portátil podía filtrar cualquier bacteria, pero estaba seguro que no funcionaría para un virus. Así que se limitaba a beber el agua que llevaba encima, recogida en su bunker en toneles cada vez que llovía y clorada para hacerla más segura.

Iba caminando de manera furtiva por la costa, cuando escuchó la lancha, mucho rato antes de que pasara. Tuvo tiempo de esconderse fuera de la vista y preparar su arma. Se agachó tras uno arbustos y preparó su rifle, mirando con un ojo por la mira telescópica y al mismo tiempo con el otro a la distancia.

Un par de minutos después, vio acercarse una lancha blanca y naranja, con la inscripción MSR Grandiosa en el costado, navegando corriente arriba. A bordo iba manejándola una mujer, una suculenta mujer. Sola.

La fue siguiendo con la mira del arma, mirándola atentamente por la mira del arma. Era preciosa. Y tenía una especie de uniforme. Eso le pareció muy excitante. Sintió una puntada en el miembro, y comenzó a toquetearse con la mano izquierda mientras mantenía sujeto el rifle con la derecha. La lancha iba rápido, así que tuvo que cambiar de posición para poder seguirla, pero en seguida salió de su mira. Pensó en dispararle para detenerla, pero eso la arruinaría.

En pocos segundos la mujer estuvo fuera de la vista, y el sonido de la lancha se fue perdiendo en la distancia.

¿Adonde iría y de dónde venía? Le pareció evidente que la mujer no estaba paseando, así que estaba yendo a ver a alguien, o venía de ver a alguien. O ambas. Él podría ir caminando en la dirección a la que iba, o hacia el otro lado.

Lo pensó un poco, y decidió que no valía la pena. La mujer no llevaba nada en el bote además de una mochila. Adonde fuera que iba, era evidente que no era muy lejos, o que sólo iba de paso.

En algún momento iba a volver.

Y él la estaría esperando.

SORPRESAS

Rho, 24 de Diciembre de 2027, 10:00

Leora había vuelto al centro de comando de Rho. Era el cuarto viaje desde que habían visto por primera vez a los amigos de Alexis.

Mientras que Alexis había dejado el submarino en manos de Lionel, y se había establecido en Rho, ella volvía al barco luego de cada viaje, para coordinar con la tripulación los trabajos en el barco, ver la distribución de la comida, y preparar a la gente para la evacuación cuando por fin estuvieran todos vacunados. Lo malo de eso es que cada vez debía hacer el viaje en lancha y camioneta, y entrar en la ciudad con un guardia que le iba dando acceso a los lugares donde quería ir. Sólo de pensar en el viaje, esta mañana le dio dolor de vientre. Pensó si no sería conveniente que ella también se quedara un poco en la ciudad, pero lo cierto es que no quería abandonar su barco mientras la gente no pudiera bajar también.

El guardia la acompañó hasta el centro de control, y la dejó pasar.

—Buen día —dijo Leora, viendo que en el salón estaban Alexis, Althaea, Juan Carlos y Sofía.

Sofía estaba cada día más madura. Hacía una semana parecía una joven de unos dieciocho años, hoy se veía como una mujer de un poco más de veinte. En ese momento estaba comiendo unas papitas.

Juan Carlos estaba en lo que solía ser el centro de comando de Tzedek. Tenía las tres pantallas gigantes encendidas, y veía los símbolos atlantes en ellas, en ventana tras ventana de código. Estaba manejando la computadora, pero de una manera curiosa. Tenía ambas manos apoyadas en la mesa, y leía las pantallas, desviando la vista de un lado a otro. Donde miraba, se resaltaba el código, y si se concentraba, lo cambiaba por otro. También veía ventanas con resultados en la última pantalla. Modificaciones genéticas, árboles genealógicos, y muchas otras cosas.

—Hola, Leora —dijo Alexis con una sonrisa que le llegó al corazón. El hombre de verdad estaba contento de verla, pero ella aún no lo había perdonado del todo. A nivel consciente entendía que su secreto no era algo que podía ir divulgando a quien conociera, pero aún así todavía se sentía traicionada.

—¿Te sientes bien? Te ves un poco pálida —dijo Althaea.

—No es nada, me mareé bastante en el bote, en el viaje desde el barco.

—¿Mareada? ¿Una marinera? —dijo Alexis con sorna.

Sofía le prestó atención por primera vez y la miró de arriba a abajo. Su boca se abrió del asombro cuando se le quedó mirando la panza.

—Estás embarazada —dijo sin más.

Un segundo después, Leora lanzó una carcajada.

—¿Crees que estoy bromeando? —dijo Sofía, poniendo una mano en su estilizada cadera.

—Sé que estás bromeando. Que esté un poco mareada no quiere decir que esté embarazada —dijo Leora, aún riendo.

—No lo dije por el mareo. Acabo de escanearte y veo el embrión anidado en tu vientre.

Todos se quedaron mudos. Leora reaccionó con incredulidad.

—No puedo quedar embarazada, soy estéril. Sin mencionar que por lo que me han contado la única persona que podría ser el padre no podría tener hijos conmigo de todos modos—dijo, mirando a Alexis.

Alexis estaba tan serio como Leora.

—No puedo tener descendencia con humanos. No quiero ser impertinente, pero ¿no es posible que sea hijo de alguien más? —preguntó Alexis.

—Menos mal que no quieres ser impertinente. No soy una doncella, pero hacía semanas que no tenía relaciones cuando nos conocimos. Digamos que no estaba en buenos términos con mi, hmm, compañero del momento.

—No puedo creerlo —dijo Alexis.

—¿Qué carajos? ¿Te piensas que me vas a acusar de mentirosa...?

—Digo que no puedo creer que sea padre, nunca lo fui y se supone que no podía serlo sin asistencia de un médico ingeniero genético, cálmate —dijo tratando de aplacarla —. Sofía, ¿estás segura de esto?

Sofía suspiró, y se acercó a ambos. Apoyó una mano en el hombro de cada uno, y se concentró un momento.

Tanto Leora como Alexis vieron el embrión... y lo sintieron. Y luego vieron como en una película acelerada en cámara inversa, todo lo que hizo Leora en el último mes, hasta el momento del encuentro íntimo con Alexis.

Leora se soltó de Sofía, enojada.

—¿Qué diablos, Sofía?

—Lo siento, es que accedí a la memoria celular para llegar al momento exacto en que se había implantado el embrión. No cabe duda de que Alexis es el padre —dijo Sofía, sonrojada.

—¿Cómo es posible, Sofía? —preguntó Alexis meciendose los cabellos.

—Sabemos que las mujeres atlantes no pueden tener hijos sin asistencia artificial, y que los atlantes y los humanos no pueden tener descendencia natural... —dijo Sofía pensando.

—Me consta que nunca tuve hijos —dijo Alexis.

—Pues yo tampoco, y no por abstinencia, precisamente —dijo Leora, indignada.

—Sabemos la historia de Alexis, así que la incógnita aquí es Leora —dijo Althaea.

—¡No soy una maldita incógnita! —gritó Leora, perdiendo los estribos.

Todo su mundo se tambaleaba. ¿Ser madre? ¿Qué podía saber ella de ser madre? Además, en un mundo incierto, lleno de preguntas y sin ninguna respuesta. ¿Cómo iba a sobrevivir en este mundo con un bebé?

Podría no tenerlo.

¿Podría?

—Yo estaré contigo. Es mi hijo también —dijo Alexis.

—¿Estaba hablando en voz alta? ¿O acaso me leíste la mente sin mi permiso? —preguntó Leora cada vez más indignada.

—No hace falta, leo tus pensamientos en tu cara.

¿En su cara? Leora se sintió desamparada. Nunca en su vida las cosas estuvieron tan fuera de su control. Se apoyó una mano en el vientre, como si sintiera alguna diferencia, pero aún no sentía nada. ¿Qué hacer?

—Leora —se acercó Alexis, mirándola a los ojos.

—¡Qué! —gritó Leora.

—No tomes una decisión ahora. Tienes tiempo para pensarlo.

Alexis tenía razón, y eso puso aún más nerviosa a Leora. Por un lado, toda su vida lamentó no poder tener un hijo. Por otro lado, el momento no podía ser peor. Ya no estaban en el mundo civilizado donde había vivido, donde su hijo hubiera crecido relativamente seguro y sin problemas. ¿No sería una locura traer a un bebé a vivir a este mundo casi despojado de humanos? ¿Y qué pasaría cuando envejeciera? ¿O si moría?

De repente, recordó una vez más a Leonora y lo que había hablado con su padre. Y recordó la solución de su padre... y se dio cuenta de que de alguna manera estaba pensando en hacer algo parecido. Aunque no hubiera aún un bebé o un niño, podría haberlo, y si lo impedía ahora... No sería diferente del padre de Leonora.

De alguna manera se dio cuenta de que la decisión estaba tomada. Atormentada por las dudas, con miedo a lo que traería el futuro, pero decidió que no estaba dispuesta a matar a su propia semilla.

Se dio cuenta de que aún tenía la mano en el vientre, y se lo acarició. Miró alrededor y notó que Alexis la miraba preocupado y Sofía le sonreía. Trató de controlarse. Ella no era así, estaba acostumbrada a ocultar sus pensamientos y ahora podían leerla como a un libro abierto.

Se irguió y se cruzó de brazos.

—Robert, digo, Alexis, tenemos que hablar.

—Sí, mi dama —dijo Alexis muy serio.

Leora miró a los demás y luego a Alexis.

—En privado.

Althaea y Sofía miraron para otro lado, mientras Alexis le hizo un gesto con su mano. Juan Carlos nunca había dejado la computadora y ni siquiera los había mirado.

—¿Te parecería bien hablar en mi departamento?

—Ve tu adelante —le indicó Leora, y siguió a Alexis cuando salió del salón.

—No quiero obligarte a nada —dijo Leora, mirando el departamento y la vista por los ventanales.

—No lo haces. Estaré feliz de ayudarte si decides tenerlo. Y me gustaría estar contigo aunque decidas no hacerlo —dijo Alexis muy serio.

Leora suspiró.

—Ojalá pudiera leer la mente como ustedes...

—¿Crees que no soy sincero? Es comprensible —Alexis dijo preocupado. Pensó en qué cosa podía decirle a Leora para convencerla, y se dio cuenta de que nada lo haría.

Leora lo miró de reojo y meneó la cabeza.

—Acércate, dame tus manos —le dijo Alexis al ver eso.

Leora lo miró con desconfianza.

"*Confía en mí*," escuchó a Alexis en su mente.

—¿Y por qué darte las manos, si me puedes hablar así?

—Para consumir menos energía, y para que... bueno, será mejor que lo veas tu misma.

Leora se acercó despacio, un poco desconfiada. Cuando llegó frente a él, le ofreció sus manos.

Alexis le tomó una mano y la acercó a una silla al lado de la mesa del comedor, y se sentó a su vez en la silla de al lado.

—Será más seguro si te sientas —le dijo Alexis, con lo cual sólo logró ponerla más nerviosa, pero se sentó.

Alexis le tomó ambas manos, y por un momento no sucedió nada, pero de repente comenzó a tener una sensación de hormigueo en las manos y como si algo presionara su cabeza. Cerró los ojos, y de repente una avalancha de voces e imágenes llenó su mente. Trató de resistirse, soltándose de Alexis, pero él la tomó más fuerte, y la sensación de malestar pasó en seguida.

Y vio...

Década tras década, siglo tras siglo, la vida de Alexis. Primero su vida en Atlantis, luego luchando por sobrevivir, aprendiendo cosas nuevas, teniendo parejas, manteniendo sus secretos, perdido, en un mundo extraño para él.

Y sintió...

La emoción de Alexis, cada vez que buscaba alguna aventura nueva, y su soledad a lo largo de los siglos, con alguna que otra conquista ocasional, para luego sentir el dolor de la pérdida cuando la distancia o la edad lo obligaba a separarse... cuando no era el fallecimiento de la pareja lo que lo causaba. Hasta que la encontró a ella.

Y se vio a través de sus ojos.Como capitán, las cosas que hizo en su barco, y también sus propias memorias. Y las sintió como las sintió él.

Se dio cuenta de que estaba llorando cuando él la soltó. Llorando por la angustia y no podía contenerse.

Alexis la abrazó, dándose cuenta del error que había cometido.

—Lo siento, lo siento... No se me ocurrió otra forma —dijo Alexis, mientras le acariciaba la cabeza.

Leora tardó un rato en poder calmarse,

—¿Cómo... cómo puedes soportarlo?

—¿Qué alternativa tengo? Pienso que siempre hay esperanza. Fíjate, ahora te encontré a ti.

—Pero vas a perderme.

—Eventualmente, pero ¿quién dice qué no podemos hacer mientras tanto?

—Tanto dolor, tanta soledad...

—Ahora estás aquí conmigo. Déjame estar contigo. ¿O prefieres estar sola una vez más? No voy a imponerte mi presencia, pero sabes que es real que quiero estar contigo. Y además... —dijo Alexis mirando el vientre de Leora.

Leora se tocó una vez más el vientre. Además del malestar que sentía desde la mañana, aún no podía notar nada. Todavía le parecía todo tan irreal.

—...estaré contigo en lo que sea que decidas. Aunque sabes lo que me gustaría, te apoyaré sea lo que sea que hagas.

—No creo poder tener y criar un hijo, Alexis.

—No necesitas estar sola. Es más, mira alrededor. Aún cuando no quieras estar conmigo, no te dejaran sola si necesitas ayuda.

Leora bufó.

—Ojalá fuera tan fácil.

—Nunca lo es, pero tampoco eres una mujer de las que necesiten que todo sea fácil. No te agobies, como te dije antes... No necesitas decidirlo ya en este momento. Ahora sabes más de mi y de lo que puedes esperar. Piénsalo.

—Lo pensaré. Mañana —dijo Leora, mirándolo a los ojos, recordando todo lo que experimentó hacía unos momentos, y aspiró su aroma apoyando la cara contra su cuello. Volvió a mirarlo y sin poder evitarlo de repente se encontró besándolo con pasión. Comenzaron a acariciarse mientras se besaban, acercándose a la cama.

De repente Leora se separó. Estaba más pálida, y se puso casi verdosa. Dudó por un segundo, y se tapó la boca con las manos. Se volvió y corrió hacia el baño, donde se escuchó el golpe de la tapa del inodoro y el ruido de una tremenda arcada. Y luego otra. Y luego el ruido de algo líquido cayendo al inodoro. Alexis se acercó despacio, y le preguntó si necesitaba ayuda.

Leora le hizo un gesto con la mano, echándolo, avergonzada, asqueada, con la garganta ardiendo y tratando de no inhalar para no aspirar el olor que le daba más nauseas, con los ojos cerrados para no ver lo que había hecho. Alexis escuchó como Leora vaciaba el inodoro, se enjuagaba la boca, y luego de un rato, apareció para dirigirse tambaleándose a la cama, donde cayó como un fardo.

—Lo siento —dijo Leora, pálida.

—Suele suceder al principio de los embarazos, no te preocupes... y no me molesta. Tan solo dime si quieres cualquier cosa —dijo Alexis acostándose a su lado.

Pasó un rato, y Leora comenzó a sentirse un poco mejor.

Mientras ella yacía de espaldas en la cama, a su lado Alexis la miraba apoyado de costado.

Leora tenía la sensación de que Alexis le quería decir algo y no se animaba.

—¿Qué? —preguntó finalmente Leora.

—No puedo creer que me de vergüenza pero... déjame contarte, en mi país se usaba dar un regalo para festejar el solsticio de invierno. Bueno, aquí sería el solsticio de verano, pero es la misma fecha.

—¿Estás hablando de un regalo de Navidad?

—Bueno, si quieres verlo así... pero nada que ver con la Navidad cristiana, claro. Nosotros festejamos el solsticio desde mucho antes. Para nosotros era el comienzo del año nuevo. Así que sería un regalo de año nuevo.

—Pero hoy es 24... bueno, no importa. ¿De qué se trata?

Alexis pegó un salto de la cama y buscó rápidamente en un cajón. Se acercó a ella de nuevo, sujetando algo entre sus dedos.

—Bueno... me gustaría que tengas esto —dijo Alexis, ofreciéndole un anillo de intrincado diseño.

El anillo era de un metal de color plata azulado, muy suave al tacto y muy brillante. Como si todo el anillo fuera una gema. Leora se quedó asombrada.

—¿De qué es? ¿Y de dónde sacaste esto?

—Es de metal de espada atlante. De hecho, está hecho con una parte del metal de la empuñadura de mi propia espada.

—¿Tienes una espada? Es decir, recuerdo tu espada, la vi en tus memorias, pero ¿es la misma espada?

—Siempre tuve mi espada. La tenía en mi camarote en el submarino, y la tengo desde que me declararon mayor de edad. Hace mucho, mucho... mucho tiempo. Fue hecha a medida, por supuesto, como todas las espadas atlantes. La aleación es única y el secreto de su fabricación se ha perdido, ya nadie sabe cómo hacerlas.

—¿Qué no se pueden analizar los componentes?

—Eso sí, pero la secuencia exacta de exposición a calor, frío, magnetismo, alto voltaje y la cantidad precisa de cada material que se agrega en cada etapa es irreproducible. Al tener este anillo, es como si tuvieras un pedazo mío.

—¿Es sólo un anillo o quiere decir algo más? ¿No te estarás proponiendo? —dijo Leora sonriendo, pero se le fue la sonrisa cuando vio que le subía el rubor a Alexis.

—Leora, me sentiría honrado si...

—¡Espera! —lo interrumpió Leora, presa del pánico.

Alexis se quedó mudo, mirándola.

—Esto es demasiado, ¿entiendes? Hace veinticuatro horas era libre como un pájaro, y de repente tengo un hijo y un... ¿qué? ¿novio? ¿pretendiente? —Leora, meneando la cabeza, calló a Alexis con un gesto de la mano cuando trató de hablar.

—¿Libre como un pájaro? ¿Acaso hubieras dejado el barco y la tripulación a su suerte?

—Pfff, claro que no, pero... —Leora se quedó pensando.

—¿Pero qué?

—¡Son mi responsabilidad! —exclamó Leora enojada.

—No eras tan libre, entonces, si tu conciencia te fuerza a hacer lo que consideras es tu obligación.

—¡No es lo mismo! No vas a comparar navegar, preocuparse por la gente y dar órdenes con limpiar pañales y preparar papillas.

—No te voy a decir que vas a disfrutar limpiando caca o haciendo papillas, pero al final verás que de alguna manera es lo mismo. No querrás ver a tu hijo dolorido por tener el culo sucio, o llorando por tener hambre, así que será natural darle lo que necesita, de la misma manera que velaste por el bienestar de tus pasajeros. Con la importante diferencia de que tus pasajeros eligieron estar ahí, en cambio...

—Mis pasajeros no sabían lo que iba a pasar.

—¿Acaso tu lo sabías? ¿Le echas la culpa a tu madre ahora por haberte tenido justo cuando te iba a tocar el fin del mundo?

Leora iba a contestarle cuando entendió el punto que quería demostrar Alexis.

—Pufff —bufó Leora.

—Puedes optar por no tenerlo, claro, pero piénsalo, creías que no podías tener hijos y te habías resignado, y de repente te sucede esto.

—¿Crees en el destino? —preguntó Leora, intrigada.

—En realidad no, pero debo admitir que a lo largo de mi vida vi cosas que parecen imposibles. Y sin embargo ocurren en el momento preciso. Cosas que si no hubieran ocurrido, el curso de la historia hubiera sido otro, completamente distinto.

—¿Como milagros, quieres decir?

—No, nada sobrenatural, y sin embargo, cosas tan improbables que es increíble que hayan ocurrido. Y encima eventos cuyas consecuencias se extienden por décadas y siglos y a través de países y continentes —dijo Alexis con la mirada perdida.

Leora lo miró intrigada.

Alexis pareció salir de su trance, y suspiró.

—¿Considerarías comprometerte conmigo? —dijo Alexis por fin, tomándola de la mano.

—Déjame pensarlo, Alexis.

—¿Qué puedes perder?

—Me preocupa lo que pueda pasar más delante.

Alexis suspiró otra vez.

—Ya es tarde para que vuelvas hoy, ¿quieres dormir aquí?

—De acuerdo, pero no me siento bien.

—Prometo no hacerte nada que tu no me pidas. Si quieres dormir, cuenta con una cama cómoda.

—Está bien, realmente necesito descansar —dijo Leora, sonriendo un poco.

—Prepararé todo.

—¿Tienes tu espada aquí? —preguntó Leora sintiendo curiosidad de repente.

—Sí, trato de tenerla siempre cerca mío —contestó Alexis, yendo a un mueble con cajones en el costado, y buscando en uno de los cajones sacó con cuidado la espada, que estaba enfundada.

La sacó de su funda, que dejó apoyada en la cama, y Leora pudo ver el brillo y los reflejos en el metal atlante. Alexis la tomó por la empuñadura con la mano derecha, que estaba cubierta de cuero, y con un movimiento firme la hizo girar en torno a su pulgar. La espada zumbó cortando el aire mientras hacía un giro completo, y luego la pasó a la otra mano mientras hacía lo mismo, y repitió el movimiento un par de veces. Finalmente la tomó con firmeza y se la entregó a Leora, que se había quedado con la boca abierta.

—Tómala con cuidado, es mucho más filosa que una navaja —le advirtió Alexis.

—¡Es muy liviana! — exclamó Leora en cuanto la tomó, sorprendida.

—Eso me permite usarla durante mucho tiempo sin fatigarme, aunque hay quienes prefieren que sea más pesada para tener más fuerza en los golpes. Para eso le agregan metales pesados en la empuñadura o en el núcleo de la espada. A mí me parece innecesario, de todas formas podría cortar a un humano por la mitad como si fuera de manteca, y no recuerdo la última vez que tuve que pelear con otro atlante con la intención de matar.

—¿Este cuero es para que no patine? —señaló Leora al cuero que envolvía la empuñadura.

Alexis hizo un movimiento tan rápido que Leora no pudo seguirlo, y de repente vio que el cuero había desaparecido de la empuñadura y rodeaba la muñeca de Alexis. Hizo un par de movimientos con el arma, y la soltó de súbito. Leora se asustó por un momento, hasta que vio que la espada había quedado colgando de la muñeca de Alexis.

—Es un mecanismo de seguridad para usar en ciertos combates, por si te arrancan el arma de la mano —explicó Alexis, mientras fruncía el ceño, y le daba la espada a Leora.

—¿Qué? —preguntó Leora.

—Nada, me trajo unos recuerdos. De la primera vez que hice uno de estos...

Con delicadeza la tomó de las manos de Leora, que había estado admirándola y moviéndola de una lado a otro, la puso nuevamente en la funda, y le mostró el lugar de la empuñadura de donde había sacado el material para el anillo.

Apenas se notaba, pero era claro que de alguna manera le había sacado una tira de material.

Luego, volvió a guardarla en su cajón.

Pasaron el resto del día charlando, y finalmente Leora se puso el anillo. Era la única pieza de joyería que usaba.

CAPTURADA

Río Negro, 26 de Diciembre de 2027, 10:00

Leora pasó la navidad en Rho. El 25 a la mañana, apenas apareció por el centro de control, Althaea noto el anillo y lanzó un silbido de admiración.
—Guauu, mira eso —dijo Althaea admirándolo.
Leora lo miró, era fácil olvidarse que lo llevaba puesto, por lo liviano del material.
Sofía hizo un mohín, y Leora lo notó.
—¿Qué? —preguntó Leora.
—Gea no está contenta. Pero ya estoy aprendiendo a mantenerla a raya —comentó, mientras comía una manzana.
—Oh... bien —dijo Leora, sin saber bien qué decir. La doble personalidad de Sofía la asustó al principio, pero se estaba acostumbrando.
Juan Carlos entró en ese momento al centro, y se acercó a Althaea para besarla. Leora miró a Sofía, que a su vez miraba a su padre. La relación entre Juan Carlos y Althaea parecía avanzar, y no parecía molestarle a Sofía.
Leora pasó el resto del día como en las ocasiones anteriores, aprendiendo sobre la ciudad y su gente.

Unas horas después, del laboratorio les llegó una buena noticia. Las vacunas estaban casi listas, y Raquel en persona estaba supervisando el embalaje. Serían varios bultos grandes, así que decidieron que lo mejor sería que los lleve en persona en vez de hacer muchos viajes en drones. Eso aseguraría que tuvieran vigilancia para evitar sabotajes.
Cuando estuvieran todas listas en un par de días, Leora y Alexis las podían llevar juntos en la lancha.

Faltaban dos horas para el ocaso. Leora se bajó de la camioneta al mismo tiempo que Alexis, y ambos fueron caminando hasta la lancha, que estaba amarrada en la orilla. Hacia el norte, un borde negro en el cielo anunciaba un frente de tormenta.
—¿Por qué no te quedas? Ahora no deberías estar viajando tanto —dijo Alexis, preocupado.
Leora le sonrió.
—Ya falta poco. Cuando entreguemos las vacunas, y todos los del barco estén inmunizados, arreglaré las cosas para que mi segundo tome el mando, y luego volveré y me quedaré aquí mientras los demás se instalan en el pueblo.
—¿Te quedarás conmigo? —preguntó Alexis, rozándole la mejilla con la

mano.

—¿Por qué no? Estuve con peores compañías —contestó Leora, impasible, mientras subía a la lancha.

—Caramba, gracias. Creo —dijo Alexis, con sorna.

Leora no pudo aguantarse más y sonrió. Luego volvió a ponerse seria.

—¿En serio te quedarías conmigo? —mirando una vez más el anillo.

—Claro que sí, Leora. Eres preciosa. Pero eso casi ni me importa, lo que me gusta de ti es que eres autónoma, valerosa e inteligente —dijo Alexis en voz baja, casi con vergüenza.

Leora se sonrojó. Y se enojó al sentir el rubor en sus mejillas. ¿Qué futuro tenía con un atlante? Pero lo cierto es que este hombre la volvía loca.

—Nos vemos pasado mañana —dijo Leora, mientras arrancaba el motor, y Alexis la ayudó a soltar los cabos.

—Llámame cuando llegues, por favor —dijo Alexis.

Leora aceleró y dirigió la lancha a la corriente del río, saludando a Alexis con una mano, quien la saludó a su vez.

Leora aceleró y encaminó la lancha por el medio de la corriente como había hecho ya varias veces. Como iba hacia el mar, la corriente se sumaba a la velocidad de su motor e iba bastante rápido. Había calculado la hora de salida para llegar al barco antes de que oscureciera.

Hacía una media hora que estaba viajando cuando le llamó la atención ver más adelante, tras una ligera curva del río, una pequeña columna de humo hacia la izquierda. Fue bajando la velocidad para ver de qué se trataba, y cuando tuvo el origen del humo a la vista apuntó la lancha hacia ese lugar. Había una pequeña fogata cerca de la breve orilla de arena.

Leora se sorprendió. Una fogata, significaba sobrevivientes. ¿Estarían bien? Se acercó lentamente hasta la orilla, hasta que encalló. Apagó el motor, y bajó de la lancha, tirando de ella para asegurarse que no se la lleve la corriente.

La fogata estaba a pocos metros de la orilla, pero no veía a nadie alrededor. De repente escuchó un whooosh y lo siguiente que sintió fue una explosión de fuegos artificiales en su cabeza, y luego nada. Ya estaba inconsciente cuando golpeó el suelo.

En Rho, Sofía frunció el ceño. Por un momento pensó que había sentido algo extraño... pero esperó un momento y lo que fuera, había desaparecido. Se encogió de hombros y siguió comiendo su sandwich mientras miraba los árboles genealógicos de los experimentos de Tzedek.

Elías sonrió de oreja a oreja. La práctica hace al experto, y él era experto en cacería. Se acercó al cuerpo inconsciente de Leora y la volteó hacia arriba. Le sangraba la cabeza, pero respiraba. Admiró su cuerpo, y recorrió su silueta con las manos, deteniéndose un poco en los pechos, mientras se relamía. Recogió las boleadoras que habían caído a su lado y las guardó, y se fue a buscar la 4x4. La acercó hasta donde estaba Leora, y con dificultad la introdujo a la parte de atrás del vehículo. Apagó y enterró la fogata, y luego se fue manejando.

Unos minutos después Elías llegó a su bunker.

Alexis miró la oscuridad del exterior. ¿Por qué no lo había llamado Leora? ¿Se había vuelto a enojar? Suspiró, y por un momento pensó en llamarla. Se dirigió a la consola de comunicaciones, y estiró la mano hacia los controles. Dudó un momento, y bajó la mano. Conociendo a Leora, se iba a enojar si no quería hablarle y la llamaba. Pero le seguía extrañando que no hubiera llamado. Por un lado estaba Leora la mujer, que pudiera ser que no quisiera hablarle. Por otro lado, estaba Leora la capitán, y ella nunca hubiera faltado al protocolo. Se decidió y levantó la mano otra vez, y justo cuando estaba por tomar el comunicador, sonó el timbre de llamada. Alexis se sobresaltó, y luego tomó la llamada.

—Aquí el capitán Robert.

—Capitán, qué bien que lo encuentro. Aquí Giuseppe... Esperábamos a la capitán antes del anochecer, pero queríamos confirmar si se había quedado con ustedes o si nada más salió más tarde.

Robert se quedó en blanco.

—¿Me está diciendo que la capitán no llegó al barco?

Hubo a su vez un momento de silencio del otro lado de la línea.

—Capitán, me temo que aún no ha llegado.

—Será mejor que envíe inmediatamente una lancha de rescate a buscarla. Haremos lo mismo desde este lado.

—Entiendo, capitán. Lo haremos de inmediato. Hmm, capitán, ¿quién iría en la lancha? —escuchó la voz de Giuseppe, llena de preocupación.

Maldición, se había olvidado del virus. Necesitaba una lancha, pero no a costa de la vida de alguno de sus hombres.

¿Habían pasado alguna lancha en el camino por el río? Concentrándose, le pareció que había visto un bote algunos minutos antes de llegar. No recordaba haber visto otras embarcaciones.

—Retiro la orden, Giuseppe. Nadie debe arriesgarse hasta que estén vacunados. Por favor, esperen instrucciones. Estén alertas por si la capitán llega al barco o intenta comunicarse.

—Sí, señor —contestó Giuseppe luego de una pausa.

—¡Sofía! —exclamó Alexis, luego de cortar con el barco.

Lo primero que sintió Leora fue un dolor atroz en la cabeza. Cuando intentó tocársela, se dio cuenta de que estaba inmovilizada. Soltó un quejido involuntario mientras abría lentamente los ojos, para ver que estaba tirada de costado en una cucheta en una habitación pequeña y sin ventanas, y se dio cuenta de que estaba atada de pies y manos.

Sentado en una silla, cerca de la cama, estaba un hombre que la miraba con intensidad. No parecía desagradable, estaba afeitado, y se veía limpio. No pudo mantener los ojos abiertos, y volvió a la inconsciencia.

Sofía estaba sentada relajada, con los ojos cerrados. Sus joyas brillaban. Cuando los abrió, por un momento un ligero resplandor pudo verse en sus ojos, hasta que todo volvió a la normalidad.

—Lo siento, Alexis, no puedo encontrarla —dijo Sofía, que se veía preocupada.

Alexis caminaba de un lado a otro de la habitación.

—¿Hasta dónde crees que puede haber llegado?

—Ni la menor idea, pero no se me ocurre por qué iría a otro lugar que no fuera al barco.

—¿Y puede ser que de alguna manera te resulte invisible?

—Puedo captar a todos los seres conscientes desde aquí hasta el barco y si me concentro incluso más allá. La captaba claramente cuando salió de aquí. Ahora no la siento. Lo que quiere decir que está durmiendo, o está desmayada, o está...

—Ni se te ocurra decirlo —interrumpió Alexis enojado —, debe haber sufrido algún accidente pero tiene demasiada experiencia para haber muerto en un estúpido accidente, en una lancha, en pleno día. Iré a buscarla.

—Pero ahora no es de día.

—Si sufrió un accidente, el tiempo es crítico. Tal vez esté herida. Llevaré una radio portátil, para que estemos en contacto. Si llegas a captarla, me avisas inmediatamente.

—Por supuesto, nos vemos aquí en quince minutos —dijo Sofia, preocupada, mientras corría a preparar los equipos.

Leora se despertó nuevamente. La cabeza aún le dolía horriblemente. Miró alrededor y vio que el hombre aún estaba sentado mirándola.

—¿Quién eres tu y qué hago aquí?

—Relájate, querida. Me llamo Elías, y estás en mi casa. Aquí estamos a salvo del virus. Y además puedo proveerte alimentos y protección, a cambio de tus servicios, claro.

—¿Servicios?

—Limpiar, cocinar, sexo. Nada que no hayas hecho antes.

Leora sintió un escalofrío. ¿El tipo estaba loco?

—¿Eres consciente de que me estás secuestrando?

—¿Secuestrando? —dijo Elías indignado —Nada de eso, te estoy dando la gran oportunidad de sobrevivir conmigo y ser la madre de mis hijos.

Más que loco, había perdido la chaveta. Botado la canica. Sus patitos iban desalineados. El avión volaba pero no había nadie en la cabina. Tenía que salir de allí, ahora mismo.

—Tengo que ir al baño —dijo Leora.

—Será mejor que no intentes nada —dijo Elías, disgustado, mientras maniobraba con las cuerdas de los pies de Leora. Terminó de soltarla y le señaló el baño.

—¿Y las manos? —preguntó Leora.

—Que yo sepa no las necesitas ni para el uno ni para el dos.

—¿Y cómo me bajaré los pantalones?

—Yo lo haré —dijo Elías, mientras se acercaba para sacarle primero el calzado.

Cuando comenzó a sacarle una de las botas, Leora le pateó la cabeza con la otra, haciéndolo trastabillar y caer. Se incorporó de golpe y la puntada de dolor que le dio en la cabeza la demoró por un segundo. En cuanto se recuperó, fue de inmediato al lado de su secuestrador, que estaba tratando de incorporarse, y le propinó otra patada en el estómago. Se agachó junto a él y lo revisó con mucha dificultad, puesto que tenía las manos atadas a la espalda, pero no encontró armas ni llaves que le sirvieran. Se irguió y buscó alrededor. La habitación era pequeña y claustrofóbica y no parecía tener nada de valor.

Salió de ella y se encontró con un pasillo estrecho que daba a varias puertas, el cual recorrió hasta el final y se encontró con una puerta tipo exclusa que estaba firmemente cerrada y no pudo abrir por más que intentó girar el volante o destrabarla. Volvió atrás y fue mirando detrás de cada puerta. Encontró lo que parecían almacenes con mercadería, un cuartito con un par de cuchetas, otro cuartito con unas máquinas que parecían transformadores y equipos de procesamiento de agua, una salita con una mesa con sillas y un pizarrón, una pequeña cocina... En las anteriores no había encontrado nada, pero se metió en la cocina esperando encontrar algún cuchillo.

Con las manos aún atadas en la espalda, abrió torpemente los cajones y al segundo cajón encontró lo que buscaba. Un juego de cubiertos, entre ellos varios cuchillos de cocina. Con dificultad tomó uno de ellos, lo acomodó con sus manos para que roce las cuerdas y comenzó a moverlo. Apenas terminó de hacerlo el cuchillo se le patinó de las manos y cayó al suelo. A las maldiciones tomó con cuidado otro cuchillo del cajón, y repitió la maniobra, esta vez sosteniéndolo con más fuerza. Comenzó a cortar la cuerda. Con un sobresalto, escuchó gruñidos y ruidos por el pasillo, y redobló sus esfuerzos para soltarse. Se le agarrotó la mano, y por un momento casi se le cae el cuchillo nuevamente. Trató de relajar las manos para evitar el calambre, pero en respuesta recibió un dolor tan agudo que hizo que se le cayeran las lágrimas. Se contorsionó un poco para mirar sus manos detrás de la espalda, y vio que la cuerda estaba casi rota. Hizo un esfuerzo más hasta que por fin se corto la cuerda. Con un sonido histérico pudo sentir cómo se aflojaban los nudos, y mientras los restos de la cuerda caían al suelo comenzó a girarse para salir de la habitación, topandose con el agujero de un arma apuntándole directamente en la cara.

—Siquiera respira fuerte y te vuelo la cabeza —la amenazó Elías.

¿Hablaría en serio o sería tan solo un albur?

Como si le leyera el pensamiento, Elías desvió el arma hacia la derecha y disparó a la pared, volviendo a apuntarle de inmediato. El estampido del arma la sobresaltó y ensordeció al mismo tiempo por un momento.

—Levanta las manos despacio, y vuelve por el pasillo hasta tu cuarto —le instruyó Elías mientras retrocedía lentamente para hacerle lugar para pasar, sin dejar de apuntarle en ningún momento.

Leora reconoció la futilidad de resistirse y levantó las manos mientras se dirigió hacia la habitación de la que había escapado, buscando otra oportunidad para volver a hacerlo pero sin encontrar ninguna. Cuando hubo ingresado a la habitación, Elías cerró la puerta detrás de ella y escuchó cómo la trababa, dejándola encerrada. Sin escape.

Unos minutos después, escuchó cómo se destrababa la puerta, y entró Elías apuntando con su arma, con un manojo de cuerdas en la mano. Las arrojó sobre el pie de la cama, y le indicó que se acostara.

De mala gana le obedeció, pero cuando vio que sacaba una jeringa del bolsillo, se incorporó asustada.

—¿Qué es eso?

—Considerando tu falta de colaboración, no me voy a arriesgar contigo otra vez. Vas a dormir un rato mientras te ato.

Leora se tomó el vientre.

—No me inyectes...

—Shhh... Es solo un pinchazo y dormirás un rato.

—Estoy embarazada. Por favor.

Elías alzó las cejas sorprendido.

—Bueno, tendremos que hacer algo al respecto, querida. Son mis hijos los que quiero que prevalezcan, no los de vaya a saber quién —dijo Elías frunciendo el ceño, mientras se acercaba a Leora apuntándole ahora al vientre.

Oh, Dios, el tipo está completamente loco. Alexis, ¿dónde estás? pensó

Leora desesperada, pero se dio cuenta de que era imposible que Alexis la escuchara desde la ciudad. Estaba sola.

—Si me matas no podrás tener hijos —trató de razonar con él Leora.

—Ah, pero si estabas tú, también debe haber otras mujeres ahí afuera, querida, si no me sirves no veo por qué debo mantenerte con vida. No voy a estar toda la vida luchando contigo. No tuvimos mucha ocasión de hablar, lo reconozco. Debes saber que espero que hagas exactamente lo que digo y sólo te dediques a servirme. Comprendo que podrías verte tentada a luchar, pero verás, es simple... Es la ley del más fuerte, y adivina quién es el más fuerte —dijo Elías mientras le inyectaba el contenido de la jeringa en un instante, con una sola mano, sin dejar de apuntarle con el arma en la otra.

—No, no sabes lo que haces, por favor —balbuceó Leora desesperándose al sentir que se le secaba la boca y se mareaba.

Elías sólo sonrió mientras la miraba como quien mira a una hormiga bajo la lupa al sol. Como la hormiga que se carboniza, todo se volvió negro para Leora.

BÚSQUEDA

Río Negro, 27 de Diciembre de 2027, 1:00

En quince minutos exactos Alexis apareció en el centro de control. Se había puesto ropa de fajina, botas para todo terreno, y su cinto con su espada atlante de un lado y su arma del otro, además de varios cargadores.

—Te ves preparado para todo —comentó Sofía, quien acababa de entrar también.

Alexis se quedó con la boca a abierta al verla vestida con un bermudas corto, camisa ajustada color caqui de mangas cortas, también botas de montaña, y a su vez un cinto con armas. No pudo evitar soltar un silbido ahogado. Sofía había crecido aceleradamente cada minuto desde que la viera por primera vez. Lo que le parecía inquietante es que físicamente se parecía cada día más a la Gea que él había conocido.

—¿Por qué te cambiaste? ¿Esperas que alguien nos ataque aquí?

—Claro que no, voy contigo.

Alexis abrió la boca para protestar, y volvió a cerrarla. Ya fuera Sofía con las joyas de Gea, o la misma Gea la que buscaba acompañarlo, su poder en realidad podría ayudarlo.

—Muy bien, vamos —dijo dirigiéndose hacia la salida, y topándose con Damaris. Alzó una ceja cuando vio que Damaris se había cambiado y vestía atuendo y equipo similares a los de Sofía.

—¿Y tu adónde vas?

—Con ustedes, claro. No me separaré de Sofía.

—Esto es ridículo, seremos una multitud, si hay alguien ahí afuera nos oirán venir. Y alguien debe quedarse aquí.

—Yo me quedaré —dijo Althaea, que también llegaba en ese momento.

Alexis bufó, pero vio que ambas estaban listas, así que claudicó. Sofía le ofreció una de las mochilas que llevaba.

Ante la mirada de interrogación de Alexis, le aclaró —Alimentos, jugos, más cargadores, comunicadores, más armas, baterías, linternas militares y policiales, ropa seca.

Alexis tomó la suya y se la colocó a la espalda como ellas, y salieron a buscar el vehículo.

Cuando llegaron al muelle desde donde había partido Leora, se bajaron y estudiaron el terreno.

—No tenemos forma de saber hasta dónde llegó Leora —dijo Damaris preocupada.

—¿Sigues sin detectarla? —le preguntó Alexis a Sofía.

—Nada —contestó, mirando preocupada la tormenta que estaba encima de ellos. Los relámpagos cruzaban el cielo y algún que otro rayo caía cada pocos segundos en los campos cercanos. El viento bajaba su temperatura y se olía la humedad en el aire.

—¿Te asusta la tormenta?

—No le tengo miedo a la estúpida tormenta, lo que me preocupa es que si llueve se va a borrar cualquier rastro que pueda ayudarnos. Será mejor que nos apuremos —dijo Sofía.

—¿Y cómo hacemos? La ruta se aleja del río, podríamos pasar sin ver dónde está —dijo Damaris.

—Debemos ir por la costa —dijo Alexis, y comenzó a trotar por la costa del río. Ajustó su visión activando sus nanites para ver claramente en la oscuridad, y Sofía y Damaris hicieron lo mismo, y lo siguieron.

Después de unos minutos al trote, llegaron al pequeño muelle con un bote que recordaba Alexis.

—¿Vamos en el bote? —preguntó Sofía.

—No, desde la corriente podríamos perdernos alguna pista —contestó Alexis.

—En tal caso sería mejor que vayamos cada uno por cada orilla, y alguien en el bote. Yo cruzaré en el bote e iré por esa orilla. Lleva tu radio en la mano —dijo Sofía.

—Bien, yo seguiré por este lado —dijo Alexis, aliviado. A pesar de su experiencia, no se le había ocurrido que si iba por una orilla, podía perderse algún detalle que estuviera en la otra.

—En tal caso, eso me deja encargada del bote, vamos —dijo Damaris, dirigiéndose a Sofía.

Damaris llevó a Sofía a la otra orilla. El río tenía más de cien metros de ancho en esa zona.

—¿Me escuchas, Alexis? —chequeó Sofía por la radio.

—Fuerte y claro. Vamos —contestó, comenzando a trotar.

Trotaron durante más de una hora, sin encontrar nada. Más de una vez tanto Alexis como Sofía debieron meterse al agua, a veces hasta la cintura, ante la desaparición de la orilla, ya fuera por pequeños acantilados naturales, construcciones o por algún otro accidente que volvía la orilla intransitable.

Sofía iba por la orilla izquierda, cuando se topó con un resplandor. Se detuvo y ajustó su visión. En la oscuridad no se veía nada, pero en el infrarrojo se veía una zona caliente. Apuntó con su linterna policial, y un potente haz de luz blanca iluminó la zona. Inmediatamente alumbró hacia donde estaban Damaris y Alexis.

—¿Encontraste algo? —escuchó que decía Alexis por la radio.

—Restos de una fogata. Y huellas. Diablos, y allá está la lancha de Leora, más adelante. Dile a Damaris que te traiga, no cabe duda que bajó por aquí.

—Ya está en eso.

En apenas un par de minutos Damaris y Alexis ya estaban llegando de su lado del río. Sofía seguía recorriendo la zona, y de repente encontró algo.

—Ay, mierda —exclamó sin poder evitarlo.

Damaris y Alexis corrieron junto a ella y pudieron ver lo que había encontrado. Restos de sangre. Huellas en el suelo, que indicaban con claridad que alguien había arrastrado algo, para llevarlo hasta... un vehículo. Sin decir una palabra, los tres se lanzaron a correr siguiendo las huellas de los neumáticos, y entonces se largó a llover.

La tormenta venía amenazando desde hacía horas, y cuando el frente de tormenta por fin los alcanzó, fue un aguacero como si se hubieran sumergido bajo el agua. Costaba respirar de tanta agua que caía. El camino se inundó muy rápido, y debieron bajar la velocidad, primero caminando, y luego se detuvieron.

—Las huellas —observó Damaris.

En efecto, las huellas se habían borrado con las corrientes de agua.

—Sigamos por donde iban —dijo Alexis, retomando el camino lentamente, mientras sacaba provisiones de la mochila cuidando que no le entrara agua. Sofía y Damaris hicieron lo mismo, y comieron mientras caminaban despacio, tratando de descubrir cualquier cosa.

Luego de unos quince minutos caminando a ciegas, tuvieron un golpe de suerte. Bajo una zona arbolada, las huellas aún no se habían borrado, y pudieron ver que se desviaban hacia un lado por un pasaje estrecho entre los árboles. Comenzaron a correr, hasta que debieron detenerse. Las huellas desaparecían abruptamente. Alexis estudió el terreno con atención, y pudo ver que el vehículo había estado estacionado y luego volvió a irse. Antes de que las borre el agua, pudo ver huellas que iban hacia un lado por la espesura. Corrió hacia allí, y casi se tropieza con un alambre a ras del suelo. Les hizo un gesto a las mujeres para que lo vean, y miró con cuidado. Había varias trampas en la zona, el alambre era solo una de ellas. Con cuidado avanzaron un poco más, hasta que encontraron lo que buscaban. Una entrada bien camuflada, en el suelo. La entrada a un bunker.

Alexis trató de abrir la puerta, que se veía blindada, pero estaba trabada. Se le veían las venas del esfuerzo, pero la puerta no se movió ni un milímetro. Sacó su espada exasperado, pero Sofía lo detuvo.

—Un momento —le dijo mientras apoyaba ambas manos a cada lado de la cerradura. Sus joyas se iluminaron, y pudo ver todo el mecanismo interno. La cerradura era mecánica y no había cómo abrirla sin la llave.

Sofía gruñó frustrada.

—Préstame tu espada un segundo —le dijo a Alexis, quién se la dio de mala gana.

—Para romper la puerta, creo que realmente tengo más experiencia... —comenzó a decir, pero Sofía no golpeó la puerta sino que se hizo un tajo en la mano, haciendo un gesto de dolor. La sangre dorada comenzó a fluir y rápidamente apoyó la mano en la cerradura, mientras se concentraba.

Los nanites de la sangre de Sofía se desparramaron por todo el mecanismo, y cuando llegaron a los lugares clave Sofía les dio la instrucción de transformar. Los nanites tomaron los elementos químicos de la sangre de Sofía y el carbono de la aleación metálica de las trabas, y transformaron el metal en polvo. Todo el proceso tardó unos segundos, y Sofía recuperó sus nanites y cerró la mano dolorida.

—Abre la puerta —le dijo a Alexis, mientras perdía el equilibrio, debilitada. Damaris la sostuvo mientras le daba una bebida de su mochila para que pudiera reponerse.

Alexis la miró dubitativo, pero tiró de la manija, y la puerta nada más se abrió, dejando una nubecita de polvo en los bordes. De inmediato todos entraron uno tras otro al bunker.

El lugar era grande, pero lo recorrieron en menos de un minuto. Verificaron habitaciones con provisiones, baños, cocina, dormitorios... pero no encontraron a nadie.

Leora se despertó de a poco, sentía la boca seca y aún le dolía la cabeza. Cuando trató de moverse, otra vez se encontró con que estaba atada. Pero esta vez, estaba atada en lo que parecía una mesa de operaciones, en una sala de hospital. La sala era pequeña pero tenía electricidad.

—Oh, querida, no se suponía que te despiertes todavía. ¿Prefieres que vuelva a dormirte?

—Qué demonios... —Leora se encontró atada en una cama de partos. Estaba completamente atada a la mesa, con tiras de cable cada diez o quince centímetros. El torso, los brazos completos, las piernas hasta los tobillos, incluso la cabeza. Estaba completamente inmovilizada.

Estaba tapada con una sábana, pero sintió frío y por eso se dio cuenta de que le había sacado la ropa.

—No, detente, ¿Qué estás haciendo? —preguntó Leora cada vez más desesperada.

—No te preocupes, por favor, relájate. No quiero hacerte daño, como te imaginarás. Sólo quiero sacarte esa porquería que tienes en el vientre, así luego podrás dedicarte a mi sin inconvenientes.

El pánico atenazó a Leora.

—Es un procedimiento complejo, si lo haces mal podría desangrarme...

—Ay, por favor, no hay ninguna posibilidad de que lo haga mal. Leí todo al respecto. Soy autodidacta, sabes, querida, verás que es muy bueno vivir conmigo. Soy un genio. Ahora, esto que tienes es muy pequeño, por lo que estuve viendo con el ecógrafo. Pensaba hacer un tajo en el vientre, pero luego de verlo bien, creo que iré mejor por la vía vaginal.

Leora cedió al pánico y gritó mientras trataba de romper los cables, pero sólo logró lastimarse al tensarlos. Desesperada, comenzó a llorar. No pudo moverse ni un poquito, estaba completamente a merced del demente.

Alexis, Sofía y Damaris estaban revisando los pocos papeles y mapas que habían encontrado en una de las habitaciones del bunker, que parecía una oficina, cuando Sofía se irguió de repente.

—Es Leora —exclamó, como si la hubiera escuchado.

—¿Dónde? —preguntó Alexis, asustado.

—¡Síganme! —gritó Sofía, lanzándose a correr., primero fuera del bunker y luego atravesando el bosque.

"Sofía, ¿qué pasa? ¿Dónde está Leora?" escuchó que le preguntaba Alexis, usando la comunicación mental para no gastar aliento, además de que probablemente no la oiría. Iban a más de cuarenta kilómetros por hora y casi no podía alcanzarla.

"Adelante en línea recta, pude oírla... está en graves problemas. Un grito de pánico.", escucharon Alexis y Damaris.

Corrieron durante unos minutos, hasta que pudieron ver que aparecían pequeñas casas dispersas cada vez más próximas, hasta que llegaron a lo que parecía el centro del pueblito, donde había un pequeño centro de salud.

—Está ahí —señaló Sofía sin aminorar la marcha.

—¿Crees que debería usar anestesia, querida? —le preguntó Elías, que parecía concentrado en lo que hacía. Le había introducido un espéculo que le hacía doler entre las piernas, y estaba maniobrando con una luz medica, preparando otro instrumento que parecía un gancho.

"Alexis, sálvalo, por el amor de Dios" pensó Leora con todas sus fuerzas, llorando, pero sabiendo que era demasiado tarde. Sus tobillos y sus muñecas sangraban de la fuerza que había hecho, pero no iba a poder romper los cables. Tampoco podía cerrar las piernas ni hacer nada para detener a Elías.

"Abre los ojos, Leora, y muéstrame dónde estás" escuchó de repente a Sofía en su mente.

El corazón de Leora dio un vuelco.

"Sofía, ¿dónde estás?", pensó, mientras se forzaba a abrir los ojos y mirar adelante y todo lo que pudo alrededor.

"Llegando", contestó Sofía.

—Si vas a estar así de tensa, deberé sedarte, querida, te estás haciendo daño, y ya te dije que no quiero hacerte daño —bufó Elías, mientras le ponía otra vez una inyección.

—No, no, no no no —sollozó Leora, pero no pudo evitar que Elías le inyecte en el brazo de la misma manera que todo lo que le hizo hasta ese momento.

Elías esperó un momento, hasta que notó que sus párpados se ponían pesados, entonces él sonrió y se inclinó con sus instrumentos otra vez dentro de ella. Leora trató de mantener los ojos abiertos, desesperada, pero le resultaba cada vez más difícil mantenerlos abiertos. De repente, la puerta se abrió de un golpe hacia adentro, y antes siquiera de que pudiera reaccionar, Leora vio un movimiento rápido como un rayo, y de repente la mitad de Elías, desde su hombro izquierdo hasta su cintura derecha, cayeron hacia la derecha, mientras el resto del cuerpo caía hacia la izquierda. Cuando el cuerpo cayó, pudo ver detrás de él a Alexis, sosteniendo su espada chorreando sangre. De un solo golpe había partido a Elías en dos. Y Leora ya no pudo ver nada más.

TORMENTA

Río Negro, 27 de Diciembre de 2027, 6:00

El cuerpo de Elías aún se movía y la cabeza en lo que quedaba de la mitad del cuerpo hasta parecía que trataba de decir algo, mientras brotaba sangre en todas direcciones. Alexis, disgustado, lo apartó de una patada al pasar.

—Por Gea —dijo Damaris entrando en la habitación tras Alexis y Sofía.

—Estoy aquí —dijo Sofía, mientras Alexis ya estaba cortando los cables que sujetaban a Leora con la punta de su espada.

Damaris la miró sorprendida, pero se repuso y se dirigió a la cabeza de Leora mientras Sofía iba a un costado, tratando de no interferir con Alexis.

Damaris abrió un ojo de Leora y comprobó que estaba inconsciente. En tanto, Sofía maniobró con el espéculo y lo retiró de Leora. El gancho había quedado en la mano de Elías, y estaba manchado de sangre. Sofía apoyó la mano sobre el vientre de Leora, y se concentró.

Alexis terminó de soltarla, y miró ansioso a Sofía.

—Háblame —pidió Alexis, deseando al mismo tiempo que no lo hiciera.

—El embrión aún está anidado, pero hay daño extenso al lado suyo. Un milímetro a su derecha y ya no estaría. Pero el daño es importante, hay que repararlo urgente o la reacción del organismo expulsará al embrión en cuanto se despierte Leora. El tejido está dañado, se está inflamando, y reaccionará contra el embrión. Necesita regeneración celular, antibióticos, sedantes, y probablemente tratamiento psicológico. Y el primero antes de despertarse —dijo Sofía preocupada.

—¿Por qué antes de despertarse?

—Al estar inconsciente está relajada, cuando despierte se va a poner tensa por el dolor y el pánico, y esa tensión sería suficiente para terminar de desprender el embrión. Está pendiendo de un hilo.

—¿Cuánto le va a durar lo que le inyectó? —preguntó Alexis.

Sofía se concentró otra vez.

—Diría un par de horas, máximo, analizando la sangre.

—¿No puedes curarla?

Sofía examinaba el interior de Leora y cuanto más profundizaba más se enojaba.

—Maldito bastardo. No, no puedo reparar tanto daño sin nanites. No solo perderá el embrión, también le quedará dañado de manera permanente el útero.

—Sin nanites. Dijiste sin nanites —recalcó Alexis desesperado.

—Los nanites podrían reparar esto. Pero eso la transformaría en una de nosotros, claro.

—Pues adelante.

—No puedes hacerle eso sin preguntarle, Alexis —contestó Sofía cruzándose de brazos.

—Tú misma lo dijiste, cuando despierte será tarde.

—Sabes que sólo deben aplicarse en casos especiales y si hay una cuestión de vida o muerte.

—¿Como cuando te los aplicaron a ti, Sofía? —dijo Alexis frunciendo el ceño.

—Pues no me dieron a elegir.

—¿Dices que preferirías estar muerta?

—Leora no está en peligro de muerte.

Alexis se mesó el cabello, desesperado.

—Sofía, Leora me dijo "sálvalo". Sálvalo, no "sálvame".

—¿Estás diciendo que ya no tiene dudas sobre si conservarlo o no?

—Es claro que las dudas que tuviera se eliminaron ante la realidad de perderlo.

—Si piensas hacer ésto, tenemos poco tiempo. Hay que ir a buscar los nanites hasta la ciudad —dijo Sofía, mirando el sangrado.

—¿No podemos darle de los nuestros? —preguntó Damaris.

—No serían suficientes... Necesitamos que los nanites sean de los originales y una dosis completa, para lograr la adaptación óptima a su ADN. Si no me equivoco aún queda una o dos dosis, en el cofre de Tzedek.

—Pues vamos a buscarlos.

—No creo que llegaremos a tiempo si vamos hasta la ciudad y volvemos. Tendríamos que llevarla. Busquemos una camilla o algo para llevarla —dijo Sofía.

Alexis miró alrededor, tomó un par de mantas que estaban en una pila, y las arrojó sobre Leora. La envolvió de los pies a la cabeza con eficiencia, y la tomó en sus brazos. Con cuidado, como el recién casado que cruza a la novia por el umbral de su nueva casa, pero con determinación, apoyó la cabeza de Leora contra su hombro y la sujetó con firmeza mientras comenzaba a caminar. Sofía y Damaris fueron detrás de él. Un vez fuera del edificio, comenzó a trotar, y luego a correr, bajo la lluvia torrencial.

Los tres corrieron al ritmo de Alexis. Volvieron por donde habían venido, tratando de llegar a la orilla del río, en la lluvia y la oscuridad. Estaban exigiéndose al máximo para salvar al bebé de Leora.

Estaban cerca de la costa cuando al pasar por una ligera colina, Alexis sintió que se le ponía la piel de gallina. Primero se extrañó y pensó que se estaría enfriando, cuando notó que se le estaban poniendo los cabellos de punta.

No necesitó sentir el olor a ozono para darse cuenta de lo que estaba por suceder.

—¡¡Separense, al suelooo!! —gritó Alexis, mientras daba el ejemplo arrojándose con cuidado para no lastimar a Leora.

Damaris iba última, y se arrojó al suelo de inmediato. Sofía iba en el medio, unos metros más atrás de Alexis, y se quedó un momento sorprendida. Fue suficiente.

Sus cabellos se erizaron en el aire como si tuvieran vida propia. En el último instante levantó los brazos sobre su cabeza y comenzó a agacharse para protegerse.

El rayo le pegó de lleno.

La luz blanca llenó la noche, cegándolos, y el estampido fue estremecedor, dejándolos temporalmente ensordecidos y aturdidos, pero más fuerte aún fue la luz verde que a continuación abarcó todo por un instante.

Alexis se recuperó primero. Se levantó con cuidado. Aún arreciaba la lluvia y el ruido del agua tapaba otros ruidos, pero aún así escuchó un lamento. Leora seguía inconsciente, así que fue hacia donde yacía Sofía.

El lamento provenía de Damaris, que se estaba incorporando unos pasos más allá. Sofía yacía inanimada en el centro de un área quemada. Damaris se acercó lo más rápido que pudo, mientras que Alexis trataba de verificar el pulso de Sofía. Pero no pudo encontrarlo.

Alexis se quedó helado. Tocó la cara de Sofía, y estaba caliente. Tocó sin querer la tiara y se quejó con un grito, al quemarse la mano. Las gotas de lluvia que caían sobre ella formaban nubecitas de vapor y de humo.

—Está muerta —dijo anonadado.

Damaris pareció despabilarse y lo empujó a un lado, mientras buscaba a su vez el pulso de Sofía en el cuello. Tampoco pudo encontrar una respiración. Sin perder más tiempo, se apoyó en su pecho y comenzó a hacerle masaje cardíaco. Cada dos o tres compresiones se acercaba a su cara, y presionando su nariz, le soplaba aire en los pulmones, con fuerza.

—Llévate a Leora, o le dará hipotermia —exclamó Damaris sin aliento, mientras presionaba el pecho de Sofía para hacer trabajar al corazón. Aún salían volutas de vapor de distintas partes de su cuerpo.

Alexis miró angustiado a Damaris tratando de resucitar a Sofía, mientras volvía junto a Leora. Sofía había crecido tanto, estaba igual que como recordaba a Gea. Tal vez podría ayudar si se quedaba, pensó, pero cuando tocó a Leora comprendió que tenía razón. Estaba helada, y empapada. Si no la calentaba con su cuerpo mientras la llevaba a la ciudad, tal vez no solo perdería al embrión. Sabía que no podía acarrear a ambas. Su corazón dio un vuelco cuando comprendió que debía abandonar a una de las dos.

Miró a Damaris, quien lo miró a su vez, mientras seguía con el intento de resucitación, y escuchó en su mente, con la fuerza de una patada *"ya vete"*.

Tomó a Leora otra vez en sus brazos, y la apretó contra su cuerpo, notando al mismo tiempo que la lluvia estaba amainando de a poco. Comenzó a correr hacia la costa otra vez, primero más despacio, y luego cada vez más rápido.

Cuando llegó a la costa, lo hizo a tal velocidad que le costó frenar y casi se mete en el río. Había corrido con precisión por el camino que habían ido, así que llegó al punto donde Leora había dejado la lancha. Se apuró hacia la misma, colocando a Leora adentro lo más cómoda que pudo, y se ubicó en la parte delantera, donde arrancó el motor, y un momento después bajó para desencallarla. En cuanto estuvo unos pasos dentro del río volvió a altar dentro, y aceleró el motor guiando la lancha contra la corriente. Encendió las luces y aceleró al máximo.

Un buen rato después llegó al muelle donde habían dejado la camioneta. Del motor de la lancha salía una nube de vapor. Estaba seguro que si hubiera seguido unos minutos más la hubiera fundido, pero cumplió su cometido.

Desde la camioneta se comunicó con la ciudad.

—¿Alexis? ¿Encontraron a Leora?

—Althaea, estoy llegando en unos minutos. Ten lista una dosis de nanites del cofre de Tzedek...

—¿Queeeé?

—Sólo hazlo, por favor. Te cuento todo cuando lleguemos.

Hubo un momento de silencio, y al fin Althaea contestó —De acuerdo. Te espero en el centro.

Le dieron entrada a la ciudad, y Alexis siguió en la camioneta a toda velocidad hasta el centro de control, para escándalo de algunos vecinos. Llegó con la camioneta hasta la misma puerta del edificio, subiendo a la vereda y literalmente chocando con la puerta. Llevando otra vez a Leora corrió hacia el centro de control, subiendo escaleras de dos en dos y corriendo por los pasillos. Leora comenzó a quejarse.

—Shhh, está todo bien —arrulló Alexis dándole un beso en la frente, sin aminorar la corrida.

Llegó al centro y abrió la puerta de una patada. Althaea se sobresaltó, pero junto con Juan Carlos estaba esperando con una jeringa cargada. Alexis agradeció mentalmente, y recostó a Leora, que estaba volviendo a la consciencia, en el suelo. Tomó la jeringa que le daba Althaea, inspiró hondo, la inyectó en el pecho de Leora y presionó el émbolo hasta el fondo.

Alexis se derrumbó al lado de Leora, exhausto.

Althaea corrió hacia él, asustada. Lo volteó para acceder a su mochila, y sacó un jugo energético, que le ofreció de inmediato. Alexis estaba tan consumido que se habían reducido sus músculos y su aspecto era cadavérico.

—Casi te matas, ¿Desde dónde vienes corriendo con ella? ¿Que pasó?

Alexis levantó la mano haciendo un gesto para que espere, y tomó la bebida. Se la acabó, y recogió otra, que también vació. Luego se puso a comer barras de chocolate. Mientras tanto, Leora se removía y sollozaba.

Unos minutos después Leora pareció relajarse de repente, y Alexis dejó de estar blanco y enjuto. Alexis giró sobre sí mismo, y pudo incorporarse de a poco. Se acercó a Leora y le acarició la cabeza. Leora se veía mejor, pero estaba fría, mojada y sucia.

Juan Carlos ya había ido a buscar una manta, y Alexis envolvió a Leora lo mejor posible.

—¿Y Sofía y Damaris? — preguntó Juan Carlos.

Alexis se puso aún más serio, si eso era posible. Rebuscó en la mochila, y sacó el equipo de radio que accionó de inmediato.

—Damaris, ¿Me escuchas?

Espero un momento, e intentó de nuevo.

—¿Damaris? Contesta, por favor.

Alexis bajó la cabeza y acercó el oído al aparato. Pasó un momento más en silencio, y estaba por accionarlo de nuevo cuando la estática rompió el silencio y se escuchó a Damaris.

—Alexis, ¿Llegaste a la ciudad? ¿Cómo está Leora?

—Llegué, y le aplicamos los nanites. Vamos a saber cómo está cuando despierte, pero tendré que llevarla a nuestro hospital para usar un ecógrafo, para saber si... ¿Qué pasó con Sofía?

—Alexis, hola —se escuchó la voz de Sofía.

Alexis se desinfló del alivio. Tanto Leora como Sofía estaban bien. Al menos, así sonaba.

—Sofía, ¿estás bien?

—Sí, yo sí. Pero Gea está muerta.

Juan Carlos, Althaea y Alexis se miraron.

—¿Qué quieres decir?

—El rayo fue demasiado para las joyas de Gea. Se disparó todo su poder, lo que sirvió para que no me hiciera carne asada, pero la supercomputadora quedó frita. Al menos, se reinició en blanco. Creo que quedó como la primera vez que la usó Gea, es decir, funciona como antes, pero no tiene memorias ni mucho menos la personalidad de Gea. Es tábula rasa.

Los tres se quedaron anonadados. Althaea y Juan Carlos al enterarse de lo que había pasado, y Alexis por la segunda muerte de Gea.

—¿Un rayo? —preguntaron Juan Carlos y Althaea casi al unísono, Althaea mirando el cielo. La tormenta había cesado.

—Sí, y Sofía estaba bien muerta. Si está viva es por Damaris —les dijo Alexis —Sofía, ¿Cuándo crees que podrán venir?

—Sabes, sería grandioso si pudieras mandar a alguien a buscarnos. Las provisiones de mi mochila quedaron carbonizadas, por el rayo, y con las de Damaris apenas alcanzaron para recuperarme lo suficiente para caminar, pero duele. Y llegamos a la costa, pero francamente eso de caminar hasta allá...

Diablos, la lancha.

—Sí, claro, mandaré a alguien a buscarlas con la lancha, de inmediato.

—Iré yo —dijo Juan Carlos.

—La camioneta está en la puerta de entrada —dijo Alexis, con una media sonrisa.

—Hmm... ¿Podrías explicarme cómo usar la lancha? —preguntó Juan Carlos avergonzado.

—A ambos. Yo iré contigo —dijo Althaea.

Alexis sonrió y tocándolos les pasó mentalmente las instrucciones para arrancar, navegar y parar la lancha. En unos minutos prepararon otras mochilas de provisiones, y salieron corriendo.

Viajaron en la camioneta y en la lancha, sin decir casi ni una palabra. En un momento Althaea le tomó la mano a Juan Carlos, y el se sorprendió pero apreció el gesto con una sonrisa. Un rato después, pudieron ver una columna de humo en la distancia. Cuando se acercaron, descubrieron que era una pequeña fogata, y a su lado estaban Damaris y Sofía, apoyadas una en la otra. Parecía que se habían adormecido y recién habían escuchado la lancha, porque pudieron ver cómo se giraban para verlos y se ponían de pie lentamente.

Juan Carlos encalló la lancha como le había enseñado Alexis, y saltó de la misma corriendo hacia las chicas, con Althaea tratando de seguirle el paso. Llegó primero a Sofía, y la abrazó con fuerza.

—Ayyy —se quejó Sofía.

—Lo siento —dijo Juan Carlos, liberándola de su apretón, y percatándose del olor a quemado y del estado deplorable en que se encontraba su hija —. Es que estoy tan contento de verte bien.

Y fuera de su aspecto ruinoso, Sofía se veía increíble. Juan Carlos miró a Sofía, luego a Althaea, que había saludado a Damaris y esperaba para hacer lo propio con Sofía, y a sí mismo. A pesar de sus edades tan disímiles, los cuatro se veían de unos saludables veinticinco años. Manoteó la provisiones mientras miraba inquisitivamente a Sofía.

—El rayo me pegó de lleno. La tecnología atlante evitó que me carbonizara en el acto, pero... la energía fue demasiado. Todo lo que tuviera que ver con la programación de la tiara y las pulseras quedó eliminado. Incluyendo a Gea. Y yo... estaría muerta si no fuera por Damaris —relató Sofía con dificultad.

Juan Carlos les alcanzó las provisiones a Sofía y a Damaris, y ambas comenzaron a beber y comer de inmediato.

—¿Cómo te salvó Damaris? —preguntó Juan Carlos.

Sofía le hizo un gesto hacia Damaris, y ella contestó.

—El rayo había detenido su corazón, y todos los sistemas de asistencia de los nanites. Por suerte tengo experiencia hospitalaria y sé cómo hacer masaje cardíaco y resucitación... Lo cual estuve haciendo por más de cinco minutos. Pensé que la había perdido —se le quebró la voz por un momento —, pero el bombeo forzado de sangre fue reactivando de a poco a los nanites, que repararon el daño más grave y permitieron que el corazón comenzara a latir por su cuenta. De ahí en más en unos minutos más recuperó la conciencia y pude comenzar a darle líquidos para ayudarla a reparar el daño.

Juan Carlos sintió un nudo en la garganta, y abrazó a Damaris.

—Gracias. Gracias por salvar a mi hija.

Juan Carlos abrazó otra vez a Sofía, y le dio la mano a Althaea.

—Será mejor que vayamos a la ciudad —propuso.

Todas estuvieron de acuerdo, y luego de apagar el fuego, embarcaron en la lancha, donde Juan Carlos timoneaba con Althaea a su lado, mirando el camino por el río mientras por el rabillo de ojo veía a Sofía de la mano con Damaris.

Leora despertó en la cama de Alexis. A su lado vio equipos de ecografía y otras cosas del hospital, y del otro lado... Alexis, sonriéndole. De repente volvió toda la memoria de lo ocurrido, y se incorporó en la cama casi con un ataque de pánico. Sin embargo, vio que no tenía sangre, ni le dolía nada. Ni siquiera notó hematomas, donde había estado sujeta con los cables. Se tocó el vientre. ¿Había sido todo una pesadilla?

Alexis levantó las manos para calmarla, y la ayudó a recostarse otra vez.

Leora siguió recordando.

—Tu... lo mataste —dijo Leora, afirmando y preguntando al mismo tiempo.

—Sí —confirmó Alexis —, y volvería a hacerlo si pudiera.

Leora tenía miedo de preguntar.

—Relájate, el bebé estará bien —dijo Alexis.

—Pensé que lo había perdido —dijo Leora, volviendo a tocarse el vientre —. ¿Cuánto tiempo ha pasado?

—Menos de tres horas.

—¿Menos de tres... cómo es posible? —dijo Leora, comprobando asombrada una vez más la ausencia de moretones, la ausencia de dolores. De repente cayó en la cuenta.

—Era la única manera. Tu ibas a sobrevivir, pero él no.

Leora palideció.

—¿Qué me hiciste? Esto es... antinatural.

—Tan antinatural como un antibiótico. ¿Preferirías morirte de una bronquitis, o tomar una pastilla y curarte? Esto es lo mismo.

—No es lo mismo, ya no envejeceré... —dijo incorporándose y acercándose a un espejo —. Dios mío.

La diferencia era notable. Leora no era vieja ni mucho menos, pero los nanites la habían quitado al menos quince años de la cara. Y del cuerpo.

—Piénsalo como otra oportunidad. No sólo tienes otra vida por delante. Tienes todas las que quieras, salvo que decidas terminarlas por tu propia mano.

—¿Y el bebé? ¿Cómo será él?

—Nunca sucedió algo así, pero por lo que sé, los nanites serán parte de él, parece inevitable.

—Fue un espanto —dijo Leora con un estremecimiento.

—Y con seguridad vas a tener pesadillas. Es normal. Yo las tendría. Hay situaciones por las que nadie debería pasar, y ésta fue una de ellas. En Atlantis...

—¿Qué? —preguntó Leora ante el súbito silencio de Alexis.

—En Atlantis un psicótico como ese tipo nunca podría existir. Un atlante así de enfermo hubiera recibido asistencia mental inmediata, y la cura correspondiente. Me interrumpí al recordar que Atlantis fue destruída precisamente por psicóticos como ese.

—Hay algo que me ayudará con las pesadillas.

—¿Qué? —preguntó esta vez Alexis.

—El recordar cómo terminó —contestó Leora, recordando a Alexis entrando por la puerta y cercenando al tipo en diagonal por la mitad, de un solo golpe —. Y pensar en ti.

DIOSES

Rho, 31 de Diciembre de 2027, 14:00

Después de todos los contratiempos, las vacunas habían sido despachadas hacía un par de días, y hoy por fin los primeros tripulantes y pasajeros iban bajando a tierra. Habían encontrado que el pueblo donde Leora fue llevada al hospital, y que ella no quiso volver a visitar, estaba limpio de cadáveres. Serviría de base para que los primeros tripulantes y pasajeros con habilidades especiales preparan los alrededores para recibir a más gente. También estaban estudiando la posibilidad de mantener el barco con una tripulación mínima, por si lo necesitaban para algún viaje futuro. Los que vivieran en el barco tendrían arduo trabajo, pero también un montón de lujos que la gente de tierra ya no tenía.

El segundo de Alexis estaba impaciente por conocer a todos en tierra. Durante la crisis con Leora debió permanecer en el barco, y hoy por fin pudo bajar para ir a la ciudad y al centro de control.

Cuando por fin llegó Lionel a la base de la torre de Rho estaba con su uniforme de gala, deslumbrante y apuesto. Lo esperaban Alexis, Sofía, Juan Carlos y Althaea.

—Les presento a mi primer oficial, Lionel Preece —los introdujo Alexis.
—Encantado de conocerlas —dijo Lionel, ofreciéndoles una sonrisa seductora.

Sofía tomó a Alexis del brazo, asustada.

—¿Qué? —preguntó Alexis, mirando a Sofía y mostrando preocupación de inmediato. Sofía había palidecido.

La tiara realizaba su función automáticamente. Gea la había llegado a dominar perfectamente, y aunque Sofía aún no tenía mucha idea de cómo usarla, recordaba bien cómo solía usarla Gea, y es por eso que Sofía se había habituado a ver la realidad mejorada por la tiara. Cada persona que estuviera al alcance de los sensores de Sofía se veía en el espectro electromagnético como una nube de colores según su estado de salud, de ánimo, sus hormonas, su temperatura, las señales de sus nanites, incluso las imperceptibles señales eléctricas de las células eran captadas por el sofisticado sistema de Sofía. Eso le permitía saber instantáneamente cuando una persona era amistosa, cuando mentía, cuando tenía malas intenciones o incluso cuando era un peligro.

Ahora, frente a Lionel, sus ojos veían a una persona, pero su sistema... no veía nada. Como si en vez de a una persona estuviera viendo una película. Donde debería estar recibiendo una catarata de datos, no recibía absolutamente nada más que la imagen.

Sofía se asustó aún más, y puso toda su concentración en captar lo que estaba delante de ella, apenas a un par de pasos de distancia.

—¿Sofía? —dijo Alexis asustado, Sofía le estaba apretando el brazo al punto de lastimarlo.

Con su concentración al máximo, Sofía veía a todos alrededor como seres con brillantes auras de colores según el filtro que elegía para ver. Pero Lionel, siempre se veía sólo como Lionel. Sofía cerró sus ojos y hizo un esfuerzo aún más grande para concentrarse, y por un instante, menos de un segundo, donde estaba Lionel vio una llamarada roja. Y luego otra vez nada. Como si hubiera un hueco en el tejido de la realidad.

Sofía abrió los ojos y sin soltar a Alexis, dio un paso hacia atrás.

—¿Qué eres? —dijo Sofía.

Lionel se había puesto serio. Los demás se miraron por un momento. Althaea, que estaba siguiendo atentamente el intercambio, dio dos pasos hacia atrás y sacó su arma.

—¿A qué te refieres? Soy el primer oficial del capitán Robert.

—¡Sabes bien a qué me refiero! —gritó Sofía.

—Sofía, cálmate, ¿qué está pasando? —dijo Alexis.

Sofía respiró hondo y trató de calmarse. Pensó cómo podía explicarles lo que estaba viendo, y de repente se dio cuenta. Miró a Alexis, luego a Althaea y a su padre, se concentró ligeramente, y entró en la mente de todos.

"Miren lo que yo veo" les dijo mentalmente, mientras le transmitía las imágenes de lo que veía a su alrededor, así como la grabación de lo que había visto instantes antes.

Alexis miró a Lionel frunciendo el ceño, y sin darse cuenta retrocedió otro paso, con Sofía aún prendida de su brazo. Althaea levantó su arma y la apuntó hacia Lionel.

—¿Lionel? ¿Qué está pasando? —dijo Alexis, casi en el mismo tono que Sofía un instante antes.

Lionel bajó los hombros.

—No soy un peligro para ustedes. Al menos, no mientras no traten de agredirme. Créanme que si quisiera hacerles daño ya estarían todos muertos y no podrían hacer nada para evitarlo —dijo Lionel con una media sonrisa, mirando a Althaea, que seguía apuntándole con el arma.

—No entiendo, eres oficial de una nave estadounidense, ¿cómo burlaste los controles...? —comenzó a decir Alexis, cuando Lionel rompió en una risa.

—¿Lo dices en serio? ¿Tú, nada menos?

Alexis casi replica pero apretó los labios y no dijo nada.

—Es claro que no eres uno de nosotros. ¿Por qué no nos ilustras un poco?

—¿Qué crees que sea, atlante?

—No tengo ganas de jugar a las adivinanzas —dijo Alexis.

—Anunnaki... —susurró Sofía.

Nuevamente Lionel se rió.

—El término correcto sería Anunna, niña, pero cualquier etiqueta que nos pongas es sólo eso, una etiqueta.

—¿Tú? Teníamos información de que eran muy altos, de cabellos largo, barba y pálidos... —dijo Althaea.

—Y no costó demasiado implantar esa información para que llegue a ustedes. Sin embargo tenían la información real delante de las narices y nunca pudimos extirpar esas fuentes.

—¿Qué información real?

—¿"Hagamos al hombre a nuestra imagen y semejanza", no te suena? Ciertamente los hicimos físicamente iguales a nosotros. Por fuera, es claro. Por dentro, a pesar de lo creídos que son, siguen siendo muy similares a los primates de donde tomamos su material genético. Aunque... veo que aquí nadie es obra nuestra. Es interesante como todas las especies juegan a la manipulación genética en cuanto logran la tecnología necesaria. La combinación con nanotecnología, hmmm, eso no es tan habitual.

Alexis y Althaea se movieron hacia adelante al mismo tiempo, y de repente quedaron congelados. Lionel se volvió a reír.

—¿Creen que no escucho lo que piensan, y que podían sorprenderme? Como dije antes, no tengo interés en matarlos, de lo contrario... —frunciendo el ceño, notó que Sofía no se había inmovilizado. Sofía sintió como si una mano gigante se apretara en torno suyo, y reaccionó cruzando los brazos delante suyo, lo que creó un escudo alrededor suyo. Avanzó un paso, tratando de penetrar las defensas del anunna, las cuales sintió ceder. Lionel levantó una mano y dio un paso atrás, y Sofía sintió como si la fuerza que trataba de dominarla se retirara, al mismo tiempo que el anunna se volvía nuevamente impenetrable a sus sentidos.

—Interesante. Tú eres algo especial. Claramente no debo subestimarte. Pareces humana pero... —dijo Lionel.

—Libera a mis amigos, pero ya —dijo Sofía.

Lionel pareció considerarlo un momento, y de repente Alexis y Althaea trastabillaron varios pasos hacia atrás como si los hubieran empujado.

—No vuelvan a intentar eso —les advirtió Lionel —. Quisiera que tuviéramos una charla civilizada.

—¿Desde cuándo les interesa charlar? —dijo Althaea.

—Desde siempre, claro. Desafortunadamente no es habitual encontrar seres con la capacidad mínima necesaria para poder hablar con nosotros. Ahora que sólo son un puñado de cada especie, a menos que quieran ser protagonistas de la extinción de todas las especies tecnológicas presentes en este mundo, sería bueno que nos pongamos de acuerdo en algunas cosas.

—Tu intención nunca fue ponerte de acuerdo en nada, estabas espiándonos y si no te hubiera descubierto Sofía... —dijo Alexis.

—Es verdad. Pero lo que pasó, pasó, y la situación cambió.

—Entonces, ¿qué eres? Quiero decir, ¿por qué estás aquí? —dijo Sofía.

—Pues, por diversión.

Todos fruncieron el ceño y se miraron.

—¿Diversión? ¿Qué quieres decir? —dijo Sofía.

—Pues lo que dije, ¿No sabes lo que es diversión?

—Sí, pero no tiene sentido para mí que hayan invadido un mundo por diversión.

Lionel revoleó los ojos.

—¿Qué tal si vamos a un lugar más confortable? Me aburre estar siempre en el mismo lugar.

—Te debías volver loco en el submarino, entonces —dijo Alexis.

—Pues... Allí no tenía opción, aquí sí podemos ir a otro lado. ¿Vamos?

—Vamos al jardín central, es amplio, verde, ventilado y soleado —dijo Sofía.

—Muy considerado de tu parte. Los acompaño.

Se dirigieron al jardín central, una plaza llena de árboles, hierba bien cuidada, bancos para sentarse, esculturas...

Lionel se detuvo ante un exquisito reloj de arena y esbozó una sonrisa.

—¿Qué? —preguntó Sofía.

—Nada, pensaba cuántos artefactos parecen inevitables en civilizaciones tan distintas tecnológicamente. Es como un homenaje a lo efímero dentro de lo eterno.

—¿Podemos ir al grano? El suspenso me está volviendo loca —dijo Sofía.

—Las cosas no salieron como queríamos. Ustedes interfirieron y arruinaron nuestros planes. Además me hicieron perder una apuesta, y eso me ofende.

—¿Podrías ser más específico? ¿Qué tal si comienzas por el principio? Explícame como si tuviera catorce años.

Lionel sonrió.

—No cometería el error de subestimarte así, Sofía. Aunque para que te quedes más tranquila, eres tan niña para mí como lo son ellos con sus decenas de miles de años.

Althaea levantó una ceja.

—Nuestra especie tiene miles de millones de años de los suyos, Althaea. Nuestra especie se desarrolló por millones de años, y luego comenzamos a explorar el espacio. Mientras tanto, nuestro desarrollo tecnológico fue nuestra maldición. Verás, somos inmortales.

—Gran cosa, nosotros también —dijo Alexis.

—No, no... inmortales de veras. Indestructibles. Eternos. O sea, no hay forma en que podamos ser destruidos. Somos Dios. Lo que toda civilización que creamos recuerda y conoce como Dios, al menos.

Todos se miraron.

—Dices eso para que no intentemos matarte —dijo Althaea.

—Oh, no, no, por favor. Pueden intentarlo, pero temo que mis defensas tal vez los matarían a ustedes de manera automática. Me gustaría charlar un poco, si no les molesta.

—¿Cómo puedes saber que eres indestructible? —preguntó Sofía.

Lionel fijó la mirada en el vacío por un momento.

—Caminé por un río de magma. Quedé a la deriva en el fondo de un mar helado, vaya, estuve varado allí unos miles de años de los suyos hasta que pude salir caminando. Estuve en el centro de una explosión nuclear. En el vacío del espacio. Sepultado bajo toneladas de roca —Lionel meneó la cabeza y suspiró.

—¿Y te pesa? No pareces contento —dijo Sofía.

—¿Contento? Prueba tu a vivir cientos de millones de años sin escape.

—¿No te puedes suicidar?

—No. Ya no estaría aquí si fuera posible.

Sofía miró a Althaea y Alexis. Hasta los atlantes podían suicidarse si se cansaban de la vida.

—Si lo que dices es cierto, debe ser terrible... ¿Cuántos años tienes?

—¿En años? Ni idea. Ni tu planeta, ni tu sistema solar, existían cuando yo nací. ¿Que sentido tendría contar el tiempo de vida, cuando no tienes una fecha de terminación?

—¿Y qué haces aquí?

—Ya te dije... Buscando diversión. Algo que haga llevadera la vida. Hace miles de millones de años inventamos el sistema de transporte instantáneo plegando el espacio, y desde entonces nos vamos expandiendo por el universo. Mandamos sondas que instalan los transportadores, y a medida que se conectan vamos explorando nuevos mundos. Cuando encontramos vida, jugamos con las especies del lugar a ver qué podemos hacer. Hacemos cambios, y vamos a otros lados, y luego volvemos a ver qué pasó. Nunca encontramos otra especie inteligente como nosotros.

—Hasta que nos encontraron a nosotros, claro —dijo Alexis.

Lionel se rió.

—Pero qué ego que tienen los atlantes. Cuando los encontramos eran primates con potencial, así que los modificamos para hacerlos más inteligentes, y nos fuimos. Cuando volvimos, nos encontramos con su código moral y su tecnología avanzada, su sociedad utópica y toda esa porquería. Debimos buscar la forma de destruirlos, claro. Eran aburridísimos.

—Nosotros evolucionamos naturalmente... —comenzó a decir Althaea.

—Por favor. Si no hubiéramos intervenido aún serían primates.

—¿Estás diciendo que crearon ambas especies? ¿a los humanos y a los atlantes?

—Y muchas más, claro. Darle inteligencia a los velocirraptores fue entretenido. Devastaron todo el planeta y provocaron una extinción masiva. Eran cazadores natos, pobres, no podían evitarlo. Casi como los humanos, pero ellos tardaron decenas de miles de años y los humanos, unos poco cientos —Lionel sonrió.

—¿Eso te parece gracioso?

—Es un logro personal. Me apostaron a que no podía crear una especie débil y tonta, y aún así lograr que arruine el planeta. Vaya si gané la apuesta —dijo Lionel riendo.

—¿Y ahora? —preguntó Sofía.

—Pues... nos encantaría dejarlos en paz por un par de siglos a ver cómo se las arreglan, pero el problema es que los amigos atlantes destruyeron nuestro transporte a casa.

—Mil años.

—¿Qué? —preguntó Lionel desconcertado.

—Déjennos por mil años, y te ayudare a que se vayan. Yo sé cómo.

—Interesante. Déjame consultarlo con mis congéneres.

Lionel cerró los ojos un momento. Frunció el ceño, luego sonrió, y luego rió con franqueza.

Abrió los ojos y los miró.

—Trato hecho, jovencita. Sé que lo lograrás. Tienen un año para restaurar el sistema de transporte, y nos iremos por él para no volver por mil años. Será divertido.

—Lo resolveré en el centro de transporte cerca de aquí. ¿Cómo y cuándo podrán llegar tus congéneres? —preguntó Sofía.

—Llegarán cuando sea necesario. Recuerda estos números, 14, 29, 42.9487, -62° 40′ 46.141″. Me iré ahora para no distraerlos de su trabajo, ya los he visto lo suficiente.

—¿Cómo te encuentro cuando haya terminado?

—Sólo di mi nombre en voz alta. Nadie usa mi nombre en vano estos días —dijo con una carcajada.

—¿Qué nombre, Lionel? —preguntó Sofía con fastidio.

—Elohim —contestó Lionel, aún sonriendo, mientras abriendo ligeramente los brazos y levantando las palmas hacia el cielo, comenzó a elevarse, primero despacio, y luego a mayor velocidad, desapareciendo en un nube y dejando a todos con la boca abierta.

PREPARÁNDOSE PARA EL FUTURO

Rho, 1 de Enero de 2028, 16:00

Juan Carlos estaba usando las consolas de Tzedek desde temprano, como todos los días. Althaea trataba de no molestarlo, pero cada tanto debía interrumpirlo porque Juan Carlos se concentraba tanto que se olvidaba de comer y beber, a veces hasta el punto de ponerse en peligro. Esta era una de esas veces.

Althaea se acercó a Juan Carlos, mirando los jeroglíficos de las pantallas, y notó planisferios terrestres y montones de archivos de texto y esquemas.

—Te traje algo para que tomes —le dijo con suavidad para no sobresaltarlo, mientras le hacía una caricia en el cuello. La interrupción le molestó, pero la caricia inmediatamente lo sosegó. Aceptó agradecido el jugo y la hamburguesa que le ofreció Althaea.

—¿Qué estás haciendo? —preguntó Althaea intrigada.

—Cumpliendo una promesa. ¿Recuerdas lo que le prometí a Tzedek? Los atlantes nunca lograron una buena tecnología de clonación, por eso dependían de los nuevos nacimientos, y cuando moría un atlante, pues, desaparecía. Aunque había una bóveda en Atlantis que contenía cápsulas en estasis como la que tenemos de Tzedek, millones de ellas, era el equivalente a nuestros cementerios. Nunca pensaron que podían volver a utilizarse.

—¿Y acaso no es así?

—Los humanos no tienen los escrúpulos que tenían los atlantes. En público hicimos grandes avances en clonación animal, puesto que la clonación humana estaba prohibida, pero sabes que los militares no tienen inconvenientes en romper las leyes cuando hace falta. Por lo que estuve investigando, luego de lograr entrar a algunos de los sistemas militares más importantes del mundo, existen instalaciones donde no sólo se investigaba la clonación en humanos sino que también se llevaba a cabo. El problema que tenían parecía ser el de las enfermedades genéticas, especialmente la progeria. Los clones se morían de viejos en pocos años —le contó entusiasmado Juan Carlos.

—Entonces no nos serviría de nada —señaló Althaea, sin entender.

—¿Qué no lo ves? Los nanites se encargarían de corregir cualquier enfermedad genética que hubiera en el clon. Y al ser criados en poco tiempo, no tendrían una personalidad o vida previa que fuera conflictiva con la información de los nanites —contestó Juan Carlos sonriendo.

—Pues es genial —dijo Althaea asombrada —. ¿Y qué necesitamos para hacerlo?

—Ese es el problema —contestó Juan Carlos más sombrío —. Parte de la investigación no parece estar en ningún documento accesible por internet, deben estar en la intranet de los laboratorios donde se hacen las investigaciones. O en papeles impresos en esos laboratorios. El problema es que justamente estaba buscando dónde se habían llevado a cabo los experimentos, y todos fueron en el hemisferio norte, sobre todo en Oregon y en Michurinsk. Primero tendríamos que ver cómo llegar, entrar, tomar lo que necesitemos y volver, pero antes tenemos que averiguar si las instalaciones no fueron destruidas durante el ataque nuclear global.

—Oh —dijo Althaea, con evidente desilusión—. Entonces tal vez nunca lo logremos.

—Tal vez, o tal vez sí. Voy a averiguarlo. Después de todo tenemos tiempo. Ah, ¿Sabes otra cosa que se me ocurrió hacer?

—Estoy segura que estás por decírmelo.

Juan Carlos sonrió.

—En los archivos de Tzedek encontré un censo de Atlantis, de poco tiempo antes del final. El censo atlante tiene imágenes, huellas, gráficos retinales, identificadores de ADN y por supuesto, nombres. Se tomaban el registro de sus ciudadanos bien en serio. Bueno, comparé los datos con nuestra miserable base de personas de la ciudad, del barco y del submarino, usando las imágenes de los documentos. Adivina qué.

—¿Encontraste algún atlante? —preguntó Althaea excitada.

—Bueno, esperaba encontrar uno, después de todo, Robert Miles era Alexis Pavilis. Pero hete aquí que encontré...

Juan Carlos manipuló los controles, y en cada pantalla apareció un rostro con una ficha técnica. En la primera pantalla estaba Alexis.

En la segunda pantalla, un joven de cara rectangular, mandíbula agresiva, pómulos salientes y cabello rubio.

En la ficha se leía Mederi Democedes, cirujano, médico real, reino central.

En la tercera pantalla, una joven pero de cabello negro, cara ovalada, nariz pequeña y ojos grandes.

Debajo decía Nephele Anastas, guerrera, noveno reino.

En ese momento entraron Alexis y Leora al centro de control. Juan Carlos se puso contento.

—Leora, Alexis, les quería mostrar una cosa.

—Conozco a esa persona —dijo Leora, señalando la pantalla del medio.

—¿Lo conoces? —preguntó Alexis sorprendido.

—Sí, es un médico pedante que viaja en primera clase en el crucero.

—¿Mederi está en el crucero? —preguntó Alexis con la boca abierta.

—¿Tu lo conoces? —preguntó ahora sorprendida Leora.

—Es un atlante, era el médico de la reina. De varias reinas. El mejor médico de todos los reinos.

Leora revoleó los ojos.

—Pfff, encima tiene razón en ser pedante.

—Debemos traerlo de inmediato.

Juan Carlos terminó lo que le quedaba de la hamburguesa mientras hablaban, y posó las manos en la consola.

—Lo que les quería mostrar en realidad era esto.

Las pantallas se borraron y se llenaron de símbolos, y luego de árboles genealógicos. Juan Carlos había alcanzado un dominio perfecto del sistema atlante.

—Miren, hace miles de años Tzedek comenzó los experimentos genéticos en los humanos, y registró cuidadosamente los cambios que iba haciendo. Él sabía qué genes necesitaba cambiar para lograr un nacimiento híbrido que tuviera las mejores características de los atlantes sumadas a las mejores de los humanos, más una pila de mejoras inventadas por él mismo —les explicó Juan Carlos.

Las pantallas mostraban hilera tras hilera de nombres, relacionadas por líneas de colores. La mayoría eran de colores oscuros, como marrón o azul, pero a medida que iba bajando en el gráfico, aparecían más y más líneas de colores claros.

—Ahora, verán, Tzedek buscaba parejas que se pudieran armar y sumaran la cantidad de genes óptimos para volver a la vida a Gea, para lo cuál nos usó sin problemas a Raquel y a mí, puesto que entre los dos teníamos lo necesario. Pero por obsesionarse con buscar parejas, se le pasaron algunos linajes que por casualidad fueron acumulando cambios en individuos —siguió explicando.

La pantalla siguió bajando, recorriendo miles de años, hasta que llegó a los tiempos actuales. Ahora se veían muchas líneas claras, algunas más brillantes que otras. En un lugar, señaló una pareja, que con dos líneas blancas desembocaban en una etiqueta que decía "Sofía Navarro".

—El problema es que como él buscaba a quienes tuvieran al menos la mitad de los genes necesarios, resaltaba como blanco a todos los que superaran ese cincuenta por ciento, siempre que se complementaran con los de su pareja. Pero algunas personas por azares de la descendencia fueron acumulando mucho más que el cincuenta. Si yo cambio los parámetros... —dijo Juan Carlos mientras indicaba una zona de código, en la que comenzó a cambiar números.

La mayoría de las líneas claras comenzaron a oscurecerse. Luego de un rato, todas las líneas estaban oscuras, menos una docena que estaban entre naranja y amarillas. Excepto una, de un blanco brillante. Se concentró en esa, y la información del sistema apareció en un recuadro.

Sujeto: Leora Shapira
Acumulación de cambios genéticos 98%

Juan Carlos miró a Leora y a Alexis. Leora se tomó el vientre, y Alexis dijo —Supongo que eso lo explica.
—En efecto, eso resuelve el misterio del embarazo de Leora —dijo Juan Carlos —. Su genética es prácticamente atlante, pero con algunas diferencias importantes.
—¿Qué diferencias? —preguntó Alexis.
—No lo sé, aún. Eso es parte de los archivos personales de Tzedek, y hay muchos de ellos con distintos niveles de acceso. Suponiendo que lo que busco esté en un archivo, tal vez sólo lo guardaba en su cabeza y ahora está en estasis. Lo que sí sé, es que esas diferencias apuntaban a obtener una progenie muy superior.
—¿Superior, cómo? —preguntó asustada Leora.
—Tampoco lo sé, pero no te asustes —la tranquilizó Juan Carlos —. Lo que fuera, no era nada malo. Tzedek estaba buscando crear una nueva especie, mejor que los atlantes. La mayoría de los genes agregados por diseño afectan funciones cerebrales, así que si Tzedek sabía lo que hacía, y todos me aseguran siempre que así era, el nuevo bebé sería al menos un super genio comparado con nosotros. Tal vez tenga capacidades comparables a las joyas de Gea, sin necesidad de ellas. Mira…
Juan Carlos volvió a manipular el sistema, y al lado de Leora apareció

Sujeto: Alexis Pavilis
Acumulación de cambios genéticos 0%

—¿Y eso? Pero si soy atlante, ¿no debería decir cien por ciento? —dijo Alexis confundido.
—Son los cambios genéticos desde el patrón genético original, a ti nunca te han cambiado nada, eres atlante de nacimiento. Ahora, miren esto. Introduje la información del ADN según los datos que recogió Sofía al examinar a Leora.

Sujeto: ? Shapira-Pavilis
Acumulación de cambios genéticos 100%

—Eso quiere decir que en este caso, Tzedek lograba la totalidad de los cambios que aspiraba a lograr —aclaró Juan Carlos.
Alexis pegó un silbido de admiración, y Leora le pegó un codazo.

—¿Qué? Será grandioso —protestó Alexis.
—Tal vez... pero estará muy solo —dijo Leora.

Más tarde, esa noche, cuando por fin se sintieron cansados decidieron ir cada uno para su departamento.
—No estoy seguro de estar conforme con ésto —dijo Juan Carlos.
Las tres mujeres se quedaron mirándolo.
Sofía se acercó a él, y lo abrazó. —Papá, ¿me viste ultimamente?
Juan Carlos la miró de arriba a abajo.
—Con toda claridad. Pero sigues teniendo catorce años.
—Papá... —dijo Sofía, "*no seas machista. Me gustaría vivir con Damaris. Me gusta.*" Terminó pensando.
Juan Carlos se llevó ambas manos a la cara, suspiró y las bajó lentamente, cansado. Se miró el pecho, y le ofreció la mano a Althaea. —Ven mañana a buscar tus cosas, hija. —dijo Juan Carlos.
Althaea sonrió y lo arrastró a su departamento, y vio que Damaris iba con Sofía dos puertas más allá.

—¿Estarás más relajado por fin? —le dijo Althaea.
—Ahora que ya no estará Sofía, ¿seguiré durmiendo en el sofá? —preguntó Juan Carlos, admirando la vista por uno de los ventanales.
"*Solamente que decidas que no valgo la pena*", escuchó en su mente a Althaea, quien mientras él miraba hacia afuera, se había sacado la ropa. Toda.
Juan Carlos se quedó congelado, pero Althaea se acercó a él lentamente, y pasó alrededor suyo, para finalmente acercarse por detrás y abrazarlo. Juan Carlos giró la cabeza para mirarla, y Althaea apoyó la mejilla contra la suya. Juan Carlos sintió el calor de su magnífico cuerpo contra el suyo, y Althaea comenzó a hacerle un masaje en los hombros.
Juan Carlos suspiró y se relajó. Althaea era excelente masajeando. Pensó en la práctica que tendría, en las miles de veces que habría hecho eso, y se tensó nuevamente. Althaea lo miró y meneó la cabeza. —Ven, llevas el peso del mundo en tus hombros. Hemos pasado por mucho estos días. Demasiado. Déjame ayudarte —dijo Althaea mientras le sacaba la camisa.
—Hace mucho que...
—Estoy segura que no has olvidado cómo se hace —dijo Althaea, juguetona, y lo besó lentamente. Lo fue empujando de a poco hasta que lo obligó a sentarse en la cama, y luego a acostarse. Se sentó sobre él a horcajadas, presionando su cuerpo contra el suyo y continuó besándolo. Juan Carlos, respondió a los besos y sintió el calor de sus pechos contra el suyo, y el peso de su cuerpo sobre el suyo, y la abrazó y recorrió su cuerpo con las manos. Althaea suspiró y lo abrazó con fuerza. Juan Carlos la

acarició y también le hizo masajes en los hombros, y Althaea prácticamente ronroneó complacida. Althaea se separó repentinamente, y con un movimiento rápidos y precisos, fue dejando a Juan Carlos desnudo como ella. Volvió a sentarse sobre él a horcajadas, pero esta vez, lo tomó de las manos, apretándose contra él, y con movimientos expertos de la pelvis lo guió hasta que se unieron en uno solo.

Juan Carlos se despertó lentamente. Se habían quedado dormidos, aún unidos, luego de hacer el amor por un largo, largo rato, y no pudo evitar excitarse nuevamente al recordarlo. Althaea se despertó también lentamente, y lo miró con una sonrisa. Y no hizo falta decir nada. Hicieron nuevamente el amor hasta agotarse, y se volvieron a dormir.

TRANSPORTE

Rho, 15 de Agosto de 2028, 11:00

Todo estaba listo. Sofía había estado trabajando veinte horas por día desde que se fueron los elohim, en el PEEC y en el reactor de fusión, usando toda su capacidad, y lo había logrado. Desde hacía veinticuatro horas que venían aumentando la generación del reactor de fusión, y ya habían multiplicado la generación original de energía más de cien mil veces. Dirigiendo un equipo de los mejores ingenieros de Rho, desarrollaron nuevos materiales superconductores para poder contener y transmitir la energía al anillo del transportador. Habían rediseñado el mismo transportador, para que soportara la tensión que se crearía al plegar distancias siderales del espacio. Y hasta Juan Carlos había estado trabajando meses en un nuevo programa de calibración y seguimiento para la orientación del anillo.

El nuevo transportador era dos veces más grande que los otros, y estaba en una sala que habían excavado en el mismo centro. La sala era estanca y blindada, y estaba a su vez protegida por un campo de fuerza generado por el mismo reactor. Era capaz de contener hasta una explosión nuclear.

Sofia y sus principales ingenieros estaban en el cuarto de control en el mismo edificio, observando y midiendo todo con cámaras y monitores. Una pantalla gigante mostraba el transportador. En el cuarto estaban también Damaris, Alexis y Leora. Juan Carlos y Althaea habían partido hacía poco más de un mes hacia Michurinsk, y todavía no tenían noticias de ellos. Le hubiera gustado verlos ahora, extrañaba mucho a su padre. Lo cierto es que nunca se habían separado tanto tiempo.

—Estamos listos. El generador está al tope, no va a generar más que ésto —le dijo a Sofía el controlador de energía.

Sofía sentía el latido acelerado de su corazón, y ahora le dio un vuelco. Todo el futuro dependía de que no se hubiera equivocado en nada. Si algo estaba fundamentalmente mal, no habría tiempo de empezar de nuevo. Todos la miraron por un momento cuando la joya de su tiara se iluminó por un instante. Sofía abrió la boca e inspiró con profundidad varias veces. Nada de pánico, se dijo. Pero lo cierto es que tenía miedo. La apuesta era muy alta.

Pensó en Elohim. ¿Sería por eso que hacían apuestas, para sentir algo? Aunque ellos no tenían nada que perder. ¿O sí?

—Adelante —ordenó Sofia, mientras ingresaba las coordenadas que le dio Lionel en la computadora. Algún lugar en la órbita de Alfa Centauri A, la estrella más cercana.

El anillo se orientó con un movimiento vertiginoso, y luego permaneció vibrando. Esa vibración era en realidad consecuencia de micro ajustes continuos para mantenerlo apuntando a un lugar preciso. Eligieron un horario en que el objetivo estuviera justo por encima del horizonte. El consumo del reactor ascendió mientras el anillo iba absorbiendo cada vez más energía. Los enfriadores trabajaban al máximo, para mantener los conductos de energía dentro del rango necesario para sostener la superconductividad. Cuando alcanzó el punto crítico, el anillo se activó. Las luces indicadores pasaron a verde. Y el espacio se plegó.

Un temblor de tierra estremeció todas las instalaciones, mientras la gente presente lanzaba exclamaciones de temor. Sofía apretó los dientes.

El portal se abrió y una correntada de aire fluyó hacia el anillo.

Se dispararon varias alarmas, y Sofía pudo verificar que la atmósfera había bajado su presión abruptamente, antes de volver a estabilizarse. La temperatura había descendido, y el aire estaba cambiando. Se había formado una bruma en el cuarto, que ahora tenía menos oxígeno y más nitrógeno. Sofía miró al jefe de diseño de instalaciones, quien la estaba mirando y agachó la cabeza en un gesto de reconocimiento. Él había insistido en no perder tiempo en nuevas instalaciones, pero ella los obligó a crear el cuarto aislado y seguro, y a manejar todo por remoto. Si hubieran estado al lado del anillo, ya hubieran muerto por la descompresión, o asfixiados.

Sin embargo, lo más importante de todo, lo que marcaba el éxito del experimento, estaba a la vista frente a ellos. A través del anillo, podía verse lo que había del otro lado.

Una habitación. Un laboratorio, un centro de transporte, lo que fuera, era completamente distinto de cualquier cosa que conocían. Habían contactado al transportador extraterrestre.

Sofía comprobó que el reactor sostenía la conexión. Estaba cerca del límite, pero la conexión y la generación eran estables y mientras el reactor tuviera hidrógeno, podrían mantener el enlace. La rotación de la Tierra había hecho que el anillo fuera girando de manera casi imperceptible para mantener la conexión. El software desarrollado por su padre funcionaba perfectamente.

—Elohim, si quieres irte, ésta es tu oportunidad —dijo Sofía en voz alta, sobresaltando a más de uno cerca suyo.

Sonaron una serie de alarmas, y hubo gritos y exclamaciones cuando por las cámaras pudieron ver que Lionel estaba en la antecámara del transportador, acompañado de media docena de personas.

—¿Cómo entraron?

—¿Qué pasó con la seguridad?

Sofía calló a todos con un gesto perentorio de la mano.

—Sabíamos que podía pasar esto. Silencio.

Las alarmas fueron sonando y los indicadores variando cuando Lionel y su grupo pasaron a la sala del transportador. Cuando todo se hubo estabilizado nuevamente, en un impulso Sofía levantó la mano y saludó a la imagen de Lionel en la pantalla.

Lionel miró directamente a la cámara, sonrió y saludó a su vez.

—Toma nota, Sofía. Mil años a partir de este momento. Estoy seguro que nos veremos. Ha sido interesante.

Y sin más, uno tras otro cruzaron el portal.

Sofía inició la descarga del reactor y el apagado del portal en cuanto hubo atravesado el último Elohim. En cuanto se desdobló el espacio otro temblor sacudió la zona, logrando otra vez que los profesionales lanzaran exclamaciones de temor. Algunas cosas cayeron al suelo desde las mesas, y varios debieron sujetarse.

Sofía supervisó la secuencia de apagado hasta que el reactor volvió a sus valores normales. Recién entonces pudo relajarse y sonreír, y fue como si hubiera dado una señal. Todos en el complejo comenzaron a aplaudir y vitorear. Damaris se acercó corriendo y la abrazó, a lo que ella respondió con un beso cariñoso.

Alexis y Leora se acercaron a ella, tomados de la mano. Cuando se conocieron, Leora y Sofía por las edades podrían haber sido madre e hija. Ahora si bien debido a las claras diferencias físicas no parecían hermanas, podrían pasar por compañeras de curso. Leora tomó la mano de Sofía y sonriendo la apoyó en su panza. Sofía le acarició el vientre, mientras escaneaba la salud del bebé.

—Está perfectamente —le dijo sonriendo a Leora.

—Lo sé, él mismo me lo dijo —le contestó Leora sonriendo a su vez.

—Dentro de poco va a estar cada vez más incómodo ahí dentro. Es increíble que pueda hablar contigo.

—Sólo conmigo, pero sí, es increíble aún para mí. A veces me parece increíble pensar que otras madres no puedan hacerlo.

—Eres la primera que sepamos. Sin duda Tzedek sabía lo que hacía. Tu hijo es algo nuevo, un salto evolutivo.

—¿Y tú? Tzedek planeaba lo mismo para ti.

Sofía tomó la mano de Damaris.

—Estuvimos hablando sobre eso. Debo confesar... Hace unos meses me parecía una locura todo el asunto. Ahora, que lo peor ha pasado y te veo con Alexis, bueno, es como que estoy un poco celosa.

—¿Y de qué estuvieron hablando?

—Damaris me contó sobre Mederi. Y estuvimos hablando con él. Mientras nosotros nos dedicábamos a librarnos de los Elohim, al menos por un tiempo, él se dedicó a construir un quirófano genético, con la ayuda de Raquel y su equipo, sus conocimientos y las fábricas de la ciudad. Impresionante trabajo, por cierto, y por lo que dice no tiene nada que envidiarle a las instalaciones atlantes.

—¿Un quirófano genético, qué es eso? —preguntó Leora preocupada.

—Es donde Mederi tomará un óvulo mío y uno de Damaris y los mezclará con la muestra del ADN del bebé de Gea en estasis. Y luego lo implantará en mi vientre para que se desarrolle y nazca de la manera normal.

Leora se quedó asombrada.

—¿Tendrían un bebé con Damaris? Pensé que hacía falta... —dijo Leora, e hizo una pausa incómoda.

Sofía la miró impasible.

—...ya sabes, esperma. Para hacer un bebé —completó Raquel, ruborizándose.

—Eso es lo impresionante de la ingeniería genética. No es necesario el material genético masculino si el embrión va a ser femenino, sólo es conveniente que sea de dos personas distintas, para que no sea un clon. Y Mederi, como no se cansa de alardear, es el mejor en esto. Además, no es sólo nuestro ADN, sino también el del bebé de Gea. Mederi sabe cómo tomar de él la parte que lo hará especial, sin anular nuestro propio aporte al bebé.

—Pues, las veo decididas, ¡felicidades! —dijo Alexis, sonriendo.

—Sí, disculpen, ¡felicidades! Les deseo también yo. ¿Y cuándo lo implantarán? —preguntó Leora.

—En unos meses más. Cuando todo vaya bien con... tu hijo, pensamos que en Febrero o Marzo del año que viene.

—Entiendo —dijo Leora, frunciendo el ceño. Y entendía. Sofía y Damaris querían asegurarse que su hijo no fuera alguna especie de monstruo, antes de crear algo similar.

—No es eso —dijo Sofía, atajando el pensamiento de Leora. Las instalaciones genéticas son limitadas, y estamos seguras que bajo el mando de Mederi pueden manejar cualquier tipo de eventualidad, pero tener a dos mujeres con embarazos especiales al mismo tiempo es demasiado tentar a la mala suerte.

—¿Crees en la suerte?

—Creo en estar lo mejor preparada que sea posible y en tratar de reducir las probabilidades de que algo salga mal. En este caso, nadie nos apura, así que podemos aprender de tu embarazo y reducir los riesgos del nuestro.

Leora se relajó.

—Bien, nada tiene por qué salir mal. Después de luchar con la pandemia, el psicótico, y hasta con los propios dioses, nos merecemos un poco de paz —dijo Leora, sintiendo un estremecimiento al recordar a Elías.

—¿Cómo va la terapia?

Leora sonrió.

—Genial. Hay que decir que la terapia es mil veces más eficiente cuando te leen los pensamientos. Aunque debo confesar que mi terapista tuvo que buscar ayuda terapéutica ella misma luego de ver por primera vez lo que me había pasado.

—¿Es una convertida?

—Sí —contestó Leora sin aclarar más. No era necesario.

Los convertidos eran los humanos que iban siendo sometidos a los nanites de Raquel. Hasta ahora estaban funcionando de manera impecable, pero por precaución se los iban administrando de a poco y a personas elegidas, y voluntarias. Los efectos finales parecían hasta el momento ser idénticos a los de los atlantes, pero todavía había que hacer muchas pruebas.

Leora se repuso, y le sonrió a Sofía.

—Sabes, me parece genial. Tenía miedo que Enrico fuera a estar muy solo, pero si tienes a una nena, bueno... ya me entiendes.

—¿Así que se decidieron por Enrico? Y sí, entiendo, pero no te apures tanto a ser de casamentera —contestó Sofía, sonriendo a su vez.

KADENCE

Rho, 27 de Octubre de 2029, 10:00

Sofía se acarició el vientre. Estaba sentada en una mecedora, acunándose suavemente, tomando sol ante la ventana del salón de su casa. Terminó de cantarle una canción a su panza como hacía siempre.

—Ya falta poco, mi beba. Menos de un mes —le habló Sofía a la panza en voz alta.

"Ojalá pudieras oírme", pensó Sofía.

"Te oigo", escuchó una vocecita femenina en su mente.

Sofía se sobresaltó, asustada. Cerró los ojos y se concentró, sondeando los alrededores. No había nadie, excepto...

"Mamá", escuchó nuevamente en su mente.

Sofía se tomó su vientre y se largó a llorar.

—Bueno, de ésto si que no se ha escuchado nunca. Antes de Leora, claro —aclaró Mederi.

—¿Crees que estará bien? —preguntó Sofía.

—Todos los exámenes dan bien. Es perfectamente sana.

—¿No crees que esta vez...?

—Es claro que Tzedek sabia lo que hacía, una vez más —dijo Mederi.

—No podría soportar perderla.

—La otra vez fue un terrible accidente, y tu no eres Gea. Esta vez todo saldrá bien.

—Aún recuerdo lo que le sucedió a ella... No puedes saber eso —dijo Sofía, angustiada.

—No sólo lo sé, te doy mi garantía. Así que no puede ser de otra manera.

Sofía revoleó los ojos.

—Vaya que tienes ego.

—Soy médico. ¿De qué otra manera podría ser? Además, soy el mejor del mundo —sonrió Mederi.

"Mamá, ¿quién está contigo?" escuchó Sofía en su mente.

"Es tu padre", contestó Sofía. De alguna manera lo era. Tampoco estaba segura de si entendería si le decía "es tu ingeniero".

"Es bueno."

"¿Cómo lo sabes?"

"Puedo sentirlo."

Sofía sonrió con orgullo, acariciando su panza. Sí, Mederi era buen hombre. Y la había tratado muy bien.

La puerta se abrió de golpe y Damaris entró apurada.

—Sofía, ¿Estás bien? ¿Y la beba?
—Shhh, cálmate, todo está bien.
—¿Qué pasó?
—Me asusté un poco... cuando la beba me habló.

Damaris hizo media sonrisa como si fuera a reírse, y mirando a Sofía se dio cuenta de que no era una broma.

—¿Qué quieres decir con que te habló?
—En mi mente... y en nuestro idioma. Supongo que su intelecto es todo lo que Tzedek esperaba. Y de tanto que le hablé a la panza y accediendo a mi mente, aprendió a comunicarse.

Damaris abrió la boca y puso tal cara de asombro que Sofía no pudo evitar reírse.

—¿Puedo oirla?
—No lo creo... No sé, bah. Hasta ahora sólo se comunicó conmigo. Como con Leora, tal vez la cercanía tenga que ver.

Damaris apoyó la oreja en la panza de Sofía, con cuidado.

—No habla con su voz, sabes —dijo Sofía divertida.

"*¿Quién está apoyada?*" escucharon ambas en su mente.

Damaris se incorporó lanzando un chillido de excitación.

—¡Es cierto! —gritó con una sonrisa de oreja a oreja, apoyándose nuevamente en Sofía.

—Soy Damaris, corazón.

"*Da... ma... ris. ¿Y yo? ¿Beba?*"

—No... tengo un nombre para ti, si Damaris está de acuerdo.

—No me dijiste nada.

—Se me acaba de ocurrir. ¿Qué te parece... Kadence?

Damaris hizo un puchero.

—¿Como en carencia?

—No, como en cadencia, pero con K. Kadence.

"*Me gusta*"

Sofía y Damaris sonrieron.

—Será Kadence entonces. Kadence Navarro Sartaris.

AÑO UNO

Rho, 25 de Noviembre de 2029, 10:00

Leora sostuvo a Enrico en sus brazos, envuelto en una manta suave y abrigada.

—¿Vamos a conocer a Kadence?

El pequeño miró a Leora a los ojos y sonrió.

Leora se acercó lentamente a Sofía, que mecía a Kadence. La recién nacida era pequeñita, pero miraba alrededor atentamente.

—Hola, Sofía —dijo Leora mientras le daba un beso en la mejilla.

El pequeño Enrico aprovechó para liberar de la manta un bracito, y tocó la cabecita de Kadence, quien sonrió y emitió un pequeño grito de gozo. Estiró a su vez su manita, y tomó en la suya la de Enrico.

—Quiero quedarme con ella —dijo Enrico.

Con casi un año, a nadie sorprendía ya la manera perfecta de hablar que mostraba Enrico desde sus seis meses de edad. Sin embargo, ambas se quedaron de una pieza cuando Kadence también habló.

—Enrico —dijo la beba, con dificultad, con imposible vocecita de bebé.

Tanto Sofía como Leora inhalaron con sorpresa.

Tomados de la mano, ambos infantes giraron la cabeza como si fueran uno solo, mirando a sus madres.

Desde el instante en que se tocaron, los ojos verdes de ambos mostraban en el iris un resplandor visible, aún a plena luz.

NOTAS DEL AUTOR

Todos los personajes, situaciones, dispositivos descriptos y circunstancias que ocurren en el libro son producto de mi imaginación. Los temas presentados en el libro pueden tener base real, pero cualquier cosa que efectivamente coincida con la realidad podemos atribuirla a mera coincidencia. Algunos de los lugares y escenarios son reales y fueron descriptos con fidelidad, pero en algunos casos hizo falta modificarlos a los fines de la historia.

Agradezco especialmente y le dedico este libro a mi esposa Marina, quien me animó a escribir esta novela.

Quiero también dar las gracias a los numerosos lectores que me dieron su opinión sincera y me dieron ánimos y me ayudaron a mejorar la escritura antes de publicarla, entre ellos Yekeby y Hector. A Jorge Marquez y Mariana Mort que ayudaron detectando montones de errores que se les pasaron a todos los demás.

Me encantaría saber qué pensaste de la novela, escribime a jlavera@gmail.com. Si no te gustó, dímelo así mejoro mi escritura para la próxima vez.

Si te gustó, no te olvides comentar y recomendar la novela donde la hayas comprado, para que otros también la lean. ¡Gracias!

Este libro tiene 144.237 palabras. A pesar de haber sufrido múltiples revisiones y escrutinio de varias personas, es muy posible que aún se haya escapado algún error. Si has visto alguno, por favor déjamelo saber así lo corrijo.

https://www.facebook.com/JALaveraAutor/
https://twitter.com/jlavera

Junio de 2016 - Julio de 2017

ADENDA

Lo que viene a continuación, es información relevante a la historia, pero puede parecer innecesaria para algunos lectores, incluso aburrida para quienes no disfruten de la ciencia ficción "dura" con muchas explicaciones técnicas. Si ya está contento con el libro, puede saltear esta sección por completo. Si quiere "un poquito más", pues siga leyendo...

Rho: Rho era bastante plana, salvo por la Torre de diez pisos en el medio, todas las demás edificaciones eran casas de uno o dos pisos. La ciudad se dividía en manzanas cuadradas iguales de cien metros de lado, y cada manzana en cuatro partes iguales, con una única casa en cada una. Los primeros rayos del sol daban primero en la parte alta de la Torre, para bajar al bloque de cuatro manzanas que estaba en el medio, rodeando la Torre que estaba justo en el centro, donde había un hospital que ocupaba casi una manzana, un centro de intercambio de casi dos manzanas, y un centro de alta tecnología que ocupaba la cuarta manzana, pero se extendía debajo de la tierra por seis subsuelos. En uno de los subsuelos, había una fábrica de carne. A partir de células de músculo de vaca, un laboratorio "cultivaba" los tejidos y literalmente creaba carne igual a la del ganado; pero sin tener que matar a ningún animal.
Todo era muy simétrico y ordenado, pero sobre todo, moderno y eficiente. Las calles de la ciudad, así como los techos de las casas, eran de placas fotovoltáicas de múltiples capas superpuestas. Se usaron millones de placas, y cientos de miles estaban guardadas para repuesto en el almacén del centro de tecnología. La cantidad de energía generada sólo por las calles era notable, y alimentaba por líneas directas a las casas y al centro de la ciudad, todos los cuales estaban interconectados para balancear la demanda. Cada casa tenía también un juego de baterías de alta capacidad con conversores para su consumo fuera de horario diurno, y la ciudad misma estaba conectada con un reactor subterráneo de fusión nuclear, y con las turbinas hidroeléctricas de una represa, ambos a un par de kilómetros, lo cual daba más potencia para las necesidades de alto consumo como las de calefacción y las fábricas, por ejemplo. Las fábricas eran automatizadas, por supuesto, consistían en magníficas impresoras 3D que podían usar casi cualquier material, incluso metal, como materia prima de la fabricación. Para tener un producto sólo hacía falta pedirlo o cargar el diseño en la computadora.
Todos los cables corrían bajo tierra, no había ni un poste ni un cable a la vista.
La ciudad tenía también dos "estacionamientos" principales para los autos

automáticos que la recorrían. Cuando no estaban en uso, los autos eléctricos y autónomos se acomodaban en los centros de carga en los estacionamientos. Cuando alguien necesitaba un auto, lo pedía con un programa de su celular, y el auto más cercano se acercaba automáticamente para llevarlo a destino.

Todos los consumos de la ciudad eran administrados por la computadora central, que llevaba cuenta de lo producido y lo consumido por cada persona en la ciudad. Todo aparato en la ciudad estaba equipado para reconocer a la persona que tratara de usarlo, ya sea por su credencial, sus huellas, su retina, o incluso su ADN, según la importancia y costo del dispositivo.

Jaula de Faraday: efecto por el cual el campo electromagnético en el interior de un conductor en equilibrio es nulo, anulando el efecto de los campos externos (Por ejemplo un Pulso Electromagnético)

PEEC: El sistema atlante de transporte no funciona por desintegración ni teleportación ni nada por el estilo. Durante el tiempo que ambos cilindros están energizados, la distancia entre ellos es de cero, y por lo tanto pasar de un continente a otro es tan simple e instantáneo como pasar de un lado a otro del cilindro, tan fácil como pasar por una puerta común. El mecanismo no consume más ni menos energía cuando algo lo atraviesa, porque todo el consumo es para sostener la unión que anula el espacio entre los cilindros. Así que da lo mismo lo que pasa a través de ellos, la limitación está en el tiempo que se puede sostener la conexión. Y como cada cilindro tiene un generador de fusión nuclear propio, el tiempo es extenso.

Sin embargo, la posibilidad de conexión está limitada a los tres cilindros existentes, cada uno cerca de cada ciudad Atlante. Para que la tecnología funcione, tiene que haber un cilindro en cada extremo de los puntos de transferencia, no es posible "plegar" el espacio con un solo cilindro.

Por eso los extraterrestres mandaban primero una sonda automática con lo necesario para armar un cilindro y su fuente de energía. Los Atlantes habían tomado lo que pudieron para reproducir el diseño, y finalmente lo habían logrado, al menos en parte. Para poder hacer un portal interestelar se necesitaba miles de veces la energía que para un viaje local, con un problema adicional. La alineación de los portales debía ser precisa, y con los puestos de traslado fijos en la Tierra eso era relativamente fácil de lograr, se apuntaba en una dirección, se fijaba el cilindro en esa posición, y listo. En cambio, para enlazar con un objetivo fuera del planeta, el problema se volvía terriblemente difícil. Los planetas y las estrellas se movían a velocidad considerable, tanto rotando como trasladándose, todo el tiempo. Entonces, había que apuntar al objetivo y una vez logrado el enlace, mantener la dirección del cilindro alineado con el del objetivo. La gran distancia suponía una ventaja porque los movimientos relativos "parecían" más lentos, y reducían la amplitud del movimiento del cilindro, pero hasta ahora sólo habían podido experimentar con un traslado a la Luna, y a pesar de numerosos intentos, había sido imposible alinear los cilindros por apenas más que unos pocos segundos. La precisión y delicadeza del movimiento necesario del cilindro superaba incluso a las mejores computadoras disponibles. Y aún aprovechando la succión del vacío para enviar algo a toda velocidad, al desalinearse los cilindros se cortaba el enlace, y si algo estaba siendo trasladado justo en ese momento, al desplegarse el espacio entre los cilindros, era desgarrado y destruido. Los alienígenas habían encontrado una manera de resolver esto, pero el problema había permanecido un misterio para los atlantes.

Los experimentos que habían realizado con el CERN les permitió refinar y perfeccionar la técnica, y cuando comenzaron a construir las ciudades, Tzedek se ocupó de hacer construir en secreto un generador y un cilindro cerca de cada una, comenzando el PEEC, o "Proyecto de Enlace por Espacio Cero". Y cada cilindro tenía la capacidad de orientarse, encender de manera remota y conectarse con el de cualquiera de las otras dos ciudades.

El decálogo atlante: La lista que vio Juan Carlos en relieve en la pared del centro de control, decía lo siguiente:
1 - Serás honesto siempre que eso no perjudique a nadie.
2 - No serás violento innecesariamente.
3 - No dañarás o lastimarás intencionalmente a los demás, ni física ni psicológicamente.
4 - No tratarás a nadie diferente por su origen, clase, género, religión o aspecto físico.
5 - No considerarás a ningún otro atlante como inferior.
6 - Ayudarás a quienes no puedan valerse por sí mismos.
7 - Impedirás la crueldad contra cualquier ser vivo, donde la veas.
8 - Estudiarás y ayudarás al progreso del conocimiento.
9 - Colaborarás para mantener el bienestar general de tu comunidad y su entorno.
10 - Disfrutarás de la vida, es la única que tienes.

NOAA: (National Oceanic and Atmospheric Administration, Administración Oceánica y Atmosférica Nacional, Estados Unidos)

Proyección de Goode: también conocida como proyección homolosena o

proyección interrumpida, es una proyección cartográfica que fue creada por el geógrafo John Paul Goode en 1923.
Ver https://es.wikipedia.org/wiki/Proyecci%C3%B3n_de_Goode

Πατέρας: /patéras/ Padre, en griego.

CERN: Organización Europea para la Investigación Nuclear, es el mayor laboratorio de investigación en física de partículas del mundo.

CDC: Centros para el Control y la Prevención de Enfermedades de Estados Unidos.

USAMRIID: United States Army Medical Research Institute of Infectious Diseases, Instituto de Investigación Médica de la Armada de Estados Unidos de Enfermedades Infecciosas.

Contador Geiger-Müller (G-M): es un instrumento que permite medir la radiactividad de un objeto o lugar. Es un detector de partículas y de radiaciones ionizantes.
https://es.wikipedia.org/wiki/Contador_Geiger

OVNI: Sigla de "Objeto Volador No Identificado", técnicamente hablando, cualquier cosa observada en el firmamento que no se pueda determinar de qué se trata, no necesariamente una nave extraterrestre.

Made in the USA
Lexington, KY
04 August 2017